ゴルドーニ喜劇集

LE COMMEDIE DI GOLDONI

Yasuhiro Saito
齊藤泰弘 ── 訳

名古屋大学出版会

はじめに

カルロ・ゴルドーニ（Carlo Goldoni）は、一七〇七年にヴェネツィアで生まれ、ヴェネツィアで数多くの喜劇やオペラ台本を発表し、フランス革命のさ中（一七九三年）にパリで亡くなった、一八世紀のイタリア演劇界を代表する喜劇作家である。

彼の生まれた時代は、コメディア・デラルテ（即興仮面劇）の全盛期であった。だが、役柄の固定された役者たちの、即興中心の劇は、この時期になると次第にマンネリ化し、たとえば観客は、《道化役のアレッキーノが口を開く前に、彼が何を喋るのかを知っている》ような、情けない状況に陥っていた。つまり、《劇場》は——たとえ下品な笑いであっても——ともかくも笑いを取ることだけを狙って、現実の生きた《世界》を映す鏡ではなくなっていたのである。

そこに、ゴルドーニの革命的な演劇が登場する。彼は役者に仮面を脱がせて、固定した役柄から抜け出させ、作者の書いた科白だけを喋らせて、劇のあらすじから逸脱するような即興を禁止したのである。それはすべて、喜劇にその本来のドラマ性を取り戻させるためであった。この革命によって、《劇場》は再び現実の《世界》を映す鏡に生まれ変わり、当時の社会を構成するすべての階層の人々——貴族、市民、庶民——が、彼の作品を通して、生き生きとした姿で捉えられるようになったのである。

であるから、このゴルドーニの写実的な作品群は、誰でも予備知識なしに、そのまま短い序を読んだなら、そのまま読み進んで、そのまま十分に楽しむことができる。本書の読者には、直ちに収録した九篇の作品を読み進むようにお勧めしたい。彼の作品が持つ劇的ダイナミズムは、時代と場所を越えて、現代の読者や観客にも訴えかける、普遍的な魅力を十分に備えていると思うからである。

本書に収録した作品は、三〇年余に及ぶ彼の劇作家としての活動の中で、前期と後期の作風を最もよく代表していると思われるものを、できるだけバランスよく選んだつもりである。トスカーナ語（イタリア語）で書かれていて、これまで邦訳のある作品とは、できるだけ重複を避けた反面、これまで全く訳書のなかった、ヴェネツィア方言で書かれた彼の代表作は、数多く収録した（『小さな広場』、『田舎者たち』、『新しい家』、『キオッジャの喧嘩』）。訳者としては、本書の刊行によって、ゴルドーニの本来の喜劇世界が、ある程度過不足なく紹介できたものと密かに自負している。

ところで、ゴルドーニは、ヴェネツィアという特殊な社会と、そこに住む人々を観察し、そこから喜劇の題材を採集して、自分の作品を書いたのである。したがって、ヴェネツィア社会を構成するさまざまな階層の人々の歴史的相貌や、支配階層（政府や教会）と劇場との微妙な関係、さらには作者ゴルドーニの生涯などについて知れば、ゴルドーニの演劇世界をもっと深く理解し、もっと楽しく味わえるようになるはずである。そこで本書の巻末には、《ゴルドーニと一八世紀のヴェネツィア社会》という解説を載せた。関心のある読者には、個々の作品を読まれる合間に、この章にも目を通されるようにお勧めしたい。

さらに、各作品の前には、少したっぷりとした作品解説を付けておいた。作品を読み始め

る前に、そのあらすじの概要を知り、その見どころや、作者が作品で狙った風刺ないし称賛の意図などを、ある程度知っておくことは、初めて彼の作品に接する読者にとっては、便利で有益なことだろうと考えたからである。

最後に、二〇〇七年は、ゴルドーニの生誕三〇〇周年に当たる。この節目の年を機縁にして、ゴルドーニの作品が日本でもっと知られ、もっと愛されて行くことを、訳者として切に願っている。

目 次

はじめに i

骨董狂いの家庭、あるいは嫁と姑 … 1

コーヒー店 … 87

宿屋の女主人 … 165

小さな広場 … 243

恋人たち … 309

田舎者たち	373
新しい家	441
別荘狂い	515
キオッジャの喧嘩	581

解説 ゴルドーニと一八世紀のヴェネツィア社会 651

あとがき 675

本書に付けた注は、すべて訳者による。また、原書中のト書きの部分は〔 〕に入れ、訳者が補足した部分は〔 〕に入れた。

骨董狂いの家庭，あるいは嫁と姑
(1749年)

第2幕15場

作品解説

本選集に収録した九編の作品の中で、時期的に最も早いのが、この作品であり、それゆえ、コメディア・デラルテ（即興仮面劇）的な特徴が最も強く見られるのも、この作品である。

ここで笑いの対象となっているのは、正題と副題にあるように、骨董道楽による経済破綻と、嫁姑の確執による家庭崩壊の二つであり、その舞台は、パレルモ（しかし本当はヴェネツィア）の貴族の家庭である。このドラマを展開させる要因は六つある。①アンセルモ伯爵は、現実の諸問題に逃避している無能な貴族である。②狡猾な召使ブリゲッラは、アレッキーノと組んで、この骨董狂いの主人を騙して、金を巻き上げようと画策している。他方、③嫁のドラリーチェと姑のイザベッラは、犬猿の仲で、家庭を真っ二つにして、主導権争いを繰り広げている。④女中のコロンビーナは、陰口によって嫁と姑の不和を煽る。⑤ボスコの騎士とドットーレは、それぞれ嫁と姑の《お伴の騎士》として、彼女たちの気まぐれと高慢さを増長させている。最後に、⑥ヴェネツィア商人のパンタローネは、娘を貴族の家に嫁がせたこともあり、その家庭崩壊を防ごうとして孤軍奮闘する。この老商人は、①から⑤までの《逆さまの世界》を正常な世界に戻し、最後に大団

円へと導く、正義の《狂言回し》の役割を担っている。

先ず彼は、自分の娘に与えた莫大な持参金によって、一家の経済破綻を救うが、無能な伯爵は、性懲りもなく偽物に手を出して、またたく間にお金を失い、家庭内では嫁と姑の主導権争いに火が点く。パンタローネは、②の陰口屋の女中を首にし、嫁と姑の応援団をしていた⑤の《お伴の騎士》たちを出入り禁止にして、家庭を再建しようと努めるが、それでも伯爵は道楽を完全には捨て切れず、嫁と姑はなかなか仲直りできない。つまり、根本問題の①と③の解決は不可能だったのである。そこでパンタローネは、伯爵家の財産を自分が管理し、嫁と姑を上下に別居させることによって、ようやく家庭危機に終止符を打つのに成功する。以上が、この作品のあらましである。

この作品には、コメディア・デラルテ的な要素が非常に色濃く見られる。先ず、さまざまな場面が、あらすじから半ば独立している。それゆえ、他の劇にも使えるような汎用性を持っていて、このような各場面の独立性は、作者が役者たちに自由に演じることのできる場を作ってやろうとしたことに由来する。たとえば、アルメニア人骨董商に化けたアレッキーノと、召使いのブリゲッラと、アンセルモ伯爵の珍妙な会話の場面（第一幕一七場）や、ドットーレが何度も飲み物を運んで来て、伯爵夫人に突っ返され、最後に自分の運んで来た熱湯を、怒った夫人に浴びせかけられるという、踏んだり蹴ったりの場面（第二幕一五場）、さらには《お伴の騎士》たちが、後ろ向き

骨董狂いの家庭，あるいは嫁と姑

に歩いて来て、舞台の中央で鉢合わせして、互いに驚くというドタバタの場面（第三幕六場）などだが、その典型である。しかし、このように各場面の独立性が強まるにつれて、場面どうしの繋がりが、どうしても弱くなり、登場人物たちの性格の一貫性が保てなくなる。その結果、登場人物は、現実から取られた人間的厚みを持つ人物、というよりも、むしろカリカチュア的な人物、つまりはコメディア・デラルテの常連の登場人物になりがちなのである。その一例を挙げると、伯爵夫人が自分の息子を嫁から離反させるために、嫁とその《お伴の騎士》の親密な関係を暗示して、皆の前でその二人の関係を掻き立てようとする場面（第二幕一九場）は、現実社会の伯爵夫人にはふさわしくなく、コメディア・デラルテのセコンダドンナ（プリマドンナに次ぐ第二の女優）が演じる典型的な悪女役に近くなっているが、これも当時の役者たちが暗記していた、型にはまった《科白集》を思い起こさせる（翻訳に当たっては、少し生硬な表現を用いて、その雰囲気を出そうと努めた。また、各場面終りの科白は、観客に向かって話しかけられることが多いので、そのことが分かるように訳した）。セコンダドンナは激しい性格の役柄が得意で、イザベッラ伯爵夫人はセコンダドンナの役柄であった）。さらに、この作品には、観客の情に訴えかける長い口説き（第一幕一九場のパンタローネの娘への説教）や、演説口調の長科白が随所にちりばめられているが、これも当時の役者たちが暗記していた、型にはまった

このように、この作品には、コメディア・デラルテ的な場面が数多く見られることから、では、これはゴルドーニの演劇改革に逆行するような作品かと言うと、実はそうではない。むしろコメディア・デラルテの伝統の殻を打ち破ろうとした、画期的な作品なのである。それは、とりわけ革新されたパンタローネ像に表われている。この老人は伝統的に、けちで、頑固で、好色で、若者と張り合ったり、召使いに出し抜かれたりして笑われるという、戯画的で否定的な役柄であったが、ゴルドーニはその役柄を一新して、善良で、健全で、肯定的な役柄、つまり現実の生産的な健全な商人像を映し出す鏡として描いたのである。この分別ある健全な商人階級の導入によって、支配階級である貴族たちの退廃と無能の現実が、逆に鮮やかに映し出されるからである。一家の主人として現実の問題に立ち向かう勇気がなく、骨董道楽に逃避するアンセルモ伯爵に代わって、パンタローネが伯爵家の指揮を取り、さまざまな改革を断行するからである。だから、この作品はきわめて激しい貴族批判のパワーを秘めており、そのためにゴルドーニは、舞台をシチリアのパレルモに移して、人為的な災難、つまりは復讐――これは大いにありうる話であった――を逃れようとしたのである。

しかし、真の意味で、この作品が革新的なのは、社会改革の主人公として、商人階級が登場することではないように思う。その革新性はむしろ、現実の新しい捉え方にある。嫁と姑は、幕の上がった時から下りる時まで、敵対したまま、パンタローネにも和解させるのは不可能である。だから彼は、両者の別居という、現実的な解決法で幕引きにせざるをえなかった。

このことについてゴルドーニは、次のように自己弁護している。《何人かの人は、この喜劇の終わり方がまずいと批判している。——というのは、嫁と姑の和解が生じないので、喜劇が持つべき教訓となる道徳——この場合で言えば、通常仲の悪い二人の登場人物の和解を人々に教えるという道徳的結末——が欠けているからである。だが、舞台の上で二人を和解させることなど、実に簡単なことなのだが、観客にその和解が長続きすると信じ込ませることもまた、不可能に近いのである。だから、私は心地よい空想よりも不愉快な真実の方が好ましいと考え、女性たちの執拗な憎しみ合いの典型例を見せようとした》（作者から読者へ）。ゴルドーニの写実主義の真骨頂は、《心地よい空想よりも不愉快な真実》、つまり人間のあるべき姿よりも《不愉快》なものであっても、あくまでもユーモアを込めて描き出して、それを観客に笑い飛ばせることにあった。

最後に、彼の作品に登場する、ドラマを大団円に導く《狂言回し》役たちは——『コーヒー店』のリドルフォを例外として——必ずしも模範的な人物としては描かれていないことに注意されたい。つまり、作者の意向を体現している人物であっても、特権的な地位は与えられず、他の登場人物と同様に、人間的な弱点を持たされて、評価の相対化という憂き目に遭うことである。たとえばこの作品のパンタローネにも、心の弱さがあった。それは貴族の縁者になりたいという野心であり、そのお陰で、彼は娘を不幸にしてしまったのである。《できること

なら、娘がわしの虚栄心の犠牲者になるのを見ながら、後悔して死にたくはないものだ。……このわしまでが、貴族と縁組みしたいという虚栄心に取り憑かれてしまった。わしは娘の持参金に二万スクードも使ったが、本当のところ、わしは何をしたんだ？ わしは金を運河に捨てて、娘を水死させてしまったんだよ》（第二幕一一場）。

ゴルドーニは、常に社会のあらゆる階層に向かって開かれた、デモクラティックで、公平で、寛容な眼差しを持っていた。庶民たちの特権階級への憧れと、幻滅と、深い後悔とを、過不足なく描くことができたわけである。

登場人物

アンセルモ・テラッツァーニ伯爵（骨董収集家）
イザベッラ伯爵夫人（その妻）
ジャチント伯爵（彼らの息子）
ドラリーチェ（ジャチント伯爵の妻で、パンタローネの娘）
パンタローネ・デイ・ビゾニョージ（ヴェネツィアの裕福な商人）
ドットーレ・アンセルミ（イザベッラ伯爵夫人に仕える老人の《お伴の騎士》で、法律家）
ボスコの騎士（ドラリーチェに仕える《お伴の騎士》）
コロンビーナ（イザベッラ伯爵夫人の女中）
ブリゲッラ（アンセルモ伯爵の召使い）
アレッキーノ（ブリゲッラと同郷の友人）
パンクラーツィオ（骨董収集家）
アンセルモ伯爵の召使いたち

舞台はパレルモ

第一幕

第一場　アンセルモ伯爵の部屋。さまざまな小テーブル、彫像、胸像、その他の骨董品。アンセルモ伯爵は、ひとつの小テーブルの前で、肘掛け椅子に腰を下ろし、いくつかのメダルに眺め入っている。同じ小テーブルの上には、手提げ金庫が載っている。その後、ブリゲッラ

アンセルモ　実に美しいメダルだ！ これが本物のペシェンニオだ。四ツェッキーノ(2)したって？ パン一切れの値段で買ったようなものだ。
ブリゲッラ　[請求書を手に持って] 旦那さま。
アンセルモ　見ろよ、ブリゲッラ、お前はこれほど美しいメダルを見たことがあるかね？
ブリゲッラ　実に美しいもので。メダルについてはあまり知りませんのですが、きっと美しいものでしょうな。
アンセルモ　ペシェンニオというのは、きわめて希少なメダルでね。これは、まるでつい最近造られたかのように、ピカピカだ。
ブリゲッラ　ここに二枚の請求書をお持ちしましたが……
アンセルモ　実に素晴らしい買い物をしたろう？
ブリゲッラ　お返事が頂けないのは、出て行けという意味なので？
アンセルモ　何かこのわしに用があるのかね？
ブリゲッラ　ここに二枚の請求書をお持ちしました。一枚は酒屋のもので、もう一枚は穀物屋のものです。
アンセルモ　[メダルに見入りながら] 実に美しい頭像だ！ 実に美しい頭像だ！
ブリゲッラ　彼らは外で待っております。中に入ろうとしたのですが、私めが、ご主人さまはまだお休みだと言いましたので。
アンセルモ　よくやった。わしは邪魔されるのが嫌なんだ。未払いの金は、いくらある？
ブリゲッラ　一方は六〇スクード(3)で、他方は一〇〇と三〇スクードですが。
アンセルモ　[手提げ金庫から袋を取り出す] このお金の袋を持って、支払ってから、連中を追い払ってしまえ。
ブリゲッラ　承知しました。[退場]
アンセルモ　これでローマ皇帝たちの完全なメダル・コレクションができるかも知れんな。わしのコレクションは、次第にヨーロッパ中で評判になるだろう。
ブリゲッラ　[他の請求書を持って戻って来る] 旦那さま。
アンセルモ　何だね？
ブリゲッラ　例のアルメニア人がカメオを持って訪ねて来たら、すぐに通してやってくれよ。
アンセルモ　よろしゅうございます。でも、また三人の借金取

骨董狂いの家庭，あるいは嫁と姑

りが現れまして。服屋と布地屋と、家賃をもらいに来た家主ですが。

アンセルモ　請求書は持って来たかね？

ブリゲッラ　はい、旦那さま、この書き付けで。締めて二二〇〇スクードです。

アンセルモ　よろしい。払ってやって、連中を追い払ってしまえ。

ブリゲッラ　袋のお金では足りませんのですが。

アンセルモ　では、この袋も持って行け。

ブリゲッラ　これで今後は、借金取りに悩まされることがなくなりますな。

アンセルモ　もちろん、なくなるな。わしはすべての収入源から抵当権を外したよ。わしは自分の財産を好きなように使えるんだ。

ブリゲッラ　閣下が私めを信用して、心を開いてお話し下さるので、私めも率直に申しあげますが、閣下のご立派なご子息であらせられる若旦那の伯爵さまが、パンタローネさんの娘さんをお嫁にもらわれるとは、実によい取引をなさったものですな。

アンセルモ　確かに、二万スクードの持参金をすべて現金で家に持って来させたお陰で、破産寸前のわが家を立て直すことができたよ。お前も知っての通り、わしの収入源はすべて抵当に入っていたからね。

ブリゲッラ　確かに閣下は借金を完済されました。ですが、私めが家から一歩外に出たら、大変な目に遭いますよ。こっちの店に四ドゥカート、あっちの店に三ドゥカート、ある店には八リラ、別の店には六リラというわけで、商店街全体に支払わなければなりません。

アンセルモ　よろしい。払ってやりなさい。払ってやりなさい。その袋で足りないなら、まだこの袋がある。これで終わりだがね。〔と言って、手提げ金庫の中の袋を見せる〕

ブリゲッラ　二万スクードの残りは、もうありゃしませんので？

アンセルモ　お前はわしの忠実な召使いだから、お前にだけは何もかも話してやるが、実は二千スクードばかり、わしのコレクションの購入資金として取っておいたよ。いろいろな彫像やメダルに投資するためにね。

ブリゲッラ　失礼ですが、それほどの大金を、そのようなつまらないものに注ぎ込まれるので……

アンセルモ　何だと？　つまらないものだと？　無知蒙昧な奴め、いいか、わしに嫌われたくなかったら、わしの洗練され

（1）五賢帝時代以後の混乱期に、ローマ帝国の東部で皇帝を名乗ったガーイウス・ペスケンニウス・ニゲル（一四〇―一九四）が、その短い治世の間に鋳造した金貨。

（2）ヴェネツィア共和国の最も威信のある金貨で、一ツェッキーノ＝二二リラ。

（3）《十字架のスクード》と呼ばれた銀貨で、一スクード＝一二リラ八ソルドであった。ちなみに、一リラ＝二〇ソルドであるから、一スクード＝一二・四リラ。

た骨董趣味を腐すようなことは言うな。さもないと、お前を家から追い出してやるぞ。

ブリゲッラ 私めがそう申し上げましたのは、家の中でそのように話すのを聞きましたからだけでして。しかし、メダルというものが、学識者にふさわしい研究であることは、私めも全くの同感です。立派なコレクションは、一家の名誉であり、高貴で立派な趣味をお持ちの貴族にふさわしい趣味であり、その一家や都市に名誉をもたらすような、お金の使い方は、常に立派なお金の使い方です。[傍白]（ゴマをすってもらいたいかね？ それなら、いくらでもすって差し上げるさ。）［退場］

第二場　アンセルモ伯爵一人

アンセルモ　いいぞ。ブリゲッラは有能な召使いだ。ここに取り出したのは、美しいエトルスクの指輪だ。古代のトスカーナ人たちは、このような指輪で女性と結婚したんだ。古代の異教徒たちが、死者の墓に埋葬した常夜灯のランプが見つかったなら、どれほどお金が掛かるだろうか？ でも、金貨の力で絶対に手に入れて見せるぞ。

第三場　イザベッラ侯爵夫人と、前出のアンセルモ

イザベッラ　［傍白］（ここにいたわ。いつものメダル狂い

アンセルモ　やあ、伯爵夫人、わしは実に素晴らしい買い物をしたよ！ ついにペシェンニオを手に入れたんだ。

イザベッラ　あなたはその素晴らしい頭で、いつもご立派な買い物をされるのよね。

アンセルモ　その言い方では、おそらく、偽物だと言いたいのかね？

イザベッラ　とんでもない。実にご立派な買い物ですわ。あなたは、とてもご立派なお嫁さんまでお買いなさったのですからね。

アンセルモ　何だって！ 二万スクードだった、と言うのかい？

イザベッラ　二万スクードばかりの安値で、あなたはご立派という宝物を犠牲になさったのよ。

アンセルモ　黙りなさい。黄金は世俗の汚れに染まらないもの。わしらは貴族の生まれで、現に貴族であるんだし、わしらに利益をもたらすために、一人の女性が家に来てくれたとしても、わしらの体を流れる貴族の血を汚すことはないんだ。

イザベッラ　商人の嫁ですって？ 私にはそのようなこと、決して我慢できないわ。

アンセルモ　やめてくれよ。わしの頭をこれ以上煩わさないでくれ。出て行きなさい。わしはわしのメダルの整理をしなければならんのでね。

骨董狂いの家庭，あるいは嫁と姑

イザベラ　では、私の宝石は、いつ請け出して下さるの？
アンセルモ　すぐにでも。もしお前が望むなら、たった今でも応接間で待っているのよ。
イザベラ　ユダヤ人の金貸しが質草を持って来て、今、応接間で待っているのよ。
アンセルモ　いくら欲しいんだね？
イザベラ　利子込みで一〇〇ツェッキーノよ。
アンセルモ　さあ、一〇〇ツェッキーノ上げよう。いいかね、言っておくが、これは商人のお嫁さんのお金だよ。お前の前で、あの女の名前を口に出さないでよ。
イザベラ　お前の高貴な手が汚れるのを恐れているのね、そのお金に触らないでおくれよね。
アンセルモ　頂戴、頂戴。背に腹は代えられないんだから。
イザベラ　このわしに、もう一人息子がいたらなあ。
アンセルモ　どうなさるおつもり？
イザベラ　さらに二万スクードで、純潔な血を汚してくれる女性を嫁にもらうんだがね。
アンセルモ　卑しい魂胆ね！あなたの妻であることが恥ずかしいわ。
イザベラ　私、あなたの妻であることが恥ずかしいわ。
アンセルモ　してしまったの？私、
イザベラ　お前だって、もっと低い爵位でいいから、もっと沢山のお金をわが家に持って来てくれたら、どれほどよかったかねえ。
アンセルモ　ねえ、馬鹿なことは言わないで頂戴。私は服が一

アンセルモ　着履欲しいのよ。
イザベラ　大いに結構。作ったらどう？
アンセルモ　家のために、いくらでもお金が必要なのよ。
イザベラ　では、これを持って行きなさい。これで、今上げた一〇〇ツェッキーノと合わせて、四〇〇ツェッキーノだ。お前と、家と、お嫁さんのために、必要なものを買い揃えなさい。わしはそのようなことに煩わされたくないんだ。できれば、このわしをそっと静かにさせておいてくれ。だが、いいか！このお金は、商人の娘さんのものなんだよ。
イザベラ　あなたは私を怒らせるために、わざとそのようなことを言うのね。
アンセルモ　もしあの嫁さんが来てくれなかったら、わしらは破産していたはずだよ。
イザベラ　あなたのメダル狂いのお陰でね。
アンセルモ　お前の虚栄心のお陰でさ。
イザベラ　この私は、何と言っても貴族ですからね。
アンセルモ　でも、それがなくては何もできまいに。[と言って、お金を指さす]
イザベラ　よく言い聞かせてやって下さいね、ドラリーチェに、私のいる部屋には来なくなってね。
アンセルモ　ドラリーチェって、誰だい？嫁さんのことかね？
イザベラ　嫁よ、嫁のことよ。あれは悪魔が連れて来たんだ

[退場]

第四場　アンセルモ伯爵一人

アンセルモ　かわいそうな女だ、気が狂っている、気が狂っているんだ。今に嫁と姑の間で、いつもの面白い場面が見られそうだな。だが、わしはそのようなことで頭を煩わせたくない。わしは自分のメダルに没頭していたいんだよ。もし嫁と姑が頭をかっかさせたければ、勝手に二人でやったらいい。わしには関係のないことだ！わしはこのペシェンニオをいくら眺めても見飽きないんだ！そして、このオリエントの碧玉のコップは、宝物じゃないか？クレオパトラがマルクス・アントニウスとの有名な宴会で、真珠を溶かしたというコップは、絶対にこれだろう。

第五場　ドラリーチェと、前出のアンセルモ

ドラリーチェ　お義父さま、こんにちは。
アンセルモ　こんにちは、お嫁さん。あなたには骨董を見る目があるかい？
ドラリーチェ　ええ、お義父さま、ございますわ。
アンセルモ　それはいい！それはめでたい。では、どのようにして見る目を養ったんだね？
ドラリーチェ　見る目を養ったのは、私の持っている宝石と服が、すべて骨董品だからですわ。
アンセルモ　お見事！機知に富んだ答えだ！あなたのお父さんは、結婚する前に、あなたに最新流行の服を仕立ててくれるべきだったんだ。
ドラリーチェ　父はそうしてくれようとしたのですが、お義父さまが、持参金の二万スクードを全部現金でくれ、この私に必要な外出着類はそこから出してやる、と仰って約束されたのですよ。
アンセルモ　さあ、わしを少しばかり放っておいてくれよ。わしはそのような下らないことで、時間を潰したくないのだ。これが当たり前のことだと思われるのですか？けっこう品のよい服装をしているように見えるけどねえ。
ドラリーチェ　あなたは、けっこう品のよい服装をしているように見えるけどねえ。
アンセルモ　これは、結婚するずっと前に作ってもらった、娘用の服ですのよ。
ドラリーチェ　結婚したら、それは着られないのかね？むしろ、とても似合っているけどね。もし将来、窮屈になったら、また仕立て直して着たらいい。
ドラリーチェ　私が女中のような格好で外出したら、あなたの家の品格に傷が付きますわ。
アンセルモ　［傍白］（一〇〇スクード出すと言われても、このメダルは渡さんぞ。）
ドラリーチェ　結局のところ、この家に二万スクードを持って来たのは、この私なんですからね。

アンセルモ　[傍白]（全シリーズを集めるには、まだ七個ほど、メダルが足りんな。）

ドラリーチェ　内々の結婚をしようと望んだのはお義父さまの方だし、私はそれに異議を差し挟みませんでしたわ。

アンセルモ　[傍白]（この七個のメダルは、何とか見つけ出そう。）

ドラリーチェ　私の親族は一人も招待してくれませんでしたわね。

アンセルモ　[傍白]（まだ二千スクード残っている。何とか見つけ出そう。）

ドラリーチェ　しかも、外出着がないので、家の中に閉じ籠もっていなければならないなんて、ひどい話ですわ。

アンセルモ　[傍白]（ああ、もううんざりだ！）あなたの姑の所に行って、何が必要かを言ってやりなさい。わしはその役目を彼女に任せたんだ。彼女が然るべきようにしてくれるだろう。

ドラリーチェ　私はこのことについて、姑さんと話なんかしたくありませんわ。服代はお義父さまから頂きたいの。仕立てさせるのは、私が致しますので。

アンセルモ　わしは、お金を持っていないのだよ。

ドラリーチェ　お金を持っていらっしゃらないですって？　二万スクードはどこに消えてしまいましたの？　[たえず冷たい調子で話す]

アンセルモ　あなたにその説明をする必要はないね。

ドラリーチェ　自分の言い分を述べるのに、血を熱くする必要はありませんわ。

アンセルモ　そのような冷静さで、そのようなすごいことを言うのかね？

ドラリーチェ　ねえ、どうかお願いするわ。ここから出て行っておくれ。あなたの血は冷たくても、このわしの血が煮えくり返りそうなんだよ。

アンセルモ　私の夫にも驚かされるわ。妻を迎えた男子なのに、このように虐待させておくとはね。

ドラリーチェ　どうかお願いだから、ここから出て行っておくれよ。

第六場　ジャチント伯爵と、前出の二人

ジャチント　妻の言い分はもっともです。妻の言う通りだ。花嫁をそのように扱うべきではありません。

アンセルモ　[傍白]（ああ、かわいそうな、わしのメダルたち

――――――――
（4）クレオパトラがマルクス・アントニウスとの一晩の宴会に、一千万セステルスを費やすと宣言し、宴の中で、きわめて高価な真珠を酢の中に入れて溶かして、その約束を果たしたという有名なエピソードを指す。

（5）当時のヴェネツィアでは、嫁をもらう家族は、受け取った持参金の一部を使って、花嫁の衣服や調度品を買い整えてやる習慣があった。

ジャチント　一着の服も作ってもらえないですって？　文句があるなら、お前の母親に言いなさいよ。わしは彼女に四〇〇ツェッキーノ渡したんだ。

アンセルモ　父上、あなたが一家の主人なのですよ。

ジャチント　わしは、すべてのことに目配りはできんよ。

アンセルモ　忌々しい骨董趣味だ！

ジャチント　二万スクードはもうないって？　どこに行ってしまったのです？　私のためには一銭も使ってくれなかったわ。

ドラリーチェ　もうないって？　僕だって一銭ももらっていないよ。

ジャチント　お義父さま、この件はどうなっていますの？

ドラリーチェ　父上、僕には妻があるんです。僕は将来に備えなければならないんですよ。

アンセルモ　［傍白］（もう沢山、もう沢山だ。頭がぼーっとして来た。もう沢山だ。）［メダルを掻き集め、それらを手提げ金庫にしまって、運び去る］

ジャチント　ジャチント伯爵とドラリーチェ

第七場　ジャチント伯爵とドラリーチェ

ドラリーチェ　実に見事なお返事でしたけど、あなたはどう思われるの？

ジャチント　この僕にどうしろって言うんだい？　父はメダルに取り憑かれてしまったんだよ。

ドラリーチェ　彼は取り憑かれているかもしれないけど、あなたは取り憑かれていないわ。

ジャチント　では、僕にどうしろと言うの？

ドラリーチェ　あなたの言い分を主張し、私の言い分を主張してくれることよ。

ジャチント　どんなにひどくても、あの人は僕の父親だよ。僕は父親に対して、子供として持つべき敬意を失ったりできないし、失うべきじゃないんだ。

ドラリーチェ　あなた、聞いた？　あなたのお母さまが、使えるお金として四〇〇ツェッキーノ持っているって。私のためにも使わせるようにしてよ。

ジャチント　母の手から取り上げるのは、難しいだろうな。

ドラリーチェ　優しい言葉で言ってもだめなら、きつい言葉で取り上げてよ。

ジャチント　彼女は僕の母親だよ。

ドラリーチェ　そして、私はあなたの妻よ。

ジャチント　二人が仲睦まじくなるのを見たいものだが。

ドラリーチェ　それは難しいわね。

ジャチント　どうして？

ドラリーチェ　彼女が高慢ちき過ぎるからよ。

ジャチント　では、君が下手に出て、母と仲直りしてくれよ。

ドラリーチェ　ねえ、ドラリーチェ、嫁と姑が罵り合うのは、入口のドアと出口のドアを開けたままにしておくようなものだよ。そこから風が激しく入っては出て行くんだ。風をとめるにはね、一

ドラリーチェ　私の怒りは風でも、家の中では音を立てない風よ。

ジャチント　ああ、その通りだ。軽やかな風だけど、骨の髄までぞっとさせる、鋭利で冷たい風だよ。

ドラリーチェ　彼女の怒りは、すべてのものをなぎ倒そうとする狂暴な大風よね。

ジャチント　姑さんは、いつも自分の高貴な生まれを持ち出すのよね。

ドラリーチェ　君はその冷淡さに身を任せてしまってはいけないよ。

ジャチント　君は自分の持参金のことをね。

ドラリーチェ　私の持参金は本物だわ。

ジャチント　しかし、母の高貴な生まれも嘘ではないよ。

ドラリーチェ　では、あなたは自分の母親が正しくて、私が間違っていると言うの？

ジャチント　君に理がある時には、君が正しいと認めて上げるよ。

ドラリーチェ　私が恥ずかしくない服装をしたいと言うのは、もしかして間違っていると言いたいの？

ジャチント　間違いじゃない。でも、僕の母に対して、もう少し敬意を払ってほしいんだ。

ドラリーチェ　そうするくらいなら、私が何をしたいか分かる？彼女に敬意を払って、これ以上いらいらさせないために、私は父の所に戻るわ。

ジャチント　分かるかい？それがとても軽やかだが、鋭利で冷たい風なんだよ。君は全く平静な口調で、この世で最もひどいことを言うんだ。

ドラリーチェ　私が父のもとに戻るのが、そんなにひどいことなの？

ジャチント　夫を見捨てるのは、最悪のことだよ。

ドラリーチェ　では、あなたも一緒に来たらどうなの？

ジャチント　僕が家を出るのは、さらにもっと悪いことだ。

ドラリーチェ　では、私たちはこの家にいて、このような生活を続けなければならないのね。

ジャチント　君はこの家に来てから、まだ日が浅い。

ドラリーチェ　朝の天気を見れば、夕方の天気がどうなるか、察しが付くものよ。

ジャチント　僕の母は、君に好意を持ってくれると思うよ。

ドラリーチェ　そうは思わないわ。

ジャチント　君の方から、好意を持たれるように努めてみなさいよ。

ドラリーチェ　あの獣みたいにかっとなる人では、無理ね。

ジャチント　僕の母を獣だって言うのかい？

ドラリーチェ　ええ、獣よ。だって、本当に獣なんですもの。

ジャチント　その冷淡さでそう言うんだね。

ドラリーチェ　私は血を煮えたぎらせたりしたくないの。

ジャチント　ねえ、ドラリーチェ、分別を持ちなさい。

ジャチント　分別なら、持ち過ぎるほど持っているわ。

ジャチント　いいかい、もし僕を愛しているなら、賢明に振る舞いなさい。

ドラリーチェ　私に必要なものを手に入れさせてよ。そうすれば、もっと我慢強くなって上げるわ。

ジャチント　我慢することは、美徳を磨くことなんだ。

ドラリーチェ　ええ、私は我慢するわ。買って上げるよ、買って上げるから。でも、服は欲しいの。

ジャチント　買って上げるよ、買って上げるから。

ドラリーチェ　私、たとえ首をちょん切られても、服が欲しいのよ。私は絶対に諦めないわ、私は服が欲しいのよ。

ジャチント　買って上げるって言ったろう。

ドラリーチェ　すぐに欲しいのよ、今すぐに。

ジャチント　では、これから服屋に行ってくるよ。[傍白]（どうにかして妻の心を宥めてやらなければな。）

ドラリーチェ　ねえ、どんな服を作って下さるの？

ジャチント　上等な服を作って上げるよ。

ドラリーチェ　服地は、金糸か銀糸の入った織物なんでしょうね。

ジャチント　金糸が入った服でも構わないと思うわ。

ドラリーチェ　二万スクードの持参金なら、少しばかり金糸の入った服でも構わないと思うわ。

ジャチント　正絹であれば、それでいいんじゃないの？

ドラリーチェ　私の所に女中を寄越して頂戴。ボンネットを作ってもらいたいの。

ジャチント　ねえ、女中のコロンビーナに対しても、きつく言わないようにね。あれは昔から家にいる女中なんだ。母が彼女をとても気に入っていてね、よく人に自慢するんだよ。私は女中にまで遠慮しなければならないわけ？女中に来るように言って頂戴、ここに来てね。

ドラリーチェ　何ですって！私には女中が要るんだから。

ジャチント　すぐに来させるよ。[傍白]（これは大変なことになるな。母は怒りっぽくて、妻は意地っ張りだ。天よ、この二人がわが家を難破させたりしませんように。）[退場]

第八場　ドラリーチェと、その後、コロンビーナ

ドラリーチェ　ああ！このことだけは、引き下がったりしないわ。私の言い分は、絶対に通してやるわよ。私が自分の思っていることを、顔色ひとつ変えずに言うので、夫はびっくりしていたわね。私はこうした方がいいのよ。気が狂れたみたいに怒るのは、健康によくないし、自分の敵にあざ笑われるだけですからね。

コロンビーナ　若旦那さまから、奥さまがご用だと言われたけど、いらっしゃらないようね。行ってしまわれたのかしら？

ドラリーチェ　奥さまというのは、行ってしまわれたのかしら？お前に用があるのも、この私よ。

コロンビーナ　まあ！失礼しました。私の奥さまというの

ドラリーチェ　は、伯爵夫人のことですの。

コロンビーナ　この家では、私は奥さまじゃないの?

ドラリーチェ　私がお仕えしているのは、伯爵夫人なのです。明日までに私のボンネットを作って頂戴。

コロンビーナ　申し訳ありませんが、私はお仕えできません。

ドラリーチェ　なぜなの?

コロンビーナ　私は奥さまのためにしなければならないことがありますので。

ドラリーチェ　この私だって、この家の奥さまよ。私に仕えなさい。さもないとお前を家から追い出して上げるわ。

コロンビーナ　私はこの家にご奉公して、一〇年になりますわ。

ドラリーチェ　だから何なの?

コロンビーナ　つまり、あなた様はこの私を追い出すことができないだろう、ということですよ。

ドラリーチェ　まあ、ではあなた様は、いったいどなた様なの?

コロンビーナ　私があなた様に失礼な振る舞いをしないように、仰って下さいな。

ドラリーチェ　生意気女! 無礼者!

コロンビーナ　私を無礼者ですって? 若奥さま、あなた様はこの私をよくご存じじゃありませんわね。

ドラリーチェ　私の父親は、リボンや針の行商人でした。私たちは同じ商人なのです。

コロンビーナ　私たちは同じ商人なのです! 商人と言っても、行商人とサン・マルコ広場(6)に店を構える商人とでは、少し違いがあるんじゃないの? 違いと言えば、少しお金が余計に儲かる程度のことですわね。

ドラリーチェ　コロンビーナ、お前は本当に生意気な小娘ね。

コロンビーナ　私のことを生意気ですって? 私のご主人さまよりも一家の主人であるこの私に? 私に向かって?

ドラリーチェ　そうよ、お前に、そのお前に向かって言っているのよ。もしお前が私に敬意を払わないなら、この私が何をするか今に分からせて上げるよ。

コロンビーナ　何をするかって! 何をするのよ?

ドラリーチェ　[平手打ちを食らわせる]　お前に平手打ちを食らわせるのよ。[退場]

───

(6) 原文では、《広場》(ピアッツァ)だけであるが、ヴェネツィアではサン・マルコ広場のことを《ピアッツァ》と呼び、それに隣接するパラッツォ・ドゥカーレ(総督府)の広場を《小広場》(ピアッツェッタ)、市内の他の大小の広場はすべて《カンピエッロ》(小さな広場)ないし《カンポ》となっているが、ヴェネツィアの観客も聞けば、直ちにサン・マルコ広場を連想したはずであるので、《パンタローネ》は常にヴェネツィアの裕福な商人という役柄であるので、サン・マルコ広場に商店を構える大商人と考えたはずである。

第九場　コロンビーナ一人

コロンビーナ　この私に平手打ちを？　私をひっぱたいてから、《お前に平手打ちを食らわせてあげるのよ》と言うのね。こんなに冷静に、かっとならずにやるの？　平手打ちを食らうとは、全く予想していなかったわ。でも、天に誓って、仕返しをしてあげるわよ。奥さまがこのことをお知りになったら、私の代わりに仕返しをして下さるはずよ。私はこの家にご奉公して、もう一〇年になる。私がいなかったら、奥さまは何もできないから、絶対に私を失いたくないでしょうね。忌々しい女だわ！　平手打ちだって？　もし奥さまから平手打ちを食わされたなら、私は我慢するわよ。だって、奥さまは貴族ですもの。でも、私と同じ商人の娘の平手打ちには、とても我慢がならないわ。［退場］

第一〇場　イザベッラ伯爵夫人の部屋。イザベッラ伯爵夫人と、その後、ジャチント伯爵

イザベッラ　あの嫁は、次第次第に広がる湧き水のようなものね。早いうちに対策を講じておかないと、私たち全員が溺れ死んでしまうわ。彼女は、この家に出入りするすべてのお客と積極的に付き合って、信頼されつつあるようだわ。決して美人ではないんだけど、若くて、新顔で、金持ちという評判は、人々を自分の方に引き付けることができる。私の家では、負けたくないわね。まだ私は、武器を神殿に奉納するような年齢じゃないからね。

ジャチント　母上、ごきげんよう。
イザベッラ　ごきげんよう。
ジャチント　母上、動揺しているように見えますが、何かあったのですか？
イザベッラ　かわいそうな息子！　お前は生け贄にされてしまったんだよ。
ジャチント　父上が？　僕に何をしたのです？　どうしてです？
イザベッラ　お前の父親がね、お前の父親が、お前にふさわしくない妻を与えてしまったのよ。
ジャチント　お前が生け贄にですって？
イザベッラ　母さんの父親が、お前をだめにしてしまったんだよ。
ジャチント　妻については、僕はとても満足していますよ。彼女を妻にもらえたことを、天をとても愛していますし、僕は妻をとても愛していますし、天に感謝していますよ。
イザベッラ　生まれの高貴さだって、ドラリーチェの持参金がなかったら、窮地に追い込まれていましたからね。
ジャチント　生まれの高貴さは？
イザベッラ　貴族の出身で、お金持ちの奥さんだって、できたのにねえ。
ジャチント　わが家の陥った窮状では、見つけるのは難しかったと思いますよ。

イザベッラ　もしお前がそのような気持ちでいるのなら、もう私の前には来ないで頂戴。

ジャチント　母上、実はある重大な用件で、あなたの所に参りました。

イザベッラ　というと？

ジャチント　僕の妻は、家に二万スクードを持って来てくれたのです。服の一着くらい作ってやるのは、当然だと思いますが。

イザベッラ　目立ちたいと言うのなら、もう十分目立つ服を着ているけどね。

ジャチント　彼女に上等の服を作って上げないと、僕は妻を連れて社交の集まりに行けなくなります。

イザベッラ　何ですって？　お前は彼女を社交の集まりに連れて行きたいのかい？　きっとお前は、わが家に大変な不名誉をもたらすことになるよ。もし彼女が人々から侮辱でもされたら、わが家はそれこそ一巻の終わりよ。

ジャチント　それでは、妻はいつも家にいなければならないのですか？

イザベッラ　その通り、その通りよ。いつも家の中にいるべきよ。家に引きこもって、誰の前にも姿を現さないことね。

ジャチント　でも、ドラリーチェが僕の妻になったことは、みんな知っていますよ。友人たちは僕の妻を訪ねてやって来るでしょう。何人かの貴婦人方が、そう僕に話してくれましたよ。

イザベッラ　この家を訪ねて来るような者は、私にその旨の使いを寄越すべきよ。私がこの家の女主人ですからね。私の許可なしに訪ねて来るような人には、ドアを開けさせないわよ。

ジャチント　はい、母上の思う通りになったらいいでしょう。でも、かわいそうな妻だって、満足させてやらなければなりません。服一着くらいは誂えてやらないと。

イザベッラ　あの女を満足させるためになんか、絶対に何もしてやらないわ。でも、私はお前を愛しているから、お前のために、彼女に服を作ってやってもいいわ。どのような服地のものが欲しいんだい？　ヤギの毛織りかい？　それともラシャの毛織りかい？

ジャチント　何ですって！　そのような粗末な服地が、貴婦人用だと思っているのですか？

イザベッラ　彼女は貴族の出じゃないんだよ。

ジャチント　僕の妻ですよ。

イザベッラ　それでは、どんな生地で作ってやりたいの？

ジャチント　金糸か銀糸の入った現代風の織物ですよ。

イザベッラ　お前は気でも狂ったのかい？　そんな風に、お金を無駄遣いするものじゃないよ。

ジャチント　でも、結局のところ、彼女の要求はもっともだと思いますが。

───────
（7）古代には、戦争の後、自分の使った武器を自分の守護神の神殿に奉納する習慣があった。一八世紀のイタリア・オペラでよく使われる表現である。

イザベッラ　その《要求》とは何だい？　そのような言葉を、お前が母親に向かって使ったことは、これまで一度もなかったよ。なるほど、これがお前の奥さまのご立派な教育の成果かい。あのあばずれ女、あのあばずれ女！

ジャチント　でも、あのかわいそうな女性は、この家で何をしたらいいのですか？

イザベッラ　食べて、飲んで、働いて、もし子供を授かったら、その世話をすることだね。

ジャチント　それではあんまりですよ。

イザベッラ　そのようにしてもらうか、あるいはもっとひどく扱うかだね。

ジャチント　母上、もう少し憐れみの情を持って下さいよ。息子よ、お前はもう少し分別を持つんだね。もしこの僕を愛しているなら、服を作って上げて下さいよ。

ジャチント　六ツェッキーノですって？　あなたの女中にでも作ってやったらどうです。[退場]

イザベッラ　さあ、六ツェッキーノ上げるから、お取り。これで服を作ってお上げよ。

第一一場　イザベッラ伯爵夫人と、その後、ドットーレ

イザベッラ　親に楯突くとは、息子も立派な気性になったものだわね。その原因は、あの生意気なドラリーチェよ。

ドットーレ　[舞台奥から]　失礼ですが、入ってもよろしいですかな。

イザベッラ　お入り、お入り、ドットーレ、お入りなさい。

ドットーレ　伯爵夫人にご挨拶申し上げます。

イザベッラ　しばらく姿を見せなかったわね。

ドットーレ　この数日間、仕事に追いまくられておりまして。

イザベッラ　その通りよね！　熱い友情も時とともに、次第に冷えて行くものよね。

ドットーレ　ああ、どうかお許し下さい、奥さま！　でも、あなた様はそのように言うことはできないはずですよ。奥さまがわしに目をかけて下さった最初の日から、わしは誠心誠意、努めて参りまして、手抜きしてお仕えしたようなことは、全くないはずですよ。

イザベッラ　その椅子を持って来て頂戴。

ドットーレ　直ちにそう致します。[彼女に椅子を運んで来る]

イザベッラ　ドットーレ　実を言いますと、嗅ぎタバコはお持ち？

ドットーレ　[座りながら]　嗅ぎタバコはお持ち？

イザベッラ　あの引き出しを見て頂戴。あの中にタバコ入れがあるから、それをここに持って来て。

ドットーレ　はい、奥さま。[タバコ入れを取りに行く]

イザベッラ　[傍白]（私はこのドットーレが好きだわ。だっ

イザベッラ　まあ、あなたまで、その持参金の話で、私の頭をかっかさせてくれるのね。

ドットーレ　もう話しませんから、どうか怒らないで下さい。

イザベッラ　彼女が何を持って来たって？　いったい何を持って来たのよ。

ドットーレ　ああ！　何を持って来たのか？　つまらんものですよ。

イザベッラ　この家に嫁いで来れるような身分じゃなかったのに。

ドットーレ　仰る通りで。そんな身分じゃありませんでしたな。この結婚話がまとまったと聞いた時には、わしは腰を抜かしてしまいましたよ。

イザベッラ　私は今でも恥ずかしくて、顔が赤くなるわ。このような取引には、決して同意すべきじゃなかった。

ドットーレ　よく分かりますな。

イザベッラ　でも、あなたまで、そうしろと私に忠告したじゃない？

ドットーレ　このわしが？　記憶にありませんな。

イザベッラ　あなたは私に言ったのよ、私たちの家計は破産寸前だから、それを立て直すことを考えるべきだって。

ドットーレ　そんなことを言ってしまったかもしれませんな。

イザベッラ　あなたは私に教えてくれたのよ、二万スクードの持参金があれば、家計を立て直せるってね。

ドットーレ　確かに言ったかもしれませんな。というのは、伯

ドットーレ　持参金を持って来られたそうですね。

イザベッラ　確かに彼女は貴族の出ではありませんが、大変な持参金を持って来たそうですね。

ドットーレ　彼女は私と同じ身分じゃないのよ。

イザベッラ　あなたは私に言ったのよ、私たちの家計は破産寸——

ドットーレ　でも、奥さまのご子息さまの奥さまですよ。

イザベッラ　妻にもらってしまったんだから、息子は我慢しなきゃね。

ドットーレ　確かに彼女は貴族の出ではありませんが、大変な

イザベッラ　身に余る光栄で。喜んでご一緒させて頂きますな。わしはまだお目にかかったことがありませんので。

ドットーレ　ドラリーチェ若奥さまにもお会いできますな。

イザベッラ　ドラリーチェは、私と同じ食卓には着かせないわよ。

ドットーレ　えっ、そうなのですか？　どうして？

イザベッラ　今日のお昼は私と一緒にお食事しましょうね。

ドットーレ　ああ、感謝感激です。

イザベッラ　このタバコ入れも一緒ですか？

ドットーレ　あなたに差し上げるから、持って行って。

イザベッラ　実に上等な品物で。

ドットーレ　このタバコを嗅いでみて。［と言って、タバコ入れを差し出す］

イザベッラ　タバコ入れもよ。

ドットーレ　タバコ入れもお持ちしました。［伯爵夫人にタバコ入れを差し出す］

イザベッラ　まあ、あなたまで、その持参金の話で、私の頭をかっかさせてくれるのね。

ドットーレ　お持ちしました。［伯爵夫人にタバコ入れを差し出す］

イザベッラ　まあ、あなたまで、その持参金の話で、私の頭をかっかさせてくれるのね。

ドットーレ　お持ちしました。［伯爵夫人にタバコ入れを差し出す］

イザベッラ　まあ、あなたまで、その持参金の話で、私の頭をかっかさせてくれるのね。

ドットーレ　他の男たちは、少しばかり親しくなると、すぐに付け上がるけど、彼は分をわきまえているからね。

爵さまは、ご自分の資産をすべて取り戻されて、わしはその抵当権解除の書類を作って差し上げましたからな。収入は自由に使えるわけね。

イザベッラ　それでは、完全にご自由にね。

ドットーレ　もう毎日毎日、苦労することもないのね。もう友人たちを借金で困ることもないのね。ねえ、ドットーレ、あなただって何度も、私にお金を用立ててくれたわ。私、そのご恩は忘れない。

イザベッラ　その話はやめましょう。わしにできることなら、何なりとお命じ下さい。

第一二場　コロンビーナと、前出の二人

コロンビーナ　［泣き出しそうな悲しい声で］奥さま、ボスコの騎士さまがおいでになられましたが。

イザベッラ　［ドットーレに］さあ、出て行って頂戴。騎士殿が来られるから。

ドットーレ　失礼ですが、わしに残っているように仰ったばかりでは⋯⋯？

イザベッラ　あなた、いったい誰から行儀作法を習ったの？私が行ってって言う時には、行かなきゃならないのよ。

ドットーレ　仕方がない。行くとするか。

イザベッラ　失礼致します。

ドットーレ　ねえ！　昼食には戻って来てよ。

イザベッラ　そのように突然かっとなられますと、⋯⋯わしはまだ彼女の気質がよく飲み込めんわ。）［退場］

ドットーレ　（この家に来るようになって何年も経つが、わしはまだ彼女の気質がよく飲み込めんわ。）［退場］

第一三場　イザベッラ伯爵夫人とコロンビーナ

コロンビーナ　騎士さまは、ここにいらっしゃるの？

イザベッラ　前と同様に悲しげな声で］はい、奥さま。

コロンビーナ　ドラリーチェの所には、誰か訪ねて来たんでしょ。

イザベッラ　［前と同様に］いいえ、どなたも、奥さま。

コロンビーナ　お前、泣いているけど、どうしたんだい？

イザベッラ　何だって？　何て言ったの？　あの女がお前に平手打ちを食らわしたって？　私の女中に平手打ちを？　どうしてだい？

コロンビーナ　［泣きながら］あの方は、自分が家の女主人だ、奥さまはもう過去の人だ、年寄りだって言い返しましたと、熱くなって言い返しましたら、私に平手打ちを食わされたのです。

イザベッラ　ああ、恥知らず、生意気、厚かましい女！　仕返しよ、必ず仕返しをしてやるからね。天地神明に誓って、仕返

第一四場　ボスコの騎士と、前出の二人

騎士　伯爵夫人、騎士殿、ちょうどよい時に来られたわ。あなたの助けを必要としていたのよ。

イザベラ　奥さま、何なりとお命じ下さい。いかようにも私をお使い下さい。

騎士　奥さまのためなら、何でも致しましょう。

イザベラ　もしあなたが私の真の友だちなら、今こそ、そのことを示す時です。

騎士　残念でならないのは、息子の嫁に、ドラリーチェをもらってしまったことだけど、その嫁が私をひどく侮辱したのよ。私はその償いを求め、それを断固要求するわ。でも、私の夫にそう言っても、彼はあの通り、愚か者で、メダルのことしか知らないわ。私の息子にそう言っても、彼は自分の妻にめろめろで、私の言うことを聞いてくれないでしょう。あなたは騎士であり、私の最も親しい心の友なのだから、あなたが私の言い分を通してくださるべきだわ。

イザベラ　その侮辱というのは何ですか？

コロンビーナ　この私に平手打ちを食らわしたのですよ。

騎士　他に何か悪いことでも？

イザベラ　私の女中に平手打ちを食らわしたのが、つまらないことだと思うの？

コロンビーナ　私はこの家にご奉公して、一〇年になりますのよ。

騎士　私には、それほど激しい怒りを燃え立たせる理由にはならないように思いますがねえ。

イザベラ　しかし、問題は、なぜそのようなことをしたのかよ。

コロンビーナ　ああ！そこが大事な点ですわ。

騎士　では、なぜそのようなことをしたのです？

イザベラ　私はそのことを考えるだけで、体が震えるわ。私にはとても言えないから、コロンビーナ、お前から言っておやり。

コロンビーナ　あの方はこう言ったのですよ、一家の女主人はもう奥さまじゃないって。

イザベラ　さらにこう言ったのですよ、奥さまは年寄りだって……

コロンビーナ　［騎士に］どう思う？

イザベラ　お黙り、嘘つき。そんなことは言わなかったわ。この家で命令するのは自分だと言ったのよ。そして、この私に平手打ちを食らわせたのよね？人々の注目を集めたいと言ったのよ。平手打ちを食らわせたのは、この私の女中が私の肩を持ったので、大騒ぎしないようにしましょうよ。これほどの侮辱を受けても、私は我慢しなければならないの？あなたまで、私にそうしろと忠告なさるの？さあ、出て行って、出て行ってよ。あなた

騎士 はだめな騎士さまだわ。もしあなたがこの任務を引き受けて下さらないのなら、あなたより勇気があって、やり手の人を見つけるわ。
騎士 伯爵夫人、どうかかっとなさらないで下さい。私がそう申し上げましたのは、あなた様を少しでも落ち着かせるためです。しかし、この侮辱はきわめて重大なので、償いを求める必要はあります。
イザベッラ 私の女中に平手打ちよ！
騎士 許すことのできない、大胆な振る舞いですな。
イザベッラ 一家の女主人はもう私じゃないって言ったのよ。
騎士 高慢な振る舞いですな。それに、あなた様を年寄り呼ばわりするとは！
イザベッラ 言っておきますが、そのようなことは言わなかったわ。言えるはずがないんだから、言わなかったのよ。
コロンビーナ 私の良心に誓って、あの方ははっきりとそう仰いました。
イザベッラ ここからお行き。
コロンビーナ あの方はさらにこうも仰いましたわ。奥さまは暖炉の傍でじっとしていたらいいのよってね。
イザベッラ ここから出て行くのよ。お前は嘘つきだわ。
コロンビーナ もしこれが嘘なら、この私の高い鼻が欠けたって構いませんわ。
イザベッラ ここから出て行きなさい。さもないと、杖で懲ら

しめてやるわよ。
コロンビーナ 本当にそう言わなかったのなら、私、死んでもいいわ。［退場］

第一五場 イザベッラ伯爵夫人とボスコの騎士

イザベッラ あの子の言うことなんか信じてはだめよ。コロンビーナは嘘つきなんでしょう。
騎士 それでは、平手打ちの一件も嘘なんでしょう。
イザベッラ まあ！ 平手打ちは確かに食らわせたのよ。
騎士 本当に確かですか？
イザベッラ 絶対に確かよ。だから、あの嫁に償いをさせる方法を考える必要があるわ。
騎士 この件をよく調べまして、どのような償いをさせるか、とくと考えてみましょう。
イザベッラ この私に貴族の出で、彼女はそうでないことを忘れないでね。
騎士 もちろんです。
イザベッラ 私がこの家の女主人であることもね。
騎士 仰る通りです。年齢から言っても、あなた様に対しては、より大きな敬意を払うべきですね。
イザベッラ 年齢と何の関係があるのよ……この点については、言いたいことは何もないわ。

騎士　私がそう申し上げました真意はですね……

イザベラ　私の言うことは分かったわね。私の夫の伯爵と、私の息子の若い伯爵に、私が償いを要求しているって言って頂戴。さもないと、私は自分の考えていることを、思い切って実行しますからってね。[退場]

騎士　このいかれ女の気持ちをくすぐってやるのに、大した手間は掛からない。ましてや、この機会を利用して、ドラリーチェ奥さまに近付くことができるんだからな。彼女の方がずっと若くて美人だよ。[退場]

第一六場

　アンセルモ伯爵のアパートの広間。ブリゲッラと、アルメニア人の扮装をして、付け髭をしたアレッキーノ

ブリゲッラ　前に言ったように、俺の旦那は骨董狂いだから、どんなものでも買い込むし、どんなことでも信じるし、つまらん物やがらくたに、お金を湯水のように注ぎ込むんだよ。

アレッキーノ　あんたは何を企んでいるんだい？　まさかこの俺を、骨董品として売り付けることじゃないだろうな？

ブリゲッラ　お前にこの衣装を着せて、髭を付けさせたのは、お前を俺の旦那の所に連れて行って、骨董商と信じ込ませ、俺がお前に与えたがらくた類を全部彼に買わせるためだ。その後で、お金は二人で折半しよう。

アレッキーノ　だけど、伯爵が俺の正体を見破って、お金の代わりに棍棒を恵んで下さったら、これも二人で折半してくれるのかい？

ブリゲッラ　旦那はお前を見たことがないから、見破られる恐れはない。それにだ、この髭とこの衣装では、お前はアルメニア産のアルメニア人にしか見えない。

アレッキーノ　だけど、俺はアルメニア語を話せないんだよ！

ブリゲッラ　アルメニア人の振りをするのだから、大した努力は要らんよ。旦那だってその言葉を知らないんだから、言葉の語尾を《イーラ》や《アーラ》にすれば、彼はお前をイタリアに住むアルメニア人だと信じ込むだろうよ。

アレッキーノ　《欲しイーラ》、《見たイーラ》、《買いたイーラ》、《喋れターラ》？

ブリゲッラ　大変いいぞ。珍しいものを売り付けるのだから、お前に教えてやった歴史上の名前を忘れるなよ。そうすれば、事はうまく行くからな。

アレッキーノ　しかし、あんたは本当に、ご主人さま思いの召使いだな！

ブリゲッラ　本当のことを打ち明けるとな、俺は旦那の目を開かせて、夢から覚ませてやろうとしたんだが、むだな骨折りだった。彼はあれやこれやに自分のお金を注ぎ込んで、家は火の車。だから、俺も消す方じゃなく、燃やす方に手を貸してやろうと思い至ったわけさ。

アレッキーノ　大いに結構。事のすべては、俺がすべてを覚え

第一七場　アンセルモ伯爵と、前出の二人

ブリゲッラ　間違わないように注意しろよ……ああ、旦那がやって来る。

ブリゲッラ　ご主人さま、こちらがアルメニア人の骨董商の方で。

アンセルモ　ああ、結構！　何か掘り出し物はあるかね？

ブリゲッラ　素晴らしい骨董で！　驚くべき品物で！

アンセルモ　[アレッキーノに]こんにちは。

アレッキーノ　こんにちアーラ、親愛な旦那アーラ。[ブリゲッラに](これでいいかな？)

ブリゲッラ　(完璧だよ。)

アンセルモ　どんな掘り出し物をわしに見せてくれるのかね？

アレッキーノ　[台所用の鉄製の油ランプを取り出して見せる]これはアーラ……これはアーラ……[ブリゲッラに小声で](これはアーラ、何だっケーラ？)

ブリゲッラ　[アレッキーノに小声で](常夜灯のランプだよ。)

アレッキーノ　これはアーラ、ランプダーラ。ジットのパラミーダの、バルトロメーオの墓で見つかったものダーラ。

アンセルモ　いったい何と言ったんだろう？　理解できなかったが。

ブリゲッラ　お待ち下さい。私めも、少しばかりアルメニア語を話せますので。《アラカーピ、ニコスコーピ、ラマルカーラ》[アルメニア語を話す振りをする]

アレッキーノ　《ラ・ラカラカー、タラタパター、バラカカー、クルクー、カラカー》[ブリゲッラにアルメニア語で振りをする

ブリゲッラ　ご覧になりましたか？　私めはすべて分かりました。彼が言うには、これはエジプトのピラミッドの、プトレマイオスの墓の中から見つかった、常夜灯のランプだそうです。

アレッキーノ　そうダーラ、そうダーラ。

アンセルモ　分かった、分かった。(ああ、何と珍しい掘り出し物だ！　もしこれがわしのものになったら、決して手放したりしないぞ。)いくらで譲ってくれるかね？

アレッキーノ　二〇ツェッキーノで。

アンセルモ　ええ！　高すぎるよ。もし一〇ツェッキーノに負けてくれるなら、考えてもいいけどね。

アレッキーノ　無理ダーラ、無理ダーラ。

アンセルモ　結局のところ……それほど珍しい品でもないしな。(ああ！　絶対に欲しい。)

ブリゲッラ　では、私めが交渉して差し上げましょうか？　頼むよ。いいかい、一二で売ってくれるならな。[手で一二ツェッキーノを出す合図をする]

アンセルモ　《ラマカー、ヴェレニーク、カラバー》

骨董狂いの家庭，あるいは嫁と姑

アレッキーノ 《サラミン、サラモン、サラマー。》
ブリゲッラ 《クリーク、マラダス、キリバーラ。》
アレッキーノ 《サリーク、ミコーン、ティリビーオ。》
アンセルモ 〔傍白〕（何と面白い言語だろう！　しかもブリゲッラがその言葉を喋れるとは！）
ブリゲッラ ご主人さま、交渉成立で。
アンセルモ そうかい？　いくらだ？
ブリゲッラ 一四ツェッキーノです。
アンセルモ 悪くない。わしは満足だよ。君、本当に一四ツェッキーノでいいのかね？
アレッキーノ いいターラ、いいターラ。
アンセルモ そう、いいターラ、いいターラ。さあ、これが君に上げるお金だ。〔彼の目の前でお金を数える〕
アレッキーノ ありがターラ、ありがターラ。
アンセルモ もし別の……別の……掘り出し物があっターラ、持って来ターラ。
アレッキーノ はい、持って来ターラ、また戻リーラ、またパクリーラ。
アンセルモ 〔ブリゲッラに〕《パクリーラ》って、どんな意味かね？
ブリゲッラ それはいい。旦那さまだけ《特別扱いする》という意味で。もし君がわしをパクリーラするなら、わしも君をパクリーラだよ。
アレッキーノ 私、あなたをパクリーラするが、あなた、私を

パクリーラしない。約束してテーラ。
アンセルモ よろしい。
アレッキーノ 行っターラ、行っターラ。
ブリゲッラ サヨナーラ、旦那ーラ。〔傍白〕（できることなら、ブリゲッラも騙しターラ。）
アレッキーノ 待っターラ、待っターラ。〔退場〕
ブリゲッラ 待っターラ、待っターラ。〔後を追いかけて行こうとする〕
アンセルモ 〔ブリゲッラに〕ちょっと待て。
ブリゲッラ 見送りに行かせて下さいな……〔立ち去ろうとする〕
アンセルモ 待てと言うのに。〔彼を制止しようとする〕
ブリゲッラ 戻リーラ、戻リーラ。彼は何か別の掘り出し物を持って来るかもしれませんよ。〔傍白〕（あいつめ！　七ツェッキーノは俺のものだぞ。〕〔走って退場〕

第一八場　アンセルモ伯爵と、その後、パンタローネ

アンセルモ わしは大変な果報者だ！　この種の掘り出し物は、このように簡単には見つからんよ。ブリゲッラも大した奴だ！　それを持っている骨董商を見つけるとは。この常夜

（8）エジプトのプトレマイオス王朝は、ヘレニズム時代からクレオパトラの死（紀元前四七年）まで続いた王朝で、ピラミッド建設とは無縁である。登場人物たちの愚かさと滑稽さを強調するための故意の時代錯誤。

パンタローネ　［舞台奥から］失礼だが、入ってもよろしいですかな？

アンセルモ　あれはパンタローネ君かな？　どうぞ、どうぞ。

パンタローネ　伯爵さま、ごきげんよう。

アンセルモ　親しい友よ、こんにちは。君は商人で、世知に長けたお人だから、珍しい品物についても、造詣が深いはず。この美しい骨董品を鑑定してくれ給え。

パンタローネ　あなたは、わしが立派な商人だという評判をよくご存じなので、このような安い油ランプの鑑定をわしにさせるのですな！

灯のランプは、喉から手が出るほど欲しかったが、これまで見つけるのが実に難しかった！　エジプトの産か？　プトレマイオスのランプだ！　宝石と同じように、金の台に嵌め込んでおきたいものだな。

パンタローネ　その通りです。わしは無知で、あなたは目利き

アンセルモ　笑うのかい？　それは君に見る目がないからだよ。

パンタローネ　［笑う］

アンセルモ　本当だよ、プトレマイオスだ。エジプトのピラミッドのひとつから見つかったものだよ。これは、プトレマイオスの墓から出土した、常夜灯のランプだよ。

パンタローネ　［笑う］

アンセルモ　かわいそうなパンタローネ君、君は何も知らないから、そのようなことを言うのだよ。

パンタローネ　あなたのコレクションに嫉妬している人など、一人もいませんよ。だって、がらくたの寄せ集めですから な。それに、家が再び破産することを心配してくれる人だって、一人もいません。しかし、この家にはわしの娘が嫁いでいる。自分の血を分けてやった親としては、あなたの不始末を嘲る声を聞くのは、辛くて仕方がないのです。

アンセルモ　この世では、すべての人が自分なりの道楽を持っているものだ。ある者は博打、ある者は女、ある者は酒というように。そして、このわしは骨董道楽を持っているというわけだよ。

パンタローネ　わしは娘のことが心配なだけで、人さまのことはどうでもいいよ。

アンセルモ　君の娘さんは元気でいるし、何ひとつ不自由させてはいないよ。

パンタローネ　何ひとつ不自由させていないのに、外出用の晴れ着一着作ってやらないとはねえ。

だと認めて差し上げますよ。わしはこのようなことで言い争いをする気はないのです。はっきり申し上げておきたいのは、あなたほどの高貴な身分の騎士が、このような愚かなことに時間とお金を無駄に費やしていることに、町中の人が呆れ果てていることですよ。

アンセルモ　それはだね、意地の悪い連中が、嫉妬心から広めている噂話だよ。この種の手合は、皆の前ではわしを非難しながら、内々ではわしのコレクションを褒め称えているんだ。

骨董狂いの家庭，あるいは嫁と姑

アンセルモ　聞いてくれよ，ねえ，君。わしはこの種の問題に首を突っ込みたくないんだよ。

パンタローネ　だが，この問題には，絶対に片を付けなければなりませんよ。

アンセルモ　わしの妻の所に行って，彼女と話をして，彼女の了解を取ってくれ。わしの頭を煩わさないでくれよ。

パンタローネ　あなたが調整に乗り出さないのなら，このわしが調整して上げますよ。

アンセルモ　わしをそっと静かにさせてくれよ。わしはメダルとコレクションのことで，頭がいっぱいなんだ。わしのコレクションのことだけでな。

パンタローネ　わしの娘はちゃんとした人間の娘なんだから，どのような階級の人とでも対等に付き合う資格がありますよ。

アンセルモ　わしが君が何のことを言いたいのか，さっぱり分からんね。わしが分かっているのは，この常夜灯のランプが，宝物だということだけだ。パンタローネ君，失礼するよ。［退場］

第一九場　パンタローネと，その後，ドラリーチェ

パンタローネ　こんな風にして，わしの話から逃げるのか？話すべき時が来たら，はっきりと話してやることにしよう。おや，わしの娘がやって来る。娘に対しては賢明に振る舞う

必要があるな。

ドラリーチェ　まあ，お父さま，なかなか私に会いに来て下さらないのね。

パンタローネ　愛しい娘や，わしが仕事で忙しいことは知っているだろう。それに，わしが頻繁にお前を訪ねて来ないのは，お前から愚痴を聞きたくないからだよ。

ドラリーチェ　でも，私が手紙に書いたことは，残念ながら本当のことよ。

パンタローネ　もちろんだとも。お前たち女というものは，いつも本当のことばかり仰るものだからね。

ドラリーチェ　この家に嫁いで以来，私が幸せを感じたことは一時間もないわ。

パンタローネ　お前の夫は，お前をどのように扱ってくれるんだね？

ドラリーチェ　夫について不満はないわ。彼は人がいいし，私を愛してくれるし，私を不快にしたことは一度もないわ。

パンタローネ　それ以上，いったい何を望むことがあるんだね？それでもう十分じゃないのかね？

ドラリーチェ　私の姑さんは，私と顔も会わせたくないんですって。

パンタローネ　優しい言葉で話し掛けて上げなさい。彼女に気に入られるように努めて，いくらかの嫌なことは，心の中に収めて，知らない振りをし，聞かない振りをしなさい。時が経つにつれて，姑さんだってお前を愛してくれるようになるは

ドラリーチェ　だから。

パンタローネ　この家では、皆が立派な服を着て、皆が派手にお金を使って、皆が楽しんでいるのに、私だけ何もなしよ。我慢しなさい。今にお前も楽しく生活できる日が来るから。お前はこの家に嫁いで、まだ日が浅い。まだ女主人として命令することはできないんだよ。

ドラリーチェ　ここでは女中までが、私をいじめて、私に従おうとしないのよ。

パンタローネ　古くからこの家に奉公しているお女中だから、お前よりも主人顔ができると思っているんだよ。

ドラリーチェ　だから、私、平手打ちを食わせてやったのよ。

パンタローネ　女中に平手打ちをしたって？

ドラリーチェ　どれほど気持ちのいい平手打ちだったか！　気分がすっとしたわ！

パンタローネ　お前はわしに向かって、そのようなことを話すのか？　そのような涼しい顔で話すのか？　お前がこの家に来て四日目で、さっそく女中に平手打ちを食らわすのか？　自分を好きになってもらいたい、外出着を誂えてもらいたい、自分によい待遇をしてもらいたい、自分の望みを叶えてもらいたい、お前に会いになど要求するなら、お前に会いにさえ来なかったろうよ。今後もこのようなことを続けるなら、わしはお前の生きているかぎり、会いに来てやらないぞ。お前がこの家で味わった貴族の雰囲気のために、頭がぼーっと霞んで、我を忘れてしまったとすれば、

今のお前が何者なのか、かつてのお前は何者だったのか、いったいお前はどうなっていたのか、ということを、もう少しよく考えてみなさい。今のお前は伯爵の妻だから、伯爵夫人になったわけだ。だが、自分が人々の尊敬を集めるには、称号だけではだめなんだよ。人々には優しく謙虚に接して、人々の愛情を勝ち得なければだめだ。お前は貧しい娘だったんだよ。わしは今持っているような資産を持っていなかったからだ。わしは時とともに、こつこつと勤勉に資産を増やして行ったが、それはわしのためだった。お前のためのしが娘のお前のためにしてやったことを、もししてやらなかったなら、それは今でも貧しい娘のままだったかもしれないのだ。そのことをよく考えなさい。そして、今のお前が得ている幸せを、天に感謝しなさい。年上の人を尊敬し、謙虚で、我慢強く、善良に振る舞いなさい。そうすれば、お前は高貴で、裕福になって、人々からも尊敬されるようになるからね。

ドラリーチェ　お父さま、愛情のこもったお叱りを頂いて、私は嬉しいわ。

パンタローネ　お前の姑さんはお怒りのはずだが、それも当然だよ。

ドラリーチェ　あの件を知っているかどうか、まだ分からないわ。

パンタローネ　できれば知られないようにしなさい。そして、

骨董狂いの家庭，あるいは嫁と姑

万が一知られてしまったなら、お前の義務を果たすことを忘れてはいけないよ。

ドラリーチェ　その私の義務って、何なの？

パンタローネ　姑さんの所に行って、謝ることだよ。

ドラリーチェ　彼女に謝ったりしたら、私の面子がなくなるわ。

パンタローネ　お前の面子がなくなるだと？　お前はいったい何さまかね？　どこかのお姫さまか？　この薄汚れたあわれな小娘が！　行ってしまえ、やはりお前は愚か者だ。

ドラリーチェ　どうか怒らないで。私は謝りに行きますわ。でもね、姑には絶対に外出着を作ってもらいたいの。

パンタローネ　お前のその狼藉の後では、彼女に頼めるような機会はないだろうな。

ドラリーチェ　それでは私は、外出着なしでいなければならないの？　こんな家に嫁いで来た時が、本当に呪わしいわ。

パンタローネ　やめなさい。本当にマムシみたいに狂暴な女だ。すぐに悪態をつくのはよすんだよ。

ドラリーチェ　でも、私は女中よりもひどく扱われているのよ。

パンタローネ　さあ、ここにおいで。今回だけはこのわしが、このごたごたを収拾して上げよう。この五〇ツェッキーノを受け取りなさい。これでお前の必要なものを買い揃えるんだ。だが、いいね、お前のことで、わしが人々の批判を聞か

されたりしないように、よく気を付けるんだよ。

ドラリーチェ　ありがとう、お父さま、感謝するわ。今後はもう私のことで、お父さまを嘆かせたりしないって約束するわ。ところで、もうひとつお父さまから頂きたいものがあるの。これきりで、もうご迷惑は掛けませんから。

パンタローネ　何が欲しいんだね？　さあ、言ってご覧。

ドラリーチェ　その懐中時計ですわ。お父さまは他にまだ二個持っていらっしゃるわね。

パンタローネ　その願いも叶えて上げよう。わしにはこの娘しかいないんだ。さあ、取りなさい。[傍白]（わしにはこの娘しかいないんだ。）だが、繰り返して言うが、分別を持って、人に好かれるようにするんだよ。[彼女に自分の金時計を与える]

ドラリーチェ　どうか心配しないで。私がどのように立派に振る舞うか、今に見せて上げるわ。

パンタローネ　さあ、いとしい娘よ。このわしに少しばかりの慰めを与えておくれ。もしこのわしが死んだら、お前はわしの全財産の相続人だ。わしのすべての苦労とわしのすべての辛苦は、お前のためにして来たのだ。わしはお前を見るだけで、心が慰む。お前が幸せでいると知ると、わしの心は満足だし、罵声や陰口を聞くと、わしの心は萎えて、死んだようになってしまうんだよ。[泣きな

第二一〇場　ドラリーチェと、その後、ブリゲッラ

ドラリーチェ　かわいそうなお父さま。本当に心の優しい人ね。この家に住む、獣みたいな連中とは、大違いだわ。夫のことがなければ、私はすぐにでも、ここから出て行ってやるのに。

ブリゲッラ　奥さま、ある騎士の方が、あなた様をお訪ねしたいと言って、そこまで来ておられますが。

ドラリーチェ　ある騎士の方？　どなたなの？

ブリゲッラ　ボスコの騎士さまで。

ドラリーチェ　このように普段着のままなのは、残念だわね。どうしようもないけど、お通しして。ちょっと、お前に頼みがあるの。

ブリゲッラ　何でしょうか？

ドラリーチェ　すぐに服地屋さんに行って、金糸か銀糸の入った服地を、私の所に三、四本持って来るように言って頂戴。服を一着作るからって。

ブリゲッラ　承知しました。しかし、失礼ですが、ご主人さまは、そのことをご存じなので？

ドラリーチェ　何という無礼者なの！　私の命じたことをして頂戴。余計なことは考えなくていいのよ。

ブリゲッラ　[傍白]（ああ、今にきっとすごい女主人になるぞ、ご立派な女主人にな。）[退場]

第二一一場　ドラリーチェと、その後、ボスコの騎士

ドラリーチェ　この家では、召使いの躾がなっていないわ。でも、この私が段々と仕込んで上げるわ。今の状態では、どうしようもないわね！　時には優しい言葉、時にはきつい言葉というように使い分けて、私が女主人になる時が、必ず来るようにしてみせるわ。

騎士　奥さま、ごきげんよ。

ドラリーチェ　ようこそ。

騎士　あなた様をお訪ねしようとした私の厚かましさを、どうかお許し下さい。

ドラリーチェ　騎士さまに私の所まで来て頂けるとは、嬉しいかぎりだわ。あなたは毎日、この家を訪ねて下さるのに、私の部屋には一度も来て下さいませんでしたからね。

騎士　奥さまにご迷惑をお掛けするのではないかと思って、あえてお訪ねしないでおりました。

ドラリーチェ　イザベッラ伯爵夫人のご機嫌を損ねないためだと、はっきり仰ったらどうなの？

騎士　ところで、奥さま、そのお二人ともに関係する、ある問題について、少々あなた様にお話しするわ。誰か、椅子をお持ちして。

ドラリーチェ　喜んでお話をお聞きするわ。誰か、椅子をお持ちして。

[一人の召使いが、二脚の椅子を運んで来る]

騎士　ああ、奥さま、あなたのお心が善意に溢れていらっしゃることは、よく存じ上げておりますので、これから申し上げる友人としての提案を、喜んで受諾して下さるように願っております。

ドラリーチェ　どのようなお話なのかをうかがってから、返事をさせて頂くわ。

騎士　伯爵夫人、あなたがお姑さんの女中に何をされたのか、お教え頂けますか？

ドラリーチェ　あの子には、平手打ちを食らわせて上げたわ。それが何か？　あの子は、姑の女中でもあるけど、私の女中でもあるのよ。私は彼女に仕えてもらいたいし、私に敬意を欠くような態度は取ってほしくないの。今回は平手打ちを食らわしただけだけど、次に何かしたら、あの子の頭をぶち割って上げるわ。

騎士　奥さま、思うに、あなたは冗談でそう仰っているのでしょう。

ドラリーチェ　どうしてそう思われるの？

騎士　あなたは、そのような恐ろしいことを平然と仰るのですから、心の中では怒っていらっしゃらないことが、よく分かりますよ。

ドラリーチェ　これが私の気性なの。私はいつもこんな風に怒るのよ。

騎士　イザベッラ伯爵夫人は、自分が侮辱されたと仰っていますが。

ドラリーチェ　それはお気の毒ね。

騎士　お二人の間で雲行きが怪しくなって、嵐が襲って来る前に、事を丸く収めた方がよいように思いますがね。

ドラリーチェ　私は何とも思っていませんけど。

騎士　あなた様は何とも思っていらっしゃらないと、私も思いますよ。しかし、お姑さんが侮辱を受けたと仰っているのです。

ドラリーチェ　それでは、彼女は何を要求しているの？

騎士　事を丸く収める方法を、私たち二人で考えましょうよ。

ドラリーチェ　とても簡単な方法があるから、それをあなたに教えて差し上げるわ。この家からあの女中を追い出したら、それで事は済むのよ。

騎士　そのような方法では、侮辱を受けた側が、罰金を払うようなものでして。

ドラリーチェ　さあ、騎士さま、話題を変えるか、お引き取り願うかの、どちらかにして下さいな。

騎士　奥さま、この話題がお気に召さないのなら、すぐにでも打ち切りますよ。（彼女を不機嫌にさせたくないからね。）

ドラリーチェ　あなたが私への好意を示すために、私を訪ねて下さったはずはないと、思っていたわ。

騎士　どうしてです、奥さま、どうしてそのように思われるのです？

ドラリーチェ　それはね、姑さんが、私を訪問させないように、私を社交の集まりから遠ざけているからよ。彼女は、

騎士　（まるで悪魔のように、人の心を読み取る女だな。）

ドラリーチェ　でも、心配ご無用、心配ご無用よ。先ず第一に、私は美人ではないし、愛嬌もないわ。第二に、私は自分の夫のこと以外には関心がないのよ。

騎士　それでは、あなたの慎ましい生活を侵害しない限りにおいて、あなたにお仕えしたいと熱望している騎士の申し出を、お受けしてはもらえないでしょうか？

ドラリーチェ　騎士さま、あなたはイザベッラ伯爵夫人にお仕えする身なのでしょう？

騎士　あなた様がこの私を、あなた様ほどの果報者はいると思って下さるのなら、私ほどの果報者はいるでしょうか？

ドラリーチェ　私のような女のために、貴重な時間を捨てたいと思っているような人が、いるかしら？

騎士　私はこの家の友人なのです。彼女と特別の関係を結んでいるわけではありません。彼女にはドットーレがおります。彼は古くから彼女のお伴の騎士を務めている人です。

ドラリーチェ　彼女も古いわね。

騎士　確かに仰る通り、ご自身では古いとは思いたくないのですよ。

ドラリーチェ　若い人たちと交わっても、恥ずかしいと思わないのよね。来客があると、いつも真っ先に彼女がしゃしゃり出て、いつも彼女が中心になるのよ。あらゆる人に愛想を振りまいて、あらゆることを知りたがり、あらゆることに嘴を突っ込みたがる。怒りが溜まって、もう我慢できないわ。

ドラリーチェ　でも、それが当たり前みたいに思っているのですよ。でも、彼女の時代は過ぎたのですよ。今は場所を譲るべきだわ。

騎士　結構だわ。

ドラリーチェ　あなた様に場所を譲るべきだわ。

騎士　あなた様、私にはそのように思えますよね。

ドラリーチェ　そうなった原因は、あの愚かな夫だわ。

騎士　奥さま、あなたにお仕えする栄誉を得た最初の日に、あなた様にあるお願いを申し上げたなら、あなた様は私を厚かましい奴だと思われるでしょうか？

ドラリーチェ　仰って。私にできることなら、して差し上げますわ。

騎士　イザベッラ伯爵夫人に対して、私が面目を施せるようにして頂きたいのです。

ドラリーチェ　私の睨んだ通りだわ。あなたは彼女が怖いのね。

騎士　でも、私たちの友情を平穏に平和裡に育むことができるなら、その方がよいのではありませんか？

ドラリーチェ　あの獣みたいにかっとなる人とは不可能だわね。

騎士　［傍白］（二人の女性と同時に友だちになれるかどうか、

ドラリーチェ　あなたもよくご存じでしょう、私の姑は気違いなのよ。

騎士　ええ、その通り、気違いですな。

ドラリーチェ　あなたはどのようにして、この大問題を調停しようと考えているの？　まさかこの私に譲歩しろなどと言い出すんじゃないでしょうね。

騎士　その反対です。あなたはご自身の言い分を固持されるべきですよ。

ドラリーチェ　私の方から謝罪すべきだとは思わないわ。

騎士　確かにその通り。あなたからすべきではありませんね。

ドラリーチェ　そして、私に敬意を払わない者は、許すべきじゃないわ。

騎士　確かに仰る通りで。

ドラリーチェ　[傍白]（まあ、何という返事！　父なら逆に謙虚になれと言うでしょうに。）

騎士　[傍白]（弱ってしまったな。）

ドラリーチェ　召使いたちは、もっと私に敬意を払うべきよ。

騎士　もちろんですとも。

ドラリーチェ　[傍白]（父は、私がすべきだと言っていたけどね。）

騎士　それはね、相手がお姑さんだからですよ。

ドラリーチェ　まあ！　それなら構わないわ。

騎士　あなたよりもお年寄りなんですよ。

ドラリーチェ　まあ！　確かにお年寄りなんだから、私は挨拶して上げるわ。

騎士　さあ、やって来られましたよ。

ドラリーチェ　あの女を見ると、体中の血が逆流するわね。

騎士　それでは、こう致しましょう。あなた方がたまたま同じ場所に居合わせるように、私が取り計らいます。あなたお二人それぞれに、ちょっとしたお願いをしますから、あなたの方から先に、お姑さんに挨拶して下されば、それで十分です。どうしてな

ドラリーチェ　私の方から先に挨拶ですって？　それで十分ですってもいいわよ。

第二二場　イザベッラ伯爵夫人と、前出の二人

イザベッラ　騎士さま、あなたはもう十分に会話を楽しまれましたか？　それはよろしかったわねえ。

騎士　[彼女を脇の方に引っ張って行く]伯爵夫人、私はあらゆる手を尽くした結果、ドラリーチェ奥さまは、ご自分の非を悔いておられます。すぐにでもあなたに謝罪したいと仰っていますが、あなたは賢明で慎重なお方ですから、その

意だけで満足されるべきです。その恭順の意の証しとしては、彼女に先に挨拶をさせるだけで十分ですよ。

イザベッラ　[騎士に小声で]（挨拶だけで、あとは何もないの?）

騎士　[イザベッラに小声で]（すぐです、すぐです。伯爵夫人、あなたにお話が。私があなたに申し上げたことを、どうかなさって下さいな。）

ドラリーチェ　[イザベッラ伯爵夫人に]大奥さま、あなたはお年寄りですから、私からご挨拶しますわ。[退場]

イザベッラ　高慢ちき! 今に思い知らせてやるからね。[退場]

騎士　さあ、これで和解は成ったと。[退場]

第二幕

第一場　ジャチント伯爵とドラリーチェ⑨

ジャチント　何という不幸だ! 何という不幸だ! この家には、平和な日が一日もないのか。

ドラリーチェ　私に向かって仰っているの?

ジャチント　ああ、ドラリーチェ、もし本当に僕を愛しているのなら、そのような振る舞いはしないでおくれ。私は誰にも迷惑を掛けたりしないわ。

ジャチント　でも、あなた、いったい何を嘆いているの?

ドラリーチェ　お姑さんへの敬意の証しを見せるために、私に何をしろと仰るの? 彼女が手を洗う時に、お湯を持って行けって? 彼女がベッドに入る時に、靴下を脱がせに行けって?

ジャチント　君が僕の母に敬意を払わないことだよ。

ドラリーチェ　言っておきますけど、仲良くなることは絶対にないわよ! この調子では、私の方から先に、彼女に挨拶したの? そんなことも知らないの?

ジャチント　ああ、ご立派な妻だね! 本当にご立派な妻だよ! 知っているよ。そして、挨拶しながら、母をいじめたんだ。

34

ドラリーチェ　この私がいじめたって？　それは違うわ。
ジャチント　彼女に年寄りだって言ったろうが。
ドラリーチェ　まあ、まあ！　笑ってしまうわね。私が年寄りだって言ったら、ご自分がまだ若いと思っているわけ？　もしかして彼女は、ご自分がうら若い乙女ではないと思っているの？　確かにうら若い乙女ではないわ。でも、まだ年寄りとは言えないんだよ。
ジャチント　あなたを産んだ母親なのよ。
ドラリーチェ　君が母と同じ年齢になった時に、年寄りと言われたら嬉しいかい？
ジャチント　その年齢になったら、お答えするわ。
ドラリーチェ　自分がしてもらいたいと思うことを、人にもしてあげなさいよ。
ジャチント　もし私がお姑さんに向かって《あなたはお若いわね》と言ったら、かえって彼女をあざ笑うことになると思いますけどね。
ドラリーチェ　どうして母に向かって、若いとか、年寄りとか、言う必要があるの？　これは、君たち女性にとっては最も嫌な話題だよ。たとえどんなに年を取っていても、そう言われるのを聞きたいという女性は、一人もいないんだ。三〇歳までの女性なら、三つか四つは年を隠しているし、三〇歳以上の女性なら、一〇か一二は年を隠しているものだ。母は今、二三歳だが、賭けてもいいい、今から一〇年後には、君はきっと二四歳だと言うだろうよ。

ドラリーチェ　そうよね。もしあなたが、私より母さまの方がお若いと思うんでんしょうね。もしあなたが、私の言いたいのなら、きっとお若いんでしょうよ。ただだよ。繰り返し言うけど、彼女が僕たちの悪い冗談を考慮して、もう少し敬意を払ってもらいたいんだ。
ジャチント　いいわよ。お姑さんを優しく愛撫して、ヴェネツィア風フルラネッタ⑩を踊って、慰めて上げるわね。
ドラリーチェ　なるほどね。僕の期待が空しいことは明らかだね。何とか対策を考えなければならないな。
ジャチント　この僕が？　どうしてだい？
ドラリーチェ　大の男なら、今頃はすでに考えていたでしょうよ。言っちゃ悪いけど、あなたはまだ子供なのよ。
ジャチント　もしあなたが分別のある人なら、あなたの父親と母親が、持参金の二万スクードをつまらないことに費やして、あなたの奥さんに服一着買って上げないようなことは、決して許さなかったでしょうね。
ドラリーチェ　そのことなら、母は服を作って上げると、僕に約

（9）この場の後半の、ドラリーチェが父親からもらったお金を夫のジャチントに見せびらかし、夫に懐中時計を上げるエピソードは、パスクワーリ版（一七六四年）以後では削除されている。その後の時計をめぐるエピソードもすべて削除されている。このことについては注（19）を参照。
（10）フリウリ地方に起源を持つ下層民の活発なダンス。通常二人で踊る。フリウリ地方は、ヴェネツィアの女中や召使いたちの一大供給地でもあった。

ドラリーチェ　彼女に作ってもらう必要なんかないわ。姑になんかお願いしないで、自分で服を作るわ。お金はここにあるもうすぐ服地屋さんが来るはずよ。[と言って、彼にお金の袋を見せる]
ジャチント　誰にそれを貰ったの？　ドラリーチェ、いったい誰にもらったの？
ドラリーチェ　私の父からよ。
ジャチント　沢山かい？
ドラリーチェ　五〇ツェッキーノよ。
ジャチント　それを全部、自分で使うの？
ドラリーチェ　私があなたを本当に愛していることを、あなたに分かってもらうために、この時計をあなたに差し上げるわ。これをお持ちなさい。
ジャチント　これは誰からもらったの？
ドラリーチェ　私の父よ。
ジャチント　いとしいドラリーチェ、君に感謝するよ。
ドラリーチェ　あなたは私のいとしい夫ですからね。
ジャチント　さよなら、広場に行って、すぐに戻ってくるよ。
ドラリーチェ　ひとつお願いがあるんだけど。コロンビーナをここに呼んで来て頂戴。
ジャチント　何か理由を付けて、来たがらないと思うけどね。私がこの部屋にいることは、言わないでね。私は個人的に、あの子に話したいことがあるの。
ジャチント　どうかお願いだから、これ以上ひどい悶着は起こさないでおくれよね。
ドラリーチェ　心配しないで。
ジャチント　君が母に会いに行ってくれるなら、僕は嬉しいんだけどなあ。
ドラリーチェ　もし私に会いたいのなら、彼女がこの部屋に来たらいいのよ。
ジャチント　もはや言うべき言葉もない。我慢あるのみだ。
[退場]

第二場　ドラリーチェ一人

ドラリーチェ　分別のない子供だわ！　どんな意見でも、粘土細工みたいに、人の思い通りに、簡単に変えられる。夫に勇気を持たせて、常に私の味方にしておかなければね。だって、その時がやって来たら、今の彼ではする勇気のないことをさせたいのよ。あら、コロンビーナがやって来たわ。見つかって、すぐに逃げ出したりしないように、隠れていましょう。[少し引っ込む]

第三場　コロンビーナと、前出のドラリーチェ

コロンビーナ　まあ、これではあんまりだわ！　皆が私に命令

37　骨董狂いの家庭，あるいは嫁と姑

する。若旦那までが、私をこき使いたがる。でもいいわ、あの悪口屋の奥さんよりは、若旦那に仕える方が、まだましだわ。

コロンビーナ　コロンビーナ。

ドラリーチェ　［傍白］（わぁ！　困ったわ。）奥さま、私が話していたのは、奥さまのことじゃないんです。

コロンビーナ　お前は私のことを話していたのよ。でも、お前の気持ちも分かるわ。かわいそうに！　お前に平手打ちを食わせてしまったけど、私、本当はとても済まなく思っているのよ。

ドラリーチェ　まだひりひり痛みますわ。

コロンビーナ　こっちにおいで。お前と仲直りがしたいの。

ドラリーチェ　私の奥さまには、長年お仕えしていますけど、私に手を上げられたことなんか、一度もありませんでしたわ。

コロンビーナ　そうよ、そうよ、私の奥さまですわ。

ドラリーチェ　ちょっと聞くけど、お前の奥さまは、どれほどお給料を下さるの？

コロンビーナ　月に一スクード〔一ツェッキーノの約二分の一〕下さいますが。

ドラリーチェ　かわいそうに。本当に少ないわね。

コロンビーナ　本当に少ないの？　本当のことを申しますとね、私も少ないと思います

わ。だって、私が実家にいた時には、私にお仕えしてくれた女中は、父から月に一ツェッキーノのお給料を頂いていたわ。

ドラリーチェ　一ツェッキーノですって？

コロンビーナ　そうよ、一ツェッキーノよ。それにチップは、一ドッピア金貨〔二ツェッキーノ〕に上ることがあったわね。[11]

ドラリーチェ　まあ、そのような幸運に巡り会えたなら！

コロンビーナ　お給料が倍になる？

ドラリーチェ　お前の奥さまを替える？

コロンビーナ　お馬鹿さんですわ。

ドラリーチェ　ねえ、コロンビーナ、もしお前が望むなら、そのチャンスは今よ。

コロンビーナ　まあ、そうできるものなら、本当に嬉しいですけどね！

ドラリーチェ　でも、どなたにお仕えしますの？

コロンビーナ　私にだよ。もしお前が、私に仕えるのが嫌でなければ、だけどね。

ドラリーチェ　奥さまにですか？

コロンビーナ　そうよ、この私によ。お前だってよく分かるでしょう。身の回りを世話してくれる女中がいないと、私は

（11）注（2）（3）を参照。ツェッキーノ金貨は二二リラであるから、コロンビーナの給料はほぼ二倍になり、さらに不定期収入のチップは、その給料の二倍に上ることになる。

やって行けないし、そのお給料は、私の父が出してくれるわ。私はお前を少しばかり怒鳴りつけてしまったけど、よく考えてみると、お前は有能で、忠実で、勤勉な女の子であることは分かる。だから、もしお前がこの申し出を受けてくれるなら、最初の二ヶ月分のお給料として、ニツェッキーノを前払いして上げるわ。

コロンビーナ 奥さまはとてもご親切なので、私はとても嫌とは言えませんわ。

ドラリーチェ では、私に仕えてくれるのね？

コロンビーナ はい、奥さま。

ドラリーチェ でも、お姑さんは何と言うかしら？

コロンビーナ それが問題ですわ。何と仰るでしょうか。

ドラリーチェ 彼女にそのことを分からせてやるための方法を、二人で考えましょう。でも、今日のところは、何も言わないでおきましょう。

コロンビーナ 大変結構ですわ。私は若奥さまのご命令通りに致します。でも、イザベッラ奥さまが、私をお呼びになって、何かご用を言いつけられたなら、私は彼女にお仕えしてもよろしいのでしょうか？

ドラリーチェ そう、お前はお仕えすべきよ。むしろ、この件について彼女に伝えるまでは、私の味方をするような素振りは一切見せちゃだめよ。

コロンビーナ でも、私は若奥さまにお仕えする女中ですから。

ドラリーチェ 今のところは、私の敵でないだけで十分よ。姑が私について何と言っているか、それを逐一忠実に報告して頂戴。

コロンビーナ まあ！ 忠実さについては、私を完全に信頼して下さってもよろしいですわ。奥さまには、何もかもお話しします。それどころか、私が本当に奥さまについている証をお見せするために、古奥さまが若奥さまについているいろ仰っていたことを、今からお話して差し上げますわ。

ドラリーチェ 話して、話して。恩に着るわ。

コロンビーナ 古奥さまが仰いますには……でも、どうかお願いですから、他人には言わないで下さいね。

ドラリーチェ 安心しなさい。私は口が堅いから。

コロンビーナ で、仰いますには、若奥さまは庶民の生まれだ、自分が同席するのは恥だ、若奥さまを自分の女中と見なすと仰いました。

ドラリーチェ そんなことを言ったの？

コロンビーナ 良心に誓って、そう仰いました。

ドラリーチェ 他に何か言っていた？

コロンビーナ 若奥さまのご主人が、若奥さまを愛するのは、よくないことだし、彼に若奥さまを憎ませるために、何でもすると仰いました。

ドラリーチェ 本当にそう言ったの？

コロンビーナ 私の名誉に賭けて、本当にそう仰ったと誓いますよ。

骨董狂いの家庭、あるいは嫁と姑

コロリーチェ 他には何か言っていなかった?
コロンビーナ 他は憶えていませんが、今後、注意深く聞いていて、分かったことはすべてご報告するように致します。
ドラリーチェ それで十分よ。私とお前の約束よ。
コロンビーナ 疑いの目で見られないように、私はおいとましますわ。[傍白](月に一ツェッキーノのお給料のためなら、彼女の言うことを報告するだけでなく、私の思い付いたことだって、いくらでも付け加えて話して上げるわよ。)[退場]

第四場 ドラリーチェと、その後、コロンビーナ

ドラリーチェ 私のことを庶民の女だって? 私が庶民の女? 本当に厚かましくて、生意気で、恥知らずな姑だわ! 私と同席するのは恥だって? 恥なのは、こっちの方よ。だって、もし私がいなかったら、飢え死にしていたはずだから ね。夫が私を愛するのは、よくないことだって? 本当によくないのは、この貴婦人の大奥さまに敬意を払うように、夫が私にしつこく迫ることだわ。息子に私を憎むようにさせたいですって? それは難しいわね。だって私は、自分の気に入った人に私を愛させたり、自分の気に入らない人を絶望させたりする、立派な手段を持っているんですからね。つまり、それはお金よ。
コロンビーナ 奥さま。
ドラリーチェ どうしたの?
コロンビーナ ボスコの騎士さまが、お目通りしたいそうですが。
ドラリーチェ お通しして頂戴。
コロンビーナ すぐにそうお伝えします。奥さまが、少しばかりお伴の騎士を持たれるのは、よいことですわ。でも、イザベッラ奥さまは、もうやめにすべきですわね。[退場]

第五場 ドラリーチェと、その後、ボスコの騎士

ドラリーチェ あのニツェッキーノは、有効に使ったものだわね。
騎士 奥さま、私が二度目のお邪魔をしに戻って参りましたこと を、どうかお許し下さい。
ドラリーチェ 騎士さま、私があなたのご訪問を受けるに値しない人間であることは、よく承知しています。ですから、何よりもまず先にあなたにひとつ質問することをお許し下さいな。
騎士 この世で最も丁重な態度でお聞き致しましょう。
ドラリーチェ どうかお答え下さい。[小声で](でも、いいわね。人にへつらうことなど、あなたにはいとも簡単なことでしょうけど、この私にそんなことをしたら承知しないわよ。)
騎士 最も厳しい誠実な心で答えることを、あなた様にお約束

ドラリーチェ　あなたが私に会いに来たのは、私に何らかの好意を抱いて下さったからなの、それとも、もっぱらイザベッラ伯爵夫人と私を仲直りさせたいという思いからなの？　どうか、お答え下さいな。

騎士　仲直りができるものなら、私は嬉しく思いますよ。ですが、できないは別にして、ああ、奥さま、私はもっぱらあなた様のお側に仕えるという栄誉を得たいがためだと、はっきりと申し上げておきます。

ドラリーチェ　姑より私の方を選ぶつもりはあるの？

騎士　あなた様の素晴らしい美徳が、私にあなたを選ばせてしまい、あなた様に対する深い愛情と尊敬の念が、おのずと私にあなた様を求めさせてしまうのです。

ドラリーチェ　では、姑の面前でも、そのように宣言なさって問題ないのね。

騎士　私の気持を害さないためには、礼儀に悖るようなことを私にさせなければ、それで十分です。

ドラリーチェ　あなた様にあなたを選ばせてしまうだから、何でも致します。

騎士　では、どうかお命じ下さい。私はあなたのご命令に従って、何でも致します。

ドラリーチェ　別に私は、あなたに悪いことをしてくれ、と頼んだりはしないわよ。

騎士　何ですって？　失礼の段はお許し頂きたいのですが、逆に私は、見事に愚弄したのは、あなた様の方であるように思いましたが。

ドラリーチェ　まあ、あんなものは、実につまらないことよ。私の受けた侮辱は、もっと重大なことなの。

騎士　あなた様にお目通りする栄誉を得ましてから、まだ数時間しか経っておりませんのに、その間に、何か新しい事態が生じたのですか？

ドラリーチェ　大変なことが起きたわ。私の姑は、この家を破滅させるつもりなのよ。

騎士　どうかお願いですから、そんな風に仰るのはやめて下さい。

ドラリーチェ　何ですって？　そんな風に言うなって？　では、あなた、まだ姑の味方をしたいのね。

騎士　だって、若奥さま、この家が破滅したら、あなたのご主人やあなたまでが巻き込まれますよ。

ドラリーチェ　何が起きたって構わない。でも、あの侮辱だけは、絶対に許すことができないわ。

騎士　それがどのような侮辱なのか、是非とも私に教えて下さい。

ドラリーチェ　あの女はね、大胆にもこう言い放ったのよ、私の夫が私を愛するのは、よくないことだ、彼に私を憎ませるために、あらゆる手を尽すつもりだ、と。

騎士　奥さま、そのように言うのを、あなたご自身でお聞きになられたのですか？

ドラリーチェ　自分で聞いたわけじゃないけど、間違いなくそう言ったことは知っているわ。

第六場　コロンビーナと、前出の二人

ドラリーチェ　では、待って頂戴。コロンビーナ！

騎士　そのようなことは、夢の中でさえ思ったことがありません。でも、このような噂話をあなたにした者は、悪意からか、あるいは無知蒙昧のために、話を歪めて伝えたのでしょう。

ドラリーチェ　この私が、嘘をつけるような人間だと思っているの？

騎士　俄には信じられない話です。そのような道理に反したことは、言うはずがないと、私には思えますがね。

コロンビーナ　若奥さまを愛したりするのは、よくないことだって。

コロンビーナ　聞いた？それから？

コロンビーナ　彼が若奥さまを憎むようにしてやりたいって。

コロンビーナ　分かった？

コロンビーナ　その理由は、若奥さまが庶民階級の女だって。

ドラリーチェ　ここから出て行きなさい。このような陰口屋たちは、いつも何かしら、自分で考えたことを付け加えるんだから。

コロンビーナ　それにこうも仰いました、若奥さまと同席するのは……

ドラリーチェ　もうそれでいい、出てお行き。

コロンビーナ　どうかお願いですから、私の身を滅ぼすようなことだけはしないで下さい。

騎士　私については、安心していいよ。私は口の堅い男だからね。

コロンビーナ　[騎士に] さらに、あなた様についても、こう仰っていました……

騎士　私のことを何と言っていた？

コロンビーナ　あなた様は数多くの家に出入りしているが、召使いには何もくれない騎士さまだってね。[退場]

騎士　奥さま。

ドラリーチェ　ちょっと聞くけど、姑は私のことを何と言っていたの？

コロンビーナ　奥さま……どうかお許しを。

ドラリーチェ　いいえ、遠慮することはないよ。騎士さまは、決して人に喋ったりしないからね。

騎士　そうとも、私は口が堅いんだ。安心しなさい。

ドラリーチェ　さあ、言ってご覧。あの愛すべき、お若い大奥さまは、私のことを何と仰ったの？

コロンビーナ　若奥さまは、庶民の女だって仰いました。

ドラリーチェ　お黙り。そんなことは聞いていないわよ。私の夫については、何と言ったの？

第七場　ドラリーチェとボスコの騎士

騎士　ねえ、伯爵夫人、あのような連中の言うことを信じるのですか？

ドラリーチェ　あの子は、自分のした話は本当の話だと、私に誓って言ったのよ。

騎士　彼女がイザベッラ伯爵夫人の、古くからの女中であることも、ご存じでしょう。

ドラリーチェ　まさに古くからの女中だからこそ、自分の女主人に害になるような話は、本当のことでもないかぎり、私には喋らないはずでしょう。

騎士　きっと伯爵夫人は、興奮して口走ったんでしょう。きっと虫の居所が悪かったせいですよ。

ドラリーチェ　騎士さま、どうぞお引き取り下さい。

騎士　どうしてあなた様のお側にお仕えする恩恵を、私から奪われるのですか？

ドラリーチェ　それは、あなたが姑の肩を持つからよ。私はあなたの召使いではありますが、できればあなたの心穏やかで、満足されたお顔を見ていたいのです。

騎士　私の味方か、それとも彼女の味方か、二つのうちのどちらかよ。

ドラリーチェ　誓って、私はあなた様の味方です。

騎士　誓って、私はあなた様の味方です。もし私があなた様の味方なら、私の言うことに逆らうべきではないわ。

ドラリーチェ　では、姑と私とでは、どちらの言い分が正しいの？

騎士　あなた様の仰ることには、すべて従います。

ドラリーチェ　侮辱を受けたのは、どっち？

騎士　あなたです。

ドラリーチェ　償いを求めるべきは、どっち？

騎士　あなたです。

ドラリーチェ　譲歩すべきは、どっち？

騎士　あなたです……

ドラリーチェ　あなたですって？

騎士　あなたじゃありません。私が言いたかったのはですね……

ドラリーチェ　譲歩すべきは、彼女の方よ。

騎士　もちろんです。

ドラリーチェ　私たちが出会った時に、先に話し掛けるべきは、どっち？

騎士　それはですね……

ドラリーチェ　たとえ彼女が年上でも、私は先に挨拶したりできないわ。

騎士　そのことはじっくり考えてみませんと……彼女の方が、先に話し掛けるべきだわ。

ドラリーチェ　手短に答えてよ。彼女の方が、先に話し掛けるべきだわ。

骨董狂いの家庭，あるいは嫁と姑

騎士　その通りです。私もそう言おうと思っていました。彼女の方が先です。

ドラリーチェ　あなたも同意してくれる？

騎士　反論はできませんね。

ドラリーチェ　立派な騎士であるあなたが同意して下さるなら、私の意見は間違っていなかったと確信できるわ。

騎士　でも、失礼ですが、私はですね……

ドラリーチェ　もしあなたが愛情をもってお話し下さるなら、私は敬意をもってお答えしますけど。

騎士　ご立派！　大変ご立派です！　あなたの従順さを称賛しますよ。

ドラリーチェ　なのに、世間の人々は、私が悪い女だと言うのよね。

騎士　あなたは、世界で最も善良な女性です。

ドラリーチェ　これは本心から言うんだけど、私のたったひとつの望みは、すべての人に好かれることなのよ。

騎士　確かにね、よく分かります。

ドラリーチェ　使用人たちは、私を崇め奉ってくれるわ。

騎士　コロンビーナもですか？

ドラリーチェ　コロンビーナは、完全に私のものよ。あの子は私に仕えてくれることになったのよ。彼女にはニツェッキーノ上げたの。

騎士　そのようにされるなら、あなたは崇め奉られるでしょうね。

第八場　コロンビーナと、前出の二人

コロンビーナ　奥さま、ご実家のお父さまが、ちょっとお話ししたいそうですが。

ドラリーチェ　ここには来られないとのことで。アルコーブ(12)のある部屋でお待ちです。

コロンビーナ　こちらには来られないとのことで。

ドラリーチェ　きっと姑の前で私を叱って、恥ずかしい目に遭わせようとしているんだわ。

騎士　お上がそうお命じになるなら……

ドラリーチェ　まあ、もう父は私に命令はできないのよ。私は結婚したんですからね。(13)

騎士　その通りですが、お父上からは、いつでも何か、援助が期待できるでしょう。

──────────

(12) 壁の窪みにベッドを置いた部屋。通常、カーテンで仕切られてい

ドラリーチェ　もちろんよ！　だから私は、父の言うことを聞いて上げているのよ。もし彼が父親でなかったら、ただのあわれな老人ね。いいわ、もし父が、イザベッラ伯爵夫人との話し合いを望んでいるのなら、彼女が先に話し掛けるという条件で、話をして上げるわ。騎士さま、私の父が帰ったら、私の所に来て下さいね。待っていますから。[退場]

騎士　コロンビーナ、お前がこんなにかいがいしく、若奥さまにお仕えするのは、どうしてなんだい？

コロンビーナ　私は心の優しい娘ですから、自分に気前よくして下さる方なら、誰にでも喜んでお仕えしますよ。

騎士　さあ、いいかい。お前の仕える奥さまが、使用人に何もやらない、などと言われたりしないように、この半ドゥカートを上げるよ。

コロンビーナ　まあ、嬉しい。奥さまが、今度は何と仰るか分かります？

騎士　何と言うだろうな？

コロンビーナ　大変な散財をさせてしまった、と仰るでしょうね。[退場]

騎士　何と忌々しい女中だ！　あの女は、この家の騒ぎの最大の原因だよ。こちらに告げ口、あちらに告げ口。女たちは、自分に報告されるすべての噂話を喜んで聞くものだ。悪口を聞こうものなら、そのすべてを鵜呑みにして、分別を失って、敵同士になる。コロンビーナが両者から化けの皮を剥がされて、そのペテン行為の罰を受ける様子を、できることなら見てみたいものだな。家庭が平穏無事であるかどうかは、ほとんどの場合が、女中や召使いの舌先いかんに掛かっているのです。これは残念ながら、本当のことなんですよ。[退場]

第九場

アンセルモ伯爵の部屋。分厚い手稿本を持ったアンセルモ伯爵と、ブリゲッラ

アンセルモ　ギリシア語を読めないのは、何とも残念だ！　この手稿本は宝物なのに、それを読めないとはなあ。ブリゲッラ！

ブリゲッラ　旦那さま。

アンセルモ　とても古いギリシア語の手稿本を見つけたよ。一〇〇ツェッキーノの値打ちがあるんだが、わしはそれを一〇ツェッキーノで手に入れた。

ブリゲッラ　[傍白]（これは俺の扱った品物じゃないな。）

アンセルモ　旦那さま。

ブリゲッラ　これはオリジナルの原本だ。

アンセルモ　オリジナルの原本ですって？　ねえ、旦那さま、どんな内容の本ですか？

ブリゲッラ　スパルタ共和国とアテナイ共和国の和平条約文だよ。

アンセルモ　ほう、大変なもので！

ブリゲッラ　少なくとも言えることは、この本は宝石のような、というのはだね、これは世界に一冊し

骨董狂いの家庭，あるいは嫁と姑

かない稀覯書だからだ。それに聞いて驚くなよ、これはアテナイの雄弁家、デモステネスが自らの手で書いたものだよ。

ブリゲッラ　何ですと！　何というすごい歴史上の人物ですか？　本当ですかね？

アンセルモ　わしは、古代人の文字は読めないが、優れた目利きだよ。

ブリゲッラ　旦那さま、お願いです。せめて本の題名だけでも、読んで聞かせて下さいな。

アンセルモ　もう何度も言ったろう、わしはギリシア語が読めないって。

ブリゲッラ　でも、その言語を読めないで、どうして文字が分かるので？

アンセルモ　まあ、こいつはいい！　それはな、絵描きでなくても、人は絵を理解できるのと同じことだよ。

ブリゲッラ　[傍白]（いったい誰が、この一〇ツェッキーノをパクったのかは分からんが、どうせ旦那が破滅するなら、他人でなく、この俺さまが手を貸してやった方がいい。）

アンセルモ　実に美しい！　実に美しい手稿本だ！　ついさっき書かれたばかりみたいだな。

ブリゲッラ　旦那さま、サラーガ船長さんをご存じで？

アンセルモ　知っている、知っている。彼は豪華なコレクションを持っていると自慢しているが、よいものはひとつもないな。

ブリゲッラ　でも、すごいお金を注ぎ込みましたよ。

アンセルモ　二〇年で一万スクードは下らんだろうな。

ブリゲッラ　実は彼にある不幸な事件が起きまして、お金が必要になって、自分のコレクションを売り払いたがっているんです。

アンセルモ　売り払いたい、だって？　ああ！　よい買い物ができるかもしれんな。

ブリゲッラ　旦那さまにその気があれば、今がチャンスですよ。

アンセルモ　よいものがあれば、わしが手に入れてやろう。

ブリゲッラ　彼は全部一括で売りたがっているんです。

アンセルモ　でも、それなら、何千ツェッキーノも必要だろうが。

ブリゲッラ　旦那さまが考えているよりも安い値段ですよ。あの大コレクションをたった三千スクードで譲ってくれるそうです。

アンセルモ　わずか三千スクードで？　それなら、たとえ下着

(13) 伝統的に結婚前の女性は、親権者の命令に絶対服従しなければならなかった（本書収録の作品で言えば、『小さな広場』のガスパリーナ、『田舎者たち』のルシェッタの場合）。結婚後は親権者から解放されるが、今度は夫の命令に従わなければならなかった。そこで、ゴルドーニ作品の勝ち気な女性たちの多くは（『宿屋の女主人』のミランドリーナ、『田舎者たち』のフェリーチェ夫人、『別荘狂い』のジャチンタ）、自分の言いなりになる男性を夫にすることを好んだのである。

まで質入れしてでも、乗るべき取引だな。もし四日前にそのことを知っていたら、すべて現金でなくても構わないようにと、うるさい借金取りどもに、お金をばらまいたりしなかったのになあ。

ブリゲッラ　でも、すべて現金でなくても構わないようですよ。一部を現金、一部を手形で、コレクションを譲ってくれるように、私が掛け合ってみましょうか？　ねえ、ブリゲッラ、何という幸運だろうね。手渡す現金の方は、どのくらい必要だと思う？

アンセルモ　ああ、もしそうできるなら！

ブリゲッラ　少なくとも二千スクード。

アンセルモ　わしは一五〇〇スクードしか持っていない。残りは全部使ってしまった。

ブリゲッラ　彼がこの金額で承知するかどうか、尋ねてみましょう。

アンセルモ　手付金を打つ必要があるでしょうな。

ブリゲッラ　そうだな、この二〇ツェッキーノを持って行け。手付金だと言って、彼に手渡すんだ。

アンセルモ　すぐに行って参ります。

ブリゲッラ　だが、いいかね、作品の目録をもらって来るのを忘れるなよ。それを逐一全部照合したら、わしに知らせに来い。わしも見に行くつもりだからな。

アンセルモ　行って参ります。時間を失ったら、この取引は別

人の手に渡るかもしれませんからね。

アンセルモ　どうかそうならんことを願っているよ。もしそうなったりしたら、わしは絶望して首を吊るからな。

ブリゲッラ　[傍白] (船長さんが、自分のコレクションを売りたがっているのは、本当の話だよ。だが、この二〇ツェッキーノで、彼にがらくたの類を買って、さらに何か他のがらくたも持って行ってやろう。あの愚かな旦那には、物を見る目が全くないから、高い値段で買ってくれるだろうよ」[退場]

第一〇場　アンセルモ伯爵と、その後、パンタローネ

アンセルモ　このような幸運に巡り合えるとは思ってもみなかった。だが、幸運は忘れた頃にやって来る、というからな。

パンタローネ　入ってもよろしいですかな。

アンセルモ　ああ、やって来たのは、人のいいパンタローネだな。だが、彼には物を見る目が全くないんだ。パンタローネ君、いらっしゃい、いらっしゃい。

パンタローネ　伯爵さまにご挨拶申し上げます。

アンセルモ　ちょっと尋ねるが、君は世界中の商人と手紙のやり取りをしているのだよね？　では、ギリシア語は分かるかね？

パンタローネ　完璧に分かりますよ。わしは一〇年間、コル

アンセルモ　フーに住んでいて、そこで商売を始めたんです。ですから、ギリシア語を勉強するのが、あの頃のわしの唯一の楽しみでしてね。

パンタローネ　これはね、コルフーの若者たちが歌っている、ギリシア風歌謡曲の本ですよ。

アンセルモ　では、ギリシア語の書物を読むことができるのだよね。

パンタローネ　その前に申し上げておきますが、古典ギリシア語と俗ギリシア語は、全くの別物ですよ。でも、わしはその両方とも少しは分かりますが。

アンセルモ　それなら、わしは君に素晴らしいものをお見せしよう。

パンタローネ　喜んで見せて頂きますよ。

アンセルモ　ギリシア語の手稿本だよ。

パンタローネ　結構ですね。わしはこの種の本を、他にも見たことがありますから。

アンセルモ　デモステネスが、自らの手で書いたものだよ。

パンタローネ　それは素晴らしいものでしょうなあ。

アンセルモ　見てご覧。そして、読めるものなら読んでご覧よ。

パンタローネ　［見る］これがデモステネスの書いたものですって？

アンセルモ　そうだ。スパルタとアテナイの和平条約文ですって？この本の内容が何か、本当にあなたはご存じで？

アンセルモ　まあ、その内容が何かだって？　君は本当は分かっていないのだよ。

パンタローネ　君がギリシア語を読めないことは、わしにはすでに分かっていたよ。

アンセルモ　お聞きなさい。《マッティアムー、マッタキアムー、カリスペーラ、マッティアムー。》

パンタローネ　でも、それはスパルタ人とテーベ人たちの固有名詞のはずだよ。

アンセルモ　その意味はこうです。《私の命の人よ、こんばんは、私の命の人よ。》

パンタローネ　君は本当は読めないんだよ。これはギリシア語の手稿本で、一〇〇ツェッキーノ以上するものを、わしが一〇ツェッキーノで買ったんだよ。

アンセルモ　あの町のチーズ売りの小僧が買う時には、三ソルドも払いませんよ。

パンタローネ　出て行ってくれ。君は羊毛や絹の製品については知っていても、古代の書物については知らんのだ。

アンセルモ　伯爵さま、わしの見るところ、残念ながら、状況はますます悪くなっているようですな。

パンタローネ　それはどういう意味だね？

アンセルモ　あなたは、このようながらくた道楽にのめり込

(14)　オトラント海峡の向かい側にあるギリシアの島で、一三八六年以来ヴェネツィア共和国の貿易基地として栄えていた。

んで、家は破滅の淵にあるということです。

アンセルモ　わしは家に迷惑を掛けずに、道楽をしているよ。収入はわしの妻が管理しているし、わしは家計に何の損害も与えていない。

パンタローネ　あなたは、家庭円満のことは考えないのですか？

アンセルモ　わしは自分のことは考えるが、他人のことは考えないね。

パンタローネ　あなたはご存じないのですか？　家の頭となる人が、家の世話をしないと、すべてが逆さまの世界になってしまうことを。

アンセルモ　彼らが黙っている時は、わしは頭でいるが、彼らが怒鳴る時は、わしは尻尾になる。

パンタローネ　わしの娘は、姑のイザベッラ伯爵夫人に侮辱されたと言っていますが。

アンセルモ　わしの妻も、君の娘に侮辱されたと言っておるよ。ねえ、分かるだろう、わしらの相手にしている連中が、どのような気違いどもか。

パンタローネ　しかし、この内紛を収拾する必要があります。わしは君にも、わしのしているようにすることを勧めるがね。

アンセルモ　と言いますと？

パンタローネ　勝手に二人でやらせておいて、自滅するのを待つんだよ。

パンタローネ　だが、もし事態がこのまま進んだら、何が起きるか分かりませんよ。

アンセルモ　君は何が起きてほしいと思っているのかね？

パンタローネ　伯爵夫人は少し高慢ですな。

アンセルモ　あなたの娘は少し執念深過ぎるな。

パンタローネ　嫁と姑に仲直りさせるように骨折ってみませんか？

アンセルモ　仲直りさせるには、何をすることが必要かね？

パンタローネ　わしは娘と話しました。娘はわしの言う通りにするはずです。

アンセルモ　わしの妻には話しても無駄だよ。

パンタローネ　どうしてです？

アンセルモ　わしが妻の言う通りにしたこともなかったからさ。

パンタローネ　だが、これは家族全体の仲直りでなければなりません。

アンセルモ　このわしに話し合ってなんかいないけどねえ。

パンタローネ　あなたが能無しのでくの坊と見られるのは、けっして名誉なことではありません。

アンセルモ　では、あなたはわしに何をしろと言うんだね？

パンタローネ　二人を仲良くさせなければなりません。二人が話し合って、お互いに釈明して、仲直りするようにさせるべきです。ですから、あなたもその仲直りの場に立ち合う方が

アンセルモ　いいでしょうね。

パンタローネ　よろしい。では、立ち会って忙しくてね。

アンセルモ　何か励ますような言葉を掛けてやる必要がありますよ。

パンタローネ　そうしてやろう。

アンセルモ　わしは伯爵夫人とも話をしました。彼女は応接間に来ると約束してくれましたよ。そこにはわしの娘も来るはずです。

パンタローネ　結構だ。大変な骨折りだったね。

アンセルモ　集まるのは、わしらだけにしましょう。あなたと、わしと、あなたの奥さんと、わしの娘と、娘婿の五人です。

パンタローネ　他の連中はだめかい？

アンセルモ　他人は入れないでおきましょうよ。

パンタローネ　どうしてですか？ いったい誰を入れたらいいと思っているのです？

アンセルモ　女たちは、いつも自分の相談役[13]を持っているものだからね。

パンタローネ　わしの娘は、誰も持っていないと思いますが。

アンセルモ　いや、きっと持つようになる。きっと持つよ。

パンタローネ　伯爵夫人はお持ちで？

アンセルモ　まあ、お持ちかって？ もちろんだよ！

パンタローネ　で、あなたはそれを認めていらっしゃるので？

アンセルモ　わしはメダルの世話で忙しくてね。わしの娘婿なら、そのような真似はさせないでしょう。

パンタローネ　《各人各様、自分の好きなようにすればいい》[16]だね。

アンセルモ　でも、それは一家の長たる人の言う言葉じゃありませんよ。

パンタローネ　君は何歳になる？

アンセルモ　六〇歳、ですが。

パンタローネ　君は百歳まで長生きしたいかね？

アンセルモ　もちろん！ 天の神さまがお許し下されば、ですがね。

パンタローネ　もし百歳まで長生きしたいなら、わしを見習って、気楽な生活をすることだよ。［退場］

───────────

（15）《お伴の騎士》、つまり、一八世紀のイタリアで流行した、他人の妻に仕えるナイト《チチズベーオ》のこと。ゴルドーニの『抜目のない未亡人』（一七四八年初演）には、主人公のロザウラが、匿名の著者による《チチズベーオ》賛美の本の一節を読み上げる場面がある。《父親は、娘のために夫を見つけてやる義務があって、彼女は自分のために愛人を見つける義務がある。愛人とは、妻の腹心の秘書であって、彼女は自分の夫以上に愛人の言うことを聞くだろう。一般に良き夫にとって最も有益な人間は、妻の愛人である。なぜなら、愛人は、夫のさまざまな負担を肩代わりしるし、気まぐれな妻の落ち着きのない心を宥めてくれるからである》（第一幕一五場）。

（16）《Ognun dal canto suo cura si prenda》詩人トルクワート・タッソの言葉と言われる。『コーヒー店』第三幕六場にも、同じ格言が引用されている。

第一一場　パンタローネ一人

パンタローネ　まあ、何とご立派なお人だろう！　ああ、わしの娘もかわいそうに、何とご立派なお家に嫁にやってしまったものか？　メダル狂いのお陰で、数日間で無一文になってしまうのを、放っておくとはな。もし彼が家の面倒を見ないのなら、このわしが見てやろう。わしには、この世にこの娘一人しかおらんのだ。できることなら、娘がわしの虚栄心の犠牲者になるのを見ながら、後悔して死にたくはないものだ。ああ、わしと同じ階層の者と娘を結婚させていたら、どれほどよかったか！　このわしまでが、貴族と縁組みしたいという虚栄心に取り憑かれてしまった。わしの持参金に二万スクードも使ったが、本当のところ、わしは何をしたんだ？　わしは金を運河に捨てて、娘を水死させてしまったんだよ。

第一二場　別の衣服で変装したアレッキーノと、前出のパンタローネ

アレッキーノ　[傍白]（ああ、伯爵を見つけたら、他の骨董品を売り付けて、その儲けをブリゲッラと折半せずに、自分のものにしてやろう。）

パンタローネ　[傍白]（こいつはいったい何者だ？　誰に用事があるのかな？）

アレッキーノ　[傍白]（この薄髭の親父は見たことがないな。）

パンタローネ　君は誰だい？　誰に用事があるのかね？

アレッキーノ　わしが答える前に、旦那がどなたか教えて頂きましょうか。

パンタローネ　わしはアンセルモ伯爵の友人だが。

アレッキーノ　旦那は骨董がお好きで？

パンタローネ　ああ、大好きですよ。何でも買います。[傍白]（間違いない、伯爵をカモにしている連中の一人だな）

アレッキーノ　旦那が骨董好きなら、ちょうどよかった、わしは骨董屋なんですよ。実は、アンセルモ伯爵にお宝をお見するために、訪ねて参ったのですが、もし旦那が何らかの丁寧なやり方で、つまりお金を積まれてですね、どうしてもと仰るなら、わしの持って来たすべてのお宝を、旦那に譲って上げてもよろしいのですがね。

パンタローネ　[傍白]（適当にからかいながら、背後関係を探ってやろう。）ねえ、君、もしそうしてくれるなら、お金を払うのはもちろん、君に必要なことで、わしにできることなら、何でもして上げよう。

アレッキーノ　旦那が立派なお人であることは見て分かりますから、どのような品物があるか、お見せしましょうか？　いかに古くて、いかに希少で、いかに貴重なものか、お見せしましょう！　これをご覧下さい。[と言って、古びたスリッ

骨董狂いの家庭，あるいは嫁と姑

パを取り出す]

パンタローネ　それは古いスリッパみたいだが。

アレッキーノ　これは、皇帝ネロが履いていたスリッパですぞ。彼がポッペアを玉座から追い払った時に、彼女のお腹に恐ろしい足蹴りを食らわした、その時のスリッパですぞ。⑰

パンタローネ　素晴らしい！

アレッキーノ　これは？　他に何かあるかね？

パンタローネ　これをご覧下さい。[と言って、一房の髪の毛を見せる]これはですね、ローマのセスト・タルクィーニが、貞女ルクレツィアを手込めにしようとした時に、彼の手に残った貞女の髪の毛の房ですよ。⑱

パンタローネ　素晴しい品だ！[傍白]（ああ、ずる賢い奴め！）

アレッキーノ　さらにお見せするのは……

パンタローネ　もう見せてもらわんでいい。このならず者、この盗人、この悪党め！　お前はこのわしをカモとでも思ったか？　このわしが、そのような嘘を信じ込むと思ったか？　お前を牢屋にぶち込んでやる。

アレッキーノ　ああ、旦那、どうかお願いですから、見逃してやって下さい。

パンタローネ　いったい誰の手引きで、この家に入った？

アレッキーノ　ブリゲッラで、旦那。

パンタローネ　何だと！　ブリゲッラか？

アレッキーノ　へい、旦那。この前の時は、二人で半分ずつ山

分けにしました。

パンタローネ　では、ブリゲッラが、自分の主人を食い物にしていたのか？

アレッキーノ　他の多くの召使いがやっていることを、彼もやっただけで。

パンタローネ　さあ、わしと一緒に来い。[傍白]（こいつを使って、伯爵の目を覚ませてやろう。）わしと一緒に来るんだ。

アレッキーノ　どこにです？

パンタローネ　安心して、わしに付いて来い。恐れないでいい。

アレッキーノ　お前はこのあわれな男にお慈悲を。

パンタローネ　どうかこのあわれな男にお慈悲を。

パンタローネ　お前は牢獄行きが当然だが、わしには、そんなむごいことはできない。今わしに話してくれたことを、伯爵さまの前で話してくれるだけで十分だ。そうすれば、放免してやろう。

アレッキーノ　へい、旦那。あなた様のご命令通りに、洗いざらい申し上げます。

（17）皇帝ネロは妻のオクタヴィアを離縁して、友人の妻ポッペアと結婚するが、ネロにお腹を蹴られて死んだと伝えられる。モンテヴェルディのオペラ『ポッペアの戴冠』は、一六四三年にヴェネツィアで初演。

（18）ローマ最後の王タルクィーニウスの息子セストが、人妻ルクレツィアに横恋慕するが、彼女は自害して貞節を守り、この事件を機に、王一族が追放されて、ローマは共和制になる。

第一三場　イザベッラ伯爵夫人の部屋。イザベッラ伯爵夫人とドットーレ

パンタローネ　では、行こうか。
アレッキーノ　行きましょう。[傍白]（ねえ、盗人にだって、お目こぼしと幸運がないとねえ。）[歩いて行く]
パンタローネ　先ずは仲直りをさせよう。あなたに会わせて、あらゆる人が彼を馬鹿にし、あらゆる人が彼を食い物にしていることを、見せつけてやりますよ。[二人は退場]

イザベッラ　家庭円満を望むなら、自分の娘に分別を持たせるべきだわね。
ドットーレ　結構なことじゃないですか。わしは何も言っていませんよ。この家に愛情を持ってくれようという、つもりはありません。彼には主人面をしてもらいたいのなら、全員が仲良く、家庭円満になることを願っているんですからね。
イザベッラ　どうしてあの老いぼれが、私のことに口出しするの？この家で命令するのは、先ず私、次いで夫なのに。
ドットーレ　あなたまで、私をいらいらさせてくれるの？わしは何もパンタローネさんの言ったことを、聞かれたわけでしょう？
イザベッラ　あなたまで、そう言いたいのなら、この部屋から出て行ってよ。
ドットーレ　これは何とも見上げたお話ですな。わしを呼んだかと思ったら、すぐに追い出す。
イザベッラ　それは、あなたが私を怒らせるからよ。飲み物を持って来て頂戴。
ドットーレ　承知しました。[飲み物を取りに退場]
イザベッラ　忌々しい女だわ！私のことを年寄りだって？[一杯のワインを盆に載せて持って来る]
ドットーレ　さあ、お持ちしましたよ。[一杯のワインを盆に載せて持って来る]
イザベッラ　忌々しい男だわ！
ドットーレ　もう沢山。あなたをここに連れて来た時を、呪ってやる！
イザベッラ　落ち度がないと言っています。わしは一言も言っていません。
ドットーレ　落ち度がない？落ち度がないだって？あなたまで、そんなことを言うの？悪魔があなたをここに連れて来た時を、呪ってやる！
イザベッラ　落ち度がないですって？落ち度がないだって？あなたまで、そんなことを言うの？悪魔がここにいるんですよ。わしは一言も言っていないのは、パンタローネさんですよ。
ドットーレ　彼は公言していますよ、娘に落ち度はないって。
イザベッラ　ワインは欲しくないわ。
ドットーレ　では、水を持って参ります。[前と同様に退場]
イザベッラ　《あなたはお年寄りですから、私からご挨拶しますわ》だって？
ドットーレ　さあ、水ですよ。[一杯の水を持って来る]
イザベッラ　忌々しい人ね、冷たい水を持って来たの？
ドットーレ　でも、お湯なんか、どこにあります？

骨董狂いの家庭，あるいは嫁と姑　53

イザベッラ　台所よ、台所。ドットーレでは熱いお湯を持って参ります。［前と同様に退場］

第一四場　コロンビーナと、前出のイザベッラ [19]

イザベッラ　こんなひどい言葉は、これまで誰からも聞いたことがなかったわ。でも、あの騎士さんは、彼女と一緒に何をしていたのかしらね？　もしドラリーチェに仕えるために、この私を捨てたりしたら、ひどい目に遭わせてやるわよ！　少し探ってみましょう。コロンビーナ！

コロンビーナ　はい、奥さま。

イザベッラ　ちょっと聞くけど、騎士さまがドラリーチェの部屋に入るのを、お前は見た？

コロンビーナ　はっきりと見ましたが。

イザベッラ　どのくらいそこにいたの？

コロンビーナ　二時間以上です。そして、ついさっき、戻って来られました。

イザベッラ　戻って来たって？

コロンビーナ　はい、奥さま、戻って来られました。

イザベッラ　お前は部屋の中に入ったの？　何か聞いた？

コロンビーナ　まあ、私はあの部屋には入りません。私は奥さまにお仕えする女中で、他の方にはお仕えしませんから。

イザベッラ　何という愚か者なの、お前は！　部屋に全く入ら

ないなんて！　何か聞きつけて、私に教えてくれたらいいのにねえ。お前は間抜けだよ、とっとと出てお行き。

コロンビーナ　愚か者ですって！　間抜けですって！　あまり申し上げたくなかったんですが、実は私、中に入ったんですよ。

イザベッラ　そうかい？　話してご覧、二人は何をしていたの？

コロンビーナ　愛想笑いや媚笑いをどっさりでしたね。

イザベッラ　騎士さんは、彼女にお仕えしているの？

コロンビーナ　私はそう睨んでいますよ。ジャチント若旦那さまが、金の懐中時計を見ているのを見ましたけど、若奥さまは、あれを彼からもらったんだと思いますよ。

イザベッラ　あれをもらったって、何のこと？

コロンビーナ　もちろんですとも！　それどころか、若奥さまはね、あれを自分の妻からもらった、と仰っていました。騎士さまも同じような時計を持っていましたから、間違いなく、彼がドラリーチェ奥さまにそれを上げたんだと思います。

[19] この一四場から始まる金時計をめぐるエピソードは、パスクワーリ版（一七六四年）以後では完全に削除されている。その箇所は、女中のコロンビーナが伯爵夫人に、ドラリーチェから《お伴の騎士》から時計をもらったことを示唆する話（一四場）、伯爵夫人が息子のジャチントに、《お伴の騎士》の親密な関係を暗示して、嫁と《お伴の騎士》の親密な関係をばらそうとする話（一六場）、伯爵夫人が皆のいる前で、二人の関係をばらそうとする話（一九場）である。その削除理由は、伯爵夫人をコメディア・デラルテ的な下品な悪役として描き過ぎたので、それをもっと上品な役柄に修正しようとしたためである。

イザベラ 嫁は金の時計なんか持っていなかったから、間違いなく騎士から金をもらったのよね。
コロンビーナ 彼はこの私にも、この半ドゥカートをくれたんですよ。
イザベラ 何のために?
コロンビーナ 口封じのためですよ。
イザベラ では、きっと二人は、私のことを話していたんだね?
コロンビーナ もちろんですとも。
イザベラ どんな話?どんな話をしていたの?
コロンビーナ 奥さまはうんざりさせる人だ、とか、気難し屋だとか、いろいろでしたわ。
イザベラ 下劣な騎士ね!

第一五場 お湯を持ったドットーレと、前出の二人[扉の図版を参照]

イザベラ 生意気女!
ドットーレ さあ、お湯ですよ。
イザベラ [飲むが、彼女には熱過ぎるので、お湯を捨てると、それがドットーレに掛かる]忌々しい人ね、熱いのが分からないの?
ドットーレ 口答えすると、お褒めの言葉を頂き、痛み入ります。
イザベラ お褒めの言葉だけじゃなく、腰が立たないようにして上げるわ!
ドットーレ もう喋りません。
イザベラ [コロンビーナに]それで、私のことで他に何か言っていた?
コロンビーナ それ以外のことは聞いてませんでした。聞き逃したり、見逃したりしないようにね。私にはとても大切なことなんだからね。
イザベラ 注意しているのよ。
コロンビーナ 奥さま、私、靴を一足買って上げると約束されてから、どのくらい経つか、ご存じでしょうか?
イザベラ これを上げるから、お前の好きな靴を買いなさい。[と言って、一ドゥカートを彼女に与える]
コロンビーナ ありがとうございます。[傍白](あの騎士が、私にそのような態度を取る二人の主人からお金を巻き上げるわけよね。)[退場]
イザベラ [傍白](こうやって、もう少しぬるめのお湯を持って参りましょうか?
イザベラ [傍白](私の家で?私の目の前で?)
ドットーレ 奥さま、まだお怒りなのですか?わしは、わざとしたのではありません。
イザベラ 伯爵夫人、何か仰って……
ドットーレ これ以上、私をいらいらさせないで頂戴。
イザベラ 口答えすると、お褒めの言葉を頂き、お褒めの言葉だけじゃなく、腰が
ドットーレ いったいこのわしが何をしたと仰るので?いつ

骨董狂いの家庭，あるいは嫁と姑

第一六場　ジャチント伯爵と、前出の二人

ジャチント　母上、母親に対する息子の愛情が、あなたの心にいくらかでも力を及ぼすことができるなら、どうか僕のお願いを聞き入れて下さるように、お願いしに参りました。

イザベッラ　お願いって何だい？

ジャチント　妻は、僕と彼女の父親の二人掛かりの説得で、母上に対する服従と尊敬の念を、どのような形ででも表明することに同意しました。ですから、母上が彼女に会われて、彼女の話を聞いてあげ、過去の行状を許してやり、今後は彼女を慈しんで下さるようにと、母上に伏してお願いする次第です。

イザベッラ　お前、そこに何を持っているの？　懐中時計かい？

ジャチント　はい、母上、時計ですが。

イザベッラ　私に見せてご覧。

ジャチント　さあ、どうぞ。

イザベッラ　誰からもらったんだい？

ジャチント　妻からです。

イザベッラ　こんな時計を持ち歩くとは、それほどお前は世間の評判を落としたいのかい？

ジャチント　どうしてですか？　何か不都合なことでもあるん

ですか？

イザベッラ　お前の奥さんが、それを誰からもらったか、知っているの？

ジャチント　彼女の父親からですよ。

イザベッラ　それは本当じゃないわね。彼女はお伴の騎士さんからもらったんだよ。

ジャチント　お伴の騎士からですって？

イザベッラ　その通りだよ。ついに彼女も、俗世の栄誉に浴したわけだね。

ジャチント　僕はとても信じられません。母上がお伴の騎士と呼ぶのは、いったい誰のことです？

イザベッラ　ボスコの騎士だよ。

ジャチント　あれ、彼はお伴の騎士じゃなくて、わが家の友人ですよ。

イザベッラ　そう、わが家の友人だよ。なのに、彼女に時計を上げたんだよ。

ジャチント　あの騎士が、僕の妻に上げたって？

イザベッラ　そう、まさにその通りさ。

ドットーレ　尋ねられてもいないのに、お話に割り込むのは失礼だとは思いますが、わしはその時計に見覚えがあります。たしか、それはパンタローネさんの持ち物であったはずですが。

イザベッラ　あなたが何を知っていると言うの？　耄碌じじいで、眼もよく見えないくせに。この私の言う通りよ。あのい

としい騎士さまが、お前の花嫁さんに、この美しい贈り物を下さったんだよ。

ジャチント そんなことを聞くと、ものすごい嫉妬に襲われるな。

イザベッラ かわいそうな息子だね！ 前にも言ったろう、お前は破滅させられるって。これが動かぬ証拠だよ。あの女は庶民の出に加えて、浮気女なんだよ。

ジャチント 僕にはまだ信じられません。

イザベッラ 今に分かるわよ。

ジャチント 応接間で皆が待っていますから、どうか来て下さい。

イザベッラ ええ、行くわよ、行くわよ。［傍白］（何か二人の秘密を暴けるかもしれないわね。）

ジャチント でも、その時計は？

イザベッラ 今のところは、私が預かっておくわ。ドットーレ、私の手を取って頂戴。

ドットーレ お伴させて頂きます。どうかお願いですから、わしを怒鳴らないで下さいよ。

イザベッラ さあ、さあ、お喋りはやめて。これで満足しなさいね。［伯爵夫人は、ドットーレと腕を組んで退場］

ジャチント 妻と母は、敵同士だ。僕は何をしたらいいのか、何を考えたらいいのか分からない。あの騎士が、妻に時計を上げたって？ 何のために？ 行こう、行こう、真実を明らかにしてくれるだろうよ。［退場］

第一七場　アンセルモ伯爵の別の部屋。アンセルモ伯爵とパンタローネ

アンセルモ さあ、来たよ。わしは来ましたよ。でも、どのくらい、ここにいなければならんのかね？

パンタローネ 彼女たちが来るのを待ちましょう。少しばかり話をして、仲直りをさせたら、後はどうぞお好きな所に行っていいですよ。

アンセルモ ［傍白］（ブリゲッラがコレクションの返事を持って来るはずだが、まだ姿を見せんな。）

パンタローネ 人が来ます。わしは目があまりよくないのでからんが、誰ですかね？

アンセルモ わしの妻だよ。

パンタローネ 彼女と一緒にいるのは、誰？

アンセルモ 君に言わなかったっけ？ 彼女の相談役だよ。

パンタローネ あれはドットーレのバランゾーニ君だ！

アンセルモ 古くからいる奴だよ、古物だね。

パンタローネ でも、彼女と何の関係があるんです？ わしらだけで話をしたいんですが。

アンセルモ まあ、彼も入れて上げなさいよ。いてもいなくても同じことだろうが。

パンタローネ ［傍白］（この伯爵さんは、何とご立派な性格なんだろう！）

第一八場　ドットーレと、彼と腕を組んだイザベッラ伯爵夫人と、ジャチント伯爵と、前出の二人

アンセルモ　いらっしゃい、いらっしゃい。
ドットーレ　伯爵さまにご挨拶申し上げます。
パンタローネ　伯爵夫人、こんにちは。
イザベッラ　こんにちは。
パンタローネ　［伯爵に小声で］（何か話して下さいな。）
アンセルモ　［パンタローネに小声で］（こうなったら、気張らなければな。）伯爵夫人、ここにおいで願ったのは、ある重要な用件のためです。端折って簡単に言おうか。わしの家には平和が必要なんです。お前と嫁の間でちょっとした諍いがあったことは知っているが、すべてを水に流してもらいたい。今、このわしの目の前で仲直りをして、ドラリーチェが家に来た最初の日のように、仲良くなってほしいんだ。分かったかね？［いきり立って］これはわしの命令だ。
イザベッラ　命令ですって？
アンセルモ　その通りでございますよ、奥さま。［前と同様に］これはわしの命令だ。この言葉は、一年に一回しか言わんが、わしがそう言った時には、それを押し通すんだ。
イザベッラ　それで、あなたの命令とは……
アンセルモ　わしの命令が何かは分かっているはずだ。口答えはするな。
イザベッラ　［傍白］（時おり夫は動物みたいに逆上することがあるから、これ以上刺激しない方がいいわね。）
アンセルモ　［パンタローネに小声で］（どうだい？　わしは上手に振る舞ったかね？）
パンタローネ　上々でしたよ。
アンセルモ　［傍白］（恐ろしい苦労だったな。）

第一九場　ボスコの騎士に伴われたドラリーチェと、前出の人々

イザベッラ　［ジャチントに小声で］（さあ、彼女がお友だちと一緒に来たわよ。）
パンタローネ　［アンセルモに小声で］（わしの娘と一緒に来る人は、いったい何の関係があるんです？）
アンセルモ　［パンタローネに小声で］（前に言わなかったかね？　彼女の相談役だよ。）
騎士　皆さま、ごきげんよう。
ドラリーチェ　皆さま、こんにちは。
アンセルモ　［イザベッラに］妻よ、お前は何の挨拶もしないのかね？
イザベッラ　［よそよそしく］ごきげんよう。
アンセルモ　少しばかり座りましょうか。突っ立ったままでないでね。［全員が座る］

騎士　申し訳ありませんが、今、何時かしら？
イザベッラ　知らないのです。
騎士　時計はお持ちじゃないの？
イザベッラ　修理に出しておりまして。
騎士　では、私が見て上げますよ。[ジャチントから取り上げた時計を眺める]
パンタローネ［傍白］(あれ！　わしが娘に上げた時計を、なぜ彼女が持っているんだ？)
イザベッラ　さあ、どうぞ。よくご覧なさい。その時計を眺めて、わが家の名誉がどれほど下落したかを思い知るべきね。
ドラリーチェ　貴族であることを思い出すには、一五分ごとに時報を知らせてくれる時計が必要ですわね。
アンセルモ　わしはこのカメオが気に入った。これは古代のものだろうか？
パンタローネ　お前、立派な時計を持っているね。ちょっとわしに見せてご覧。
アンセルモ　お前は誰からもらったんだい？
イザベッラ　ジャチントからよ。
アンセルモ　では、ジャチント、お前は誰からもらったんだい？
ジャチント　僕の妻からです。
ドラリーチェ　そして、私は父からもらったのよ。

イザベッラ［大声で笑いながら］まあ、まあ、父親からですって？
パンタローネ　その通り、わしが娘に上げたものですが。[ジャチントに小声で]（聞いたかい、父親が何と上手に、娘の客引きをするものだね。）
イザベッラ　お上手だわね。[ジャチントに小声で]（さあ、そろそろ始めませんか？）
アンセルモ　このセイレンの髪を見なさいな。これほど美しいものは、見たことがない。虫眼鏡でじっくりと眺めたいものだな。[と言って、虫眼鏡を取り出している]
パンタローネ　実に美しいカメオだ。
アンセルモ　先ず君から始めてくれよ。[時間が過ぎるばかりですよ。次にわしが話をするから。君の話している間は、このカメオを楽しませてくれよ。]
パンタローネ　それでは、もしご婦人方のご許可が得られるならば、伯爵さまのご指名により、このわしのは、伯爵さまであるだけでなく、わしにご親戚の末席に連なるという栄誉をお与え下さった方でありまして……
アンセルモ［前と同様に］（時間が過ぎるばかりですよ。）
パンタローネ　私にとっては不運なことにね。
ドラリーチェ　黙れ。わしが話している間は、口を挟むな！
パンタローネ　繰り返し申し上げますが、もしご婦人方のご許可を得られますならば、わしは短い話をさせて頂きます。嫁と姑の関係

がうまく行っている場合が実に少ないことは、残念ながら真実であります……

イザベッラ　それはね、嫁に分別がないからよ。

ドラリーチェ　それはね、姑が思い上がっているからよ。

パンタローネ　[イザベッラに]ねえ、奥さま、どうかお願いですから、わしの話を遮らないで下さいな。あなた様のご敬意と、どれほどの尊敬と、どれほどの公正さをもってお話しするかは、すぐにお分かりになりますから。

イザベッラ　私は口を噤みますわ。

パンタローネ　[ドラリーチェに]お前も黙るんだ。

ドラリーチェ　私は喋らないわよ。

パンタローネ　わしが思いますに、嫁と姑の間に生じる諍いは、通常は噂話や陰口の類から生じるものであります。

イザベッラ　今度は噂話や陰口の類なのよ。

ドラリーチェ　事実よ、本当に事実からなのよ。

パンタローネ　ああ、どうしようもない！　わしに話をさせてくれないのか？

イザベッラ　それで話は終わり？　私にも話したいことがあるのよ。

ドラリーチェ　一人ずつ順番によ。私にだって話があるんだから。

パンタローネ　ああ、わしはまだ始めてもいないんだぞ。わしが申し上げましたように、多くの場合、噂話や陰口は、人心

をいらいらさせ、親族同士を敵対させるものです。そこで、わしからイザベッラ夫人にお願いしたいのは……

イザベッラ　イザベッラ夫人ですって。あなたのご丁寧な呼び捨てに感謝いたしますわ。

ドットーレ　何という下手をしたんだい？　なぜ《伯爵夫人》という敬称を付けなかったんだい？

イザベッラ　その敬称を付ければ、当然の礼を尽くしたということになるわね。

ドットーレ　その通り。ですから、わしはそう言ったんですよ。

パンタローネ　[アンセルモに]伯爵さま、あなたから話して下さいな。わしはもうこりごりだ。

アンセルモ　話は終わったかい？　仲直りはしたの？　和解成立かい？

パンタローネ　あなたは今までどこにいたのですか？　あの二人の女性が、大砲のように鳴りっ放しなのに、あなたは聞こえなかったのですか？

アンセルモ　これほど見事なカメオを目の前にして、轟音だって聞こえないね。

パンタローネ　どうしたらいいかね？　次にわしが話すから。

アンセルモ　先ず君から話してくれ。

（20）当時の懐中時計には、ボタンを押すと、その時の時間と、一五分間隔の四半時間を知らせる装置が付いていた。『コーヒー店』注（4）を参照。

パンタローネ ［と言って、再びカメオに眺め入る］では、もう一度やってみるか。［イザベッラに］《伯爵夫人》さま、わしの娘に対するご不興の原因についてお話をしていただけますか。

イザベッラ まあ、その原因は沢山あって……

ドラリーチェ 私にはもっと沢山あるわよ。

パンタローネ 黙れ。話をさせて上げなさい。

ドラリーチェ ええ、そうよね。彼女が先に話すべきよね。だって……［騎士に］（危ないから、お年寄りだから、と言い掛けてしまったわ。）

騎士 ［イザベッラに］その原因について、何かお話しください。

パンタローネ （そうしたら、大変な騒ぎになったでしょう。）

ジャチント お義父さん、この二人にすべてを冷静に、順序立てて話すことは、無理ですよ。僕が両者を代弁して話をしましょう。母上、僕が両親の側の不満を知っていますから、僕が両方の側の不満を知っていますから。

イザベッラ 沢山あり過ぎて、何から話したらよいのか、分からないわ。

ジャチント 話して頂戴。［傍白］（妻の肩を持つことは、初めから分かり切っているけどね。）

ジャチント 次に、ドラリーチェ、君の代わりに僕が話しても構わない？

ドラリーチェ はい、はい、あなたのお好きなようにして頂戴。［傍白］（どうせ母親の肩を持つんだわ。）

ジャチント 先ず第一に、母が怒っているのは、ドラリーチェが彼女のことをお年寄りと言ったことです。

イザベッラ ［ジャチントに］お前、よくもそんなことを言ったわね。ここから出て行きなさい。

ジャチント 僕が言ったのはですね。さもないと、お前の頬をひっぱたくよ。

ジャチント どうか許して……

イザベッラ 出て行けって言ったでしょう。

ジャチント ［傍白］（これ以上興奮させないために、この家には、もう住んでいられないんだ。ああ！分かった、分かった。）［退場］

ドラリーチェ ［騎士に小声で］（一〇〇ツェッキーノをもらったより、もっと心楽しい気分だわ。）

騎士 ［ドラリーチェに小声で］（彼女はあの言葉に怯えているんですよ。）

パンタローネ 伯爵さま、よろしい。ではこのわしが、決着をつけてやろう。ご婦人方……だが、忘れないうちに言っておくが、このカメオを何とか手に入れることはできないものかね？

アンセルモ よろしい。では話が全く前に進みませんが。

パンタローネ それはわしの娘のものですから、娘に聞いて下

骨董狂いの家庭，あるいは嫁と姑

アンセルモ　さいな。

ドラリーチェ　[ドラリーチェに] このカメオをわしに売ってもらえないかね？

アンセルモ　売ってくれ、ですって？　驚きますわ。どうぞご自由にお持ち下さい。それは、お義父さまに差し上げますわ。

ドラリーチェ　ありがとう、いとしいお嫁さん、ありがとう。

アンセルモ　あなた、感謝するなら、それを彼女に上げた人に感謝したら？

イザベッラ　それを上げたのは、このわしですが。

パンタローネ　へえ、私は知っているのよ、何もかもね。

イザベッラ　奥さまは、何をご存じで？　仰って下さい、何をご存じなのですか？

パンタローネ　まあ、きっとすごいでたらめ話が聞けるわよ。

ドラリーチェ　ねえ、それを誰からもらってもいい。わしはこのカメオが気に入ったし、それをわしにくれたことに感謝するよ。カメオを取り外したら、時計はあなたに返すからね。

アンセルモ　そんなものでよろしければ。

イザベッラ　あなたの大好きなお嫁さんから、素敵な贈り物を頂いたのだから、さあ、どうぞ、彼女に有利な判決でも下したらどうなの？

アンセルモ　ちょうどよい機会だ。わしらはここに集まったのだから、この問題について決着を付けよう。ご婦人方、この家には平和がない。平和がないということは、この世で最も良いものがない、ということだ。わしはこれまで、この問題に嘴を突っ込まないで来たが、それはお前たちの酔狂が、どこまで達するかを見極めようとしたためだ。だがこれはもう我慢も限界だ。わしはいろいろと真剣に考えた結果、この問題を最終的に解決することに決めた。幸いここには二人の立派な紳士が出席して下さっているので、お前たちの言い分と、わしの解決案を審判して下さるだろう。では、始めようか……

第二〇場　ブリゲッラと、前出の人々

ブリゲッラ　[アンセルモ伯爵に] 旦那さま。

アンセルモ　何だね？

ブリゲッラ　例の取引はうまく行きましたよ。コレクションは私たちのものです。ここにカタログをお持ちしました。

アンセルモ　皆さん方、失礼しますよ。[立ち上がる]

パンタローネ　すぐに戻られますよ。

アンセルモ　いや、今日はもう戻らんね。[ブリゲッラとともに退場]

パンタローネ　何ということだ！

ドラリーチェ　じゃあ、私たちも出て行っていいのね。

イザベッラ　出て行きなさい！　ここは私の部屋なんだから

ドラリーチェ　応接間は、家族全員のものですわよ。あなたまで応接間でお客を応対するようになったら、わが家の悲劇だわ！

イザベラ　私には、ここに来る権利がありますわよ。

ドラリーチェ　まあ、来てはだめに！

イザベラ　[パンタローネに]聞いた？　いつもこうなのよ。

ドラリーチェ　伯爵がいないのに、この不和の原因を突き止めることなど、できるものかね？

イザベラ　さあ、ここにドットーレがいらっしゃるわ。彼は私の知遇を得てから、何年にもなるし、私が赤ちゃんの頃に、腕で抱いてもらった覚えがあるから、この私がどのような人間か、よくご存じよ。私がちゃんとした根拠もなしに怒ったりするものかどうか、彼に話してもらうわ。

ドットーレ　ええ、仰ることは本当です。伯爵夫人は、ちゃんとした理由なしに、物を言うような人ではありません。この騎士さまは、姑が私について言ったことの立派な証人です。私が根拠もなしに文句を言っているかどうかは、この方がよくご存じです。

騎士　ご婦人方、このようなつまらない話は脇に置いてですね、楽しく、平和に、仲良く過ごしましょうよ。

ドラリーチェ　あなたはこれをつまらない話だって言うの？　つまらない話だって？　あなただって、私に同意してくれたじゃない、私の言い分が正しいって、侮辱を受けたのは私の方だ、譲歩すべきは私じゃないって。

イザベラ　騎士さん、ご立派ね！　あなたはドラリーチェの相談役なのね。

騎士　私はどなたの相談役でもありません。自分で正しいと思ったことを話しているだけです。

イザベラ　あなたって騎士失格だわね。

騎士　奥さま、あなたは貴婦人でいらっしゃいますが、だからと言って、私に敬意を欠いてもらっては困りますな。

パンタローネ　皆さん、わしが皆さんを何と言っているか、知りになりたいか？　あんた方はね、檻に入った気違いですよ。自分の力で抜け出して、自分の苦境は自分で解決するようになさったらよろしい。わしはもう降りる。

イザベラ　[騎士に]いいえ、あなたは人の扱い方をご存じないのよ。

騎士　この点に関しては、あなたもあまりご存じないようですな。

イザベラ　無礼な！　貴婦人に向かって、何という物の言い方なの？　[ドットーレに]それにあなた、そこでロバみたいにおとなしくしていないで、何か言ってやったらどうなの？

ドットーレ　騎士殿、あなたの言い方は失礼ですよ。そのように人を扱うものではありませんな。

62

騎士　あなたがイザベッラ伯爵夫人の味方をされるとは、ありがたい。彼女は女性ですから、私は何の償いも要求できませんが、私が彼女から受けた侮辱の落とし前は、あなたとの決闘で付けさせてもらいますよ。[退場]

ドットーレ　[傍白]（かくしてわしは、大変な窮地に陥ったわけだ！）

ドラリーチェ　手だったら、この私だって持っていますけどね。

イザベッラ　生意気が過ぎると、終いにはこの手でひっぱたいて、あなたを懲らしめてやるわよ。

ドラリーチェ　繰り返し申し上げますが、私にもここにいる権利はありますわ。

イザベッラ　さあ、お嫁さん、あなたの部屋にお帰り。

ドラリーチェ　でも、高貴な女性はね、手で殴ったりしませんよ。そのようなことは、卑しい庶民出の女のすることだわ。私が受けた侮辱については、必ず仕返しをしてやる。でも、私の仕返しはね、私のような貴婦人にふさわしいやり方でやるのよ。[退場]

イザベッラ　まあ、本当に笑っちゃうわね！

ドットーレ　そしてこのわしは、騎士らしく殺されてしまうわけか。つまらん面子のために、騎士でもないのに、どのような場合でも、お付き合いをしたいなら、同じ階級の人々とするのが、一番いいんですよ。身分の高い人たちとあまり親しくし過ぎると、そのうち必ず破滅の憂き目に遭

いますからね。そのような野心を持つ人は、本当に愚か者ですよ。

ドラリーチェ　これで何とか、私は姑に勝った。彼女は出て行って、私がこの応接間に残ったわ。私はこの冷静な気性によって、この世のすべての気性の激しい女たちをやり込めて、勝利するって約束するわよ。

第三幕

第一場　いくつかの小テーブルのあるアンセルモ伯爵の部屋。アンセルモ伯爵とブリゲッラ

ブリゲッラ　これをご覧下さい。わずか三千スクードで、これほどの貴重な品物ですよ！

アンセルモ　ねえ、ブリゲッラ、わしは嬉しくて心ここにあらずだよ。甲殻類の標本箱はどれかね？

ブリゲッラ　カタログの第一番、甲殻類の標本箱で、その中には三千種類の海の生物、つまり、カキ、ホタテガイなど、山の頂上で見つかった海の化石があるはずです。

アンセルモ　これだけでも、三千スクードの値打ちはあるよ。

ブリゲッラ　カタログの第二番、あらゆる種類の魚の化石の標本箱で、その中にはスズキの化石があり、そのヒレは、まるでサンゴでできているみたいに赤いそうです。

アンセルモ　これは王侯級のコレクションだね。

ブリゲッラ　第三番は、シリアのアレッポで見つかった動物のミイラの箱で、すべてがそれぞれに異なっており、その中には、幻のバジリスコ蛇も含まれています。

アンセルモ　目で睨んだだけで相手を殺すという、伝説の蛇でか？

ブリゲッラ　もちろんですとも！　若いウズラくらいの大きさですよ。

アンセルモ　どこで産まれたか、分かるかね？

ブリゲッラ　すべて分かっています。これは、ニワトリから産まれました。

アンセルモ　なるほど、そうだ。わしも聞いたことがある。ニワトリは、長い年月を経た後に、卵を一個産むが、そこからバジリスコ蛇が産まれるとね。わしはずっとそれが作り話だと思っていたよ。

ブリゲッラ　作り話ではありません。あの中に、それが真実であることの証拠があります。

アンセルモ　ブリゲッラ、君には感謝するよ。君のお陰で貴重な買い物ができた。

ブリゲッラ　私めは、まだ私めのすべてをご存じではありません。旦那さまは、もっとよく知って頂けるでしょうよ。（だが、俺さまの正体を知っている時には、騙し取ったお金と一緒に、安全な所に高飛びしているよ。）［退場］

第二場　アンセルモ伯爵と、その後、パンタローネ

アンセルモ　わしはこのお陰で二、三ヶ月は楽しめるはずだ。この品物すべてを整理し終えるまでは、わしは別荘にも行かんし、社交の集まりにも顔を出さんし、家から外出さえしな

骨董狂いの家庭，あるいは嫁と姑

いぞ。食事はここに持って来させよう。野外用の簡易ベッドも、ここに持って来させて、ここで寝泊まりすることにしよう。こうすれば、あの煩わしい妻のお陰で、目まいを起こすこともなくなるだろう。わしは誰にも会いたくない。絶対に誰にも会いたくないんだ。

パンタローネ ［舞台奥から］伯爵さま、入ってもよろしいですかな？

アンセルモ わしは誰にも会いたくないんだ。

パンタローネ ［舞台奥から］お聞き下さい。有名な骨董収集家のパンクラーツィオさんがお見えになりましたよ。

アンセルモ まあ、どうぞ、どうぞ、ご自由にお入り下さい！驚いた！わしがこの大きな買い物をしたのを聞きつけて、走って来たんだな。

第三場 パンタローネと、パンクラーツィオと、前出のアンセルモ

パンタローネ ねえ、伯爵さま、彼はわしの親友なのですが、どうか許して下さいよ。パンクラーツィオさん、わしを訪ねて下さるとは、何という光栄ですかね？

アンセルモ 取り乱して、今、変なことを口走ってしまったが、ご存じでしたか？

パンクラーツィオ 閣下が素晴らしい古代の品を買われたと聞き及びましたので、もしお許しが頂けるなら、その見事な品々

を拝見して頂きたいと思って、やって参りましたわけで。伯爵さま、彼にご足労をお願いしたのは、この わしですよ。というのは、あなた様が素晴らしいお買い物を運河に捨てたようなものだとは思うが、［傍白］（きっとお金を運河に捨てたようなものだとは思うが、［傍白］（きっとお金を運河に捨てたようなものだとは思うが、）これで彼の眼を開かせてやることができるかもしれん。）

アンセルモ ねえ、パンクラーツィオさん、今やこの町では、わしのコレクションと肩を並べられるようなものはない、と断言できますよ。

パンクラーツィオ それでは拝見させて頂きます。閣下は、わしに見る目があることは、お認め頂けますね。

アンセルモ その通りです。あなたはこのパレルモ市で最も経験を積んだ、玄人の骨董収集家です。ですから、あの標本箱にちょっと目を通して頂ければ、その中に小さなお宝がいっぱい詰まっていることが、よくお分かりになりますよ。

パンクラーツィオ 喜んで拝見させて頂きます。閣下、わしは実に貴重な品々を持っていますから ね。

アンセルモ ねえ、パンクラーツィオ君、わしが例の気違い女どもの部屋から、君を残して立ち去ってしまったことを許してくれ給え。わしはこの素晴らしい品物が見たくて、見たくて、どうしようもなかったのでね。

パンタローネ 伯爵さま、ご家庭の面倒を全く見ようとしないなんて、どうしてそんなことができるのです？

アンセルモ　わしが家の面倒を見ないって？　もちろん見るさ！　話してくれよ、例の一件はどうなった？　あの巨頭会談は、どのようにして終わったのかね？　あなたが行ってしまわれた後……

パンタローネ　話して上げましょう。

アンセルモ　それで、パンクラーツィオさん、ご感想はどうかね？　見たこともないような、驚異的で、貴重な品々だろう？

パンクラーツィオ　伯爵さま、忌憚なく話させて頂いてもよろしいですかな？

アンセルモ　ええ、どうぞご自由に、あなたの見解をお述べ下さい。

パンクラーツィオ　［傍白］（あれまあ、わしの言うことなんか、聞いていないんだな。）

アンセルモ　その前に先ず、あなた様はわしを、名誉を重んずる人間だと思っておられますか？

パンクラーツィオ　では、わしがこの種の事柄に通じていると思われますか？

アンセルモ　わしを除けばですが、あなた以上に通じている人は、他に誰もおりませんね。

パンクラーツィオ　あなたはこの品物全部に、いくら払われま

した？

アンセルモ　あなたには教えて上げますが、このことは内密にして、他人には漏らさないで下さいよ。わしはこれを実に安い値段で買ったのです。わずか三千スクードでね。

パンクラーツィオ　伯爵さま、このことは内密にして、他人には漏らさないで頂きたいのですが、これは三千ソルドの値打ちもありませんよ。

アンセルモ　何だって？　どうして三千ソルドの値打ちもないんだ？

パンクラーツィオ　［傍白］（何ということだ！）

アンセルモ　魚の化石は？

パンクラーツィオ　とくと眺めた上で、そう確信しましたよ。

アンセルモ　でも、甲殻類は？

パンクラーツィオ　ごみの山に捨てたカキの殻か、時化の時に海から打ち上げられたものですね。

アンセルモ　無分別のごみの山で化石になるだろうな。

パンクラーツィオ　あれは、石の表面に鑿で彫り込んだ魚ですよ。騙されやすい人を騙すためにね。

アンセルモ　どこかの骨董狂いさんも、ショックで脳みそまで化石になるだろうな。

パンクラーツィオ　では、ミイラは？

アンセルモ　子犬や猫やネズミの死体から、はらわたを抜いて、干涸びさせたものですね。

パンクラーツィオ　でも、あのバジリスコ蛇は？

骨董狂いの家庭，あるいは嫁と姑

パンクラーツィオ あれは海の魚ですよ。よく大道商人が、万能薬のバルサム軟膏を売る時に、バジリスコ蛇のような扮装をさせて、村人たちを広場に集めるのに利用するものですよ。

アンセルモ パンクラーツィオさん、わしは心臓をえぐり取られて、死にそうな気分だよ。それでは、さまざまな絵画や細密画は？

パンクラーツィオ ざっと見積もったところで、せいぜい一〇〇スクード程度の値段ですね。それも、高値で売れたらの話ですが。

アンセルモ もしかして、あなたはわしをからかおうとしているか、あるいは、これらの品を安値で引き取ろうという魂胆で、そう言っているのではないんでしょうね？　でも、そんな手には乗りませんよ。

パンクラーツィオ わしは名誉を重んずる人間です。あなたを騙すような真似は致しません。逆に、はっきりと言わせてもらいますが、あなたは騙されているのです。

パンタローネ そして、あなたを騙したのは、あの悪漢のブリゲッラですよ。

パンクラーツィオ ブリゲッラは立派な人間だ。

パンタローネ ブリゲッラはずる賢い男です。わしはあなたに証明して差し上げます。

アンセルモ どうしてそう断言できるんだい？　どうしてそれが証明できるんだ？

パンタローネ エジプトのピラミッドから出た常夜灯のランプや、その他すべての骨董品をあなたに売り付けたアルメニア人を覚えていますか？

アンセルモ もちろん覚えているとも。あれは実によい買い物だった。

パンタローネ ちょっと失礼しますが、お待ち下さい。あいつが来ているので、ここに連れて来ますから。[退場]

アンセルモ きっと何か、他の貴重な売り物を持って来たんだな。

パンクラーツィオ ねえ、伯爵、あなたがお金を無駄に捨てるような話を聞くのは、残念なことです。

アンセルモ 申し訳ないが、わしはまだ納得が行かないね。ブリゲッラがこの取引をしてくれたんだが、彼はあなたと同じくらい骨董に通じている男だから、騙されるはずがない。

パンクラーツィオ ブリゲッラが、このわしと同じくらい骨董に通じているんですって？　それは、それは光栄ですな。伯爵、わしは紳士としての廉恥心に促され、さらにパンタローネさんにも依頼されて、あなたの眼を覚まさせるためにやって来ました。閣下はね、よろしいか、騙してがらくたを買わせようとする悪漢どもに取り囲まれているのです……

アンセルモ 〔気色ばんで〕よくそんなことが言えるのう。わしは骨董の通だぞ。騙されるような素人じゃない。

パンクラーツィオ それでは、失礼します。[退場]

アンセルモ パンクラーツィオの心は、お見通しだ！　あのやつ

　　　　うに言うのは嫉妬からだ。わしのコレクションの評判を落として、自分のを上げたがっているんだ。わしは通で、目利きだ。騙されたりしないんだよ。

第四場　パントローネと、アレッキーノと、前出のアンセルモで[21]

アレッキーノ　左様で。わしはベルガモ生まれのアルメニア人。
アンセルモ　こいつはあのアルメニア人かね？
パントローネ　旦那さま方、どうかお許しを……そんなことをしたか、ちゃんと白状するんだ。アレッキーノ、アンセルモさんに売り付けた骨董がどのような物で、誰に言われて来い。恥じ入らんでもいい。ぐずぐずするな。お前がアンセルモさんに売り入らんでもいい。ぐずぐずするな、話してやれ。
アレッキーノ　[アンセルモを引っ張って来る]こっちに来い。恥じ入らんでもいい。ぐずぐずするな、話してやれ。
パントローネ　いったい誰が、お前をこの家に連れてきたのか、話してやれ。
アレッキーノ　何だって！
パントローネ　何のためにだ？
アレッキーノ　[たえずおどおどしながら]ブリゲッラで。
パントローネ　何だって！
アレッキーノ　骨董狂いのご主人にがらくたを売り付けるためで。
パントローネ　[アンセルモに]聞きましたか、旦那？あの常夜灯のランプは……
アレッキーノ　あれは油ランプで、二ソルドの品で。
アンセルモ　ああ！あれはエジプトのピラミッドで見つかった、常夜灯のランプではないのか？
アレッキーノ　いいダーラ、いいダーラ、私、パクリーラ。
アンセルモ　ああ、わしは騙された、わしは破滅だ！恥知らずの盗人め、牢獄にぶち込んでやるぞ。
パントローネ　盗人の悪人はブリゲッラですよ。この阿呆を家に手引きして、主人を嵌めるのに利用したのは、あいつですからね。
アレッキーノ　わしは、あの立派なお師匠さんから学んだ後で、ローマの貞女ルクレツィアの髪の房を持って来たのですが。
アンセルモ　そのローマのルクレツィアの髪は、どこにある？
パントローネ　それが偽物であることくらい、分からんのですか？わしはそれを見破って、あなたに売り付けるために持って来た、すべてのがらくたを取り上げてやりましたよ。
アンセルモ　ああ、悪党め！こいつをここに連れて来たのは、あなたの目を覚まさせるためで、わしにはそれでもう十分です。ずる賢い奴め、さあ、とっとと消え失せろ。もうこの家には近付くなよ。お前の処罰がこれで済んだことを天に感謝しろ。

アレッキーノ　旦那のお慈悲に感謝感激……［退場しようとする］

アンセルモ　畜生め！　お前を殺してやる。［彼の後を追いかけようとする］

アレッキーノ　私、パクラーレない、パクラーレない。［退場］

第五場　アンセルモ伯爵とパンタローネ

パンタローネ　伯爵さま、どうです、ブリゲッラは立派な人間ですか？

アンセルモ　悪党だよ、裏切り者だよ。

パンタローネ　このがらくた類はどうするおつもりで？　コレクションの数を増やすのに役立つしね。

アンセルモ　さあね……ここに残しておこうか。コレクションもりなんですね。

パンタローネ　ああ、ではまだコレクションを持ち続けるおつもりなんですね。

アンセルモ　このわずかな道楽まで取り上げて、わしにどうしろと言うんだね？

パンタローネ　家庭の面倒を見てほしいのです。嫁と姑の不和を解消してもらいたいのです。

アンセルモ　よろしい。では、解消してやろう。

パンタローネ　本気でそうされますか？

アンセルモ　全力を挙げてそうしそうだよ。

パンタローネ　もしあなたがその気なら、なにもできないかぎり、あなたをお助けしますよ。わしは娘のことが気掛かりで堪らない。わしにはこの世にあの娘しかいないんだ。娘が平和で満ち足りた生活を送るのを見たいんだ。もしそうできるならそれでよし。もしだめなら、どうするか分かります？　娘をここから連れ出して、わが家に戻らせますよ。

アンセルモ　パンタローネ君、わしも平和な生活がしたくて堪らない。わしは全身全霊を挙げて、この問題に当たるよ。

パンタローネ　それを聞いて安心しました。わしは本当に嬉しいですよ。

アンセルモ　ねえ、君、わしに愛情を抱いてくれるなら、ひとつお願いがあるんだが。

パンタローネ　どのような頼みですか？　何なりと仰って下さい。

アンセルモ　八ツェッキーノか、一〇ツェッキーノを貸してもらえないか？　ブリゲッラからお金を取り戻したら、お返しするから。

パンタローネ　どうぞこれを取って、お使い下さい。

アンセルモ　必ずお返しするからね。

（21）アレッキーノは、一四二七年以来、ヴェネツィア共和国の領土となったベルガモの出身の召使いの役柄で、したがって、ベルガモ方言を話す。

（22）パンタローネは、暗に娘の持参金の返却をちらつかせて、伯爵に決断を迫ったのである。

パンタローネ　そのようなことを仰るとは、驚きますよ。わしは娘の所に行きます。あなたは伯爵夫人の所に行って下さい。二人を仲直りさせるよう骨折ってみましょう。

アンセルモ　頑張ってくれよ。わしも頑張ってみるから。

パンタローネ　嫁と姑を仲直りさせることは、広場で倒産を処理するより遥かに難しいわ。［退場］

アンセルモ　この一〇ツェッキーノが手に入ったからには、ペトラルカとラウラの二枚の肖像画を絶対に買ってやるぞ。あの肖像画は本物だから、お金を立派に使うことになるのは間違いない。わしはもう騙されないぞ。自分の失敗から、しっかりと学ぶんだ。［退場］

第六場　正面にひとつ、左右の側面にひとつずつ、合計三つのドアがある部屋。一方の側面のドアから騎士が、他方の側面のドアからドットーレが、それぞれ自分の出て来たドアの方に向かって話しながら、相手を見ずに歩み寄って来て、その後、舞台中央でばったり出会う

騎士　はい、奥さま、私があなたの言い分を代弁して来ますよ。

ドットーレ　このわしに任せて下さい。わしにやらせて下さい。

騎士　ドットーレ、わしは騎士さんなんか怖くありませんよ。

ドットーレ　閣下は、このわしから何の侮辱も受けてはおりませんが。

騎士　ドットーレさん、私が受けた侮辱の償いをしてもらいますよ。

ドットーレ　［騎士を見て］ああ、くわばら！

騎士　彼を見つけ出してやりますよ。［ドットーレを見る］

ドットーレ　どうか世間の笑い物にならないようにして下さいよ。先ず第一に、あなたに繰り返し申し上げますが、わしは剣の使い手でなく、法律家でありますし、第二に、閣下がどのような種類の償いを、わしに要求する権利があるのかも、分かりません。しかし、たとえわしが決闘せざるをえない場合でも、あるいはわしの代わりに、他の誰かに決闘してもらう場合でもですな。あなたはこの決闘によって何を解決できるとお考えなのです？もしあなたにとってこの家の名誉が大切なら、そして、わしがイザベッラ伯爵夫人に敬意を抱いているように、常日頃から公言していらっしゃるのなら、このようなドラリーチェ夫人を尊敬していらっしゃるのなら、このような愚かな争いはやめましょうよ。だって、騎士さん、お伴の騎士が貴婦人の代わりに決闘などしたら、何よりも先ず、その貴婦人の評判が損なわれますからね。

騎士　私は女性から侮辱されたのですから、その女性の言い分を支持するあなたに、償いをする義務があるのですぞ。

ドットーレ　剣でするのは困難ですな。わしは剣の扱い方を知りませんのでね。

骨董狂いの家庭，あるいは嫁と姑

騎士 でも、イザベッラ伯爵夫人は、軽率にもわたしを侮辱し、あなたは彼女の言葉を肯定したのですよ。

ドットーレ それは違いますな。わしがそうしたのは、あなたを侮辱するためでなく、もっぱら興奮したご婦人の怒りを宥めるためです。もしあの時、彼女の言葉を批判したり、反対する言葉を言ったなら、夫人はますます怒りを募らせたでしょう。どうかお願いです、夫人の立場から、わしは姑の立場から、二人を仲直りさせるよう努めた方が、よくはありませんか？

騎士 私はドラリーチェ夫人から、そのような権限を与えられておりませんが。

ドットーレ わしもイザベッラ夫人から与えられていませんが、よく話せば、彼女はわしに一任してくれるのではないかと思いますよ。

騎士 若奥さまも、そうしてくれると思いますね。

ドットーレ では、われわれでやってみましょう、試してみましょう。もしうまく成功したら、この家全体に平和と和合をもたらすという功績を挙げられるんですよ。

騎士 大いに結構です。私はドラリーチェ夫人の一任を取り付けて来ます。

ドットーレ わしも、これからイザベッラ夫人の所に行って来ますよ。

騎士 待っていて下さい。すぐに戻りますから。[ドラリーチェの居室に入る]

ドットーレ 穏やかな言葉で一任を取り付けられるなら、話はうまく行くだろう。もしそれがだめなら、わしは役を降りるよ。

第七場 イザベッラ伯爵夫人と、前出のドットーレ

イザベッラ ドットーレさん、あなたは騎士さんと、どんな話をしたの？

ドットーレ 彼の怒りは収まりまして、彼もわしも、あなた様に心の安らぎと、落ち着きを取り戻して差し上げようと思っていますよ。

イザベッラ 嫁がこの家にいるかぎり、絶対に私の心の安らぎはないわ。教えて頂戴、騎士さんは相変わらずドラリーチェの肩を持っているの？

ドットーレ 彼は、両方の肩を持とうとしている立派な紳士ですよ。どうかわしを信じて、わしに任せて下さい。そうすれば、あなたのご満足が行くようにすると約

---

(23) 一四世紀の人文主義の創始者で恋愛詩人のペトラルカと、彼が詩の中で歌った恋人のラウラの肖像画で、もちろん偽物。

(24) この翻訳は、最初に収録されたベッティネッリ版に従っているが、その後、パスクァーリ版ではこの六場から一四場まで続くドタバタのシーンが、作者の手によって圧縮されて、一つの場に纏められている。とりわけ六場冒頭にある、ドットーレとボスコの騎士が後ろ向きに歩いて来て、舞台中央で鉢合わせして、互いに驚くという、きわめてコメディア・デラルテ的な場面は、完全に削除された。

イザベラ　いいわよ。あなたにすべて任せるわ。わしのすることは、すべてよいことですね。

ドットーレ　では、わしのすることは、すべてよいことですね。

イザベラ　承認するわ。

ドットーレ　承認してもらえますか？

イザベラ　では、大船に乗ったつもりで、安心していて下さい。

ドットーレ　でも、いいわね、私に知らせないでは、何も決めちゃだめよ。

イザベラ　それでは、私に任せたことになりませんよ。あなたに交渉の自由は与えるわ。

ドットーレ　でも、決定する自由は？

イザベラ　だめよ。勝手に決定するのはだめだわ。

ドットーレ　では、交渉の内容はどうします？

イザベラ　第一条、ドラリーチェはこの家から出て行くこと。

ドットーレ　では、彼女の持参金は？

イザベラ　先ず私の持参金を返してもらうわ。次いで彼女のよ。

ドットーレ　それでは、家が破産してしまいますが？

イザベラ　たとえ破産しても、ドラリーチェは出て行くこと。

ドットーレ　彼女がやって来ますよ。

イザベラ　生意気女！　私の目の前に姿を現すなんて、大胆不敵ね。体中の血が煮えくり返るわ。あの女なんか顔も見たくない。一緒にいらっしゃい。すべてパーになるんじゃないかと心配だな。[彼女と一緒に入る]

ドットーレ　参ります。すべてパーになるんじゃないかと心配だな。[自分の居室に入る]

第八場　自分の居室からドラリーチェと、騎士

ドラリーチェ　見た？　せっかく私が話そうとして出て来ると、彼女は逃げて行くんだから。

騎士　では、あなたは仲直りがしたかったのですか？

ドラリーチェ　いいえ、私が彼女に言おうとしたのはね、彼女が応接間にいる時に、私がそこに来ることを望まないのなら、私がここにいる時は、彼女もここには来ないでほしいということよ。

騎士　それでは、彼女が立ち去ったのは、よかったわけですね。こうして、あなたは新たな争いを起こさないで済んだのですから。

ドラリーチェ　二言三言喋るだけなんだから、喧嘩になることはないわ。

騎士　では、彼女が怒りで熱くなっていなかったのですか？

ドラリーチェ　勝手に熱くなっていたらいいでしょう。私には

騎士　どうでもいいことよ。

ドラリーチェ　では、あなたの方は、かっかしていなかったのですか？

騎士　とんでもない。ご存じのように、私は体の血を熱くしないでも、自分の言い分を言えますよ。

ドラリーチェ　でも、若奥さま、そのあなたの冷たい血のお陰で、家庭争議になり、あなた方の間に平和がないのですよ。

騎士　では、その原因は、私にあるって言うの？

ドラリーチェ　いいえ、全くそうではありませんが。

騎士　だったら、騎士さま、根拠なしに私を侮辱しないで頂戴よ。

ドラリーチェ　あなたは節度と良識のあるお方ですし、あなたの面子を潰さないという条件で、あなたと姑さんの協定を結ぶ権限を私に与えて下さい。

騎士　では、この私にすべてを一任してくれますか？

ドラリーチェ　あなたには、あらゆる交渉をする大きな権限を与えるわ。

騎士　では、その条件なるものを教えて下さい。

ドラリーチェ　約束してくれますか？ ただし、私の言う通りに締結するという条件でね。

騎士　貴婦人として、約束するわ。

ドラリーチェ　二つのうちのどちらかか、私をこの家の女主人として認めて、姑は一切全く干渉しないで、父の家に戻るか、それとも、私が持参金を返してもらって、父の家に戻るか、だわね。

騎士　あなたの条件をうまく満たす、何らかの調停案を見つけることに致しましょう。

ドラリーチェ　ええ、さあ、妥協案でも、調停案でも、何でもいいから見つけて頂戴。でも、忘れないでね、私は針の穴一つでも、姑より下の地位に甘んずるつもりはありませんからね。[自分の居室に行く]

騎士　ああ、途方に暮れてしまった！ あれ、ドットーレがやって来る。イザベッラ伯爵夫人が何と言っているのか、聞いてみよう。

第九場　イザベッラの居室からドットーレと、前出の騎士

ドットーレ　騎士殿、ドラリーチェ夫人と話をされましたかな？

騎士　はい、話しまして、交渉する権限を頂きました。

ドットーレ　わしもこちらの奥さまから同じ権限を頂きましたよ。

騎士　それでは、交渉に入りましょうか。さっそくですが、イエスかノーかでお答え下さい。イザベッラ伯爵夫人がドラリーチェ夫人をこの家の女主人として認めるか、それとも、ドラリーチェ夫人が持参金の返還を要求して、父親の家に戻るか、のどちらかです。

ドットーレ　伯爵夫人の代わりにお答えします。戻りたければ、勝手に戻ったらよろしい。だが、持参金の返還は姑が先

騎士　では、次のようにしましょう。イザベッラ伯爵夫人は、一年に四〇〇スクードのお金を嫁に与え、嫁はそれを自分と女中の費用に充てること。

ドットーレ　失礼、すぐに戻って来ますから。[イザベッラの所に行く]

ドットーレ　[イザベッラの居室から戻って来る]四〇〇スクードには同意できません。三〇〇スクードなら結構ですが。

騎士　彼は自分では決められないんだ。彼も私と同じような自由裁量権を与えられたんだな。でも、これが最善の解決案だと思うよ。各人が自分で自分の面倒を見ることだよ。

ドットーレ　彼もわしと同じような全権大使なんだ。

騎士　お待ち下さい。私もすぐに戻って来ますから。[ドラリーチェの所に行く]

第一〇場　中央のドアからパンタローネと、前出のドットーレと、その後、騎士

パンタローネ　[ドラリーチェの居室の方に歩いて行きながら]ドットーレ君、こんにちは。

ドットーレ　パンタローネ君、どちらに？

パンタローネ　わしの娘の所ですよ。

ドットーレ　ただ今、彼女と姑さんの調停案を交渉していると

ころです。

パンタローネ　交渉に当たっているのは誰です？

ドットーレ　彼女の交渉役は、ボスコの騎士です。

パンタローネ　その騎士さんは、何の関係があるんです？

ドットーレ　[ドラリーチェの居室から戻って来る]合意成立です。

パンタローネ　そうかい？　では、どのような合意内容だね？

第一一場　中央のドアからアンセルモ伯爵と、前出の人々

ドットーレ　伯爵さま、合意が成立しました。

アンセルモ　ほう、それはよかった。で、どのような内容かね？

パンタローネ　[と言って、ドラリーチェの所に行き、その後、戻って来る]

騎士　ドラリーチェ夫人、満足ですって。

パンタローネ　伯爵さま、一年に三〇〇スクードの生活費ですか？　とんでもない。[と言って、イザベッラの所に行く]

アンセルモ　そんなに高いとは、わしの妻は気でも狂ったか？

騎士　[ドットーレに]どうやらこの二人の老人は、私たちの交渉をだめにしたがっているようですね。

ドットーレ　これは、文句の付けようのない、立派な協定でしたがね。というのは、本当のことを言いますと、ドラリー

骨董狂いの家庭，あるいは嫁と姑

騎士　チェ夫人は、ちょっと横紙破りなお人ですからね。彼女が姑を悪く思うのは当然ですよ。姑が彼女についてを言ったという話を聞きますとね。

ドットーレ　それは逆で、嫁が姑をひどくいじめたんですよ。

騎士　あなたが聞いた話というのは、間違いです。

ドットーレ　おい、コロンビーナ。

第一二場　イザベッラの居室からコロンビーナと、前出の二人と、その後、アンセルモと、その後、パンタローネ

コロンビーナ　何でしょうか。

ドットーレ　ドラリーチェ夫人がイザベッラ伯爵夫人のことを、どのように言ったのか、少し教えてくれ。

コロンビーナ　まあ！　私は何も存じませんよ。

騎士　この女中の話を信じてはだめですよ。彼女はドラリーチェ夫人に、大奥さまの悪口を散々言っていましたからね。

コロンビーナ　私は何も言っていないわよ。

ドットーレ　コロンビーナとしての名誉に賭けて、私の言葉を信じて下さい。

コロンビーナ　それでは、このコロンビーナのお喋りが、二人の夫人の間に不和の種を蒔いていたわけだ。

ドットーレ　もちろんですとも。

騎士　イザベッラ伯爵夫人の所に行き、その後、戻って来る。［イザベッラの所に行き、その後、戻って来る］よくもやってくれたわね！

騎士　悪党め、姑に嫁の悪口を言ったのは、お前だったんだな？　これから、ドラリーチェ夫人の所に行って、お前の悪行をばらしてやるぞ。［ドラリーチェ夫人の所に行き、その後、戻って来る］

コロンビーナ　まあ、これは傑作だわ！　嫁と姑は、悪口を言わせるために、私を雇ったのに、その私が悪口を言わないでどうするのよ？

アンセルモ　［イザベッラの所から戻って来る］このろくでなしめ。お前がすべての原因なんだ。［ドラリーチェの所に行き、その後、戻って来る］

コロンビーナ　あの脳足りんまで、私に腹を立てているわ。

ドットーレ　［イザベッラの居室から］もうすぐ、すべての真相が明らかになるぞ。［ドラリーチェの所に行く］

コロンビーナ　皆が私を悪者扱いするのね。

パンタローネ　［ドラリーチェの居室から］この悪党め。わしの娘の悪口を奥さまに言ったというのは、本当か？

コロンビーナ　私は何も知らないわよ。

パンタローネ　待っておれ、待っておれ。［イザベッラの所に行く］

コロンビーナ　私を怖がらせようとしているんだわ。

アンセルモ　［ドラリーチェの居室から］もうすぐ、すべての真相が明らかになるからな。今に思い知らせてやる。［イザベッラの所に行く］

コロンビーナ　少し怖くなって来たわ。

ドットーレ　［ドラリーチェの居室から］とても信じられん話だ。ああ、何という陰口屋だ！［イザベッラの所に行く］

コロンビーナ　私は本当に捕まってしまうわ。

騎士　［ドラリーチェの居室から］コロンビーナ、お前の正体はばれたぞ。お前は両方の夫人に告げ口をしていたんだな。今はお二人ともお前を憎んで、処罰してくれと言っているよ。早く逃げた方がいい。

コロンビーナ　でも、どこに？　困ったわ！　どこに逃げたらいいの？

騎士　急いでお前の部屋に行って、中に閉じ籠もっていなさい。お前が助かるように、この私が働きかけてやろう。

コロンビーナ　どうかお願いですから、私を見捨てないで下さいね。

騎士　急いで。人が来る。

コロンビーナ　運命を呪うわ！　月に一ツェッキーノという話が、私の目を眩ませてしまったのよ。［中央のドアから退場］

騎士　あの女中の悪行が明るみに出た今となっては、合意は簡単にできますよ。

第一三場　中央のドアからジャチント伯爵と、前出の騎士と、その後、ドットーレと、その後、パンタローネと、その後、アンセルモ

ジャチント　騎士殿、コロンビーナが怯えて泣いていましたけど、何があったのですか？

騎士　嫁と姑の間に不和の種を蒔いていたのが、彼女であったことが判明しまして、現在、二人の間で合意に向けた交渉が行われているところです。

ジャチント　何とかうまく行きますように！

ドットーレ　［イザベッラの居室から］イザベッラ夫人はすべてを納得されまして、もしドラリーチェ夫人が、自分の部屋に来て、敬意を表してくれるならば、彼女を愛情と優しさを込めて抱擁されるとのことです。

騎士　すぐにドラリーチェ夫人に伝えて来ます。［ドラリーチェの所に行く］

ジャチント　それでは、母の怒りは収まったのですか？

ドットーレ　完全に収まりましたよ。

ジャチント　天の神さまに感謝します！　すべて合意されましたよ。

騎士　［ドラリーチェの居室から］ドラリーチェ夫人は、すぐにでもイザベッラ夫人の抱擁をお受けになりますが、嫁の部屋に来てもらって、仲直りの抱擁をして頂きたいとのことです。

ドットーレ　その通り申し上げて来ますが、それではぶち壊しになるんじゃないかと思いますよ。[イザベッラの所に行く]

ジャチント　本当のことを言うと、侮辱を受けたのは自分の方だ、と主張されているんです。

騎士　若奥さまは、あなたの賢明さには、頭が下りますね。

ジャチント　[パンタローネに]あなたは、実に見事に歩み寄らせしたね。

騎士　[パンタローネに]あなたは、実に見事に歩み寄らせようと努力が必要か、見てほしいものですな！

パンタローネ　ご覧なさい、何という傲慢さ！　何という愚かさ！

ジャチント　僕が母の所に行って、説得してみます。

パンタローネ　ああ、頼むよ、娘婿さん、やってみてくれ。

ジャチント　母は、僕の頼みには嫌と言えないはずです。[イザベッラの所に行く]

パンタローネ　[ドットーレに]君には、これが立派な態度に思えるかね？

ドットーレ　夫人の主張は当然だよ。わしの娘は、これほどわがまま

パンタローネ　では、私がそのことをドラリーチェ夫人に伝えて参ります。[ドラリーチェの所に行く]

ドットーレ　どうしてです？　伯爵夫人が仰るには、自分は貴婦人であるから、椅子から立って、彼女を出迎えるべきではない、とのことで。

パンタローネ　[イザベッラの居室から]わしの娘が、姑の所に行きたくないだと？　待て、待て、このわしが行って、来させてやる。娘はきっと来るだろう。[ドラリーチェの所に行く]

ジャチント　見ましたか？　彼女の父親まで、彼女を批判していますよ。

騎士　あのいいご老人は、すべてを丸く収めようと奔走しているのです。

アンセルモ　[イザベッラの居室から]まあ、そんな話があるものか！　問題は解決しました。わしの娘を伯爵夫人の所に行かせます。ただし、娘を見たら、出迎えて、入って来るようにと促して頂くだけで十分です。

パンタローネ　よし、よし、そうさせよう。妻に伝えて来る。

パンタローネ　二人の女性を仲良くさせるには、どれほど忍耐

騎士 [ドラリーチェの居室から] ドラリーチェ夫人は、自分は貴婦人ではないが、二万スクードの持参金を持って来たのであるから、このようにいじめられるのはおかしい、とのことです。

ドットーレ すぐにこのことを伯爵夫人に伝えて来ます。

パンタローネ 行かないで、ここにいてくれよ。

ドットーレ 娘さんは来るのかい？それとも、来ないかい？

第一四場 ドアの所にドラリーチェと、前出の人々と、その後、自分の居室からイザベッラ伯爵夫人と、その後、アンセルモと、その後、ジャチント

ドラリーチェ いいえ、行きません。あのお年寄りに言って頂戴、来たければ、来て下さいってね。

イザベッラ 生意気娘、この私を年寄りだって？

ドラリーチェ お若い大奥さま、失礼しますわ。[退場]

イザベッラ 彼女が家から出て行くか、私が出て行くか、そのどちらかよ。

パンタローネ ああ、どうしようもない！これはどうしたことだ？

ドットーレ [パンタローネに]君の娘さんの言葉を聞いたかね？

パンタローネ ああ、何という女どもだ！ああ、何という女どもだ！

アンセルモ [イザベッラの居室から]ああ、わしのメダルたち！わしは金輪際、この気違い女どもと係わり合いにならんぞ。お前たちは、勝手に御託を並べているがいい。わしは自分のメダルで時間を過ごすんだ。

[中央のドアから退場]

パンタローネ ああ、何という気違いどもだ！ああ、何という気違い病院だ！

ジャチント [イザベッラの部屋から]おしゅうとさん、僕は途方に暮れてしまいました。

パンタローネ どうしたのです？

ジャチント 聞かれました？僕の妻は、母のことを年寄りと罵ったんですよ。この家には悪魔がいる、悪魔が住み着いているんだ。[中央のドアから退場]

パンタローネ 悪魔がいるなら、住んでいるがいいさ。いったいどうしたらいいものか、私にも分からん。頭が混乱して、ここが、この世かあの世かさえ分からんよ。

騎士 私はドラリーチェ奥さまを、宥めに参ります。

ドットーレ わしはイザベッラ夫人の気を鎮めに参ります。

パンタローネ わしが思うにはね、彼女たちをますます悪くしている元凶は、君たちだよ。

騎士 私は名誉ある騎士ですよ。

ドットーレ このわしはね、がきじゃないんだよ。

騎士 あなたが私にした無礼を、ドラリーチェ奥さまに言い付けてやる。

ドットーレ パンタローネさんがわしをどう思っているのか、伯爵夫人に言い付けてやるよ。[イザベッラの所に行く]

パンタローネ ああ、何という連中だ！　あの気違い老人には驚くよ。あれほどひどい奴がいるか！　どうして彼までが保護者の役目をしているんだ？　それに、わしの娘にお伴の騎士がいるとは！　わしの阿呆な婿殿は、それを容認しているよ。気まぐれな女たち、能無しの夫たち、家に通って来るお伴の騎士たち。これでは、あらゆることが逆さまになるのは、当然ですよね。[退場]

第一五場　アンセルモ伯爵の別屋。アンセルモ伯爵と、その後、ジャチント伯爵

アンセルモ もしわしがメダルとカメオだけに夢中になっていたら、このような災いは、避けられていたはずだ。憎っくきブリゲッラ！　わしはあいつのお陰で破滅だ。

ジャチント ブリゲッラはどこにも見つかりません。彼はパレルモを出奔してから、どこに逃げたものやら、足取りが摑めません。

アンセルモ どうしようもない！　あいつのお陰でわしは破滅だ。

ジャチント ああ、父上、私たちは全員破滅ですよ。二万スクードは、全く残っていません。収穫までには、まだ時間があります。食べて行くには、借金するしかありません。ブリゲッラのお陰で、わしは破滅だよ。

アンセルモ わしの言った通りだ。

ジャチント 私たちの不幸に花を添えるために、それぞれ見事な一対の妻がおりますしね。

アンセルモ わしはもう、女たちのことは考えないことにしているよ。

ジャチント では、いったい誰が考えるのです？

アンセルモ ああ！　わしはもう絶対に考えない。あの女どもには十分気を狂わされたから、もう沢山だ。

第一六場　パンタローネと、前出の二人

パンタローネ よろしいですかな。

アンセルモ [傍白]（さあ、わしを悩ましてくれる奴が来たな。）

パンタローネ 伯爵さま、厚かましくもあなたにお目通りすることをお許し下さい。実は重要な話がありまして。大変な事態になっておりますので、何とかここで対策を講じる必要があります。

アンセルモ 君に任せるよ。

パンタローネ あなたはメダルの世話しかしたくないのです

か？
アンセルモ　できるかぎり、これを手放したくないんだよ。
パンタローネ　では、娘婿さん、あなたはどう思います？　あなたの家の経営がうまく行くと思いますか？
ジャチント　もうすぐわが家は、以前よりもっと落ちぶれると、僕は思います。
パンタローネ　伯爵さま、あなたのご子息の話を聞かれましたか？
アンセルモ　聞いたけど、どう対処したらよいものやら、分からんね。
パンタローネ　食べ物もないような状態に陥りたいのですか？
アンセルモ　収穫物があるさ。
パンタローネ　青田のうちに収穫物の前借りをすると、収入は三分の一になってしまいますよ。しかも、愛すべき嫁と姑については、どう思われます？
アンセルモ　これ以上ひどいカップルは、他にないと思っているよ。
パンタローネ　対策を講じようはないかね。
アンセルモ　対策を講じようとはされないのですか？
パンタローネ　手の施しようはないね。
アンセルモ　もしこの家の管理権を少しばかりわしに預けてもらえるのなら、このわしがその対策を講じてみますがね。
パンタローネ　パンタローネ君、わしは喜んで、君の望むすべての管理権を与えよう。

ジャチント　結構です。どうかお願いですから、わが家の経営をお任せします。どうかあなたの娘さんのために、僕たちの将来の子孫のために、一肌脱いで下さい。
パンタローネ　残念なことに、わしの娘まで、半ば気が狂れている。でも、わが家にいた時は、こうじゃなかった。この家に嫁いでから、こうなってしまったのです。ですから、娘を以前の状態に戻すことは、それほど難しくないと思っていますよ。
アンセルモ　わしの妻も、かつては心の優しい女でしたよ。今では蛇のように狂暴になってしまいましたがね。
パンタローネ　皆さん、いいですか。この女性たちは二人の相談役によって増長させられ、高慢になったのですよ。
アンセルモ　わしもそう思う。
ジャチント　僕もそうじゃないかと睨んでいます。
パンタローネ　この問題にけりをつけなければなりません。わしは給料は一銭も要りませんから、わしの娘と、娘婿と、この家の全員に対する愛情のために、このわしをあなた方の農地管理人、食料調達係、家の執事に任命してくれますか？
ジャチント　それはありがたい！
アンセルモ　わしのメダルだけは、取り上げないでおくれよ。それ以外については、何でもできる大権を君に上げるから。
パンタローネ　では、わしをこの家の経営と家政の決定者にするという簡単な契約書を書いて下さいな。そうすれば、わし

は数年で、何百ツェッキーノかを蓄財して、争い事も少なくするとお約束しますよ。

アンセルモ　契約書を書いてくれ。

パンタローネ　契約書は改めて書くまでもありません。しばらく前から、その必要を感じていたので、すでに作ってあります。そこに二、三の条項を付け加えるだけでいいと思います。あなたの書斎に行って、契約条項を読むことにしましょう。

アンセルモ　読む必要はないよ。わしはすぐにでも署名するから。

パンタローネ　だめです！　あなたには、証人たちの同席のもとで、その条項を読み上げるのを聞いてから、署名してもらいたいのです。娘婿さんも同じです。

ジャチント　心からそうさせてもらいますよ。

アンセルモ　行こうか。そうさせてもらいますよ。

パンタローネ　かわいそうに！　これも病気のひとつだな。彼の病気を治してやるには、荒っぽい治療でもだめで、少しずつ気長にやる必要がある。

ジャチント　おしゅうとさん、ねえ、どうか僕の家族に平和をもたらして下さい。父は、このような厄介事は苦手なのです。あなたが家長になって下さい。家長に分別があれば、すべてがうまく行くことは間違いありませんから。[退場]

パンタローネ　確かにその通りだな。よい家庭になるも、悪い

第一七場　イザベッラ伯爵夫人とドットーレ

イザベッラ　もうドラリーチェとの仲直りについては、話さないで頂戴。そんなことは不可能なんだから。

ドットーレ　伯爵夫人の仰る通りですな。

イザベッラ　あの女以上に生意気なのがいる？

ドットーレ　確かに横柄ですな。

イザベッラ　絶対に、何としてでも、この家から追い出してやるわ。

ドットーレ　大変賢明な解決策ですな。

イザベッラ　この家の主人は私よ。

ドットーレ　まさにその通りで。

イザベッラ　この家で彼女を同席させるのは、恥だわ。

ドットーレ　恥ですな。

イザベッラ　私がね、貴婦人でさえなかったら、平手打ちを食らわせていたでしょうね。

ドットーレ　見事な平手打ちになったでしょうな。

家庭になるも、すべては家長次第だよ。家を真っすぐ進ませるという船長の仕事が、わしにできるかどうか、気張ってみよう。そしてこの女たちには、優しい言葉で試してみよう。気張ってみよう。多くの場合もなかったから、今度はきつい言葉で試してみよう。多くの場合、女は馬のようなもので、速歩で駆けさせるには、拍車をかけないとだめなんですよ。[退場]

イザベラ　ドットーレ、夫が彼女を追い出さないなら、法廷への召喚状をあなたに書いてもらいたいわ。

ドットーレ　何ですと！　訴訟を起こされるつもりですか？

イザベラ　あなたには、訴訟に持って行く勇気がないの？

ドットーレ　わしはやっても構いませんよ。でも、彼女が出て行ったら、持参金の返還を要求するでしょうな。

イザベラ　持参金！　持参金！　いつも何かあると、すぐに持参金の話が出て来るのね。以前あなたに言ったように、そのうち私の持参金の返還を要求するわよ。

ドットーレ　仰るのはごもっともですが、ドラリーチェ夫人の持参金は、二万スクードにのぼります。でも、奥さまは二千スクードしかないのですよ。

イザベラ　あなたは馬鹿よ。何も知らないんだから。

ドットーレ　[傍白] (なるほど、彼女の気に入るように言わないと、馬鹿になるんだな。)

第一八場　パンタローネと、アンセルモ伯爵と、前出の二人

イザベラ　まあ、皆さま方、どうしたの？　いつものように、また素敵なお知らせ？

アンセルモ　すぐにそのお知らせを聞かせてやるよ。

パンタローネ　少しばかりお邪魔をしますが、どうか許して下さいよ。

イザベラ　あなたの娘さんには、分別がありませんよ。

パンタローネ　彼女がここに、もうすぐここにやって来ます。

イザベラ　彼女がここに？　どんな権利があって、私のいる所にやって来るの？

アンセルモ　ある重要な用件で来るんだよ。

イザベラ　ここじゃなくて、別の場所に来るんだよ。

パンタローネ　あなたにお邪魔を掛けないように、あなたの部屋以外の場所にしたのです。

イザベラ　彼女にふさわしい歓迎をして上げるよろしい。

パンタローネ　お好きなように歓迎されたらよろしい。

イザベラ　全く気にしませんから。

第一九場　ドラリーチェと、ジャチントと、ボスコの騎士と、前出の人々

騎士　皆さま、こんにちは。

イザベラ　[ドットーレに] あなた、どう思う？　いつも騎士さんをお伴よ。

アンセルモ　さあ、座りましょう。[全員が座る]

ドラリーチェ　[ジャチントに] 何のために私をここに連れて来たの？　わけを教えてくれる？

ジャチント　もうすぐに分かるよ。

アンセルモ　わが最愛の妻、いとしいお嫁さん、いいかね、わしはもう家長ではないんだ。

イザベッラ　なるほどね。その嫌な任務を私に押し付ける気ね。

アンセルモ　安心しなさい。嫌な役目をお前に押し付けたりしないから。パンタローネさんが、わが家の指揮を取るという嫌な役目を引き受けて下さったよ。わしと息子は、すべての権利と義務を彼に譲渡して、いくつかの契約条項に署名した。その条項を、これからお前たちにも聞かせてやろう。

ドラリーチェ　それは私を無視する無礼な仕打ちだわ。家長がいなければ、この私を家長にすべきだわ。

イザベッラ　それは間違いよ。

ドットーレ　その通り！

ドラリーチェ　この私が第一の女主人よ。

イザベッラ　収入の抵当権が外せたのは、私の持参金のお陰よ。

騎士　その通り、その通り。

パンタローネ　さあ、少しばかりご静粛に。合意されて署名された契約条項を読み上げますから、お聞き下さい。ここには、全員に関係することが書いてありますからね。《契約条項、第一条……》

アンセルモ　《第一条、パンタローネ・デイ・ビゾニョージ氏は、アンセルモ・テラッツァーニ伯爵の所有する、都市と田舎のすべての収入を取り立てること。》

イザベッラ　そして、それを私の夫か、この私に引き渡すこ

と。

ドラリーチェ　［傍白］（大変倹約がお上手だからね！）

パンタローネ　《第二条、パンタローネ氏は、前出のアンセルモ伯爵家のために、同家のすべての人々に食料と衣料を供給すること。》

ドラリーチェ　私は何もかも欲しいんですもの。だって、私、よいものなんか、何ひとつ持っていないんですもの。

パンタローネ　《第三条、家族の平和、とりわけ同家の嫁と姑を平和共存させる手段を講ずることは、前出のパンタローネ氏の専権事項とすること。》

イザベッラ　そんなこと不可能よ、絶対に不可能だわ。

ドラリーチェ　ここには悪魔が住んでいるのよ。

パンタローネ　《第四条、前述の二人の夫人はいずれも、持続した特定の友人を持ってはならないこと。それを持とうとする者は、田舎に送ってそこの別荘で生活させること。(23)》

イザベッラ　まあ、それはあんまりだわ。

ドラリーチェ　この条項は野蛮だわ。

騎士　この条項は、私に対する侮辱です。皆さん、分かりますよ。私は知っていますよ。ドラリーチェ夫人への私の奉仕が、あなた方に嫌われていることは、はっきりと見て取れま

---

(25)　舞台はパレルモであるが、実際には、ヴェネツィアの本土領（テッラフェルマ）に所有する農地と、そこにある農地管理のための別荘のことを示唆している。ブレンタ運河沿いの大貴族の華麗な別荘群を除けば、その大部分は淋しい片田舎にあった。

すから、私は直ちに出て行きますよ。生まれのよい騎士は、いかなる点でも、ご家族に迷惑をお掛けするべきではありませんからね。[傍白](今後、嫁と姑のいる家には、絶対に行かないぞ。)[退場]

ドラリーチェ　騎士さんが出て行くのなら、ドットーレもここに残るべきじゃないわ。

パンタローネ　ドットーレ君、君はどう思う？　騎士殿がいかに賢明に振る舞われたか、ご覧になりましたか？

イザベッラ　ドットーレは、わが家から出て行くべきじゃないと。》

ドットーレ　わしらの友情は昔からでしてな。

パンタローネ　まさにそれゆえに、友情は終わりにすべきでしょうな。

ドットーレ　終わりにしましょう。わしは出て行って、もうここには戻りません。だが、わしのような紳士をこのような不愉快な言葉でお払い箱にするのは、いったいどのような理由からなのか、教えてほしいものですな。

パンタローネ　その理由を知らないなら、わしが教えてやろう。それは、君たちは色男を気取って、あわれな女性たちを甘やかして、その自惚れを助長する以外に、何のよいこともしていないからだよ。

ドットーレ　わしがイザベッラ伯爵夫人を甘やかしてしまったのは、ある女性に敬意を抱いている時は、その人の意見に反対することができないからです。伯爵夫人、おいとまします

イザベッラ　私はいつも言って来たけど、あなたに才気も学識もないドットーレね。

ドットーレ　皆さん、聞かれましたね？　彼女にお仕えする栄誉を得てから、たえず頂いて来た恩恵は、これですよ。[退場]

パンタローネ　条項を先に進めよう。《第五条、嫁と姑の二人の夫人は、お互いの平和をより長く保つために、一人は上の階、もう一人は下の、異なった二つの部屋に居住すること。》

イザベッラ　上の階は私よ。

ドラリーチェ　私は下の階でいいわ、階段の数が少ないしね。

パンタローネ　聞きましたか？　二人は合意し始めましたよ。《第六条、コロンビーナは、家から解雇すること。》

イザベッラ　そうよ、そうだわ、お払い箱にすべきよ。

ドラリーチェ　そうよ、そうだわ、首にすべきだわ。

パンタローネ　この点についても、二人は合意したな。ああ、わしは嬉しいよ。さあ、お互いにして、和解のしるしに、夫たちの前で互いに抱擁して、互いに接吻を交わしなさい！

イザベッラ　まあ、それはできないわ！

ドラリーチェ　それだけは無理よ。

パンタローネ　[指輪を見せながら]さあ、最初に抱擁して、相手に接吻した人に、このダイヤの指輪をあげよう。

イザベッラとドラリーチェ　[二人とも椅子から少し立ち上

イザベッラ ［傍白］（死んだ方が、まだましよ！）

ドラリーチェ ［傍白］（一生、指輪なしで過ごす方が、まだましだわ！）

パンタローネ ダイヤの指輪で釣ってもだめか？

アンセルモ もしそれが古代のものなら、わしがもらうけどねぇ。

パンタローネ よろしい、抱擁と接吻で和解させるのが不可能なことは、よく分かった。たとえ和解しても、嫌々ながらの和解であれば、明日にはまた元に戻ってしまうだろう。あなた方は契約条項を聞いたね。わしがこの家の指揮を取って、あらゆる面倒を見て、必要なものを欠かさないようにして上げます。伯爵さま、あなたはメダル道楽をしていて構いません。あなたのご満足の行くように、一年に一〇〇スクードを支給して上げます。婿殿はわしを助けて、家政の見習いをしてもらえば、家政学を学ぶことができるでしょう。あなた方二人は、告げ口屋の女中と、二人の悪いごますり相談役のお陰で、これまでいがみ合って来たが、その原因がなくなったのだから、やがてその結果なくなることでしょう。イザベッラ伯爵夫人は、この住居の上の階で、わしの娘は下の階で生活しなさい。それぞれに一人ずつ女中を付けて、しばらくの間は食卓を別々にして上げよう。お互いに顔を合わせず、話をしなければ、二人とも心安らかになるでしょうよ。

これが、嫁と姑を平和に暮らさせるための、唯一の方法なのです。

［幕］

コーヒー店
(1750 年)

第 1 幕 7 場

作品解説

前年に披露した自信作の不評に、誇りを傷付けられたゴルドーニは、翌年のシーズンには、通常の二倍の一六本の新作喜劇を上演すると観客に約束して、それを果たした(サンタンジェロ劇場のボックス席を予約した客は、例年の倍の喜劇を観られるので、この宣言は販売促進に大きく貢献したはずである)。その一六本の作品の中で最も成功を収めたのが、この作品である。

初演の時、コーヒー店の店主は、コメディア・デラルテのずる賢い召使い役のブリゲッラ、その店員は愚かな召使い役のアレッキーノとなっており、二人とも方言を話していた。だが、作者がフィレンツェでパペリーニ版第一巻を出版(一七五三年)する時に、《この作品を全国に普及させるために》、ブリゲッラを《リドルフォ》、アレッキーノを《トラッポラ》と改名し、彼らの話し言葉をトスカーナ語に書き改めただけでなく、《その他の三人の登場人物》(おそらくはエウジェニオと、その妻ヴィットリアと、バレリーナのリザウラ)のヴェネツィア方言もトスカーナ語に書き替えてしまった。したがって、舞台がヴェネツィアなのに、全員がトスカーナ語を話すことになり、原作が持っていたヴェネツィア的雰囲気はかなり失われているが、元の脚本が残っていない以上、原状を復元することは不可能である。

この作品で笑いの槍玉に挙げられているのは、賭博狂いの悪癖である。若いヴェネツィア商人エウジェニオは、博打に目がなく、妻のイヤリングまで担保にして賭けに注ぎ込む。彼をカモにしているのは、いかがわしい悪人たち——賭技場経営者のパンドルフォと、偽伯爵のレアンドロ(実はトリーノから逃げて来た商家の簿記係)——である。他方、彼を悪の道から救おうとして奔走するのは、かつてエウジェニオの父親の召使いだった、コーヒー店主リドルフォである。だが、彼が何度青年を助けて、立ち直らせようとしても、青年はそのたびに賭博の誘惑に負けて、リドルフォや妻のヴィットリアの期待を裏切ってしまう。この主人公をめぐる善人たちと悪人たちの綱引きが、この劇の展開の推進力である(おそらく読者は、エウジェニオが何度も懲りずに悪癖に陥るのを見て、その心の弱さにいらいらするかもしれない。しかし、一八世紀のヴェネツィア人は、現代人のように、人情が薄くもなく、気短でも、生真面目でもなく、もっと同情的で、鷹揚で、ユーモアがあって、何よりも人間の愚かさをよく知っていた。だから、主人公が繰り返し悪の道に陥るのを見て、むしろ同情し、あたかも自分の悪癖を許すかのように、彼を笑って許したのである。とりわけゴルドーニは、『賭博好き』(一七五一年)で自分自身の肖像を描いているように、彼もまたこの同じ病から抜け出せない一人であった)。

ところで、この作品に見られる興味深い要素は、エウジェニオの分別のなさを象徴する軽薄さ、とりわけ彼の色好みである。彼には賢明な若い妻ヴィットリアがいるのに、バレリーナ

を金で靡く女と思い込んで声を掛けたり、逃げた夫を探しに、トリノからやって来た女巡礼に同情して、宿屋を世話してやったり、揚げ句の果ては、仮面を付けて女巡礼に来た妻にまで声を掛ける始末。この彼の無分別で愚かな色好みは、コメディア・デラルテが持っていた下品で猥褻な側面を、つまりゴルドーニ自身が演劇改革で浄化しようとしていた不道徳な伝統の痕跡を、はっきりと示している。バレリーナについて、《後ろの入口から出たり入ったり》という性的暗示や、コーヒー店の奥の《秘密の小部屋》で、エウジェニオとその妻の仲直りする話（第三幕一八場）などは、コメディア・デラルテの猥褻で放埒な笑いの伝統を彷彿とさせてくれる（おそらく初演時には、この雰囲気はもっと強かったと思われるが、パペリーニ版の出版時に、より道徳的なものに書き替えられた）。

本題に戻って、コーヒー店主のリドルフォは、大奮闘の末、ついにエウジェニオを改心させて、妻のヴィットリアと仲直りさせただけでなく、偽伯爵のレアンドロ（実はトリノから逃げて来た夫）と、彼を追いかけて来た妻の女巡礼を、元の鞘に収めるのにも成功する。しかし、卑しい元召使い（プリゲッラ）だったリドルフォが、元の主人階級や貴族階級にまで、道学者のような説教を垂れながら、ドラマを大団円に導くのを見て、貴族の批評家から激しい批判が投げつけられた。とりわけ手厳しかったのは、カルロ・ゴッツィである。彼はゴルドーニを、下層民の危険な煽動者ではないかとまで疑っている。《ゴルドーニは、本物の貴族をしばしば邪悪と滑稽の見本例として

描き、逆にいくつかの喜劇では、本物の賤民を美徳と誠実さの見本例として描いた。私は——おそらく私は邪推しているのかもしれないが——彼は下層民の歓心を買うために、わざとそのようにしたのではないかと、密かに疑っている。下層民には隷属のくびきが不可欠であるにもかかわらず、彼らはたえずそのくびきに怒り狂っているからである》（「ゴッツィ自伝（ラジョナメント・インジェヌオ）」一七七二年）。

この作品で、善意の説教家リドルフォと好一対の対照をなしているのは、貴族のドン・マルツィオである。暇人の彼は、いつもコーヒー店で暇つぶしをしながら、その界隈の人々を観察し、皮肉な解釈と辛辣な噂を広めている。この永遠の皮肉屋、永遠の傍観者は、登場人物の中で最も精彩を放っており、最も観客の笑いを取れる人気者である。だが、当時の貴族階級は、自分たちを意図的に茶化して愚弄したとして、その作者に猛反発した。たとえば批評家のバレッティが、髭剃り途中で理髪店から飛び出して、ドン・マルツィオが《後ろの入り口から出て行く有名な場面（第一幕一〇場）について、次のように批判している。《ドン・マルツィオは、後ろの入り口について、通りで話をしているのを聞きつけると、理髪店には片方の頬を剃ってもらっただけで、もう一方の頬はまだ石鹸を付けたままなのに、店から飛び出して来て、観客を笑わせるが、私なら、このドン・マルツィオを笑ったりしない！　賤民どもは、私なら、このドン・マルツィオを、下層民の危険な煽動者ではないかとまで疑っている。彼はゴルドーニの滑稽な笑い話を笑うがいい。だが、このアリスタルコス［バレッティのペンネーム］

は、頑固に自説を変えず、この石鹼の場面を笑ったりはしないのだ》（『文学批評』）。

この貴族たちの激しい怒りに対して、ゴルドーニは次のように嘆いている。《貴族たちは、悪徳が嘲笑されるのを見ても、自分の悪徳を改めることは、ほとんどない。それは、嘲笑の仕方が、彼らの心のデリケートな部分に訴え掛けないのか、あるいは、下層階級の信念に批判されていることでも、自分たちだけはしてもよいと信じているか、のどちらかである。私の考えでは、喜劇作家は、すべての社会階層から喜劇の題材を見つけ出すべきである。だから、たとえ貴族階級が槍玉に挙げられたとしても、その批判が不偏不党なものであって、その人物を特定できるほどに大胆な描き方をしていない限りは、誰もそのことを嘆くべきではないのだ》（一七五一年初演の『賢明な貴婦人』の「作者から読者へ」）。実を言うと、貴族階級から笑いの種を見つけることは、社会の支配階級を俎上に載せて、批判することに通じていた。だから貴族たちは、下層階級の煽動者として彼を密かに憎んだのである。だが、ゴルドーニが真に願っていたのは、階級闘争や革命とは全く逆のことで、あらゆる階層の悪徳を公平に笑うことによって、社会全体をもっと開放的で、交流的で、融和的なものにしようという意志であった。

最後に、この作品には、コメディア・デラルテが最も得意としていた、雄弁なパントマイムのシーンが数多くあることに注意されたい。たとえば、第二幕七場では、賭博場の主人パンドルフォが、密かに身振りだけでエウジェニオを賭博に誘い、エウジェニオはリドルフォに見咎められないように、同じく密かに身振りで答えながら、巧妙に賭博場に入り込む場面がある。さらに同じ幕の二三場では、賭博場の二階で大騒ぎが起こった時、トラッポラは、《料理を盛った皿をナプキンに包んで、二階の窓から地上に飛び降りて、コーヒー店の中に逃げ込む》。この派手な軽業の芸当が、どれほど当時の観客を喜ばせたかについては、今となっては残念ながら、遠くから思いを馳せるしかない。

登場人物

リドルフォ（コーヒー店の主人）
ドン・マルツィオ（ナポリの貴族）
エウジェニオ（ヴェネツィア商人）
フラミニオ（レアンドロ伯爵という偽名で）
プラーチダ（フラミニオの妻、女巡礼の姿で）
ヴィットリア（エウジェニオの妻）
リザウラ（バレリーナ）
パンドルフォ（賭博場の主人）
トラッポラ（リドルフォの店の店員）
理容店の丁稚（科白あり）
コーヒー店の店員（科白あり）
宿屋の給仕（科白あり）
巡査たち（科白あり）
巡査長（科白なし）
他の宿屋の給仕たち（科白なし）
他のコーヒー店の店員たち（科白なし）

ヴェネツィアの小さな広場か、いくらか広くなった道路に三軒の店が並んだ常設舞台。真ん中の店はコーヒー店、その右隣はカツラと理容の店、左隣は遊技場、つまりは賭博場である。前出の三軒の店の上には、いくつかの使用可能な小部屋がある。それは遊技場のもので、道路を見下ろせる窓が付いている。理容店の側には、通路を挟んでバレリーナの家があり、賭博場の側には旅館があって、それぞれに開け閉めできるドアや窓が付いている。

第一幕

第一場　リドルフォと、トラッポラと、その他の店員たち

リドルフォ　さあ、みんな、マナーよく振る舞うんだぞ。お客さまには素早く、機敏に、しかも愛想良く、上品にサービスするんだ。お店の信用は、店員のマナーの良し悪しに大きく懸かっているんだからな。

トラッポラ　ねえ、親方、本当のことを言いますとね、この早起きというのは、全く俺の体質に合わないんで。

リドルフォ　そうだとしても、早起きする必要がある。あらゆる人にサービスしなければならないんだ。早朝には旅に出掛ける人がやって来るし、職人や船頭や船乗りなど、朝早く起きるすべての人がやって来るんだよ。荷物担ぎの人夫までがコーヒーを飲みにやって来るんですから、本当に腹を抱えて笑ってしまいますよ。

トラッポラ　人間というものは皆、人のすることをしたがるものさ。ひと頃はブランデーが流行ったが、今はコーヒーが流行というわけだ。

リドルフォ　あの賭博場を見てみろ。あの中に入った人のお金は、全部彼のものだ。

トラッポラ　結構なことだ。パンドルフォさんは、しこたま儲けたことだろう。

トラッポラ　あの犬畜生は、いつもしこたま儲けるんです。トランプで儲け、人にたかっては儲け、いかさま賭博師と示し合わせては儲ける。あの中に入った人のお金は、全部彼のもの。

リドルフォ　決してそのような儲けに憧れてはならんぞ。《悪銭身に付かず》だからな。

トラッポラ　エウジェニオさんも、かわいそうに！　彼は身の破滅ですよ。

リドルフォ　あの人もあの人だよ。何と分別のないお人か！　立派でしっかりした若い奥さんがいながら、女と見れば誰の尻でも追いかけ、その上、博打に目がないと来ている。

トラッポラ　今時の若者の、ちょっとした粋の見本ですな。

リドルフォ　あのレアンドロ伯爵と賭博をしているのでは、間

リドルフォ　違いなく有り金全部、巻き上げられてしまったろうよ。あの伯爵は実に見事な悪の花ですからね。

パンドルフォ　さあさあ、コーヒー豆を炒りに行け。新しいコーヒーを入れるんだ。

トラッポラ　ゆうべの余ったものも入れますな。

リドルフォ　いいや、混ぜものはするな。

トラッポラ　親方、俺は忘れっぽいたちでしてね。店開きしてからどのくらい経ちます？

リドルフォ　お前は知っているくせに。おおよそ八ヶ月になるかな。

トラッポラ　やり方を変える時期ですね。

リドルフォ　と言うと？

トラッポラ　開店時には、ちゃんとしたコーヒーを出し、六ヶ月もしたら、熱いお湯に薄い味ですよ。[退場]

リドルフォ　面白い奴だ。あいつは私の店を繁盛させてくれるだろう。ひょうきんな店員のいる店には、人がみな集まるからな。

第二場　リドルフォと、遊技場から眠そうに目をこすりながら
　　　　　パンドルフォ

リドルフォ　パンドルフォさん、コーヒーはいかがです？

パンドルフォ　おお、それはありがとう。

リドルフォ　おーい、パンドルフォさんにコーヒーを差し上げてくれ。お座り下さい。さあ、どうぞ、どうぞ。

パンドルフォ　いや、いや、急いで飲んで、仕事に戻らねばならん。

［若い店員がパンドルフォにコーヒーを運んで来る］

リドルフォ　お店ではまだ遊んでいるんですか？

パンドルフォ　そう、二人ほどがやっているよ。

リドルフォ　こんなに早くから？

パンドルフォ　昨日からずっとだ。

リドルフォ　どんな遊びを？

パンドルフォ　罪のない遊びさ。《一番と二番》(1)だ。

リドルフォ　調子はどうです？

パンドルフォ　わしの方は上々だよ。

リドルフォ　では、あなたも賭けて遊んだので？

パンドルフォ　ああ、わしも少しばかり、カードを切らせてもらったよ。

リドルフォ　あなたの仕事に口出ししたくはないが、友だちとして一言だけ言わせてもらいますな。遊技場の主人が一緒になって遊ぶのはよくないですな。負けたら笑われるし、勝ったら疑われますからね。

パンドルフォ　わしとしては、笑われなければそれで十分。だが、疑いたいなら、いくら疑ってもらっても構わんよ。わし

（1）一八世紀のヴェネツィアで大流行した危険なトランプ遊びで、正式には《ファラオーネ》と言う。『新しい家』第二幕九場や『別荘狂い』第一幕五場にも出てくる。

リドルフォ　ねえ、われわれはお隣り同士だし、私はあなたが災難に遭わないように願っているんですよ。あなたはこれまで何回も賭博で捕まったことを、よもやお忘れじゃないでしょうね。

パンドルフォ　わしはわずかな儲けで満足だよ。わしは二ツェッキーノ儲けただけで、それ以上はしなかったしね。

リドルフォ　ご立派。カモが気付かないうちに羽根をむしり取るという寸法ですね。誰から巻き上げたので？

パンドルフォ　金銀細工師の丁稚小僧からだ。

リドルフォ　いけない、それはいけないな。それでは若者に、店の親方から物を盗めと奨励しているようなものですよ。

パンドルフォ　おい！わしに説教を垂れる気か？カモになりたくない奴は、自分の家にじっとしていることだ。わしは、賭けをしたがっている人のために、賭博場を開いているんだよ。

リドルフォ　賭博場をやるのは、悪いことだとは思いませんよ。でも、あなたはいかさま師として目を付けられているのだから、このようなことをしていると、もうすぐ身の破滅ですよ。

パンドルフォ　ご立派。そのように振る舞われることですな。昨晩エウジェニオさんは賭博をしていましたか？

リドルフォ　〔傍白〕（かわいそうな若者だ！）どのくらい負けましたかね？

パンドルフォ　現金で一〇〇ツェッキーノ。今は口約束で賭けては、負けているよ。

リドルフォ　賭けの相手は誰ですか？

パンドルフォ　伯爵だ。

リドルフォ　例のあの人と？

パンドルフォ　まさに例のあの人とだ。

リドルフォ　他には誰が？

パンドルフォ　彼ら二人だけだ。一対一だよ。

リドルフォ　かわいそうに！間違いなくひどい目に遭うな。

パンドルフォ　やらせておけよ。面白い見せ物だぜ。

リドルフォ　では、あなたはそれを見て、面白がっていらっしゃるので？

パンドルフォ　どうなろうと、わしには関係のないことだよ。彼らがカードを十分に切ってくれさえすれば、わしはそれで十分さ。

リドルフォ　私だったら、金持ちになろうと思っても、賭博場をやったりはしませんがね。

パンドルフォ　へえ、そうかい？どういう理由でかね？

リドルフォ　まともな人間なら、人々が破滅するのを見たいとは思わないはずですからね。

パンドルフォ　今もしているよ。夕食も取らず、眠りもせず、有り金を全部はたいてしまったよ。

パンドルフォ　おい、君、そんなやわな心では、お金は儲からんよ。

リドルフォ　儲からないで結構。私はこれまでちゃんとご奉公して、自分の務めを果たして来ました。私には小銭が貯まったので、当時の私のご主人さま——あなたもご存じのようなエウジェニオさんのお父上ですが——あの人のご援助で、私はこの店を開いたのです。だから、この店とともに立派に生きていきたいし、私の職業に悖るようなことはしたくないんですよ。

パンドルフォ　しかし、君ねえ、君の職業にもひどい奴はいるぜ！

リドルフォ　どのような職業にも、そのような人はいるものです。ですがね、私の店に来られるような立派な方々は、そのような連中の店には出入りしませんよ。

パンドルフォ　君の店にだって、秘密の小部屋はあるんだろう？

リドルフォ　確かに。でもドアは閉めないでおきますよ。

パンドルフォ　どのような連中が来ても、コーヒーを出さんわけにはいかんだろうが？

リドルフォ　しかし、茶碗が汚れることはありませんからね。

パンドルフォ　さあ、認めろよ！　片目をつぶってやっているんだろ？

リドルフォ　決してつぶったりなどしませんよ。この店には立派な人しか来ませんからね。

パンドルフォ　そう、そう。きみは新米だからな。

リドルフォ　それはどういう意味で？

［遊技場から人の呼ぶ声、《カードだ》］

パンドルフォ　店に向かって］　はい、ただ今。

リドルフォ　どうかお願いですから、あのかわいそうなエウジェニオさんを、テーブルから引き離して下さいな。あいつなんか、下着まで失って、丸裸になればいいんだ。［自分の店の方に歩いて行く］

パンドルフォ　わしは何とも思わんよ。

リドルフォ　ねえ、コーヒー代はつけにしといていいんですよね？

パンドルフォ　いや、《プリミエーラ》[トランプ遊びの一種]でそのお金を賭けよう。

リドルフォ　私はカモにはなりません。

パンドルフォ　おい、へらず口は叩くなよ。わしのお客たちのお陰で、君の店が潤っていることはご存じだろう？　君がこんなちっぽけなことにこだわるとはな、驚きだよ。［歩いて行く。再び呼ぶ声、《カードだ！》］

パンドルフォ　はい、ただ今！［遊技場に入る］

リドルフォ　ご立派な職業だ！　若い連中の不幸と破滅を食い物にして生きるとは！　私は間違っても賭博場をやったりはしないな。小さな賭けから始まって、最後は《バッセッタ》

────

（2）《バッセッタ》は、《ファラオーネ》の別名。

第三場　ドン・マルツィオとリドルフォ

で終わるんだ。くわばら、くわばら。コーヒーだ、コーヒーだ。コーヒーで五〇パーセントの儲けがあるのだから、これ以上何を望むことがあるかね？

リドルフォ　[傍白]（さあ、例のお喋り屋で、いつも自分が正しいと言い張るお方のお出ましだ。）

ドン・マルツィオ　コーヒーをくれ。

リドルフォ　ただ今、すぐにお持ちします。

ドン・マルツィオ　リドルフォ、何かニュースはないかね？

リドルフォ　さあ、知りませんね、旦那。

ドン・マルツィオ　この店には、まだ客は来ないのか？

リドルフォ　まだ早朝ですからね。

ドン・マルツィオ　早朝だと？　一六時[午前一〇時]③の時報を打ったぞ。

リドルフォ　いいえ閣下、違いますよ。まだ一四時[八時]になっていませんよ。

ドン・マルツィオ　黙れ、うすのろ。

リドルフォ　誓って申し上げますが、まだ一四時を打ってはおりません。

ドン・マルツィオ　黙れ、ロバ。

リドルフォ　あなた様は、理由もなく私を侮辱されます。

ドン・マルツィオ　わしはたった今、時計の打つ音を数えて、

それで一六時だと、お前に言っているんだよ。それなら、わしの時計を見ろ。あなた様の時計も狂わないと仰るなら、ご覧なさい。これは決して狂ったことがないんだ。[と言って、時計を見せる]

リドルフォ　よろしい。あなた様の時計が狂っているんですよ。あなた様の時計も一三時四五分[七時四五分]を差しておりますよ。[柄付きの単眼鏡を取り出して見る]

ドン・マルツィオ　いや、そんなはずはない。

リドルフォ　何時ですかね？

ドン・マルツィオ　わしの時計が狂っておる。今は一六時だ。

リドルフォ　その時計はどこで買われました？

ドン・マルツィオ　わしはその打つ音を聞いたんだ。

リドルフォ　あなた様はロンドンから取り寄せたものだ。

ドン・マルツィオ　わしが騙された？　それはどうしてだ？

リドルフォ　あなた様は粗悪品を摑まされたのですよ。

ドン・マルツィオ　粗悪品だと？　これはクワレー社製の最も精巧な時計のひとつだ。④

リドルフォ　もしよい時計なら、二時間も狂ったりしませんよ。

ドン・マルツィオ　あなた様が一四時一五分前[七時四五分]を指しているのに、あなた様は一六時[一〇時]だと仰るんですからね。

リドルフォ　この時計はいつも正確で、狂ったりしません。

ドン・マルツィオ　先日、あの男がわしを密かに尋ねて来てな、自分の女房のイヤリングを担保に、一〇ツェッキーノ貸してほしいと頼まれたよ。

リドルフォ　あなた様は、よくお分かりのはず。人は誰でも、時折必要に迫られることがあります。だから、あなた様は他人にはそのことを知られたくないものです。だから、あなた様を口の固いお人と見込んだんでしょう、あなたを口の固いお人と見込んでね。

ドン・マルツィオ　ああ、わしは口の固い男だ。それに、わしはいつも喜んですべての人を助けてやるが、そんなことを自慢したりせん。ほれ、これが彼の女房のイヤリングだ。［ケースからイヤリングを取り出して見せる］わしは彼に一〇ツェッキーノ貸してやったんだが、お前はその値打ちがあると思うかね？

リドルフォ　私は鑑定できませんが、それぐらいの値打ちはあると思いますよ。

ドン・マルツィオ　お前、店員はいるかね？

リドルフォ　いると思いますが。［店の方に下がろうとする］

ドン・マルツィオ　例のあいつを呼んでくれ。おーい、トラッ

ドン・マルツィオ　わしの時計は正しい。

リドルフォ　それなら、私の言う通り、もうすぐ一四時（八時）というところでしょう。

ドン・マルツィオ　無礼者め。わしの時計は正しくて、お前のその頭に一発食らわせてやろうか。

［一人の店員がコーヒーを運んで来る］

リドルフォ　［歯を食いしばって］コーヒーをどうぞ。［傍白］（ああ、何という無茶苦茶なお人だ！）

ドン・マルツィオ　いいえ、閣下。

ドン・マルツィオ　エウジェニオ君を見かけなかったかね？［傍白］家で女房をかわいがってでもいるんだろう。何という女々しい奴だ！　女房べったり！　姿も見せない。笑い者だよ。自分が何をしているのか分かっていない、でくの坊だ。［コーヒーを飲みながら］女房べったり、女房べったり、女房べったり。

リドルフォ　女房どころじゃありませんよ！　あの人はこのパンドルフォさんの所で、一晩中賭博をしていたんですからね。

ドン・マルツィオ　やっぱり、言わんことじゃない。博打べったり！　博打べったり！　［コーヒー茶碗を渡して、立ち上がる］

リドルフォ　［傍白］（博打べったり、女房べったりになって、悪魔にさらわれてしまえ。）

（3）ヴェネツィアでは一七九七年まで、古い時の数え方をしていた。つまり、日没のアンジェルスの祈りの鐘とともにその一日が終わり、次の新しい一日が始まるので、大雑把に言って、午後六時頃を起点として二四時間で時刻が計測された。

（4）ロンドンのダニエル・クワレー（一六四八―一七二四）が発明した懐中時計のことで、ボタンを押すと、その時の時間と、一五分間隔の四半時間を知らせる装置が付いていた。

ポラ。

第四場　店からトラッポラと、前出の二人

トラッポラ　はい、《素早く機敏に》参りましたよ。

ドン・マルツィオ　ここに来い。この近くの宝石商に行って、このイヤリングを見せて、これはエウジェニオの女房のもので、わしが彼に貸してやった一〇ツェッキーノの担保として受け取ったのだが、そんな値打ちがあるものかどうか、わしの代わりに尋ねて来てくれ。

トラッポラ　承知しました。では、これはエウジェニオさんの奥さんのもので？

ドン・マルツィオ　そうだ、あいつはもうすぐ一文無しになって、飢えて死ぬわ。

リドルフォ　[傍白]（気の毒に、何というお人の手に渡ってしまったのだろう。）

トラッポラ　では、エウジェニオさんは、自分のことを皆に知られても構わない、というわけで？

ドン・マルツィオ　わしは、人が安心して、秘密を打ち明けることのできる男だ。

トラッポラ　俺は、人が安心して、何も打ち明けることのできない男で。

ドン・マルツィオ　なぜだ？

トラッポラ　俺には、何でもすぐに喋ってしまうという悪い癖がありましてね。

ドン・マルツィオ　いかん、非常にいかんことだ。もしそのようにすれば、お前は信用を失い、誰にも信頼されなくなるぞ。

トラッポラ　でも、旦那が俺に仰ったことは、そっくりそのまま誰かさんにもお返しできるように思いますが。

ドン・マルツィオ　理容店に行って、わしの顔を剃ってもらえるかどうか、聞いて来てくれ。

トラッポラ　承知しました。[傍白]（わずかの小銭で、コーヒーを飲むだけでなく、店員を召使い代わりに使おうとするとはね。）[理容店に入る]

ドン・マルツィオ　なあ、リドルフォ、教えてくれ。この近所のバレリーナは何をしている？

リドルフォ　正直申しまして、私は何も存じません。

ドン・マルツィオ　レアンドロ伯爵が、彼女を囲っているという話だが。

リドルフォ　失礼、旦那。コーヒーが沸騰しかかっていますので。[傍白]（自分のことで手一杯だよ。）[店に入る]

第五場　トラッポラと、前出のドン・マルツィオ

トラッポラ　理容店にはお客が一人おります。そいつをすっかり剃り上げたら、閣下の番だとのことです。

ドン・マルツィオ　お前、この近所のバレリーナについて、何

コーヒー店

ドン・マルツィオ　ああ、そう言うんだ。

トラッポラ　[傍白]（ドン・マルツィオさんと俺が組んだら、ものすごく口の固い秘書コンビになれるな。）[退場]

第六場　ドン・マルツィオと、その後、リドルフォ

ドン・マルツィオ　だが、うまく立ち回るには、いくらかは知っておいた方がいい。彼はあの悪党のレアンドロ伯爵の囲い者だよ。そして、彼は彼女の稼ぎから、用心棒代と称してピンハネをしているんだ。あいつめ、お金を出さしてやるところか、あのあわれなあばずれ女から何もかもむしり取って、多分そのお陰で彼女は、したくもないことをさせられているんだ。ああ、何という悪党だ！

リドルフォ　でも、私は一日中ここにおりますが、彼女の家にはレアンドロ伯爵以外、誰も入るのを見たことがないって、誓って言えますよ。

ドン・マルツィオ　後ろの入口からだよ。後ろの入口からだよ。馬鹿、馬鹿者め！いつ

か知らないか？

ドン・マルツィオ　リザウラさんのことで？

トラッポラ　そうだ。

ドン・マルツィオ　知っていても、知りませんね。

トラッポラ　何かわしに喋ってくれ。

ドン・マルツィオ　このわしには喋ってもいいんだ。わしがどんな人間か、知っておるだろう。わしは人に喋ったりせんレアンドロ伯爵が彼女の所に通っているんだな。

トラッポラ　彼の番が来たら、通っていますよ。

ドン・マルツィオ　《彼の番が来たら》とは、どういう意味だ？

トラッポラ　それは、彼女の迷惑にならない時に、という意味で。

ドン・マルツィオ　いいぞ、これで分かった。彼は心優しいお友だちで、彼女のお仕事の邪魔をしたくないんだ。それどころか、彼女に金を稼がせて、自分もその恩恵にあずかることを望んでいるんで。

トラッポラ　ますますいい！ああ、何と口の悪い奴だ、トラッポラ！さあ、行け。行ってイヤリングを見ても

トラッポラ　宝石商には、これがエウジェニオさんの奥さんのだ、と言ってもよろしいので？

ドン・マルツィオ　もし他人のことを喋ったら、俺は《信用を失い、誰にも信頼されなくなる》でしょうね。

ドン・マルツィオ　実を申しますと、私は人さまのことにはあまり興味がないもので。

リドルフォ　もしお前が例のバレリーナについて何も知らんのなら、このわしが教えてやるぞ。

リドルフォ　旦那。

ドン・マルツィオ　リドルフォ。

ドン・マルツィオ　私は自分の店にかかりっきりですので、後ろの入口があろうとなかろうと、私にはどうでもいいことです。私は誰かさんのように、他人のことに首を突っ込んだりしませんのでね。

リドルフォ　無礼者め！わしのような身分の者に、そのような口の利き方をするのか？［立ち上がる］

ドン・マルツィオ　ご勘弁を。洒落ひとつ言っちゃいけないので？

リドルフォ　ロゾーリオ［香料入りの甘いリキュール］を一杯くれ。

ドン・マルツィオ　［傍白］（この洒落は、二ソルドに付いてしまったな。）［ロゾーリオを出すように、店員たちに合図をする］

リドルフォ　［傍白］（ああ、このバレリーナの話を、みんなに触れ回ってやろう。）

ドン・マルツィオ　ロゾーリオをどうぞ。

リドルフォ　［ロゾーリオを飲みながら］出たり入ったりだ、後ろの入口からな。

ドン・マルツィオ　後ろの入口から出たり入ったりでは、彼女も気分がよくないだろうよ。

第七場　夜の服装のまま、白目をむき、空の方を見て、足を踏みならしながら、遊技場から出てくるエウジェニオと、前出の人々［扉の図版を参照］

ドン・マルツィオ　こんにちは、エウジェニオ君。

エウジェニオ　何時です？

ドン・マルツィオ　一六時［午前一〇時］を打ったよ。しかも、旦那の時計は正確ですからね。

エウジェニオ　コーヒーをくれ。

ドン・マルツィオ　すぐにお持ちします。［店の方に行く］

リドルフォ　ねえ、君、結果はどうだった？

エウジェニオ　［ドン・マルツィオを無視して］コーヒーだ。

リドルフォ　［遠くから］ただ今。

ドン・マルツィオ　［エウジェニオに］負けたのかね？

エウジェニオ　［大声で叫ぶ］コーヒー！

ドン・マルツィオ　［傍白］（分かったぞ。有り金全部すったんだ。）［座りに行く］

第八場　遊技場からパンドルフォと、前出の人々

パンドルフォ　エウジェニオさん、ちょっと一言。［彼を舞台の袖の方に連れて行く］

エウジェニオ　君の言いたいことは分かっている。僕は紳士だ、必ず払うよ。

パンドルフォ　でも、伯爵があそこで待っていらっしゃるんで。あの方は自分のお金を危険にさらしたのだから、ちゃんと払って頂きたいと仰っています。

エウジェニオ　三〇ツェッキーノ負けた。僕は口約束で払う。

ドン・マルツィオ　［傍白］（あいつらの話を聞くためなら、いくらかお金を出しても惜しくないな。）

エウジェニオ　コーヒーを注文して三時間も経つのに、まだできないのか？

リドルフォ　[リドルフォに]あっちに行きたくないんですよ。

パンドルフォ　丁寧な言葉でお願いしてみることですな。そうすれば、彼だってちゃんとした受け答えをしてくれるでしょうよ。

エウジェニオ　[リドルフォに]ねえ、君、僕にコーヒーを入れて頂けませんか？おいしいのをね。さあ、機嫌を直せよ。

リドルフォ　[店の方に行く]

ドン・マルツィオ　[傍白]（何か大ごとらしい。知りたくてたまらんな。）

エウジェニオ　パンドルフォ君、さあ、その三〇ツェッキーノを見つけてくれよ。

パンドルフォ　わしは、そのお金を用立ててくれる友人を知っています。でも、担保とお礼が要りますよ。

エウジェニオ　担保の話はやめてくれ。そればかりはどうしようもない。君も知っての通り、僕はリアルト橋の店に布地を持っている。その布地をその担保に充てるから、それが売れたら払うよ。

ドン・マルツィオ　[傍白]《払うよ》。彼は《払うよ》と言ったぞ。口約束で負けたんだな。

リドルフォ　[エウジェニオに]さあ、コーヒーですよ。

エウジェニオ　[リドルフォに]彼は現金で一〇〇ツェッキーノ勝ったんだし、一晩をむだにしたとは思えないが。

パンドルフォ　これは勝負師の言葉とも思えませんな。あなた様は、賭け事のしきたりについては、私よりよくご存じのはず。

リドルフォ　[エウジェニオに]若旦那、コーヒーが冷めますよ。

エウジェニオ　[リドルフォに]ほっといてくれ。

リドルフォ　もしお飲みにならないなら……

エウジェニオ　あっちに行け。

リドルフォ　私が飲みますよ。[コーヒーを持って下がる]

ドン・マルツィオ　（どんな話をしていた？）[リドルフォに尋ねるが、彼は返事をしない]

エウジェニオ　負けたら払うことぐらい、僕だって知っている。だが、持ち合わせのない時は、払えないんだよ。お聞きなさい。あなたの面子を救うために、わしが一肌脱いで、三〇ツェッキーノを見つけて差し上げましょうか？

エウジェニオ　ああ、それはいい！[大声で呼ぶ]コーヒーだ。

リドルフォ　[エウジェニオに]これから入れなければなりませんが。

パンドルフォ　よろしい。では、お礼には何を上げます？

エウジェニオ　［リドルフォに］あっちに行け。

リドルフォ　［エウジェニオに］コーヒーをお持ちしました。

パンドルフォ　一週間に一ツェッキーノ以下では承知しないと思いますよ。

エウジェニオ　いいですか、君がふさわしいと思うだけやったらいい。

パンドルフォ　よろしい。では、お礼には何を上げます？

リドルフォ　［パンドルフォに］コーヒーを持って、エウジェニオに］コーヒーを持って、エウジェニオに］コーヒー

パンドルフォ　三〇ツェッキーノ借りるんですから、妥当なところじゃないですか。

リドルフォ　［エウジェニオに］飲むんですか、飲まないんですか？

エウジェニオ　［パンドルフォに］一週間に一ツェッキーノだって？

リドルフォ　二度目の返品か。

パンドルフォ　［傍白］（かわいそうに！

エウジェニオ　［リドルフォに］行ってしまえ。さもないと、お前の顔にそれをぶっかけてやるぞ。

リドルフォ　［立ち上がって、コーヒーを店に持って帰る］いるんだ。）［コーヒーを店に持って帰る］賭け事で正気を失っているんだ。

ドン・マルツィオ　エウジェニオ君、何か詳しい事でもあるのかね？わしが間に入って、うまく収めてやろうか？

エウジェニオ　ドン・マルツィオさん、何でもありませんよ。どうか僕を放っておいて下さい。

ドン・マルツィオ　必要があれば、何なりと言ってくれ。

エウジェニオ　何も必要ないって言っているでしょうに。

ドン・マルツィオ　パンドルフォ君、エウジェニオ君との間で、いったい何があったんだね？

パンドルフォ　ささいなことでして。しかも、われわれは、それを世間さまに知ってもらいたいとは思っておりませんので、

ドン・マルツィオ　わしはエウジェニオ君の友人だ。わしは、彼のことなら何でも知っているし、彼もわしが他人に喋ったりしないことを知っている。わしはイヤリングを担保に一〇ツェッキーノも貸してやった。そうだろう？しかも、わしはそのことを、誰にも喋ったりしなかったでしょうに。

エウジェニオ　今だって、喋る必要はなかったでしょうに。

ドン・マルツィオ　いや、このパンドルフォ君には自由に喋ってもいいんだ。君は口約束で負けたのかね？何か必要なものはあるかね？わしがお役に立とうじゃないか。

エウジェニオ　では、本当のことを言いますが、僕は口約束で三〇ツェッキーノ負けたんです。

ドン・マルツィオ　その三〇ツェッキーノと、わしが貸してやった一〇ツェッキーノで、四〇ツェッキーノになる。イヤリングにそれほどの値打ちはないな。

パンドルフォ　三〇ツェッキーノはわしが見つけてやりますよ。

ドン・マルツィオ　ご立派。それでは、四〇ツェッキーノ見つ

けてくれ給え。そしてわしに一〇ツェッキーノを渡すんだ。そうすればわしが君に彼のイヤリングを差し上げるから。

エウジェニオ　[傍白]（こんな奴と係わり合いになった不運を、本当に呪ってやりたいよ。）

ドン・マルツィオ　[エウジェニオに]せっかくパンドルフォが、お金を用立ててくれるのに、なぜそれを受け取らんのかね？

エウジェニオ　一週間に一ツェッキーノの利息を要求しているからですよ。

パンドルフォ　わしは何も要求していませんよ。お役に立とうという友だちが、そう要求しているので。

エウジェニオ　ひとつ頼みがある。伯爵と話をして、僕に二四時間の猶予をくれるように言ってくれ。僕は紳士だ。必ず払うから。

パンドルフォ　どうやらあの方は、ここから出発しなければならないようですよ。だからすぐにお金を欲しがっているんです。

エウジェニオ　例の布地が一、二本売れたら、お金などすぐにできるんだが。

パンドルフォ　では、わしがその買い手を見つけて差し上げましょうか？

エウジェニオ　ねえ、君、そうして貰えるかい。君に手数料は払うから。

パンドルフォ　伯爵に一言話したら、すぐに行って来ます。

ドン・マルツィオ　[エウジェニオに]昨日引き出したばかりの一〇〇ツェッキーノと、それから口約束で三〇ツェッキーノを、先に返してくれたらよかったのに。

ドン・マルツィオ　わしが君に貸した一〇ツェッキーノです。

エウジェニオ　[エウジェニオに]大分負けたのかね？

ドン・マルツィオ　[遊技場の中に入る]

エウジェニオ　ああ、もうこれ以上僕をいじめないで下さいよ。あなたの一〇ツェッキーノは必ず返しますから。

パンドルフォ　[外套と帽子をかぶって、彼の店から]伯爵は、テーブルに頭を乗せたまま、眠り込んでしまいました。今のうちにわしは、例の用事を片付けに出掛けて来ます。若い者に言い付けて、伯爵が目覚めたら、必要なことをするように言っておきましたから、あなた様は動かないで、ここにじっとしていて下さいよ。

エウジェニオ　今いるこの同じ場所で待っていますよ。

パンドルフォ　[傍白]（この外套は古くなったな。新しい外套を、ただで作るよい機会だ。）[退場]

第九場　ドン・マルツィオと、エウジェニオと、その後、リドルフォ

ドン・マルツィオ　こっちに来て座り給え。コーヒーを飲もうじゃないか。

エウジェニオ　コーヒーだ。[二人は座る]

リドルフォ　エウジェニオさん、いったいあなたは何という冗談をしてくれるのですか？　私のことをからかっていらっしゃるので？

エウジェニオ　ねえ、君、許してくれ給え。僕はすっかり気が動転していたんだ。

リドルフォ　ああ、エウジェニオさん、もしもあなた様が私の言うことを聞いて下さったなら、このような目には遭わなかったでしょう。

エウジェニオ　返す言葉もない。君の言う通りだ。

リドルフォ　新しいコーヒーを入れに行ってきます。その後でゆっくりと話をすることにしましょう。[店の中に入る]

ドン・マルツィオ　あのバレリーナの話を知っているかね？　彼女は誰も家に入れないように見えるが、実は伯爵の囲っている女なんだよ。

エウジェニオ　彼女を囲うことぐらい十分にできると思いますよ。何せ何百ツェッキーノも勝つんですからね。

ドン・マルツィオ　わしはすべてを知っている。

エウジェニオ　ねえ、どうやって知ったのです？

ドン・マルツィオ　そうとも、わしはすべてを知っている。すべてに通じているんだ。いつ彼がそこに行き、いつ出て来るかも知っておる。何にお金を使い、誰を食いものにしているかも知っておる。

エウジェニオ　では、お相手はあの伯爵一人だけですか？

ドン・マルツィオ　とんでもない。後ろに入口があるんだよ。

リドルフォ　[コーヒーを持って、エウジェニオに]これは三杯目のコーヒーですよ。

ドン・マルツィオ　ああ！　どうだね、リドルフォ？　わしはバレリーナについて、何もかも知っているんだよな？

リドルフォ　前にもあなた様に申し上げましたように、私は人さまのことに係わり合ったり致しません。

ドン・マルツィオ　わしは大した男だよ。あらゆることを知っているのだからな！　すべての女性歌手やすべてのバレリーナが、家で何をしているのかを知りたい者は、このわしの所に来るがいい。

エウジェニオ　それでは、あのバレリーナ嬢は大変な玉なんですね。

ドン・マルツィオ　あの女の真の正体を、このわしが暴いてやったのだ。超一流のあばずれ女だよ。なあ、リドルフォ、わしは知っているんだよな？

リドルフォ　あなた様が私めを証人としてお呼びになるのなら、私は真実を述べざるを得ません。この地区の住民すべてが、彼女を善良な人だと思っていますよ。

ドン・マルツィオ　善良な人？　善良な人だと？

リドルフォ　私は、彼女の家には誰も行ったりしない、と断言しますよ。

ドン・マルツィオ　後ろの入口から、どっちかと言うと、賢い女性に見えますけどね。

エウジェニオ　確かに彼女は、どっちかと言うと、賢い女性に

第一〇場　理容店の丁稚と、前出の人々

ドン・マルツィオ　絶対にそうさ。

エウジェニオ　そうですかねえ？

ドン・マルツィオ　この路地に秘密の入口があるのを知らんのかね？お客はそこを通って入るんだよ。

エウジェニオ　[傍白]（まあ、何と意地の悪い舌だ！）

リドルフォ　僕は毎日、ここにコーヒーを飲みに来るけど、あそこから誰かが入るのを見たことがないんです。

ドン・マルツィオ　それでは、フィリッポ銀貨を一枚賭けよう じゃないか。さあ、君、持っているものなら出してみろよ。

エウジェニオ　僕は何度か、彼女に甘い言葉をかけてみたけど、何の効き目もありませんでしたがねえ。

ドン・マルツィオ　そうさ、実にずる賢いよ！頭に角を生やした伯爵さまが、彼女を囲っていらっしゃるんだからな。それに、行きたい者は、誰でも行けるんだ。

エウジェニオ　どうだい、リドルフォ？ついにバレリーナの正体が分かったぞ。

リドルフォ　あなた様も、ドン・マルツィオさんの言うことを信じていらっしゃるので？彼がどんな舌の持ち主かご存じないのですか？

エウジェニオ　知っている？

リドルフォ　知っているよ、刃のように切り刻む辛辣な舌だ。でも、彼はあれほど大真面目に話すものだから、ちゃんと知っていて喋っているのだと思ってしまうんだ。

エウジェニオ　ご覧なさい。あれが路地の入口です。私は自分の名誉に賭けて誓いますが、あそこから家に入った者は一人もおりません。ここにいると、あそこがよく見えます。

リドルフォ　でも、伯爵が彼女を囲っているのでは？

リドルフォ　伯爵は家に通っていますよ、何でも彼女と結婚するつもりのようですよ。

エウジェニオ　もしそうなら、ドン・マルツィオさんは、行きたい者は誰でも家に行けると言っているよ。

リドルフォ　私は、はっきりと言っておきますが、誰も家には行っておりませんよ。

ドン・マルツィオ　[首に白い布を付け、顔に石鹸を付けたまま、理容店から出て来る]わしは、はっきりと言っておくが、お客は後ろの入口から出たり入ったりしているんだよ。

理容店の丁稚　[ドン・マルツィオに]閣下、お顔をお剃りになりたいのでしたら、主人がお待ち申しあげております。

ドン・マルツィオ　今行く。わしが言ったことは本当だよ。わしは髭を剃りに行くが、帰って来たら、残りの話をしてやろう。[理容店に入るが、その後、しばらくして再び戻って来る]

(5) フィリッポ銀貨はミラノの貨幣で、ツェッキーノ金貨の二分の一に相当した。

第一一場　エウジェニオとリドルフォ

[丁稚に伴われて理容店に入る]

ドン・マルツィオ　閣下、お湯が冷めてしまいますよ。後ろの入口からだ。

理容店の丁稚　お湯を冷めてしまいますよ。

リドルフォ　ご覧になりました？　彼はあのようなたちのお人ですよ。顔に石鹸を付けたままでね。

エウジェニオ　そう、あることを思い付くと、絶対そうに違いないと思い込むんだ。

リドルフォ　しかも、あらゆる人の悪口を言う。

エウジェニオ　いつも他人のことばかり言うのはどうしてなのか、僕には分からな。

リドルフォ　それはね、彼にはわずかな財産しかないからですよ。だから、彼は自分のことについては、あまり考えることがない。だから、いつも他人のことばかり考えているのです。

エウジェニオ　本当に、彼と知り合わないことこそ、幸運というものだよ。

リドルフォ　ねえ、エウジェニオさん、あなた様はどうしてあんな奴と係わり合いになったのですか？　他に一〇ツェッキーノを貸してくれる人が、いなかったのですか？

エウジェニオ　君までそのことを知っているの？

リドルフォ　彼はこの店で皆に吹聴していましたよ。それ

から、それを宝石商に見せるために、私の店員のトラッポラを行かせたのです。

エウジェニオ　ねえ、君、僕の心境も分かってくれよ。人は必要に迫られると、何にでも飛びつくものだよ。

リドルフォ　私が漏れ聞いたところでは、あなた様は今朝も、ひどい奴に飛びつかれてしまったようですね。

エウジェニオ　パンドルフォさんが、僕を騙そうとしているとでも思っているの？

リドルフォ　あの人がどのような取引を持ちかけてくるか、見ていてご覧なさい。

エウジェニオ　でも、僕に何ができると言うんだ？　僕は口約束で失った三〇ツェッキーノを払わねばならない。あの煩わしいドン・マルツィオからも、解放されたくてたまらない。僕は他の用事でもお金が要るんだ。二本の布地が売り捌けたら、自分の用は全部足せるんだ。

リドルフォ　あなた様がお売りになりたいというのは、どんな種類の布地です？

エウジェニオ　パドヴァ製の、一ブラッチョ[6]当たり一四リラの布地だが。

リドルフォ　この私が、それを恥ずかしくない値段で売って差し上げましょうか？

エウジェニオ　そうしてもらえれば、本当にありがたいが。

リドルフォ　少しばかり時間を下さいな。後はすべて、私に任せて下さい。

エウジェニオ　時間だって？　喜んで差し上げるよ。でも、あの伯爵が三〇ツェッキーノを待っているのでね。

リドルフォ　どうか、こちらに来て下さい。私に二本の布地を引き渡す命令書を書いて下さい。そうすれば、この私が三〇ツェッキーノを、あなた様に貸して差し上げましょう。

エウジェニオ　うん、ねえ、君、恩に着るよ。この恩返しはきっとするからね。

リドルフォ　とんでもない。私はびた一文貰おうとは思いません。私は、亡くなられたあなたのお父上への、ご恩返しのためにするのです。あの方は、私のよいご主人さまでしたし、現在の私があるのは、あの方のお蔭です。私は、あなた様があののら犬どもの餌食になるのを見てはいられないのです。

エウジェニオ　君は実に立派な紳士だな。

リドルフォ　紙にその命令を書いて下さい。

エウジェニオ　さあ、準備はいいよ。口述してくれ。言った通りに書くから。

リドルフォ　あなたのお店の番頭さんは、何という名前ですか？

エウジェニオ　パスクィーノ・デ・カーヴォリだ。

リドルフォ　《パスクィーノ・デ・カーヴォリ宛……[彼は口述し、エウジェニオがそれを筆記する]リドルフォ・ガンボーニ氏にパドヴァ製の布地二本を……彼の選択するままに引き渡すこと……それは、私に無利子で用立ててくれた三〇ツェッキーノの代わりに、私の代理人として、それを売り捌

いてもらうためである……》そこに日付を記入して、署名して下さい。

エウジェニオ　さあ、できた。

リドルフォ　あなた様は、私を信用して下さいますね。

エウジェニオ　何だって！　もちろんだとも。

リドルフォ　私もあなた様を信用致しましょう。お取りなさい。これが三〇ツェッキーノです。[三〇ツェッキーノを出して数える]

エウジェニオ　ねえ、君、本当に恩に着るよ。

リドルフォ　エウジェニオさん、それをご用立てするのは、あなた様が約束を守る律儀な人間だ、という評判を落とさないためです。私が布地を売って差し上げるのは、あなた様の布地が餌食にされないためです。時間を無駄にしないように、これからすぐに行って参ります。しかし、昔から変わらぬあなた様への愛情にかけて、少しばかりお耳に痛いことを言わ

（6）一ツェッキーノ＝二リラ。
（7）《パスクィーノ》はローマで発掘された大理石像の俗称で、年に一度そこに風刺詩を貼り付けた有力者を槍玉に挙げる祭りで有名。《嘲笑の対象》の意味を持つ。第二幕一一場にも出てくる。姓の《カーヴォリ》は、キャベツ、つまり、愚か者の隠喩。
（8）《ガンボーニ》（ヴェーリ）は、ヴェネツィア方言で《ガンボン》の姓であり、この作品の初演時に、リドルフォはブリゲッラ登場し、ヴェネツィア方言で話していたことを傍証するものである。ゴルドーニは、フィレンツェのパペリーニ版第一巻（一七五三年）にこの作品を収録する際に、名前をリドルフォに変え、ヴェネツィア方言をトスカーナ語に書き改めた。

せてもらいますよ。あなた様が歩んでいらっしゃる道は、確実に破滅に向かう道です。賭け事をやめ、もうすぐ信用を失って破産です。これでは、悪い付き合いをやめることです。ご自分の商売と家庭にいそしみ、分別を持って行動なさることです。これは陳腐な言葉ですが、ためになる言葉です。卑しい身分の男の言葉ですが、真心からの言葉です。それを聞き入れて下さるなら、あなた様には、きっとよい薬となるでしょう。〔退場〕

第一二場　エウジェニオ一人。その後、窓からリザウラ

エウジェニオ　あいつの言っていることは正しい。はっきり言って正しい。僕の妻、あのかわいそうな、不幸な女が、何と言うだろう？　昨夜、僕は帰らなかった。彼女はどれほど心配したことか？　確かに女というものは、夫が家に戻らないと、さまざまなことを考え、しかもますます悪く考えるものだ。僕が他の女の所に行ったのではないか、とか、どこかの運河に落ちたのではないか、とか、借金のために蒸発したのではないか、などと考えるだろう。僕は知っているよ、彼女は僕に惚れ込んでいるから、心配して溜め息をついているんだ。僕だって彼女を愛しているよ。しかし、女は自由が好きなんだ。だが、この自由から生じるのは、良いことよりも悪いことの方が多いし、もし僕が妻の言う通りにやっていれば、家業がもっとうまくいくことは明らかだ。だから、決心

して分別を持つ必要があるな。ああ、これまで何度、同じことを言ったことか！〔窓のリザウラを見て、傍白〕う わっ！　すごい美人だ！　もしかしたら本当かも知れんな、遊び客用の入口があるというのは。〕こんにちは。

リザウラ　こんにちは。
エウジェニオ　ベッドから起きられて、大分経つのですか？
リザウラ　たった今よ。
エウジェニオ　コーヒーは飲まれましたか？
リザウラ　まだ早いから、飲んでおりませんけど。
エウジェニオ　僕がお持ちさせますが、よろしいですか？
リザウラ　お言葉はありがたいけれど、ご迷惑をお掛けしたくありませんわ。
エウジェニオ　迷惑だなんて、とんでもない。おーい、あのご婦人にコーヒーでも、ココアでも、お好きなものを、何でもお持ちしてくれ。勘定は僕が払うから。
リザウラ　結構、結構ですわ。コーヒーやココアは、家で入れますから。
エウジェニオ　上等なココアをお持ちですね。
リザウラ　実を言いますと、最高の味のココアを持っています のよ。
エウジェニオ　あなたは上手な入れ方をご存じですか？
リザウラ　私の女中が頑張って入れてくれましてね。
エウジェニオ　僕が行って、攪拌して上げましょうか？
リザウラ　ご迷惑をお掛けするまでもありませんわ。

コーヒー店

エウジェニオ　もしよろしければ、僕もあなたと一緒にココアを飲みに参りますが。

リザウラ　あなた様のお口には合いませんわ。

エウジェニオ　僕は、どんなものでも口に合うんです。さあ、ドアを開けて下さい。小一時間ばかり、ご一緒しましょう。

リザウラ　失礼ですが、私はそんなに簡単に、ドアは開けませんのよ。

エウジェニオ　さあ、仰って下さい。後ろの入口から入ってほしいのですか？

リザウラ　私の所に来られる方は、正面から入って来られますわ。

エウジェニオ　さあ、開いて下さいな。言い争いはやめましょうよ。

リザウラ　エウジェニオさん、お尋ねしますけど、あなたはレアンドロ伯爵とお会いになった？

エウジェニオ　お会いにならなかったら、よかったんですがね！

リザウラ　それでは、あなた方は、昨晩、一緒に賭け事をなさったの？

エウジェニオ　残念ながらね。でもこんな所で、われわれのことをすべて他人に聞かせて、何の役に立ちますか？　開けて下さいよ。あなたに何もかも話して上げますから。

リザウラ　あなたに繰り返し言っておきますけど、私は誰にもドアを開けたりしませんのよ。

エウジェニオ　もしかして、伯爵の許可が必要なのですか？　それなら、彼を呼びますが。

リザウラ　私が伯爵を探しているのは、ちゃんとした別の理由があるからですわ。

エウジェニオ　では、すぐに呼んできましょう。彼はこの店の中で眠っていますよ。

リザウラ　もし眠っているのなら、眠らせておいて下さいな。

第一三場　賭博場からレアンドロと、前出の二人

レアンドロ　いいや、眠ってはいない。わしは眠ってはいないよ。わしはここでエウジェニオ君の無礼な振る舞いを、とくと拝見していたよ。

エウジェニオ　あなたは、このご婦人の不躾な態度を、どう思われます？　僕にドアを開けてくれないのですよ。

レアンドロ　君は彼女を、いったい何者だと心得ているのかね？

エウジェニオ　ドン・マルツィオさんの話では、お客が出たり入ったり、ですって。

レアンドロ　ドン・マルツィオは嘘つきだし、彼の話を信じる者も、同じく嘘つきだ。

エウジェニオ　結構です！　きっと嘘でしょうよ。でも、あな

（9）《攪拌》には、猥褻な暗示も含まれる。

レアンドロ　そんなことよりも、このわしに三〇ツェッキーノを早く払った方がいいんじゃないのかね？

エウジェニオ　三〇ツェッキーノは、あなたにちゃんとお払いしますよ。口約束で失ったお金は、支払いまでに二四時間の猶予があるはず。

レアンドロ　リザウラさん、ご覧になりましたか？　これが、自分の名誉を鼻にかける大人物なのですよ。財布に一銭も持っていないのに、色男を気取るんですからねえ。

エウジェニオ　ねえ、伯爵さん、僕のような若者は、名誉を持って事を乗りきるという自信がなければ、口約束などしないものです。もし彼女が僕にドアを開けてくれたとすれば、決して時間を損させたりはしません。あなただって、彼女に劣らず、心付けをもらったでしょう。ここにそのお金があるよ。これが三〇ツェッキーノだよ。僕のような面構えの男はね、たとえお金を持ち合わせていなくても、お金を見つけることはできるんだ。あなたの三〇ツェッキーノを受け取りなさい。そして、僕のような紳士に向かっては、ちゃんとした話し方を学ぶがいい。［コーヒー店の中に入って座る］

レアンドロ　［傍白］（わしに金を支払ったのなら、好きなことを喋るがいい。わしにはどうでもいいことだ。）［リザウラに］ドアを開けてくれ！

リザウラ　この一晩中、どこをうろついていたの？

レアンドロ　開けておくれ。

リザウラ　とっとと消え失せなさいよ。

レアンドロ　開けておくれよ。［リザウラに見えるように、帽子の中にツェッキーノ金貨をジャラジャラと注ぐ］今流行の女巡礼さんだ。［引っ込んで、開ける］

リザウラ　今回だけは開けて上げるわ。

レアンドロ　この美しい金貨さまの口利きで開けていたよ。［家の中に入る］

エウジェニオ　すぐに中に入って、すぐにお目通りができるんだ。あいつにはそれができるのに、僕はだめか？　思い知らせてやらなければ、僕の男が立たないぞ。

第一四場　巡礼姿のプラーチダと、エウジェニオ

プラーチダ　あわれな巡礼に、いくらかでもお恵みを。

エウジェニオ　［立ち上がって、傍白］（さあ、やって来たぞ。今流行の女巡礼さんだ。）

プラーチダ　［エウジェニオに］旦那さま、お願いですから、何かお恵みを。

エウジェニオ　巡礼さん、そのお恵みって、どういうことなの？　そのような格好で歩くのは、自分の楽しみのため？　それとも、何かをする口実？

プラーチダ　そのどちらでもないわ。

エウジェニオ　では、なぜ世間を回っているの？

プラーチダ　そうする必要があるからよ。

エウジェニオ　必要って、何の必要なんですか？

プラーチダ　あらゆることが必要なの。

エウジェニオ　つれあいの必要もですか？

プラーチダ　夫が私を捨てなかったなら、そんな必要はなかったでしょうけどね。

エウジェニオ　いつもの歌の文句だな。《夫は私を捨てて、逃げて行ってしまった》か。奥さん、あなたはどこの国の人です？

プラーチダ　ピエモンテよ。

エウジェニオ　あなたの夫は？

プラーチダ　同じピエモンテ人よ。

エウジェニオ　あなたの夫は、お国で何をしていました？

プラーチダ　ある商人の簿記係でした。

エウジェニオ　では、なぜ逃げて行ってしまったんです？

プラーチダ　堅気の仕事で稼ぎたいという気がなかったからよ。

エウジェニオ　その病気には、僕も罹ったことがあって、実はまだ完治していないんです。

プラーチダ　旦那さま、お願いですから、私を助けて。私はたった今、ヴェネツィアに着いたばかりなの。どこに行ったらよいかも分からず、知り合いもなく、お金もありません。

私は途方に暮れているの。

エウジェニオ　ヴェネツィアには、何をしに来られたのです？

プラーチダ　あのろくでなしの夫を見つけられるかと思って。

エウジェニオ　何という名前です？

プラーチダ　フラミニオ・アルデンティと言います。[10]

エウジェニオ　そんな名前は、聞いたことがないな。

プラーチダ　偽名を使っているんじゃないかしら。

エウジェニオ　もしここに彼がいればの話だけど、町を歩き回っているうちに、ひょいと見つかるかもしれませんね。

プラーチダ　私を見たら、きっと逃げ出すわ。

エウジェニオ　こうしたらどうです？　今はカーニバルの期間ですから、仮面を被ったらいい。そうすれば、もっと容易に見つけられるでしょう。

プラーチダ　でも、私を見たら、私には泊まる宿の当てさえないのですから。

エウジェニオ　[傍白]（よく分かったぞ。この僕に何ができるでしょう？　私を助けて下さる人がいないなら、この私に何ができるでしょう？　私には泊まる宿の当てさえないのですから。ここはよい宿屋ですよ。もしここでよかったら、どうです？

プラーチダ　私には、宿代を払うお金さえないのに、自分で宿屋に行く勇気なんかありませんわ。

エウジェニオ　ねえ、巡礼さん、半ドゥカート[11]でよかったら、これをあなたに差し上げますよ。[傍白]（博打で残った有り

(10)《アルデンティ》は、コメディア・デラルテの恋人役フロリンドやレリオが名乗った姓。
(11) 半ドゥカート銀貨は四リラに相当した。

金全部だ。）

プラーチダ　あなたのご親切には感謝しますわ。でも、その半ドゥカートよりも、どれほどのお金よりも、あなたにお世話して頂く方が嬉しいわ。

エウジェニオ　［傍白］（分かったぞ。半ドゥカートは欲しくないんだ。もっといいものが欲しいんだな。）

第一五場　理容店からドン・マルツィオと、前出の二人

ドン・マルツィオ　［傍白］（エウジェニオが、女巡礼と一緒にいる！きっと何か面白いことがあるんだ！）［コーヒー店の椅子に座って、眼鏡で女巡礼を観察する］

プラーチダ　お願いがあるの。私をあの宿屋に連れて入って下さいな。宿屋の主人に頼んで、私は女一人旅ですが、追い払ったり、いじめたりしないでくれるよう、お願いして下さい。

エウジェニオ　喜んで。では、参りましょう。僕がお伴して上げますよ。宿屋の主人とは知り合いですし、僕が頼めば、できるかぎりの親切をしてくれると思いますよ。

ドン・マルツィオ　［傍白］（前にも見たことのある女のようだな。）［遠くから眼鏡で観察する］

プラーチダ　いつまでも恩に着ますわ。

エウジェニオ　できるものなら、僕は喜んであらゆる人に親切をして上げるつもりです。もしあなたの夫が見つからな

かったら、僕があなたを助けて上げます。僕は善良な心の持ち主ですからね。

ドン・マルツィオ　［傍白］（二人の話が聞けるなら、わしはかなりの金額を払ってもいいがな。）

プラーチダ　ねえ、あなたのとてもご親切な申し出に、私の心は慰められました。でもね、あなたのような若い方に、私のようなまだ年配とは言えない女が、ご親切にして頂くと、変な風に勘ぐられるのが嫌だわ。

エウジェニオ　奥さん、はっきり申し上げますがね、あらゆる場合に、そのような遠慮をしていたら、男は慈善行為ができなくなってしまいますよ。もしかがわしく見えることに基づいて、噂話を広めるなら、その噂をする人に罪はありませんよ。でも、もし悪い連中が、利害と全く関係のない慈善行為を、怪しいと勘ぐるなら、すべての罪はその連中にあるのであって、慈善を行なう人の功績は、なくなったりしません。はっきり言って、確かに僕は俗なる人間であるに、礼節と名誉を重んじる人間であることを誇りにしていますよ。

プラーチダ　誠実で、高貴で、寛大なお心映えですわ。

ドン・マルツィオ　［傍白］（エウジェニオに）ねえ、君、この魅力的な女巡礼さんは、どなたかね？

エウジェニオ　［傍白］（さあ、どこにでも鼻を突っ込むお人のお出ましだ。）［プラーチダに］宿屋に行きましょうか。［エウジェニオと一緒に宿屋

第一六場　ドン・マルツィオと、その後、宿屋からエウジェニオ

ドン・マルツィオ　ああ、何という色男だ、エウジェニオ君は！　女と見れば、誰にでも引っ付く。女巡礼にまでだ。あの女は確かに去年の女だ。わしは賭けてもいい。毎晩、コーヒー店にやって来ては、小銭をせしめていた女だ。もちろん、わしは何も恵んでやらなかった。とんでもない！　あ、わしのお金はわずかしかないから、有効に使いたいんだ。おーい、小僧たち、トラッポラはまだ戻って来ないのか？　わしがエウジェニオ君に貸してやった一〇ツェッキーノの担保として、わしが受け取ったイヤリングを、まだ持って来ないのか？

エウジェニオ　何かのことを喋っていたのですか？

ドン・マルツィオ　見上げたものだよ、女巡礼とね！

エウジェニオ　困っているかわいそうな人を助けてやっては、いけないんですか？

ドン・マルツィオ　よいことだとも。君は実に立派なことをしたよ。かわいそうな女だ！　去年からこの方、彼女は、庇護してくれる男を見つけられなかったと思うかね？

エウジェニオ　何、去年からですって！　あなたは、あの女巡礼をご存じなのですか？

ドン・マルツィオ　ご存じかって？　もちろんだ！　確かにわしは目が悪いが、記憶力は悪くないのでね。

エウジェニオ　ねえ、あなた、彼女が何者なのか、教えて下さいよ。

ドン・マルツィオ　あれはな、去年、毎晩、このコーヒー店に来ては、あれこれの客からお金を巻き上げていた女だ。

エウジェニオ　でも彼女は、ヴェネツィアに来たのは、これが初めてだと言っていましたけどね。

ドン・マルツィオ　君はそんな言葉を真に受けるのかね？　あわれなおっちょこちょいだな！

エウジェニオ　去年の女というのは、どこの国の人でした？

ドン・マルツィオ　ミラノ人だ。

エウジェニオ　今年のは、ピエモンテ人ですよ。

ドン・マルツィオ　ああ、そう、そう、君の言う通りだ。ピエモンテ人だったよ。

エウジェニオ　フラミニオ・アルデンティとかいう人の奥さんですよ。

ドン・マルツィオ　去年も、彼女には、自分の夫という触れ込みの男がいたな。

エウジェニオ　今年のには、誰もいませんよ。

ドン・マルツィオ　この連中の生活と来たら、月に一人ずつ夫を替えるんだよ。

エウジェニオ　でも、あの人が去年の女だって、どうして分かるんですか？

ドン・マルツィオ　このわしが、あの女を知っておるからだ！
エウジェニオ　よく見たんですか？
ドン・マルツィオ　わしのこの眼鏡は見誤ることがない。それにだ、わしは彼女が話すのを聞いたよ。
エウジェニオ　去年の女は、何という名前でした？
ドン・マルツィオ　名前までは思い出せんな。
エウジェニオ　今年のは、プラーチダという名前ですよ。
ドン・マルツィオ　まさにドンピシャリだ。プラーチダという名前だった。
エウジェニオ　もしそれが間違いないなら、僕はきつく文句を言ってやりたいですよ。
ドン・マルツィオ　このわしが何か言う時には、君はそれを信じてくれていい。あの女は、宿屋の客となるよりも、宿屋で客を取るような女巡礼だよ。
エウジェニオ　待っていて下さいよ。すぐに戻ってきますから。[傍白]（真相をしっかり突き止めてやるぞ。）[宿屋に入る]

第一七場　ドン・マルツィオと、その後、仮面を付けたヴィットリア

ドン・マルツィオ　絶対にあの女だ。風采、背丈、それにあの服装まで、みな同じだ。顔はよく見えなかったが、間違いなくあの女だ。しかも、わしを見ると、すぐに宿屋に隠れおっ

た。
ヴィットリア　ドン・マルツィオさん、こんにちは。[仮面を取る]
ドン・マルツィオ　ああ、仮面の奥さん、こんにちは。
ヴィットリア　もしかして、私の夫を見かけませんでしたか。
ドン・マルツィオ　もちろん、見ましたよ。
ヴィットリア　今、どこにいるか、ご存じ？
ドン・マルツィオ　よく存じていますよ。
ヴィットリア　お願いですから、教えて下さいな。
ドン・マルツィオ　お教えしましょう。[彼女を袖の方に連れて行く]この宿屋の中にいますよ。女巡礼と一緒にね。ああ！何といい女だ。
ヴィットリア　いつからそこに？
ドン・マルツィオ　今しがた、ついさっきのことですよ。ここに女巡礼が現れましてね、彼女を見るや、気に入ってしまって、すぐに宿屋に連れ込んだのですよ。
ヴィットリア　何と分別のない人なの！自分の評判を落としたいのね。
ドン・マルツィオ　あなた、きっと昨晩は寝ないで彼を待っていたんでしょう！
ヴィットリア　何か災難にでも遭ったんじゃないかと心配してね。
ドン・マルツィオ　災難といえば、一〇〇ツェッキーノを現金で失い、三〇ツェッキーノを口約束で失ったのは、小さな災

ドン・マルツィオ　難かね？

ヴィットリア　そのような大金を失ったのですか？

ドン・マルツィオ　その通り！　彼はまさにそのような大金を失ったんだよ。まるでトルコ人のように、一日中、一晩中、賭け事だからねえ。

ヴィットリア　[傍白]（悲しいわ！　心臓をえぐられるような辛さだわ。）

ドン・マルツィオ　今となっては、かなりの布地を叩き売りしなければならんだろうな。その揚げ句に、破産だな。

ヴィットリア　破産するまでは行っていないと思いますけど。

ドン・マルツィオ　彼はすべてを担保に入れたんだよ！

ヴィットリア　失礼ですが、それは本当じゃありませんわ。

ドン・マルツィオ　このわしに向かって、嘘だと仰るのか？

ヴィットリア　私、あなたよりは、よく知っていますからね。

ドン・マルツィオ　彼はこのわしに担保として……もういい。わしは紳士だ。もう何も喋らん。

ヴィットリア　夫が何を担保に入れたのか、どうか仰って下さいな。もしかして、私の知らないことがあるかもしれませんから。

ドン・マルツィオ　さあ、お行きなさい。あなたは、実にご立派なご亭主をお持ちだよ。

ヴィットリア　いったい何を担保に入れたのか、教えてくれません？

ドン・マルツィオ　わしは紳士だ。あなたには何も喋らんよ。

第一八場　イヤリングのケースを持ったトラッポラと、前出の二人

トラッポラ　ただ今、戻りました。宝石店が言うには……[傍白]（うわっ！　そこにいるのは！　エウジェニオさんの奥さんだ。彼女には聞かせたくないな。）

ドン・マルツィオ　[トラッポラに小声で]それで、宝石店は何と言っている？

トラッポラ　[ドン・マルツィオに小声で]言いますには、確かに一〇ツェッキーノ以上はした品ですが、自分が買うなら、それほどには出せないでしょう、とのことで。

ドン・マルツィオ　[トラッポラに]では、担保価値はないんだな？

トラッポラ　[ドン・マルツィオに]そのように思われますが。

ドン・マルツィオ　[ヴィットリアに]見て下さい。あなたのご亭主は、このわしを、実に見事なペテンに掛けてくれましたよ。一〇ツェッキーノを貸した担保として、彼はこのイヤリングをわしにくれたんだが、実は六ツェッキーノの価値さえないんだって。

ヴィットリア　それは私のイヤリングだわ。

ドン・マルツィオ　一〇ツェッキーノを出してくれたら、返して上げますよ。

ヴィットリア　それは、三〇ツェッキーノ以上の値打ちがあるものなのよ。

ドン・マルツィオ　まあ、三〇ソルドの安物だよ！ では、あなたもぐるなんだな。

ヴィットリア　明日まで取っておいて頂戴。一〇ツェッキーノは、私がちゃんと持って来ますから。

ドン・マルツィオ　明日までだって？ ああ、あなたはわしを騙す気かね。わしはヴェネツィア中の宝石店を回って、これを見せてやるつもりだ。

ヴィットリア　私にだって世間体がありますから、せめてそれが、私のものだとは言わないで下さいな。

ドン・マルツィオ　あなたの世間体など、わしの知ったことか！ 名前が知られたくなければ、担保など入れなければいいんだよ。[退場]

第一九場　ヴィットリアとトラッポラ

ヴィットリア　何という恥知らず！ 何という礼儀知らず！ トラッポラ、お前のご主人はどこに行ったの？

トラッポラ　存じません。俺はたった今、店に戻ったばかりで。

ヴィットリア　では、私の夫は、一晩中、賭け事をしていたの？

トラッポラ　少なくとも、昨晩おられた場所に、今朝もいらっ

しゃるのをお見かけしましたがね。

ヴィットリア　忌々しい悪癖だわ！ 夫は一〇〇と三〇ツェッキーノを失ったんですって？

トラッポラ　そういう噂ですが。

ヴィットリア　本当に恥ずべき賭け事だわ！ そして、今はよその者の女と戯れているんですって？

トラッポラ　その通りで。きっと彼女とご一緒で。俺は何度も、彼女にまとわり付くのを見ましたから、きっと彼女の家にしけこんだのでしょうな。

ヴィットリア　そのよそ者の女は、少し前にこの町に着いたばかりだと聞いたけど。

トラッポラ　違いますよ。ここに来て一ヶ月にはなりますね。

ヴィットリア　それじゃ、女巡礼ではないの？

トラッポラ　女巡礼［ペレグリーナ］だなんて、とんでもない。同じく《イーナ》で終わるので、あなたは誤解されたんだ。バレリーナですよ。

ヴィットリア　あの宿屋に泊まっているのでは？

トラッポラ　[リザウラの家を指して] 違いますよ。こっちの家に住んでいるんです。

ヴィットリア　この家に？ ドン・マルツィオさんは、夫が女巡礼と一緒に、あの宿屋にいると言ったわよ！

トラッポラ　こいつはいい！ 女巡礼ともですか！

ヴィットリア　では、こいつは、女巡礼の他に、バレリーナもいるの？

ひとりがこっち、ひとりがあっちに?

トラッポラ 左様で。《たえず船尾に風を受けながら、北風が吹けば風下に、シロッコ〔南東風〕が吹けば風下へと航海しなりと。……》

ヴィットリア ずっとこのような生活を続けるつもりかしら? 彼のように才気も才能もある人が、このように惨めに時間を浪費して、財産を失い、家を破滅させていいの? そして、私はこのような夫に我慢していなければならないの? 私は虐待されたまま、怒りもしないでいなければならないの? 私は話してやる善良でいたいけど、愚かではいたくないわ。もし言葉で効き目がなかったら、裁判に訴え出て、持参金を引き上げてやるわ。私の言い分を話してやるわ。彼が宿屋から出て来ますよ。

トラッポラ 本当だ、本当だ。彼を一人にさせておいて。

ヴィットリア ねえ、お前、私はここで、おやり下さい。〔店の中に入る〕

エウジェニオ 〔仮面を付ける〕

第二〇場 ヴィットリアと、その後、宿屋からエウジェニオ

ヴィットリア 仮面をかぶって、あの人をもっとびっくりさせてやるわ。

エウジェニオ 僕は何と言ったらいいのか分からない。この女性はそうじゃないと言うし、あの男はそうだと請け合う。ドン・マルツィオが悪口屋であることは知っているが、旅をす

る女たちも、すぐに信用はできないな。仮面の女性か? こんにちは! 何か食べたいものでも? あなたは口が利けないの? コーヒーはどう? 何か欲しいものは? どうぞ何なりと。

ヴィットリア 私が欲しいのは、コーヒーでなくて、日々の糧のパンよ。〔仮面を取る〕

エウジェニオ これは何と! お前、ここで何をしているんだ?

ヴィットリア 絶望に駆られて、ここまでやって来てしまったのよ。

エウジェニオ いったいどうしたんだ? こんな時間に仮面とは?

ヴィットリア まあ、あなたはどう思う? こんな時間に仮面でとは、どれほど私が楽しんでいると思うの!

エウジェニオ すぐに帰りなさい、お前の家にだ。

ヴィットリア 私は家に帰り、あなたはお楽しみというわけ?

エウジェニオ お前は家に帰り、僕は自分の好きな所に行くんだよ。

ヴィットリア 優雅な生活だわね、あなた!

エウジェニオ 奥さま、口答えはやめて下さいよ。その方があなた様の身のためですよ。

ヴィットリア ええ、家に帰ります。でも、私が帰るのは、あな

(12) バレリーナ (ballerina) と女巡礼 (pellegrina) は、ともに《-ina》で終わる。翻訳にあたって、日本語での語呂合わせは不可能だった。

ヴィットリア　たの家じゃなくて、私の実家よ。
エウジェニオ　どこに帰るんだって？
ヴィットリア　私の父の家によ。父はあなたが私を虐待するのに嫌気が差して、あなたの行状と私の持参金について、判断を下してくれるはずよ。
エウジェニオ　ご立派、奥さま、ご立派ですな。これが、僕に示してくれる、あなたの大きな愛情というものですか？これが、僕と僕の評判を大切にしてくれる、あなたのご配慮というものですか？
ヴィットリア　私はいつも人がこう言うのを聞いて来たわ、残酷な仕打ちは、愛情をすり減らしてしまうってね。私はこれまで沢山苦しんで、沢山泣いて来たわ。でも、これ以上はもう沢山よ。
エウジェニオ　結局のところ、いったい僕が何をしたというんだい？
ヴィットリア　一晩中、賭け事をしていたって。
エウジェニオ　僕が賭け事をしていたって、誰から聞いた？
ヴィットリア　ドン・マルツィオさんよ。さらに、現金で一〇〇ツェッキーノ失っただけでなく、口約束で三〇ツェッキーノも失ったって。
エウジェニオ　あの男の言うことなど、信じてはだめだよ。あれは嘘つきだから。
ヴィットリア　その次は、女巡礼とお楽しみよね。
エウジェニオ　誰からそんなことを？
ヴィットリア　ドン・マルツィオさんよ。
エウジェニオ　（忌々しい奴だ！）僕を信じてくれよ。それは嘘だって。
ヴィットリア　さらに、私のイヤリングを担保に入れてね、私に黙って、私の物を持ち出したでしょう。それが、私のように上品で、誠実で、愛情深い妻になすべき行為なの？
エウジェニオ　イヤリングのことは、どうして知った？
ヴィットリア　ドン・マルツィオさんから聞いたのよ。
エウジェニオ　ああ、あの舌め、やっとこで引っこ抜いてやるべきだ！
ヴィットリア　あのドン・マルツィオ、もし君が本当に僕を愛しているのなら、そのような話し方はしないだろうね。
エウジェニオ　ヴィットリア、もし君が本当に僕を愛しているのであれば、今にすべての人が噂をするようになって、近いうちにあなたは間違いなく破産だわ。だから、私はそれが起こる前に、私の持参金を保全しておきたいのよ。
ヴィットリア　むしろ私は、あなたを愛し過ぎているのよ。こんなに愛していなければ、かえってよかったでしょうにね。
エウジェニオ　お前、父親の所に戻るつもりか？
ヴィットリア　ええ、絶対にね。
エウジェニオ　もう僕と一緒にいてくれないのか？
ヴィットリア　あなたに分別ができたら、一緒にいて上げるわ。
エウジェニオ　［むっとして］ああ、偉い女学者さんよ、もう

ヴィットリア　これ以上僕を怒らせないでくれよな。静かにして。路上で騒ぐのはやめましょうよ。もしお前が世間の評判を大切にする女なら、わざわざコーヒー店までやって来て、自分の夫をなじって逆上させたりはしないだろうよ。

ヴィットリア　安心して頂戴。もう決してこんな所には来ないから。

エウジェニオ　さあ、ここから出て行け。

ヴィットリア　行くわよ。あなたの言い付けに従うわ。立派な妻は、たとえ夫がふしだらでも、夫の言うことには従うべきですからね。でも、私がいなくなってしまったら、きっとあなたは、私と一緒にいたいと溜め息をつくことでしょう。私があなたに返事をしたり、あなたを助けたりできなくなって初めて、きっとあなたは、私のことを愛しい妻と呼ぶことになるでしょう。でも、あなたは、私に愛情がないと嘆くことだけはできないわ。だって、私は、夫を愛している妻ができるかぎりの、すべてのことをしてあげたのだから。なのに、あなたは、そのような私に恩知らずな仕打ちで答えたのよ。仕方がないわ。あなただから遠く離れた所で、私は泣いて暮らすわ。でも、このようにしばしば、あなたのひどい仕打ちを蒙らないで済むでしょう。私はいつまでもあなたを愛し続けるけど、もう二度とあなたに会うことはないわ。[退場]

エウジェニオ　かわいそうな女だ！　僕は妻の情にほだされてしまった。妻が口で言うほどのことをできないことは、先刻

承知だ。遠くから彼女の跡を追って行って、優しい言葉で丸め込んでやろう。もし彼女が持参金を持ち去ったら、僕は即破滅だ。でも、彼女には、それほどのことをする度胸はないだろう。妻が怒り狂った時は、ちょっとばかりかわいがってやれば、すっかり気持ちを収めてくれるものだよ。[退場]

（13）結婚した女性が夫に対して持つ唯一の武器は、裁判に訴えて、夫に与えた持参金の保全と返還を要求することであった。

第二幕

第一場　通りからリドルフォと、その後、店内からトラッポラ

リドルフォ　おーい、店の者たち、どこにいる？

トラッポラ　親方、ここにおります。

リドルフォ　お前たちは店を空にしておくのか、ええ？

トラッポラ　俺はあそこで目を凝らし、耳をそばだてていましたよ。それに、いったいお店の何が盗まれると言うんです？カウンターの中には誰も入れませんよ。

リドルフォ　コーヒー茶碗が盗まれるかもしれん。私はよく知っているが、一日にずつコーヒー茶碗をくすねては、家で品揃えをしているような奴が現にいるんだよ。

トラッポラ　パーティーに行っては、カップや小皿を盗んでこられる方々と同類ですな。

リドルフォ　エウジェニオさんは、行ってしまわれたのか？

トラッポラ　まあ、聞いて下さいな！　彼の奥さんがやって来ましてね。ああ、何という嘆き！　ああ、何という涙！　野蛮人！　裏切り者！　残酷な人！　半ば愛情、半ば怒りの大口説き。ついに若旦那は奥さんの情にほだされて、彼女と一緒に行ってしまいましたよ。

リドルフォ　どこに行った？

トラッポラ　何と愚かな質問です？　若旦那が昨晩、家に帰らなかったから、奥さんが探しに来たんですよ。二人がどこに行ったかは、言うまでもないでしょうに。

リドルフォ　何の伝言も残さずに行かれたのか？

トラッポラ　若旦那は、例の後ろの入口から戻って来られて、自分には一銭もないので、親方に布地の一件をくれぐれもよろしく頼むと、言い残されました。

リドルフォ　私は、二本の布地を一ブラッチョ一三リラで売り捌いて、その代金をもらって来た。だが、エウジェニオさんにはそのことを知られたくない。少なくとも、その全額を渡したくないんだ。もしそれを手渡したりしたら、一日で消えてなくなるだろうからな。

トラッポラ　親方が持っていることを知ったら、すぐに欲しがるでしょうね。

リドルフォ　全額を手に入れよう。私は内緒にしておいて、彼には必要なだけのお金を与えよう。私は賢明に行動しなければな。

トラッポラ　それはね、《イルーポペスタラファーヴァ》、つまり《狼ハ空豆ヲ潰シタ》という意味で。［退場］

リドルフォ　そのラテン語はどういう意味だ？

トラッポラ　さあ、やって来ましたよ。《ループセスティンファーブラ》[14]だ。

リドルフォ　面白い奴だ。ラテン語を喋りたがるが、イタリア語もまともに喋れないとはな。

第二場　エウジェニオと、前出のリドルフォ

エウジェニオ　リドルフォ君、それで、例の一件はどうなった？
リドルフォ　何とかうまく行きましたよ。
エウジェニオ　君が二本の布地を持って行ったことは知っている。番頭から聞いたよ。売り捌けたかい？
リドルフォ　売り捌きました。
エウジェニオ　いくらで？
リドルフォ　一ブラッチョにつき、一三リラです。
エウジェニオ　それは嬉しい。即金でかい？
リドルフォ　一部は現金で、一部は後払いです。
エウジェニオ　あーあ！　では、現金の方はいくらだ？
リドルフォ　四〇ツェッキーノです。
エウジェニオ　さあ、おくれ。悪くない。それを僕におくれよ。ちょうどお金が要るところだったんだ。
リドルフォ　待って下さいな、エウジェニオさん。あなた様は、私から三〇ツェッキーノ借りたことを、お忘れですかね。
エウジェニオ　そうだったな。では、それは布地代の残りが入った時に、払ってやるよ。
リドルフォ　失礼ですが、そのような態度は、あなた様にふさわしい誠実な態度とは申せませんな。私が直ちに、自分

ら、しかも無利子で、ご用立てしたことはご存じなのに、私への返済を延ばして、待たせるのですか？　若旦那、この私にだって物入りはあるのですよ。
エウジェニオ　なるほど、君の言い分はもっともだ。許してくれ。君の言い分はごもっともだよ。三〇ツェッキーノは取って、残りの一〇ツェッキーノを僕におくれ。
リドルフォ　この一〇ツェッキーノは、ドン・マルツィオさんに支払われたらいかがです？　あのうるさい悪魔を追い払ってやったらどうです？
エウジェニオ　彼には担保をやったから、待っていてくれるだろう。
リドルフォ　あなた様は、ご自分の世間体を、そんなに下落させたいのですか？　あのお喋りの舌に、あることないこと吹聴されてもよろしいのですか？　自分がしてやったことを自慢するだけのために、人に何かをしてやるようなお人に？　紳士の評判を失墜させることを、無上の喜びとしているようなお人に？
エウジェニオ　仰る通りだ。あいつには絶対に払わねばならん。でも、この僕は、一文無しでいなければならぬ？

────

(14) ラテン語は、《Lupus est in fabula》(狼の話をしたら本物が)、つまり、《噂をすれば影》の意味。イタリア語は《Il lupo pesta la fava》(狼は空豆を潰している)、全くナンセンスで滑稽である。音声自体はよく似ているが、狼の話をして人を煙に巻く、難しいラテン語表現で人を煙に巻く、コメディア・デラルテの舞台には、この衒学趣味を茶化してナンセンスな蘊蓄話が数多く出て来る。

リドルフォ　いくらお入り用です？

エウジェニオ　そうだねえ、一〇か一二ツェッキーノだな。

リドルフォ　すぐにご用立てしますよ。イヤリングは、ドン・マルツィオさんが来られた時に、私が取り返して上げますよ。ここに一〇ツェッキーノあります。さあ、お取りなさい。

エウジェニオ　君からもらったこの一〇ツェッキーノは、どのような費目に入れたらいいのかい？

リドルフォ　どうぞお持ちになって。費目のことなど考えなくていいですよ。時が来たら精算しましょう。

エウジェニオ　でも、布地代の残金は、いつ引き落とせるの？

リドルフォ　そんなことも考えなくていいですよ。何とかなるでしょう。でも、お金を捨てるような使い方はせず、あくまでも賢く使うように、気を付けて下さいね。

エウジェニオ　ああ、君は命の恩人だ。残りの布地代から、君の仲介料を差し引くことを忘れないでくれよ。

リドルフォ　何と言うことを仰るので！　私はコーヒー店主をしておりまして、周旋屋ではございません。私がご主人さまや友人たちのために仲介の労を取るとしても、私は自分の利益のためにする気はないのです。あらゆる人は、できる範囲で、他人を助ける義務がありますし、特に私があなたの様にそうして差し上げる義務を感じるのは、あなたのお父上から受けた恩義に報いるためなのです。私が堅気の商売で稼いだお金が、あなた様の家の繁栄と、あなた様の世間体や評判を守るために使って頂けるなら、私はもうそれで十分に報われたと思うでしょう。

エウジェニオ　君はとても立派で、礼儀正しい人だ。そのような君が、このような商売をしているのは、残念で堪らない。そのような君には、もっと高い身分と栄達の道がふさわしいのにね。

リドルフォ　私は、天が与えてくれた身分に満足しています。し、私の今の身分を、見かけばかり派手で中身のない、数多くの人々の身分と取り換えたいとは思いませんよ。私の今の身分で、何ひとつ足りないものはありません。私は名誉ある職業に従事していますし、この職業は、肉体労働に従事する階級の中でも、垢抜けして、品格があって、洗練された職業ですし、世間の評判を得られるように、マナーよく営業して行けば、あらゆる階層の人々に気に入られます。都市の品格と、人々の健康と、休息を求める人の真面目な楽しみにとって、不可欠の職業なのです。［店に入る］

エウジェニオ　あいつは立派な人間だ。だが、誰かさんからあまりに学者ぶっていると言われるかもしれんな。だって、コーヒー屋の親父にしては、あまりに雄弁過ぎるからな。だが、どのような職業にも、才能があって廉直な心の人はいるものだ。結局のところ、あいつは哲学について話しているわけでもなく、数学について話しているわけでもない。この僕にも、あいつが持っているのと同じくらいの分別があったらいいんだがなあ。

第三場　リザウラの家からレアンドロ伯爵と、エウジェニオ

レアンドロ　エウジェニオ君、これは君のお金だよ。ほら、ご覧よ。そのすべてがこの財布の中にある。もし君がこれを取り戻したいのなら、行こうか。

エウジェニオ　僕はつきに見放されています。賭け事はもうやめだ。

レアンドロ　諺にも言うだろう、《犬が追いつく時もあれば、ウサギが逃げ切る時もある》ってね。

エウジェニオ　でも、僕はいつもウサギで、あなたはいつも犬でしたよ。

レアンドロ　わしは眠気で、目がもうろうとしていてね。きっとカードを手に持っていることさえできないな。しかしそれなのに、この忌々しい悪癖のお陰で、わしはゲームがしたいんだよ、たとえ負けても構わないからね。

エウジェニオ　僕も眠いんですよ。今日は絶対賭けはしません。

レアンドロ　たとえ君がお金を持ち合わせていなくても、わしは一向に構わんよ。わしは君を信用しているからな。

エウジェニオ　僕がお金を持っていないだって？このツェッキーノ金貨を見るがいい。でも、僕は賭けはしたくないんだ。[と言って、一〇ツェッキーノが入った財布を見せる]

レアンドロ　せめて、ココア一杯分でも賭けようよ。

エウジェニオ　その気はありません。

レアンドロ　お願いだから、ココア一杯分だけ。

レアンドロ　でも、僕は言ったでしょう……

レアンドロ　お願い、ココア一杯、たった一杯だけ。賭けると言ったら、一ドゥカートの罰金にしよう。

エウジェニオ　ココア一杯だけなら、行きましょうか。[傍白]（リドルフォには見られていないな。）

レアンドロ　[傍白]（ツグミは網に掛かったぜ。）[エウジェニオと一緒に遊技場に入る]

第四場　ドン・マルツィオと、その後、店からリドルフォ

ドン・マルツィオ　どんな宝石店で聞いても、一〇ツェッキーノの値打ちはないと言う。すべての人が、エウジェニオがわしを騙したことに驚いている。人のためになど、してやるもんじゃないな。たとえ人が飢え死にするのを見ても、わしはびた一文貸してやったりしないぞ。あいつめ、どこに行った？わしに金を払わないために、逃げ隠れしているんだろう。

リドルフォ　旦那、エウジェニオさんのイヤリングはお持ちで？

ドン・マルツィオ　ここにある。この偽物のイヤリングには、何の値打ちもない。わしは騙されたんだ。あの悪党め！わしに金を支払わないために、こそこそ逃げ隠れしおって。あ

いつは破産したんだ、破産したんだよ。

リドルフォ　旦那、さあ、これをお取りになって、これ以上騒がないで下さい。ここに一〇ツェッキーノあります。どうかそのイヤリングを私にお渡しさいな。

ドン・マルツィオ　[眼鏡で観察しながら] 規定通りの重さはあるんだろうな？

リドルフォ　重さはこの私が保証します。もし重さが欠けると思われるなら、この私の信用をお賭けしましょう。

ドン・マルツィオ　お前の出したお金かね？

リドルフォ　私は関係ありません。これはエウジェニオさんのお金で。

ドン・マルツィオ　あいつ、どうやってこの金を工面したんだろう？

リドルフォ　人さまのことは存じません。

ドン・マルツィオ　賭博で勝ったんだろうな。

リドルフォ　存じませんと言ってるじゃないですか。

ドン・マルツィオ　そうだ、考えてみれば簡単だ、布地を売ったにちがいない。そうだ、そうだ、布地を売ったんだよ。

リドルフォ　お好きなように想像したらいいでしょう。さあ、このお金を受け取って、そのイヤリングを私に返して下さいな。

ドン・マルツィオ　お前、エウジェニオ自身からその金を受け取ったのかね、それともパンドルフォ君からかね？

リドルフォ　ああ、何としつこい！　お金は欲しくないんですか？

ドン・マルツィオ　こっちにくれ、こっちにくれ。あわれな布地だ！　二束三文で売り飛ばされたんだろうな。

リドルフォ　私にそのイヤリングを渡してくれますね。

ドン・マルツィオ　お前はあいつの所にですよ。

リドルフォ　あいつにか、それともあいつの女房にか？

ドン・マルツィオ　あの人の所に。

リドルフォ　[堪え切れずに] あの人か、あの人の奥さんのどちらかにですよ。

ドン・マルツィオ　あいつはどこにいる？

リドルフォ　存じません。

ドン・マルツィオ　それじゃあ、あいつの女房の所に持って行くんだな？

リドルフォ　彼の奥さんの所に持って行くんですよ。私は真面目な人間ですよ。

ドン・マルツィオ　それを私にお渡しになって、変なことは考えないで下さいな。私も一緒に行ってやろう。行こう、行こう。あいつの女房の所に持って行ってやろうじゃないか。[歩き出す]

リドルフォ　一緒に行って下さらなくとも、私は一人で行けますよ。

ドン・マルツィオ　わしは彼女に親切をしてやりたいんだよ。

リドルフォ　何かをしたいと思ったら、もう歯止めが効かなくなるお人だからな。店の者たち、しっかり店番をしていてくれよ。[彼の後に付いて行く]

第五場　店の中にいる店員たちと、賭博場からエウジェニオ

エウジェニオ　忌々しいつきだ！　僕は有り金全部すってしまった。ココア一杯のために、一〇ツェッキーノを巻き上げられてしまった。だが、あいつの言い草は、お金を損したことより、もっと頭に来る。あいつを誘って、有り金全部巻き上げておいてから、口約束では賭けをしない、だって？　ようし、こうなったら、明日までぶっ通しで賭けだ。僕にも意地がある。ようし、こうなったと、構うものか。あいつに残りのお金を出させてやろう。お前たち、主人はどこにいる？

店員　ついさっき出掛けましたが。

エウジェニオ　どこに行った？

店員　存じません、若旦那。

エウジェニオ　忌々しいリドルフォめ！　いったいどこに行ってしまったんだ？　[賭博場の入口に向かって] 伯爵さん、いいですか、待っていて下さいよ。すぐに戻って来ますからね。リドルフォの奴を、何とか見つけ出さなければ。[退場しようとする]

第六場　通りからパンドルフォと、前出のエウジェニオ

パンドルフォ　エウジェニオさん、どちらに？　そんなに熱くなって、どこに行かれるので？

エウジェニオ　リドルフォを見かけたかい？

パンドルフォ　いいえ、わしは。

エウジェニオ　布地はどうだった？

パンドルフォ　はい、うまく行きましたよ。

エウジェニオ　いいぞ、どのような条件で？

パンドルフォ　布地の買い手は見つかりましたがね、何という苦労だった！　一〇人以上の人に見せたんですがね、皆、低い見積もりしかしませんでね。

エウジェニオ　その買い手はいくら払うと言った？

パンドルフォ　わしが強く言い張ったお陰で、一ブラッチョにつき八リラまで引き上げることができましたよ。

エウジェニオ　何というひどい話だ！　一ブラッチョにつき八リラだって？　リドルフォは、一ブラッチョにつき一三リラで、二本売ってくれたよ。

パンドルフォ　即金ですか？

エウジェニオ　一部は現金、一部は後払いだ。

パンドルフォ　何と上手な商いですかね！　後払いだって！　わしならその全額を、耳を揃えて現金で、あなたに手渡しますよ。布地のブラッチョの数だけ、ヴェネツィア政府

鋳造のピッカピカのドゥカート銀貨でね。

エウジェニオ　[傍白]（リドルフォが姿を見せない！　僕はお金が欲しいんだ。僕にだって意地がある。）

パンドルフォ　もし布地を後払いで売ろうと思ったら、一ブラッチョ当たり一六リラでも売れたでしょうよ。でも、現金決済というのでは、今日日、無理です。現金でそれだけ取れるものなら、取ってみたらいいんですよ。

エウジェニオ　でも、僕はあれを一ブラッチョ当たり一〇リラで仕入れたんだよ。

パンドルフォ　布地一ブラッチョ当たり二リラの損くらい、どうってことないでしょうが。あなたのご用にお使いになれるお金があって、失った分のお金も取り返すことができるならね。

エウジェニオ　もう少し高くする交渉はできないものかね？　せめて仕入れ値で売るとか。

パンドルフォ　びた一文上げることはできませんね。

エウジェニオ　すぐにやってくれ。

パンドルフォ　わしに二本の布地を引き渡す命令書を書いて下さいな。わしは半時間で現金をここに持って来ますから。

エウジェニオ　すぐに書こう。おーい、書くものを持って来れでいいから、すぐにやってくれ。

パンドルフォ　[傍白]（背に腹は代えられんか。）いいよ、そ

と、番頭に書いて下さいな。

エウジェニオ　[傍白]（ああ、どんな素晴らしい服を作ろうかな！）

パンドルフォ　大いに結構。どのように書いても、僕が損することに変わりはないが。[書く]

第七場　通りからリドルフォと、前出の二人

パンドルフォ　[リドルフォを見て、傍白]（この最も肝心な時にあいつがやって来て、わしの計画をめちゃくちゃにしてくれるんじゃなかろうな。）

リドルフォ　エウジェニオさん、パンドルフォさんと話をしながら、何か書いている。何か新しい出来事があったんだな。）

リドルフォ　エウジェニオさん、こんにちは。

エウジェニオ　[書き続けながら]やあ、こんにちは。

リドルフォ　商売、商売ですか？　エウジェニオさん、商売ですかね？

エウジェニオ　[書きながら]小さな商取引でね。

リドルフォ　どんな取引か、教えてもらうわけには参りませんか？

エウジェニオ　見ろよ、後払いでお金なのに、使うことができない。僕は自分のお金なのに、使うことができない。だから、布地をもう二本

[店員たちは、小テーブルと筆記用具を運んで来て、わしが選んだ布地二本を、わしに手渡すように

コーヒー店

パンドルフォ　ばかり売って、大損しなければならないんだよ。

エウジェニオ　《布地を二本売って、大損する》なんて言うのは、おかしいですよ。《精一杯の値段で売る》と言うべきですよ。

パンドルフォ　一ブラッチョにつき、いくらもらえるんです？

エウジェニオ　言葉に出すのさえ恥ずかしい話だ。たったの八リラだよ。

パンドルフォ　でも、すべて現金で、耳を揃えて、ですよ。

リドルフォ　あなた様は、このような惨めな値段で、ご自分の商品を売り払われるので？

パンドルフォ　他にどうしようもないんだよ！　僕にはどうしてもお金が要るんだ。

リドルフォ　短時間で必要なお金を工面するというのは、容易な業ではありませんからね。

パンドルフォ　[エウジェニオに]どれほどお入り用なので？

エウジェニオ　何だって？　君が出してくれるのかい？

パンドルフォ　[傍白]（こいつは、わしの商売をだめにしてくれるのか。）

リドルフォ　六、七ツェッキーノでよろしかったら、ご用立てしますが。

パンドルフォ　やめてくれよ！　冗談だろ、冗談！　僕にはお金が必要なんだよ。

エウジェニオ　[傍白]（よかった！）[書く]

リドルフォ　お待ち下さい。一ブラッチョ八リラの布地二本で

は、どれほどの金額になりますか？

エウジェニオ　計算してみようか。布地一本は六〇ブラッチョの長さだから、それ二本×六〇ブラッチョ。一ブラッチョにつき八リラで、八リラ＝一ドゥカート銀貨。だから、一二〇ドゥカート銀貨になる。

パンドルフォ　でも、そこから仲介料を差し引いてもらいますよ。

リドルフォ　[パンドルフォに]仲介料って、誰に払うんです？

パンドルフォ　[リドルフォに]わしにだよ。

リドルフォ　大変結構ですな。一ドゥカートが八リラとすると、一二〇ドゥカート銀貨は、何ツェッキーノになります？

エウジェニオ　一一ドゥカート銀貨＝四ツェッキーノだから、一一〇ドゥカート×一一＝一二一ドゥカートになる。つまり、一二〇ドゥカートと余り一ドゥカートだ。他方、四ツェッキーノ×一一＝四四ドゥカート。四四ツェッキーノ＝一ドゥカート＝ヴェネツィアの通貨で四三ツェッキーノと一四リラだ。

パンドルフォ　四〇ツェッキーノにして、端数は仲介料にして下さいよ。

エウジェニオ　三ツェッキーノも、端数に入れなければならないから、一ツェッキーノ（三リラ）－一ドゥカート（八リラ）＝一四

----
(15) 一ツェッキーノ金貨＝三一リラ、一ドゥカート銀貨＝八リラであるから、一ツェッキーノ（三一リラ）－一ドゥカート（八リラ）＝一四リラとなる。

エウジェニオ　よし、よし、即金ですからね。でも、今度は二本の布地が一三リラなら、いくらになるか、計算してみて下さいな。

リドルフォ　（ああ、何という盗人だ！）エウジェニオさん、今度はペンで計算しよう。《一二〇ブラッチョの布地を一ブラッチョ当たり一三リラだから、一二〇×一三、三×〇＝〇、二×三＝六、一×三＝三、一×〇＝〇、一×二＝二、一×一＝一、上下を足すと、〇、六、二十三＝五、一、答は一五六〇リラ。》

エウジェニオ　計算して下さいな。

パンドルフォ　でも、後払いですよ。あなたのご用には間に合いませんよ。

エウジェニオ　ずっと沢山だ！

リドルフォ　仲介料なしでですよね。

エウジェニオ　仲介料なしでだ。

リドルフォ　それは何ツェッキーノになります？　［計算する］七〇ツェッキーノと二〇リラだ。⑯

エウジェニオ　すぐに答を出すよ。

パンドルフォ　今度は二本の布地が一三リラなら、

ツェッキーノ、次に一〇ツェッキーノ、それに私が取り戻して上げたイヤリング代の一〇ツェッキーノを入れて、総計五〇ツェッキーノになります。ですから、あなた様は今の時点で、この名誉ある仲介人さまが、即金で、耳を揃えた現金で、手渡しされる額よりも、一〇ツェッキーノ多く、私から受け取られているのですよ。

パンドルフォ　［傍白］（くそっ、忌々しい奴だ！）

エウジェニオ　その通り。君の言う通りだよ。でも、僕は今お金が必要なんだ。

リドルフォ　あなた様は、今お金がお入り用ですか？　では、差し上げましょう。ここに二〇ツェッキーノと二〇リラあります。これは、一ブラッチョ当たり一三リラ、一二〇ブラッチョ分の値段、七〇ツェッキーノと二〇リラの残金です。このお金を、仲介料も一切取らずに、ペテン師のような窃盗も、たかりも、誤魔化しも一切なく、即金で、耳を揃えて、現金で、お渡しします。

エウジェニオ　そうしてくれるなら、リドルフォ君、僕はますます君に感謝するよ。この命令書は破り捨てる。［パンドルフォに］仲介人さん、もう君に迷惑は掛けないよ。

パンドルフォ　［傍白］（悪魔があいつをここに連れて来たんだ。わしの服は夢と消えたか。結構です。構いませんよ。わしは歩き回っただけ、骨折り損のくたびれ儲けだったわけだ。ニワトリより、今日の卵》と言いますよ。

リドルフォ　あなた様が私から受け取られたお金は、最初三〇

エウジェニオ　迷惑を掛けたことは、謝るよ。

パンドルフォ　せめてブランデー代くらいはね。
エウジェニオ　待ってくれ。この一ドゥカートをお礼に差し上げるよ。[リドルフォにもらった財布から、一ドゥカート銀貨を取り出す]
パンドルフォ　ありがとうございます。[傍白]（この次は必ず嵌めてやるからな。）
リドルフォ　[傍白]（何というお金の無駄遣いだ。）
パンドルフォ　他に何かご用は？
エウジェニオ　ありがとう、もう結構だよ。
パンドルフォ　[したくない？][リドルフォに見られないようにして、賭けをしたいかどうかという合図を送る]
エウジェニオ　（そう来るだろうと思ったよ。彼もリドルフォに隠れて）
パンドルフォ　（後で行くから、待っていて。）[自分の店の中に入り、その後、外に出て来る]
エウジェニオ　リドルフォ、どうしたんだい？ そんなに早く買い手に催促したの？ すぐに残金を渡してくれたの？
リドルフォ　本当のことを言いますとね、私は最初からポケットに全額を持っていたのです。でも、あなた様がすぐに浪費してしまわないようにと、すぐには全部を上げないようにしたのですよ。
エウジェニオ　僕をそんな風に扱うのは、失礼じゃないの？ 僕はもう子供じゃないんだ。しかし、もういい……イヤリン

グはどこにあるの？
リドルフォ　例のドン・マルツィオさんが、一〇ツェッキーノを受け取った後、イヤリングをヴィットリア奥さまの所まで、どうしても自分で持って行って、と言い張られましてね。
エウジェニオ　ええ、話しましたよ。私もドン・マルツィオさんと一緒に参りましたので。
リドルフォ　どんなことを言っていた？
エウジェニオ　お泣きになるばかりでした。おかわいそうに！ 不憫でなりません。
リドルフォ　とんでもないよ。この僕には、どれだけ激しく怒りまくったか！ 私は父の家に帰るわ、とか、私の持参金を返してよ、とか、とんだ大騒ぎだったよ。
エウジェニオ　どのようにして宥められました？
リドルフォ　ちょっとした愛撫でね。
エウジェニオ　それは、彼女があなたを愛している証拠ですよ。
リドルフォ　本当に善良な心の人ですね。
エウジェニオ　でも、かっとなると、あれは獣だね。
リドルフォ　だからと言って、虐待してはだめですよ。良家の生まれで、育ちのよい方ですからね。彼女から伝言がありまして、もしあなたに会ったなら、早く昼食に戻るように伝えてくれ、とのことです。

(16) 一五六〇÷二二＝七〇余り二〇。

エウジェニオ　分かった、分かった。すぐに行くよ。
リドルフォ　ねえ、エウジェニオさん、お願いですから、心入れ替えて、賭け事はやめて、女の後を追い回さないようにして下さいな。あなたには、若くて、美人で、あなたを深く愛している奥さまがいらっしゃるのですから、それ以上何を欲しがることがあるんです？
パンドルフォ　仰る通りだ。心から感謝するよ。
リドルフォ　[自分の店から咳払いすると、エウジェニオはそれに気付いて、彼を見る。パンドルフォが顔を向けると、エウジェニオは片手で行くという合図をする。エウジェニオが賭けをしようと待っているという合図をする。パンドルフォは店に戻るが、リドルフォはそのやり取りに気付かない]
リドルフォ　すぐにお家に帰られたらいかがです？　もう少しで正午になります。家に帰って、あなたの愛しい奥さまを慰めてお上げなさい。
リドルフォ　私でお役に立てることがあれば、何なりと仰って下さい。
エウジェニオ　うん、すぐに行くよ。では、また会おう。
リドルフォ　何かご用で？
エウジェニオ　君には本当に感謝しているよ。[賭博場に行きたいのだが、リドルフォに見咎められるのを恐れている]
リドルフォ　何かしたいことでも？
エウジェニオ　何でもない、何でもない。さよなら。
リドルフォ　失礼します。[自分の店の方に向かう]

エウジェニオ　[リドルフォに見られていないことを確かめてから、賭博場に入る]

第八場　リドルフォと、その後、ドン・マルツィオ

リドルフォ　少しずつでも、彼を正しい道に連れ戻したいものだ。誰かさんはきっとこう言うだろうな、なぜお前は、自分の親戚でもなく、自分と利害関係もない若者のために、頭を悩ましたりするんだってね。だから、何だと言うんだ？　友人によいことをしてやってはいけないのか？　恩義のある家族によいことをしてやってはいけないのか？　この私の職業には、結構、暇がある。多くの人は、その暇つぶしに、賭け事をしたり、隣人の悪口を言ったりしている。だが、私は、自分のできるかぎりは、よいことをして過ごしたいんだよ。

ドン・マルツィオ　ああ、愚か者だ！　ああ、馬鹿者だ！　あ
リドルフォ　あ、阿呆なロバだ！
ドン・マルツィオ　聞いてくれ、ドン・マルツィオさん、どなたにご立腹で？
リドルフォ　笑ってしまう話だ。ある医学者がな、温かいお湯は冷たい水より健康によいという説を唱えているんだ。
ドン・マルツィオ　あなた様は、その反対のご意見なので？
リドルフォ　お湯はな、胃を弱くするんだよ。
ドン・マルツィオ　確かに繊維組織を弛緩させますな。

第九場　窓からリザウラと、前出の二人

ドン・マルツィオ　その繊維組織って、何だね？

リドルフォ　私めの聞いたところではですね、人間の胃には二種類の繊維組織があって、それはちょうど二種類の腱のように働いて、食べ物をすり潰すのだそうです。ですから、この繊維組織が弛緩すると、消化不良を起こすのです。

ドン・マルツィオ　そうだ、その通りだ。お湯はな、胃を弛緩させて、《システレ》[収縮]と《ディアストレ》[拡張]が、消化物をすり潰すのを妨げてしまうんだ。

リドルフォ　《システレ》と《ディアストレ》が、胃とどのような関係があるので？

ドン・マルツィオ　お前は間抜けなラバのくせに、何を知っていると言うんだ？《システレ》と《ディアストレ》は、消化物をすり潰す繊維組織の名前だよ。

リドルフォ　(まあ、何というでたらめだ！店員のトラッポラなど、足元にも及ばんな！)

ドン・マルツィオ　[リドルフォに]おい、見ろよ。後ろの入口のお姐さんだぜ。

リドルフォ　私は失礼しますよ。店の世話をしに行きますので。[店の中に入る]

ドン・マルツィオ　あいつは間抜けなロバだな。この調子では、今に店を畳むことになるぞ。[いつもの眼鏡で時おり、リザウラを眺めながら、彼女に]こんにちは、お姐さん。

リザウラ　こんにちは。

ドン・マルツィオ　お元気で？

リザウラ　お陰さまで。

ドン・マルツィオ　レアンドロ伯爵にお会いになったのは、いつです？

リザウラ　一時間ほど前ですけど。

ドン・マルツィオ　伯爵はわしの親友でね。

リザウラ　それはよかったですわね。

ドン・マルツィオ　何というご立派な紳士だ！

リザウラ　ありがとうございます。

ドン・マルツィオ　ねえ！彼はあなたの夫かね？

リザウラ　私事については、窓越しでお話したりしないことにしています。

ドン・マルツィオ　では、開けて、開けておくれよ。中でゆっくりと話をしよう。

リザウラ　申し訳ありませんが、私は他人さまを中に入れないことにしておりますので。

ドン・マルツィオ　ねえ、そんな固いことを言わないで！

(17) ドン・マルツィオの浅知恵と傲慢さを示すエピソードの誤ちに陥った発端は、胃 (stomaco) を《ventricolo》と言い換えたことにある。この用語には《心室》(ventricolo) の意味があり、そこから心臓の《収縮》と《拡張》という専門用語が出て来る。ドン・マルツィオは、自分の知らない《繊維組織》(fibra) の名前が、《sisitole》と《diastole》だろうと推測したのである。

ドン・マルツィオ　確かに仰る通り、わしにはどうでもいいことだな。

リザウラ　本当にそうですのよ。

ドン・マルツィオ　それでは、後ろの入口から入らせてもらうよ。

リザウラ　あなた様も、後ろの入口から入れると考えていらっしゃるの？　私は誰にも開けたことがありませんのよ。

ドン・マルツィオ　このわしには、そのような嘘は通じないね。わしはよく知っておる。あそこからお客を中に入れていることはね。

リザウラ　私はそんなふしだらな女じゃありませんよ。

ドン・マルツィオ　干し栗を少しばかり上げようか？［ポケットから取り出す］

リザウラ　あなた様が、栗を干すのがお上手であることは、よく分かりますわ。

ドン・マルツィオ　どうして？

リザウラ　あなた様は、ご丁寧に、痛み入ります。して、いらいらさせてしまわれますからね。

ドン・マルツィオ　それはそれは、おいしいよ。わしの田舎の領地で干させたものだよ。

リザウラ　うまい！　エスプリがある！　あなたは即興で、このように素早く《カプリオーラ》(19)ができるんだから、きっと実際にも素晴しいバレリーナなんだろうね。私が上手か上手でないかは、あなた様にはどうでもいいことですわ。

第一〇場　宿屋の窓から巡礼姿のプラーチダと、前出の二人

ドン・マルツィオ　［眼鏡でプラーチダを観察した後、リザウラに］ねえ、お姐さん！　あの女巡礼を見た？

プラーチダ　［傍白］（エウジェニオさんは、どこに行ってしまったのかしら？）

リザウラ　彼女は誰ですの？

ドン・マルツィオ　例のたちの悪い女どもの一人ですよ。

リザウラ　宿屋の主人が、そのような女性を泊めていますの？

ドン・マルツィオ　囲われているんだよ。

リザウラ　誰に？

ドン・マルツィオ　エウジェニオさんにだ。

リザウラ　奥さんのいる男に？　ますますすごい話だわね！

ドン・マルツィオ　去年もごたごたを起こしてね。

リザウラ　［引っ込もうとして］失礼しますわ。

ドン・マルツィオ　おや、行ってしまうのかね？

リザウラ　そのような女が向かい側にいる時に、私は窓から顔を見せたくなんかないのよ。［引っ込む］

第一一場　窓からプラーチダと、通りのドン・マルツィオ

ドン・マルツィオ　まあ、まあ、恐れ入ったよ！ バレリーナさんが、自分の品位が落ちるのを懸念して、内に引っ込まれるとはね！［眼鏡で見ながら］女巡礼さん、こんにちは。

プラーチダ　こんにちは。

ドン・マルツィオ　エウジェニオさんは、どこにいます？

プラーチダ　あなた様は、エウジェニオさんをご存じなの？

ドン・マルツィオ　あれ、わしは彼の親友だよ。少し前に、彼の奥さんと会ったばかりだがね。

プラーチダ　それでは、エウジェニオさんには、奥さまがいらっしゃるの？

ドン・マルツィオ　もちろん、いますよ。なのに彼は、美人と戯れるのが好きでね。あの窓から顔を出していた女を見た？

プラーチダ　見ましたわ。私をじろじろ眺めた後で、挨拶もせずに、私の目の前で、バタンと窓をお閉め下さいましたわ。

ドン・マルツィオ　あの女は、自称バレリーナですが、実は、ああ！ わしの言わんとすることは、お分かりだね。

プラーチダ　たちの悪い女なの？

ドン・マルツィオ　その通り。しかも、エウジェニオ君は、彼女のお客の一人だ。

プラーチダ　奥さまをお持ちなのにね。

ドン・マルツィオ　しかも美人のな。

プラーチダ　ふしだらな若者なら、どの世界にでもいますわ。もしかして、彼は自分が独身だって、あなたに嘘をついたんじゃなかろうね？

ドン・マルツィオ　私にとって、独身かそうでないかは、どうでもいいことですわ。

プラーチダ　あなたには、どっちでもいいんだ。誰でもそのまま受け入れるんだからな。

ドン・マルツィオ　私がしなければならないのは、たったひとつのことですの。

プラーチダ　もちろんだとも。今日はこの男、明日はあの男だな。

ドン・マルツィオ　それはどういう意味ですの？ 説明して下さいな。

プラーチダ　少しばかり干し栗はどう？［ポケットから取り出す］[18]

ドン・マルツィオ　ご厚意だけは頂きますわ。

プラーチダ　本当に、欲しければ差し上げるよ。

ドン・マルツィオ　あなた様は、本当に気前のよいお方ね。

――――

(18) 動詞《seccare》には、《干す》と《いらいらさせる》の両義があることを受けた言葉遊び。その機知に富んだ表現を日本語で翻訳することは不可能であった。

(19) バレエで、両足で飛び上がって、空中で脚を繰り返し交差する動作のこと。正しくは《カプリオーラ・イントレッチャータ》、フランス語では《アントルシャ》。

ドン・マルツィオ　実を言うと、あなたの値打ちからすれば、干し栗数個じゃ少な過ぎるな。何だったら、干し栗に二リラほど、付け加えて差し上げるがね。

プラーチダ　礼儀知らずのロバさんね。[窓を閉めて引っ込む]

ドン・マルツィオ　二リラではお気に召さないのに。[大声で呼ぶ]リドルフォ！トライーロでよかったのに。

第一二場　リドルフォと、前出のドン・マルツィオ

ドン・マルツィオ　ご用で？

ドン・マルツィオ　今年は女ひでりだ。去年は気に召さんとさ。

リドルフォ　でも、あなた様は、どんな女性も十把一絡げにして、見ていらっしゃるのですね。

ドン・マルツィオ　諸国巡礼の女だって？　笑わせるよ。

リドルフォ　諸国を巡礼している人の中には、立派な女性もおりますよ。

ドン・マルツィオ　女巡礼だぞ！　ああ、お前は道化者だ！

リドルフォ　あの女巡礼の正体は、まだ誰も知らないんですよ。

ドン・マルツィオ　わしが知っておる、このわしが知っておるよ。あれは去年の女巡礼だよ。

リドルフォ　私は見たことありませんがね。

ドン・マルツィオ　それはお前が阿呆だからだ。[傍白](あのかつらを、引きちぎってやろうかい。)

リドルフォ　お褒めの言葉、痛み入ります。

第一三場　賭博場からエウジェニオと、前出の二人

エウジェニオ　[笑顔で陽気に]皆さん、ごきげんよう。

リドルフォ　何だって！　エウジェニオさん、ここに？

エウジェニオ　[笑顔で]その通り。僕はここにいる。まさに僕は、ここにいらっしゃいますよ。

ドン・マルツィオ　賭けに勝ったのかね？

エウジェニオ　左様です。僕は勝ちました。左様でございますよ。

ドン・マルツィオ　大げさな！

エウジェニオ　何という奇蹟だ！　僕を何者だと思っているのです？　もしかしてカモとでも？　これがあなたの約束した、賭け事をやめるということですか？

リドルフォ　エウジェニオさん、これがあなたの約束した、賭け事をやめるということですか？

エウジェニオ　もうそれ以上は言ってくれるな。僕は勝ったんだよ。

リドルフォ　そうですか？　では、なぜです？

エウジェニオ　今日は、もし負けていたら、負けるはずがなかったんだよ。

リドルフォ　では、もし負けていたら？

エウジェニオ　僕が負ける時には、ピンと来るんだ。

リドルフォ では、なぜピンと来るのに、賭けをやめなかったんですか？

エウジェニオ それはね、僕には負ける必要があったからだ。

リドルフォ では、お家にはいつお帰りで？

エウジェニオ やめてくれよ。もうさっそく僕をいらいらさせるのか？

リドルフォ もう何も申しません。［傍白］（言ってやるだけ無駄だったな！）

第一四場　遊技場からレアンドロと、前出の人々

レアンドロ　お見事、お見事。わしのお金をすっかり巻き上げてくれたよ。もしわしが途中で降参しなければ、胴元が破産するところだった。

エウジェニオ　どうです？　僕は男でしょう？　わずか三回の勝負でお返しをしたよ。

レアンドロ　むちゃくちゃにお金を張るんだからね。

ドン・マルツィオ　プロの勝負師のようにお金を張って下さいよ。

エウジェニオ　［レアンドロに］いくら負けたの？

レアンドロ　沢山ですよ。

ドン・マルツィオ　［エウジェニオに］ねえ、どのくらい勝った？

エウジェニオ　［嬉しそうに］どうです、六ツェッキーノですよ。

リドルフォ　［傍白］（ああ、どうしようもない愚か者だ！　昨日からこの方、一三〇ツェッキーノも負けているのに、六ツェッキーノ勝ったら、まるで宝物を手にしたように思うとはね。）

レアンドロ　［傍白］（病みつきにさせるには、時おりは勝たせてやらんとねえ。）

ドン・マルツィオ　［エウジェニオに］その六ツェッキーノで何をするつもりかね？

エウジェニオ　何なら宴会でもやりますか。僕は賛成ですよ。

ドン・マルツィオ　そうだ、宴会がいい。

リドルフォ　［傍白］（ああ、私の苦労も水の泡だ！）

エウジェニオ　居酒屋にでも行こうか？　各人が自分の分を払うという条件でね。

リドルフォ　［エウジェニオに小声で］（行くのはおやめなさい。また賭けに引き込まれますよ。）

エウジェニオ　［リドルフォに小声で］（引き込まれたって構わない。今日の僕はついているんだ。）

リドルフォ　［傍白］（《病膏肓ニ入ル》だな。）

レアンドロ　居酒屋に行くよりもだね、この上の階の、パンドルフォさんの小部屋で、宴会を開いたらどうだい？　お好きな所でいいですよ。隣の宿屋で料理を作らせて、この上の階に運ばせましょう。

(20) トライーロは、ヴェネツィアの小さな銀貨で、五ソルド、つまり、四分の一リラの価値。

ドン・マルツィオ　このわしは、紳士である諸君と、何でも一緒だよ。

リドルフォ　［傍白］（あわれなお人よしだ！　罠に気付いていないとはね。）

レアンドロ　おい、パンドルフォ君。

第一五場　賭博場からパンドルフォと、前出の人々

レアンドロ　宴会を開きたいので、君の小部屋を貸してもらえないか？

パンドルフォ　何かご用でしょうか？

レアンドロ　もちろん、お邪魔代は払おうじゃないか。

パンドルフォ　どうぞ、どうぞ。でも、ご承知でしょうが、わしだって家賃を払っておりましてね……

レアンドロ　僕たちを誰だと思っているんだい？　何もかもちゃんと払って上げるよ。

パンドルフォ　結構です。では、どうぞご自由にお使い下さい。これから部屋の掃除をして参ります。

レアンドロ　［パンドルフォに小声で］（おい、例のカードだ。）

パンドルフォ　［レアンドロに小声で］（承知しました。）

エウジェニオ　［パンドルフォに小声で］（取り分は二〇パーセントでいいな？）

パンドルフォ　（ああ、それで結構です。）［賭博場に入る］

エウジェニオ　さあ、誰が注文しに行く？

レアンドロ　［エウジェニオに］この町の裏も表も知り尽くしているのは君だから、君にお願いするよ。

ドン・マルツィオ　そうだ、君がしろよ！

エウジェニオ　［エウジェニオに］では、何を注文したらいいかな？

レアンドロ　君に任せるよ。

エウジェニオ　しかし、歌にもあるでしょう、《女なしでは、楽しみもいまいち》ってね。

リドルフォ　（女まで呼びたいのか！）

ドン・マルツィオ　伯爵君は、バレリーナを呼んだらどう？

レアンドロ　いいですとも。仲間うちでの宴会だし、喜んで彼女を連れて来ますよ。

ドン・マルツィオ　［レアンドロに］君が彼女と結婚するという話は、本当かね？

レアンドロ　今はそんな話をする時じゃありませんよ。

エウジェニオ　じゃあ、僕は女巡礼さんを来るように誘ってみよう。

ドン・マルツィオ　その女巡礼というのは、誰だい？

エウジェニオ　上品で立派なご婦人ですよ。

ドン・マルツィオ　［傍白］（そうとも、そうとも。わしが真相を教えてやるよ。）

レアンドロ　さあ、料理を注文しに行ってくれ。

エウジェニオ　何人になるかな？　僕たち三人に、女性二人で、五人だ。ドン・マルツィオさん、あなたは同伴するご婦人をお持ちで？

ドン・マルツィオ　わしには誰もいないよ。わしは何でも君たちと一緒だ。

エウジェニオ　リドルフォ、君も僕たちと一緒にご馳走を食べに来いよ。

リドルフォ　ご厚意には感謝しますが、私には店の世話がありますので。

エウジェニオ　やめろよ。僕に何度も頭を下げさせないで、素直に、はいと言ってくれよ。

リドルフォ　［エウジェニオに小声で］（これほど気前がいいとは、驚きですね。）

エウジェニオ　では、どうしろと言うんだね？　僕は勝ったんだから、楽しみたいんだよ。

リドルフォ　その後は、星占いに任せるよ。［宿屋の中に入る］

エウジェニオ　その後は、その後は？

リドルフォ　（どうしようもない！　私の苦労も無駄に終わったか。）［退場］

第一六場　ドン・マルツィオとレアンドロ伯爵

ドン・マルツィオ　さあ、バレリーナを迎えに行ったらどうだい。

レアンドロ　食事の支度ができたら、連れて来ますよ。巷で話題のニュースは、あるかね？

ドン・マルツィオ　ニュースというのは、わしはあまり好きじゃありませんでね。［二人は座る］

レアンドロ　ドン・マルツィオ　モスクワの軍隊が、冬営地に撤退したことは、聞いたかね？

レアンドロ　それはよいことをしましたな。冬が来たんですから、そうしませんとね。

ドン・マルツィオ　それは違うな。彼らはへまをしたんだ。占領地を見捨てるべきではなかったよ。

レアンドロ　その通りですな。占領地を奪われないように、寒さを我慢すべきでしたな。

ドン・マルツィオ　それは違うな。凍え死ぬ危険を冒してまで、そこに踏みとどまるべきではなかったよ。

レアンドロ　それでは、前進すべきでしたな。

ドン・マルツィオ　それは違うな。まあ、君は戦争について、何とよくご存じだ！　冬の季節に行軍させるとはね！

レアンドロ　それでは、彼らはどうすればよかったのです？

ドン・マルツィオ　わしに地図を見せてくれたら、彼らがどこに行くべきかを、正確に教えてやるよ。

レアンドロ　（ああ、何という見事な阿呆だ！）

ドン・マルツィオ　君はオペラを見に行ったことがあるかね？

レアンドロ　ええ、ありますが。

(21) いかさま賭博用に小細工を施したカードのこと。このレアンドロとパンドルフォの短い会話は、パスクワーリ版以後では削除された。

ドン・マルツィオ　気に入ったかね？
レアンドロ　大いに気に入りましたが。
ドン・マルツィオ　君は趣味が悪いな。
レアンドロ　致し方ありません。
ドン・マルツィオ　君の国はどこかね？
レアンドロ　トリーノですが。
ドン・マルツィオ　醜い町だな。
レアンドロ　とんでもない。イタリアで最も美しい町のひとつと言われていますがね。
ドン・マルツィオ　このわしはナポリ人だよ。《ナポリ見て死ね》と言ってね。
レアンドロ　あなたにヴェネツィア人の返事をしてやることもできるんですがね。《ヴェネツィア見て語れ》ってね。
ドン・マルツィオ　君、嗅ぎタバコを持っているかね？
レアンドロ　さあ、どうぞ。[嗅ぎタバコ入れを開けて、彼に差し出す]
ドン・マルツィオ　ああ、何とまずいタバコだ！
レアンドロ　わしはこれを気に入っていますが。
ドン・マルツィオ　わしはタバコというものを知らんな。本物のタバコと言えるのは、ラペだけだよ。
レアンドロ　わしはスペインのタバコが好きなんです。
ドン・マルツィオ　スペインのタバコなど下の下だよ。
レアンドロ　お言葉ですがね、これは入手できる最高級のタバコですよ。

ドン・マルツィオ　何だと！　君はこのわしに、タバコとは何かを講釈してくれる気かね？　このわしは、タバコを作ったり、人に作らせたり、こっちで買ったり、あっちで買ったりしておる。このわしはこのタバコが何で、あのタバコが何か、よく存じておるんだよ。[大声で叫ぶ]ラペだよ、ラペだよ、ラペ。ラペが最高なんだ。
レアンドロ　[彼も大声で]そう、その通り。最高のタバコはラペなんだよ。
ドン・マルツィオ　残念だが違うな。常にラペが最高のタバコというわけでもないんだよ。ちゃんと見分ける必要がある。君は自分で何を言っているのか、分かっちゃいないんだよ。

第一七場　宿屋から戻って来るエウジェニオと、前出の二人

ドン・マルツィオ　タバコに関しては、わしは誰にも譲らんよ。
エウジェニオ　何ですか、この騒ぎは？
レアンドロ　料理の方はどうだい？
エウジェニオ　すぐにできそうです。
ドン・マルツィオ　女巡礼も来るのかね？
エウジェニオ　来たくないと言っています。
ドン・マルツィオ　さあ、たばこ通のアマチュア君、君の彼女を迎えに行けよ。
レアンドロ　行きますよ。（もし食卓でこんな態度を取ったら、

料理の皿をあの顔に浴びせ掛けてやるからな。）［バレリーナの家のドアを叩く］

ドン・マルツィオ　君は鍵を持っておらんの？

レアンドロ　持っていませんよ。［ドアが開いて、彼は中に入る］

ドン・マルツィオ　［エウジェニオに］きっと後ろの入口の鍵を持っているんだよ。

ドン・マルツィオ　女巡礼さんに来てもらえないのは残念です。

ドン・マルツィオ　きっと何度も頭を下げさせるために、そう言っているだけだよ。

エウジェニオ　彼女は、ヴェネツィアに来たことは絶対にない、と言っていますよ。

ドン・マルツィオ　このわしに向かってなら、そうは言わんだろうな。

エウジェニオ　彼女が例の女だというのは、間違いないのですか？

ドン・マルツィオ　絶対に間違いない。それに少し前、わしは彼女と話をしたんだがね、彼女は開けてくれようとしたよ……もういい。わしは友人に失礼なことをしたくないので、行かなかったがね。

エウジェニオ　彼女と話をしたのですか？

ドン・マルツィオ　もちろんだとも！

エウジェニオ　あなたのことを知っていましたか？

ドン・マルツィオ　このわしを知らない奴がおるかね？　わしの名前は世間中に知れ渡っておるんだよ。

エウジェニオ　それでは、ひとつお願いがあります。あなたが行って、彼女を連れて来て下さいな。

ドン・マルツィオ　もしこのわしが行ったら、きっと彼女は怖じ気付くだろうな。こうしなさい。食事の準備ができるまで待つんだ。そして、彼女を迎えに行って、何も言わずに、この二階までやって来るんだ。

エウジェニオ　僕は色々とやってみたんですが、彼女はにべもなく、来る気はないと答えました。

第一八場　宿屋の給仕たちが、宿屋と賭博場の間を何度も往復して、テーブルクロス、ナプキン、皿、フォーク類、ワイン、パン、グラス、料理などを、パンドルフォの店に運び込む。その後、レアンドロと、リザウラと、前出の二人

給仕　皆さま、スープのご用意ができましたよ。［他の給仕たちと賭博場の中に入る］

エウジェニオ　［ドン・マルツィオに］伯爵はどこです？

ドン・マルツィオ　［リザウラに］さあ、急ぐんだ。スープが冷めてしまうぞ。

レアンドロ　ただ今、ただ今。

エウジェニオ　［リザウラのドアを強く叩いて］

ドン・マルツィオ　［リザウラに］こんにちは。

エウジェニオ　［リザウラに］

ドン・マルツィオ　［眼鏡でじろじろ見ながら、リザウラに］

エウジェニオ 皆さま、こんにちは。

リザウラ ［リザウラに］ご一緒して頂けるとは光栄です。

エウジェニオ 伯爵さまのたってのお願いですから。

ドン・マルツィオ わしらのお願いでは、だめかね？

リザウラ とりわけあなた様のお願いでは、絶対にね。

ドン・マルツィオ わしなう、何もお願いしとらんけどねぇ。［エウジェニオに小声で］（わしは、この種の女との同席はお断りしたいものだよ。）

リザウラ では、お言葉に甘えまして。どうぞお入り下さい。［レアンドロと遊技場に入る］

ドン・マルツィオ ［眼鏡でじろじろ見ながら、エウジェニオに］ああ！ 何という女だ！ こんなにひどい女は見たことがないぞ。［続いて賭博場に入る］

エウジェニオ キツネもサクランボに向かって言ったとさ。《甘くないから、食べてやらないよ》ってね。しかし、僕なら喜んで同席したいけどね。［彼も中に入る］

第一九場 コーヒー店からリドルフォ

リドルフォ あのお方は、本当にどうしようもない愚か者だ

よ。飲んで、騒いで、女と戯れて、奥さんには溜め息をつかせて、苦しませている。あの奥さんも、かわいそうな人だ！ 心から同情するよ。

第二〇場 エウジェニオと、ドン・マルツィオと、レアンドロと、リザウラが、賭博場の小部屋に上り、三軒の店の上にある三つの窓を開けると、その窓から、テーブルに食事が用意されているのが見える。通りにリドルフォと、その後、トラッポラ

ドン・マルツィオ ［別の窓から］まさに春が来たみたいだな。

リザウラ ［レアンドロの傍で］食事の後は、カーニバルの仮面をかぶった人たちを見に行きましょう。

エウジェニオ さあ、席に着こう。レアンドロは、窓の傍に座する。エウジェニオとレアンドロは、窓の傍に座する。［彼らは着席する］

レアンドロ ［さらに別の窓から］ここにいると、通りを行き交う人々が見えるね。

エウジェニオ ［窓から］ああ、何とすがすがしい空気だ！ ああ、何と心地よい日光だ！ 今日は全く寒くない。

トラッポラ 親方、この騒ぎは何です？

リドルフォ 愚かなエウジェニオさんが、ドン・マルツィオさんや、伯爵やバレリーナと一緒に、この上にあるパンドルフォさんの小部屋で、宴会をしているんだよ。

リドルフォ　この世の中に、これほど分別のない人がいるとは、信じられん！エウジェニオさんは、何が何でも破産したがっている。私は彼のためにあれほど尽くして、破滅したがっている。私がどれほどの真心と、どれほどの愛情で、彼を助けてやったのに、彼はよく知っているのに、このような仕打ちをするのか？このようにして、私を愚弄してからかうのか？しかし、もういい。私がしたことは、相手のためによかれと思ってしたことだ。だから、自分のしたことを後悔はしないよ。

全員　乾杯、乾杯。

第二一場　仮面を付けたヴィットリアと、前出の人々

ヴィットリア　［コーヒー店の前を行ったり来たりして、自分の夫がいるかどうかを調べる］

(22) 人口に膾炙したファイドロスの《キツネとブドウの寓話》を示唆している。ヴェネツィアでは、ブドウがサクランボに代えられることが多く、ゴルドーニの敵対者カルロ・ゴッツィの詩にも同様の表現が見られる。

(23) ラテン語の《hospes, -pitis》（客、主人）からイタリア語の《ospite》（客、主人）ができたが、両義性の混乱を避けるために、フランス語由来の《oste》を主人に、ラテン語の《ospite》（敵）を客にと、意味を分担させた。ところが、イタリア語で《oste》となる《hostis》（敵）は、イタリア語で来にも同様の表現が見多く、ゴルドーニの敵対者カルロ・ゴッツィ（ただし、この語彙は広まっておらず、ラテン語の知識をひけらかすために用いられる）ので、宿屋の《主人》は客の《敵》となるわけである。

トラッポラ　まあ、これはいい！［外に出て、窓に向かって］皆さん、ご機嫌さんですね。

エウジェニオ　［窓から］トラッポラ、乾杯だ。

トラッポラ　かんぱーい。皆さん、何かお世話をしましょうか？

エウジェニオ　ここに来て、お酌をしてくれるか？

トラッポラ　［リドルフォに］親方、ご免を蒙りまして。［賭博場に入ろうとすると、給仕の一人が彼を押しとどめる］

トラッポラ　食べ物を下さるなら、飲み物を差し上げましょう。

給仕　来いよ、来いよ。食べ物を上げるから。

トラッポラ　俺のご主人さまたちに、飲み物を差し上げに行くんだよ。

給仕　［トラッポラに］どこに行くんだ？

トラッポラ　俺は一度聞いたことがある。俺たちが控えているからな。《宿屋の主人》のことをイタリア語で《オステ》と言うが、ラテン語では《お客の敵》という意味だってさ。ここの給仕たちは、このあわれなお客である俺さまの敵だよ！

給仕　お前が行くまでもないよ。

トラッポラ　参ります。［給仕に］あんたには悪いけど、ご指名なんでね。［入る］

エウジェニオ　トラッポラ、上がって来いよ。

給仕　料理の皿に気を付けないでくれよな。［宿屋に入る］残ったものは、俺たちの取り分だから、手を付けないでくれよな。

リドルフォ　仮面のご婦人、どうしました？　何かご用ですかね？

エウジェニオ　[飲みながら] 楽しい仲間たちに乾杯。

ヴィットリア　[自分の夫の声を聞きつけて、近付いて上を眺め、彼を見て苛立つ]

エウジェニオ　仮面のご婦人、あなたの健康を祈って乾杯。

ヴィットリア　[ワイングラスを持って、窓から身を乗り出し、ヴィットリアとは気付かずに、乾杯する]

エウジェニオ　[前と同様に、ヴィットリアに] ご一緒に食事はいかが？

ヴィットリア　[体を震わせて、頭を横に振る]

エウジェニオ　[前と同様に、ヴィットリアに] 紳士の方ばかりですよ。

リザウラ　[窓から] あなたが誘おうとしている、仮面のご婦人は、どなたなの？

ヴィットリア　[苛立つ]

第二三場　別の料理を持って、宿屋からやって来て、例の店に入る給仕たちと、前出の人々

ヴィットリア　お金を払わされるのは誰だ？　それは例のカモだよ。

リドルフォ　仮面のご婦人、あなたよ。

ヴィットリア　ああ！　私は気分が悪くなったわ。もう我慢できない。

リドルフォ　[ヴィットリアに] 仮面のご婦人、ご気分でも悪いのですか？

ヴィットリア　ああ、リドルフォ、どうかお願い、私を助けて。[仮面を取る]

リドルフォ　あなた様がここに？

ヴィットリア　残念ながら、ここに来てしまったわ。

リドルフォ　ロゾーリオを一口お飲みなさい。

ヴィットリア　いいえ、お水でいいわ。

リドルフォ　水はだめです。ロゾーリオの方がいい。精神がぎゅっと押し詰められた時には、それを解放してやる何かが必要なのです。さあどうぞ、中に入って下さい。

ヴィットリア　私はあの犬畜生の夫のいる二階に行って、彼の見ている前で、死んでやりたいわ。

リドルフォ　どうかお願いですから、こっちに来て、気を鎮めて下さい。

エウジェニオ　[飲みながら] お若い美人さんに乾杯、何てすてきな瞳だろう！

ヴィットリア　あの悪党の声を聞いた？　あれを聞いたかせて頂戴。

リドルフォ　あなた様を破滅させるようなことは、絶対にさせませんよ。[彼女を押しとどめる]

ヴィットリア　もうだめだわ。助けて、私は死ぬわ。[気を失って倒れる]

リドルフォ　[彼女を助けに走り、見事に体を受け止める]　どうだい、うまいもんだろう。

第二三場　宿屋のドアの敷居に立つプラーチダと、前出の人々

プラーチダ　まあ、何と！　窓から私の夫の声が聞こえて来るようだわ。もし本当に夫だったら、私はちょうどよい時に、彼の化けの皮を剥がしてやれるわ。[給仕が賭博場から出て来る。宿屋に戻って来た給仕に]　ねえ、お若い給仕さん、あの上の小部屋には、どなたがいらっしゃるの？　教えて。

給仕　三人の紳士方ですよ。一人はエウジェニオさん、もう一人はナポリ貴族のドン・マルツィオさん、三番目は、レアンドロ・アルデンティ伯爵ですが。

プラーチダ　(この三人の中に、フラミニオはいないけど、偽名を使っているかもね。)

レアンドロ　[飲みながら]　エウジェニオ君の素晴らしい幸運に乾杯。

全員　乾杯。

プラーチダ　(あの男は、間違いなく私の夫だわ。) [給仕に]　ねえ、あなた、ひとつお願いがあるの。私をあの人たちのいる二階に連れて行ってくれない？　ちょっとした余興で驚かしてやりたいの。

給仕　いいですよ。(これは、給仕たちのいつものお務めだよ。) [彼女を例の賭博場に案内する]

ヴィットリア　[意識を取り戻す]　私は死んでしまったようですからね。

リドルフォ　[ヴィットリアに]　さあ、元気を出して。大丈夫ですからね。

[レアンドロがプラーチダを見て驚き、彼女を殺そうとしたので、全員がテーブルから立ち上がって、大混乱が生じる様子が、小部屋の窓から見える]

エウジェニオ　だめだ、やめろ。

ドン・マルツィオ　やってはいかんよ。

レアンドロ　ここから出て失せろ。

プラーチダ　助けて、助けて。[階段を降りて逃げる。レアンドロは、剣を持って、彼女を追いかけようとするが、エウジェニオが彼を取り押さえる]

トラッポラ　[料理を盛った皿をナプキンに包んで、二階の窓から地上に飛び降りて、コーヒー店の中に逃げ込む]

プラーチダ　[賭博場から走り出て、宿屋の中に逃げ込む]

エウジェニオ　[プラーチダを守ろうとして、武器を手にして立ち向かう]

ドン・マルツィオ　「そっと賭博場から抜け出して、大急ぎで逃げ去りながら言う)《触らぬ神に祟りなし》[24] だよ。[給仕たちは、賭博場から宿屋に戻って、ドアに鍵を掛ける]

---

(24) 《Rumores fuge》ディオニシウス・カトーの対句詩の一節。

ヴィットリア　[リドルフォに介抱されて、店の中に座っている]

レアンドロ　[剣を手に持って、エウジェニオに]そこをどけ。わしはあの宿屋に入りたいんだ。

エウジェニオ　だめだ。それだけは絶対にさせんぞ。君は自分の奥さんを殺めようとした。僕の血の一滴が流れるまで、彼女を守ってやる。

レアンドロ　天地神明にかけて、お前を後悔させてやる。[剣でエウジェニオを追い立てる]

エウジェニオ　お前なんか怖くないぞ。[レアンドロを追い立てると、彼は後ずさりするが、バレリーナの家のドアが開いているのを見て、その中に逃げ込んで助かる]

第二四場　エウジェニオと、ヴィットリアと、リドルフォ

エウジェニオ　[バレリーナのドアに向かって、悪態をつきながら]卑怯者、意気地なし、逃げる気か？隠れているのか？勇気があったら、外に出て来い。天地神明にかけて、お前の血を流してやるぞ。

ヴィットリア　[エウジェニオの前に姿を現す]そんなに血に飢えているのなら、この私の血を流しなさい。ここから出て行き、私が殺されるまで、絶対にここから動かないわ。

エウジェニオ　[剣で嚇しながら]こん畜生、すぐに出て行け。

リドルフォ　[ヴィットリアを守るために、武器を持って走って来て、エウジェニオに立ち向かう]旦那、あんたは何をする気で？いったい何をするおつもりなんで？その剣を持っていれば、世間の人がみな恐れるとでも、思っているんですか？かわいそうに、この女性は、何の罪もないのに、誰にも守ってもらえないのです。それでは、この私が血を流して倒れるまで、彼女を守ってやるぞ。彼女を散々に虐待した揚げ句に、つい彼女に向かって殺してやると嚇すとは？[ヴィットリアに]奥さま、私と一緒にいらっしゃい。何も恐れることはありませんよ。

ヴィットリア　いいえ、リドルフォ。夫が私を殺したいのなら、そうさせて上げて。さあ、犬畜生、人殺し、裏切り者、私を殺して。このろくでなし、良心もない男のくせに。用もなく、真心もなく、私を殺しなさいよ。世間の信

エウジェニオ　[悄然と、黙ったまま、剣を鞘に収める]

リドルフォ　ああ、エウジェニオさま、あなた様がすでに悔い改めていることは、よく分かりますよ。私の言葉があなた様にご無礼過ぎたことは、どうかお許し下さい。私があなた様をいかに愛しているかは、よくご存じのはず。ですから、この私の怒りの爆発も、私が愛しているゆえの怒りだと思って下さい。私には、このかわいそうな奥さまが不憫でならないのですわ。[エウ

エウジェニオ　[目の涙を拭うが、じっと押し黙っている]ジェニオに]奥さまの流す涙を見て、あなたの心が動かされないなどということがあるでしょうか？

リドルフォ　[ヴィットリアに小声で]奥さま、ご覧なさい。エウジェニオさんをご覧なさい。泣いていますよ。心を動かされたんです。悔い改めて、心を入れ替えてくれますよ。間違いなく、あなたを愛して下さるでしょう。

ヴィットリア　《ワニの空涙》だわ。これまで何度、心を入れ替えると私に約束したのよ！これまで何度、目に涙を浮かべて、私を騙したのよ！　私はもう信じない。彼は裏切り者よ。もう私は信じないわ。

エウジェニオ　[赤面と怒りで体を震わせる。絶望した人のように、帽子を地面に叩きつけて、押し黙ったまま、コーヒー店の中に入る]

第二五場　ヴィットリアとリドルフォ

ヴィットリア　[リドルフォに]押し黙っているのは、どういう意味かしら？

リドルフォ　心が混乱しているからですよ。

ヴィットリア　一瞬のうちに心を入れ替えるなんてこと、あるのかしら？

リドルフォ　あると思いますよ。私の考えでは、あなた様も、この私も、泣き口説いたり、懇願したりばかりしていたら、

あの人はますます獣のような頑迷な心になってしまったでしょう。私らが見せた、あのちょっとばかりの威嚇が、彼に恥じ入らせ、彼の心を変えたのです。ちょっとばかりの叱責が、彼の心を変えたのですが、どうしたらよいのか分からないのですよ。彼は自分の過ちに気付いて、謝りたいのですが、どうしたらよいのか分からないのですよ。

ヴィットリア　ねえ、リドルフォ、夫を慰めに行ってあげましょうよ。

リドルフォ　こればかりは、私抜きで、あなた様お一人でなさるべきですな。

ヴィットリア　では、リドルフォ、まずお前が見に行って、私がどのようにしたらいいか、教えて頂戴な。

リドルフォ　喜んで。私が行って見て参ります。でも、彼が本当に悔い改めてくれることを期待していますよ。[店の中に入る]

ヴィットリア　私が泣く姿を見せるのは、今回が最後だわ。もし彼が悔い改めてくれなければ、私は夫を愛する妻になってあげる。もし態度を変えないなら、もうおとなしく我慢したりしないわよ！

リドルフォ　ヴィットリア奥さま、悪い知らせです。彼はもうここにはおりません！　裏の戸口から出て行ってしまいました。

第二六場　ヴィットリアと、その後、リドルフォ

ヴィットリア　やっぱりね。私、言わなかった？　彼は不実で、強情な男だって。

リドルフォ　私が思いますには、彼は恥ずかしさのあまり、心が混乱して、口で謝って、許しを請う勇気がなかったので、逃げ出したんですよ。

ヴィットリア　まあ、違うわ。私のように優しい妻から、どれほど造作なく許しを得られるかを、よく知っているからだわ。

リドルフォ　ご覧なさい。彼は帽子もかぶらずに、出て行ってしまったんですよ。[地面から帽子を拾い上げる]

ヴィットリア　それは、彼が愚か者だからですよ。

リドルフォ　それは、彼の心が混乱していたからです。自分で何をしているのかも分かっていないのです。

ヴィットリア　でも、もし悔い改めているなら、どうしてそう私に言わないの？

リドルフォ　言う勇気がないからです。

ヴィットリア　リドルフォ、お前は私に甘い期待を抱かせようとしているのね。

リドルフォ　こうなさったらいかがです？　私の店の小部屋で待っていて下さいな。私は彼を探しに行って、ここに連れて来て上げますよ、まるで仔犬のように喜んでじゃれつく彼をね。

ヴィットリア　そのような期待はしない方がいいでしょうけどね！

リドルフォ　今日のところは、私の言う通りにして下さいな。そうすれば、必ず満足させて上げますから。

ヴィットリア　いいわよ。そうするわ。私は小部屋で待つことにするわ。私は、夫のためにできることはすべてしたと、言えるようになりたいの。でも、もし夫が私の気持ちを悪用するなら、私は誓って、この大きな愛情を大きな怒りに変えてやるわ。[店の中に入る]

リドルフォ　もしこれが私の息子だったとしても、これほどの面倒は見なかっただろうな。私は彼の家で育てられた。だから、愛情と、恩義と、憐憫の情から、彼を助けて上げるんだ。[退場]

第二七場　賭博場から、見ている人がいないかを窺いながら、リザウラ一人

リザウラ　ああ！　困ってしまったわ！　恐ろしかった！　あのならず者の伯爵！　彼には妻がありながら、結婚しようと言って、私を誘惑した！　私の家にはもう絶対に入らせないわ。伯爵夫人になるなんて愚かな夢を見ないで、バレリーナを続けていた方が、よっぽどましだったわ。でも、私たち女性は、玉の輿に乗るお話が、残念ながら大好きなのよね。[自分の家に入って、ドアの鍵を締める]

第三幕

第一場　リザウラの家から追い出されるレアンドロ

リザウラ　このわしに、そのような仕打ちをするのか？

レアンドロ　[入口に立って] そう、まさにあんたに、そうして上げるわ。偽貴族のペテン師さん。

リザウラ　お前は何を嘆くことがある？　わしがお前のために、妻を捨てたことを知っていたら、あんたを家に入れたりしなかったわよ。

レアンドロ　あんたに奥さんがいることを知っていたら、わしもあんたのいかさまの利得にあずかったりしないからな。さあ、とっとと出て行って、もうこの家には近付かないで頂戴な。

ドン・マルツィオ　わしの荷物なら、私の女中に取りに行かせるからな。

リザウラ　あんたの荷物なら、私の女中に取りに行かせるわ。

ドン・マルツィオ　[レアンドロを嘲笑して、密かに揶揄する]

レアンドロ　[引っ込んで、ドアに鍵を掛ける]

ドン・マルツィオ　このわしに向かってそのような侮辱を？　覚えてろ、今に思い知らせてやるからな。

ドン・マルツィオ　[笑う。ついで真面目な顔つきになって、レアンドロの方を向く]

レアンドロ　あなたは何を見ていたので？　わしはたった今来たところだが。

ドン・マルツィオ　何をだね？　もちろん、見なかったとも。

レアンドロ　バレリーナが入口にいるのを見なかったので？

ドン・マルツィオ　もちろん、見なかったとも。

レアンドロ　[傍白]（よかった。）

ドン・マルツィオ　君、ここに来て、紳士らしく正直に話をしろよ。わしに打ち明けてくれ給え。君のことは誰にもばらさないと約束してやるからね。君はわしと同じく外国人だが、わしの方が、まだこの国の事情に通じておる。もし君がわしの庇護や、援助や、忠告や、とりわけ秘密厳守を望んでいるなら、このわしに任せてくれ給え。わしは頼りになる男だ。よき友として、心から、親身になって、誰にも秘密を漏らしたりしないからな。

第二場　眼鏡で観察しながら、一人でにやにや笑うドン・マルツィオと、前出の二人

レアンドロ　お前はわしと一緒に暮らして、時間を損したわけじゃないだろう？

リザウラ　そうよ、私もあんたのいかさまの利得にあずかっただけで、私は顔が赤くなるわ。そのことを考えるだけで、私は顔が赤くなる

レアンドロ　あなたがそれほどご親切に助けて下さると仰るのなら、私もあなたに心の中をすべて打ち明けることにしましょう。でも、どうかお願いですから、秘密だけは守って下さいよ。

ドン・マルツィオ　秘密厳守だ。さあ、話を進めて。

レアンドロ　実を申しますと、あの女巡礼は、私の妻なのです。

ドン・マルツィオ　[眼鏡で彼を観察しながら、傍白]（ああ、何という悪党だ！）

レアンドロ　私は彼女をトリーノに捨てて来たんです。

ドン・マルツィオ　君、もしかしてどこかのやくざ者の息子ではないかね？

レアンドロ　私は貴族の生まれではありません。

ドン・マルツィオ　やっぱり！

レアンドロ　実を申しますと、私はレアンドロ伯爵などではないのです。

ドン・マルツィオ　[前と同様に、傍白]（ますますやっぱり！）

レアンドロ　何ということを言うんですか、旦那。生まれは貧しくとも、ちゃんとした堅気の家の出ですよ。

ドン・マルツィオ　分かった、分かった、話を続けて。

レアンドロ　私の職業は簿記係でしたが……

ドン・マルツィオ　仕事があまりに辛いので、だろう？

レアンドロ　それに、世の中を見たいという気持ちに駆られまして……

ドン・マルツィオ　愚か者をヴェネツィアにやって来たのですな。

レアンドロ　私をいじめるんですか。そのような言い方はあんまりですよ。

ドン・マルツィオ　いいかね、わしは君を庇護してやると約束した。では、君に秘密を守ってやろう。わしは君を庇護してやると約束した。では、秘密を守ってやろう。だが、君とわしのような間柄なら、わしが親しみを込めて、君に何か言ったとしても、君はそれを聞き流してくれなければならんよ。もし妻が私の正体をばらしたりしたら、きっと私はひどい目に遭います。

ドン・マルツィオ　どうするつもりかね？

レアンドロ　あの女をヴェネツィアから追い払うことができればいいのですが。

ドン・マルツィオ　なるほど、なるほど、君は実に見上げた悪党だな。

レアンドロ　旦那、何ということを言うんですか？

ドン・マルツィオ　君とわしの間柄だから、親しみを込めて言ったまでだよ。

レアンドロ　それでは、私の方が立ち去ることにしましょう。あの女に知られなければ、それで十分です。

ドン・マルツィオ　わしは絶対に知らせたりせんよ。
レアンドロ　あなたも、立ち去ったほうがいいというお考えで？
ドン・マルツィオ　そう、それが最善の策だな。すぐに発ちなさい。ゴンドラを雇って、フジーナ〔ヴェネツィア対岸の本土領の町〕まで行くんだ。そこで駅馬車に乗り換えて、フェラーラに行ってしまえ。
レアンドロ　では今晩、発つことにします。もう少しで夜です。その前に私は、このバレリーナの家に残した、わずかな荷物を取って来ます。
ドン・マルツィオ　人に見られぬように、後ろの入口から出入りしているんだな。
レアンドロ　人に見られぬように、後ろの入口から出ることにしますよ。
ドン・マルツィオ　急いでそうしなさい。そしてすぐに発つんだ。誰にも見られんようにな。
レアンドロ　そのことなら安心しますよ。
ドン・マルツィオ　くれぐれも秘密厳守でお願いしますよ。
レアンドロ　ひとつお願いがあります。この二ツェッキーノ金貨をあの女に渡してから、彼女を立ち去らせてやって下さい。私はすぐに戻って来ますから、受け取った旨の一筆を書いて下さいな。〔二ツェッキーノ金貨を渡す〕
ドン・マルツィオ　この二ツェッキーノは、わしが間違いなく手渡してやるよ。行け。

ドン・マルツィオ　でも、彼女を立ち去らせる前に、間違いなくそのお金を……
レアンドロ　行ってしまえ、この忌々しい奴め。
ドン・マルツィオ　私を追い払うのですか？
レアンドロ　親しみを込めて言っているんだよ、君のためを思ってな。早く行って、くたばってしまえ。
ドン・マルツィオ〔傍白〕（ああ、何というたちの悪い人だろう！友だちをこのようにいじめるのなら、敵になったら、どんなにひどいことをするだろう！）〔リザウラの家に行く〕
レアンドロ　伯爵さまだと！　悪党め！　伯爵さまだと！　もしあいつがわしに庇護を求めてこなかったなら、杖であいつの骨をへし折ってやるところだ。

第三場　宿屋から出るプラーチダと、前出のドン・マルツィオ

プラーチダ　そうだわ、何が起こったって構わない。私はあの恥知らずの夫にもう一度会いたいのよ。
ドン・マルツィオ　女巡礼さん、ごきげんいかがかな？
プラーチダ　私の見まちがいでなければ、あなたは私と一緒に、食卓にいたお仲間の一人ね。
ドン・マルツィオ　左様。わしは例の干し栗の男ですよ。
プラーチダ　どうかお願いですから、あの裏切り者の夫がどこにいるのか、教えて下さいな。
ドン・マルツィオ　わしは知らんし、たとえ知っていても、あ

んたに教えたりはしないな。

プラーチダ　どうしてですの？

ドン・マルツィオ　あんたが彼に会ったなら、もっとひどい目に遭うからだ。あんたは殺されるよ。

プラーチダ　それでも構いませんわ！　少なくとも私の苦しみは、そこで終わりになるでしょうから。

ドン・マルツィオ　どうかお願いです、ご存じなら教えて下さい。しかして、彼は出発してしまったのですか？

プラーチダ　ああ、それはとんでもない行為だ！　愚かな行為だよ！　トリーノに帰りなさい。

ドン・マルツィオ　そう、夫なしでね。こうなってしまった以上、あんたはいったい何をしたいんだね？　あいつは悪党だよ。

プラーチダ　夫なしで？

ドン・マルツィオ　それでも構いませんわ！　少なくとも、もう一度会いたいの。

プラーチダ　いや、もうあいつには決して会えないよ。

ドン・マルツィオ　出発したが、出発していないな。

プラーチダ　どうやら、あなた様は私の夫について、何かご存じのようですわね。

ドン・マルツィオ　このわしが？　わしは知っていても、知らんし、わしは話したりせんよ。

プラーチダ　あなた様、どうかこの私を憐れんで下さい。

ドン・マルツィオ　トリーノに帰るんだ。そして、もう何も考

えないようにするんだ。あんたにこの二ツェッキーノを上げよう。さあ、取りなさい。

プラーチダ　天の神さまが、あなたのお慈悲に報いてくださいますように。仕方がないわ！　私の夫のことは、何も教えて頂けないの？　［泣きながら立ち去ろうとする］

ドン・マルツィオ　（あわれな女だ！）おい！　［彼女を呼び止める］

プラーチダ　何ですの？

ドン・マルツィオ　あんたの夫は、あのバレリーナの家にいる。荷物をまとめたら、後ろの入口から出て行くんじゃないかと心配だわ。

プラーチダ　夫はまだヴェネツィアにいるのね！　まだ立ち去っていないのね！　バレリーナの家にいるって！　もう一度踏み込んでみたいけど、私を助けてくれる人がいれば、もしかして、このように女一人では、ひどい目に遭うんじゃないかと心配だわ。

［退場］

第四場　リドルフォと、エウジェニオと、前出のプラーチダ

リドルフォ　およしなさい。その尻込みは何ですか？　私らはみな人間です。そして、人間はみな過ちを犯すものです。しかし、人間が悔い改めれば、その悔い改めの功徳で、その過ちの罪はすべて消え失せるのです。

エウジェニオ　すべてお前の言う通りだ。でも、妻はもう僕を信じないだろう。
リドルフォ　すべてお前の言う通りだ。でも、妻はもう僕を信じないだろう。
プラーチダ　ヴィットリア奥さまは、あなたを愛していらっしゃいます。すべてはうまく収まりますよ。
リドルフォ　エウジェニオさん。
プラーチダ　エウジェニオさん。彼には他にすることがあって、あなたに構っている暇はないんですよ。
リドルフォ　私は何も、彼の仕事の邪魔をしようと思っているのではないわ。私はあわれな状態に陥ってしまったのよ。世間のすべての皆さまに、助けを求めているのに、その夫が悪党なんだ。
エウジェニオ　リドルフォ、僕は私を信じてくれ。このあわれな女性には、同情して上げるべきだよ。彼女はとても誠実な女性なのに、その夫が悪党なんだ。
プラーチダ　トリーノで夫は私を捨てたんです。ヴェネツィアで彼を見つけたけれど、私を殺そうとしたわ。今はまた私の手から逃れようと企てているの。
プラーチダ　彼が今どこにいるか、ご存じですか？
リドルフォ　あのバレリーナの家にいるわ。自分の荷物をまとめて、もうすぐ出て行くはずよ。
プラーチダ　出て行くなら、その時に会えるでしょうに。だから、私は彼に会えないか、見つかって殺されるくらいしいの、だわ。

リドルフォ　後ろの入口から出て行くという話は、誰から聞きました？
プラーチダ　ドン・マルツィオさんというお方よ。
リドルフォ　町のお触れ役だな。では、こうしなさい。この理容店の中にお入りなさい。そこにいれば、秘密の入口が見えます。彼が出て来るのを見たら、すぐに私に合図して下さい。あとは私が引き受けますから。
プラーチダ　あの店では、私を入れたがらないでしょう。
リドルフォ　お待ちなさい。おい、アガーピトさん。[と呼ぶ]

第五場　店から理容店の丁稚と、前出の人々

理容店の丁稚　リドルフォさん、何のご用で？
リドルフォ　お前の親方に伝えてくれ。この巡礼の方を、預かってもらえないかって。しばらくしたら、また私がもらい受けに来るから。
理容店の丁稚　いいですよ。いらっしゃい、いらっしゃい、さあ、ご自由に。髭の剃り方を教えて上げるよ。もっとも、人の毛をむしって、すってんてんにする腕にかけては、あんたは俺たち職人より、ずっとお上手でしょうがね。[店に入る]
プラーチダ　あの恥知らずの夫のお陰で、私はこんな侮辱まで我慢しなければならないのね。女性ってかわいそう！　結婚

第六場　リドルフォと、前出のエウジェニオ

リドルフォ　できることなら、このかわいそうな女性にも、よいことをしてやりたいものだ。同時に、彼女をその夫と一緒に出発させてやれるなら、ヴィットリア奥さまだって、もう嫉妬に狂ったりしないだろう。あの女巡礼については、すでに散々文句を言っていらっしゃいましたからね。

エウジェニオ　君は善良な心の持ち主だな。もし君が困ったりしたら、助けてやろうと駆けつける人が、わんさといるだろうね。

リドルフォ　私がそのようにならないで済むことを、天に祈っていますよ。しかし、もしそうなったら、当てにできる人がいるかどうか、分かったものじゃありませんよ。この世の中には、忘恩の輩がわんさといますからね。

エウジェニオ　僕がこの世にいるかぎり、僕を当てにしてくれ給え。

リドルフォ　心から感謝しますよ。でも、この私らの話に戻りましょう。あなた様はどうなさるおつもりで？　小部屋でお待ちの奥さまの所に行かれますか、それとも、奥さまに店に出て来てもらいますか？　一人で行かれます？　それとも、私に一緒に行ってもらいたいのですか？　どうなさいます？

エウジェニオ　店に一緒に行ってもらったら、どうなっても構わんものか。妻は気詰まりだろう。彼女に好きなことをやらせてやれば、どうなっても構わんものか。彼女に好きなことをやらせてやれば、怒りも収まってくれるだろう。僕は一人で行くことにするよ。

リドルフォ　さあ、覚悟を決めて、お行きなさい。

エウジェニオ　呼ぶ必要があれば、君を呼ぶよ。

リドルフォ　いいですか、私は明かりを持って、部屋に押し入ったりはしませんからね。

エウジェニオ　まあ、何て愉快なリドルフォ君だ。では、行ってくるよ。［歩いて行こうとする］

リドルフォ　さあ、勇気を出して。

エウジェニオ　どうなると思う？

リドルフォ　うまく行きますよ。

エウジェニオ　涙か、引っ掻き傷か？

リドルフォ　その両方でしょうな。

エウジェニオ　その後は？

リドルフォ　《各人各様、自分の好きなようにすればいい》⑳ですよ。

エウジェニオ　僕が呼ばないうちは、来ないでくれよ。

リドルフォ　もちろんですとも。

エウジェニオ　君にはすべてを話して上げるから。

リドルフォ　さあ、勇気を奮って、行くんですよ。

エウジェニオ （リドルフォは、本当に善良な人間だ！ 本当に善良な友人だよ。）［店の奥に入る］

第七場　リドルフォと、その後、トラッポラと、店員たち

リドルフォ　夫婦だからな。彼らの好きなだけ、放っといておくよ。おい、トラッポラ、店員たち、どこにいる？

トラッポラ　ここにおりますが。

リドルフォ　店の番をしてくれ。私はお隣の理容店に行って来る。もしエウジェニオさんが私を呼んだら、知らせてくれよ。すぐに帰ってくるからな。

トラッポラ　俺が部屋に行って、エウジェニオさんと一緒にいてもいいですか？

リドルフォ　だめだ。お前も行ってはならん。あの部屋には誰も行かせないように、よく見張っていてくれ。

トラッポラ　でも、どうしてです？

リドルフォ　だめなものはだめだからだ。

トラッポラ　何かご用があるかどうか、行ってみようかな。

リドルフォ　呼ばれないかぎりは、行ってはならない。［傍白］（もう少し女巡礼さんから話を聞いて、この夫婦も元の鞘に収めてやりたいものだが。できることなら、この件がどうなるかを見てみよう。）［理容店の中に入る］

第八場　トラッポラと、その後、ドン・マルツィオ

トラッポラ　旦那が行くなと言うと、かえって俺は行きたくなるんですよ。

ドン・マルツィオ　誰とだね？

トラッポラ　［声を潜めて］奥さんとです。

ドン・マルツィオ　では、奥さんもいるのか？

トラッポラ　おります。でも、これは秘密ですよ。

ドン・マルツィオ　会いに行ってやろう。

トラッポラ　だめです。

ドン・マルツィオ　ちょっとばかり、ですがね。

トラッポラ　あれから、エウジェニオ君を見たかね？

ドン・マルツィオ　はい、旦那、見ましたとも。それどころか、実はあの中にいるんですよ。でも……これは秘密ですよ。

ドン・マルツィオ　どこにいるって？

トラッポラ　これは秘密ですよ。あの小部屋の中にね。

ドン・マルツィオ　中で何をしている？　ゲームか？

トラッポラ　［笑いながら］まさに図星で。ゲームをしているんですよ。

ドン・マルツィオ　お昼の件では肝を潰したかね？

トラッポラ　旦那が行くなと言うと、かえって俺は行きたくな

---

(25) 『骨董狂いの家庭』注(16)を参照。

ドン・マルツィオ　なぜだ？

トラッポラ　親方がだめだと言いましたので。

ドン・マルツィオ　ああ、阿呆なことを言うなよ、この阿呆者。[行こうとする]

トラッポラ　言ったでしょうが、行ってはならないって。[彼を引き留める]

ドン・マルツィオ　わしは行きたいんだよ。

トラッポラ　[前と同様に]俺も重ねて言っておきますが、行かせはしませんよ。

ドン・マルツィオ　お前を杖で打ち据えてやるぞ。

第九場　理容店からリドルフォと、前出の二人

リドルフォ　どうした？

トラッポラ　夫婦の間に、無理矢理、第三の男が割り込んで、ゲームをしたいと仰るものでして。

リドルフォ　旦那、どうかお聞き分け下さいな。あの中に入ってはなりませんよ。

リドルフォ　店の主人は、このわしです。あなた様には行かせるわけには参りません。もしお上に訴え出られたくなかったら、遠慮してもらいましょうか。[トラッポラと店員たちに]お前たち、私が戻るまで、あの中には誰も入れてはならん

ぞ。[そして、バレリーナの家のドアを叩いて、中に入る]

第一〇場　ドン・マルツィオと、トラッポラと、店員たちと、その後、パンドルフォ

トラッポラ　聞かれました？　夫婦間のことには、遠慮をすべきですな。

ドン・マルツィオ　[たぶん歩き回りながら、傍白]（わしのような身分の者に？　行かせないだと？……遠慮すべきだと？……わしのような身分の者に向かって？　このわしが黙って引き下がるのか？　このわしが何も言わないのか？　わしは杖で叩きのめさないのか？　このわしに向かって？　ならず者め！　無礼者め！　こ
のわしに？）[コーヒーを取りに行って、運んで来る]

トラッポラ　ただ今。[座る]

ドン・マルツィオ　パンドルフォ　旦那、あなた様に助けて頂きたいことがあるのですが。

ドン・マルツィオ　賭博場のご主人、どうした？

パンドルフォ　悪いことが起こりまして。

ドン・マルツィオ　どんな悪いことだね？　打ち明けてくれるなら、助けてやるよ。

パンドルフォ　旦那はよくご存じでしょうが、この世の中には嫉妬深い悪人どもがおりまして、真面目な人々を目の敵にしているのです。わしが律儀に働いて、家族を立派に養ってい

るのを見て、この悪人どもは、わしをいかさま賭博師だと言って訴え出たのです。

ドン・マルツィオ 悪人どもめ！ お前のような紳士をか！ どのようにしてそのことを知ったんだね？

パンドルフォ ある友人が教えてくれましてね。でも、彼らは確たる証拠を持っておりませんので、わしは安心しています がね。だって、わしの店に来られるお客は、紳士の方ばかりですし、わしのことを悪く言う人は誰もおりませんからね。

ドン・マルツィオ まあ、もしわしが君に反対する証言台に立ったなら、君のすご腕ぶりについては、色々と面白い話ができるけどなあ！

パンドルフォ ねえ、旦那、どうかお願いですから、このわしを破滅させたりしないで下さいよ。わしのあわれな妻子のために、どうかわしに憐れみと庇護をお与え下さいな。

ドン・マルツィオ 心配するな。わしは君を助けてやろう。君を庇護してやろう。このわしに任せておきなさい。だが、用心しろよ。小細工をしたカードは店にあるのか？

パンドルフォ 小細工をしたのは、わしじゃありませんので……ある賭け事のお好きな方が、ご自分の楽しみのために。

ドン・マルツィオ 急いで、それを燃やしてしまえ。わしは喋らんから。

ドン・マルツィオ 燃やす時間がないかもしれません。

ドン・マルツィオ では、隠すんだ。

パンドルフォ いかにずる賢い悪魔でも、梁の骨組みの下に、秘密の場所がありまして、

ドン・マルツィオ どこに隠すつもりだ？

パンドルフォ 店に行って、すぐに隠して来ます。

ドン・マルツィオ さあ、行ってしまえ。お前は本当に大悪党だな！

［遊技場の中に入る］

第一一場 ドン・マルツィオと、その後、仮面を付けた巡査長と、身を潜めた他の巡査たちと、その後、トラッポラ

ドン・マルツィオ あいつはもうすぐ牢獄行きだな。誰かがあいつの悪行を半分でもばらしたら、即座に牢獄にぶち込まれるぞ。

巡査長 ［道の曲がり角で巡査たちに向かって］（この辺りを包囲しろ。そして、わしが合図をしたら踏み込んでくれ。）［巡査たちは引っ込む］

ドン・マルツィオ ［傍白］（小細工をしたカードだと！ あ あ、何という追い剥ぎどもだ！）

巡査長 コーヒーだ。［腰を下ろす］

トラッポラ 承知しました。［コーヒーを取りに行って、戻って来る］

ドン・マルツィオ このところは、よいお天気ですなあ。

巡査長 どうせ長続きはしませんよ。

巡査長　仕方のないことです！　天気のよい間は楽しむことにしましょうか。

ドン・マルツィオ　わずかの間しか楽しめませんよ。

巡査長　天気が崩れたら、賭博場にでも行くことですな。

ドン・マルツィオ　いかさまをしない店に行くことですな。

巡査長　この賭博場はまともな店に見えますがねえ。

ドン・マルツィオ　まともな店ですって？　追い剥ぎどもの巣窟ですよ。

巡査長　確かに、この店のご主人は、パンドルフォさんではなかったですかな。

ドン・マルツィオ　まさにその通りです。

巡査長　実を言いますとね、彼はいかさま賭博師だという噂が流れていましてね。

ドン・マルツィオ　とんでもない。このわしは、カモにはなりませんよ。でも、ここに入った連中は、みな巻き上げられて、すってんてんですよ。

巡査長　彼が姿を見せないのは、何か怯えてでもいるからでしょうな。

ドン・マルツィオ　あいつは店の中にいますよ。カードを隠しているんです。

巡査長　どうしてカードを隠したりするんです？

ドン・マルツィオ　わしの想像では、小細工をしたカードだか

らでしょうな。

巡査長　なるほどな。でも、どこに隠すんでしょうかね？

ドン・マルツィオ　笑わせるじゃないですか。梁の骨組みの下の秘密の場所に隠しているんですよ。

巡査長　[傍白]（これで証拠十分だ。）

ドン・マルツィオ　あなたは賭け事がお好きで？

巡査長　時おりは、やりますよ。

ドン・マルツィオ　わしはあなたを存じ上げていないようですが。

巡査長　私の正体はもうすぐ分かりますよ。[立ち上がる]

ドン・マルツィオ　行かれるのですか？

巡査長　もうすぐ戻って来ますよ。

トラッポラ　[巡査長に向かって]ちょっと旦那！　コーヒーのお代を。

ドン・マルツィオ　もう払ってやるよ。[道に近付いて口笛を吹くと、巡査たちがパンドルフォの店の中に押し入る]

第一二場　トラッポラと、前出のドン・マルツィオ

ドン・マルツィオ　[立ち上がって、黙ったまま、じっと眺めている]

トラッポラ　[彼もじっと眺めている]

ドン・マルツィオ　トラッポラ……

トラッポラ　ドン・マルツィオさん！……

ドン・マルツィオ あいつらは何者だ？

トラッポラ お巡りのようで。

第一三場 縛られたパンドルフォと、巡査たちと、巡査長と、前出の二人

パンドルフォ ドン・マルツィオさん、お礼を申し上げますよ。

ドン・マルツィオ このわしに？ わしは何も知らんよ。

パンドルフォ わしはおそらく牢獄送りになるでしょうが、あんたの舌は、さらし者になるべきでしょうな。［巡査たちと立ち去る］

巡査長 ［ドン・マルツィオに］君の言った通りだった。わしはありかを見つけたよ。カードを隠していた場所をな。［退場］

トラッポラ どこに連れて行かれるのか、跡を付けて行こう。［退場］

第一四場 ドン・マルツィオ一人

ドン・マルツィオ ああ、畜生め、畜生め！ わしが何をしたと言うんだ？ てっきりどこかの大人物のお巡りだと思っていた奴が、私服のお巡りだったとは。わしはあのお巡りに裏切られて、騙されたんだ。わしは善良な心の持ち主だから、何でも素直

に口に出してしまうんだ。

第一五場 バレリーナの家からリドルフォと、レアンドロと、前出のドン・マルツィオ

リドルフォ ［レアンドロに］よく決心した。それでいいんだ。道理の分かる者は、立派な人間であることが、自ずと分かるものだ。結局のところ、この世間で大切なものは、よい評判と、名声と、信望だけだからな。

レアンドロ ああ、あそこに、わしに出発しろと忠告してくれたお人がいますよ。

リドルフォ ご立派ですな、ドン・マルツィオさん。あなた様のご立派な忠告をなさったのは？ 彼と奥さんを元の鞘に収めようとする代わりに、彼女を捨てて逃げ去るようにと説得なさったのは？

ドン・マルツィオ 元の鞘に収めるだって？ それは不可能だな。彼は奥さんと一緒に暮らしたくないんだから。

リドルフォ 私には可能でしたがね。私はちょっと話をしただけで、彼を説得することができるでしょう。彼は奥さんと一緒にトリーノに戻るでしょう。

レアンドロ ［傍白］（破滅したくなければ、他に道はないからね。）

リドルフォ プラーチダ奥さんに会いに行きましょう。彼女はこの理容店の中にいますよ。

ドン・マルツィオ　あのあばずれ女の奥さんに、会いに行けよ。

レアンドロ　ドン・マルツィオさん、わしとあなただけの内密の話ですがね、あなたの舌は、本当に意地の悪い舌ですな。

[リドルフォと理容店の中に入る]

第一六場　ドン・マルツィオと、その後、リドルフォ

ドン・マルツィオ　あいつらは、わしの口の悪さをとやかく言うが、わしに言わせれば、わしはまともな話をしているだけだ。確かにわしは、時々、あれこれの人のことを喋ったりするが、本当のことを喋っているのだから、遠慮する必要はない。確かにわしは、自分の知っていることをぺらぺら喋ってしまう。だがそれは、このわしが善良な心の人間だからだ。

リドルフォ　[理容店から] こちらもうまく解決した。もしレアンドロの言葉が本心からのものなら、落ちるところまで落ちるだけだ。もし嘘をついているなら、彼は悔い改めていしまう。

ドン・マルツィオ　偉大なるリドルフォ君！　君は夫婦仲を取り持つお人だな。

リドルフォ　そしてあなたは、夫婦仲を裂こうとするお人ですね。

ドン・マルツィオ　わしはよかれと思って、してやっただけだよ。

リドルフォ　悪いことを考えている人が、よいことをするなんてありえませんよ。悪いことからよいことが生じるなどと、自惚れてはならんのです。夫婦仲を裂くことは、いかなる法にも背く行為ですし、そこからは無秩序と不幸しか生じないのですよ。

ドン・マルツィオ　[軽蔑して] お前は大変な学者さまだな！

リドルフォ　あなた様は、私などより知識をお持ちです。でも、失礼ながら、私の口はあなた様の口よりも節度がありますしてね。

ドン・マルツィオ　お前の口のききようは生意気だぞ。

リドルフォ　どうかご勘弁を。もしご勘弁になれないのなら、この店において頂かなくとも結構ですが。

ドン・マルツィオ　ああ、そうしよう、そうしてやろう。もうこの店になど来てやるものか。

リドルフォ　[傍白] (ああ、そうしてくれたらどんなに嬉しいか！)

ドン・マルツィオ　お前の口はあなた様の口よりも節度が……失礼ながら、私などより知識をお持ちです。

第一七場　コーヒー店の店員の一人と、前出の二人

店員　親方、エウジェニオさんがお呼びですよ。

リドルフォ　すぐに行く。[ドン・マルツィオに] 失礼しますよ。[引っ込む]

ドン・マルツィオ　大政略家さんにご挨拶しますよ。お前はこのような策略で、何を手に入れるんだね？

リドルフォ よいことをしたという功績を手に入れ、人々の友情を手に入れ、いくらかの名誉の勲章を手に入れ、大切にしているものですよ。[店の中に入る]

ドン・マルツィオ 何という阿呆だ！ 何という大臣や大立者みたいな考えだ！ コーヒー屋の親父が、大政略家の真似するとは！ どれほどの骨折りをして！ どれほどの時間を費やして！ もしわしなら、これくらいのことは、一五分もあればうまく片付けられるだろうに。

第一八場 コーヒー店からリドルフォと、ヴィットリアと、前出のドン・マルツィオ

ドン・マルツィオ [傍白] (さあ、大馬鹿三人組のお出ましだ。放蕩馬鹿と、焼きもち馬鹿と、栄光馬鹿だな。)

リドルフォ [ヴィットリアに] 本当に私は嬉しくて堪りません。

ヴィットリア ねえ、リドルフォ、私が心の平和と落ち着きと、さらには私の命である夫まで取り戻せたのは、すべてお前のお陰だわ。

エウジェニオ ねえ、実を言うと、僕はこのように荒んだ生活には、飽き飽きしていたんだ。でも、この悪癖から抜け出すには、どうしたらいいのか、分からなかったんだよ。本当に君のお陰で、僕は目を覚まされ、君の忠告と、非難と、愛情

と、恩恵とによって、自分の愚かさをはっきりと見せられて、僕は赤面したんだ。僕は心を入れ替えたよ。この僕の改心が、ずっと続くことを願っている。そうすれば、僕たちは幸せを手に入れられるし、君は栄光を手に入れられるし、さらに君は、賢明で、誇り高くて、善良な人間の生きた見本となれるだろうからね。

リドルフォ それは買いかぶり過ぎですよ。若旦那、私にそんな価値はありません。

ヴィットリア 私に命のあるかぎり、お前がしてくれたことを、常に忘れないでいるわ。だって、お前は、私がこの世に持っている、たったひとつの大好きなもの、つまり、私の恋人であり、魂である、いとしい夫を、私に返してくれたんだからね。私は彼の心を手に入れるのに、大変な涙を流したし、彼の心を失った時にも、大変な涙を流したわ。彼の心を再び取り戻すのにも、大変な涙を流したわ。それは、甘美な涙、愛の涙、優しさの涙だわ。でも、この涙は、私の心を喜びで満たしたし、過去のすべての苦しみを忘れさせてくれたわ。私は天に感謝し、お前の慈悲の心を褒め称えるわ。私まで涙が出て来ますよ。

リドルフォ 嬉しさのあまり、私まで涙が出て来ますよ。

ドン・マルツィオ [眼鏡で眺めながら、傍白] (ああ、忌々しい三馬鹿だ！)

ヴィットリア 私の顔は涙に濡れ、髪はほつれ、服は乱れてしまったから、このままでは恥ずかしいわ。家では、私の母

と、もう一人の親戚の女性が来て、私が目に涙を浮かべている様を、彼女たちに見られたくないの。私がげるから。

エウジェニオ　さあ、泣きやみなさい。しばらく待っていて上

ヴィットリア　リドルフォ、お前、鏡を持っていない？

ドン・マルツィオ　[眼鏡で眺めながら、傍白]（夫が彼女の髪をくしゃくしゃにしてしまったんだな。）

リドルフォ　鏡をお使いになりたいのなら、この上の階の賭博場の小部屋に参りましょう。

エウジェニオ　いや、僕はもう決してあの中には足を踏み入れないよ。

リドルフォ　あなた様は、例のニュースをまだ知らないのですか？　パンドルフォは牢獄にぶち込まれたのですよ。

エウジェニオ　本当かい？　因果応報だな。あの悪党め！　僕からあんなにお金を巻き上げて！

ヴィットリア　いとしい旦那さま、行きましょうよ。

エウジェニオ　あそこに誰もいないのなら、行こうか。

ヴィットリア　こんなに髪がくしゃくしゃでは、人に顔を会わせられないわ。

エウジェニオ　まあ、何と！　嬉しくて大喜びしているよ！

[嬉しそうに、賭博場の中に入る]

リドルフォ　私も行って、お手伝いします。[同様に、中に入る]

第一九場　ドン・マルツィオと、その後、レアンドロと、プラーチダ

ドン・マルツィオ　エウジェニオが、どうして奥さんとよりを戻したか、わしはよく知っているぞ。あいつは破産して、もう生活の糧がないんだ。奥さんは若くて、美人だから……それは悪い考えじゃない。リドルフォは、彼女のぽん引きをするつもりだな。

レアンドロ　[理容店から出て来る]　それでは、宿屋に行って、お前のわずかな荷物を取って来ることにしようか。

プラーチダ　いとしいあなた、よくも私を捨てるような気になれたものだわね。

レアンドロ　さあ、もうその話はやめておくれよ。わしは生き方を変えると、お前に約束するからね。

プラーチダ　本当にそうしてくれればいいんだけど。[二人は宿屋に近付く]

ドン・マルツィオ　[嘲笑しながら、レアンドロに]　伯爵君、こんにちは。

レアンドロ　[嘲笑しながら、プラーチダに]　伯爵夫人にご挨拶しますよ。

ドン・マルツィオ　庇護者の旦那、立派な舌の旦那、こんにちは。

プラーチダ　干し栗の騎士さま、失礼しますわ。[レアンドロと宿屋に入る]

ドン・マルツィオ 二人とも巡礼しながら、人々を騙して生きて行くんだろう。あいつらの収入源は、一束のカードだけだからな。

第二〇場 宿屋の給仕

リザウラ 窓からリザウラと、ドン・マルツィオと、その後、宿屋の給仕

リザウラ 女巡礼は、あのやくざなレアンドロと一緒に、宿屋に戻って行ったわ。もし彼女がここに長く滞在するなら、私、絶対にこの家から出て行くわ。

ドン・マルツィオ [眼鏡で眺めながら] バレリーナさん、こんにちは。

リザウラ [給仕が自分の用事で、宿屋から出かけるのを見て] ちょっと！ そこの給仕さん！

給仕 何ですか？

リザウラ あんたのあの宿屋のご主人には驚くわね。自分の宿屋に、このような職業の人を泊めるなんて。

給仕 どなたを指して仰っているので？

リザウラ あの女巡礼のことを言っているのよ。あの女は、いかがわしい女よ。この界隈に、あのようないかがわしい女が、うろうろしていたことは、これまでなかったわ。

[給仕は退場]

第二一場 宿屋の窓からプラーチダと、前出の二人

プラーチダ まあ、お姐さん！ 私のことを何と言ったの？ 私はいかがわしい女じゃないわよ。あなたがそうであるかどうかは、知りませんけどね。

リザウラ もしあなたがまともな女なら、悪さをしながら諸国を回ったりはしないでしょうよ。

ドン・マルツィオ [一方と他方の話を聞きながら、両者を眼鏡で観察する]

プラーチダ 私はね、夫の跡を追いかけて来たのよ。

リザウラ その通りよね。では、去年は誰の跡を追いかけて来たわけ？

プラーチダ 私はヴェネツィアに来たことなんかないわ。

リザウラ それは嘘よ。去年もあなたは、この町で客引きをしていたわね。[ドン・マルツィオは前と同様に、眺めながら笑っている]

プラーチダ いったい誰からそんな嘘を聞いたの？

リザウラ そこにいる人よ。ドン・マルツィオさんが、私に教えてくれたんだわ。

ドン・マルツィオ わしがだって？ わしは何も言っておらんよ。

プラーチダ 彼がそんな嘘を言うはずはないわ。彼は、あなたのご立派な生活と、あなたのご乱行ぶりを話してくれたんで

すからね。あなたの本当の職業が何であるかも、後ろの入り口から、密かにお客を呼び込んでいることも、私は教えてもらったわ。

ドン・マルツィオ 〔たえず眼鏡で一方と他方を互いに眺めながら〕わしは何も言っておらん。

プラーチダ 確かにあなたはそう言ったわ。

リザウラ ドン・マルツィオさんが、私のことをそんなに悪く言うなんて、信じられないわ。

ドン・マルツィオ 重ねて言っておくが、わしはそんなことは言っておらんよ。

第二三場 小部屋の窓からエウジェニオが、その後、別の窓からリドルフォが、さらに別の窓からヴィットリアが、次々に窓を開ける。前出の人々はそれぞれの場所にいる

エウジェニオ その通りだよ。彼は僕にも言ったよ、この二人の女性について、はっきりと言った。女巡礼さんは、去年もヴェネツィアに来て、客引きをしていたってね。バレリーナさんは、後ろの入り口からお客のご訪問を受け入れているってね。

ドン・マルツィオ その話はな、わしはリドルフォから聞いたんだよ。

リドルフォ 私がそんなことを言うはずはありませんよ。実は

リザウラ まあ、この恥知らず！

ドン・マルツィオ お前の話は嘘だ。

ヴィットリア 私にも言ったわ。私の夫は、バレリーナの所にも、女巡礼の所にも通っていて、あの二人は恥知らずな売春婦だってね。

プラーチダ まあ、恥知らず！

リザウラ まあ、とんでもない人ね！

第二三場 宿屋のドアの戸口にレアンドロと、前出の人々

レアンドロ その通りです。あなた様は、無数の仲違いを生み出してきました。あなた様はその舌で、二人の立派な女性から世間の評判を奪われました。レアンドロさんとの友情は、結婚を前提にしていますわ。レアンドロさんに奥さんがいるとは知らなかったわ。

プラーチダ 確かに彼には奥さんがいるわ。それは、この私よ。

レアンドロ もしわしがドン・マルツィオさんの忠告に従っていたなら、またわしは逃げ出していたよ。

プラーチダ　恥知らず！
リザウラ　ペテン師！
ヴィットリア　陰口屋！
エウジェニオ　ゴシップ屋！
ドン・マルツィオ　わしにそのような汚名を？ この世で最も誉れ高いわしに向かって？
リドルフォ　誉れ高くあるためには、人のものを盗まないだけではだめで、人に親切を施してやることが必要なんですよ。
ドン・マルツィオ　わしはこれまでに、悪事を働いたことなど、一度もないぞ。

第二四場　トラッポラと、前出の人々

トラッポラ　ドン・マルツィオさんは、実に見事な仕事をされましたよ。
リドルフォ　何をしたって？
トラッポラ　パンドルフォさんのことをスパイしていたのです。彼は縛り上げられて、聞くところでは、明日、鞭打ちの刑になるそうです。
リドルフォ　スパイだって！ 私の店から出て行ってくれ。[窓から引っ込む]

第二五場　理容店の丁稚と、前出の人々

理容店の丁稚　スパイの旦那、もうわしらの店に、髭を剃りには来ないで下さいな。[自分の店に入る]

最終場　宿屋の給仕と、前出の人々

給仕　スパイの旦那、もう俺たちの店にも、食事に来ないで下さいな。[宿屋に入る]
レアンドロ　庇護者の旦那、わしとあなただけの内緒の話ですがね、スパイというのは、ならず者のする職業ですぜ。[宿屋に入る]
プラーチダ　あなたは、干し栗以下だわね！ 密偵さん。[窓から引っ込む]
リザウラ　さらし者にすべきだわ、さらし者にね。[窓から引っ込む]
ヴィットリア　ねえ、ドン・マルツィオさん、これでよく分かったわ！ 私の夫が借りた一〇ツェッキーノというのは、きっと密偵の報酬だったのね。[窓から引っ込む]
エウジェニオ　垂れ込み屋の旦那、失礼しますよ。[窓から引っ込む]
トラッポラ　お上への伝送官の閣下、失礼致しますよ。[店の中に入る]

ドン・マルツィオ ああ、これは何ということだ。わしはひどく侮辱された。これはいったい夢か、それとも、うつつか？ このわしをスパイだと？ このわしをスパイだと？ たまたまパンドルフォの悪行を漏らしてしまったからといって、わしにスパイの汚名を着せるのか？ あいつがお巡りだとは知らなかったし、わしを騙しているとも気が付かなかった。わしはスパイのような恥ずべき行為をしたことはない。なのに、皆がわしを侮辱して悪く言い、皆がわしを拒絶して追い払う。ああ、しかし、彼らがそうするのは、もっともな話だ。遅かれ早かれ、わしは自分の舌のお陰で、何か大きな災いを蒙るはずだったんだ。そして、わしは、災いの中でも最悪の汚名を手に入れてしまった。今となっては弁解してももうだだ。信用を失ったら、もう二度と回復はできない。わしはこの町から出て行こう。残念で堪らないが、ここからは立ち去ろう。わしは自分の邪悪な舌のお陰で、この国にいられないのだ。この国ではね、賢明に、慎重に、そして正直に振る舞うかぎりは、誰でもが皆、豊かに生活でき、誰でもが皆、自由と、平和と、娯楽を、享受することができる国なのです。

【幕】

宿屋の女主人
(1753年)

第2幕6場

作品解説

当時の劇団は——というのは、コメディア・デラルテの劇団は、という意味であるが——高貴なお嬢さま役（プリマドンナ）から卑しい女中役（セルヴェッタ）まで、役柄と役者が固定されて、かつ、その上下の序列が厳しく定められていたので、その序列に逆らって、役者が自分の性格や演技力に合った役柄を選ぶことなどは不可能だった。だが、ある役者が何らかの事情で舞台に立てなくなることは、よくある。そのような場合には、劇作者は、その役柄なしでも上演できるような作品を提供した。この作品の場合も、メデバック一座のプリマドンナ、メデバック夫人が病気で《舞台に立てないのを見て、〔一七五三年の〕カーニバル演劇シーズンの幕開けのために、女中役〔マッダレーナ・マルリアーニ〕を主人公にした喜劇を書いた》（『回想録』第二部一六章）。このやむを得ない事情が、彼の一大傑作『宿屋の女主人』を生んだことになる。したがって、理の当然として、この作品の主人公は、女中役と同じ下層民でなければならない。当時の宿屋は、たとえ悪所でないとしても、いかがわしい場所と見られており、そこを切り盛りする女主人のミランドリーナも、卑しい肉体労働者であり、芝居の女主役たちのミランドリーナも、卑しい肉体労働者であり、芝居の女主役たちと同類の誘惑者と見なされている。そこで勢い、この物語は、卑しい身分の女性が、支配階級の貴族たちを手玉にとり、彼らを

恋の奴隷に変えることによって、支配者の誇りを完膚なきまでに叩きのめす、体制破壊的で危険な物語となってしまった。

宿屋の女主人ミランドリーナは、親が亡くなって、いわば自分の好き勝手なことを自由にできる若い女性であって君臨して、《かしずかれ、憧れられ、崇拝されるのを見る》ことを無上の喜びとしている。そこに三人目の貴族、女嫌いの《野蛮な騎士》が登場し、彼女を邪険に扱う。初めて男性にいじめられたミランドリーナは、この《女性の敵》を打倒して、自分の足下にかしずかせることを誓う。

彼女が《女性の敵》を打倒する策を練っている時に、貴婦人に化けた二人の女役者（オルテンシアとデヤニーラ）が投宿する。宿屋の女主人は、すぐに彼女たちの演技に気付き、お互いの誘惑者としての類似性に共鳴して、仲良くなる。まずは女役者たちが、プロの誘惑者としての腕前を披露する。二人は手強い騎士を誘惑しようと、あの手この手を試みるが、彼の方が一枚上手で、逆に貴婦人の化けの皮を剝がされて、敗退してしまう。そこで、本命のミランドリーナの登場である。彼女の用いる手練手管については、ゴルドーニ自身の詳しい解説があるので、少し長いが引用しよう。

《ミランドリーナは、男性がどのようにして恋に陥るかを見せてくれる。彼女は、女性軽蔑者にその考え方を助長し、彼の好みを賞賛し、彼をけしかけてわざわざ女性を批判させること

によって、彼に気に入られ始める。こうして、騎士が彼女に抱いていた嫌悪感を乗り越えさせると、彼に特別の心遣いをし始め、彼に特別の親切をしてやっても、感謝してもらう必要はないと述べる。彼女は彼の部屋に行き、彼の食卓で給仕し、彼にへりくだって尊敬を込めた話し方をし、彼の野蛮さが減ってくるのを見るにつれて、彼女の内に大胆さが増大する。彼は臆病そうに、切れ切れな言葉を話しながら、大胆な視線を向け、彼の気付かないうちに、致命傷を与える。あわれな男は危険を察知して、逃げようとするが、女は抜け目なく、失神によって彼を打倒して陥落させ、貴族の誇りを失わせる。大の男が数時間のうちにここまで惚れ込むとは、ありえないように思われる。しかも男性といっても、女性を軽蔑し、これまで女性と全く付き合ったことのない男だからだ。だが、まさにこのために、彼はより簡単に陥落する。というのは、女性というものを知らずに軽蔑し、どこに罠を仕掛けるのかを知らないために、自分の嫌悪感が続くうちは大丈夫と思い込んで、迂闊にも自分の胸をはだけて、敵の打撃にさらしたからである。最初、私自身も、劇の終わりまでに彼を降参させるのに自然に任せて一歩むように、自然に持っていくのは、ほとんど無理だろうと思っていた。だが、この作品に見られるように、第二幕の終りで何をしたらよいか、私は皆目分からなかったが、一般にこの種の妖婦たちは、恋する者が自分

の罠に掛かるのを見ると、彼らを手荒に扱うことを思い出したので、彼女たちが自分の打ち負かした男たちをからかう際の、あの野蛮で残酷な仕打ちと、侮辱と軽蔑の態度の典型例を示しつつ、あわれな男たちに隷属状態に陥ることを忌み嫌わせ、誘惑するセイレーンたちの性格に対しての、宿屋の女主人が恋に落ちた騎士をアイロン掛けの場面で、惚れ込ませておいてから侮辱する女に対して人々の心は義憤に駆られないであろうか！》（「作者から読者へ」）。

ミランドリーナは、《女性の敵》に打ち勝つ。残る仕事は、《私の大勝利を公に広め、傲慢な男たちを辱め、私たち女性の名誉を称えること》（第二幕の幕切れの科白）である。彼女の放つ、とどめの一撃は、恋の奴隷にした騎士の目の前で、卑しい下男の給仕ファブリツィオと結婚して、騎士を残酷に追い払うことであった。騎士は、自分の敗北を公に認めるしかない。《お前たち女性が、いかに不吉な権力をわれわれ男性の上に揮っているかを、お前ははっきりと気付かせてくれた。そして、女性たちに勝つには、女性を軽蔑するだけでは絶対に駄目で、女性から逃げ去る必要があるということを、私はここで初めて学んだのだ》（第三幕一八場）。

しかし、ここで注意すべきは、卑しい給仕との結婚宣言が、敵の息の根を止める一撃であっただけでなく、自分の身の安全を守る唯一の手段だった、ということである。卑しい身分の女性が、支配階級の男性を恋の奴隷にして、その誇りを奪って侮

辱してから、無慈悲にも捨てたのだ。実際、誇りを傷付けられた騎士は、暴力沙汰に及ぶまでに狂乱した。これはもう遊びではない。彼女は命の危険を感じて初めて、現実に自分の犯した過ちに気付いたのである。そして、彼女の取った対策は、現実の社会秩序に逃げ込んで、同じ下層階級の男と結婚すること、そして、支配階級（貧乏侯爵と成金伯爵）に、この自分の結婚を擁護してもらうことであった。ミランドリーナは誘惑ゲームで貴族に勝利した瞬間に、現実の社会、現実の自分の身分に飛び移って、現実の難を逃れたのであった。さすがに身軽な女中役である。

したがって、この冒険物語に肯定的な教訓は存在しない。あえて言うならば、否定的な教訓、つまり反面教師としての教訓が残るだけである。そして、ゴルドーニは何と苦しい言い訳をしていることか。《この作品は、私がこれまで書いてきたすべての喜劇作品の中で、最も道徳的であり、最も有益であり、最も教訓的でもあると言えるように思う。……ああ、これが若者の目を覚まさせる明鏡となることを！　私自身、早くからこの鏡を持っていたなら、どこかの野蛮な《宿屋の女主人》が、私の涙を嘲笑するのを見ないで済んだろうに。ああ、どれほど多くの場面が、私自身の人生体験から取られたことか！　だが、ここは私の愚行を自慢する場所でも、私の弱点を後悔する場所でもない。私の提供する教訓に誰かが感謝してくれるだけで、私には十分な報いなのだ》（「作者から読者へ」）。

しかし、実を言うと、この作品は、真の意味でのドラマの誕生、つまり、説教や教訓や社会道徳からも完全に解き放たれた、男と女の性をめぐる深層心理ドラマの誕生（ベジャール振り付け、ショナミルク主演の『ボレロ』のテーマ！）であった。だが、一八世紀の人々が、このような社会秩序の破壊エネルギーを秘めたドラマを公に賞賛することはなかった。しかし、本音は別である。作者も、観客も、役者たちも、ミランドリーナにすっかり魅惑され、まるで《仔犬のように彼女に仕えたい》と願ったのである。作者のお気に入りのミランドリーナは、作者の願いを無視して、舞台上を我が物顔で、激しく踊り狂う。そして、彼女の振り付けをしたゴルドーニは、彼女の巻き起こしたスキャンダルに驚き、肩をすくめて、天を仰ぐジェスチャーをするばかりである。

登場人物

リーパフラッタ騎士
フォルリポーポリ侯爵
アルバフィオリータ伯爵
ミランドリーナ（宿屋の女主人）
オルテンシア（女役者）
デヤニーラ（女役者）
ファブリツィオ（宿屋の給仕）
騎士の召使い
伯爵の召使い

舞台はフィレンツェのミランドリーナの宿屋

第一幕

第一場　宿屋の居間。フォルリポーポリ侯爵とアルバフィオリータ伯爵

伯爵　君と我輩の間には、少しばかり違いがあるんだよ。宿屋では、君のお金もわしのお金も、価値は同じだがね。

侯爵　だが、現に宿屋の女主人は、我輩に色々と特別な気配りをしてくれる。それは君より我輩の方が、それにふさわしいからだよ。

伯爵　どんな理由でかね？

侯爵　我輩が、フォルリポーポリの侯爵だからさ。

伯爵　このわしだって、アルバフィオリータの伯爵だぜ。

侯爵　そう、伯爵！　金で買った伯爵位ね。

伯爵　確かにわしは伯爵位を金で買ったよ。でも君は侯爵領を金で売ったんだろう。

侯爵　もう沢山だ。何と言っても、我輩は侯爵だからな。人は皆、我輩に敬意を払ってくれなければならん。

伯爵　いったい誰が君に敬意を欠いたと言うんだね？　あえて率直に言わせてもらうなら、そもそも何だろう、君は……我輩がこの宿屋に泊まっているのは、女主人を愛しておるからだ。このことは皆知っているし、人は皆、する若い女性に敬意を払って敬意を払ってくれなければならん。人はこのわしに、命令できるとでも思っているのかね？

侯爵　いや、これは驚いた！　君はこのわしに、ミランドリーナへの愛を諦めるよう、命令できるとでも思っているのかね？　なぜこのわしが、この宿屋に泊まっているのかね？

伯爵　結構、結構。でも、君は何をしているのかい？

侯爵　わしはだめで、君はいいのかい？

伯爵　我輩はいいが、君はだめだ。何と言っても、我輩は我輩だからな。ミランドリーナは、我輩の庇護を必要としているんだよ。

侯爵　ミランドリーナが必要としているのは、庇護なんかじゃなくて、お金だよ。

伯爵　お金だと？　そんなもの……ないわけじゃないさ。

侯爵　侯爵君、わしは日に一ツェッキーノ金貨を支払っているし、しかもたえず彼女に贈り物をしているよ。

伯爵　我輩だったら、自分のしていることを人に言ったりしないがね。

侯爵　君は言わなくても、人さまは先刻ご存じだよ。

伯爵　何もかもご存じではないさ。

侯爵　とんでもない。ねえ、侯爵君、人さまはご存じなんだよ。給仕たちは話しているよ。君は一日に三パオロを支払っているってね。

伯爵　給仕と言えば、ファブリツィオという名の給仕がいるが、あいつはどうも気に食わん。宿屋の女主人は、

伯爵　あの男と結婚する気かも知れんよ。それも別に悪いことじゃなかろう。彼女の父親が亡くなって六ヶ月になる。宿屋の経営に若い女一人では、下にいる者に勝手にあしらわれるだけだろう。わしは約束してやったよ。もし彼女が結婚するなら、持参金として三〇〇スクード出してやることだ。

侯爵　我輩は彼女の庇護者だし、もし彼女が結婚するのなら、何をしてやろうか……我輩が何をするかは、自分で知っていればいいことだ。

伯爵　こっちに来給え。われわれは親しい友人として、次のようにしてやろうじゃないか。お互いに三〇〇スクードずつ彼女に出すんだよ。

侯爵　我輩は自分のすることは黙ってするしね、それを自慢したりせんよ。何と言っても、我輩は我輩だからな。誰かいないか。[と呼ぶ]

ファブリツィオ　[傍白]（文無し！貧乏なのに傲慢ときている！）

第二場　ファブリツィオと、前出の二人

伯爵　ファブリツィオ、[侯爵に]お客さんだと？お前、いったい誰から礼儀を習ったんだ？

侯爵　お客さん、何かご用で？

ファブリツィオ　[侯爵に]それはご無礼しました。ところで君、女主人はどうしておられるかな？

伯爵　お陰さまで元気にしております、旦那。

侯爵　もうベッドからは起きたのか？

ファブリツィオ　左様で、旦那。

侯爵　阿呆め。

ファブリツィオ　なぜそのように罵られるので、旦那？

伯爵　その旦那とは何だ？

ファブリツィオ　このもう一人のお偉い方にも使わせて頂いた敬称ですが。

伯爵　伯爵と我輩とでは、少しばかり違いがあるんだよ。

ファブリツィオ　[伯爵に小声で]おい、聞いたかね？

伯爵　[ファブリツィオに]確かに違いがございますよ。それは勘定をお支払って頂く時によく分かります。

侯爵　女主人に我輩の部屋まで来てくれるように伝えろ。話したいことがあるのでな。

ファブリツィオ　承知しました、閣下。……あれ？また間違

───

(1) フィレンツェとローマで鋳造された銀貨で、一ツェッキーノ＝二〇パオロ。したがって、(侯爵の宿賃（三パオロ）は伯爵(一ツェッキーノ)の七分の一。

(2) スクードは、フィレンツェでもヴェネツィアでも鋳造されており、金貨と銀貨があった。ここでは、もちろん銀貨であろう。『骨董狂い』の家庭）注(3)を参照。

(3) ヴェネツィアでは、貴族に対しては《illustrissimo》(閣下)の称号で、市民階級には《eccellenza》(旦那)の称号で呼んでいた。

侯爵　それでいいんだよ。お前は三ヶ月前からちゃんと知っておるくせに。本当に無礼な奴だ。
ファブリツィオ　仰る通りで、閣下。
伯爵　お前、侯爵とわしの間にどのような違いがあるか見たいかね？
侯爵　それはどういうことだね？
伯爵　さあ、取っておけ。一ツェッキーノ金貨をお前にやろう。侯爵にも同じことをしてもらえ。
ファブリツィオ　[伯爵に] ありがとうございます、旦那。[侯爵に] 閣下……
侯爵　我輩はその辺の愚か者と違って、自分の金をどぶに捨てたりしない。行ってしまえ。
侯爵　[傍白] (すかんぴんめ。自分の領地の外で人に尊敬されるには、爵位など必要ない。必要なのはお金だよ。) 閣下。
[退場]

第三場　侯爵と伯爵

侯爵　君は贈り物で我輩を圧倒できると思っているようだが、そんなことはしてもむだだよ。我輩の地位はね、君の持ち金全部より価値があるんだ。
伯爵　わしが評価するのは、価値があるかどうかじゃなくて、

どのくらいお金を使えるかだよ。
侯爵　どんどん好きなだけ使ったらいいさ。ミランドリーナは君のことなど評価しておらんよ。
伯爵　君がどれほどの大貴族に評価されているかは知らないが、君は彼女に評価されていると思っているのかね？　必要なのはお金だよ。
侯爵　何、お金？　必要なのは庇護だ。人の困っている時に、手を貸してやれる親切心だよ。
伯爵　そうとも。相手の困っている時に、一〇〇ドッピア金貨④を貸してやれる親切心。
侯爵　必要なのは人に尊敬させることだ。
伯爵　お金さえあれば、誰でも尊敬してくれるさ。
侯爵　君は自分が何を言っているのか、分かっておらぬようだな。
伯爵　君よりも、ずっとよく分かっているよ。

第四場　リーパフラッタ騎士が自分の部屋から登場、そして前出の二人

騎士　友人諸君、この騒ぎはいったい何だね？　君たちの間で何か意見の対立でもあったのかね？
伯爵　われわれは、ある実につまらん問題について議論していたのですよ。
侯爵　[皮肉に] 伯爵君と我輩は、貴族であることにどんな価

伯爵　わしは貴族に価値がない、などと言っているんじゃないよ。自分の気紛れ心を満足させてやるには、お金が必要だと主張しているんだ。

騎士　侯爵君、まさにその通りだ。

侯爵　もういい。話題を変えよう。

騎士　なぜそのような言い争いになったんだい？

侯爵　この世で最も滑稽な理由からですよ。

騎士　そう、その通り！　伯爵君は何でも滑稽にしてしまうんだ。

伯爵　侯爵君は、この宿屋の女主人を愛している。このわしだって、彼よりもっと愛している。彼は自分の高貴な身分に対する義務として、その愛に応えてくれるよう要求している。このわしは、わしの心遣いへの代償として、応えてくれるよう期待している。このような論争は滑稽だと、君は思わないかい？

侯爵　我輩がどれほど真剣に彼女を庇護しておるか、知ってもらう必要があるな。

騎士　[騎士に] 彼は彼女を庇護し、わしはお金を使うというわけさ。

侯爵　ここまでの点に関しては、侯爵君の言う通りだ。この宿屋の若い女主人は、本当に愛すべき人だ。

伯爵　この点に関しては同意できんな。ミランドリーナは並外れた美点を持っているよ。

侯爵　彼女には貴族的な気品があって、それが堪らないのだよ。

伯爵　この我輩が彼女を愛しているからには、彼女の中には何かしら高貴なものがあると信じてくれ給え。

騎士　本当に笑わせてくれるよ。他の普通の女と違って、あの女にどのような特別なものがあるんだね？

侯爵　美人だし、話もうまいし、身なりもさっぱりとして、趣味も最高だな。

騎士　そんなもの、全く何の価値もない。私はこの宿屋に来て三日になるが、彼女からは特に何の印象も受けなかったな。

伯爵　彼女をじっくりと観察してみなさい。そうすれば何か優れた点を見つけられるだろう。

騎士　ああ、馬鹿馬鹿しい！　私は彼女を上から下までじっくりと観察したがね、彼女が他の女と何ら変わらんじゃないか。

侯爵　他の女と同じじゃない。それ以上の何ものかを持っており、私なら、女どものために、誰かと口論するような恐れは絶対にない。私はいまだかつて、女を愛したことも、高く評価したこともない。女とは男にとって耐え難い疫病神のようなものだ、と私はたえず考えて来たよ。

（4）フィレンツェでは、一ドッピア金貨＝ニスクード金貨、ヴェネツィアでは、一ドッピア金貨＝ニツェッキーノ金貨に相当した。

騎士　る。我輩は当代一流の貴婦人方と交際したが、あの女性のように、優雅さと気品を兼ね備えた人には、ついぞお目にかかったことがない。

伯爵　びっくり仰天だよ！　わしはこれまで、わずかなお金で数多くの戸口を叩いて来た。だが、彼女だけは、どれほどお金を使っても、指一本触らせてもらえないんだよ。

騎士　手練手管だよ。実に見事なね。あわれな世間知らずだな！　君たちは彼女の言うことを真に受けているのかい、ええ？　私は騙されんぞ。女だって？　どいつもこいつも、みな願い下げだ。

伯爵　これまで全くなかったし、これからもないだろう。みなが私に結婚させようと躍起になっているが、私は結婚したいと思ったことは一度もない。

騎士　でも君は家系でたった一人の跡取りだろう。後継ぎのことを考えたりしないのかい？

伯爵　私は何度も考えたよ。でも、子供を作るために、一人の女を我慢しなければならないと考えると、すぐにそんな気は失せてしまうんだ。

騎士　君はこれまで女性を好きになったことがないのかね？

伯爵　君の財産は、どうするつもりだい？

騎士　私の所有するわずかなものは、友人たちと一緒に楽しむことにするさ。

侯爵　立派だ、騎士君、実に立派だよ。一緒に楽しもうじゃないか。

騎士　たとえ女神のウェヌスさま以上の美人だったとしても、私は君に譲って上げるよ。

伯爵　ああ、これは驚きだ！　私は、彼女などより、立派な猟犬一匹の方を、何倍も高く評価するよ。

騎士　それでは、女たちには何もやらないつもりかい？　何ひとつね。この私だけは絶対に食い物にされたりしないぞ。

第五場　ミランドリーナ、前出の人々

ミランドリーナ　高貴な皆さま方にご挨拶申し上げます。私をお呼びになられたのは、どちらさまでしょうか？

侯爵　この我輩が呼んだのだが、ここでじゃない。

ミランドリーナ　閣下、ではどちらにうかがうのがよろしいので？

侯爵　我輩の部屋だ。

ミランドリーナ　あなた様の落ち着き払ったお部屋？　もし何か必要なことがあれば、給仕をうかがわせますわ。

侯爵　［騎士に］あの落ち着き払った態度はどう思うね。

騎士　［侯爵に］（君は落ち着き払ったと言うが、私に言わせれ

174

伯爵 いとしいミランドリーナ、わしだったら、わざわざ自分の部屋に来させたりせずに、公の場所でお前に話すよ。このイヤリングを見てご覧。気に入ったかね？

ミランドリーナ すてきですわ。

伯爵 ダイヤだよ、分かるかい？

ミランドリーナ ええ、ちゃんと分かりますとも。私だって、ダイヤについては目利きですのよ。

伯爵 これをお前に上げよう。

騎士 [伯爵に小声で] （ねえ、君、どぶに捨てるようなものだよ。）

ミランドリーナ あなた様は、どうしてこのイヤリングを私に下さいますの？

侯爵 実にご大層な贈り物だな！ 彼女はその倍もある美しいイヤリングを持っているのにな。

伯爵 これは最新流行の型のイヤリングなんだ。このわしの愛のために受け取っておくれ。

ミランドリーナ [傍白] （ああ、なんと愚かな！）いいえ、絶対に、わしの機嫌を損ねるよ。

伯爵 困ってしまいますわ……お客さまの宿屋を気に入って頂くことも大切ですしね。では、伯爵さまのご機嫌を損ねないために、受け取らせて頂くことにしますわ。

騎士 [傍白] （ああ、何という性悪女だ！）

伯爵 [騎士に] （あの見事な才気をどう思うね？）

騎士 [伯爵に] （実にお礼ひとつ言わないんだからな。）

侯爵 お見事、伯爵君。君は実に見上げた男だよ。見栄のために、公衆の面前で女性に贈り物をするとはね！ ミランドリーナ、我輩とお前の二人だけで話がある。我輩は貴族だよ、何も心配するな。

ミランドリーナ [傍白] （何というすかんぴん！ お金など一銭も落としてくれるはずはないわね。）もし他にご用がないのでしたら、私は失礼させて頂きますわ。

騎士 [軽蔑の口調で] おい、女主人！ 私に出してくれたりネンは気に入らん。もっと質の良いものはないか。もしなければ、私は自分で誂えることにするぞ。

ミランドリーナ お客さま、もっと良いものもございます。そのれをお出ししましょう。もう少し穏やかに仰って頂くことは、できるんじゃありませんの？

───

（5）この作品が初めて収録されたパペリーニ版第二巻（一七五三年）では、伯爵の科白には、このような強い性的暗示が込められていたが、その後、パスクァーリ版第四巻（一七六二年）に再録された時には、作者自身の手によって、以下のような、より道徳的な科白に変えられた。

伯爵 びっくり仰天だ！ わしはこれまで長く女性と付き合って来たから、その欠点も弱点もよく知っている。だが、この女性に限っては、どれほど口説いても、どれほど彼女のために金を使っても、指一本触らせてもらえなかったよ。

騎士 自分の金を使うのに、お世辞を言う必要はない。

伯爵 [ミランドリーナに] 許してあげなさい。彼は女性を不倶戴天の敵と思っているのだからね。

騎士 いや、私は許してもらう必要などない。

ミランドリーナ 女性って、かわいそうだわ！ あなた様に女性が何をしたと言うの？ なぜそんなに私たちに辛く当たるの、騎士さま？

騎士 もう沢山だ。もうこれ以上私に馴れ馴れしくせんでくれ。リネンを取り替えるんだ。召使いを取りに差し向けるから。諸君、それでは失礼。[退場]

第六場　侯爵と、伯爵と、ミランドリーナ

ミランドリーナ 何という野蛮人！ あんな人、見たことないわ。

伯爵 いとしいミランドリーナ、すべての人がお前の美点を理解しているわけではないんだよ。

侯爵 それがいい。すぐにでも出て行ってもらいましょうかしら。我輩が即刻、追い出して上げよう。この我輩の庇護を存分に活用してくれ。

伯爵 それでもしお金を損したら、わしがその分を補って、全部払って上げるよ。[ミランドリーナに小声で]（ねえ、ついでに侯爵も追い出しなさいよ。その分もわしが払って上げるから。）

ミランドリーナ 感謝しますわ、皆さま。でも私は、お客さまをお断りするくらいの勇気は持ち合わせていますとね、私の宿屋では空き部屋など、あったためしがございませんのよ。

第七場　ファブリツィオと、前出の人々

ファブリツィオ [伯爵に] 旦那、あなたを訪ねて来られた人がおります。

伯爵 誰かね？

ファブリツィオ 宝石職人だと思いますが。[ミランドリーナに小声で]（女将さん、分別がありませんぜ。こんな所にいてはいけませんよ。）[退場]

伯爵 ああ、そうだ。わしに宝石を見せに来たんだ。ミランドリーナ、そのイヤリングと対になるものはどうかと思ってね。

ミランドリーナ いいえ、とんでもない、伯爵さま……

伯爵 お前にはお金で買えない価値があるし、わしはお金に何の価値も認めていない。わしはその宝石を見に行くよ。さよなら、ミランドリーナ。侯爵君、では失礼！ [退場]

第八場　侯爵とミランドリーナ

侯爵　[傍白]（いまいましい伯爵め！　いつもお金でわしを屈伏させようとする。）

ミランドリーナ　本当に伯爵さまは、少し厚かまし過ぎますわね。

侯爵　あの手合は、少しばかりお金を持つと、見栄や虚栄で浪費しまくるんだ。我輩はあの連中をよく知っておる。我輩は世間に通じておるからな。

ミランドリーナ　ええ、世間のことなら、この私も通じておりますわ。

侯爵　あの連中は、贈り物ごときで、お前のような女性を手に入れられると思っているんだ。

ミランドリーナ　贈り物をもらって、気分を害することはありませんけど。

侯爵　贈り物でお前に言うことを聞かせようとするのは、お前を侮辱することだと、わしは思うよ。

ミランドリーナ　私も間違いなくそう思いますわ。

侯爵　我輩は、そのような侮辱だけは、今後ともせんぞ。

ミランドリーナ　ええ、確かに侯爵さまは、私を侮辱なさったことなどございません。

侯爵　だが、我輩にできることなら、何なりと言ってくれ。

ミランドリーナ　その前に、閣下に何がおできになるか、知っておく必要がありますわね。

侯爵　何でも構わん。言ってご覧。

ミランドリーナ　でも、《ヴェルビグラーツィア》[6]、一例ヲ挙ゲレバ、何でしょうね？

侯爵　これは驚いた！　お前は人を唖然とさせる美点を持っている。

ミランドリーナ　身に余る光栄ですわ、閣下。

侯爵　ああ！　我輩はもう少しで、とんでもないことを口走ってしまいそうだ。閣下という我輩の身分を呪いたいよ。

ミランドリーナ　なぜですの、あなた様？

侯爵　我輩は時おり、あの伯爵の身分であったらよかったのに、と思うのだよ。

ミランドリーナ　もしかして、あの方がお金持だから？

侯爵　とんでもない！　お金が何だ！　そんなもの屁とも思っておらん。もし我輩があの男のように、滑稽な猿まね伯爵であったなら……

ミランドリーナ　ええい、何をなさいますでしょう？

侯爵　ええい、残念だ……お前と結婚したかもしれん。[退場]

---

(6) 《verbigrazia》（たとえば）。ラテン語由来の文語的表現。会話にラテン語を挟むだけで、その学識に感心してしまう侯爵の軽薄さを浮き彫りにしようとしている。

第九場　ミランドリーナ一人

ミランドリーナ　まあ、何を言うかと思ったら！　文無し侯爵閣下が、私めと結婚して下さるんですって？　でもね、私と結婚しようとなさっても、小さな困難がひとつあるわね。私の方が願い下げだ、ということよ。焼肉の匂いを嗅がされるだけで、お肉にあり付けないのでは、どうしようもないわね。私に寄って来るすべての男たちと結婚していたら、ああ、私、いったい何人の夫を持ったかしら！　この宿屋に来るお客は皆、私に惚れ込んで、皆、私に寄る。数え切れないほどの男が、私に結婚の申し込みをしたわ。なのに、この熊のように野蛮な騎士さまが、このように邪険に私を扱うの？　私の宿屋にやって来て、私に寄ろうとしないお客は、この人が初めてだわ。私はあらゆる男性が、すぐに私に惚れ込んでほしい、などと言っているわけではないのよ。でも、こんなに私を軽蔑するなんてある？　本当にむかつく仕打ちだわ。女性たちの敵ですって？　女の顔も見たくない、ですって？　あわれな愚か者！　きっとまだやり手の女に出会ったことがないんだわ。でも、今に出会うわよ。きっと出会うわ。もしかして、もう出会ったんじゃないかしら？　このような男には、私だって意地がある。私の後を追いかけて来る男たちには、私、すぐ飽きてしまう。高貴な身分など、私は願い下げよ。お金は大事だけど、一番大事なもので

はないわ。私の一番の喜びは、自分がかしずかれ、崇拝されるのを見ることよ。これは私の弱点だけど、憧れる気なんか、ほとんどすべての女性の弱点なのよね。私は結婚する堅気の商売で生活しているし、男なんか全く欲しくない。私は誰に対しても愛想よくするけど、誰にも惚れ込んだりしない。私は恋にやつれた数多くの滑稽な連中をからかってやりたい。そして、あらゆる手練手管を使って、私たち女の敵である野蛮で無情な心の男を打ち負かし、打倒し、粉砕してやりたい。私たち女性というのはね、美しい母なる自然がこの世に生み出した、最も優れた生き物なのよ。

第一〇場　ファブリツィオと、前出のミランドリーナ

ファブリツィオ　ちょっと、女将さん。
ミランドリーナ　何だい？
ファブリツィオ　中央の部屋にお泊まりのお客が、リネンのことで騒いでいますよ。安物だから取り替えてくれと言ってね。
ミランドリーナ　そうそう、知っているわ。私にも言って来たのよ。望み通りにして上げて頂戴。
ファブリツィオ　承知しました。では、替えの品を出して下さいな。俺がお客の所に持って行きますから。
ミランドリーナ　いいの、放っておいて頂戴。私が自分で持っ

宿屋の女主人

ファブリツィオ　あんたのお父上が亡くなられる前に、俺たち二人に何と仰ったか、憶えてますか？

ミランドリーナ　もちろんだよ。私が結婚したくなったら、お父さんの言ったことを思い出すことにするわ。

ファブリツィオ　そうだよ、私がね。

ミランドリーナ　あのお客は、女将さんにとって大変大切なお方のようですね。

ファブリツィオ　お客さまは皆大切だよ。私のやることに口出ししないで頂戴。

ミランドリーナ　[傍白]（なるほど、分かったぞ。やはり俺はお呼びじゃないか。彼女は気を持たせるようなことを言うが、やはり俺はお呼びじゃないんだ。）

ファブリツィオ　[傍白]（あわれな愚か者！　訴えたいことが色々あるんだわ。私に忠実に仕えてくれるように、気だけは持たせておきましょう。）

ミランドリーナ　お客の世話は俺の役目と、これまでずっと決まっていたんですがね。

ファブリツィオ　お前は少しお客に無愛想すぎるわ。

ミランドリーナ　あんたは少し愛想がよすぎますよ。

ファブリツィオ　自分のしていることくらい、自分でちゃんと分かっているわよ。私はね、お目付け役など必要ないのよ。

ミランドリーナ　結構、結構。それじゃあ替わりの給仕を探して下さいな。

ファブリツィオ　どうしてなの、ファブリツィオ？　お前、私が嫌いになったのかい？

ミランドリーナ　ファブリツィオ　あんたのお父上が亡くなられる前に、二人に何と仰ったか、憶えてますか？

ファブリツィオ　それじゃお前、私をどんな女だと思っているんだい？　尻軽女かい？　浮気女かい？　それとも色気違いかい？　お前には呆れて物が言えないよ。この私が、しょっちゅう出たり入ったりするお客に愛想よくするのはな、商売のためだよ。私がお客に愛想よくするのはな、商売のためだよ。私の宿屋の信用を保つためだわ。贈り物なんか、私は欲しくない。恋をするには？　相手は一人いれば十分。その相手もいないわけじゃない。私は誰が夫にふさわしいか知っているし、誰が私とお似合いかも知っている。だから、結婚したくなった時には……お父さんの言葉を思い出すことにするわ。私に忠実に仕えてくれる者には、私のことを嘆いたりさせないつもりだわ。私は恩義を知る人間だわ。私のことをちゃんと認めてやってくれるのに……私はお前のことは認めてやってもらえない。もう沢山だよ、ファブリツィオ。もしお前に察する力があるのなら、私の気持ちを分かって頂戴。［退場］

ファブリツィオ　彼女の気持ちを分かる人は、本当に偉い人だよ。ある時は俺に気があるかと思うと、ある時は気がないよ。自分は浮気女じゃないと言いながら、そんな風に見せる。

に振る舞いたがる。俺には何が何だか分からんよ。眺めていることにしょうか。彼は彼女が大好きだし、愛している。できれば一生、彼女と二人三脚で商売をしたい。ああ！ある程度のことには目をつぶって、見逃してやらねばならんのか。結局のところ、お客は出たり入ったりするが、俺はいつもここに残る。最も大きな福は、いつも俺の手許に残っているはずだ。

[退場]

第一一場　騎士の部屋。騎士と召使い

召使い　旦那さま、この手紙が送られて来ましたが。
騎士　私にココアを持って来てくれ。[召使い退場。騎士は手紙を開く]《一七五三年一月一日、シェナにて。(誰が書き送ってくれたんだろう？)オラーツィオ・タッカーニか。親愛なる友よ。私と君を結び付けている深い友情のために、急いで君にお伝えしたいことがある。君は母国シェナに戻る必要がある。実はマンナ伯爵が他界した……（かわいそうに！残念なことだ。）彼は一五万スクードの遺産の相続人として、未婚の一人娘を残した。君のすべての友人たちは、これほどの幸運を君が摑むことを願って、交渉を続けている……》私のために、あれこれ苦労してくれなくてもいいのにな。そのようなことは、一切知りたくない。私が、近くで女にうろちょろされるのが嫌なことは、彼らもよくご存じのはずだ。とりわけこの私の親友は、他の誰よりもよく知っていくるくせに、他の誰にも増して私を悩ませてくれる。[手紙を引き裂く]一五万スクードなど、この私にとって何になる？私が独身でいる間は、もっと少ない金で十分だ。もし結婚したら、もっと多くの金があっても足りないくらいだ。この私に妻をもらうくらいなら、四日熱に罹った方がましだ。

第一二場　侯爵と、前出の騎士

侯爵　ねえ、君、少しばかりご一緒させてもらっても、よろしいかな。
騎士　光栄の至りですよ。
侯爵　少なくとも君と我輩の間では、胸襟を開いて話し合うことができる。だが、あの愚かな伯爵は、われわれの会話に参加する資格がないのだよ。
騎士　ねえ、侯爵君、私の言うことを我慢して聞いてもらいたい。もし君が敬意を払ってもらいたいのなら、他人にも敬意を払って上げなければならんよ。
侯爵　君は我輩の気質をご存じだろう。我輩は、あらゆる人と分け隔てなく丁寧に接する男だ。しかし、あの男だけには我慢ができん。
騎士　君が彼に我慢できないのは、君の恋敵だからかね？恥だよ！君のような貴族が、宿屋の女主人に惚れ込むとは！君のように賢明な男が、女の後を追いかけるとは！

宿屋の女主人

侯爵　ねえ、騎士君、我輩はあの女性に魔法にかけられてしまったんだよ。

騎士　ああ！　何という愚かさ！　何という魔法だ！　私が女どもの魔法に決して引っかからないのは、どうしてだか分かるかい？　女の魔法は、愛嬌と媚びにある。私がしてきたように、女から遠ざかっていれば、魔法に引っかかる危険はないのだよ。

侯爵　沢山だ！　我輩にとっては、どうでもよいことだ。我輩が不愉快で気懸かりに思うのは、田舎の農地管理人のことなんだよ。

侯爵　約束を守ってくれなかったのだよ。

騎士　君に何か迷惑事でもしでかしたのかね？

第一三場　召使いが一杯のココアを持って登場、そして前出の二人

召使い　ああ、これは申し訳ない……[侯爵に]すぐにもう一杯持って来なさい。

騎士　何だ！

召使い　旦那さま、今日の分はもう切らしてしまいましたが、[侯爵]もしこれでよろしければ……

侯爵　[ココアを受け取って、お礼も言わずに飲み始める。次いで以下のように、飲んだり話したりを繰り返す]君に話したように、この我輩の農地管理人がだな……[飲む]

騎士　[傍白]（そしてこの私は、ココアなしか。）

侯爵　二〇ツェッキーノ金貨をだな……[飲む]定期便で送ってくれると約束しておったのだが……[飲む]

侯爵　[傍白]（さあ、第二撃の金の無心が始まったぞ。）

騎士　実は送って来なかったのだよ……[飲む]

侯爵　きっと次の定期便で送って来ますよ。

騎士　問題は……問題はだ……[飲み干す]持って行け。[召使いにカップを手渡す]問題はだ、どれほど大切なことか、知っているだろう。我輩は約束をしてしまったのだよ。我輩は約束を守るのが重大な約束なのに……くそっ！　天にこぶしを振り上げたいくらいだよ。

騎士　一週間早かろうが、一週間遅かろうが……

侯爵　だが君も貴族であれば、約束を守るのがどれほど大切なことか、知っているだろう。我輩は約束をしてしまったのだよ。

侯爵　[傍白]（何とか面子を汚さずに、この場を切り抜けることができないものか！）

騎士　君が不満なのを見るのは残念だよ。[傍白]（何とか面子を汚さずに、この場を切り抜けることができないものか！）

騎士　ねえ、侯爵君、もしそれができるようなら、私は喜んで用立てて上げますよ。もしお金があれば、直ちに君に差し出したいと思いますよ。実は私も、お金が来るのを待っているんですよ。持っていないんですよ。

────
（7）二日間の平熱の日を挟んで、第一日目と第四日目に熱が出る病気で、その多くはマラリアに由来した。

侯爵　この我輩にだねと、君が文無しだなどと、信じ込ませようとしても無駄だよ。
騎士　ご覧なさい。これが私の全財産です。二ツェッキーノにも満たない。[一ツェッキーノ金貨と雑多な小銭を見せる]
侯爵　それはツェッキーノ金貨だね。
騎士　そう、これが最後の一枚です。他にもないんですよ。
侯爵　それを我輩に貸してもらえんか。今のところは、それで何とかしてみよう……
騎士　でも、それでは私が……
侯爵　何を恐れているのかね？　我輩はちゃんとお返しするよ。
騎士　致し方ありません。お使いなさい。[彼にツェッキーノ金貨を渡す]
侯爵　我輩は急ぎの用があるので……友よ、今回は感謝するよ。昼食の時に会おう。[ツェッキーノ金貨を持って、退場]

第一四場　騎士一人

騎士　よかった！　侯爵閣下は、私から二〇ツェッキーノを巻き上げようとしたが、一ツェッキーノでご満足なされた。結局のところ、一ツェッキーノなら失っても惜しくない。彼がそれを返してくれないなら、今後はもう私の所に無心に来ることもないだろう。私としては、ココアを飲まれてしまった

方がもっと残念だ。何という厚顔無恥！　それなのに、《何と言っても、我輩は貴族だから》とか、《我輩は貴族だ》と仰る。ああ、何というお上品な貴族かね！

第一五場　リネンを持ったミランドリーナと、前出の騎士

ミランドリーナ　[恐る恐るドアを開けながら]お客さま、お邪魔してよろしいでしょうか？
騎士　[荒々しく]何の用だ？
ミランドリーナ　[少し入って]極上のリネンをお持ちしました。
騎士　結構。
ミランドリーナ　[小さなテーブルを指差して]そこに置いてくれ。
騎士　せめてあなたのお気に入るかどうか、ご覧になって下さいな。
ミランドリーナ　[さらに少し入って]ランスリネン[8]のシーツでございますが。
騎士　ランスリネンだと？
ミランドリーナ　はい、お客さま。一ブラッチョ[9]当たり一〇パオロの品です。ご覧下さい。
騎士　そんなに高いものは要求していない。前のよりいくらか上等であれば、それで十分だったのに。
ミランドリーナ　このリネンは、それにふさわしい方々のため

騎士　に取っておいたものです。実際、お客さま、私はあなた様だから差し上げるのです。他のお客さまには差し上げたりしません。

ミランドリーナ　《あなた様だから》！　いつものお世辞だ。

騎士　ああ！　このフランドルの布地は、洗うとひどく艶がなくなるんだ。私のためにわざわざ下ろしてくれる必要はない。

ミランドリーナ　ナプキンセットをご覧下さい。

騎士　[傍白]（だが、礼儀正しい女であることだけは否定できんな。）

ミランドリーナ　あなた様のように高貴なお方のためでしたら、私はこのようなささいなことは気に掛けません。この種のナプキンは、私、かなり持っておりますので、これはあなた様のために取っておきましょう。

騎士　リネンは私の召使いに渡してくれ。あるいは、どこかそこの辺にでも置いてくれたらいい。こんなことで、お前の手を煩わせる必要はない。

ミランドリーナ　まあ、私の手を煩わせるだなんて、とんでもありません。これほど価値のある騎士さまにお仕えするのですから。

騎士　結構、結構、もうそれで十分だ。[傍白]（この女は私に媚びへつらおうとしている。女どもめ！　皆一緒だ。）

ミランドリーナ　アルコープに置いておきますわ。[10]

騎士　リネンを置きに行きながら、[傍白]（まあ！　甘い言葉を聞くと、歯が立たないかもしれない。何をやってもだめかもしれない。

ミランドリーナ　[傍白]（世間知らずの連中は、この甘い言葉を信じて、絡め取られてしまうんだよ。）

騎士　[リネンなしで戻りながら]お昼には何を召し上がりますか？

ミランドリーナ　あり合わせのもので結構だ。

ミランドリーナ　できましたら、あなた様の好みを教えて頂きたいのですが。もしあれこれの料理の中で、お好きなものがあれば、何なりと仰って下さい。

騎士　私の好みのものがあったら、召使いに伝えさせるよ。

ミランドリーナ　このようなご注意力も、根気も持ち合わせてらっしゃらないものです。もし何かあなた様のお好きな煮込み料理とか、ソースがありましたら、何なりとこの私に仰って下さい。

騎士　ありがとう。だが、たとえそのような手を使っても、伯爵や侯爵と違って、私たち女性のような注意力も、根気も持ち合わせてらっしゃらない男性の方々は、この私には通用しませんよ。

───────

(8)　パリ北東のシャンパーニュ地方の都市、ランス産の高級リネン。
(9)　ツェッキーノ＝二〇パオロ銀貨だから、一〇パオロは二分の一ツェッキーノ。
(10)　『骨董狂いの家庭』注(12)を参照。

ミランドリーナ　あなた様は、あのお二人の貴族の方の、心の弱さのことを言っていらっしゃるのですか？　あの方々は泊まりになるためにこの宿屋にやって来たのに、その女主人といい仲になりたい、と願っていらっしゃいます。でも、私たちの頭には別のことがありますので、彼らのお喋りに耳を貸したりはしません。私たちは自分の商いをしようとしているんですよ。もし私たちが彼らに甘い言葉をかけるとすれば、それは彼らをお客に店に留めておくためです。それに、とりわけ私は、彼らが幻想を抱いているのを見ると、気が狂ったように笑い転げてしまうのですよ。

騎士　見事だ！　お前の率直さが気に入った。

ミランドリーナ　まあ！　私には率直さ以外、何の取り得もありませんのよ。

騎士　でも、お前に付きまとう男には、気のあるような振りができるんだろう？

ミランドリーナ　私が振りをするんですって？　まさか！　私にお付きまとう男がいらっしゃる、あのお二人に尋ねてご覧なさい。この私が彼らに一回でも、気のある素振りを見せたかどうか。彼らが、自分が惚れられているという根拠を持って確信できるような仕方で、私が彼らをからかったかどうか。私が彼らを手荒に扱ったりしないのは、私の商売がそれを望まないからです。もう少しで、そうしかねませんけどね。このような女の腐ったような連中は、私、顔も見たくないのです。ごもっとも、男の後を追いかける女も、大嫌いですけどね。

覧になったら年を食っていますよ。少しは年になるチャンスは何度もあっいはチャンス結婚したいとは思わなかったんです。というのは、私は自分の自由を何よりも大切にしているからです。自由というのは素晴らしい宝物だよ。

ミランドリーナ　それなのに、沢山の人がそれを愚かにも失っているのです。

騎士　私は、そんな愚かな真似をする人間じゃない。願い下げだ。

ミランドリーナ　あなた様は、奥さまをお持ちですか？

騎士　まさか。私は女嫌いだよ。

ミランドリーナ　ご立派ですわ。常にその状態を続けて下さい。女というのはねえ、お客さま……もうやめておきましょう。女が女の悪口を言っても始まりませんものね。

騎士　しかし、そのように話すのを聞いた女性は、君が初めてだよ。

ミランドリーナ　はっきり申し上げましょう。私たち宿屋の女将は、色々なことを見たり聞いたりします。私は、私たちの性を怖れている男性を、心から憐れんでいますわ。

騎士　［傍白］（変わった女だな。）

ミランドリーナ　それでは、あなた様、お邪魔しました。[出て行く振りをする]

騎士　急ぎの用があって出て行くのか？

ミランドリーナ　お邪魔でしょうから。

騎士　いや、どうか一緒にいてもらいたい。君といると楽しいよ。

ミランドリーナ　分かって頂けます？　お客さま。私は他のお客さまにも、このように振る舞います。しばらくの間、お相手をします。私はどちらかというと陽気な方ですから、彼らを楽しませるために、いくらか冗談も言います。すると彼らは、すぐに思い込んでしまうんですよ……私の言うことを分かって頂けるかしら、彼らは私に、でれでれし始めるんですよ。

騎士　そのようなことが生じるのは、君がやり手だからだ。

ミランドリーナ［お辞儀をしながら］お褒めの言葉が過ぎますわ、お客さま。

騎士　すると、連中は惚れ込んでしまう。

ミランドリーナ　何という心の弱さでしょう。

騎士　こればかりは、どう考えても理解できんな。

ミランドリーナ　何とご立派な男らしさかしら！　ちょっとばかり愛想笑いをすると、すぐに下がるなんてね。

騎士　心の弱さだ！　あわれな奴らだ！

ミランドリーナ　それこそ本当の男らしい考えというものですわ！　騎士さま、握手しましょう。

騎士　なぜ私と、そんなことがしたいのだい？

ミランドリーナ　お願いしますわ。させて下さいな。見て頂戴、私の手は汚れてなんかおりませんよ。

騎士　さあ、握れ。

ミランドリーナ　本当に男らしい考えを持った、男性の方の手を握らせて頂くのは、これが初めてですわ。

騎士［手を引っ込めて］さあ、もういいだろう。

ミランドリーナ　はい。もし私があの二人のどちらかの手を握ったとしたら、きっと卒倒してしまったでしょうよ。私は世界中の黄金を上げるからと言われても、そらにそんな勝手な真似は、一度たりともさせるつもりはありませんわ。彼らは本当の人生というものを知らないのです。ああ、自由な会話の何と素晴らしいこと！　執心もなく、滑稽な振る舞いもなく。お客さま、私のご無礼をお許し下さいね。あなた様にお仕えできることなら、どうか権威をもってお命じ下さい。私は、この世の誰に対してもしたことのない心遣いを、あなた様にして差し上げます。

騎士　どのような理由で、君はこの私にそのような特別扱いをしてくれるのかね？

ミランドリーナ　それは、あなた様の価値や、あなた様のご身分のこともありますが、その他に、私はあなた様と自由なお付き合いができ、私の心遣いが悪用されたり、私が奴隷の立場に置かれる恐れがなく、滑稽な思い込みや大袈裟な気取りで、私を苦しめたりしないことだけは確信しているからで

す。

騎士 [傍白]（何と変わった女だ、私は理解できん！）

ミランドリーナ [傍白]（野蛮人は、少しずつ飼い慣らされて行くわね。）

騎士 さあ、何か用事でもあるなら、私のために残っていてくれなくてもいいよ。

ミランドリーナ はい、お客さま、戻って家事をすることに致します。家事は私の大好きなことで、私の気晴らしなのです。もし何かご用があれば、給仕を寄越します。

騎士 よろしい……でも時おりは、君も来てくれていいんだよ。私は喜んで会うから。

ミランドリーナ 実を言いますと、私はお客さま方の部屋に足を踏み入れたことがありませんの。でも、あなた様の所には、時おりお邪魔しましょう。

騎士 私の所には……なぜかね？

ミランドリーナ それは、お客さま、私は、あなた様が大好きだからです。

騎士 君はこの私が好きだと？

ミランドリーナ 私が好きなのは、あなた様が女々しい男でなく、女に惚れ込むようなお人ではないからです。[傍白]（明日までに惚れ込ませなかったとすれば、この高い鼻が欠けても構わないわよ。）[退場]

騎士 ええい！ 私はそんな愚かな真似をする人間じゃないぞ。女だって？ 願い下げだ。あの女は、他の女に増して、私を危険に落し入れるかもしれない女だ。あの言葉、あの機敏な物言いは、並み外れている。あの女は、何か知らないが、特別なものを持っている。だが、たとえそうだとしても、私は恋に落ちたりしないぞ。少しばかり楽しむためなら、私は他の女よりこの女と一緒にいるだろう。だが、惚れ込んでしまう？ 自由を失ってしまう？ 女に惚れ込むような連中は、馬鹿だよ。そのような恐れはない。女に惚れ込むような連中は、馬鹿だよ、愚か者だよ。[退場]

第一七場 宿屋の別の部屋。オルテンシアと、デヤニーラと、ファブリツィオ

ファブリツィオ 奥さま方、どうぞこの部屋もご覧下さい。あれが寝室で、ここが食事をしたり、人と会ったりするためにお使い頂く部屋でございます。

オルテンシア 結構よ、結構だわ。ところであなたは、宿屋のご主人なの、それとも給仕さん？

ファブリツィオ 給仕でございますが、奥さま。

デヤニーラ　[笑いながら、オルテンシアに小声で]（私たちのことを《奥さま》と言ったわよ。）

オルテンシア　（相手のギャグには答えてやらなきゃね。）給仕さん。

ファブリツィオ　はい、奥さま。

オルテンシア　宿のご主人に、ここに来るように言って頂戴。宿泊条件について相談したいの。

ファブリツィオ　女主人でございましたら、今にうかがいます。すぐ来ますので。[傍白]（このご夫人方は、いったい誰だろう。たった二人で旅をするとは？　物腰や服装は貴婦人に見えるが。）[退場]

第一八場　デヤニーラとオルテンシア

デヤニーラ　私たちのことを奥さまって呼んだわよ。私たちを貴婦人だと思ったのね。

オルテンシア　結構だわ。その方が待遇がよくなるわ。

デヤニーラ　でも、お金も沢山払わされるわよ。

オルテンシア　まあ、お勘定については、この私に任せておいて。私は世界を股にかけて旅をして、何十年にもなるんだからね。

デヤニーラ　この爵位のお陰で、面倒なことに巻き込まれないといいけどね。

オルテンシア　ねえ、あなた、本当にあなたは肝っ玉が小さいわね。私たちは二人とも伯爵夫人や侯爵夫人や王女さまを舞

台で演じて来たのに、宿屋でその役を演じられないなんてあるの？

デヤニーラ　私たちの一座の者がやって来たら、ばれてしまうわよ。

オルテンシア　今日のところは、フィレンツェに到着できないわ。ピサからここまで小船で少なくとも三日は掛かるからね。

デヤニーラ　何で下賤なんでしょう！　小船で来るなんて！

オルテンシア　お足がないからよ。私たちが馬車で来たのは大変な贅沢だわ。

デヤニーラ　ええ。でもね、私が宿屋の入り口に入らなければ、劇だって始まらなかったでしょう？

オルテンシア　私たちの演じた劇は上出来だったわね。

第一九場　ファブリツィオと、前出の二人

ファブリツィオ　女主人が、もうすぐご挨拶に参りますので。

オルテンシア　そう？

ファブリツィオ　どうかこの私めに、何なりとお命じ下さい。私はこれまで色々な貴婦人方にお仕えして参りましたので。奥さま方にも心を込めてお仕えできることを名誉に思います。用事があれば、お前に頼むことにするわ。

オルテンシア　[傍白]（オルテンシアは、このような役がすごく得意なのよね。）

ファブリツィオ　ところで、奥さま方にお願いがございます。宿帳に記入致しますために、皆さまのご芳名をお知らせ頂きたいのですが。［インク壺と小さなノートを取り出す］

デヤニーラ　［傍白］（ついに大変なものが出て来たわね。）

オルテンシア　なぜこの私が、自分の名前を言わなければならないの？

ファブリツィオ　われわれ宿屋の者は、この宿屋にお泊まりになるすべてのお客さまのお名前と、ご家名と、ご身分を控えておかねばなりません。もしそれを怠りますと、私どもがひどい目に遭いますので。

デヤニーラ　［オルテンシアに小声で］（お仲間さん、肩書きの数は決まっているのよ。）

ファブリツィオ　多くの客は偽名を使ったりもするんでしょう。この方面のことについては、私どもは仰って下さったお名前を書き取るだけでして、それ以上の詮索は致しません。

オルテンシア　では書いて頂戴。オルテンシア・デルポッジョ男爵夫人、パレルモ出身。

ファブリツィオ　［書きながら］［デヤニーラに］奥さまは？

デヤニーラ　私は……（何と言ったらいいか、分からないわ。）

オルテンシア　さあ、デヤニーラ伯爵夫人、あなたのお名前を言って上げなさい。

ファブリツィオ　［デヤニーラに］お願いします。

デヤニーラ　［ファブリツィオに］たった今聞かなかった？　デヤニーラ伯爵夫人……姓は？

ファブリツィオ　［デヤニーラに］姓も要るの？

デヤニーラ　［ファブリツィオに］デルソーレ、ローマの出身よ。

オルテンシア　そうよ。［ファブリツィオに］

ファブリツィオ　それで十分でございます。もうすぐ女主人が参ります。ご迷惑をお詫び致します。（俺の思った通りだ。あの二人は貴婦人だよ。いい稼ぎをしたいものだ。きっと心付けをはずんでくれるだろうよ。）［退場］

デヤニーラ　男爵夫人、ご機嫌はいかがでいらっしゃいますか。

オルテンシア　伯爵夫人、あなた様に心からご挨拶申し上げますわ。［交互にからかい合う］

デヤニーラ　あなた様への私の心からの尊敬の念をお伝えするよい機会に恵まれましたのは、私にとって何という幸運でしょう。

オルテンシア　あなたの心の泉から湧き出して、私を潤して下さるのは、あなた様の恩恵の、とうとうたる流れだけですわ。

第二〇場　ミランドリーナと、前出の二人

デヤニーラ　[オルテンシアに大袈裟に]奥さま、お世辞がお上手ですこと。

オルテンシア　[同様に振る舞う]伯爵夫人、あなた様の高い価値に比べれば、私がどれほど褒め上げましても、まだまだ言葉が足りませんわ。

ミランドリーナ　[離れた所で、傍白](まあ、何と礼儀好きな貴婦人方でしょう。)

デヤニーラ　[傍白](ああ、笑いが込み上げて仕方がない。)

オルテンシア　[デヤニーラに小声で]黙って、女主人が見てるわ。

ミランドリーナ　奥さま方にご挨拶申し上げます。

オルテンシア　お若い娘さん、こんにちは。

デヤニーラ　[ミランドリーナに]女主人さま、ご挨拶申し上げます。

オルテンシア　ちょっと！[ちゃんと役を演じるようにと、デヤニーラに合図をする]

ミランドリーナ　[オルテンシアに]お手に接吻させて下さい。

デヤニーラ　まあまあ、礼儀正しいのね。[手を差し出す][デヤニーラに手を求める]

ミランドリーナ　奥さまにも。

オルテンシア　さあ、わざわざそんなことしなくても……

デヤニーラ　まあ、わざわざそんなことしなくても、手を出して上げなさいよ。

オルテンシア　さあ、この娘さんのご厚意を受けて上げなさい。手を出して上げなさいよ。

ミランドリーナ　どうかお願いです。[手を差し出し、顔を背けて笑う]

デヤニーラ　どうぞ。[手を差し出し、顔を背けて笑う]

ミランドリーナ　おかしいのですか、奥さま？　何がおかしいので？

オルテンシア　何と愛すべき伯爵夫人でしょう！　まだ私のことで笑っているとはねえ。私がおかしなことを言ったものだから、彼女は笑ってしまったのよ。

ミランドリーナ　[傍白](賭けてもいいわ、この人たちは貴婦人じゃない。もし貴婦人なら、お伴がいないはずはないもの。)

オルテンシア　[ミランドリーナに]待遇については、これから相談しなければならないわね。

ミランドリーナ　まあ！　お二人だけ？　貴族のお伴も、誰もお連れにならずに？

デヤニーラ　[激しく笑う]

オルテンシア　私の夫の《バロン》はね……

ミランドリーナ　やめてよ、なぜ笑うの？

オルテンシア　あなたのご主人の《バロン》を笑ったのね。

（11）《barone》には、《男爵》と《悪漢》の両義があることを利用した言葉遊び。

オルテンシア　そう、陽気な《バロン》でね、いつも冗談を言うのよ。夫はね、彼女のご主人のオラーツィオ伯爵と一緒に、できるだけ早く合流することになっているのに、成金の真似をしても仕方がないということでは？　違います？

デヤニーラ　[ミランドリーナに] あなた、本当に私たちの正体を知っているの？

オルテンシア　あなたって、何てお上手な役者さんなんでしょう！　ひとつの役さえ、うまく演じ切れないとはね。

ミランドリーナ　私は舞台じゃないと、うまく演技ができないの。

デヤニーラ　男爵夫人、お上手ですわ。私はあなた様の機知が大好きよ。私はあなたの率直さを高く買いますね。

オルテンシア　時より、このように、ちょっと気晴らしをしたりするわけよ。

ミランドリーナ　私は機知に富む人を、何よりも愛していますわ。どうぞ私の宿屋をご自由にお使い下さい。お願いしておきたいのは、もし本当に身分の高いお方がいらっしゃった時には、この部屋を譲ってあげて下さいね。あなた方にはとても居心地のよい小部屋をご用意させて頂きますから。

オルテンシア　ええ、喜んで。

デヤニーラ　でも私は、自分のお金を払うんだから、貴婦人として仕えてもらいたいわね。この部屋に私は通されたのだし、ここから出て行く気なんかないわよ。

ミランドリーナ　おやめ下さい、男爵夫人、どうかご機嫌を直して……まあ！　この宿に泊まっていらっしゃる貴族の方のお出ましよ。女性と見ると、いつも寄って来るんだから。

よ。

ミランドリーナ　[デヤニーラに] では、伯爵さまも、人を笑わせるような愉快なお方なのですか？

オルテンシア　さあ、やめてよ、伯爵夫人。少しはあなたの品位を保ちなさい。

ミランドリーナ　奥さま方、どうか私の言うことを聞いて下さい。ここにいるのは私たちだけです。本当は……

オルテンシア　[脅しの口調で] 伯爵夫人、伯爵夫人！

ミランドリーナ　[デヤニーラに] 奥さま、あなた様が何を仰りたいのか、私は分かりますよ。

デヤニーラ　もしそれを当てたら、私、あなたをすごく尊敬するわ。

ミランドリーナ　仰りたかったのは、《私たちは将棋の歩なの

第二一場　侯爵と、前出の人々

ミランドリーナ　人さまのことは存じませんが。

オルテンシア　お金持ち？

デヤニーラ　［傍白］（女主人は劇を続けたいのね。）

オルテンシア　このように礼儀正しい貴族の方とお知り合いになれて、嬉しく思いますわ。

侯爵　あなた方のお役に立ててることでしたら、何なりと仰って下さい。あなた方がここにご投宿なさったことを嬉しく思います。ここの女主人は、実に立派な人であることが分かるでしょう。

ミランドリーナ　この高貴なお方は、本当に人のよいお方です。わざわざ私を庇護して下さるんですよ。

侯爵　そう、もちろんだとも。我輩は彼女を庇護しているし、この宿屋に来るすべての客を庇護して上げる。もし何か必要なことがあったら、言ってくれ給え。

オルテンシア　必要なことが生じましたなら、あなた様のご好意に甘えさせて頂きますわ。

デヤニーラ　伯爵夫人、あなたもお仕えする卑しいはしための中に、私を入れて頂くという名誉を得られますなら、私は本当に幸せに思いますわ。

ミランドリーナ　［オルテンシアに］（劇の科白の決り文句を言ったのね。）

オルテンシア　［ミランドリーナに］（伯爵夫人の肩書きのお陰で、上がって固くなっているのよ。）

侯爵　［ミランドリーナに］この奥さま方は、どちらの方かね？

ミランドリーナ　［傍白］（オルテンシアは、もう自分のために利用しようとしているわ。）

オルテンシア　［傍白］［閣下だって！　驚いたわ！］

侯爵　［ミランドリーナに］この奥さま方に、ご挨拶申し上げようとしているのよ。

ミランドリーナ　閣下、左様でございます。私の宿屋にお泊り下さいましたのよ。

デヤニーラ　心からご挨拶申し上げます。

オルテンシア　私でしたら、どうぞ、どうぞ。

侯爵　奥さま方にご挨拶申し上げます。

オルテンシア　ようこそ。

侯爵　失礼ですが、入っても構いませんかな？　外国の方々かね？

デヤニーラ　ああ、何と礼儀正しいご婦人方だ！

オルテンシア　ところで、あなた様はどなた？

侯爵　我輩は、フォルリポーポリ侯爵です。

［侯爵はポケットから一枚の美しい絹のハンカチを取り出し、それを広げて、自分の額を拭く振りをする］

侯爵　ミランドリーナ、素晴らしいハンカチですこと！

侯爵　[ミランドリーナに]ああ、どう思う？　美しいだろう？　我輩は趣味がいいと思わんかね？

ミランドリーナ　確かに最高の趣味ですわ。

侯爵　[オルテンシアに]こんなに美しいものを、これまで見たことがあるかね？

オルテンシア　見事ですわ。これほどのものは、見たことがありませんわ。[傍白](私にくれると言うなら、もらっちゃうけどね。)

侯爵　[デヤニーラに]これはロンドン製ですよ。

デヤニーラ　とても美しいわね。私、大好きだわ。

侯爵　我輩は趣味がいいでしょう？

ミランドリーナ　[傍白](でも、《あなたに上げる》とは言わないわね。)

侯爵　誓って言うが、あの伯爵はお金の使い方を知らんのだ。お金をばら撒きながら、趣味のよい小物ひとつ買うことができない。

ミランドリーナ　侯爵さまは通人で、物の見る目もある、玄人なんですよ。この種の品物は注意深くしまっておく必要がある。[それをミランドリーナに差し出して]取っておきなさい。

侯爵　[ハンカチを注意深く畳む]これをあなた様のお部屋にしまえと私にお言い付けで？

侯爵　いや、お前の部屋にだ。

ミランドリーナ　なぜ？……私の部屋に？

侯爵　なぜって……お前への贈り物だよ。

ミランドリーナ　ああ、閣下、それはご勘弁を……

侯爵　言い訳は聞かない。お前への贈り物だ。

ミランドリーナ　まあ、この点に関しましては、侯爵さまもご存じのように、私はどなたさまのお気持ちも損ねたくございません。では、侯爵さまのお怒りに触れないように、これは頂きましょう。

デヤニーラ　[オルテンシアに](まあ、何と見事な演技でしょう！)

オルテンシア　[デヤニーラに](それなのに、人は私たち役者のことをずる賢いなんて言うんだから。)

侯爵　[オルテンシアに]ねえ、どう思うかね？　これほどのハンカチを、我輩はこの家の女主人に上げたんだよ。

オルテンシア　本当に気前のよい方ですのね。

侯爵　我輩はいつもこうなんだ。

ミランドリーナ　[傍白](これは、あの方から頂いた初めての贈り物だわ。どのようにしてこのハンカチを買ったのしらね。)

デヤニーラ　侯爵さま、そのようなハンカチは、どこに行けば見つかるものですか？　できれば私もこれと同じものが欲しい付けで？

193　宿屋の女主人

侯爵　これと同じものを見つけるのは難しいな。でも、探してみましょう。

オルテンシア　[傍白]（お上手だわ、伯爵夫人。）

ミランドリーナ　侯爵さま、あなた様はこの町をよくご存じでいらっしゃいますから、腕のよい靴屋を私の所にお寄越し下さいな。私、靴が必要ですの。

侯爵　よろしい。我輩の贔屓の靴屋を来させましょう。

ミランドリーナ　[傍白]（二人とも、たかっても無駄よ。一文なしなんだから。）

オルテンシア　親愛なる侯爵さま、少し私たちとご一緒して頂けませんか？

デヤニーラ　私たちとお昼のお食事はいかが？

侯爵　ええ、喜んで。（おい、ミランドリーナ、嫉妬しないでくれよ。我輩はお前のものだ。もうそのことは知っているだろう。）

ミランドリーナ　[公爵に小声で]（どうかお好きなように。あなた様がお楽しみになるのは、嬉しいことですわ。）

オルテンシア　私たちの話し相手になって下さいな。

デヤニーラ　私たち、どなたも存じ上げていませんの。あなた様以外に知り合いはおりませんので。

侯爵　ああ、何といとしい奥さま方だ！　心からあなた方にお仕えしましょう。

第二二場　伯爵と、前出の人々

伯爵　ミランドリーナ、お前を探していたんだよ。

ミランドリーナ　私はこちらの貴婦人方とご一緒しておりました。

伯爵　貴婦人だって？　心からご挨拶致します。

オルテンシア　どうかよろしく。[デヤニーラに小声で]（このカモは、あっちのカモより金持ちよ。）

デヤニーラ　[オルテンシアに小声で]（でも、私、物をねだるのが苦手なの。）

侯爵　[ミランドリーナに小声で]（おい！　伯爵に例のハンカチを見せてやれよ。）

ミランドリーナ　伯爵さま、ご覧下さいな。侯爵さまがこんなに素晴らしい贈り物を下さいましたのよ。[伯爵にハンカチを見せる]

伯爵　おお、それはよかった！　大したものだ、侯爵君。

侯爵　いや、何でもないよ。つまらん物さ。さあ、早くしまってくれよ。広めてほしくなかったのに。我輩のすることは、他人には知られたくないんだ。

ミランドリーナ　[傍白]（他人には知られたくないのよね。なのに私には広めさせようとする。貧乏なのに高慢なんだわ。）

伯爵　ここにおられるご婦人方にはお許しを願って、[ミラン

侯爵 ［ミランドリーナに］どうぞご自由にお話し下さい。

オルテンシア ［ミランドリーナに］お前にちょっと話したいことがある。

ミランドリーナ そのハンカチをポケットにしまうと、皺くちゃになってしまいますよ。

伯爵 そうね。潰れたりしないように、そっと真綿に包んでしまっておきますわね！

ミランドリーナ ［ミランドリーナに］この小さなダイヤの宝石をご覧。

伯爵 とても美しいものですわね。

ミランドリーナ わしがお前に上げたイヤリングと、対になる宝石だよ。

伯爵 ［オルテンシアとデヤニーラは、それを眺めながら、二人で小声で話している］

ミランドリーナ 確かに対になりますけど、こっちの方がもっと美しいと思いますわ。

侯爵 ［傍白］（呪ってやるぞ、伯爵も、あいつのダイヤも、いつの金も！　みんな悪魔にさらわれてしまえ。）

伯爵 お前がこれで対の宝石セットを持てるように、さあ、この宝石を上げよう。

ミランドリーナ 私、絶対に頂けませんわ。

伯爵 わしにそのような無作法をしないでくれよ。

ミランドリーナ まあ！　無作法だけは決して致しませんわ。では伯爵さまのご機嫌を損じないために、頂くことにしましょう。

［オルテンシアとデヤニーラは、伯爵の気前のよさを観

察しながら、前出のように二人で話している］

ミランドリーナ まあ！　侯爵さま、どう思われます？　この宝石って、おしゃれじゃありません？

侯爵 同じ種類の中で比べれば、このハンカチの方がずっと趣味がいい。

伯爵 その通り。でも、この種類とその種類差がある。

侯爵 よくやるねぇ！　皆の前で自分の贈り物を自慢するとはね。

伯爵 はい、はい。君は自分の贈り物を密かに上げるんだわね。

ミランドリーナ ［傍白］《二人の喧嘩を尻目に、三人目が漁夫の利を得る》って言うけど、今回ばかりはまさにその通りだな。

侯爵 それではご婦人方、我輩はあなた方とご一緒に、昼の食事をすることにしましょうか。

オルテンシア ［侯爵に構わずに、伯爵に近寄って］このもう一人のお方は、どちらさまですの？

伯爵 わしはアルバフィオリータ伯爵です。どうかお見知り置きを。

デヤニーラ ［彼女も伯爵に近寄って］まあ驚いた！　有名な家系の方よ。私、存じ上げているわ。

伯爵 ［デヤニーラに］あなた様はここにお泊まりですの？

オルテンシア ［伯爵に］どうか何なりとお命じ下さい。

伯爵　左様ですが、奥さま。
デヤニーラ　[伯爵に]長く逗留されるおつもり?
伯爵　そのつもりですが。
侯爵　ご婦人方、立ったままではお疲れでしょう。この我輩があなた方のお部屋までお伴させて頂きましょうか?
伯爵　[軽蔑して]それはそれは、大きなお世話さまですこと。伯爵さま、あなたはどちらの国のお方ですの?
オルテンシア　ナポリ人です。
伯爵　まあ！　私たちは半ば同国人ですわ。私はパレルモです。
オルテンシア　私はローマよ。でも、ナポリにも行ったことがありますし、ちょうど私、ある利害問題で、ナポリ貴族の方と話をしたいと思っておりましたのよ。
伯爵　奥さま方、わしにお任せ下さい。あなた方お二人だけですか?
侯爵　奥さま方、我輩がお伴をしますか?
伯爵　お伴の方はいないのですか?
オルテンシア　伯爵さま、私たちは二人だけなの。どうしてそうなったかは、後でゆっくりとお話しますわ。
ミランドリーナ　伯爵さま。
伯爵　ミランドリーナ。
オルテンシア　あなた様のご好意にお受け頂けますかな?[オルテンシアとデヤニーラに]ご招待をお受け頂けますかな?
オルテンシア　あなた様のご好意に感謝しますわ。

侯爵　でも、我輩はこの貴婦人方から食事に招待されているんだぞ。
伯爵　わしは奥さま方のご命令に従っているだけだよ。でも、わしの部屋のテーブルは小さくてね、三人以上は座れないんだ。
侯爵　今に見ておれ……
オルテンシア　行きましょう、行きましょう、伯爵さま。
伯爵　さまには、次の回にお世話になることにしますわ。侯爵さま、お願いしますわね。[退場]
デヤニーラ　侯爵さま、もし例のハンカチが見つかりましたら、お願いしますわね。[退場]
侯爵　伯爵、いいか、今に借りを返してやるからな。
伯爵　君、何をぶつぶつ言っているんだね?
侯爵　何と言っても、我輩は我輩だからな。もういい……あの女はハンカチが欲しいんだって? しかも、我輩が買ったのと同じハンカチが? 絶対に上げたりしないぞ。ミランドリーナ、それを大切にしろよ。これほどのハンカチはいくらでもあるさ。だが、このようなハンカチだけは、見つからないんだ。[退場]
ミランドリーナ　[傍白](まあ、何と見事なお馬鹿さんでしょう！)
伯爵　いとしいミランドリーナ、わしがこの二人の貴婦人と付き合うのは、嫌かい?
ミランドリーナ　いいえ、そんなこと全くありませんわ、伯爵

伯爵 わしはお前のためにしてやっているのだよ。お前の宿屋の利益とお客を増やしてやるためなのだ。だがね、このわしはお前のものだ。わしの心もお前のものだ。わしのお金もお前のものだ。わしのお金は、お前が自由に使ってくれたらいい。なんせ、お前はわしの女主人さまだからな。[退場]

第二三場　ミランドリーナ一人

ミランドリーナ あの方がどれほどお金持ちで、どれほど贈り物をして下さったとしても、私を靡かせるのは先ず無理だわね。あの滑稽な庇護をして下さる侯爵さまでは、ましてや不可能だわ。もし私がこの二人のどちらかを選ばねばならないとしたら、私は間違いなく沢山お金を使う方と一緒になるわ。でも、私は両方とも願い下げよ。私はリーパフラッタの騎士を惚れ込ませる賭けをしたから、たとえこの二倍も大きい宝石をくれると言われても、この楽しみと取り替えたりなんかしないわ。私はやってみるわ。私にあの二人の上手な女優さんたちのような能力があるかどうかは知らない。でも、やってみるわ。伯爵さまと侯爵さまは、あの二人と勝負することができるでしょう。だから、私に付きまとったりしないでしょう。私は自分の好きなだけあの騎士さまと勝負するわ。彼が降参しないなんて、あり得るかしら？　女性に自分の技を使う時間が与えられた時に、女性に抵抗できる男性な

んて、いると思う？　打ち負かされる恐れがないのは、女から逃げ去る男だけよ。でも、立ち止まって、その話を聞き、その話に聞き惚れるような男は、こと志と違って、遅かれ早かれ打ち負かされるのよ。[退場]

第二幕

第一場　騎士の部屋。昼食用に準備されたテーブルと椅子。騎士と、召使いと、その後、ファブリツィオ。騎士は本を手にして、行ったり来たりしている。ファブリツィオはスープをテーブルに置く

ファブリツィオ　[召使いに]あんたのご主人に、スープのご用意ができたので、召し上がるかどうか尋ねてくれよ。

召使い　[ファブリツィオに]あんたがそう言ったらどうかい。

ファブリツィオ　とても変わった人なので、俺は自分から話し掛ける気になれないんだ。悪い人ではないんだよ。女性の顔も見たくないことは確かだがね、男性に対してはとても優しいんだ。

ファブリツィオ　[傍白]（女の顔も見たくないって？ あわれな愚か者だ！ この世で最も良いものを知らないとはな。）[退場]

召使い　旦那さま、よろしかったら、食事の用意ができておりますが。

騎士　[食べながら召使いに]今日は、いつもより昼食が早い

ように思えるが。[召使いは騎士の椅子の背後に立って、手に皿を持っている]

召使い　この部屋には、どの客室よりも早く食事が出されました。アルバフィオリータ伯爵さまは、食事は自分を一番先にしてくれと大声で騒がれましたが、女主人は先ず旦那さまに食事をお出しするよう命じられたのです。

騎士　特別の心遣いをしてもらったことで、私は彼女に感謝しなければならんな。

召使い　本当に礼儀正しい女性でございますよ、旦那さま。この私も色々と世間を見てまいりましたが、あの人ほど上品な女主人はいませんでしたよ。

騎士　[ちょっと後ろを振り返って]お前、惚れたのか、え？

召使い　私のご主人さまに失礼にならなければ申し上げますが、私は給仕になって、ミランドリーナと一緒にいたいとさえ思います。

騎士　あわれな愚か者だ！ お前はあの女に何をしてもらいたいんだ？［召使いに皿を手渡すと、彼はそれを取り替える］

召使い　あのような女性には、私はまるで仔犬のようにお仕えしたくなるのです。［料理を取りに行く］

騎士　呆れて物が言えん！ あの女はすべての男を虜にしてしまう。だが、この私まで虜にすること、こればかりは、あり

えない滑稽な話だ。いずれにせよ、私は明日、リヴォルノに出発する。今日中に色々とやってみることだな。できるものならね。でも、この私がそんなひ弱な男でないことは憶えておくべきだ。私の女嫌いを治してくれるには、もっと違ったものが必要なんだよ。

第二場　ゆで肉ともうひとつの料理を持った召使いと、前出の騎士

召使い　女主人が申しますには、もし若鶏が旦那さまのお気に召さなければ、鳩料理をお出しします、とのことです。この料理は何かね？
騎士　私は何もかも気に入っている。
召使い　女主人が申しますには、もしこのソースが旦那さまのお気に召したなら、これは女主人が自分の手で作ったソースでございます、とお伝えして欲しいとのことです。
騎士　あの女にはますます頭が上がらんな。［味見して］これはおいしい。彼女に伝えてくれ、私は気に入った、感謝しているとな。
召使い　お伝え致します、旦那さま。
騎士　今すぐに。
召使い　直ちに。［傍白］(ああ、何という奇跡だ！　女性に褒め言葉を言うなんて！)［退場］
騎士　これはおいしいソースだ。これほどおいしいものは、味わったことがない。［食べながら言う］確かに、ミランド

第三場　召使いと、前出の騎士

召使い　あの女には、たっぷりとお礼をはずんでやらねばならんな。実に礼儀正しい。倍払ってやることにしよう。十分に支払って、早く立ち去ることだ。
騎士　それでは、あの女には、たっぷりとお礼をはずんでやらねばならんな。実に礼儀正しい。倍払ってやることにしよう。
召使い　承知しました。［飲み物を取りに行く］
騎士　飲み物をくれ。
召使い　はい、旦那さま。
騎士　今作っているって？
召使い　彼女は今、自分の手で別の料理を作っております。私には何という料理か存じませんが。
騎士　お前、お見事な式部官振りだな。お見事だよ。
召使い　自分の密かな心遣いを認めて下さる、旦那さまのお優しさに感謝しているとのことでございます。
騎士　伯爵は食事に彼が入ったか？［召使いが飲み物を差し出す］［飲む］

リーナがこのようにするなら、おい、しい食卓に親切なリネンが付くだろう。評価するものは、誰しも否定できん。だが、彼女の内で私が最も高く評価するものは、あの率直さだ！　ああ、あの率直さは実に素晴らしい！　私が女たちの顔も見たくないからだ。それは、女たちが猫被りで、嘘つきで、媚を売るからだ。だが、あの見事な率直さは……
198

宿屋の女主人

召使い はい、旦那さま。たった今ですが。今日は客のおもてなしで、お二人の食卓に付かれております。

騎士 二人の貴婦人だって？　誰だろう？

召使い 少し前にこの宿にお着きになった方々ですが、お名前は存じ上げません。

騎士 伯爵の知り合いかな？

召使い そうではないと思いますが、彼女らと会うや、すぐに昼食に招待されました。

騎士 何という心の弱さだ！　二人の女と会うや、直ちに言い寄るとは。それを受け入れる女も女だ。いったいどのような女かは知らんがな。だが、たとえどのような女と言うだけで、もう沢山だ。間違いなく伯爵は破産するだろう。ところで、侯爵は食事を始めたかね？

召使い 部屋を出られましてから、まだお見えになっておりません。

騎士 次の料理だ。[皿を変えさせる]

召使い 承知しました。

騎士 二人の貴婦人と食事だって！　女どもの愛想笑いを見ると、何と素晴らしいお仲間だろう！　まあ、私などは食欲がなくなってしまうよ。

第四場　料理の皿を持ったミランドリーナと、召使いと、前出の騎士

ミランドリーナ お邪魔してよろしいでしょうか？

騎士 誰かいないか？

ミランドリーナ 何でございましょう？

騎士 彼女の手から皿を受け取って来なさい。

ミランドリーナ 失礼でなければ、私が自分の手で給仕頂いてもよろしいでしょうか。[料理をテーブルに置く]

騎士 それは君の仕事ではない。

ミランドリーナ まあ、この私を誰だとお思いです？　どちらかの奥さまとでも？　私は自分の宿屋に来て下さるお客さまにお仕えする女中に過ぎません。

騎士 [傍白] (何と謙虚さだ！)

ミランドリーナ 本当のことを言いまして、私はすべてのお客さま方にお給仕させて頂いて構わないんですけど、いくらか遠慮があってそうしないんです。私の言いたいことを分かって頂けますかしら。でも、あなた様の所には、何の恐れも遠慮もなく参れますわ。

騎士 ありがとう。この料理は何だね？

ミランドリーナ 私が自分の手で作りました煮込み料理でございます。

騎士 きっとおいしいだろう。君が作ったものなら、きっとお

騎士　君は何についても趣味がいいね。

ミランドリーナ　まあ！　お褒めの言葉が過ぎますわ、お客さま。私はおいしいものなど何もできないのよ。でも、このように礼儀正しい騎士さまに気に入って頂くためなら、おいしいものを作れるよう努力しますわ。

騎士　[傍白]（明日はリヴォルノ行きだ。）もし他に用事があるなら、私のために無理に給仕してくれる必要はないよ。

ミランドリーナ　何もございませんわ、お客さま。この宿屋には料理人や給仕が沢山おりますので。この私の細腕は、素晴らしいお気に入ったかどうか、教えて頂ければ嬉しいのですが、料理があなた様のお気に入ったかどうか、分からない。

騎士　喜んで、直ちに。[試食する]おいしい。実においしい。ああ、何という味だ！　何と言葉で表現したらよいものか、分からない。

ミランドリーナ　そうでしょう、お客さま。私は特別な秘密のレシピを知っているんです。この料理があなた様のお気に入って頂ければ嬉しいのですが、お気に入ったかどうか、教えて頂ければ嬉しいのです。

騎士　[召使いに]　いくらか興奮して召使いに] 飲み物をくれ。

ミランドリーナ　この料理の後には、お客さま、上等なお酒を飲む必要がありますわね。

騎士　[召使いに] ブルゴーニュワインをくれ。

ミランドリーナ　さすがですわ。ブルゴーニュワインはいいですわね。[召使いに] 食事と一緒に飲むものとしては、考えられる限り最上のワインです。[召使いは瓶とグラス一個を持って来る]

騎士　君は何についても趣味がいいね。正直に申しまして、私は物を見誤ることがほとんどないのです。

ミランドリーナ　まあ、今回ばかりは、君は見誤ったよ。

騎士　何をでございます、お客さま？

ミランドリーナ　君がこの私を、特別の心遣いをするに値する男だと信じたことさ。

騎士　[平静に]　私は君への恩を忘れないよ。

ミランドリーナ　あなた様に対しては、私は評価してもらいたいなどと願ってはおりません。自分の務めを果たしているだけですから。

騎士　そう、そう、よく分かるよ。……私は君が思っているほど野蛮な男じゃない。ちゃんとお金をはずんで、君を嘆かせたりしないから。[ワインをグラスに注ぐ]

ミランドリーナ　でも、お客さま、私は、そんなことを言いたかったんじゃありませんの。

騎士　君に乾杯だ。[飲む]

ミランドリーナ　ありがとうございます。でも、私を買いかぶり過ぎですわ。

騎士　[動揺して]　どうしたんだい？　その溜息は何だね？

ミランドリーナ　[溜息をつきながら]　まあ、騎士さま……

騎士　君がこの私を、特別の心遣いをするに値する男だと信じたことさ。

ミランドリーナ　ちゃんと申し上げましょう。私はすべてのお客さまに心を込めてお仕えしますが、お客さまは恩知らずばかりであることを思うと、私は悲しくなるのです。

200

騎士　このワインは実に素晴らしい。

ミランドリーナ　ブルゴーニュワインは、私の情熱ですの。[ミランドリーナは片手にグラス、もう一方の手にパンを持って突っ立ったまま、パンをワインに浸す動作がしにくくて困った顔をする]

騎士　君は困っているようだね。座ったらどう？

ミランドリーナ　まあ、旦那さま、私、そのようなこと……

騎士　構わん、構わん。私たちは二人だけだ。[召使いに]彼女に椅子を持って来て上げなさい。

ミランドリーナ　このようなことが伯爵さまや侯爵さまに知れたら、私、ひどい目に遭いますわ！

騎士　なぜだね？

召使い　[傍白]は、したことがなかったのに。[椅子を取りに行く]

ミランドリーナ　あのお二人はこれまで何十回となく、無理に私に何かを飲ませたり、食べさせようとされましたが、私は決して首を縦に振りませんでしたのよ。

騎士　さあ、腰を下ろして。

ミランドリーナ　お言葉に甘えまして。[腰を下ろす]

騎士　おい。[召使いにパンを浸す]

ミランドリーナ　ワインの中にパンを浸す]

騎士　[小声で]（女主人が私の食卓に座っていることは、誰にも漏らすなよ。）

召使い　[小声で]（ご安心を。）[傍白]（こんなことは初めてだ。びっくり仰天だよ。）

騎士　もしかしたら、どうかね。

ミランドリーナ　まあ！ありがとうございます、お客さま。[彼女にワインを勧める]

騎士　君はもう食事はしたのかね。

ミランドリーナ　はい、旦那さま。

騎士　グラスを持って来させようか？

ミランドリーナ　そんなもったいない。

騎士　嘘じゃない、喜んで持って来させるけど。

ミランドリーナ　何と言ったらよいか、あなた様のご厚意をお受けしますわ。言葉もございませんわ。

騎士　[召使いに]グラスを一個持って来い。

ミランドリーナ　差し出がましいようですが、結構です。これを使わせて頂きますわ。[騎士のグラスを手に取る]

騎士　おい、おい、それは私の飲んだやつだぞ。

ミランドリーナ　[ほほ笑みながら]あなた様のおこぼれを頂戴したいわ。

騎士　[召使いに][召使いが盆の上に別のグラスを置く]

騎士　まあ、悪女め！[ワインを注ぐ]

ミランドリーナ　でも、食事をして随分経つから、私、気分が悪くなるかもしれないわ。

騎士　大丈夫だよ。

ミランドリーナ　パンを一切れ頂けるなら……[彼女に一切れのパンを差し出す]

騎士　もちろんだとも。さあ、取り給え。

ミランドリーナ　騎士さまに喜びをもたらす、あらゆるものに乾杯。

騎士　ありがとう、優しい女主人。

ミランドリーナ　でも、女性だけはこの乾杯に入りません。

騎士　入らない？　なぜかね？

ミランドリーナ　あなた様が女だけは我慢できないことを、知っているからですわ。

騎士　その通りだ。これまで私は、女だけは我慢ができなかったな。

ミランドリーナ　ずっとその態度を続けて下さいな。

騎士　[召使いに気付かれないように用心して]ちょっと心配だよ……

ミランドリーナ　何がです、旦那さま？

騎士　聞いてくれ。[彼女の耳に向かって話す]ちょっと心配を変えてしまうのではないかと、旦那さま？

ミランドリーナ　この私が、旦那さま？　どうやって？

騎士　[召使いに]

召使い　[召使いに]あっちに行くんだ。

騎士　何かご注文は？

召使い　ゆで卵を二つほど作らせて、でき上がったら持ってきてくれ。

騎士　どうしてゆで卵などをご注文で？

召使い　お前の好きなように考えればいい。急いで行け。

騎士　分かりました。[傍白](旦那さまはゆで卵になりつつあるんだ。)[退場]

騎士　ミランドリーナ、君は魅力的な女性だ。

ミランドリーナ　まあ、お客さま、私をからかっていらっしゃるのね。

騎士　聞いてくれ。私がこれから言うのは、本当の中でも、本当に本当のことだ。それは君にとって勝利の栄光となるだろう。

ミランドリーナ　喜んでお聞きしますわ。

騎士　君は、私が不快感を持たずに付き合うことのできた、この世で初めての女性だよ。

ミランドリーナ　騎士さま、私もあなたに申し上げましょう。私には、何らかの値打ちがあるわけでは全くないのですが、気質がぴったり合うということが、時おりございます。この共感というか、好感というものは、見ず知らずの人たちの間にも生じます。この私も、これまで他の誰にも感じなかったものを、あなた様に感じるのです。

騎士　私は、君が私の心の平静さを失わせてしまうんじゃないかと恐れているんだ。

ミランドリーナ　まあ、とんでもない、騎士さま。賢者は賢者らしく振る舞うべきですわ。他の連中の弱点に陥ってはなりません。本当のことを言いますと、もし私がそのような危険を感じていたら、決してここには来たりしないでしょう。この私だって心の中に、これまで感じたことのない何かを感じています。でも、私は男狂いなどしたくありませんし、ましてや女性を憎んでいる人に惚れたりしたくないんで

騎士　ああ！　もうそれで沢山だ……［グラスにワインを注ぐ］

ミランドリーナ　［傍白］（もうすぐ陥落するわ。）

騎士　さあ、取りなさい。［彼女にワインの入ったグラスを手渡す］

ミランドリーナ　ありがとうございます。でも、あなた様はお飲みにならないの？

騎士　いや、飲むよ。［傍白］（私も酔っ払った方がいいようだ。別の悪魔が入って来れば、元の悪魔を追い払ってくれるだろうよ。）［自分のグラスにワインを注ぐ］

ミランドリーナ　［あだっぽく］騎士さま。

騎士　何だい？

ミランドリーナ　［自分のグラスを騎士のグラスに当てて］乾杯しましょう。私たちの友情に乾杯。

騎士　［少し気圧され気味に］乾杯。

ミランドリーナ　乾杯……愛し合う人々に……でも邪心なくす下さいな。でも、その方は、恐らくは私の心をもてあそんで、その後で私を嘲笑するために、今度は別の話で私を誘惑しにかかっているんだわ。騎士さま、ブルゴーニュワインをもう少し下さいな。

第五場　侯爵と、前出の二人

侯爵　我輩も仲間に入れてくれ。何に乾杯だって？

騎士　［動転して］どうして君が、侯爵君？

侯爵　ねえ、君、許してくれ給え。我輩は呼ばれたのだよ。だが、誰も返事をしなかったのでね。

ミランドリーナ　失礼しました……［立ち去ろうとする］

騎士　［ミランドリーナに］待ちなさい。［侯爵に］私が君に対して、このような勝手な振る舞いはしないぞ。

侯爵　許してくれ給え。わしらは友人だ。てっきり君は一人でいると思ったのでね。君がわれわれの敬愛する女主人と一緒にいるとは、嬉しい限りだよ。ああ！君はどう思う？まさに自然の生み出した傑作じゃないかね？

ミランドリーナ　お客さま、私は騎士さまのお給仕をするためにここに参りました。私が少し気分が悪くなると、この方がブルゴーニュワインを一杯下さって、私を助けて下さったのです。

侯爵　それはブルゴーニュかね？

騎士　はい、ブルゴーニュですが。

侯爵　でも、本物かね？

騎士　少なくとも、本物にふさわしい値段は払ったがね。

侯爵　我輩はワインについてはうるさいんだ。我輩に味見をさせてくれれば、本物かどうか教えて上げよう。

第六場　卵を持った召使いと、前出の人々〔扉の図版を参照〕

騎士　おい！〔呼ぶ〕

召使い　〔侯爵君に小さなグラスだ。

騎士　小さなグラスと言っても、あまり小さいのはいかんよ。ブルゴーニュはリキュールじゃない。その良し悪しを判断するには、たっぷりと飲む必要があるんだ。

召使い　さあ、卵をお持ちしました。〔テーブルに置こうとする〕

侯爵　我輩は卵だ。

騎士　それは何という料理かね？

侯爵　ゆで卵だが。

騎士　もういい。

侯爵　それは何という料理かね？

騎士　〔召使いに〕侯爵さまからお許しを頂いて、その煮込み料理を味見して下さいな。私が手ずから作りましたのよ。

侯爵　ああ、いいとも。おい。椅子だ。〔召使いが彼のために椅子を持って来て、盆のグラスをテーブルの上に置くフォークだ。

ミランドリーナ　さあ、フォークとスプーンを持って来て。

騎士　〔召使いはそれを持ち去る〕

ミランドリーナ　騎士さま、私、ようやく気分がよくなりまし

たわ。〔立ち上がる〕下がらせて頂きます。

侯爵　どうかお願いだから、もう少しここにいてくれよ。

ミランドリーナ　でも、私には自分の用事があるんです。それに、この騎士さまは……

侯爵　〔騎士に〕彼女をもう少しここにいさせても構わんかな？

騎士　彼女に何をさせようと言うのかい？

侯爵　我輩は君にキプロスワインを一杯味見させてやりたいんだよ。この世に生まれて以来、君はこれに匹敵するようなワインを味わったことがないはずだ。それに、ミランドリーナに味見をさせて、彼女の意見を聞きたくて仕方がないんだ。ここに残ってくれ給え。

ミランドリーナ　〔ミランドリーナに〕どうか侯爵君を喜ばせるために、私が出て行くのを許して下さいますわ。

騎士　侯爵さまなら、ここに残っていますわ。

ミランドリーナ　味見をしたくないのかね？

侯爵　閣下、それはまたの機会に。

騎士　どうか残っていてくれ。

ミランドリーナ　〔騎士に〕私にそうしろとお命じで？

騎士　君に残ってもらいたいと言っているんだ。

ミランドリーナ　ご命令なら従いますわ。〔腰を下ろす〕

侯爵　〔食べながら〕ああ、何という料理だな！

騎士　〔傍白〕（私はますます頭が上がらん。）

侯爵　ああ、何という料理だ！ああ、何という匂い！ああ、何という煮込み料理だ！

騎士　[ミランドリーナに小声で]　君が私の傍にいるので、侯爵は嫉妬しているんだよ。

ミランドリーナ　[騎士に小声で]　私、あの方のことなど、ちっとも気にしていませんわ。

騎士　[ミランドリーナに小声で]　君も男性の敵なんだろう？

ミランドリーナ　[同様に小声で]　(あなたが女性の敵であるように。)

騎士　[同様に小声で]　(私はその敵に復讐されつつあるんだ。)

ミランドリーナ　[同様に小声で]　何ですって、あなた？

騎士　[同様に小声で]　(ああ、ずる賢い奴だ! よく知っているくせに……)

侯爵　友よ、君に乾杯だ。[ブルゴーニュワインを飲む]

騎士　それで？ どう思う？

侯爵　君には大変失礼だが、これは安物だね。我輩のキプロスワインを味見してくれ給え。

騎士　そのキプロスワインというのは、いったいどこにあるんだい？

侯爵　ここにある。我輩が携えて来たんだ。一緒に味わってもらおうと思ってね。さあ! それがこれだ。見てご覧。[小瓶を取り出す]

ミランドリーナ　侯爵さま、私の拝見したところでは、その

あな様のワインでは、酔うことができないようですわね。

侯爵　これが？ これはメリッサ酒⑫のように、舐めるように飲むものなんだ。誰かいないか？ 小さなグラスだ。[小瓶の栓を抜く]

召使　[キプロスワイン用に小さなグラスを運んで来る]

侯爵　おい、それでは大き過ぎる。[手で瓶を覆う]もっと小さなグラスはないのか？

騎士　[召使いに]リキュール用のを持って来なさい。

ミランドリーナ　私は匂いを嗅ぐだけで、もう十分だと思いますわ。

侯爵　[匂いを嗅ぐ]ああ、素晴らしい! 心を和ませる匂いだ。

召使　[小さなグラスを三個、盆に載せて運んでくる]

侯爵　[恐る恐る、小さなグラスに半ばまで注ぐ。その後、それらを騎士とミランドリーナに手渡し、しっかりと瓶に栓をする。飲みながら]何という神々の飲み物! 何という天国の酒だ! 何という甘露!

騎士　[ミランドリーナに小声で]　(このけちな飲み物をどう思う？)

ミランドリーナ　[騎士に小声で]　(ワインの水割りですわ

⑫　レモンの香りのするメリッサのエッセンス入りのリキュール。痙攣止めの効果があるので、気付け薬としてよく用いられていた。有名なミランドリーナの失神の場（第二幕一七場）の後でも、騎士が彼女に贈る金の小瓶にもメリッサ酒が入っていた（第三幕二場）。

侯爵　ああ！　[騎士に]どうだね？

騎士　おいしいね。貴重な味だ。

侯爵　ああ！　ミランドリーナ、お前は気に入ってくれたかね？

ミランドリーナ　あなた様、私は嘘をつけない性分です。私はどうも好きになれません。まずいワインだと思いますわ。私なら、おいしいなどとは、口が裂けても言えません。平気で嘘のつける人が羨ましいわ。でも、このようなことで嘘がつける人は、別のことでも嘘がつけるはずだわ。

騎士　[傍白](この女は私を非難している。なぜだか、私にはよく分からんが。)

侯爵　ミランドリーナ、お前はこの種のワインについては、よく知らないんだ。許して上げよう。確かに、我輩がお前に上げたハンカチについては、お前はその価値が分かって、気に入ってくれた。だが、キプロスワインについては、まだ分かっておらんな。[飲み終える]

ミランドリーナ　[騎士に小声で](どれほど自慢するか、聞かれました？)

騎士　[ミランドリーナに小声で](私ならこんな風にはしないな。)

ミランドリーナ　[同様に小声で](あなたのご自慢は、女を軽蔑することでしょう。)

騎士　[同様に小声で](そして君の自慢は、すべての男に打ち勝つことだろう。)

ミランドリーナ　[騎士に小声で、あだっぽく](すべての男じゃありませんよ。)

騎士　[ミランドリーナに小声で、少し熱っぽく](すべての男だよ。)

ミランドリーナ　[召使いに]新しい小グラス三個だ。

侯爵　誰かいないか？[召使いに]グラスを盆に載せて持って来る

召使い　仰る通りです。[退場]

侯爵　いや、いや、安心しなさい。お前に飲ませるんじゃない。[キプロスワインを三個の小グラスに注ぐ]おい、君、君のご主人のお許しを得て、アルバフィオリータ伯爵の所に行って、我輩のキプロスワインを少しばかりご賞味頂きたい、と言っていたとな。我輩の名代として、すべての者に聞こえるような大声で伝えてくれ。

ミランドリーナ　私はもう結構ですよ。お前に飲ませるんじゃない。[傍白](確かにこんなものじゃ酔えないよ。)

騎士　侯爵君、君は実に気前がいいね。

侯爵　我輩がかね？　ミランドリーナに聞いてみるんだな。

ミランドリーナ　ええ、その通りですわ！

侯爵　[ミランドリーナに]騎士君に例のハンカチを見せたかね？

ミランドリーナ　まだお見せしておりませんが。

侯爵　[騎士に]見せてもらったらいい。このわずかばかりの貴重な酒は、今晩のために取っておくことにしよう。[ワイ

ンが少し残った瓶をしまい込む

ミランドリーナ　侯爵さま、気分がおかしくならないように注意して下さいな。

侯爵　[ミランドリーナに] まあ！　何が我輩の気をおかしくしているか知っているかね？

ミランドリーナ　何でしょう？

侯爵　おまえの美しい瞳だよ。

ミランドリーナ　本当に？

侯爵　親愛なる騎士君、我輩は彼女にぞっこん惚れ込んでいるんだよ。

騎士　それはかわいそうですな。

侯爵　君は女性への愛を感じたことがないんだよな。ああ、もしも感じたことがあったなら、我輩のことも同情してもらえただろうに。

騎士　ええ、同情していますよ。

侯爵　しかも、我輩は獣のように嫉妬深いんだ。彼女を君の傍に残しておくのは、君がどのような人間かを知っているからだ。さもなければ、たとえ一〇万ドッピア金貨をくれると言われても、そのようなことを、我輩は我慢したりしないぞ。

騎士　[傍白] (この男は、そろそろ私の我慢も限界だな。)

第七場　盆に一本のボトルを載せた召使いと、前出の人々

召使い　[侯爵に] 伯爵さまは、あなた様に感謝され、カナリ

アワインをお返しに下さいました。

侯爵　まあ、まあ、彼のカナリアワインと我輩のキプロスワインを比べたいというのか？　それを見せなさい。あわれな愚か者だ！ [立ち上がって、瓶を手に取る] これは粗悪品だ、わしには匂いで分かる。

騎士　[侯爵に] そう言う前に、味見してご覧よ。

侯爵　我輩は味見などする気はない。これは、伯爵が我輩に対して働いた数多くの無礼な行為のひとつだ。あいつはいつも我輩の上に立とうとする。あいつが我輩を圧倒し、我輩は天地神明に誓って、とんでもない行動に走らせようとする。これは百倍ものお返しをしてやるぞ。ミランドリーナ、もしお前があの男を追い出さないなら、大変なことが起こるぞ。そうとも、大変なことが起こる。何と言っても、我輩は我輩だからな。あいつは失敬千万な奴だぞ。我輩は我慢することができない。[瓶を持ち去って、退場]

第八場　騎士と、ミランドリーナと、召使い

騎士　かわいそうに、侯爵は気が狂ったんだ。

ミランドリーナ　もし方が一怒りで気がおかしくなっても、持って行ったボトルで元気を取り戻すでしょうよ。

騎士　君に言っておくが、彼は気が狂ったんだよ。そして、彼の気を狂わせたのは君だよ。

ミランドリーナ　この私が、男の方々の気を狂わせるような女ですって？

騎士[あえぐように]そうだよ、君はだな……

ミランドリーナ[立ち上がる]騎士さま、お邪魔しました。

騎士　待ってくれ。

ミランドリーナ[行きながら]ご勘弁を。私はどなたの気も狂わせたくありませんので。

騎士　私の話を聞いてくれ。[立ち上がる]

ミランドリーナ[命令口調で]失礼しました。

騎士[行きながら]待ってくれ、と言ったろうが。

ミランドリーナ[傲慢そうに振り返って]この私に何のご用？

騎士[戸惑って]何も。ブルゴーニュワインをもう一杯飲まないか？

ミランドリーナ　いいですわよ、お客さま。急いで、急いで、私が早く退散できるようにね。

騎士　座ってくれよ。

ミランドリーナ　このままでいいわ。

騎士[優しく彼女にグラスを渡しながら]乾杯をしたら、私、すぐに出て行きますわね。これは私の祖母が教えてくれた乾杯の歌よ。

《お酒の神さま、ばんざい、愛の神さま、ばんざい。

両者はともに私たちの慰め。一方は喉を通って、心に行き、他方は目から入って、それから心に。ワインを目から……あなたのすること、私もするわ》[退場]

第九場　騎士と召使い

騎士　お前も消え失せてしまえ。[召使いに]果物をお持ちしましょうか？

召使い　は退場

騎士　見事だ、こっちにおいで。話を聞いてくれよ。逃げてしまった。逃げて行ってしまった。ひどい苦しみの中に突き落としたまま。《ワインを飲んで、それから目でね、私もするわ》ああ、悪女め！　これは何と不思議な乾杯だろう？　ああ、忌々しい女め、お前の正体は分かっているぞ。何と優雅にやってのけることだろう！　しかも、これほど見事に人の心に入り込めるとは……悪女め、悪女め、この私を痛い目に遭わせるつもりか？　とんでもない、私はリヴォルノに発とう。あの女にはもう二度と会いたくない。忌々しい女どもめ！　私は誓って、女のいる所には、絶対に足を踏み入れないぞ。[退場]

第一〇場　伯爵の部屋。アルバフィオリータ伯爵と、オルテンシアと、デヤニーラ

伯爵　フォルリポーポリ侯爵は、実に変わった性格の奴でね。彼が貴族の生まれであるのは間違いない。だが、父親と彼の代で財産を使い果たしてしまって、今や生活するのがやっとの状態なのに、いい恰好をするのが好きなのだよ。

オルテンシア　気前良く振る舞おうとしているのは分かりますけど、先立つものがないのね。

デヤニーラ　ご自分に可能なわずかなものを贈って、世間中にそのことを広めたがっているのよね。

伯爵　これは、君たちの喜劇にお誂え向きの素晴らしい役柄だろう。

オルテンシア　一座の者たちが到着するのを待って、劇場に見に来て下さいな。あの方を笑い者にすることができると思いますよ。

デヤニーラ　私たちの一座には、人の性格を真似るのがものすごく上手な人が何人かいますのよ。

オルテンシア　でも、彼を笑い者にしたいのなら、君たちは彼に対して貴婦人の役を演じ続ける必要があるよ。

デヤニーラ　この私なら、ちゃんと演じられますわ。でも、オルテンシアったら、すぐに自分の正体をばらしてしまうんだから。

デヤニーラ　素人さんが、私を貴婦人だと信じ込むのを見ると、私は笑いが込み上げて仕方がないの。

オルテンシア　[皮肉に]こうですからね。あんたって、本当にお上手な役者さんね。

伯爵　君たちが、わしに正体をばらしてくれてよかったよ。こうしてわしも、君たちのために何かしてやる余地ができたわけだからな。

オルテンシア　伯爵さまには、私たちの庇護者になって頂きますわ。

デヤニーラ　私たちはあなた様のお友だちよ。一緒にあなた様の恩恵に浴させて頂きますわ。

伯爵　その前に君たちに言っておこう。わしは率直に言うがね、わしは自分のできる限り、君たちにお仕えしたい。だがわしには、ちょっと心に誓ったことがあってね、そのために君たちの所に通うことはできないんだ。

オルテンシア　ちょっとした秘め事がおありなのね、伯爵さま。

伯爵　そうなんだ。君たちには打ち明けることにしよう。実はこの宿屋の女主人なんだよ。

オルテンシア　まあ、驚いた！本当にご立派なご婦人だわね！伯爵さま、あなたには驚きですわ。宿屋の女将に夢中になるなんて！

デヤニーラ　むしろ女役者に尽くして下さった方が、まだましだと思いますけどね。

伯爵　正直に言うとね、君たちとよい仲になるのは、わしはあまり好きじゃないんだ。ある時はここにいるかと思うと、ある時はいなくなってしまうのだからね。

オルテンシア　その方がよいのではありませんこと、あなた様？　このようにすれば、お友だちのままで後腐れがありませんし、殿方は破滅しないで済みますわ。

伯爵　だが、いずれにしてもだな、わしは心に誓ってしまったんだ。わしはあの女が好きだし、彼女に嫌な思いをさせたくないんだ。

デヤニーラ　あの人に、いったいどのような魅力がありますの？

伯爵　ああ！　実に沢山の魅力があるんだ。

オルテンシア　ちょっと、デヤニーラ。[おしろいを塗る真似をする]お化粧美人よ。

伯爵　彼女は実に才気煥発なんだ。

デヤニーラ　まあ、才気について、彼女と私たちを比較なさるおつもり？

伯爵　もう沢山だ。自分の思いたいように思ったらいいさ。わしはミランドリーナが好きだ。もし君たちがわしの友だちでいたいのなら、彼女のことを貶さないでくれ。さもなければ、わしは知り合いでなかったことにさせてもらうよ。

オルテンシア　まあ、伯爵さま、私、言っときますがね、ミランドリーナさんは、女神のウェヌスさまですよ。

デヤニーラ　そうそう、その通り。あの人って才気煥発だし、

話し方も上手だわよねえ。

伯爵　そう言ってくれると、わしは嬉しいよ。

オルテンシア　この程度のことがお望みなら、いつでも言って差し上げますわ。

伯爵　[舞台裏の方を眺めながら]あれ！　今、広間を横切った男を見たかい？

オルテンシア　見ましたわ。

伯爵　あれはもう一人の、喜劇にお誂え向きの素晴らしい役柄だよ。

オルテンシア　どんな種類の役柄ですの？

伯爵　女の顔も見たくないという役柄だ。

デヤニーラ　まあ、何て愚かなんでしょう！

オルテンシア　どこかの女から何かひどい目に遭った思い出があるんでしょう。

伯爵　とんでもない。女を愛したことが全くないんだよ。女と関わり合おうとしないんだ。女と見れば見境なく軽蔑する。ミランドリーナまで軽蔑していると言えば、それでもう十分だろう。

オルテンシア　あわれな男だわ！　もしこの私がその傍にいたら、誓って言うけど、その考えを変えさせられると思いますわ。

デヤニーラ　本当に何の苦労もないことだわ！　これなら私が引き受けたいような企てですわ。

伯爵　ねえ、聞いてくれ、君たち。これは純粋にお遊びとして

宿屋の女主人

伯爵　彼が台所の方に行くのを見たよ。行ったら見つかるだろう。

召使　ただちに。[退場]

伯爵　[傍白]（いったい何をしに台所の方に行ったんだろう？　賭けてもいいよ、まずい食事をあてがわれたので、ミランドリーナに文句を言いに行ったんだ。）

オルテンシア　伯爵さま、私、侯爵さまにお願いして、贔屓の靴屋を寄越して下さるように頼んだのですけど、来ないかも知れませんわね。

伯爵　そんなこと、もう気にせんでいい。わしに任せておきなさい。

デヤニーラ　侯爵さまは、この私にハンカチを約束されていたのですけど。ああ！　きっともうすぐ持って来て下さるでしょうよ！

伯爵　ハンカチなら、わしがそのうち見つけて上げるよ。

デヤニーラ　私、すぐにでも必要なの。

伯爵　もしこれでよろしければ、差し上げるが。新品だよ。

[彼女に自分の絹のハンカチを差し出す]

デヤニーラ　ああ！　騎士君がやって来る。あなた様のご厚意に心から感謝しますわ。

伯爵　あなた様は貴婦人の役を演じていた方がいいと思うよ。彼に礼儀正しく君たちの話を聞かせるためにはね。しばらくの間、後ろの方に引っ込んでいなさい。君たちに気付いたりしたら、逃げ出してしまうからね。

だがね、もし君たちがあの男を惚れ込ませられるなら、わしも貴族だ、君たちに素晴らしい贈り物を差し上げることにしよう。

オルテンシア　私はこんなことでご褒美を頂くつもりはありませんよ。私は自分の楽しみとして、やってみますわ。

デヤニーラ　もし伯爵さまが、私どもに何らかのご褒美をお与え下さるとしても、このために下さるべきではありませんわ。私たちの一座の者が到着するまで、少しばかり楽しみましょうか。

伯爵　君たちには荷が重いんじゃないかと思うけどな。

オルテンシア　伯爵さま、あなたは私たちを、少しばかり見くびっていらっしゃるわね。

デヤニーラ　私たちにはね、ミランドリーナさんのような愛嬌はありませんよ。でも結局のところ、私たちは広い世間をちょいとばかり知っていますからね。

オルテンシア　どうぞ、あなた様のお好きなように。

伯爵　おい？　誰かいないか？

第一一場　伯爵の召使いと、前出の人々

伯爵　[召使いに]リーパフラッタの騎士に、お話したいことがあるので、わしの所まで来て頂きたい、と伝えてくれ。

召使　ご在室でないことは存じ上げておりますが。

オルテンシア　何というお名前の方？
伯爵　リーパフラッタの騎士、トスカーナ人さ。
デヤニーラ　奥さまはいらっしゃるの？
伯爵　女の顔も見たくない奴だぜ。
オルテンシア　［引っ込みながら］お金持ち？
伯爵　大金持ちだよ。
デヤニーラ　［引っ込む］いらっしゃい、いらっしゃい。
オルテンシア　［引っ込む］時間さえあれば、絶対に落としてみせるわ。

第一二場　騎士と、前出の人々

騎士　私に用があるというのは、伯爵君、君かね？
伯爵　そうだよ。わざわざご足労頂いて申し訳ない。
騎士　ご用があれば何なりと。
伯爵　このお二人の貴婦人がね、君にお願いしたいことがあると仰るんだ。［彼に二人の女性を指差すと、彼女たちはすぐ前に出てくる］
騎士　勘弁してくれ。私は時間潰しをしている暇はないんだ。
オルテンシア　騎士さま、私、あなたにご迷惑をおかけするつもりはございませんのよ。
伯爵　ねえ、君、二人の貴婦人がお願いしているのだから、聞いて上げるのが礼儀というものじゃないかね。
騎士　［真面目に女性たちに］失礼しました。どのようなご用ですか？
オルテンシア　あなた様は、トスカーナの方ではありません？
騎士　左様ですが、奥さま。
デヤニーラ　フィレンツェにお友だちをお持ちではありませんの？
騎士　友だちもいれば、親戚の者もおりますが。
デヤニーラ　実は、あなた……［オルテンシアに］ねえ、あなたから切り出してよ。
オルテンシア　私から申し上げましょう、騎士さま……実はあることが……
騎士　急いで下さい、奥さま方、お願いしますよ。私は急ぎの用があるんです。
伯爵　そうか、分かった。わしがここにいるので、遠慮しているんだね。邪魔者は去って上げるから、騎士君に自由に打ち明け話をしてくれ給え。［退場しようとする］
騎士　いや、ねえ、君、残ってくれ……聞いていてくれよ……
デヤニーラ　騎士さま、どうかお願いですわ、一言だけお話を聞いて下さいな。
オルテンシア　騎士さま、どうかお願いですから、お許しを。私は急ぎの用事があるのです。
デヤニーラ　ほんの二言、それだけですわ、あなた様。
オルテンシア　二言ばかりお話したら、解放して差し上げますから。

伯爵 わしは自分の義務を心得ているよ。奥さま方、それでは失礼。[退場]

第一三場 オルテンシアと、デヤニーラと、騎士

オルテンシア どうぞ、座りましょう。

騎士 残念ながら、そんな気になれませんので。

デヤニーラ 女性に対して、そんなにぶっきらぼうですの？

騎士 私に何がお望みなのか、早くおっしゃって下さいよ。

オルテンシア 私たちは、あなた様のご援助と、庇護と、ご好意を必要としているのです。

騎士 あなた方の身に、いったい何が起こったのですか？

デヤニーラ 申し上げましょう……デヤニーラ、あなたから話してよ。

騎士 [傍白]（ああ、いらいらさせる女たちだな！）

デヤニーラ 私たちは、夫に見捨てられてしまったのです。

騎士 見捨てられた？ 何ですって！ 二人の貴婦人が見捨てられた？ [誇り高く] あなた方の夫の名前は、何と言うんです？

デヤニーラ [オルテンシアに] ねえ、私、とてもうまく言えそうにないわ。

オルテンシア [傍白]（この人、大変興奮しているから、私だって、もう少しで立ち往生だわ。）

騎士 奥さま方、失礼しますよ。[退場しようとする]

オルテンシア 何ですって！ あなたは私たちに向かって、このような振る舞いをなさるの？

デヤニーラ 貴族なのに、このような振る舞いを？

騎士 お許し下さい。私は心の平安を愛する男です。聞けば、二人の貴婦人がそれぞれの夫に見捨てられたとか。このような場合には、大変な交渉が必要となるでしょう。自分のことで手一杯です。尊敬する貴婦人方、私に忠告や援助を期待されてもむだですよ。

オルテンシア じゃあ、いいわ。愛する騎士さまを、これ以上苦しめるのはやめようか。

デヤニーラ そうね。では、明け透けに話そうか。

オルテンシア これは何という聞き慣れない話し方です？

騎士 私たち、貴婦人じゃないのよ。

オルテンシア じゃないって？

騎士 伯爵が、あんたをからかおうとしたのよ。

デヤニーラ もうからかいは終わったんですね。では失礼し[退場しようとする]

オルテンシア 何の用です？

騎士 ちょっと待って。

デヤニーラ ちょっとばかり、あなたと楽しいお話をさせて頂戴。

騎士 私は用事があるんだ。時間潰しをしている暇はない。

オルテンシア あなたのものをねだろうなんて思っちゃいませ

デヤニーラ　あなたの評判を落としてやろうなんて思ってもいませんよ。
オルテンシア　でも、聞いて頂戴な。私たちは、あなたの注目を引けるような女じゃありませんけどね。
騎士　君たちは、いったい何者かね？
オルテンシア　あんたから言ってよ、デヤニーラ。
デヤニーラ　あんただって、言えるじゃない？
騎士　さあ、いったい何者なのです？
オルテンシア　私たち二人はね、女役者なの。
騎士　二人の女役者！
オルテンシア　そう。喋るがいい、喋るがいい。私はもう君たちを恐れない。君たちの芸の見事さについては、しっかりと頭に入れてあるからね。
騎士　それはどういう意味？　説明して頂戴。
オルテンシア　君たちが舞台でも、舞台の外でも、芝居をしているのは知っている。このことを頭に入れておけば、君たちを恐れなくて済むんだ。
デヤニーラ　あなた、私のお芝居ができないのよ。
騎士　［デヤニーラに］あなた様のお名前は何？《生真面目》

婦人かね？
デヤニーラ　私の名前は……
騎士　［オルテンシア］あなた様は《ごろつき》婦人かね？
オルテンシア　ねえ、騎士さま……
騎士　［デヤニーラに］《巻き上げる》のは、どんなに面白いですかな？
オルテンシア　私はそのような……
騎士　［デヤニーラに］《カモ》は、どのように料理しますかな、奥さま？
デヤニーラ　私はそのような事をする女じゃ……
騎士　私だって隠語を話せるんですよ。
オルテンシア　まあ、何と素敵な騎士さまでしょう！　［彼の腕を取ろうとする］
騎士　［彼女の手を叩いて］手を出すな。
オルテンシア　畜生！　貴族というより《コントラスト》だわ。
騎士　《コントラスト》というのは、《田舎者》の意味だろう。お前たちの言っていることはよく分かるぞ。二人とも無礼者だ。言ってやるが、お前たちは、二人とも無礼者だ。
デヤニーラ　私に無礼者ですって？
オルテンシア　私のような女性に向かって？
オルテンシア　［オルテンシアに］厚化粧美人だな！
デヤニーラ　［オルテンシアに］（おたんこなす！）［退場］
騎士　［デヤニーラに］かつら美人！

デヤニーラ （畜生め！）［退場］

第一四場　騎士と、その後、彼の召使い

騎士　女どもを追い払う方法をうまく見つけた。あいつらは、いったい何をしようとしていたのだ？　あわれな愚か者どもだ！　さあ、伯爵の所に行って、この素晴らしい場面について話すがいい。もし彼女たちが貴婦人だったとすれば、私は遠慮して逃げ出すべきだったろう。だが、女をいじめることができるなら、ミランドリーナをいじめることは、私にとって、それはこの世で最高の楽しみだ。だが、彼女は大変礼儀正しく、私に打ち勝ったので、私は彼女を愛するまでに追い込まれてしまった。だが、彼女だって女だ。私は女を信頼するつもりはない。私は立ち去ろう。明日、立ち去ろう。でも、ミランドリーナに破滅させられないと、誰が保証してくれる？ ［考える］ そうだ、男らしく決心しよう。

召使い　旦那さま。
騎士　何の用だ？
召使い　侯爵さまがあなた様にお話したいことがおありとかで。
騎士　あの阿呆が何の用だ？　お金なら、びた一文出せんぞ。待たせておけ。待ちくたびれたら、立ち去るだろうよ。宿屋の給仕の所に行って、すぐに私の勘定書を持って来るように言ってくれ。
召使い　そのように致します。しかして、今から二時間以内に荷造りを終えるおつもりで？ ［退場しようとする］
騎士　そうだ。剣と帽子をここまで持って来てくれ。侯爵に気付かれないように。
召使い　でも、あの方が、私の荷造りをご覧になったら？
騎士　好きなことを言わせておけ。分かったな。
召使い　と、わしは立ち去るのが本当につらいよ。） ［退場］
騎士　それにしても、これは確かなことだ。ここを立ち去ると思うと、私はこれまで味わったことのない不思議な悲しみを心に感じる。だが、ここに残れば、私はもっとひどい目に遭うだろう。だから、ますます早く出発しなければならん。そうだ、女どもめ、私はもっとお前たちの悪口を言ってやるぞ。そうだ、お前たちは、たとえよいことをしていると思っても、実際には悪いことをしているんだ。

第一五場　ファブリツィオと、前出の騎士

ファブリツィオ　お客さま、勘定書が欲しいというのは本当

(13) 役者たちの隠語で、〈contrasto〉は、〈contadino〉（田舎者）のこ

騎士　そうだ。持って来てくれたか？

ファブリツィオ　今、女将さんが作るのか？

騎士　彼女が勘定書を作るのか？

ファブリツィオ　はい、いつも女将さんで。彼女の父上が生きておいでの時から、そうでした。店の若い衆の誰よりも上手に、書いたり計算したりできますので。

騎士　[傍白]（何とすごい女だ！）

ファブリツィオ　ところで、お客さまはこんなに早くお立ちになられるので？

騎士　ああ、どうしても避けられない用事があってな。

ファブリツィオ　この給仕のことは、お忘れにならないで下さいよ。

騎士　勘定書きを持って来なさい。チップは十分にはずんでやろう。

ファブリツィオ　勘定書きは、ここにお持ちするので？今のところ、自分の部屋には行きたくないんだ。

騎士　ここに持って来てくれ。

ファブリツィオ　結構です。あなた様のお部屋には、人をうんざりさせるお方がいらっしゃいますからね。滑稽な侯爵さまがね！女将さんに惚れ込んでいるんですよ。でも、きっとほぞを嚙むことになりますぜ。ミランドリーナは俺さまの妻になるんですからね。

騎士　[むっとして]勘定だ。

第一六場　騎士一人

ファブリツィオ　ただいまお持ちします。[退場]

騎士　すべての男性がミランドリーナに憧れている。この私も彼女への愛に火が点くのを感じ始めたとして、何の不思議もない。だが、私は立ち去ろう。この味わったことのない力に打ち勝とう……あれは誰だ？ミランドリーナか？私に何の用事だ？手に紙切れを持っている。私に勘定書きを持って来たのだろう。私はどうしたらよいのか？私はこの最後の攻撃に耐えなければならない。そう、今から二時間後には出発だ。

第一七場　紙切れを手に持ったミランドリーナと、前出の騎士

ミランドリーナ　[悲しそうに]お客さま。

騎士　何だね、ミランドリーナ？

ミランドリーナ　[ドアの向こう側に立ったまま]すみません。

騎士　入って来なさい。

ミランドリーナ　[悲しそうに]お勘定書きをお持ちしましたが。

騎士　私におくれ。

ミランドリーナ　はい、どうぞ。[彼に勘定書きを手渡す際に、

騎士　どうしたんだね？　泣いているのか？　煙が目にしみ
ただけですわ。

ミランドリーナ　何でもありません。お客さま。煙が目にしみて、エプロンで涙を拭う

騎士　煙が目に？　ええい！　もう沢山だ……勘定はいくらだ？ [読む] 二〇パオロ？　四日間、実に素晴らしい待遇をしてくれて、それで二〇パオロ？

ミランドリーナ　それがお客さまのお勘定です。

騎士　今日のお昼に出してくれた格別の二品の料理は、勘定書きに入っていないのか？

ミランドリーナ　すみません。私がご馳走して差し上げたものは、勘定に入れないんです。

騎士　では、あの料理は、ただで私にご馳走してくれたわけか？

ミランドリーナ　勝手なことをしてすみません。お受け取りください。 [顔を覆って、泣く振りをする]

騎士　いったいどうしたんだね？

ミランドリーナ　私にも分かりません。煙が目にしみるのか、目の炎症なのか。

騎士　私にあの素晴らしい二品の料理を作ってくれるために苦労して、目を悪くしたんじゃないことを願っているよ。

ミランドリーナ　そんなことでしたら、私は喜んで……苦労しますわ…… [泣くのを抑える振りをする]

騎士 [傍白] （さあ、絶対に行かなきゃ！） さあ、受け取りなさい。二ドッピア金貨(15)だよ。これを私のために受け取っておくれ…… [混乱して] そして、許しておくれ…… [黙ったまま、気を失ったかのように、椅子の上に倒れ込む]

ミランドリーナ [黙って]

騎士　ミランドリーナ。ああ！　ミランドリーナ。気を失ってしまった。私に恋したということが？　しかも、こんなに早く。しかし、それは当然だよ。私に恋しないはずはない。この私だって彼女に恋したんじゃないか？　いとしいミランドリーナ……《いとしい》だって？　この私が、女に対して《いとしい》だって？　でも、現実に私のために気を失ったんだ。ああ、何て美しいんだ！　彼女の目を覚まさせるために、何か持ってないかなあ。私は女と付き合わないので、気付け薬もないしゃれた小瓶も持っていない。誰か！誰もいないのか？　……私が行こう。かわいそうに！　お前はなんていい子なんだ！ [退場。その後、戻って来る]

ミランドリーナ　これで完全に陥落したわね。男たちに打ち勝つ武器を、私たちは沢山持っているのよ。でも、頑強に抵抗する敵に対して、絶対確実な、取って置きの武器は、失神だわ。戻ってらっしゃい、戻ってらっしゃい。 [前と同じ姿勢に戻る]

(14) 二〇パオロ＝一ツェッキーノ。
(15) 二ドッピア金貨＝四ツェッキーノ。騎士は請求額四倍の宿代を与えたのである。

騎士 [水の入ったコップを持って戻る] 戻ったよ、戻ったよ。まだ目を覚ましていないな。ああ、確かに彼女は私を愛している。顔に水を振り掛けたら、目を覚ましてくれるかもしれん。[彼が水を振り掛けると、ようやく彼女は体を動かす] しっかり、しっかり。私はここにいるよ、いとしいお前。今日はもう出発しないからね。

第一八場　剣と帽子を持った召使いと、前出の二人

召使い [騎士に] さあ、剣と帽子をお持ちしました。

騎士 [怒って召使いに] 出て行け。

召使い 荷造りは……

騎士 出て行け。忌々しい奴だ。

召使い ミランドリーナ……

騎士 出て行け、さもないとお前の頭をぶち割ってやるぞ。召使いは退場] まだ目が覚めないのか？　額に汗をかいている。さあ、いとしいミランドリーナ、元気を出して、目を開けて。何でも素直に私に話してご覧。

第一九場　侯爵と、伯爵と、前出の二人

侯爵 何だい、騎士君？

伯爵 どうした、君？

騎士 [ああ、忌々しい連中だ！] [逆上する]

侯爵 ミランドリーナ。

ミランドリーナ ああ！ [立ち上がる]

侯爵 我輩が彼女の意識を取り戻させたんだよ。

伯爵 おめでとう、騎士君。

侯爵 お見事だねえ、騎士君。

伯爵 お前さんは、女の顔も見たくないお方。

騎士 何という無礼な言い方だ？

伯爵 君はついに陥落したのかね？

騎士 お前たちは皆、くたばってしまえ。[コップを地面に投げつけると、割れて伯爵と侯爵の方に飛び散る。騎士は怒り狂って退場]

伯爵 騎士君は気が狂ってしまったな。[退場]

侯爵 この無礼には償いをしてもらわねばならん。[退場]

ミランドリーナ 企てはこれで完成よ。あの男の心には火が点いて、燃え上がり、燃え尽きて、灰になるわね。私に残されたたったひとつの仕事は、私の勝利を公に広め、傲慢な男たちを完全なものにするために、私の大勝利を公に広め、傲慢な男たちを辱め、私たち女性の名誉を称えることよ。[退場]

第三幕

第一場　小さなテーブルと、アイロンを掛けるためにリネンの置かれたミランドリーナの部屋。ミランドリーナと、その後、ファブリツィオ。

ミランドリーナ　さあ、お遊びの時間は終わりよ。今度は自分の仕事に精を出す番だわ。このリネンがすっかり乾いてしまう前に、アイロンを掛けなきゃ。ちょっと、ファブリツィオ。

ファブリツィオ　女将さん。

ミランドリーナ　お前にひとつ頼みがあるの。アイロンを熱々にして持って来て頂戴。

ファブリツィオ　［真面目に］はい、女将さん。

ミランドリーナ　どう致しまして、女将さん。ご厄介になっている限りは、お言い付けに従うのは当たり前で。［退場しようとする］

ファブリツィオ　待って頂戴。聞いてよ。あんたはね、こんなつまらないことで私に仕えてくれる必要はないのよ。でも、あんたは私のためなら喜んでしてくれることを、私は知っているし、私だってね……もういい。これ以上は言わないわ。

ファブリツィオ　女将さん、女将さんのためなら、俺はどんなことでもして差し上げますんで。だが、何をしても無駄だということはずっとでも思っているのかい？

ミランドリーナ　なぜ無駄だなんて言うの？　この私を恩知らずとでも思っているのかい？

ファブリツィオ　女将さんは下積みの者を相手にしてくれないんです。貴族が好きで堪らないのですよ。

ミランドリーナ　まあ、何という愚か者だろう！　私の心の内を、あんたに何もかも言ってやることができればねぇ！　さあ、さあ、アイロンを取りに行って頂戴。

ファブリツィオ　でも、俺はこの目でちゃんと見てしまったんですよ……

ミランドリーナ　やめてよ、無駄話は沢山。アイロンを持って来て頂戴。

ファブリツィオ　［行きながら］はい、はい、お言い付けに従いますよ。でも、もう少しですね。

ミランドリーナ　［独り言を言うように見えて、実は聞かせるために］この手の連中と来たら、こっちが好きになってあげれば上がるほど、付け上がるんだからね。

ファブリツィオ　［後ろに戻りながら、愛情を込めて］何と仰ったんで？

ミランドリーナ　さあ、持って来てくれるのかい、アイロン

は？

ファブリツィオ　はい、持って参ります。〔傍白〕（俺にはわけが分からんよ。ある時は俺に気があるかと思うと、ある時は全く無視する。全くわけが分からんよ。）〔退場〕

第二場　ミランドリーナと、その後、騎士の召使い

ミランドリーナ　あわれな愚か者だわ！　あの男には大変申し訳ないけど、私に仕えてくれなければならないのよ。私って、男たちを自分の言いなりにするのが、本当に得意なのよ。あれほど女性の敵でいらっしゃった、例のいとしい騎士さまは、どうなってしまったかしら？　今や私が命じるなら、どんな愚かなことでも、彼にさせることができるのよ。

召使い　ミランドリーナさん。

ミランドリーナ　どうしたの、あなた？

召使い　私の旦那さまが、ご挨拶して、あなた様のご機嫌をうかがって来い、とのことで参りました。

ミランドリーナ　私はとても元気だとお伝えして頂戴。

召使い　旦那さまがおっしゃいますには、このメリッサ酒を少しお飲み下さい、そうすれば気分が大層よくなります、とのことで。〔彼女に金の小瓶を手渡す〕

ミランドリーナ　これは金の小瓶を手渡すかい？

召使い　はい、金です、女将さん、まがい物じゃありませんよ。

ミランドリーナ　なぜ私があのひどい失神に襲われた時に、メリッサ酒をくれなかったんだい？

召使い　あの時は、この小瓶をお持ちではなかったのです。どうして手に入れたんだい？

召使い　実を言いますとね、これは内緒ですがね、ついさっき、私に金細工師を呼びにやられまして、これをお買い上げになり、一二ツェッキーノ金貨を支払われました。次いで私を薬屋にやって、メリッサ酒を買われたのです。

ミランドリーナ　おかしいので？

召使い　おかしいわよ。だって、私の気分が収まった後で、薬をくれるんだからね。

ミランドリーナ　またの時の予防に、よろしいかと思いますが。

召使い　なるほど。ではその予防のために、ちょっと飲ませてもらおうかね。彼にお礼を言って頂戴。〔飲む〕返すわ。

ミランドリーナ〔笑う〕アッ、ハッ、ハ。

召使い　まあ！　この小瓶はあなたのものですよ。

ミランドリーナ　何だって、私のもの？

召使い　はい。旦那さまは、あなたに差し上げるために買われましたので。

ミランドリーナ〔小瓶を返そうとする〕私に差し上げるために、だって？

召使い　あなたに差し上げるためにです。もちろん、口では仰いませんが。

ミランドリーナ　彼の小瓶なんだから本人に返してよ。そして私がお礼を言っていた、と伝えて頂戴。

召使い　意地を張らないで下さいな。

ミランドリーナ　私はそんなもの欲しくないわ、だから本人に返して、と言っているのが分からないの？

召使い　あなたは旦那さまを侮辱なさるおつもりかい？

ミランドリーナ　無駄話は沢山。言われた通りにしてよ。持ち帰って。

召使い　致し方ありません。持ち帰ります。[傍白しながら退場]（まあ、何という女だ！　一二ツェッキーノを受け取らないなんて！　わしはこれまで、こんな女を見たことがなかったよ。これからだって見つけるのに苦労するだろうな。）

第三場　ミランドリーナと、その後、ファブリツィオ

ミランドリーナ　まあ、焦がれ、焦がれ、焼け焦げお菓子のでき上がりだわね。でも、私があの男に対してやったことは、金目当てからじゃないわ。女性のことを金でどうにでもなる、などとあの男に言わさずに、さといとか、金でどうにでもなる、などとあの男に言わさずに、女性の力を皆の前で認めさせ、そのことを皆の前で告白させてやりたいだけよ。

ファブリツィオ　[アイロンを手に持って、よそよそしく]アイロンを持って来ましたが。

ミランドリーナ　熱々にしてくれたかい？

ファブリツィオ　はい、女将さん。熱々です。俺もこのように熱々になれればいいんですがね。

ミランドリーナ　何か変わったことでもあったのかい？

ファブリツィオ　例の騎士さんが使いをやって、贈り物とか。

ミランドリーナ　彼の召使いから聞きましたよ。

ファブリツィオ　その通りだよ。この私に金の小瓶を持って来たけどね、私はそれを突っ返してやったよ。

ミランドリーナ　突っ返したって？

ファブリツィオ　そうよ、その同じ召使いに突っ返して見せるんだね。

ミランドリーナ　なぜ突っ返しなさったんで？

ファブリツィオ　なぜって……ファブリツィオ……だって、私、誰かさんに変なことを言われたくなかったのよ……ああ、もうこの話はやめにするわ。

ファブリツィオ　いとしいミランドリーナ、許しておくれ。

ミランドリーナ　さあ、行って。私のアイロン掛けの邪魔をしないで頂戴。

ファブリツィオ　別にあんたの邪魔をするつもりは……

ミランドリーナ　次のアイロンを準備しに行ってよ。そして熱々にしたら、また持って来て頂戴。

ファブリツィオ　はい、行きますよ。でも、誤解しないで下さいよ。俺が言いたかったのは……しまいには怒るからね。

ミランドリーナ　もうお喋りは沢山。

ファブリツィオ　黙りますよ。［傍白しながら退場］（彼女のお頭はへんてこりんだが、俺は彼女が大好きだ。）

ミランドリーナ　これもうまく行ったわ。騎士さんに金の小瓶を突っ返したことで、ファブリツィオには、私の株を上げたわね。これこそ、人生を知っている、人の使い方を知っている、すべてをうまく利用する術を知っている、ということよ。優雅に、見事に、そして、少しばかりだけど、ずる賢さにかけては、私は女性の鑑になれると、認めてほしいものだわね。［アイロン掛けを続ける］

第四場　騎士と、前出のミランドリーナ

騎士　［背後で、傍白］（彼女がいたぞ。私はこんな所に来たくなかった。悪魔に引き摺られて来てしまったんだ。）

ミランドリーナ　［目の端で彼を見ながら、アイロン掛けをする］（来たわよ、来たわよ。）

騎士　ミランドリーナ？

ミランドリーナ　［アイロン掛けをしながら］あーら、騎士さま！　ようこそ。

騎士　気分はどうだい？

ミランドリーナ　［彼を見ずに、アイロン掛けをしながら］お陰さまで、気分爽快ですわ。

騎士　私は君に文句があるんだ。

ミランドリーナ　［ちょっと彼を見て］なぜですの、お客さま？

騎士　私が贈った例の小さな瓶を、君が受け取ってくれなかったからだよ。

ミランドリーナ　［アイロンを掛けながら］私にどうしろと仰いますの？

騎士　必要な時にそれを使ってもらいたいのだが。

ミランドリーナ　［アイロンを掛けながら］天の恵みで、私は失神したりしないたちですの。今日のようなことは、これまで一回もなかったのよ。

騎士　いとしいミランドリーナ……まさかその不吉な発作の原因は、私にあるんじゃないだろうね。

ミランドリーナ　［アイロンを掛けながら］そう、その通り。

騎士　［熱を込めて］私だって？　本当に？

ミランドリーナ　［怒ってアイロン掛けをしながら］あなたが私に、あの忌々しいブルゴーニュワインを飲ませたりするものだから、気分が悪くなったのよ。

騎士　［自尊心を傷つけられて］何だって？　そんなはずがあるか？

ミランドリーナ　［アイロンを掛けながら］間違いないわ。私はもうあなたの部屋には、金輪際行きませんからね。

騎士　君の言うことは分かるよ。私の部屋にはもう来ないって？　なぜそう言うのかは分かる。そう、よく分かる。でも、来ておくれ、いとしい人よ、きっと［愛情を込めて］

ミランドリーナ　このアイロンは冷めてしまったわ。[舞台裏に向かって大声で]ちょっと、ファブリツィオはいる？別のアイロンが熱くなったら、持って来て。

騎士　どうかお願いだから、この小瓶を受け取っておくれ。

ミランドリーナ[アイロン掛けをしながら、軽蔑した口調で]実を言いますとね、騎士さま、私は人さまから贈り物は頂かないことにしていますの。

騎士　アルバフィオリータ伯爵からは受け取ったじゃないか。

ミランドリーナ[アイロンを掛けながら]嫌々ながらね。あの方を不愉快にさせないためにですよ。

騎士　君は私をそのように侮辱するのか？　私を不愉快にさせたいのか？

ミランドリーナ[アイロンを掛けながら]女があなたを不愉快にさせたからと言って、それが何だと仰るのよ？　だって、あなたは女たちの顔も見たくないお人なんでしょうが。

騎士　ああ、ミランドリーナ！　今の私には、そのように言うことができないんだ。

ミランドリーナ　騎士さま、あなたはいったいいつから、突然の心変わりをなさったの？

騎士　心変わりのせいではないんだ。これは君の美しさと優雅さが生み出した奇跡なんだ。

ミランドリーナ[アイロンを掛けながら、大声で笑う]アッ、ハッ、ハ。

騎士　君は笑うのか？

ミランドリーナ　私に笑わせたくないわけ？　私をからかっておいて、私には笑わせたくないと仰るの？

騎士　ああ、ずる賢い女だ！　この私が君をからかっているんだって、ええ？　さあ、この小瓶を受け取ってくれ。

ミランドリーナ[アイロンを掛けながら]感謝、感激、雨あられですわね。

騎士　受け取ってくれ、さもないとこの私を怒らせることになるよ。

ミランドリーナ[大袈裟に、大声で呼ぶ]ファブリツィオ、アイロン。

騎士[かっとして]受け取るのか、受け取らないのか？

ミランドリーナ　急いで、急いで[小瓶を受け取り、軽蔑したようにそれをリネンの入ったカゴの中に投げ捨てる]

騎士　そんな風にそれを投げ捨てるのか？

ミランドリーナ[前と同様に、大声で呼ぶ]ファブリツィオ！

第五場　アイロンを持ったファブリツィオと、前出の二人

ファブリツィオ　お持ちしました。[騎士を見て、嫉妬する]

ミランドリーナ[アイロンを取る]熱々なんだろうね。

ファブリツィオ[よそよそしく]はい、女将さん。

ミランドリーナ[ファブリツィオに、愛情を込めて]お前、

ミランドリーナ　だとすれば、あなたは何と仰りたいのよ？

騎士　君があいつを愛していることは見て取れるよ。

ミランドリーナ　この私が、給仕に惚れているんですって？お客さま、あなたは結構きつい冗談を仰いますわね。この私の趣味は、そんなに悪くありませんよ。[アイロンをかけながら] もし私が恋をしたいと思ったら、私はこんな下らない男のために自分の時間を無駄使いしませんよ。

騎士　君なら、王さまにでも愛される値打ちがある。

ミランドリーナ　[アイロンをかけながら] スペードの王様に？　それともハートの王様に？

騎士　ミランドリーナ、真面目に話そうよ。冗談は抜きにしてね。

ミランドリーナ　[アイロンをかけながら] どうかお話し下さい。私、聞いていますから。

騎士　少しの間、アイロン掛けをやめてもらえんかね？

ミランドリーナ　あら、ご免なさい！　私は明日のために、このリネンを準備しなければなりませんの。

騎士　では、君には、私よりリネンの方が大切だと言うのか？

ミランドリーナ　[アイロンをかけながら] もちろんですとも。

騎士　本当にそう思っているんだな？

ミランドリーナ　そうよ。私はこのリネンならちゃんと使うことができますけど、あなた様の方は何の当てにもできませんからね。

騎士　女将、あの給仕を大変お気に入りのようだな！

第六場　騎士とミランドリーナ

ファブリツィオ　[前と同様に]（もう耐えられん。）

ミランドリーナ　[苛立って、傍白]（これは、いったい何という人生だろう？　俺はもう我慢ができないよ。）[退場]

ファブリツィオ　[愛情を込めて] 女将さん……

ミランドリーナ　さあ、急ぐんだよ。[彼を追い払う]

ファブリツィオ　[アイロンを持って行って、熱々にして来てね。

ミランドリーナ　[騎士に] あなた様、分かって頂けます？　私はね、このファブリツィオが大好きなんですよ。彼は私の信頼する給仕なんです。

騎士　[前と同様に] 気分でも悪いのかい？

ファブリツィオ　[前と同様に] 別のアイロンを火に掛けてほしいなら、それを俺に渡して下さいな。

ミランドリーナ　[前と同様に] 本当に、お前、気分が悪いんじゃないの？　私は心配だよ。

騎士　さあ、その男にアイロンを渡して、早く出て行かせるんだ。

ミランドリーナ　[騎士に] アイロンをファブリツィオに手渡して下さいね。

ファブリツィオ　別のアイロンを火に掛けて、それを俺に渡して下さいな。

ミランドリーナ　いったいどうしたんだい、取り乱しているように見えるけど。

騎士　それどころか、権威をもって私を使ってくれていいんだよ。

ミランドリーナ　へえ、女の顔も見たくないお方をね。

騎士　もうこれ以上、私を苦しめないでおくれ。君はもう十分に復讐したろう。私は君を尊敬するし、君のような女性が実際にいることも認めるし、そのような女性たちを尊敬するよ。私は君を尊敬し、君を愛し、君に慈悲を求めているのだ。

ミランドリーナ　はい、お客さま、彼女にそう伝えて上げることにしましょうね。[あわただしくアイロン掛けをして、シャツの付け袖を下に落としてしまう]

騎士　[床から付け袖を取り上げて、彼女に渡しながら] 信じてくれよ……

ミランドリーナ　放っておいて下さいな。

騎士　君には、かしずかれる値打ちがある。

ミランドリーナ　[大声で笑う] アッ、ハッ、ハ。

騎士　笑うのかね？

ミランドリーナ　私をおからかいになるんですもの。笑ってしまいますわ。

騎士　ミランドリーナ、私はもう我慢ができない。

ミランドリーナ　ご気分でも悪いの？

騎士　そうだ、気を失いそうだ。

ミランドリーナ　あなた様のメリッサ酒でも飲んだら。[軽蔑したように彼に小瓶を放り投げる]

騎士　私をそんなに邪険に扱わないでくれ。私は心から君を愛しているんだ。どうか信じておくれ。私は心から君を愛しているんだ。[彼女の手を取ろうとすると、彼女は彼にアイロンを当てる] 熱い！

ミランドリーナ　ご免なさい。わざとやったんじゃないのよ。

騎士　仕方がない！こんな火傷は何でもない。君は私の心にもっと大きな火傷をさせてしまったんだ。

ミランドリーナ　どこにですって、お客さん。

騎士　私の心にだよ。

ミランドリーナ　[笑いながら呼ぶ] ファブリーツィオ！

騎士　どうかお願いだから、あいつを呼ばないでくれ。

ミランドリーナ　だって、私は別のアイロンが必要なんですよ。

騎士　[笑いながら呼ぶ] ファブリーツィオ……

ミランドリーナ　[ファブリツィオを呼ぼうとして] ちょっと、ファブリーツィオ！

騎士　天地神明に誓って、あの男が来たら、あいつの頭をぶち割ってやるからな。

ミランドリーナ　別の召使いを呼ぶんですか？あいつだけは、顔も見たくないんだ。

騎士　まあ、これは傑作だわ！私が自分の召使いを使っちゃいけないんですか？

ミランドリーナ　騎士さま、あなたは少し、でしゃばりが過ぎるようね。[アイロンを手に持ったま

騎士　ま、小さなテーブルから離れる] 許してくれ……私は自分でも何をしているのか、分かっておらんのだ。

ミランドリーナ　私は台所に行きますわ。そうすればご満足でしょう。

騎士　いや、いとしい人、ここにいておくれ。

ミランドリーナ　[行き来しながら] 許しておくれ。

騎士　[彼女の後を追いながら] これは奇妙な話だわね。

ミランドリーナ　[行き来しながら] 許しておくれ。

騎士　[彼女の後を追いながら] 私は、自分の呼びたい人を呼んではいけないわけ？

ミランドリーナ　[彼女の後を追いながら] 正直に言うよ。私はあいつに嫉妬しているんだ。

騎士　[行き来しながら、傍白] （まるで仔犬みたいに、私の後に付いて来るわね。）

ミランドリーナ　[歩きながら] これまで私に命令した人など、誰もいなかったわよ。

騎士　[行き来しながら] 君に命令するつもりはない。君に懇願しているのだ。

ミランドリーナ　[居丈高に振り向いて] 私に何をお望みなの？

騎士　愛情と、同情と、慈悲だよ。

ミランドリーナ　今朝までは、女の顔も見たくなかったお方が、ねえ、今になって愛情と慈悲をお求めになるんですって？ そんなありえない話、私は聞く気もないし、はなから信じませんからね。[傍白] （くたばって、悶え死ぬがいい。女を軽蔑したらどうなるか、よく学ぶんだね。）[退場]

第七場　騎士一人

騎士　ああ、あの女を好意の目で見始めた時が、呪わしい。私は罠に嵌まってしまい、もう抜け出せない。もうこうなったら、なるようになれだ。この恋の苦しみが癒されないかぎり、私はこの宿屋から出て行かないぞ。それがどれほど高く付いたとしても、彼女を手に入れてやるぞ。たとえこの私の命で支払うことになったとしても、私に恋焦がれさせてやる。もしミランドリーナが、これほど私に残酷に振る舞うなら、私は天地神明に誓って、彼女にきっぱりと片を付けてやる。

第八場　侯爵と、前出の騎士

侯爵　騎士君、我輩は君に侮辱されたんだぞ。

騎士　許して頂きたい。単なる過ちだったんだ。

侯爵　よくもそんな態度が取れるものだな。

騎士　結局のところ、コップは君に当たらなかったものが。

侯爵　水がはねたお陰で、我輩の服に染みが付いてしまったん

侯爵　女性の敵君、君は恋に落ちてしまったんだろう？
騎士　私が？　何に？
侯爵　そうさ。君は恋に落ちてしまったんだよ。
騎士　悪魔にさらわれてしまえ。
侯爵　隠して何の役に立つんだい？……
騎士　私を放っておいてくれ。さもないと、天地神明に誓って、君に後悔させてやるぞ。［退場］

第九場　侯爵一人

侯爵　あいつは恋に落ちて、そういう自分を恥ずかしく思い、人に知られたくないんだ。だが、人に知られたくないというのは、恐らく我輩を恐れているからだよ。我輩は、この染みばかりは残念でならない。どうしたら染み抜きができるか、知っていることに気後れがあるからだろう。我輩の恋敵と名乗るたらなあ。［小さなテーブルやカゴの中を調べるのだが。これは綺麗な小瓶だ！　これは金かな、それともまがい物か？　もちろんまがい物に決まっている。もし金なら、こんな所に放って置くはずがない。もしローズマリー・エッセンスだったら、この染み落としに、うってつけなんだが。［蓋を開け、匂いを嗅ぎ、飲んでみる］メリッサ酒だ！　どうせ同じように効くだろう。試してみよう。

騎士　繰り返して言うが、許して頂きたいのだよ。
侯爵　これは無礼な行為だよ。
騎士　私はわざとやったわけではないんだ。これで三度目のお願いだが、許して頂きたい。
侯爵　落とし前をつけてもらおう。
騎士　もし君が私を許してくれず、どうしても落とし前をつけろと言うなら、よし、この私が相手だ。私は君を恐がってなどいないぞ。
侯爵　［顔色を変えて］我輩はね、この染みが落ちないんじゃないかと心配しているんだ。我輩が頭に来ているのは、この染みのことなんだよ。
騎士　［怒って］一人前の騎士が君に謝っているんだ。それ以上何を要求しようと言うんだ？
侯爵　悪意でやったのでなければ、構わないよ。
騎士　言っておくが、私はどのような落とし前でも、付けようと思えば付けられるんだ。
侯爵　よろしい、この話は終わりにしよう。
騎士　卑しい貴族め。
侯爵　まあ、これは驚いた！　我輩の怒りに火が点くのかい？　ちょうど今、私の機嫌の悪い時に君は出くわしたんだ。
騎士　君には同情するよ。君がどんな病気か知っているんだ。
侯爵　私なら、他人さまのことは詮索しないがね。

第一〇場　デヤニーラと、前出の侯爵

デヤニーラ　侯爵さま、こんな所でお一人で何をしていらっしゃるの？　私の所にはお越し頂けませんの？

侯爵　これは、これは、伯爵夫人。もうすぐご機嫌うかがいに行こうと思っていたところなのです。

デヤニーラ　何をしていらっしゃいましたの？

侯爵　実を言いますとね、我輩は大変な清潔好きでして、この小さな染みを取りたいと思っていたのです。

デヤニーラ　何を使ってですの、あなた様？

侯爵　このメリッサ酒ですが。

デヤニーラ　まあ、ご免なさいね。メリッサ酒は役に立たないどころか、かえって染みを大きくしてしまいますよ。

侯爵　それでは、どうすればよろしいのかな？

デヤニーラ　私、染み抜きの秘法を知っていますわ。

侯爵　喜んで。私は一スクードのお代で、その染み抜きをして、どこに染みがあったのかさえ分からなくして差し上げますわ。

デヤニーラ　一スクードも掛かるのかね。

侯爵　左様ですが、あなた様には大変な出費に思われますの？

デヤニーラ　メリッサ酒で試した方がいいな。

侯爵　最高だよ、匂いを嗅いでご覧。［彼女に小瓶を手渡す］

デヤニーラ　［試しに飲みながら］まあ、私ならもっと上手な作り方を知っていますわ。

侯爵　あなたはお酒の作り方もご存じか？

デヤニーラ　はい、あなた様。私は一応何でもこなせるんですのよ。

侯爵　お見事、あなた、お見事ですな。我輩はそういう人が好きなんだよ。

デヤニーラ　そうでないと思ったのですの？

侯爵　この小瓶は金製ですか？　間違いなく金ですよ。

デヤニーラ　侯爵さま、これはあなた様のものですか？

侯爵　我輩のものですが、もしお望みなら、あなた様に差し上げますよ。

デヤニーラ　何ですって？

侯爵　おやおや！　冗談でなさっているのではありませんの？

デヤニーラ　あなた様、これを私に下さったのではありませんの？

侯爵　［傍白］（金とまがい物の区別もできないんだ。）あなた様のご厚意に感謝することは、知っていますわ。［それをしまい込む］

デヤニーラ　あなた様、これを私に下さったことは、知っていますわ。

侯爵　あなた様は、これを私に下さったのではありませんの？

デヤニーラ　あなたのようなご身分のお方が、持つような代物じゃありませんよ。粗悪品です。もしお望みなら、もっと上等なものを差し上げますが。

侯爵　よろしいか、伯爵夫人、ミランドリーナにはそれを見せないで下さいよ。あの子はお喋りですからねえ。我輩の言わんとしていることを、分かって頂けますかな。

デヤニーラ　大変よく分かりますわ。これはオルテンシアだけに見せることに致しますわ。

侯爵　男爵夫人に、ですか？

デヤニーラ　そう、そう、男爵夫人（バロネッサ＝悪女）にね。〔笑いながら退場〕

第一一場　侯爵と、その後、騎士の召使い

侯爵　我輩から実に見事に小瓶を巻き上げたので、ほくそ笑んでいるんだ。もしあれが金だったとしたら、大変な値段のはずだ。わずかなお金で弁償できるかもしれないし、これでよしとしなければな。もしミランドリーナが小瓶を返せと言ったら、お金が手に入った時に、その代金を支払ってやろう。

召使い　〔小さなテーブルの上を探す〕あの小瓶は、いったいどこに行ってしまったんだろう？

侯爵　何を探しているのかね、君？

召使い　メリッサ酒の小瓶を探しております。ミランドリーナさんが受け取られるかもしれませんのでね。この上に置いたと仰るんですが、ありません。

侯爵　ちっちゃなもんですね。

召使い　とんでもない、旦那さま。金の小瓶ですよ。

侯爵　金かね？

デヤニーラ　それでもやはり金じゃないんだ。

侯爵　重さからいっても、見抜きましたよ。

デヤニーラ　だが、我輩はすぐに見抜きましたよ。

侯爵　その通り。金についてよく知らない者は、みな騙されるのだ。

デヤニーラ　私、お友だちに見せて上げたいわ。

侯爵　まあ、とんでもございませんに甘え過ぎですわ。それではご厚意に甘え過ぎですわ。侯爵さま、お礼を申し上げますわ。

侯爵　ここだけの話ですがね、実はそれは金じゃありません。まがい物です。

デヤニーラ　ますます結構。私は金のものより高く評価しますわ。それに、あなた様のお手から頂いたものは、何でも高貴なものになりますわ。

侯爵　もう結構。返すべき言葉もありませんよ。気に入ったのなら、どうぞお使いなさい。〔傍白〕（仕方がない！ミランドリーナには、その代金を払わねばならないだろう。どのくらいの値段かな？せいぜい一フィリッポ〔二分の一ツェッキーノ〕か？）

デヤニーラ　侯爵さまは、気前のよいお方ですこと。

侯爵　そのような粗悪品を差し上げるのは、恥ずかしいことですよ。その小瓶が金だったらよかったんですがねえ。

デヤニーラ　〔小瓶を取り出して観察する〕正直言って、私には本物の金に見えますけどねえ。誰だって騙されてしまいますわ。

侯爵　金だと？
召使い　間違いなく金です。私はそれに一二ツェッキーノ支払われるのを見たんです。[探す]
侯爵　[傍白] (ああ、とんでもないことになってしまった！)金の小瓶をこんな所に置くなんて、いったいどうしてだね？
召使い　置き忘れたのですよ。でも、見つかりませんね。
侯爵　金なんて、わしにはまだ信じられんな。
召使い　金でしたよ。これは私が保証します。もしかして閣下は見かけられました？
侯爵　我輩か？　何も見なかったな。
召使い　見つからなかったと申し上げよう。自業自得だよ。ちゃんとポケットに入れておくべきだったんだ。[退場]

第一二場　侯爵と、その後、伯爵

侯爵　ああ、このフォルリポーポリ侯爵も、ついに窮地に陥ってしまった！　我輩は値段が一二ツェッキーノもする金の小瓶を、ただでやってしまった。しかも、まがい物だと言ってやってしまった。これほど深刻な事態に、我輩はどう対処したらよいものか？　もし伯爵夫人から小瓶を取り戻せば、我輩は笑い者になる。もしそれを拾ったのが我輩であることが、ミランドリーナにばれたりしたら、我輩の面子が立たない。何と言っても我輩は貴族だ。彼女に弁償しなければ

ならぬ。だが、我輩には金がない。
伯爵　侯爵君、実に面白いニュースがあるのだが、君はどう思う？
侯爵　どんなニュースかね？
伯爵　女性の軽蔑者である野蛮な騎士殿が、ミランドリーナに惚れ込んでしまったのさ。
侯爵　それはうれしいニュースだね。彼の意に反して、あの女性の真価を知るがいい。我輩が下らない女を愛したりしないことを、あの男は悟るがいい。そして、無礼を働いた罰に苦しんで、くたばってしまうがいい。
伯爵　だが、もしミランドリーナが彼の愛に応えたら？
侯爵　それはありえんな。我輩がいかなる人間かを彼女は知っているし、我輩が彼女のために何をしてやっているんだからな。
伯爵　このわしは、君よりもはるかに沢山のことを彼女にしてやったよ。だが、すべては無駄骨に終わった。ミランドリーナは、リーパフラッタの騎士と仲良くなって、君にもわしにもしてくれなかった特別な心遣いを彼にしてやっているんだ。女というものは、尽せば尽すほど相手を軽蔑するものだが、よく分かるね。自分を崇拝する者を嘲って、自分を軽蔑する者の後を追いかけるんだからな。
侯爵　もしそれが本当だったら……だが、そんなことはありえ

宿屋の女主人

伯爵 どうしてありえないんだね？

侯爵 騎士君が、この我輩と比較になるのを、君は自分の目で見なかったかい？　彼女があいつの食卓に座っているのを、そのような親密な態度を見せたことが、これまでわしらに対して一度でもあったかね？　彼には特別上等のリネン。すべての客の中で最初に食事のサービス。料理は彼女が腕を振るった手料理だ。召使いたちはすべてを観察して、噂し合っているよ。ファブリツィオは嫉妬で体を震わせている。それにあの失神は、本当だったにせよ、偽りだったにせよ、明らかな愛の証拠じゃないか？

伯爵 何だって？　騎士にはまっさらのナプキンで、我輩にはすり切れて穴の空いたナプキンだと？　あいつには美味しい煮込み料理を出して、我輩には固い牛肉とお粥のようなスープだと？　そうだ、君の言う通りだ。これは我輩の地位と身分に対する侮辱だ。

侯爵 なのにわしは、そのような女のために、あれほどの散財をしたわけか？

伯爵 なのに我輩も、絶え間なく彼女に贈り物をしたわけか？　我輩は、あれほど貴重なキプロスワインまで飲ませてやったのに。あの騎士は、我輩がしてやったことのごくわずかさえ、彼女にしてやらなかったはずだ。

侯爵 いや、間違いなく彼だって、贈り物をしているよ。

伯爵 そうかい？　いったい何を贈ったんだね？

侯爵 メリッサ酒の入った金の小瓶だよ。

伯爵 ［傍白］（しまった！）君はどうしてそれを知ったんだね？

侯爵 彼の召使いが、わしの召使いに喋ったんだよ。

伯爵 ［傍白］（ますます分が悪い。我輩は騎士に弁償せねばならん。）

侯爵 あの女が恩知らずであることが分かったからには、わしは是が非でも彼女を捨ててやろう。この破廉恥な宿屋からすぐに出て行く。

伯爵 そう、それがいい。出て行き給え。

侯爵 君だって高名な貴族なのだから、わしと一緒に出て行かねばならんよ。

伯爵 でも……我輩はどこに行ったらよいものやら？

侯爵 わしが宿屋を見つけて上げよう。わしに任せておいてくれ給え。

伯爵 その宿屋というのは……例えばどこ？

侯爵 わしの同郷人のやっている宿屋に行こう。余分なお金は全く掛からんよ。

伯爵 よし、分かった。君は我輩の親友だし、君に嫌だとは言えんな。

侯爵 出て行こう。そして、この恩知らずな女に復讐してやろう。

伯爵 そうだ、出て行こう。［傍白］（でも、小瓶の件はどうしよう？　何と言っても我輩は貴族だ。悪いことはできない。）

伯爵　くよくよ考えるなよ、侯爵君。ここから出て行こうよ。どうかこのわしの願いを聞いてくれ。そうすれば、わしのできることなら何でも、君の望み通りにしてやるよ。

侯爵　では言おう。打ち明けて言うが、他人には漏らさないでくれよ。我輩の農地管理人からの送金が、時おり滞ることがあってね……

伯爵　もしかして君は、彼女にいくらかの未払い金があるのかね？

侯爵　そう、一二ツェッキーノばかりね。

伯爵　一二ツェッキーノだって？　それでは君は、何ヶ月も宿賃を払っていない勘定になるな。

侯爵　そうなんだ。一二ツェッキーノほど、彼女に借りがあるんだ。それを支払わない限り、我輩はここから出て行くことができないんだ。もし君がそれを用立ててくれるなら……

伯爵　喜んでご用立てしよう。[傍白]さあ、ここに一二ツェッキーノある。

侯爵　待ってくれ。今よく考えてみたら、一三ツェッキーノだったよ。[傍白]（騎士から借りた一ツェッキーノも返しておこう。）

伯爵　わしにとっては、一二ツェッキーノも、一三ツェッキーノも同じことだ。受け取り給え。

侯爵　できるだけ早くお返しするよ。

伯爵　返すのはいつでも構わない。わしは、お金ならいくらでもあるんだ。あの女に復讐するためなら、千ドッピア金貨を使ったって惜しくない。

侯爵　そうだ、本当に恩知らずな女だ。彼女のためにあれほどしてやったのに、我輩にこのような仕打ちをするなんて。わしはあの宿屋を破産させてやったよ。あの二人の女役者って、出て行かせてやったよ。

伯爵　わしはこの宿屋を破産させてやりたい。あの二人の女役者って、どこにいるんだい？

侯爵　ここにいたろう。オルテンシアとデヤニーラだよ。

伯爵　何だって！　あの二人は貴婦人じゃないのか？

侯爵　じゃないよ。あの二人は役者なんだ。一座の者たちが到着したので、お芝居は終わり、というわけさ。

伯爵　[傍白]（我輩の小瓶！）彼らはどこに泊まっている？

侯爵　劇場の近くの宿屋だが。

伯爵　[傍白]（すぐに行って、我輩の小瓶を取り返そう。）[退場]

侯爵　あの女には、こうして復讐してやるぞ。君を騙したあの騎士殿には、別の仕方で仕返しをしてやろう。

伯爵　[傍白]今よく考えてみたら、わしを騙したあの騎士殿には、別の仕方で仕返しをしてやろう。[退場]

第一三場　三つのドアのある部屋。ミランドリーナ一人

ミランドリーナ　ああ、大変なことになってしまった！　私もついに進退窮まったわね！　もしあの騎士がやって来たら、私はひどい目に遭わされる。恐ろしく逆上させてしまった男がここにやって来たりし

ないだろうね。このドアには鍵を掛けておこう。[入って来たドアを閉める]今となっては、私は自分のしたことを、密かに後悔しているわ。あの高慢な男、女嫌いの男に、あれほど私の後を追いかけさせて、大いに楽しんだことは確かだわ。でも今や、あの野蛮人はすっかり逆上してしまい、私の評判だけでなく、私の命まで危険にさらされている。ここで、ひとつ重大な決心をする必要があるわね。私は独身だし、私を守ってくれる心のある人は、誰もいない。このような場合に私が利用できるのは、あのお人よしのファブリツィオだけだわ。彼に結婚の約束をしてやるか……でも……約束、約束、ばかりでは、うんざりして、私の言うことを信じなくなってしまう……私、本当に彼と結婚してしまった方がよいかも知れないわ。結局のところ、彼と結婚すれば、私は自分の利益と評判を救うことができるし、自分の自由を犠牲にせずに、あの人の命まで危険にさらすこともなくなるはずだからね。

第一四場　ドアの向こうに騎士と、前出のミランドリーナ。その後、ファブリツィオ。騎士はドアの向こう側でドアを叩く

ミランドリーナ　[近付く]

騎士　[向こう側で]

ミランドリーナ　[傍白]（例のお友だちだわ。）このドアを叩いているわ。いったい誰かしら？

騎士　[前と同様に]ミランドリーナ、開けてくれ。

ミランドリーナ　（開けてくれって？私はそれほど阿呆じゃないわよ。）騎士さま、何かご用でしょうか？

騎士　[向こう側で]開けてくれ。

ミランドリーナ　どうかご自分の部屋にお戻りになって、待っていて下さいな。もうすぐあなた様のお部屋にうかがいますから。

騎士　[前と同様に]なぜ開けてくれないんだ？

ミランドリーナ　お客さまがお着きなのです。どうか聞き分けて、戻っていて下さいな。もうすぐあなた様のお部屋にうかがいますから。

騎士　戻ってやろう。だが、もし来なかったら、もし来なかったら、ただでは置かんからな！》たとえ行ったとしても、ただでは置かないでしょうよ。事態はますます行くまい。行ってくれたかしらね？［鍵の穴から覗く］ええ、行ったわ。私を部屋で待っているのよね。ちょっと？［別のドアに向かって］ファブリツィオが私にいけずをして、手助けを断ったりしたら、大変なことになるわね……いや、その恐れはないわ。私にはちょっとした手練手管と愛嬌があるから、たとえ石のような心の人でも、陥落させて見るわよ。[別のドアに向かって呼ぶ]ファブリツィオ。

ファブリツィオ　あなたのお父上の仰ったことを忘れないで下さいよ。

ミランドリーナ　ええ、私は忘れていないわよ。

第一五場　ドアの向こうに騎士と、前出の二人。騎士は以前と同じドアを叩く

騎士　[向こう側から] 開けろ。

ファブリツィオ　[ファブリツィオに] 騎士だわ。

ミランドリーナ　[開けようとして近付く] 叩いているのはどなたです？

ファブリツィオ　[ドアの方に大きな声で] 叩いているのはどなたです？

ミランドリーナ　私が出て行くまで待ってよ。

ファブリツィオ　何を恐がっているんです？

ミランドリーナ　いとしいファブリツィオ、何をだって？　私はね、疑うことを知らない、自分の純真な心が恐いのよ。

ファブリツィオ　安心して下さい。俺があなたを守って差し上げますから。

騎士　[向こう側で] 開けろ。いいか、さもないと……

ファブリツィオ　何のご用です？　お客さん？　堅気の宿屋では、そのような真似はすべきじゃありませんぜ。

ファブリツィオ　お呼びで？

ミランドリーナ　こっちに来て頂戴。お前にちょっと打ち明けたいことがあるの。

ファブリツィオ　どうぞ何なりと。

ミランドリーナ　教えてあげるわ。リーパフラッタの騎士が私に恋しているって告白したのよ。

ファブリツィオ　あれ、俺はとっくに気付いていたわ。

ミランドリーナ　本当に？　お前が気付いていたって？　私は正直な話、全く気が付かないでいたわ。

ファブリツィオ　あわれなお人良しだよ！　気が付かなかったなんて！　あんたがアイロン掛けをしていた時、見なかったんですかい、あいつがあんたに、にやけた顔をしたり、俺に嫉妬したりするのを？　さっき彼は私に向かって、恥ずかしくなるような言葉を言ったものだから、それを聞いて私は、ファブリツィオ、本当に赤面してしまったわ。

ファブリツィオ　私は人を疑わないで行動するものだから、何でも素直に受け取ってしまうんだよ。でも、もう沢山。こんなことが起こるのも、あんたが父親もなく、母親もなく、身寄りのない独身女性だからですよ。もしあんたが結婚してさえいれば、こんな風にはならなかったでしょうに。

ミランドリーナ　そうだわ、お前の言う通りだと認めるよ。私は結婚しようと思うわ。

第一六場　中央のドアから侯爵と、伯爵と、前出の二人

騎士　[こじ開けようとする音が聞こえる]このドアを開けろ。

ファブリツィオ　こん畜生め！　俺はきれてしまって、とんでもないことをしでかすかもしれないな。誰か来てくれ。

伯爵　[ドアの所で]どうしたんだ？

ファブリツィオ　[ドアの所で]これは何の騒ぎかね？

侯爵　[ファブリツィオに]気でも狂っていらっしゃきに近寄らずだ。

騎士　[向こう側で]開けろ。さもないとドアを蹴破るぞ。

ファブリツィオ　[騎士に聞こえないように、小声で]旦那さま方、どうかお助け下さい。リーパフラッタの騎士さまが、あのドアを破ろうとしていらっしゃるんです。

伯爵　[ファブリツィオに]開けてやりなさい。ちょうどわしも彼と話をしたかったんだ。

侯爵　……

伯爵　心配するな。わしらが付いておる。

ファブリツィオ　[傍白](少しでも何かあったら、さっと逃げ出そう。)

ファブリツィオがドアを開けると、騎士が入って来る

騎士　あの女め、いったいどこにいる？

ファブリツィオ　お客さん、どなたをお探しで？

騎士　ミランドリーナはどこだ？

ファブリツィオ　私は存じませんが。

侯爵　[傍白](ミランドリーナに腹を立てているのか。安心したよ。)

騎士　恥知らずな女め、必ず見つけ出してやるぞ。[歩いて行き、伯爵と侯爵を見つける]

伯爵　騎士君、われわれは友だちだ。

ファブリツィオ　[傍白](しまった！　世界のすべての黄金と引き換えと言われても、私の心の弱みを知られたくない。)

騎士　お前に説明する必要はない。このために私はお金を払ってくれれば、それでいいんだ。女将さんに何のご用で？　あの女め、どこにいる、この私が相手だ。

ファブリツィオ　あなた様がお金を払っていらっしゃるのは、まともで正当なサービスを受けるためです。それに、失礼ですが、堅気の女性に、余り勝手なことを要求なさるべきでは……

騎士　何だと、お前？　お前など何も知らんくせに？　お前は私のことに口を挟むんじゃない。私が彼女に何を命じたかは、私が知っていればいいことだ。

ファブリツィオ　あなた様は女将さんに、ご自分の部屋に来るようお命じになったのでしょう。
騎士　出て行け、悪党め、お前の頭を叩き割ってやるぞ。
ファブリツィオ　よくもそんな科白がこの俺に言えるな。
侯爵　[ファブリツィオに] 黙れ。
ファブリツィオ　[ファブリツィオに] 出て行け。
伯爵　[ファブリツィオに] 出て行け。
騎士　[ファブリツィオに] [傍白しながら退場] (こん畜生め！　本当にぶちきれてやるぞ。
ファブリツィオ　[かっとして] ここから出て失せろ。言っときますがね、お客さんは分かるか？
……
伯爵　行くんだ。
侯爵　行けよ。

[彼らはファブリツィオを追い出す]

第一七場　騎士と、侯爵と、伯爵

騎士　[傍白] (あばずれ女め！　この私を部屋で待たせておくとは？
伯爵　[侯爵に小声で] (いったいどうしたんだろう？)
侯爵　(見て分からないのかい？　ミランドリーナに惚れ込んでしまったんだよ。)
伯爵　[傍白] (ファブリツィオと親しげに話をするとは？　しかも、あいつと結婚話をするとは？)

騎士　[動揺して侯爵に] 彼が何を言おうとしているのか、君。
伯爵　君のその物狂いの原因が何か、わしは知っているんだよ。
騎士　君は何の話をしているのだ？
伯爵　[怒って侯爵に向かって] この私が、だと？
侯爵　[怒って、侯爵に向かって] わしの方を向いて、答え給え。おそらく君は、へまをしでかしたことを恥だと思っているのかね？
伯爵　私にとって恥なのは、君を嘘つきだと思いながら、これ以上黙って君の話を聞いていることだ。
騎士　このわしを嘘つきだと？
伯爵　[傍白] (事態は悪化の一途をたどっているな。
騎士　君は何を根拠に、そのようなことを言うのだ？……
伯爵　[怒って、侯爵に] (伯爵は、自分で何を言っているのか、分かっていないのだよ。
侯爵　我輩は関係ないよ。

伯爵　[傍白] (今こそ復讐する時だ。) 騎士君、君のようにやわな心を持つ人は、他人の心の弱さをあざ笑うべきではないと思うよ。
伯爵　友よ、我輩は何も知らんよ。
伯爵　わしは君のことを話しているんだよ。女が大嫌いだという口実で油断させておいて、わしが先に手に入れたミランドリーナの心を奪おうとした君のことだよ。
騎士　[怒って侯爵に向かって] この私が、だと？
伯爵　我輩は何も言っていないよ。

伯爵　嘘つきは、君の方だ。
侯爵　[退場しようとする]我輩はさよならするよ。
騎士　[彼を力ずくで引き止めて]ここにいてくれ。
侯爵　決着をつけさせてもらおうか……
騎士　いいとも。決着をつけてやろう……[侯爵に]君の剣を私に貸してくれ。
伯爵　私にとって、いったい何だと言うんだ。そのようなことを言う奴は嘘つきだ。
騎士　私が君がミランドリーナを愛しているからと言って、それが君にとって、いったい何だと言うんだ。そのようなことを言う奴は嘘つきだ。
伯爵　さあ、さあ、二人とも気を静めてくれよ。ねえ、伯爵君、騎士君がミランドリーナを愛しているって、そう言ったのは、我輩じゃない。
騎士　じゃあ、いったい誰だね？
伯爵　嘘つきだって？　その嘘は、我輩が言ったんじゃない。
騎士　わしがはっきりとそう言ったし、わしは自分の言ったことを撤回しない。わしは君を恐れてなんかいないぞ。
伯爵　君のしたことは、恥ずべき行為だ。裏切り行為だ。卑劣漢の行為だよ。
騎士　ああ、何だと！　[侯爵の剣を奪うと、剣は鞘ごと抜ける]

侯爵　[騎士に]我輩に対して敬意を失わんでくれよな。
騎士　[侯爵に]もし君が名誉を傷つけられたと言うなら、君とも喜んで決着をつけてやる。
侯爵　やめろよ。君はかっとし過ぎるなあ。[悔やんで傍白]（残念ながら、その剣は……）
伯爵　決着を付けよう。[と言って、身構える]
騎士　[鞘から抜こうと躍起になる]抜けるが、刃が半ばで折れているのを見る]何だ、これは？
伯爵　抜けたぞ。
騎士　いつまでわしを待たせる気かね？
伯爵　騎士君、いくらやってもむだだよ……
騎士　ああ、忌々しい剣だ。[鞘から抜こうと躍起になる]
伯爵　君はその剣の使い方を知らんのだ……
騎士　ついに君は、我輩の剣を折ってしまったな。
伯爵　残りの刃はどこにあるんだ？　鞘の中には何もないぞ。
騎士　私が逃げるだと？　我輩はこの前の決闘で剣を折ってしまったんだ。忘れていたよ。
侯爵　[伯爵に]私に剣を取りに行かせてくれないか？
騎士　天地神明に誓って、絶対にここからさんぞ。私はこの折れた剣でも、君のお相手をする覚悟がある。
伯爵　それはスペイン製の剣だよ。心配ない。
侯爵　空威張りめ、生意気はそのくらいにしておけ。

騎士　よし。では、この剣でやろう。［伯爵に向かって突進するものだし……それが事実でなければ、人は知ったりしないものだ、ということだよ。

伯爵　寄るな、下がれ。［防御の体勢を取る］

第一八場　ミランドリーナと、ファブリツィオと、前出の人々

ファブリツィオ　旦那さま方、おやめ下さい、お客さま方、やめて頂戴。

ミランドリーナ　やめて、お客さま方、やめて頂戴。

騎士　［ミランドリーナを見ながら］（ああ、忌々しい女め！　剣を振り回すなんて？

ミランドリーナ　何ということでしょう！

伯爵　そちらにいる騎士君をご覧。彼はお前に恋しているんだよ。

ミランドリーナ　私が恋している？　それはお前は嘘つきだ。

侯爵　見たかい？　原因はお前にあるんだよ。

ミランドリーナ　私が原因ですって？

伯爵　騎士さまが私に恋をしているんですって？　まあ、とんでもない。伯爵さま、あなた様は誤解していますよ。この私が請合いますけど、あなた様は間違いなく誤解しています。

侯爵　おい、お前もあいつと示し合わせているんだろうが……

騎士　人は知っているし、見ているんだよ……

侯爵　君は、自分で何を言っているのか、分かっていないんだ。

騎士　何を見ているんだって？

侯爵　わしが言っているのはね、それが事実であれば、人は見たりしないものだ、ということだよ。

ミランドリーナ　騎士さまが私に恋をしているんですって？　騎士さまはそれを否定していますし、私のいる前で否定されることによって、私の自尊心は傷ついて屈辱を受け、騎士さまは、ご自分の強さと私の弱さを誇示されました。本当のことを正直に告白しますが、もし騎士さまを私に惚れ込ませることができたなら、私はこの世で最高のお手柄を立てたことになったはずです。女の顔さえ見たくない男、女を軽蔑し、女を貶す男の人に恋させることは不可能です。お客さま方、私は率直で嘘の付けない女です。認めるべき時には、私ははっきりと認めますし、真実を隠すことはできません。私は騎士さまを恋させようと試みましたが、結局は無駄骨に終わりました。［騎士に］そうでしょう、お客さま？　私は試みました。結局は無駄骨に終わったのです。

騎士　［傍白］（ああ！　私は何と言ったらよいのか、分からない。）

伯爵　［ミランドリーナに］彼を見てご覧。取り乱しているよ。

侯爵　［ミランドリーナに］彼には否定する勇気がないんだ。

騎士　［怒って、侯爵に］君は、自分で何を言っているのか、分かっていないんだ。

宿屋の女主人

侯爵 [優しく、騎士に] 君はいつも我輩にばかり突っかかるんだねえ。

ミランドリーナ まあ、騎士さまは、決して恋に落ちたりしませんよ。騎士さまは女の手練手管をよくご存じです。女のずる賢さをよくご存じです。女の言葉など信じませんし、女の涙など信用されません。それに、女の失神を演技だと見抜いて、あざ笑っていらっしゃるのですよ。

騎士 それでは、あの涙は偽りの涙で、失神というのは嘘だったのか？

ミランドリーナ 何ですって！ あなた様はそんなことも知らなかったの？ それとも知らない振りをしていたのかしら？ そのような演技をする女には、短刀で心臓を一突きにしてやるべきだ。

騎士 何だと！

ミランドリーナ 騎士さま、どうか熱くならないで下さい。さもないと、他のお客さま方が、あなたは本当に恋に落ちた、と仰いますよ。

伯爵 そうだ、彼は恋に落ちたんだ。恋心を隠すことができないんだ。

侯爵 目を見れば分かるね。

騎士 [怒って、侯爵に] いや、私は恋などしていない。

ミランドリーナ いいえ、お客さま、あなた様は恋に落ちてないどいらっしゃいません。この私がそう断言しますし、そう主張します。しかもこの場で直ちに、そのことを証明できま

騎士 [傍白] (私はもう我慢できない。) 伯爵、私が剣を準備する時まで、決闘はお預けだ。[侯爵の折れた剣を投げ捨てる]

侯爵 おい、おい、君！ その柄だってお金が掛かっているんだよ。[それを地面から拾い上げる]

ミランドリーナ 騎士さま、お待ちになって。今やあなた様の評判が掛かっているのですよ。皆さま方は、あなた様が恋していると信じていらっしゃいます。彼らの誤りを正してやねばなりません。

騎士 そのような必要はない。

ミランドリーナ いいえ、ございます。少しばかりここにいて下さい。

騎士 [傍白] (この女は何をするつもりだ？)

ミランドリーナ 皆さま方、愛していることの最も確実な証拠は、嫉妬です。嫉妬を感じない人は、間違いなく愛してもおりません。もし騎士さまが私を愛していらっしゃるなら、私が別の男のものになることに耐えられないでしょう。でも、きっと騎士さまは耐えられますし、皆さま方もはっきりとご覧になるでしょう……

騎士 お前は誰のものになろうと思っているんだ？

ミランドリーナ 私の父が、私に命じた男のものにです。

ファブリツィオ [ミランドリーナに] もしかして、俺のこと

239

騎士　そうだよ、いとしいファブリツィオ、私はね、これらの貴族の方々のいらっしゃる前で、お前に花嫁の手を与えたいんだよ。

騎士　[逆上して、傍白]（畜生め！　あいつとだって？　私はとても我慢する力がない。）

伯爵　[傍白]（もしファブリツィオと結婚する気なら、彼女は騎士を愛してはいないな。）よろしい。結婚しなさい。お前には三〇〇スクードの持参金を約束しよう。

侯爵　ミランドリーナ、《明日の鶏より今日の卵》だよ。今すぐに結婚しなさい。我輩はすぐに一二ツェッキーノを、持参金として上げよう。

ミランドリーナ　皆さま、ありがたく思いますが、私には持参金など必要ございません。私には優雅さもなく、快活さもなく、立派なお方に好いてもらう魅力もない、あわれな女です。でも、幸いなことに、ファブリツィオが私を愛してくれていますので、私は今、皆さまのいらっしゃる前で、彼と結婚します……

騎士　よろしい、忌々しい女め、お前の好きな奴と結婚するがいい。お前が私を騙したことは知っているし、お前が私を辱めたことで、心の中で勝ち誇っていることも知っている。私の我慢する力がどこまであるかを試そうとしたのも明らかだ。お前の計略に対する仕返しとしては、お前の胸に短刀を突き刺してやるのがふさわしい。お前の胸を突き刺し、心臓を抉り出し、それを媚びへつらう女どもや、裏切り者の女

第一九場　ミランドリーナと、伯爵と、侯爵と、ファブリツィオ

お前たち女性が、いかに不吉な権力をわれわれ男性の上に揮っているかを、お前にはっきりと気付かせてくれた。そして、女性に勝つには、女性を軽蔑するだけでは絶対に駄目で、女性から逃げ去る必要があるということを、私は自分が生け贄になって、初めて学んだのだ。[退場]

侯爵　次にまた嘘を言ったら、我輩は貴族らしく決闘を申し込むぞ。

伯爵　さあ、愛していないと言えるものなら言ってみろよ。もし彼が戻って来ることがなく、事態がこのままで終わるとすれば、私は幸運だと言えます。私はあのあわれなお方に恋をさせるのに成功しましたが、残念なことに、私は危険な目に遭わされました。この件については、もうすべて忘れたいと思います。ファブリツィオ、ここにおいで。いとしいお前、私に手を出しなさい。

ファブリツィオ　手ですって？　女将さん、ちょっと待って下さいよ。あんたはこのような仕方で、人を惚れさせるのを面

どもに見せてやるべきだ。そうすれば、私は二重に自分の評判を落とすことになる。私はお前の媚びと、涙と、失神の演技を呪ってやる。だが、そうはいかないよ。これらの貴族の方々のいらっしゃる前で、お前の目の前から逃げ去ろう。私はお前の媚びと、涙と、失神の演技を呪ってやる。

伯爵　ミランドリーナ、お前が結婚しようと、独身でいようと、わしは変わらずにお前を愛しているからね。

侯爵　我輩の庇護も当てにしてくれていいんだよ。

ミランドリーナ　お客さま方、今や私は結婚致しますので、もう庇護して下さる方も、好きになって下さる方も、贈り物も必要ありません。これまでの私は、面白がって、へまをして、余りに危険な目に遭いたくありません。これからはもう決してそのようなことはしたくありません。この人が私の夫です……

ファブリツィオ　ちょっと待って、女将さん……

ミランドリーナ　何がちょっと待って、だよ！　どうしたんだい？　何か困ることでもあるのかい？　さあ、さっさとその手を差し出すんだよ。

ファブリツィオ　その前に契約書をしたためたいんですが。

ミランドリーナ　何の契約書だい？　契約書はこれさ。私に手を差し出すか、それともお前の国に帰るか、そのどちらかだよ。

ファブリツィオ　手を差し出しますよ……でも、その後で……

ミランドリーナ　でも、その後で？　そうさ、いとしいお前、その後ではね、私のすべてはお前のものだよ。私の言うこと信じて頂戴。私はいつまでもお前を愛してあげるし、お前は私の大切な宝物だよ。

ファブリツィオ　[彼女に手を差し出して]手を取って下さい、いとしい女将さん、もう我慢ができない。

ミランドリーナ　[傍白](こっちもうまく行ったわ。)

召使い　女主人さま、出発する前に、ご挨拶に参りました。

ミランドリーナ　行ってしまうのかい？

召使い　はい。旦那さまは馬車の駅に行かれました。馬車に馬を付けさせて、荷物を持って私を待っておられます。私たちは、リヴォルノに参ります。

ミランドリーナ　お前には愛想なしだったけれど、許して頂戴ね……

召使い　ゆっくり話している暇はございません。一言お礼を申し上げまして、失礼致します。天のお陰で、立ち去ってくれたわ。私は少し後悔しているわ。あの人は、間違いなく不愉快な気分で立ち去ったはずよ。このような悪戯は、私、もう決してしないことにするわ。

最終場　騎士の召使いと、前出の人々

ファブリツィオ　どうなさるおつもりで？

ミランドリーナ　まあ、よしてよ、馬鹿だねえ！　これまでは冗談だったし、気紛れもあったし、意地になってもいたからね。私は独身で、私に命令する人は誰もいなかったからよ。でも、私が結婚しようと思う時に、どうしたらよいかくらいは心得ているわ。

白がっているようなお人ですから、この俺があんたと夫婦になりたがっているんて、思っていらっしゃるんですか？

伯爵　ミランドリーナ、お前は大変な女だ。お前は男たちを自分の意のままに動かす力を持っている。

侯爵　確かに、お前のやり方は実に見事だよ。

ミランドリーナ　もし皆さま方のご同意を得られますならば、最後に私からお願いがございます。

伯爵　言ってご覧。

侯爵　話してご覧。

ファブリツィオ　[傍白]（今度は、いったい何を言い出すつもりだろう？）

ミランドリーナ　皆さま方のご好意の表明として、皆さま方に別の宿屋に移って頂きたいのです。

ファブリツィオ　[傍白]（いいぞ。これで彼女が俺を愛していることが、よく分かった。）

伯爵　よろしい。お前の言うことはもっともだし、お前を褒めて上げよう。わしはここから出て行こう。だが、わしがどこにいようとも、わしがお前を高く買っていることだけは忘れないでおくれ。

侯爵　ところで、ひとつ聞きたいんだが、お前は金の小瓶をなくさなかったかね？

ミランドリーナ　はい、お客さま。

侯爵　それはこれだろう。我輩はお前が見つけておいたから、お前に返して上げるよ。我輩はここから出て行こう。だが、どこにいても、我輩の庇護を当てにしてくれていいんだよ。

ミランドリーナ　皆さまの礼儀正しい誠実なお言葉を、私ははあり難く思います。しかし、私は結婚するのですから、自分の生活の仕方も変えようと思います。観客の皆さま方も、ご覧になったお芝居を役に立てて、皆さま方の心をしっかりとお守り頂きたいと存じます。そして万が一、危険に陥ったり、敗北しかかったり、陥落するおそれがあるような場合には、これまでご覧になった手練手管の数々をとくとお考えになって、《宿屋の女主人》のことを思い出して下さいますように。

【幕】

小さな広場
(1756 年)

第 1 幕

作品解説

舞台は、ヴェネツィアの貧しくて騒がしい庶民地区の小さな広場。幕が開くと、そこの住民たちが参加して遊ぶ《ヴェントゥリーナ》（籤引きゲーム）の情景が展開される。さまざまな家のそこかしこ——ベランダ、物干場、戸口などーーから、女性たちが顔を出して、次々に地上にいるゾルゼット少年に小銭を投げる。ゲーム参加の名乗りを上げる。次いで、彼から袋を投げ上げて貰い、その中にある玉を引いて、その玉に記された数字に一喜一憂しては、それを再び彼に投げ返す。広い舞台空間を、小銭や袋が放物線を描いて行き交う間に、登場人物たちの気質や、お互いの関係が明らかになる。

ドラマの発端は、庶民気質が大好きな外国人の若い騎士（ナポリ貴族）の登場である。彼はこの地区の年ごろの娘たちに向かって、《好きな小間物を買いなさい、お代は私が払って上げるから》と大盤振る舞いをする。若い小間物行商人のアンゾレットは、自分の婚約者ルシェッタが、よそ者の貴族の気前よさに靡いたことに嫉妬して、その腹いせに、隣の若い娘ニェーゼの家に上がり込んで小間物を売り、ルシェッタの嫉妬を煽る。こうして二人の恋人の関係は、周囲の人々を巻き込んで険悪になる（第一幕）。

内気なニェーゼ（彼女はゾルゼット少年と婚約することになる）は、自分に敵意を抱くルシェッタを宥めて、仲直りの印に、自分が内職で作った造花の髪飾りを彼女に上げると約束し、その使いとしてゾルゼットに造花を持たせる。ところが、それを見たアンゾレットが、少年が自分の恋人に造花を使いしたと勘違いして、ゾルゼットを突き飛ばして、追い払ってしまう。これを機に、一方から少年の母親（オルソラおばさん）やニェーゼの母親（パスクワおばさん）が、他方からルシェッタの母親（カッテおばさん）が登場して、双方が罵り合いの喧嘩になるが、例の騎士が仲裁に入って、ようやく騒ぎが収まる（第二幕）。何とかして勇み肌のアンゾレットを、早くルシェッタと結婚させてしまわなくてはならない。彼女の母親のカッテおばさんは、見事な手練手管でアンゾレットを説得し、今日中に娘と結婚することを承知させてしまう。彼が結婚指輪を買いに行っている間に、彼女たちは皆して《ふすまの山の宝探し》に打ち興じる。この広場の一角に住む、後述するガスパリーナの叔父（ナポリ貴族）が、ベランダから顔を出して、静かにしてくれたまえと注意するが、それは逆に火に油を注ぐようなものので、女たちは《私たちはね、ここにいたいの。騒ぎたいのよ》と、挑戦的に歌いながら踊り出して、貴族を撃退し、《界隈全体が大火事にでもなったかのような》馬鹿騒ぎをする。そこに例の騎士が登場し、彼はアンゾレットとルシェッタの結婚式の立会人を依頼され、さらにその宴会費用まで全部持たされる破目になる（第三幕）。いよいよ舞台正面の宿屋のベランダでの宴会の場面。彼らは自分の財布が痛まないので、

鯨飲馬食の無礼講。登場人物全員の実に楽しい乾杯の歌と、乱痴気騒ぎが続き、最後に全員が広場に降りて来て、音楽に合わせてフルラーナを踊り狂う（第四幕）。

皆が酔いつぶれて眠っている。揚げ物屋のオルソラおばさんが、一人息子のゾルゼットとニェーゼの婚約話を聞かせてやろうと、ルシェッタを自分の家に呼び込む。ところが、またもや勘違いしたアンゾレットが、嫉妬に駆られて、帰ってきたルシェッタの頬をひっぱたく。まだ結婚前なのに、もう暴力を振るうとは！ 二人は再び婚約解消の危機。しかも、卑劣な誘惑者に仕立てられたゾルゼットが怒り出して、カッテおばさんの家に石を投げつけると、アンゾレットが包丁を持って飛び出して、本格的な喧嘩になりかかる。女たちは最初二人を押し留めようとするが、逆に自分たちも大喧嘩を始めてしまう。最後に、例の騎士が登場して、喧嘩を仲裁し、《全員が仲直りするなら、全員を夕食に招待しよう》と言うと、全員が喜んで仲直りをする。騎士は、この宴会は、アンゾレットとルシェッタの結婚だけでなく、自分とガスパリーナの結婚を祝う宴会だとも宣言して、全員の喜びのうちに幕が下りる（第五幕）。

何よりもまず、ゴルドーニの下層民の描き方は、それ以前の劇作家たちと随分異なることに注意しなければならない。彼以前の喜劇でも、下層民は必ず登場する。しかし、彼らは舞台を賑やかにし、その愚かさや狡さを笑われ、その邪悪さを憎まれて、最後には舞台から追放されるために登場した。つまり、彼らは社会的な尊厳を持った人間ではなく、そのカリカチュアと

して、いわば否定的に描かれることが多かったのである。それに対して、ゴルドーニは、卑しいながらも、誰にでも共感される喜怒哀楽を持つ人間として、下層民を描いた。ということは、数多くの欠陥や、悪徳や、精神的、物質的な限界を持ち、他の階層の人々のように社会的存在としての尊厳は持たないが、彼らと同じく、人間としての尊厳を持って舞台に登場させた。つまり、同じく生きている人間として肯定的に描いた、ということである。これがアンシャンレジームの階級社会において、どれほど深いショックを与えたかは、想像に余りある。たとえば、彼の不倶戴天の敵であった貴族の劇作家カルロ・ゴッツィは、舞台への下層民の登場について、次のように批判している。

《彼の数多くの喜劇は、さまざまな場面の雑多な積み重ねに過ぎず、野卑で、確かにそこには真実が含まれているが、それはきわめて下品で、堕落した真実である。……私がいくら考えても解せなかったのは、いやしくも劇作家たるものが、下層民の最低の澱みから、その真実を模写するほどに落ちぶれたり、大胆にも、その卑しい真実を持ち上げて、劇場で麗々しく上演したりすることが、どうしてできるのか、ということであった》（『ゴッツィ自伝（ラジョナメント・インジェヌオ）』一七七二年）。

これに対して、ゴルドーニは次のように答えている（パスクワーリ版第一五巻（一七七四年）、『キオッジャの喧嘩』の「作者から読者へ」）。《イタリアの劇場には、あらゆる階層の人々が観に来る。しかも、その入場料はフランスより安いので、店の主人や召使いや貧しい漁師たちまでもが、この公共の娯楽に参

加できる。……この階層の人々も、貴族や金持ちと同様に入場料を払って観に来るのであるから、彼らの風習や、彼らの欠点や、さらにあえて言えば、彼らの美徳を認めることができるような喜劇を作って、彼らを楽しませてやるのは、当然のことである》。ゴルドーニは市民階級の出身であり、彼のデモクラティックで公平な眼差しは、下層民の《悪徳》と一緒に、彼らの《美徳》をも舞台に乗せてしまった。だが、下層民に《美徳》を認めることは、彼らに人間としての尊厳を認め、政治主体としての自信を持たせることに通じており、当時の支配階級の目には、身分社会を揺るがす危険な徴候と映ったはずである。

最後に、この劇の登場人物の中で、最も印象深いのは、ガスパリーナという若い女性である。彼女は零落したナポリ貴族の父とヴェネツィアの庶民の母の間に生まれた娘で、この界隈の庶民の女たちとはどうも肌が合わず、いつも自分がのけ者にされていると感じて、鬱屈している。彼女の滑稽な発音の癖と、妙にすました話し方は、周囲の女性たちからの心理的疎外感と、自分は卑しい庶民とは違うんだという矜持を密かに示しているのである。その彼女の誇り高さと、才知の閃きを示してくれるのは、騎士に向かって自慢しながら、密かに身の不遇を訴える、次のような科白であろう。《ワタツィのように、本も手に持って、小説を隅から隅まで知っていて、歌を聞いたら、すぐに良いか悪いかの判断ができて、芝居を見に行ったら、見てすぐに良いか悪いかの憶えてしまって、ワタツィが良くないと

思ったら、間違いなくその通りになる、そのような若い女性は、他にいらっしゃいませんのよ！》（第四幕二場）。当時、本を読む批評眼のある女性は、ごく限られた、しかも上層のインテリ女性だけであった。

それに、ガスパリーナの歩く姿を想像するしかないが、彼女を実際に見たことのある騎士の言葉に頷いて、《あらゆる点で素晴らしい》と言わざるをえない（第二幕一一場）。

騎士　どうです、ワタツィが歩くのをご覧になりました？

ガスパリーナ　少しね。どうかお願いですから、歩いて見せて下さいませんか？　私はあなたを眺めていますから。

騎士　よそ者さん、お分かり？　昔の人は、こう、こう、このようにして歩いたものですけれど、今の人はね、こう、こう、このようにして歩くのでございますよ。

ガスパリーナ　あらゆる点で素晴らしい。

ゴルドーニが、幕切れで騎士との結婚という玉の輿をガスパリーナに準備したのは、この少々滑稽で、知性的で、実に魅力的な女性に対する称賛の念からであろう。

登場人物

ガスパリーナ（気取った娘、話す時に《S》を清音の《Z》と発音する）[1]

カッテおばさん（［歯なしの］老婆、綽名は《嘘ツキ》）

ルシェッタ（カッテおばさんの娘（アンゾレットの恋人））

パスクワおばさん（［耳の遠い］老婆、綽名は《ノロマ》）

ニェーゼ（パスクワおばさんの娘（ゾルゼットの恋人））

オルソラ（揚げ物屋の女）

ゾルゼット（オルソラの息子）

アンゾレット（小間物売り）

騎士アストルフィ（ナポリ貴族）

ファブリツィオ（ガスパリーナの叔父）

サンスーガ（宿屋の給仕）

盲目の演奏者たち、踊る若者たち、人夫たち（科白なし）

シモン（ルシェッタのいとこ）

小さな広場をさまざまな家が取り囲んでいる常設舞台。つまり、その一方には、ベランダの付いたガスパリーナの家と、物干し場のあるルシェッタの家。他方には、バルコニーの付いたオルソラの家と、小さな物干し場のあるニェーゼの家。正面奥には、長いテラスを持つ宿屋があり、そのテラスはつる棚で覆われている。

（1）ガスパリーナは、話す時に《S》（サシスセソ、ザジズゼゾ）を清音の《Z》（ツァ、ツィ、ツゥ、ツェ、ツォ）と発音するので、イタリア語で聞いているその意固地な感じが、とても滑稽で、面白くて、愛らしい効果を上げているのだが、その規則を日本語に応用すると、日本人以外のアジア系の人が日本語を話しているように聞こえて、作者が彼女の話し方を差別的に扱っているのではないかという、無用の誤解を生む可能性がある。そこで、訳すに当たっては、《わたし》を《ワタツィ》と表記するだけにとどめ、後は過剰な敬語を喋らせることによって、周囲の庶民と彼女の生まれの違いや、発音の欠陥から生じる、彼女の心理的な疎外感や矜持を表現しようと試みた。

第一幕

第一場　ゾルゼットが、平皿や深皿の入ったカゴを地面に置き、《ヴェントゥリーナ》〔小さな幸運〕と呼ばれる籤引き用の小さな袋を手に持っている。次いで、すべての女性が一人ずつ、それぞれ指定された場所から姿を現す〔扉の図版を参照〕

ゾルゼット　お姉さん方、籤引きする人はいないかい？　《ヴェントゥリーナ》を始めるよ。朝っぱらから運試しだ。今は季節外れの冬だけど、カーニバルには何をやっても許される。さあ、遠慮しないで、出てきておくれ。お姉さん方、籤引きする人はどなただい？

ルシェッタ　〔自分の家の物干し場から〕ゾルゼット、私がやるわ。この小銭をお取り。〔小銭を投げる〕

ゾルゼット　いいぞ、ルシェッタさん。あんたが最初だから、あんたが賭けのルールを決めてよ。

ルシェッタ　数字の高い方を勝ちにするわ。私に運が付いていればいいけど！

ゾルゼット　絶対に勝ちますよ。さあ、賭け金は一口。残りは六口だよ。

ニェーゼ　〔自分の家のバルコニーから〕ゾルゼット。

ゾルゼット　何ですか、ニェーゼさん。

ニェーゼ　私の小銭をお取り。

ゾルゼット　さあ、これ、こっちに投げて。

ニェーゼ　〔小銭を投げる〕勝てればいいんだけどねぇ！

ゾルゼット　あれ、残りは五口だ。

オルソラ　〔自分の家のバルコニーから〕お前かい？

ゾルゼット　母さん、あんたもやるの？

オルソラ　お前のためにね。小銭をお取り。〔小銭を投げる〕

ゾルゼット　残りは四口だ。

ルシェッタ　オルソラさん、あなたも賭けるのかい？

オルソラ　もちろんさ、何が勝ちだい？

ルシェッタ　数字の高い方よ。

ガスパリーナ　ちょっと、ゾルゼットさん、よろしいかしら？

ゾルゼット　ガスパリーナお嬢さん、さあ、どうぞ。

ガスパリーナ　お取りなさい。〔小銭を投げる〕

ゾルゼット　あなたは本当にぶっきらぼうでいらっしゃいますね。これで四口目だよ。さあ、残りは三口だけだ。

パスクワ　〔自分の家の戸口から〕おーい、ゾルゼット、こっちにおいで。私も自分の小銭を賭けてみたくなったよ。

ゾルゼット　パスクワおばさん、さあ、どうぞ。

ニェーゼ　お母さん、あんたもするの？

パスクワ　私も賭けてみたくなったよ。賭けちゃいけないのかい？

ルシェッタ　自分のしたいことをしたらいいんだわ。

ゾルゼット　残りはあと二口だよ。

カッテ　[自分の家の戸口から]おーい、ヴェントゥリーナのお兄さん。

ゾルゼット　[傍白]《嘘ツキ》のカッテおばさんだ。

ルシェッタ　お母さん、あんたもなの？

カッテ　私もさ。小銭をお取り。何が勝ちだい？

ゾルゼット　数字の高い方です。

ガスパリーナ　これから、どっちかに決めることはできないものかしら？

ゾルゼット　もう決めてしまいましたよ、お嬢さん。

ガスパリーナ　本当に？　まだ決まっているとは思いませんしたわ。そうだと分かっておりましたら、ワタツィ、賭けたりしませんでしたのに。

ルシェッタ　まあ、見てよ。何というへそ曲がりなの！

ガスパリーナ　[傍白]（いつもこうなのですから。あの人たちは、自分たちだけで勝手にルールを決めてしまいますのね。）

ルシェッタ　[ゾルゼット]　さあ、始めて頂戴。

ゾルゼット　これで六口目、もう一口だ。賭けて下さいよ。

ニェーゼ　私が乗るわ。

ルシェッタ　私が乗るわよ。

ガスパリーナ　さあ、お取りなさい。[もう一枚小銭を投げる]

ルシェッタ　大金持ちね！

ニェーゼ　小銭二枚くらいなら、私たちだって持ってるわよ。

オルソラ　さあ、始めようかね？

ゾルゼット　皆さん、いいですね、一番高い数字が勝ちですよ。

ガスパリーナ　ワタツィが引きますわ。袋を投げて下さいませ。

ルシェッタ　まあ、何を偉そうに！　私が最初に出したんだから、私が親よ。

ガスパリーナ　あなた様ね、ワタツィは二口出しましたのよ。

パスクワ　娘のニェーゼが一番若いんだ。娘に袋を投げておやり、若い娘からだよ。

ゾルゼット　引く順番は、あんた方で相談して決めておくれ

────

(2)　ヴェネツィア市内で、冬の期間を除いて、一年中行われていた下層民の籤引き遊び。袋の中に、一から九〇までの数字の記された玉と、図像の記された玉（死神、悪魔、太陽、月、世界）が入っており、図像の玉の方が数字の玉よりも点数が高い。人々は小銭を払ってこの遊びに参加し、袋から最初に玉を引いた者が、高い点数と低い点数のどちらに勝ったかを決める。最も高い（ないしは最も低い）点数の玉を引き当てた者は、安物のマヨリカ焼きの食器やチャンベッラ菓子（大きなドーナツ）を賞品としてもらった。この遊びは、ヴェネツィアとパドヴァを結ぶ連絡船《ブルキエッロ》の中でも行われていた。この船は人が歩くよりも遅いスピードで、のろのろと進んだので、暇つぶしにゲームをしたり、歌を歌って過ごさざるをえなかったからである。

(3)《bezzo》（ベッツォ）。二分の一ソルドに相当する銅貨。《小銭》と訳す。

よ。

ゾルゼット　それなら、お前の母親に投げておくれよ。

オルソラ　[オルソラに袋を投げて]皆さん、よろしいですね、一番高い数字が勝ちですよ。

ガスパリーナ　あなた様、それは失礼というものではありませんの。

オルソラ　あんたね、この私を誰だと思っているの？　女中だとでも思っているのかい？

ガスパリーナ　もっと悪いですわね。揚げ物屋でしょう。

オルソラ　何てことを！　私が揚げ物屋をしているのは、これが立派な職業だからさ。

ガスパリーナ　道端でフライパンで揚げ物するって、本当に立派な職業ですこと。

ゾルゼット　さあ、引いてよ。ぐずぐずしてないで。

オルソラ　あんたね、お嬢さん、注意して物を言うんだよ。

ガスパリーナ　ワタツィは何といっても、人さまとは違いますからねえ。

ルシェッタ　そうでしょう、お姉さま？

ニェーゼ　この通りよね。あなたの話を聞いていると、まるで大資産家みたいね。

ガスパリーナ　この界隈では、全員があんたの素性を知っているんですからね。

ルシェッタ　何を張り合うって？

ゾルゼット　籤を引くのかい、引かないのかい？

ガスパリーナ　ワタツィのお父さまは、よその国の生まれの方でしたけど、立派な紳士でしたわ。お父さまのご出身だと思いますわ。ワタツィのお母さまは、古着屋の娘でしたけれども。ニェーゼさんはスリッパ屋の娘ですし、あなた様は八百屋ではございません。

カッテ　確かに私の夫は八百屋だったけど、どこに出しても恥ずかしくない立派な八百屋だったわ。

ガスパリーナ　ワタツィはね、あなたの夫がサン・マルコ広場で焼き栗を売っているのを見たことがございますけれどね。

パスクワ　私の死んだ夫は、スリッパ屋だったけど、いつもこの業界では一目置かれていたよ。継ぎ当てのうまさではあの人の右に出る者はいなかったんだよ。

ゾルゼット　そんな調子で何をしようと言うんだい？　籤を引くの、それとも引かないの？

オルソラ　何という自慢合戦だろうね！　球をお取り。[球と袋を投げ下ろす]

ゾルゼット　六〇だよ。

オルソラ　いい数字だろ？

ゾルゼット　まだ分からないよ。

ガスパリーナ　まあ、あなた様、低いのではありませんの。

オルソラ　何という知ったかぶりよ！

ゾルゼット　ニェーゼさん、あなたの番だよ。[袋を投げる]

ガスパリーナ　[傍白]（ワタツィ、知っていましたわよ、あの

ガスパリーナ　そうなのよね、このワタツィが、いつも最後ということですのよね。
ニェーゼ　まあ、《星》だわ。《袋と球を投げ下ろす》
ゾルゼット　すごい。パスクヮおばさん、あんたの番だよ。
パスクヮ　そうとも。勝つのは私の娘さ。
ルシェッタ　まあ、《月》を引いてしまったわ。
カッテ　すごい、すごい。私の娘の方が運がいいよ。
ゾルゼット　急いでおくれよ。最高は《月》だよ。
ガスパリーナ　今度はワタツィの番ですわよ。
ゾルゼット　どうぞ引いて下さい。
ニェーゼ　私、悔しいわ。本当に自分の頭をボカスカ殴ってやりたいわ。
ゾルゼット　そんなこと、しないで下さいな。《ガスパリーナに袋を投げる》
ガスパリーナ　ワタツィが何を引いたか、見せて差し上げますわね。
ゾルゼット　三〇だ。
ルシェッタ　私の勝ちよね。
ガスパリーナ　あなたねえ、勝つのは私だわ。ワタツィはもう一回引けますのよ。
ルシェッタ　でも、勝つのは私だわ。私にかなう人はいないわね。
ガスパリーナ　ワタツィが引いたのは何かしら？
ゾルゼット　わあ、すごい。《太陽》だ。

ゾルゼット　女の所に持って行くだろうってね。あの子は彼女に惚れていらっしゃいますからね。
ニェーゼ　まあ、《星》だわ。《袋と球を投げ下ろす》
ゾルゼット　すごい。パスクヮおばさん、あんたの番だよ。
[パスクヮおばさんに引かせる]
ガスパリーナ　［傍白］（どれほど罵ってやりましょうかしらね。自分の姑になる人の所に持って行きますとは、恥知らずの小僧さんですわね。）
パスクヮ　私が何を引いたのか、見ておくれよ。この絵は何だい？
ゾルゼット　《死神》だよ。
パスクヮ　くわばら、くわばら！　ぞっとするわ。
カッテ　あんた、本当にひどいのを引いてしまったねえ。
ゾルゼット　［カッテおばさんに］どうぞ、おばさん、引いて下さい。
カッテ　こっちにおいで。［引く］この絵は何だい？ 私は眼鏡を持っていないのでね。それは何だい？
ゾルゼット　《悪魔》ですよ。
ニェーゼ　気にしないよ。［ゾルゼットに］私の勝ちよ。
カッテ　もっとひどいのを引き当てたわね。
ゾルゼット　さあね。もっといい球だってありますから。［ルシェッタに］ここに投げてよ。
ルシェッタ　［ゾルゼットに］さあ、受けて下さいよ。［ルシェッタに袋を投げる］

ガスパリーナ　では、ワタツィの勝ちですわよね。

ルシェッタ　忌々しい子ね！　勝つのはいつもあの子なのね。

ゾルゼット　平皿が欲しい？

ルシェッタ　いいえ、ワタツィは深皿がいいですわ。

ガスパリーナ　あなたの所まで持って上がりますわ。

ゾルゼット　待って頂戴。今朝はあなたを破産させて上げますからね。もっと賭けを続けましょうよ。このワタツィが決めますわ。今度は低い数字を勝ちにしますよ。

ルシェッタ　私、もうやめるわ。[傍白]（もう嫌になったわよ。）

ガスパリーナ　あなた、本当におやめになるの？

ルシェッタ　《ワタツィ》は、おやめになるわ。[家の中に引っ込む]

ニェーゼ　私もそうしようかしらね。

ガスパリーナ　ニェーゼさん、あなたもおやめになるの？

オルソラ　《ワタツィ》もそうするわね。

オルソラ　息子、上がっておいで。[家の中に引っ込む]

ガスパリーナ　その通りだよ。空も曇って来たからね。

オルソラ　遊びは終わりですの？

ガスパリーナ　遊びは終わりだよ。

ガスパリーナ　この嫌味な人々は、ワタツィを馬鹿にしていらっしゃるのね。でも、絶対に仕返しをして上げますからね。

ゾルゼット　深皿がいいんですか？

ガスパリーナ　あなたに差し上げますわよ。ワタツィはね、深皿なんかどうでもいいんですの。ワタツィはそれよりずっと美しいお皿を持っておりますからね。ここの女たちは、ワタツィを馬鹿にしていらっしゃいますけど、どう足掻いても、《太陽》を引くのは、いつもワタツィでございますからね。今朝はもうヴェントゥリーナはやめだってさ。この男の子、手を貸してもらおうか。残りの六枚は、黄色いパン三個にでも投資しようかな。[退場]

ゾルゼット　さあ、そこのワタツィを持って行くんだよ。お前のお駄賃だよ。[退場]

第二場　《ノロマ》のパスクワおばさんと、《嘘ツキ》のカッテおばさん

パスクワ　あんた、どう思う？　今朝はガスパリーナが馬鹿っきだったけど。

カッテ　私はそうなるだろうと睨んでいたよ。あの子には運が付いているからね。

パスクワ　私はあの子の母親のことを思い出すよ。毎日、私の所にやって来ては、ある時は塩、ある時は油と、この私から借りていったもんだよ。あの人は死んでしまったけど、その娘と来たらねえ、ど派手な生活だよ。

カッテ　例のよそ者というのは、本当にあの子の叔父さんかい？

パスクワ　とんでもない。一〇人以上の人に聞いてみたんだけど、皆そうじゃないって言ってるよ。
カッテ　それじゃ、いったい誰なんだろうね？　あんた、どう思う？
パスクワ　まあ！　私は人の陰口はしたくないよ。そうだよ、きっと叔父さんだろうよ。この話はもうやめ。でもいいことさ。何とでも名乗ったらいいんだよ。私らにはどうでもいいことさ。唯一心配なのは、私の家には娘がいてね、あの子の素行を見たり聞いたりしてしまうことだよ。
カッテ　あんたの娘なら、そんな危険はないさ。もう立派な大人だしねぇ。でも、私の娘は、かわいそうに、まだ一六歳にもなっていないんだよ。
パスクワ　あんた、私の娘がいくつか、知っているのかい？
カッテ　よくは知らないけど、二一か二二そこらじゃないのかい。
パスクワ　それは、あんた、大間違いだよ。もう少しで一八になるところさ。この私だってそうさ。私を見る人は年寄りだって言うんだけど、そんなに年を取ってはいないよ。私がこんなにやつれてしまったのは、苦労したせいなんだよ。
カッテ　あんた、私は何歳に見える？
パスクワ　そうねえ、あんたは何歳かねえ？　六〇と七〇の間かい？
カッテ　まあ、とんでもない！　あんたの目が節穴だってことがよく分かるよ。

パスクワ　それじゃ、何歳なの？
カッテ　まあ、四三よ。
パスクワ　呆れた。確かにその通りだわよねえ。じゃあ、この私は何歳だと思う？
カッテ　六〇かそれ以上だね。
パスクワ　あんたより若いんだよ、本当に。
カッテ　まあ、歯が全くないくせに！
パスクワ　実はねえ、歯茎が膿んで抜け落ちてしまったんだよ。
カッテ　ああ、あんたの若い時の姿を見せてやりたいもんだわ。
パスクワ　あんた、何て言ったんだい？
カッテ　こっちの耳が少しね。
パスクワ　ねえ、あんたは認めたくないだろうけどさ、あんたの方が私より年上なんだよ。
カッテ　私だって、どれほど苦労させられたことか。でも、話さないでおこう。天の神さまが、死んだ夫をお許し下さいますように。
パスクワ　確かに夫というのは、どうしようもない奴らだね。私の夫、あのろくでなしも、そのお仲間だったわ。私の稼ぐパンはね、ふすま入りの安パンじゃないよ。

（4）《zaletto》（黄色いパン）。トウモロコシ粉と砂糖と卵と干しぶどうで作った小さな黄色いお菓子。

カッテ　自慢するわけじゃないけどね、昔の私はべっぴんだったよ！　私は評判の女でねえ。でも、歯がなくなると、容色は台無しだね。[パスクヮおばさんの指を取って、自分の口を触らせながら]　ねえ、ここに二本、ここに一本ある。私の歯茎は、骨みたいに固いんだから。

パスクヮ　ちゃんと食べられるのかい？

カッテ　食べ物がある時はね。

パスクヮ　私だってそうさ。

カッテ　同情するよ。

パスクヮ　えっ、何て言ったんだい？

カッテ　でも、毎日十分には食べられないね。

パスクヮ　待って。もっとこっちに寄って話してよ。そんなに耳が聞こえないなんて。

カッテ　だめ、だめ。私には娘がいてね、いろいろと気を揉まされることがあるのよ。

パスクヮ　あんた、娘さんを結婚させたいのかい？

カッテ　ああ、できればね！

パスクヮ　例の小間物屋にでも上げたらどう？

カッテ　もし彼にその気があればね。で、あんたの娘さんの方は、結婚させる気はないのかい？

パスクヮ　まあ、とんでもない。オルソラさんの息子さんが、もう少し大人になったらね！

カッテ　すぐに大人になるわね。

パスクヮ　それまでは娘を家に置いとくよ。私の本心をあんたに打ち明けるとね、私はできるだけ早く娘を片付けてしまいたいんだよ。その後で、私も再婚するんだ。

カッテ　あれ、私だってその気だよ。

パスクヮ　娘が片付いたら、私、絶対に再婚するわ。あんたに言っとくけど、らも再婚しようよ。

カッテ　そうだね。

パスクヮ　じゃあね、カッテ。

カッテ　あんたもね、それじゃ。私はもう小娘じゃないし、今は若い時ほどの魅力は持っていない。だけどね、私と結婚したいと寄って来る男は、四本指じゃきかないのよ。のお陰で、少しばかり年は取ったけど、天の神さまのお陰で、少しばかり年は取ったけど、天の神さまはすべてピンピンさ。[退場]

パスクヮ　私だってね、カッテ。耳が悪いのを除けば、後はすべてピンピンさ。[退場]

第三場　バルコニーからガスパリーナと、その後、騎士

ガスパリーナ　今日は本当に気持ちのよい日ですから、遊びに出かけたくて堪りません。でも、ワタツィの叔父さんは、ワタツィを連れて行って下さいません。本なんかもう沢山ですわ！　いつも勉強、いつも勉強！　せめてワタツィに結婚のチャンスがめぐって来たらいいのに！　先日からあの宿屋に泊まっている人だけど、ここを通りかかるたびに、ワタ

騎士 [少し気取って歩いて来て、ガスパリーナの家に近寄って、彼女に挨拶する]

ガスパリーナ [彼に挨拶する]

騎士 [少し歩いて、再び戻って来て、彼女に挨拶をする]

ガスパリーナ [再び挨拶をする]

騎士 [少し歩き回ってから、彼女に笑顔で投げキッスをする]

ガスパリーナ [優雅な投げキッスで答える]

騎士 [宿屋の方に歩いて行き、次いで再び戻って来て、彼女に話しかけたいような素振りを見せる。次いで、諦めて、彼女に挨拶をして、宿屋の方に戻る。その入口で立ち止まり、彼女に投げキッスをして、中に入る]

ガスパリーナ まあ、ワタツィは気に入られたようだわ。ワタツィに首ったけだってことが、よく分かるわ。もしあの人が、ワタツィを本気で好きになってくれるなら、この界隈に住んでいる薄汚い女たちは、ああ、どれほど嫉妬で煮えくり返るでしょうね！

第四場　宿屋からサンスーガと、前出のガスパリーナ

サンスーガ　一体どうすればよいものやら？ お客さまの頼みに嫌とは言えない。お客さまの頼みを引き受けて、あの娘に話してやることにしよう。この私だって宿屋の給仕のしれば、無下に断ることはできん。お客さん。

ガスパリーナ　さっき通られた旦那をご存じで？

サンスーガ　こんにちは。

ガスパリーナ　ワタツィは存じ上げていないわよ。いったいどなた？

サンスーガ　騎士のお方ですよ。

ガスパリーナ　本当に？

サンスーガ　あなた様をご覧になった時に、一目で気に入られてしまったそうで。

ガスパリーナ　あなた様を高く買っていらっしゃる方の一人で、あなた様をご覧になった

サンスーガ　お名前は存じ上げておりますが。

ガスパリーナ　あなたはワタツィのこと、ご存じ？

サンスーガ　そう。このワタツィのことをご存じなら、ワタツィに向かって、そのような口の利き方をしてはいけないってことも、知っておいて下さいませね。

ガスパリーナ　あなた様の仰る通りで。私が言いたかったのは、実は……あのお方は、あなた様にご挨拶できれば、それでご満足だということで。

サンスーガ　あの人、もうワタツィに挨拶しませんの？

ガスパリーナ　その通りで。でも、自分の挨拶をあなた様が喜んで受け入れて下さったかどうか、分からなかったようでし

ガスパリーナ　さあ、あの方にお伝えして頂戴。ワタツィは挨拶を無視したり致しませんって。もし彼がテラスに現れたら、何か言葉を掛けて頂けますか？

サンスーガ　ええ、そう致しますわ。

ガスパリーナ　あなた様はあのお方がお好きで？

サンスーガ　まあまあ、かしらね。

ガスパリーナ　あのお方の所に行って、喜ばせてやりますよ。

サンスーガ　ねえ、その人は、ワタツィがまだ未婚の娘だってこと、ご存じ？

ガスパリーナ　もちろんご存じですよ。ワタツィは良家の娘だけど、貧乏な娘だってともご存じ？

サンスーガ　私が何もかも伝えて上げたよ。あの方はしばらく宿屋に逗留されますので。

ガスパリーナ　色男さん、さよなら。「サンスーガは宿屋に入る」ああ、ワタツィみたいな美人の娘が、持参金がなくて夫が見つからないなんて、実に驚くべきことですわ。ワタツィの叔父さまは、どこの国の人か知りませんけれど、いつもこう言ってくれますのよ。《姪よ、わしがお前を結婚させてやりたい》って。だけど、彼にはお金があるのかないのかさえ分からない。何ですって？　叔父さまが呼んでる？　まあ、本当に叔父さまだわ。ワタツィを呼んでいらっしゃるわ。行かなきゃ。ワタツィ、こんな所にいると叱られるわ。ワタツィを結婚させるために、何をして下さるつもりかしら？　本当にワタツィを結婚していたら、娘のままで沢山、叔父さまの言いつけを守って待っていたら、娘のままで苔むしてしまいますわよ。

［退場］

第五場　物干し場からルシェッタと、その後、宿屋のテラスから騎士

ルシェッタ　まだアンゾレットの姿が見えないわ。あのろくでなし、私がもう三時間もこうして待っているのにねえ。時間は過ぎて、飾り紐は要らんかねと呼ぶ声は聞こえるのに、《針は要らんかね》と呼ぶ声は聞こえないの。あ、ああ、若い男、若い男ばっかり来たら、みんなろくでなしだわ。何ひとつ信用できないんだから。

ルシェッタ　こっちを見てるのかしら？　私に挨拶したいのかしら？

騎士　そうとも見えるし、そうでなくとも見えるな。

ルシェッタ　どうも、この私を見ているみたいね。

騎士　［帽子を取って、中空にかざし、ガスパリーナのかどうかを調べようとする］

ルシェッタ　［彼に挨拶する］

騎士　［彼女に挨拶し終わると、今度は柄付き眼鏡で彼女を観

小さな広場

ルシェッタ そんなにじろじろと私を見ていいものなの？

騎士 あの娘でないのは明らかだ。だが、甲乙付け難いほどの美人だな。

ルシェッタ そんな風にお上品にじろじろ見詰めるなら、今にお尻を向けて差し上げますからね。［柄付き眼鏡に戻る］

ルシェッタ ［彼女に挨拶する］

ルシェッタ 大急ぎでご挨拶申し上げますわ。《メロンのへたにスイカの皮》③さま。［彼女に挨拶する］

騎士 何を言っているのか、さっぱり分からん。

ルシェッタ また挨拶したわね。こんにちは。

騎士 これはどうも。

第六場 小間物の箱を持ったアンゾレットと、前出の二人

アンゾレット ［小間物の行商人らしく叫ぶ］フランドルの針は要らんかね。リボンは要らんかね。飾り紐は要らんかね。

ルシェッタ ［彼を呼び止める］アンゾレット？

アンゾレット ［彼女を威嚇するような表情で］見せてもらったぜ。

騎士 お嬢さん、どうぞ、お好きなものをお取り下さい。私が支払って差し上げるから。

ルシェッタ ありがとう、旦那。［アンゾレットに］本当はね、私、こんな旦那、どうでもいいのよ。待っていてね。下に降りて行くから。［引っ込む］

アンゾレット そこのお若いの。

騎士 へい、旦那。

アンゾレット 何か彼女の欲しい物があったら、差し上げてやってくれ。この私が払って上げるから。

騎士 ［傍白］（ああ、あのたちの悪い雌犬め、この俺さまを裏切ってくれたんだな！）

第七場 物干し場からニェーゼと、前出の二人

ニェーゼ ちょっと、小間物屋さん、こっちに来て頂戴。［アンゾレットは近付く］

騎士 また別の美人だ。

ニェーゼ 美しい飾り紐はある？

騎士 彼女の欲しがるものを上げておくれ。この私が払って差し上げるから。

ニェーゼ 本当に？

騎士 そうですよ。どうぞお取りなさい。

ニェーゼ では、小間物屋さん、上に上がって来て頂戴ね。

アンゾレット はい、参りますよ。［ニェーゼの家に入る］

騎士 こんなに美人が揃っているとは！ 私は夢の中にいるみたいだ。

(5) 外国人がヴェネツィア方言を知らないのをいいことに、侮蔑するような調子で言うナンセンスな言葉。

たいだ。お嬢さん、どうぞ何なりとお申し付け下さい。

ニェーゼ　必要なものを頂くことにするわね。［引っ込む］

第八場　入口からルシェッタと、テラスから騎士

ルシェッタ　彼ったら、私を待っていないで、ニェーゼの家に入ってしまったのかしら？

騎士　優しい娘さん、彼はもうすぐ出て来ますから、待っていて下さいね。

ルシェッタ　はい、旦那。待っていますわ。［傍白］（あの人には悪いけど、この外人さんと話をしてみようかな。）

騎士　あなたのお名前は、何ですか？

ルシェッタ　ルシェッタ、と申しますが。［傍白］（あの人が、私にこのような仕打ちを？　必ず仕返しをしてやるからね。）

騎士　あなたは結婚されていますか？

ルシェッタ　いいえ、旦那。

騎士　まだ娘さんですか？

ルシェッタ　もちろんよ。そのうちに何かになりますけどね。

騎士　何かご用でしょうか？

ルシェッタ　私は下に降りて行きたいんだが。

騎士　どうぞ、どうぞ、あなたのご自由になさったら。

ルシェッタ　［騎士はアンゾレットの方を向いて］あのろくで

第九場　カッテおばさんと、前出のルシェッタ

カッテ　［家の中から］ちょっと、ルシェッタ。

ルシェッタ　はい、はい、ずっと私の名前を呼んでいたらいいわよ。たとえ折檻されたって、自分の鬱憤を晴らすまでは、絶対にここから動きませんからね。

カッテ　［家から出て］お前、通りで何してるんだい？

ルシェッタ　別に何も。

カッテ　お前さん、膨れっ面してるけど、何かあったのかい？

ルシェッタ　［泣きながら］あのろくでなしの小間物屋が……ここを通ったので……私は呼んだんだけど……私が降りて来たら……待っていてくれなかったのよ。

カッテ　それでお前は泣いているのかい？

ルシェッタ　そうよ、お母さん。

カッテ　彼はもうすぐやって来るよ。

第一〇場　騎士と、前出の二人

騎士　さあ、私は降りて来たよ。

ルシェッタ　［ルシェッタに］この方は誰だい？

騎士　［カッテおばさんに］黙っていてよ。

騎士　このお婆さんはどなたです？

ルシェッタ　私の母ですけど。

カッテ　このお婆さんは、だって？　旦那、よく見えないなら、眼鏡でも掛けなさいよ。私はね、旦那の思っているほど、お婆さんじゃありませんよ。

騎士　ああ！　許して下さい。あなたの娘さんは、稀に見る美人ですね。

カッテ　その通りだよ。この娘はべっぴんですよ。それにご覧よ、この私にそっくりだから。

騎士　さあ、小間物屋が降りて来ますよ。あなたも好きなものをお取りなさい。お金はここにある。[財布を見せる]

ニェーゼ　旦那、いいんですか？　私は四リラ分の品物を買ったわよ。

騎士　四リラどころか三〇リラでも構いませんよ。私はいつもこうするんです。

ニェーゼ　でも、私、自分で買った分は自分で支払いましたからね。ヴェネツィアの娘たちは、根が真面目でしてね、よそ者さんから物をもらったりはしないんですよ。[退場]

第一一場　物干し場からニェーゼと、前出の人々

第一二場　家から出て来るアンゾレットと、前出の人々

騎士　あの娘は、あまりに誇り高すぎる。気に入らんな。[ルシェッタに]さあ、どんどん取っておくれ。

ルシェッタ　私は何も欲しくないわ。卑劣漢、ろくでなし、狭い人。[アンゾレットに]私の傍に来ないで頂戴。

アンゾレット　この俺さまにそのような侮辱を？　俺の方にはここで思いの丈をぶつけようとは思わないでしょうよ。今に思い知らせてやるからね。

ルシェッタ　あんたにはあんたの理由があるんでしょうよ。私はここで思いの丈をぶつけようとは思わないわ。

アンゾレット　[アンゾレットに]文句を言うのはそれでお終い。私たちの家においでよ。

カッテ　[アンゾレットに]文句を言うのはそれでお終い。私たちの家においでよ。

アンゾレット　あんたらの家になんか、もう金輪際行くもんかい。[退場]

騎士　お前、人に何かしてもらったら、最後には何かでお返ししなければならなくなるんだぜ。

ルシェッタ　失礼します。指輪には感謝しますわ。[指輪を受け取らずに退場]

カッテ　よそ者の旦那さん、ひとつ聞きたいんだけどね。

騎士　何でしょう？

カッテ　その指輪、私におくれよ。

騎士　なるほど、お取りなさい。それを私からだと言って、あの娘さんに差し上げて下さいな。気立ての優しいお婆さん、頼みましたよ。さよなら。[退場]

カッテ　まあ、でも私はね、お返しに何も上げたりしませんよ。だからと言って、怒ったりしないでね。この指輪は、私の結婚用に取っておくわ。[退場]

第二幕

第一場　箒を持って家から出るパスクヮおばさんと、その後、オルソラ

パスクヮ　この小さな広場の掃除でもしようかね。ここはゴミだらけだ。この界隈の小娘どもは、男の子よりたちが悪いからね。巻き貝を食べたり、干し栗を食べるのはいいが、殻をみな広場に捨てるんだよ。恥も外聞もあったもんじゃない。掃除をするのは私だけと来ている。あーあ、皆自分のことばかり考えている。私だって、人さまのために、箒をすり減らしたりしたくないがね。[自分の家の前を掃く]

オルソラ　まあ、パスクヮおばさん、ひとつあんたに聞くけどね。パスクヮおばさんたら。耳が遠いんだよ、かわいそうに！　おーい、パスクヮおばさん、聞いておくれ。

パスクヮ　私を呼ぶのは誰だい？

オルソラ　あんたね、パスクヮおばさん、せっかく箒を持っているんだから、お願いだよ、この私たちの家の前もきれいにしてよ。

パスクヮ　[自分の所を掃きながら] 私がしてることを、あんたもすればいいだろうが。

オルソラ　ねえ、お隣さん、してくれても悪くはないじゃないの？

パスクワ 〔傍白〕（何とまあ偉そうに！）
オルソラ 人は皆、相身互身って言うじゃない。
パスクワ 〔傍白〕（私を女中のようにこき使いたがっているんだよ。これが揚げ物屋の女将だとは、誰が信じられるだろうね。）
オルソラ 箒を少しばかり伸ばすのが、そんなに苦労かい？
パスクワ 何だって？〔傍白〕（何を喋っているのか、よく分からないよ。）
オルソラ おばさん、この世ではね、人の世話をすれば、自分も世話してもらえるものなんだよ。
パスクワ 世話って何のことだい？
オルソラ 耳が遠いって、かわいそうに。
パスクワ 耳が遠いって？
オルソラ その通りさ。あんたの家の戸口の掃除をしないのは、別にしたくないからじゃないんだよ。あんたのためなら、そのくらいのこと、してやっても構わない。ただ、この近所の浮気女どもから、私がこの界隈の女中役だなんて言われたくないんだよ。
パスクワ パスクワおばさん、ねえ、聞いてよ。
オルソラ 何か私にご用かね？
パスクワ あんたは私のお友だちだろう？
オルソラ そうだよ。今朝ははっきりと聞こえたよ。悪い体液が少し下に降りたんだ。これもシロッコ〔南東風〕のお陰だと思うよ。
パスクワ あんたは他の女たちと違ってね……私の言っている意味を分かってくれるだろうけど……
オルソラ 気立てのいい子なんだよね。
パスクワ 率直に言わせてもらうけど、顔だって悪くないよ。
オルソラ まあ！咲き誇る花みたいな子だよ。
パスクワ そうだろう？〔もっと熱を込めて掃く〕
オルソラ もう十分、もうそれで十分さ。
パスクワ 本当なんだよ、一日中働き詰めさ。
オルソラ いつ頃結婚させるつもりなんだい？
パスクワ かわいそうに！結婚できればいいんだがね！分
オルソラ 持参金なしでも、もらってくれる人はいるんじゃないのかい？
パスクワ 何と言ったの？
オルソラ 私の言うことが聞こえないのかい？もっと近くに寄りなさいよ。
パスクワ 何だって？〔近寄る〕
オルソラ いいわよ、そんなこと、わざわざしてもらわなくても。前を掃き始める〕
パスクワ 本当に気立てのいい子だよ。〔オルソラの家の前を掃き始める〕
オルソラ 私はね、あの子がぶらぶらしているのを見たことはないよ。
パスクワ 座って仕事をしているよ。ああ、このお祭りの間でも、あの子をとても気に入っているんだね。
オルソラ あんたの娘さんはどこにいるんだい？

パスクワ　あんた、何て言ったんだい？
オルソラ　娘さんはべっぴんさんだし、気立てもいいし、どうなるだろうね？
パスクワ　うまく行って欲しいけどね！
オルソラ　私の家に上がっておいでよ。あんたに話があるから。
パスクワ　[傍白]（あそこの息子と縁談ということになるかもね？）すぐに行くよ。[呼ぶ]ニェーゼ。

第二場　ニェーゼと、前出の二人

ニェーゼ　[物干し場から]お母さん、呼んだ？
パスクワ　そうだよ、娘や、私はオルソラさんの家に行くからね。しばらくしたら戻るよ。
ニェーゼ　オルソラさん、こんにちは。
オルソラ　あら、こんにちは。
パスクワ　[オルソラに]どう、べっぴんさんでしょう？[傍白]（でも、私も昔はこうだったんだよ。また昔のようにふくよかな体に戻れるかもしれないね。もし結婚したら、またふくよかな体になれると思うよ。）[オルソラの家に入る]
ニェーゼ　ニェーゼ、元気にしてる？
オルソラ　わたしはもう。
ニェーゼ　今、何の内職をしているんだい？　教えて。
オルソラ　造花の髪飾りを作っているの。

オルソラ　ビロードの造花かい？
ニェーゼ　ビロードのと、羽毛のよ。
オルソラ　私に見せてくれる？
ニェーゼ　さあ、これよ。
オルソラ　本当に上手だねえ。あなた、誰に頼まれているの？　マルザリア通りのお店かい？
ニェーゼ　いいえ、違うわ。仕事を回してくれる人がいるの。私はもうマルザリアのお店の仕事はしてないのよ。昔はしていたんだけど、文句ばかり言うのでね。造花一個で二〇ソルド払ってくれたけど、手間が大変だった。今、私は、もっと四〇ソルド以上の値段で売っていたのよ。しかも、お店では簡単なのを作っているわ。手間が少なくて、収入は多いのよ。
オルソラ　あなた、ボンネットは作れる？
ニェーゼ　もちろんだわ。
オルソラ　それでは髪結いだってできるんでしょうね。
ニェーゼ　本当に？
オルソラ　でも、お分かりでしょう、私はまだ結婚前の娘ですし……
ニェーゼ　結婚しなさいよ。
オルソラ　ねえ、何を仰るの。
ニェーゼ　まあ、優しい娘さん、私はね、あなたのことをとても気に入っているんだよ。あなたがよい結婚相手に恵まれることを、本当に願っているわ。でも、よい縁組みって、本当

ルシェッタ　ねえ、要するに、あの人に手を出さないで頂戴。

に少ないんだよねえ。それじゃあね、あなたのお母さんと話があるから。[引っ込む]

第三場　ニェーゼと、その後、物干し場からルシェッタ

ニェーゼ　母さんは、本当に私を結婚させたがっているのよ。私だって、よい結婚相手がいたら、結婚したいわ。でも、ろくでなしが多いからねえ。

ルシェッタ　[皮肉を込めて] お淑やかなニェーゼさん！

ニェーゼ　何の用？

ルシェッタ　お友だちに向かって、そんな言い方はしないものよ。

ニェーゼ　この私が何をしたというの？

ルシェッタ　あんた、田舎娘みたいに、しらばくれるの？アンゾレットが私の恋人であることは、あんたも知っているでしょう。なのに、彼が来たら、あんたは家に引っ張り込むわけ？

ニェーゼ　私は品物を買っただけよ。

ルシェッタ　物を買うのに、上まで呼ぶ必要はないわ。

ニェーゼ　私はね、戸口まで出るのが恥ずかしいのよ。

ルシェッタ　よくそんなことが言えるものね！　高慢ちきさん、あんたは外出したことが全くないの？

ニェーゼ　お母さんが一緒の時はね。でも、一人で出かけたことはないわ。

ルシェッタ　いったい誰が手を出したというの？

ニェーゼ　まあ、よしてよ。何なら、お腹に溜まっていることを、みんなぶちまけてやるけど。

ルシェッタ　まあ、これからも、お友だちのルシェッタさん、私たちはこれからも、お友だちのままでいたいわ。

ニェーゼ　私ならお友だちよ。私って人がいいからね。

ルシェッタ　では、この私があなたを愛していないと言いたいの？　あなたにお花を上げたいわ。

ニェーゼ　お花を取りに、誰に頼むのがいい？

ルシェッタ　でも、誰に頼むの？　誰もいなければ、私が取りに行くわ。ちょっと待って。[呼ぶ] ゾルゼット。

第四場　道路からゾルゼットと、前出の二人

ゾルゼット　何かご用ですか？

ルシェッタ　ちょっと頼みがあるのよ。

(6) サン・マルコ広場から始まる目抜き通りの《メルチェリア通り》のこと。《サン・マルコ広場の時計の塔から始まって、サン・ジュリアーノ教会の前を通り、ベレッタイ橋を渡って、サン・サルヴァトーレ教会を過ぎ、サン・バルトロメーオ広場で終わる通り》(ボエーリオ)。

ニェーゼ がさつ者！ [退場]

第五場　ルシェッタとゾルゼット

ルシェッタ　ゾルゼット、ゾルゼット、遠くからでもよく分かるわ。あの子はあんたが好きなのよ。
ゾルゼット　まさにその通り！ 昔はね。でも、今は違うんだ。
ルシェッタ　むしろ、今の方がもっと好きになっているわ。あの子がそれを考えなかったけど、今はそれを考えている。
ゾルゼット　僕だって、本当のことを言うと、あることを全く考えなかったけど、今はそれを考えている。そのことはよく分かる。ことがないほど、彼女が好きなんだよ。でも、ねえ、ルシェッタさん、このように侮辱されるのは嫌なんだ。
ルシェッタ　ゾルゼット、そのお花を持って、上まで上がって来て頂戴。
ゾルゼット　では、お言葉に甘えてね。僕も少し話がしたいんだ。
ゾルゼット　あんたはもう子供じゃないわ。何歳になるの？
ゾルゼット　一六か一七だけど。
ゾルゼット　私のいとこは一五歳で結婚したわね。
ゾルゼット　今度はあんたが僕を侮辱するのかい。
ルシェッタ　かわいそうなお馬鹿さん、上に上がって来なさいよ。

ゾルゼット　何なりと。
ルシェッタ　あそこに行って、ニェーゼからお花をもらって、ここまで持って来て頂戴。
ゾルゼット　お安い御用だ。[ニェーゼに] さあ、ここまで投げておくれよ。
ゾルゼット　僕がそこまで取りに上げようか？ カゴを下に降ろすから、ルシェッタの所まで持って行って頂戴。[造花をカゴに入れて降ろす]
ニェーゼ　ああ、何て美しいんだ！ この花は作った人にそっくりだ。
ゾルゼット　早く行ってよ、お馬鹿さんね。
ルシェッタ　あんた、この子を馬鹿にするの？
ゾルゼット　僕をもう好きじゃなくなったの？
ルシェッタ　何て幼稚な子なんでしょ！ 昔は一緒にお人形遊びをしてくれたのに。
ニェーゼ　やめてよ。
ルシェッタ　こっちを見てよ、ニェーゼ。今ではあんたも大きくなったんだから、別のお遊びでもしたらどう？
ニェーゼ　[怒って、ゾルゼットに] さあ、その花を持って行ってくれるの、どうなの？
ゾルゼット　はい、すぐにやりますよ。どうして僕に腹を立てるんだい？ 何という災難なんだ！ 僕が何をしたというんだい？

ゾルゼット　行きますよ。［中に入ろうとする］

第六場　アンゾレットと、前出の二人

アンゾレット　［ゾルゼットを突き飛ばして］下がれ、弱虫小僧め。
ルシェッタ　何て早とちりな人なの！
ゾルゼット　僕が何をしたと言うんだ？
アンゾレット　下がれ。言うことを聞かんと、びんたを食らわせてやるぞ。
ゾルゼット　いったい何で？
ルシェッタ　何というやり方よ！
アンゾレット　いいか？　この戸口には絶対に近付くんじゃないぞ。
ゾルゼット　僕はこの花を届けようとしていたんだ。それなら、あんたが持って行ったらどうだい。［花を地面に投げ付ける］
アンゾレット　ルシェッタに花をだって？　このろくでなしめ。
ルシェッタ　母さん、僕、殴られた。

第七場　バルコニーからオルソラと、前出の人々

オルソラ　何してるんだい、息子や。まあ、私の息子に手を出

すんじゃないよ。畜生め、下に降りて行って、お前の頭を叩き割ってやるからね。
ルシェッタ　まあ、まあ、大騒ぎしないで頂戴よ。
アンゾレット　生意気小僧め、ルシェッタと話をさせたりしないぞ。
ゾルゼット　おばさん、あんたに言っておきますけどね、私だって、もううんざりよ。
オルソラ　本当にあの小娘のお陰で、いつも喧嘩ばかり起きるわね。
ルシェッタ　僕は何の関係もないのに。
オルソラ　こんな連中と一緒に、この小さな広場で暮らしていくことはできないわね。
ルシェッタ　まあ、まあ、何を偉そうに！　あんたは何さまなんだい？
オルソラ　揚げ物屋のくせに。
ルシェッタ　［ルシェッタに］口を出すな。
オルソラ　不良者。
アンゾレット　［オルソラの方に］畜生め、もう堪忍袋の尾が切れたぞ。
ゾルゼット　［アンゾレットに立ち向かって］何をする気だ？
アンゾレット　［威嚇しながら］そこをどけ、おねしょ小僧め。
オルソラ　その子に手を出すんじゃないよ。［ルシェッタに］それに、あんた、私の息子を誘惑したりしないでよ。

ルシェッタ　まあ、それなら心配ご無用よ。決して触ったりしないからね。それにしても何という馬鹿息子でしょう。この町に、これ以上見事な馬鹿息子がいるかしら？　何というだめな子なの！　熨斗をつけてニェーゼにくれてやるわよ。

第八場　物干し場からニェーゼと、前出の人々

ルシェッタ　私が何だって言うの？
ニェーゼ　何よ、あんた？　あんたね、アンゾレットがいるので、外に出て来たの？
ルシェッタ　まあ、何という言い草！
ニェーゼ　ゾルゼット、上に上がっておいで。
ゾルゼット　母さん、嫌だ。僕はここにいたいんだ。
オルソラ　その口の利きようは何だい？
ゾルゼット　今日ばかりは僕の好きなようにさせてもらうよ。
オルソラ　上に上がって来るんだよ、いいね。
ルシェッタ　まあ、何てご立派な息子さんでしょうね！
オルソラ　注意して物を言うんだよ、このあばずれ女！

第九場　道路からカッテおばさんと、前出の人々

カッテ　まあ、娘のルシェッタに、そんなひどいことを言わないでおくれ。
オルソラ　私がひどいことを言うのはね、それなりの理由があるからよ。
カッテ　この小さな広場では、誰も彼も同じ穴のムジナなのかい？　私の娘はね、他の娘たちと違って、気立てのよい子なんだからね……
ニェーゼ　まあ、おばさん、他の娘たちは何だって言うの？
カッテ　お黙り。へらず口を叩くんじゃないよ。
ニェーゼ　私だって耳は聞こえますからね。

第一〇場　オルソラ家からパスクヮおばさんと、その後、騎士

パスクヮ　怒鳴る声が聞こえましたが、どうしたんだい？　原因は何です？
騎士　怒鳴らないでおくれ、辺り中に聞こえるよ。
カッテ　お母さん、上に上がって来てよ。
ニェーゼ　何だって、私の娘に文句でもあるのかい？
パスクヮ　皆さんがお嫌でなければですが、私は仲裁のために出て参ったのです。
アンゾレット　旦那、あんたは何でしゃしゃり出なさるんで？
騎士　［ルシェッタを指して］旦那は、あの娘に気でもありなさるんで？
アンゾレット　全くありませんが。

騎士　お婆さん、お見事。ついに自分の家に引っ張り込んだよ。

ルシェッタ　アンゾレット、聞いた？

騎士　私はすべての女性に敬意を抱いています。ご近所の方々が仲良くされるのを見たいと思っているのです。女性の皆さん方、この大騒ぎの原因は何ですか？

オルソラ　旦那、私の息子に手を出すなって、言ってやって下さいよ。

騎士　彼をいじめるのは、君たちの誰かね？

ゾルゼット　あそこにいるあいつだよ。僕は何もしていないのに、僕を殴るんだ。

騎士　［アンゾレットに］どうしてそのようなことをするんです？

アンゾレット　あのがきが、俺の女に目をつけて、家に行って、花をやったりするようなことは、させたくないんだ。

ルシェッタ　ねえ、ニェーゼ、その花はあんたがくれたんでしょう？

ニェーゼ　その通りよ、旦那。私が彼女に上げたのよ。

騎士　気のいい皆さん、さあ、怒鳴り合いはお終いにして、前のように仲良く、陽気にやりましょう。

ルシェッタ　アンゾレット、上に来る？

アンゾレット　あの娘はいつも《上に来る？》だ。

カッテ　さあ、さあ、お馬鹿さん、私と一緒に来なさいな。

［アンゾレットの手を引いて、家の中に連れて行く］

騎士　お婆さん、ついに自分の家に引っ張り込んだよ。

ニェーゼ　娘さんの婚約者なのよ。あの人が将来のお婿さんなの。よそ者さん、何も悪いことなんかしてないわ。

騎士　なるほど、確かにその通りですね。

ルシェッタ　あんたね、婚約者であることを知っているなら、もう彼に手を出さないでね。

ニェーゼ　まあ、心配ご無用よ。もう声を掛けたりもしませんから。

ルシェッタ　引っ込む

騎士　今はカーニバルです。少しばかり浮かれ騒ぎをするのには、持ってこいの場所です。私はよそ者ですが、皆さんよろしくお付き合い下さいよ。

オルソラ　ゾルゼット、上に来るかい？

ゾルゼット　はい、母さん。

オルソラ　おいで、お前に話があるんだ。息子よ、上がっておいで。

ゾルゼット　ニェーゼさん、失礼しますよ。［入る］

オルソラ　やっと母親の言うことを聞いてくれたね。［引っ込む］

ニェーゼ　さあ、お母さん、あんたも来る？［大声で］お母さんたら。

パスクワ　お前かい、私を呼んだのは？

ニェーゼ　上に来る？
パスクワ　行くよ。実はお前に話があるんだからね。
ニェーゼ　来てよ。仕事が溜まっているんだからね。
ニェーゼ　[ニェーゼに] 失礼しますよ。
パスクワ　さようなら、娘さん。
ニェーゼ　ごきげんよう。
騎士　あなた様に《レペトン》をさせて頂きますわ。[引っ込む]
パスクワ　[家の方に歩いて行くパスクワおばさんに] 教えて下さい。《レペトン》って、どういう意味なんですか？
騎士　[彼女には聞こえない] さよなら、旦那さん。
パスクワ　《レペトン》というのは、どういう意味なのです？
騎士　それはね、《上品なご挨拶》という意味ですよ。私もあなた様に同じご挨拶をさせて頂きますよ。
パスクワ　あの子は、あなたの娘さんですか？
騎士　ご立派な娘さんですね。
パスクワ　左様ですが、旦那。
騎士　娘さんは踊りがお好きですか？
パスクワ　もちろんでしょう。私の育てた娘ですからね。
騎士　何がだって？
パスクワ　あのね、娘さんは踊るのがお好きなのですか？
騎士　まあ！何ですって！娘がフルラーナを踊るのを

見たら、その速いこと、まるで稲妻のことを《フルラーナ踊りのべっぴんさん》と言っていますよ。人はあの子のことを《フルラーナ踊りのべっぴんさん》と言っていますけどね。
パスクワ　それでは、ご一緒に踊りたいものですね。
騎士　まあ、いいわ、いいわ、旦那。この私だって、出る所に出れば、上手に踊れますよ。
パスクワ　あなたもこの私と踊ってくれますか？
騎士　もちろんですとも！私はね、あなた様以外の人と踊るつもりなんかありませんからね。[家に入る]

第一一場　騎士と、その後、ガスパリーナ

騎士　ああ、こんなに素晴らしい住居を見つけてくれた友人には、本当に感謝するよ。ここの代わりに豪華な宮殿に住まわせてやると言われても、私は移る気はないね。このような住民と一緒にいられるのは、心から嬉しいよ。ワタツィの叔父さまは、仰りたいことを仰ったらいいのよ。彼は本狂いだけど、ワタツィの名付け親のおばさまは、ここから遠くない所に住んでいらっしゃるから、ワタツィはそこに行ってみますわ。
ガスパリーナ　[傍白] (ああ、あれは、最初に見た女の子だ。)
騎士　[傍白] (まあ、あの人ですわ。)
ガスパリーナ　(すごい美人だな。) こんにちは。

騎士　《プッタ》〔娘さん〕という意味でしょうか？

ガスパリーナ　その通り。

騎士　実に優雅だ！ ご両親はご健在でございますか？

ガスパリーナ　あなた様は、本当にワタツィどもの話し言葉がお分かりで？

騎士　まあまあでありますが。

ガスパリーナ　では、このワタツィめが説明して差し上げますわ。

騎士　ご両親はご健在ですか？

ガスパリーナ　ワタツィのお父さまはお亡くなりになりました。ワタツィのお母さまも同様でいらっしゃいます。(10)

騎士　〔傍白〕（何と魅力的な話し方だ！）

ガスパリーナ　こんにちは。

騎士　〔傍白〕（家に戻ることにしますわ。）〔家に近付く〕

ガスパリーナ　私にそのようなつれない態度をなさるのですか？

騎士　ご免あそばせ。

ガスパリーナ　私だって騎士の端くれですよ、確かによそ者ではありませんがね。しかし、女性に対しては真面目な気持ちを抱いているんですよ。

騎士　タツィ、大歓迎ですわ。

ガスパリーナ　できることなら、私はあなた様にお仕えする栄誉を得たいと念願しておりますし、私はきわめて真剣にお仕えするつもりです。ですから、少なくとも、あなた様にお仕えすることだけはお許し下さい。

騎士　堅苦しいご挨拶はやめにして、お教え下さい。あなた様は《ツィテッラ》(9)〔未婚女性〕でいらっしゃいますか？

ガスパリーナ　ワタツィ、失礼致しますわ。

騎士　さあ、存じ上げないって？ どういう意味なのか、私には理解しかねますが。

ガスパリーナ　存じ上げないって？

騎士　ワタツィ、その《ツィテッラ》という言葉を存じ上げませんの。

ガスパリーナ　《ファンチュッラ》〔娘さん〕という意味ですが。

騎士　その言葉も存じ上げませんが。もしかして

（7）〔repeton〕〔大げさなお辞儀〕。相手をからかうために、滑稽な身振りでするお辞儀のこと。

（8）フリウリ地方の下層民の踊りで、ヴェネツィア共和国の領内に広まっていた。

（9）ガスパリーナはトスカーナ語をほとんど知らず、騎士はヴェネツィア方言をあまり知らないことから生じる滑稽な混乱と誤解の場面が、ここから始まる。ガスパリーナにとって《ziteila》〔未婚女性〕と《fanciulla》〔娘〕は初めて聞く言葉であった。《putta》〔娘〕はヴェネツィア方言である。

（10）原文は〔Mio padre è morto〕であるが、トスカーナ語では、正しくは《Mio padre è morto》で、ヴェネツィア方言では、三人称単数形と複数形が同じになるので、ガスパリーナは三人称複数形《sono》を単数形にも使ってしまったのである。《sono》が《zono》〔ゾーノ〕となっているのは、ガスパリーナの発音の癖を表記したもので、ガスパリーナがヴェネツィア方言しか知らないことを示す滑稽な過剰訂正の例。

騎士　よく言っていることが、お分かりになりますか？

ガスパリーナ　まあ、お間違いですわ。何を仰いますやら。

騎士　別の父親が？

ガスパリーナ　ありがとうございます。

騎士　では、どなたとご一緒に住んでいるのですか？　ワタツィには別の親がいらっしゃるのです。

ガスパリーナ　《バルバ》がいらっしゃるんです。

騎士　《バルバ》《髭》ですって？

ガスパリーナ　《バルバ》、いいですか、《叔父さん》のことでございますよ。ああしろこうしろと命令する人で、ワタツィと一緒に住んでいる人のことでございます。

騎士　ようやく分かった。素晴らしい。

ガスパリーナ　まだあなたを結婚させてくれないのですか？　まだ時期尚早なのでございますの。

騎士　なるほど。あなたはとてもお若いですけど、とても魅力的ですね。

ガスパリーナ　ありがとうございます。

騎士　あなたには人を魅惑する優雅さが備わっていらっしゃる。

ガスパリーナ　あなた様がヴェネツィアに来られたのは、これが初めてでいらっしゃいますか？

騎士　今回が初めてです。

ガスパリーナ　この町には、どれほど洗練された趣味がある

か、ご覧になれますよ。

騎士　そのことは、あなたを見ればよく分かります。

ガスパリーナ　自慢をするわけではございませんけれどもね、ワタツィだって、出る所に出たら、見栄えが致しますのよ。

騎士　よく分かります。

ガスパリーナ　話そうと思えば、ワタツィだってトスカーナ語を話せますのよ。ヴェネツィア人には全く見えないように、だって、なれるんでございますのよ。

騎士　あなたの発音は、とても甘美ですね。

ガスパリーナ　ありがとうございます。

騎士　そして、その優雅な雰囲気！

ガスパリーナ　どうです、ワタツィが歩くのをご覧になりました？

騎士　少しね。どうかお願いですから、歩いて見せて下さいませんか？　私はあなたを眺めていますから。

ガスパリーナ　よそ者さん、お分かり？　昔の人は、こう、こう、このようにして歩いたものですけれど、今の人はね、こう、こう、このようにして歩くのでございますのよ。

騎士　あらゆる点で素晴らしい。

ガスパリーナ　ワタツィはこれから、名付け親のおばさまの所に参りますのよ。

騎士　私の謙虚な奉仕を受け入れて下さいますなら、私がそこまでお伴して差し上げますが。

ガスパリーナ　ありがたく思いますが、あなた様にご一緒して頂くのはご遠慮させて頂きますわ。そう致しませんと、ワタツィの《バルバ》の叔父さまに、何も知られないで終わります。

騎士　叔父さんに見咎められることはないし、何も知られないで終わりますよ。

ガスパリーナ　《プッタ》で《ファンチュッラ》の娘は、たとえ見られておりませんでも、《プッタ》で《ファンチュッラ》であることを忘れてはいけませんのでございますのよ。

騎士　どうしてもお伴する栄誉を与えて下さらないのですか。

ガスパリーナ　どうかお許しを。

騎士　すぐに戻られますか？

ガスパリーナ　《昼食》［ヴェネツィア方言の《ディズナール》］までには戻ります。ワタツィの言葉がお分かりでございますか？

騎士　ええ、分かりますよ。《昼食》［トスカーナ語の《プランゾ》］までには戻られるのですね。

ガスパリーナ　はい、《昼食を食べる》［トスカーナ語の《プランザーレ》］⑬までにはね。

騎士　またあなたの優雅なお姿を拝見させて下さいね。

ガスパリーナ　いつでもどうぞいらっしゃって下さいませ。

騎士　お行き下さい。もうこれ以上お引き留めしませんから。

ガスパリーナ　［お辞儀する］失礼致しますわ。

騎士　［お辞儀する］あなた様にも。

ガスパリーナ　ムッシューさま、さようなら。［二人は異なった方向に別れる］

（11）ここでは雅語の《genitrice》（母親）が使われているが、通常は《madre》を用いる。

（12）《barba》は、トスカーナ語では《髭》《髭のようなもの》の意味しかないが、ヴェネツィア方言の《叔父》の意味もある。

⑬　ガスパリーナがトスカーナ語に無知であることを騎士に見せびらそうとして、逆にトスカーナ方言を知っていることを暴露してしまう滑稽な過剰訂正の一例。ヴェネツィア方言の名詞《disnar》（昼食）は名詞であって、トスカーナ語の名詞《pranzo》（昼食）と一致するが、《disnar》が動詞の不定詞形に見えることから、動詞の不定詞形《pranzare》だろうと考えて、彼女は騎士の言葉を訂正して、得意になっているのである。

第三幕

第一場　カッテおばさんとアンゾレットが家から出て来る

カッテ　お前さん、私と一緒に来ておくれよ。私とあんただけで話がしたいんだ。ルシェッタに聞かれないようにね。

アンゾレット　いいですよ。

カッテ　私の娘はあんたが好きだし、あんたはここに通って来る。あんたも娘に惚れているよね。あんたは、結婚まで一年の猶予をくれというから、今日結婚式を挙げろ、なんて無茶なことは言わないが、私はね、もう娘の見張りをするのはやめにしたいんだよ。

アンゾレット　それはどういう意味だい？

カッテ　それはね、もしあんたが今、娘と結婚する気がないのなら、こんなに足繁く通って来てもらいたくない、という意味だよ。

アンゾレット　私の娘はあんたが好きだし、あんたはここに通って来る。

カッテ　あんたも娘に惚れているよね。あんたは、結婚まで一年の猶予をくれというから、今日結婚式を挙げろ、なんて無茶なことは言わないが、私はね、もう娘の見張りをするのはやめにしたいんだよ。

アンゾレット　それはどういう意味だい？

カッテ　それはね、もしあんたが今、娘と結婚する気がないのなら、こんなに足繁く通って来てもらいたくない、という意味だよ。

アンゾレット　おばさん、俺は結婚したいけど、まだできないんだよ。小さな店を構えるまで待っていてもらえればなあ。もちろん事は急いでやるからさ。そしたらすぐに、あんたの娘さんと結婚するよ。

カッテ　私はね、あんたにできないことをしろと言っているんじゃないんだよ。ただそれまでの間は、家に来ないでほしい

と言っているだけさ。

アンゾレット　そのような話を聞くと、俺は熱が出て、震えが来てしまうよ。もしかして、裏に何かあるんじゃないかな。

カッテ　何もないよ。私の時だって、夫が私を待たせてね、なかなか踏ん切りがつかなかった。私は今でもこう言ったんだよ。《ボルドさん、あんた、入るのかい、出るのかい、どっちにする？》ってね。

アンゾレット　できるだけ早くするって約束するからさ。

カッテ　しかし、その間は、ここに来てもらっちゃ困るね。

アンゾレット　いったいなぜだい？

カッテ　さっきも言ったように、娘の見張りをするのはもう嫌なんだよ。

アンゾレット　一日に三、四時間、俺たちと一緒にいるのが、そんなに苦労だったのかい？

カッテ　先ず第一は、仰る通りだね。次に、もうひとつあるんだが、これはあまり大っぴらには言いたくないね。

アンゾレット　分かった、分かった、この俺がずばり当ててやろうか。

カッテ　いったい何だと思っているんだい？

アンゾレット　あんたは、誰かさんに娘をくれてやるつもりなんだろ。

カッテ　とんでもない、娘は私のお宝だよ。お前さんにだけ

は、教えて上げようかね。私は夫に先立たれたけど、まだそれほどの年じゃない。この私にも、時おり、ちょっとした気紛れが頭をもたげてね……だから、二人の婚約者の見張り番などしていられないんだよ。

アンゾレット 笑ってしまうところだぜ。
カッテ どうして笑ってしまうのかい？ 私がこんなことを言ったもんだから、馬鹿にするのかい？ あわれな生意気小僧だよ、これがもう少し世知に長けた大人だったらね！ だが、あんたはまだがきだし、教えてやらないよ。
アンゾレット あんたも結婚したらどうなんだい？
カッテ もうすることに決めているさ。私の娘を片付けたら、だけどね。
アンゾレット なるほど。娘さんを急いで片付けたがっているのは、あんたが結婚したいせいなのか。
カッテ このせいか、あのせいかは置いといてだね、私はあんたにははっきり言っておくよ、ルシェッタとすぐに結婚しないのなら、もうここには来ないでおくれ。
アンゾレット 俺が彼女と所帯を持った暁には、このような小間物の箱をかついで、町中を売りに回ったりしたくないんだよ。
カッテ まあ、あんたは家に残した女房に焼きもち焼きかい？ 誓って言うけど、あの子は本当に躾のよい子だから、たとえ荒くれ兵隊たちの中に連れて行っても平気だよ。
アンゾレット では、あんたが俺にくれると言った、少しばか

りの持参金は？
カッテ 工面するように骨折ってみるよ。娘には金の腕輪と、飾り紐と、頑丈で立派なベッドにシーツ、赤ちゃんの襁褓用の包帯四本を上げるつもりだよ。
アンゾレット たったの四本？ もっとないのかい？
カッテ あることはあるけど、他のは自分のために取っておきたいのさ。
アンゾレット おっと、あんたは何て面白い若おばさんだろう。
カッテ そうだよ、私はまだ若いんだよ。娘には、二着の上着と、三枚のスカートを上げるよ。さらに黒のスカート一着と、黒いショール一枚、これはいい品物だよ。すべてが必需

(14)《paneselo》（襁褓用の包帯）。当時、赤子はリネンの包帯でぐるぐる巻きにして寝かされた。
(15)《vestina》（上着）。この上着は、シャツの上に着る短い上着のことで、スカートはない。
(16)《carpetta》（スカート）。《ウェストから足まであるスカート》（ボエーリオ）。
(17)《vesta》（黒のスカート）。《黒いショールと一緒に身に着ける、絹か毛織りの黒いスカート》（ボエーリオ）。「解説」図III参照。
(18)《zenda》（黒いショール）。《zendado》とも言う。ゴルドーニの自注では、《ヴェネツィアの女性に特有のものであり、外出時に身に着ける絹タフタ織りの黒いショールで、顔の輪郭を包んだ後、胸で交差させて、ウェストの後ろで結んだ》。「解説」図III参照。

品だ。それに、結婚の契約を交わす時に、あんたに一〇ドゥカートを上げよう。

アンゾレット⑲　そのお金は今あるのかい？

カッテ　ないよ。でも、工面しようと思えば、すぐにでもできるさ。私が娘と一緒に二、三軒のお屋敷を訪ねたら、二〇ドゥカート以上は頂けるね。

アンゾレット　娘さんを連れ回るんだって？　それはだめだよ。

カッテ　あんた、何という頓珍漢なことを想像しているんだね？　娘にお金を出させるとでも思ったのかい？　いいかい、はっきり言っておくけど、この私にだよ。私にはね、庇護者の旦那が何人も付いているんだよ。この私を見たら、彼らは最も大切な自分の命だって投げ出してくれるさ。

アンゾレット［傍白］（ああ、俺は彼女が好きだ。もしこの婆が変な真似でもしやがったら、こいつの手から彼女を奪ってやるまでだ。）

カッテ　では、アンゾレットさん、結婚するのかい、しないのかい？

アンゾレット　もしあんたが望むなら、今日にでも結婚してやるよ。

カッテ　それなら、私はすぐに娘を上げるよ。［呼ぶ］ルシェッタ。

第二場　家の中からルシェッタと、前出の二人

ルシェッタ　［家の中から］お母さん。

アンゾレット　もう少し待ってくれよ。あの子にはまだ言わないでくれよ。

カッテ　なぜだい？

アンゾレット　分かるだろう、おばさん、こっちにだって段取りというものがあるんだよ。彼女に指輪を買って来たいんだ。

カッテ　［カッテおばさんに小声で］黙っていてくれよ。

アンゾレット　何が嬉しいのよ？

ルシェッタ　ルシェッタ、私は嬉しいよ。

カッテ　ルシェッタ、私は嬉しいよ。

アンゾレット　［ルシェッタに］別に何も。

ルシェッタ　アンゾレット、言って頂戴、どうしたの？

アンゾレット　何でもない、何でもないんだよ、お前。

カッテ　彼の顔をご覧よ。

ルシェッタ　いったいどうしたの？

アンゾレット　［傍白］（黙っていられないんだな。）

カッテ　晩になれば分かるよ。

ルシェッタ　何でもないんだな。

アンゾレット　［傍白］（黙っていられないんだな。）

カッテ　さあ、何もかも白状してしまってもいいかい？

アンゾレット　［アンゾレットに］話してしまってもいいかい？

アンゾレット　［カッテおばさんに］黙っていてくれよ。
カッテ　喋らせてもらえず、物も言えないのなら、わたしゃ腹が膨れて死んでしまうよ。
ルシェット　本当に知りたくてたまらないわ。
アンゾレット　いいよ、喋ったら。勝手に好きなことを喋ったらいいさ。
ルシェッタ　あんた、例の件を片付けて来るから。
アンゾレット　あんた、また戻ってしまうの？　本当にかわいい子だな。

［退場］

第三場　ルシェッタとカッテおばさん

ルシェッタ　お母さん、話して頂戴。
カッテ　さあ、娘や、喜びなよ。今日、彼が戻って来たら、お前と結婚式を挙げるんだよ。
ルシェッタ　いいわね！
カッテ　私がうまく仕向けてやったんだよ。嬉しいかい？
ルシェッタ　仕立屋のおばさん、まだ私のコルセットを仕上げてくれないけど。
カッテ　お前、持っているコルセットがあるだろう。あれは立派で美しいじゃないか。
ルシェッタ　アンゾレットは、どこに出掛けたの？
カッテ　指輪を買いにさ。
ルシェッタ　本当に？

カッテ　そうだよ。
ルシェッタ　［呼ぶ］ニェーゼ。
カッテ　黙って、まだばらしちゃだめだよ。

第四場　ニェーゼと、前出の二人

ニェーゼ　［家の中から］誰か呼んだ？
ルシェッタ　ええ、外に出ておいでよ。
カッテ　黙って。言うんじゃないよ。
ルシェッタ　どうしてなの？
カッテ　そうさねえ、彼の気が変わることだってあるかもね？
ルシェッタ　そんなことを聞くと、私、胸が潰れそうになるわ。
カッテ　でも、彼は愛してるから、必ずお前と結婚してくれるわよ。
ニェーゼ　［物干し場から］何か用なの？　私はここよ。
カッテ　［ルシェッタに］何を言う気だい？
ルシェッタ　何も、何もよ。うまく言い繕ってやるわ。あなた、下に降りてきて、《ふすまの山の宝探し》をしない？

──────────

(19) おそらくは金貨でなく、ドゥカート銀貨。とすると、五ツェッキーノと一四リラに当たる（一ドゥカート銀貨＝二二リラと八ソルド、一ツェッキーノ金貨＝二二リラ）。
(20)《busto》（コルセット）《細い棒で補強された女性用の胴着で、紐で絞めつけて装着した》（ボエーリオ）。

ニェーゼ　したいわね！　お母さんが許してくれれば、だけど。

ルシェッタ　下においでよ。

ニェーゼ　お母さんがやるなら、私もやるわ。

ルシェッタ　［カッテおばさんに］小さなテーブルを持って行ってもいい？

カッテ　お前の好きなようにおしよ。

ルシェッタ　少しばかり冬の日差しを楽しみましょうよ。

カッテ　お前が賭けをして遊びたい気分になれるとは、驚きだね。

ルシェッタ　だって、今日、お前は結婚するんだよ。

カッテ　どうして？

ルシェッタ　［カッテおばさんに］《ふすまの山の宝探し》をやるな　ら、僕も仲間に入れてもらいたいんだけどな。

第五場

　パスクワおばさんと、ニェーゼと、カッテおばさんと、その後、ゾルゼットと、その後、ルシェッタ、カッテおばさん

パスクワ　あんたら、いったいどこに消えてしまったんだい？

ニェーゼ　［大声で呼ぶ］ルシェッタ。

ルシェッタ　［家の中から］今行くわ、すぐに行くわよ。

ニェーゼ　あんたたちがしたいと言うのに、ふすまはどこにあるんだい？

パスクワ　［大声で］ふすまはどこにあるんだい？

ルシェッタ　［家の中から］今、持って行くわ。

ゾルゼット　［家の中から］《ふすまの山の宝探し》をやるなら、僕も仲間に入れてもらいたいんだけどな。

パスクワ　いいよ、いいよ、お前さんも仲間に入り。お前、私の言う意味が分かるね。かわいい息子や、今から二年したら、お前のお婿さんになるんだよ。さあ、ここにおいで。私たちの傍にね。

ニェーゼ　だから今、私、恥ずかしくって、彼の顔を見られないのよ。

ゾルゼット　［ニェーゼに］お嫁さん。

パスクワ　お前のお母さんから、話は聞いたかい？

ルシェッタ　［ゾルゼットに］聞いたよ。僕は嬉しかったよ。

ゾルゼット　うん。

ニェーゼ　［微笑んで］まあ、のぼせ上がったお馬鹿さん！　［ルシェッタとカッテおばさんは、小さなテーブルとふすまを運んでくる］

ゾルゼット　さあ、来たわよ、来たわよ。

カッテ　娘を喜ばせてあげたくてね、私も付いて来たんだよ。

ルシェッタ　［ゾルゼットに］あんた、お母さんはいるの？

ゾルゼット　うん。

ルシェッタ　呼んで上げるわ。［呼ぶ］オルソラおばさん！

第六場　家からオルソラと、前出の人々

オルソラ　私を呼んだかい？
ルシェッタ　おばさんも来て、遊びに入ったら。遊びたくない？
ゾルゼット　やろうよ、母さん。
オルソラ　望むところだわね。
パスクワ　私たちは皆お仲間だよ。
オルソラ　張り切ってやろうかね。
ルシェッタ　一人一ソルドよ。
パスクワ　[ニェーゼに] さあ、ご挨拶して。
ニェーゼ　こんにちは、おばさま。
オルソラ　こんにちは、ニェーゼ。[パスクワおばさんに小声で] この子、もじもじしてるけど、どうしたんだい？あんた、話したのかい？
パスクワ　話してやったよ。
オルソラ　あら、赤くなったよ。
パスクワ　嬉しいんだけど、嬉しいって言えないんだよ。
カッテ　（婚約したみたいだね。）
ルシェッタ　（見てよ、何て幼い子供なの！）
ニェーゼ　始めましょうか？

ルシェッタ　ふすまの中に入れて頂戴。[ふすまの中に小銭を入れる]
ニェーゼ　私もよ。
オルソラ　さあ、ここに二ソルドある。[ゾルゼットに] お前の分もだよ。
パスクワ　ニェーゼ、私に一ソルド貸しておくれよ。
ニェーゼ　まあ、まあ！呆れたわ！一ソルドも持っていないなんて。さあ、取ってよ。
ルシェッタ　お母さん、入れたの？
カッテ　今入れるから、待っていて。[ぼろ布を取り出す]
ゾルゼット　小銭をぼろ布で包んで持っているんだ！
カッテ　なくさないために、こうして持っているのさ。小銭をお取り。
ルシェッタ　[ふすまを掻き混ぜる]
オルソラ　この私なら、声を出したことなんかないけどね。
ルシェッタ　急いで、掻き混ぜましょう。
オルソラ　仲良く遊んでよ、怒鳴ったりしないでね。
ルシェッタ　私もしたいものだね。
オルソラ　なぜしたいのか、もう分かっているわよ。いつも

(21) [zogo a la sémola]（ふすまの山の宝探し）。下層民の女や子供たちの遊びで、掛け金の小銭をふすまの中に入れ、ふすまを参加者の数に応じて分けて山を作り、各人が自分の山の中に見つけた小銭を自分の取り分にする遊び。
(22) 一ソルド＝二ベッツォだから、《ヴェントゥリーナ》の賭け金の二倍になる。

ゾルゼット 自分でしなきゃ気が済まないんだから。僕もちょっとばかり搔き混ぜてみたいけどな。
ルシェッタ こんな調子でやっていたら、私たち、明日の朝まで搔き混ぜることになるわね。
オルソラ ［ふすまの中に両手を入れて］もう十分よ。山を作りましょうか。
ルシェッタ 山は私が作るわ。
オルソラ まあ、あんた、作り方を知らないんだね。こうやってするんだよ。
ルシェッタ まあ、おばさん、だめよ。油まみれの手で、私のふすまを汚さないでほしいわ。
オルソラ あんたねえ、私の手は、あんたの手なんかよりずっときれいなんだよ。
パスクワ 喧嘩はおやめよ。私の手は、一番のお年寄りに作って頂くことにしましょうか。
オルソラ 一番のお年寄りね、それがいいね。
パスクワ あわれな脳足りんだよ！ この私が一番の年寄りだって？ それはカッテおばさんの方さ。
カッテ もうろく婆！
ニェーゼ 何と言った？
パスクワ 何も。
オルソラ やめ、やめ。私には聞こえなかったよ。［ゾルゼットに］息子や、お前がおやりよ。
ゾルゼット やらせてもらっていいの？ ［そして、山を作りに行く］
ルシェッタ 作ってみてよ。それでは小さ過ぎるわね。それでは大き過ぎるわ。
ゾルゼット あんたは、何をやっても文句を言う人だな。
ルシェッタ 山と山の間をもっと離してよ。
ゾルゼット さあ、これでどうだい。できたぞ。
ルシェッタ この山は私のものよ。
オルソラ それは私のものだわよ。
カッテ やめてよ。それでは、順番を決めることにしましょうか。
ルシェッタ 待って。こうすれば、誰も不平を言わなくなるわ。年の順から取りましょうよ。
ニェーゼ いいわ、いいわね、私が最後になるのよね。
ルシェッタ あなたと私では、そんなに年の違いはないわよ。
パスクワ カッテおばさん、選ぶのはあんたからだよ。
カッテ まあ、あんたの方が年上だよ。
パスクワ 何だって！
カッテ 私はね、あんたより一〇歳以上は年下なのよ。
ルシェッタ あわれな皺くちゃ婆さんだね。
パスクワ さあ、さあ、では、こうしましょうよ。取りたい人からわれ先に取ることにね。
［各人が自分の山を取り、その中のお金を探す］

小さな広場

カッテ　まあ、何もないわ。

ニェーゼ　私、一枚見つけたわ。もう一枚。あらまあ、さらにもう二枚もよ。

オルソラ　本当に運のいい子だね。

ルシェッタ　ゾルゼット、あんたがわざとやったのね。やめるわ、私。もうやらないからね。

ニェーゼ　この四ソルドが欲しいのなら、あなたに差し上げますけど。

パスクワとオルソラとゾルゼット　頂戴、頂戴。

ルシェッタ　だめだよ、だめだよ。

第七場　バルコニーから本を手に持ったファブリツィオと、前出の人々

ファブリツィオ　何だね、この騒ぎは？　お願いだから、静かにしてくれんか。

ルシェッタ　私たちは通りに出ているのよ。私たちは、自分のしたいことをしたいのよ。

ファブリツィオ　遊びたいなら遊びなさい。だが、この界隈を騒動の渦に巻き込んでほしくないものだね。

ルシェッタ　まあ、まあ、この小さな広場では遊ぶこともできないの？

ファブリツィオ　お前たちを追い払ってやるぞ。

ルシェッタ　どうぞ、どうぞ！　私たちは、もっと遊ぶわよ。

オルソラ　これでも食らえ！

ニェーゼ　いい、ではまた、小銭を掻き混ぜるわよ。

オルソラ　これでも食らえだわ！[23]

ルシェッタ　オルソラとパスクワとゾルゼット　だめ、だめ。

ファブリツィオ　こいつらめ！　よくもわしを侮辱してくれたな。もう堪忍袋の緒が切れたぞ。

ルシェッタ　[ファブリツィオの面前で、歌いながら踊る]

《私たちはね、遊びたいのよ。
私たちはね、ここにいたいの。
私たちはね、騒ぎたいのよ。
私たちはね、ここにいたいの。
私たちはね、遊びたいのよ。
私たちはね、ここにいたいのよ。》

ファブリツィオ　静かにするか、それとも思い知らせてやるかだ。

オルソラ　《私たちはね、ここにいたいの。
私たちはね、騒ぎたいのよ。
私たちはね、ここにいたいの。
私たちはね、遊びたいのよ。
私たちはね、騒ぎたいのよ。》

---

(23)《parpagnacco》(パルパニャッコ)。相手を侮辱して威嚇する仕草であるが、詳細は不明。この語には《トウモロコシの粉で作ったパン》(ボエーリオ)の意味もあるので、《このパンでも食らえ》という内容になるが、このような訳ではかえって意味が通じないので、訳出しなかった。

ファブリツィオ　お前たちはこのわしが何さまか知らんのだな。わしがどうするか、今に見ておれ。

全員　[大声で嘲笑しながら] まあ、まあ、まあ、まあ。

ファブリツィオ　貴族の者に向かってそのような仕打ちを？

全員　[大声で嘲笑しながら] あっはっは。

ファブリツィオ　[へらず口を叩きながら] へらず口を叩く奴は、舌をちょん切ってやるぞ。

全員　あっはっはっは。

ファブリツィオ　忌々しい奴らだ。[遊びのテーブルの上に本を投げつけて、ふすまを飛び散らせて、退場]

全員　[口々に悲鳴を上げて、地面に落ちたふすまの一部が地面に落ちると、大急ぎで自分の地面に落ちた小銭を求めて、叫びながら手でつかみ合う]

第八場　一方から騎士と、他方からアンゾレットと、前出の人々

騎士とアンゾレット　[《静かに、静かに》と言いながら登場し、彼女たちを落ち着かせる]

ルシェッタ　私は三枚見つけたわ。

オルソラ　私は二枚だよ。

ゾルゼット　僕は一枚。

ルシェッタ　私が一枚上手だったわね。

ニェーゼ　残念、私は何も当たらなかったわ。

騎士　いったい何が起こったのです？ どんな災害が生じたのですか？

ルシェッタ　別に何も。私たちは《ふすまの山の宝探し》をしていただけよ。

騎士　これが遊びですか！ この界隈全体が大火事にでもなったかと思いましたよ。

ルシェッタ　アンゾレット、三ソルドよ。

アンゾレット　お利口、お利口！ お前はいつも通りでお遊び、というわけか？

ルシェッタ　あれは持って来てくれた？

アンゾレット　指輪のことよ。

ルシェッタ　何のことだい？

アンゾレット　あれ、何もかも筒抜けなんだな。

ルシェッタ　筒抜けよ、もちろん、すべて筒抜けだわよ。

アンゾレット　これだよ。

ルシェッタ　まあ、すてき！ お母さん。

ニェーゼ　[パスクヮおばさんに] 何を持って来たのかしらね？

パスクヮ　見えないけど。

ニェーゼ　[小声で] オルソラおばさん、彼が持って来たもの、何かしら？

オルソラ　指輪だよ。
ニェーゼ　本当に?
オルソラ　不平を言うのはおやめ。今にあんたにも上げるからね。
ニェーゼ　いつなの?
オルソラ　その時が来たらだよ。
ニェーゼ　でも、それはいつなの?
オルソラ　私の息子があんたの夫になる時だよ。
ニェーゼ　[恥ずかそうに顔を背ける]
パスクワ　[オルソラに]私の娘がどうしたんだい?
オルソラ　恥ずかしがっているんだよ。
パスクワ　[ニェーゼに]さあ、顔に出さないようにするんだよ。わざわざ知らせてやる必要はないんだからね。
ルシェッタ　[指輪を見せびらかして]ニェーゼ、見て、見て。
ニェーゼ　よかったわね。
騎士　この私を、このように無視して、放っておくのですか?
アンゾレット　これと旦那と何の関係があるんで?
騎士　私は真面目な人間で、あなた方の心の平和を乱すつもりはありません。私はよいお母さんで、楽しいことが大好きなのですよ。
ルシェッタ　(ねえ、お母さん、あの人に結婚の立会人になってもらうように、アンゾレットに言ってよ!)
カッテ　それはいい考えだね! 待っていなさい。[アンゾレットに]花婿さん。
アンゾレット　何だい?
カッテ　結婚の立会人は見つけた?
アンゾレット　いや、まだだけど。
カッテ　あそこにいる人にお願いしてみたらどうだい?
アンゾレット　おい、おい、あいつが、どんな奴かも知らないのに。

(24)《canelao》(カネラーオ)。ボエーリオの説明によれば、「左腕を相手の方に差し出して、その拳から上腕までの四分の一の距離の所を、右手で叩く仕草で、それは男根を意味する。通常、その仕草をしながら《このカネラーオでも食らえ》と言う。これは相手への侮蔑と、その手に乗るものかという、相手への不信の表明である」。それゆえ、この仕草は、現代の《ヴァッファンクーロ》(クソッタレ)という嘲弄に伴う仕草と全く同一であることが分かる。しかし、ゴルドーニ自注《パスクワーリ》版『キオッジャの喧嘩』第三幕一七場での《カネラーオ》の解説する仕草は、ボエーリオとはかなり異なっている。《右手を振ってから、左手の中指の上を叩くようにするが、右手に力を込めるほどに、左手の中指と右手の人差し指の叩く音が高く鳴る》。ゴルドーニの説明する仕草は、ボエーリオの左腕を右手で行なう派手な仕草で、左手の中指と右手の人差し指で行なうミニチュア版となっている。キオッジャの漁師たちが、このようなかわいらしい仕草をしていたのか、それとも、ゴルドーニがこの下品で、野蛮で、冒瀆的な仕草を嫌ったのか、どちらかであるが、わざと差し出すようにと、そのように解説するのを、意図を込めたミニチュア版の作品に馴染んだ人なら、この仕草は作者が善意と慎みから行なうのであることに同意してくれるはずである。《カネラーオ》には、《調理に用いるさまざまな香辛料の粉の混合物》の意味もあり、《この香辛料でも食らえ》という内容にもなるが、この場合、現実の仕草の意図的な改ざんであるから、かえって意味が通じないので、訳出しなかった。

カッテ　お前たちは、この貴族のお方が、お前たちの結婚の立会人を務めて下さるってさ。

騎士　その通りですよ。皆さん、これは名誉なお話ですから、喜んでお引き受けしますよ。

アンゾレット　ありがとうございます。[傍白]（どうせ行ってしまうんだし、嬉しい限りだな。）

カッテ　分かったろう？　彼が引き受けてくれたのは、この私のお陰だよ。

ルシェッタ　皆さん、ちょっとした《ガランゲーロ》を開かない？

アンゾレット　いいよ。参加者には皆、先ず自分の分を払っておいてもらおうか。

騎士　ちょっと待って。どういう意味なんです？

アンゾレット　俺が説明して上げましょうか。宴会を開く時に、ある人がその費用を全部持つという約束をして、皆で費用を出し合った後、月賦で二〇ソルドから三〇ソルドずつを返して行くことですよ。

ゾルゼット　僕は色々な人から聞いたけど、宴会だけじゃなくって、まとまったお金もこのようにして集めるらしいですよ。

オルソラ　色男のアンゾレットさん、でも、今回ばかりは、

パスクワ　[傍白]（やっぱりね、カッテおばさんは、もうすぐ再婚できるんだ。なのにこの私は、もう二年も待たなきゃな

んだぜ。

カッテ　そんなこと、どうでもいいさ。このカーニバルが終わったら、どうせ彼は行ってしまうんだし。このカーニバルが終わったら、結婚式が終わってしまうんだし、立会人が近くでうろうろするのを見ないで済むわけか。

アンゾレット　なるほど。そうすれば、彼を見かけることはもうないよ。

カッテ　お願いするぜ。

アンゾレット　私が頼んで上げようか？

カッテ　[ルシェッタに小声で]うまく行ったよ。[騎士に]旦那さん、聞いておくれよ。離れた所で、ちょっとあなたにお話があるんだけどね。

騎士　何なりと。気のいいお婆さん。[カッテおばさんと一緒に、離れた場所に行く]

アンゾレット　[傍白]（俺の義理の母は、本当に頭のいい女だぜ。）

オルソラ　アンゾレットさん、あんたらはいつ結婚式を挙げるんだい？

ルシェッタ　もうすぐよ。

オルソラ　まあ、あんたの顔にも、そう書いてあるわね。

ルシェッタ　[アンゾレットに]そうでしょう、あなた？

オルソラ　式はいつするんだい？

ルシェッタ　今晩よ。

小さな広場

騎士 《ガランゲーロ》にするのは、どうかと思うけどね。
ルシェッタ いえ、いえ、待って頂戴。注文はこの私がするわ。
騎士 あなた方は何を考えていらっしゃるんです？ あなた方で《ガランゲーロ》をするんですって？ 結婚立会人はこの私です。私はすべての人にお食事を振る舞うつもりでおりますよ。
ルシェッタ ばんざい。
オルソラ 本当にばんざいだわね。
カッテ ねえ、あんた、あんたまで喜ぶ必要ないだろうに。
オルソラ では、何かい、この私はご招待しないつもりかい？ これはいいね！
騎士 いいえ、全員です。私はあなた方全員をご招待しますよ。
オルソラ ありがとうさん。お言葉に甘えさせてもらいますよ。
ニェーゼ 私は出たくないわ。
パスクワ 駄目だよ。お前も一緒に出るんだよ。
騎士 ［呼ぶ］そこの宿屋の給仕さん。

第九場 サンスーガと、前出の人々

サンスーガ 何かご用で？
騎士 このすべての方々にお食事の用意をしてくれ。料理人に、腕を揮ってくれるように、と伝えてな。
サンスーガ そのようにお伝えします。

ルシェッタ どうぞ、何なりと、花嫁さん。
騎士 薫製羊肉とお米の料理に、肥えた去勢雄鶏に、仔牛のローストビーフとサラミね。そして、上等の肉だわね。お代はこの立会人さんが払って下さいますからね。うまく料理してね。
オルソラ では、私は揚げ物を持って行くよ。
ルシェッタ もちろんね。
オルソラ でも、そのお代は、立会人さんに払ってもらうわね。
サンスーガ ［騎士に］このように豪勢な料理でよろしいので？
騎士 彼らの言う通りにして上げて下さい。
サンスーガ あなた様のご身分にはふさわしくない連中ですが。
騎士 私が気にしていないものを、お前は気にするのかね？
カッテ 丸いパンも欲しいね。
サンスーガ いいですよ。
パスクワ スープもたっぷり作ってね。
オルソラ 仔牛の肝臓もね。
アンゾレット 塩漬けのタンもだよ。

(25)《garanghelo》(宴会)。わが国の頼母子講、無尽に似た相互扶助の親睦会。

ゾルゼット　何切れかのサラミのローストもだぞ。
カッテ　柔らかい脳みそもだよ。
オルソラ　私らが満腹するほど沢山にだよ。
サンスーガ　メインの料理よりも、後から注文した肉料理の方が多いぜ。［退場］

第一〇場　ガスパリーナと、前出の人々

ガスパリーナ　この大騒ぎは何でございますの？
騎士　ああ、お嬢さん！
ルシェッタ　［ガスパリーナに］あなた、知ってる？　私ね、お嫁に行くのよ。で、そのお祝いに、皆で一緒に宴会をするの。
騎士　どうかあなたも、いらっしゃって下さいな。
ガスパリーナ　まあ、残念でございますけれども、お受けできませんのよ。あなた様もご存じのように、ワタツィは《ツィオ》である叔父さまの言いつけに従わなければなりませんので。
ルシェッタ　あの子、何て言ったの？
ガスパリーナ　あなた様、聞かれましたの？　かわいそうに！　ここの女たちは、全く物を知らないのでございますよ。
騎士　よろしかったら、私が叔父さんの所に行ってお話しし、叔父さんもご一緒にご招待しますけど。
ガスパリーナ　あなた様が、上に来て下さいますの？

騎士　お嬢さん、そうさせてもらっても構いませんか？
ガスパリーナ　ウィ、ムッシュー。
ルシェッタ　まあ、驚いたわ！
オルソラ　まあ、何と！
騎士　ご丁寧なお言葉、痛み入ります。
ガスパリーナ　お姉さま方、おフランス語がお分かりなの？
オルソラ　まあ！　もちろんよ。
ルシェッタ　［大袈裟に］まあ、私だって、ウィーくらい言えるわよ。
ガスパリーナ　お聞き下さいな、ムッシューさま。（どうかワタツィを無理に誘わないで下さいませね。ワタツィは、ここの卑しい女たちとは交わりたくないのでございますの。）
騎士　それは実に残念ですね。
ルシェッタ　［オルソラに］（ねえ、彼女を私たちと一緒に来させて、からかってやりましょうよ。）
オルソラ　（いいわね、いいわね。）さあ、ガスパリーナお嬢さま、私どもは、あなた様とご一緒に食卓に着けるような身分じゃありませんけど、どうかお願いですから、一緒に来て下さいな。
ガスパリーナ　行って上げられるものでしたなら、喜んで行って上げたいのですけれども。でも、ワタツィは一人では行けませんのよ。
ルシェッタ　さあ、来てよ。主賓の席に座らせて上げますから

ガスパリーナ　ワタツィは心から感謝致しますわ。でも、たとえ行けたとしても、ワタツィの席は、間違いなく最も下座でございますのよ。でも、ワタツィは《ツィオ》と一緒でなければ、行くことができませんのです。《ツィオ〔叔父〕》は《バルバ〔叔父〕》のことですわよ、いいですわね。

ルシェッタ　まあ！　私は花の名前で《ユリ》のことかと思ったわ、本当に。

ガスパリーナ　〔傍白〕（かわいそうな不作法者たちでいらっしゃいますことね。《ツィオ》という言葉もご存じないのでございますからね。）

オルソラ　ニェーゼ、あんたからも来るように誘ってみてよ。

ニェーゼ　ねえ、どうかあなたも来て頂戴。みんなで行きましょうよ。

ガスパリーナ　嫁入り前の娘は、家にじっとしていなければなりませんのよ。

騎士　この押し問答では、埒が明かんな。

ガスパリーナ　あなた、《ファンチュッラ》って、どういう意味かご存じ？

ニェーゼ　私は知らないわ。

ガスパリーナ　まあ、ムッシューさま、説明して差し上げて下さいませな。

第一一場　ファブリツィオと、前出の人々

ガスパリーナ　あら、《ツィオ》で《バルバ》の叔父さまが来られましたわ。

騎士　こんにちは。

ファブリツィオ　こんにちは。

騎士　ファブリツィオ騎士さま、黙っていて下さいませね。お前は通りで何をしているんだ？

ファブリツィオ　騎士さま、黙っていて下さいませね。ワタツィに恥を搔かせないで下さいませね。

ガスパリーナ　〔ガスパリーナに〕すぐに家に入るんだ。

ファブリツィオ　あなた、姪御さんに失礼ですよ。彼女はとても真面目なお方ですから。

騎士　〔ガスパリーナに〕もうこれ以上、わしを怒らせるんじゃないぞ。

ファブリツィオ　〔騎士に〕失礼致しますわ。

ガスパリーナ　〔彼女の体を押して〕さあ、行くんだよ。

ファブリツィオ　〔騎士に〕ご免あそばせね。

ガスパリーナ　〔彼女の体を押して〕失礼致します。

騎士　残念ですが。

ガスパリーナ　〔お辞儀をして〕失礼致しますわ。

ファブリツィオ　〔彼女の体を押して〕まだやっとるのか？

騎士　失礼致します、お嬢さん。

(26) ヴェネツィア方言では、《ツィオ》〈zio〉は《ユリ》を意味する〈トスカーナ語の〈giglio〉に当たる〉。

ガスパリーナ　ご免あそばせ、ムッシューさま。[家に入る]

ファブリツィオ　あの子の変わった性格が、やっとはっきり見えて来たな。

騎士　失礼ですが、あなた……

ファブリツィオ　失礼しますよ。それに、お前たち、無礼な女どもめ……

ルシェッタ　なぜ私たちをいじめるのよ？

オルソラ　なぜ私らにひどいことを言うのよ？

全員　見てよ。言ってよ。聞いてよ。

ファブリツィオ　もう我慢できん、引っ込もう。

全員　[嘲笑する]

騎士　彼女が来られないのであれば、致し方ありませんな。では、皆さん、食事に参りましょうか。その後で、私は彼女に会いに行こう。それまでは、宿屋に行って、楽しく食べることにしましょう。

オルソラ　ゾルゼット、おいで。ニェーゼの手を取っておやりよ。

ゾルゼット　いつもこうなんだから。[宿屋に入る]

ニェーゼ　私、一人で行くわ。[宿屋に入る]

オルソラ　お黙り。そのうちお前にも、手を握らせてくれるだろうよ。[ゾルゼットと宿屋に入る]

パスクワ　私も食事に行くよ。お米料理をたらふく食べようっと！[宿屋に入る]

カッテ　行こう、みんなで行こうよ。もし私の隣に私のお婿さんがいたら、どれほどうきうきするだろうね！[宿屋に入る]

アンゾレット　さあ、今日のところは、宿屋に行って、派手に飲み食いしてやろうか。だが、その後は、立会人も宿屋も願い下げだぜ。[宿屋に入る]

ルシェッタ　待ってよ、アンゾレット。ああ、心臓のどきどきする音が聞こえるわ。楽しく食べるわよ。なにせ、私は花嫁さんなんだからね。[宿屋に入る]

第四幕

第一場　帽子も剣も持たずに、騎士が宿屋から出て来る

騎士　正直言って、もうこれ以上は耐えられん。今日ほど愉快に一日を過ごしたことはない。だが、もうこれ以上は耐えられん。頭ががんがんする。何という大騒ぎ！　何という不作法な乾杯！　彼らはすっかり酔っているようだ。私は少し外の空気が吸いたい。この機会に、ガスパリーナの叔父さんに、下まで降りて来てもらおうか。あれでは、半ば虐待みたいなものだよ。私も今日は、かなり頭がかっかしているんだ。もしこれ以上私を刺激したら、一気に火が点いてしまうぞ。おーい、家の者はいないか！

第二場　バルコニーからガスパリーナと、前出の騎士

ガスパリーナ　[バルコニーに出る]
騎士　お嬢さん。[挨拶する]
ガスパリーナ　何のご用でございますの？　早く立ち去って下さいませ。
騎士　あなたの叔父さんに用があるんですが。
ガスパリーナ　ああ、何ですか、もし叔父さまに知られでも致しましたら！
騎士　何があったのですか、教えて下さい。
ガスパリーナ　ワタツィ、あなたにお話しすることができません。
騎士　叔父さんに、通りに出て来るように仰って。
ガスパリーナ　ワタツィにそんなこと仰られても……
騎士　私のせいで、あなたが再び叱られたりしてはなりません。では、あなたは引っ込んでいて下さい。
ガスパリーナ　ええ、そう致しますわ。[引っ込もうとするが、再び戻って来る]あのねえ、ワタツィは一言だけ申し上げたいのでございますわ。あなた様、叔父さまはね、ワタツィにひどいことを仰いましたの。
騎士　何と仰ったのですか？
ガスパリーナ　叔父さまに聞かれると、まずいことになるんでございますわ。ワタツィはおいとま致します。[前と同様な動作をする]
騎士　そう、それがいいですね。
ガスパリーナ　あのねえ、あのねえ、叔父さまはワタツィに向かって、《お前はショッカだ》って仰いましたのよ。《ショッカ》(27)って、どういう意味なのかしらね？
騎士　《愚か者》、《阿呆》という意味ですよ。でも、どうか

---

(27)《sciocca》（愚か者）はトスカーナ語で、ヴェネツィア方言にそれと同じ語源に由来する語はない。

引っ込んでいて下さいね。そこにいたことがばれないようにね。

ガスパリーナ 何とまあ、すてきな叔父さまでございますことね！ワタツィのことを阿呆ですって？こんなことを言うのを聞いたら、人はみな、叔父さまは頭が変になられたって仰いますでしょうね。すべての人がワタツィのことを、こう仰っていらっしゃるのよ。この国で、トスカーナ語と、さらにフランス語をご存じの若い女性は、ワタツィの他にいらっしゃらないって。ワタツィのように、昼も夜も本を手に持って、小説を隅から隅まで知っていて、歌を聞いたら、すぐに良いか悪いかの判断ができて、芝居を見に行ったら、それを憶えてしまって、ワタツィが良くないと思ったら、間違いなくその通りになる、そのような若い女性は、他にいらっしゃいませんのよ！

騎士 お嬢さん、あなたの叔父さんですよ。

ガスパリーナ ワタツィはね、働くだけが取り柄の女じゃありませんのよ。勉強が好きで、《時計の塔》[28]の下に、素晴らしい物語を歌う歌手が来たら、ワタツィはすぐにそれを憶えてしまうのよ。本当にでございますのよ。

第三場 家からファブリツィオと、前出の二人

ファブリツィオ ［家から出て、黙って騎士に挨拶をする］
騎士 ［ファブリツィオに挨拶する］こんにちは。

ガスパリーナ ［自分が挨拶されたものと思い込み］ご免あそばせ、騎士さま。ワタツィの所からそんなに突然、行ってしまわれますの？

ファブリツィオ ［ガスパリーナの前に姿を現して］わしもご免あそばせ、だよ。

ガスパリーナ まあ、大変！［引っ込む］

ファブリツィオ 君、少しばかり大胆さが過ぎるのではありませんかな？

騎士 私は彼女にでなく、あなたに参ったのです。

ファブリツィオ 人の家のことに、何か文句でも仰りたいのですかな？

騎士 私のような身分の者に向かって、そのような言い方は、失礼ではありませんかね？

ファブリツィオ わしはあなたのことを存じ上げませんが、名誉ある人士の務めであることは、よくご存じのはずですがね。

騎士 私は彼女にちょっかいを出して、あなたを侮辱したことはありませんよ。それに彼女だって、貴婦人というわけではありませんね。

ファブリツィオ 姪の正体を、あなたはまだご存じないのですよ。

騎士 その正体なるものについては、聞いて知っていますよ。零落した一家で、要するに商人の娘に過ぎない、ということ

もね。

ファブリツィオ　わしの兄は、決闘をしたためにナポリを追われ、ヴェネツィアにたどり着いて、身分違いの女性と結婚しました。これは本当のことです。かわいそうに、兄は手に職を持って、生計を立てなければなりませんでした。確かに貧しい家の生まれではありますが、兄は貴族の身分でしたよ。

騎士　あなた方はナポリのご出身ですか？

ファブリツィオ　左様です。

騎士　実はこの私もナポリ人なのです。恐らくは私の名前をご存じだと思いますが。

ファブリツィオ　おそらくはね。

騎士　私は騎士で、アストルフィと申します。

ファブリツィオ　ああ、わしから先に名乗らなかったことを、お許し下さい。わしはあなたのご尊父さまを尊敬しておりました。

騎士　ご存じとは思いますが、私の父は身罷りました。

ファブリツィオ　残念ながら、それも存じております。さらに、ああ、率直に申し上げることをお許し下さい。あなたが破産されたことも存じております。

騎士　その通り。この三年間というもの、私は諸国を回る旅をしておりましたが、ついに財布も底を突きました。

ファブリツィオ　どうなさるおつもりですか？

騎士　さあね、私の収入は、もう三年間は抵当に入ったままです。

ファブリツィオ　ねえ、君、失礼だが、これは正しい道とは言えませんな。気が滅入るようなことは、仰らないで下さいな。少なくともカーニバルの四日間を、楽しく過ごすくらいのお金はありますからね。

騎士　それが尽きるのはいつですか？

ファブリツィオ　考えたくありませんね。なるようになれ、ですよ。ところで、あなたのお名前は？

騎士　ファブリツィオ・デイ・リトルティと申します。

ファブリツィオ　あれ、あれ、待って下さいよ。では、あなたが、没落したナポリ貴族で、富籤を当てて大金持ちになったという、ファブリツィオさんですか？

騎士　大金持ちというのは大袈裟です。わしは傾いた家運を立て直すのに、十分な程度のお金を手に入れただけです。

ファブリツィオ　あなたは唸るほどお金をお持ちでしょう。

騎士　わしは持参金の必要な姪を持っているだけです。

ファブリツィオ　もしよい配偶者を見つけたなら、その結婚相手の身分に応じて、多くでも、少なくでも出してやるつもりです。

騎士　いくら持たせてやるおつもりですか？

ファブリツィオ

(28) サン・マルコ広場の《時計の塔》で、メルチェリア通りの入口にある。ムーア人の人形が鐘を鳴らす仕掛けで有名。

です。

騎士　彼女はそのことを知っていますか？

ファブリツィオ　これについては、まだ何も知らせていません。わしは姪の人柄を観察して、どのような性格なのかを知ろうと思ったのです。しかし、わしとしては、できるだけ早い機会に嫁がせてやりたいのです。

騎士　[傍白]（もし沢山の持参金をくれるなら、自分の家運を建て直すために、花婿候補に名乗り出てみようかな。）

ファブリツィオ　[傍白]（彼女を立派な家に嫁がすことができるなら、三、四千スクード、必要ならそれ以上の持参金をくれてやってもいいな。）

騎士　いったい誰にやるおつもりですか？

ファブリツィオ　そのチャンスは、まだ訪れていないのです。

第四場　宿屋のテラスにルシェッタ、アンゾレット、カッテおばさん、パスクワおばさん、オルソラ、ニェーゼ、ゾルゼットと、前出の二人

騎士　乾杯。

ファブリツィオ　乾杯。

騎士　[騎士に]わしは失礼しますよ。

ファブリツィオ　どこに行かれるので？

騎士　あの酔っ払いどもから逃げるのです。[別れて、家に入る]

ルシェッタ　いったい何しているのよ？　上にあがって来ないの？

カッテ　わたしゃ腹いっぱいで、もう食べられないよ。

騎士　元気を出して、陽気な皆さん。さあ、飲んで下さい。

ルシェッタ　[グラスを手にして] 立会人さん、あんたに乾杯だわ。

パスクワ　ああ、飲もうか。

ルシェッタ　[グラスを手にして] 立会人さん、あんたに乾杯ですよ。[グラスで飲む]

騎士　愉快な皆さん、さあ飲んで下さい。

パスクワ　お金を払ってくれる人に乾杯。

全員　乾杯。

ルシェッタ　静かにして頂戴。私は乾杯の歌を歌いますからね。

《私、愉快な時は、怒ったりしないわよ。私の花婿さんに乾杯ね。》

全員　乾杯、乾杯。

オルソラ　私も歌うよ。早く、早く注いでよ。

アンゾレット　さあ、これで残り全部だ。[オルソラのグラスにワインを注ぐ]

全員　乾杯、乾杯。

オルソラ　《この甘くておいしいワインのグラスで、一番阿呆な人に乾杯の歌を捧げるわ。》

ルシェッタ　まあ、一番阿呆な人って、誰のことなの？

オルソラ　まあ、何で分らず屋さんなのかい？［と言って、密かに騎士を指差す］あんた、知らないのかい？

騎士　さあ、皆さん、元気を出して、笑って、飲んで下さいよ。私のために乾杯だ。喜んで乾杯を受けますよ、

アンゾレット　立会人さん、このワインで、あんたに乾杯だ。《俺が手に持つこのワインで、あんたに乾杯。ただし、あんたが近くでうろちょろしない、という条件でね。》

騎士　《ねえ、私も君に返事をしてやろう。君たちと一緒にいる気なんか、さらさらないよ。》

全員　乾杯、乾杯。

パスクワ　皆さん、今度は私の番だよ。［アンゾレットに］私にも飲み物をおくれよ。

アンゾレット　どうぞ、どうぞ、お年寄りにもね。《嫌味な子だね。私を年寄り呼ばわりしないでおくれよ。》

パスクワ　《わたしゃ年は取っているけど、魔女ではないよ。素晴らしい結婚式に乾杯だ。》

全員　乾杯、乾杯。

カッテ　早く、早く、私もだよ。［飲み物を注がせる］《わたしゃ夫なしじゃいられない。私の若さに乾杯だよ。》

全員　乾杯、乾杯。

ゾルゼット　僕も乾杯の歌を歌いたいけど、構わない？

オルソラ　しなさい、しなさい、私の息子や。

ゾルゼット　［アンゾレットに飲み物を要求して］さあ、僕にもくれる？《このワインはバラ水より、ずっとよく体に効くよ。僕の恋人に乾杯だ。》

全員　乾杯、乾杯。

パスクワ　さあ、ニェーゼ、お前も歌うんだよ。お前はとても上手なんだからね。

オルソラ　うまくやってよ。

ニェーゼ　［アンゾレットに］私にも飲み物を頂戴。

オルソラ　心を込めてやっておくれよ。

ゾルゼット　［アンゾレットの手から酒瓶を取り上げて］僕が注いで上げる。

アンゾレット　おい！いい加減にしないと……

ゾルゼット　脅す気かい。

ルシェッタ　口答えしないの、お漏らし小僧さん。

ニェーゼ　《生粋の甘美なこのワインで、私は乾杯して飲むわ……》

ゾルゼット　《ゾルゼットのためにね。》

ニェーゼ　違うわよ、アンゾレットさんのためによ。

ゾルゼット　よくそんなこと言えるよ！

ルシェッタ　［ニェーゼに］いいかい、おしゃべり娘、あなた

───

(29) バラのエッセンスの入った飲み薬のこと。

オルソラ　まあ、まあ、何だって？
パスクワ　高慢ちきさん、誰を引っぱたくんだって？
カッテ　年寄り。
オルソラ　口を慎みなよ。
ルシェッタ　何よ、揚げ物屋が。
全員　[全員が同時に互いに次のような言葉を投げ付け合いながら、引っ込む]　何だって。黙ってよ。やってやるわよ。放っときなよ。こっちに来なよ。うるさいわよ。違うわよ。
騎士　乾杯に始まって怒鳴り合いに終わるか。これもすべて、おいしいワインのせいだ。無礼講の大騒ぎになってしまったが、私が行って、すぐに騒ぎを静めてやろう。もし連中が道理を弁えないなら、騎士らしく杖で叩きのめしてやるだけだ。[宿屋に入る]

第五場
　　バルコニーからガスパリーナと、その後、家からファブリツィオ

ガスパリーナ　この騒ぎはいったい何でございますの？　こんなに小さい広場なのに、本当に大騒動ですわ。まるで地獄のような大騒ぎですわね。
ファブリツィオ　わざと嫌がらせをしているんだ。もう我慢できん。
ガスパリーナ　叔父さま、どこに行かれますの？
ファブリツィオ　ここから遠い所で家を探すんだ。明日の朝までには見つけてやるぞ。たとえ穴倉みたいな所でも構わない。
ガスパリーナ　本当にそうですわね。いつも大騒ぎ、いつも大喧嘩ばかり。ワタツィだってもう沢山よ。こんな連中と付き合うとはね。
ファブリツィオ　騎士のアストルフィ君にも、あきれ果てるよ。
ガスパリーナ　そのお方って、どなたでございますの？
ファブリツィオ　お前に何度も挨拶していた人だよ。
ガスパリーナ　叔父さまは、あの方をご存じでございますの？
ファブリツィオ　ああ、相当な貴族の家柄なんだが、分別がなくてね、家運を傾けさせてしまったんだよ。
ガスパリーナ　もっとご存じのことを、教えて下さいませ。
ファブリツィオ　通りでお前に話せと言うのかね？　お前も本当に分別なしだな。さあ、夕方までに家を見つけに行こう。
ガスパリーナ　[数歩進む]　ああ、嗅ぎたばこ入れを下に投げてくれ。[引っ込む]
ファブリツィオ　すぐに致しますわ。
ガスパリーナ　この何ヶ月というもの、騒ぎ声が聞こえてこない日は、一日としてなかった。しかも、これほどの大騒ぎは、今日まで聞いたことがない。それに、それに、ああ！　このわしに無礼を働くとは？　このような家は、早く立ち退いた方がいい。

ガスパリーナ　さあ、持って参りましたわ。[嗅ぎたばこ入れを手に持って、家から出て来る]

ファブリツィオ　[怒って]どうしてお前が出て来るんだね？

ガスパリーナ　お願いですから、もうがみがみ言わないで下さいませね。女中が病気なことは、叔父さまだってご存じでしょう。

ファブリツィオ　お前に通りまで出て来てほしくないんだよ。バルコニーから投げ下ろしてくれればよかったのに。[怒って、嗅ぎたばこ入れを取る]

ガスパリーナ　もう決して外に出たり致しませんから。

ファブリツィオ　お前の母親は、自分の卑しい生まれにふさわしく、お前に卑しい躾しかしなかった。お前の父親も、わしらの血統のことを忘れてしまった。

ガスパリーナ　叔父さま、では、ワタツィたちは貴族でございますの？

ファブリツィオ　中に入りなさい。

ガスパリーナ　なぜかは知りませんけれど、ワタツィは自分の中に貴族の血が流れているように感じておりましたわ。

ファブリツィオ　ここから引っ込むんだ。家の中に入って、もう出てくるんじゃない。

ガスパリーナ　お願いですから、がみがみ仰らないで下さいませね。[中に入る]

ファブリツィオ　あの子をわしの傍に置くかぎり、わしは気が気でない。わしの前に現れた最初の奴に、あの子をくれてや

第六場　宿屋から騎士と、サンスーガ

騎士　やっとうまく収められたな。

サンスーガ　ものすごい狼藉三昧でしたね。あなた様は、もっと肝を潰す破目になったかもしれません。

騎士　いずれにせよ、私にとっては楽しみだよ。もうすぐ彼らは下に降りて来て、歌ったり、踊りするだろうな。踊るのを見るのは、楽しいことだよ。できれば、私も踊りたいものだ。

サンスーガ　お勘定をお持ちしましょうか？

騎士　持って来てくれ。

サンスーガ　これでございます。[彼に勘定書きを見せる]

騎士　七〇リラだと！　何という法外な値段だ！

サンスーガ　ぶっちゃけた話、ワインを三〇本以上空けたんですぜ。その他、何もかも入れて、支払い額がこれ以下になるなんて考えられますか？

騎士　三ツェッキーノ[六六リラ]（30）に負けてもらえないかね？

サンスーガ　あなた様のご機嫌を損ねたくありませんから、それで結構でございますよ。

騎士　さあ、これがお金だ。

（30）七〇リラは、三ツェッキーノと四リラに相当する（一ツェッキーノ＝二二リラ）。

サンスーガ　それから、わしに下さるチップは？

騎士　半ドゥカート〔四リラ〕(31)やろう。

サンスーガ　ありがとうございます。

騎士　お前は、これで満足か？

サンスーガ　大満足で。

騎士　下に降りてくるように、彼らに伝えてくれ。

サンスーガ　もうそろそろ降りてくる様子ですよ。あのものすごい騒ぎ声が聞こえますか？〔退場〕

第七場　騎士と、その後、ガスパリーナ

騎士　ああ、カーニバルをおとなしく終わらせられるとすれば、それはまさに奇跡というものだよ。財布は軽くなる一方だ。だが、もしファブリツィオさんが姪御さんをお嫁にくれる気になってくれれば、その持参金でうまくやって行けるのだが！　結局のところ、彼女は貴族の血統なのだし、たとえ母親が別の階級の出でも構わない。実は私の母親だって、貴婦人じゃなかったんだよ。

ガスパリーナ　騎士のアストルフィさまだわ。

騎士　ああ、お嬢さん、あなたのご身分を知った今、私はあなたに自分の真心を捧げる決心をしました。あなたが貴族であることは存じております。

ガスパリーナ　あなたの叔父さんが、あなたの身の上を話して下さいました。私たちはともに同じ国の出身で、ともに大なり小なり同じような……

騎士　彼はあなたを結婚させるつもりでいますよ。

ガスパリーナ　その通りでございますわ。

騎士　天の思し召しで、この私があなたと一緒になれるなら、嬉しいのですが。

ガスパリーナ　お教え下さいな。あなた様は《閣下》(32)でいらっしゃいますか？

騎士　ある国では、そのような敬称で呼ばれているようですが。

ガスパリーナ　ワタツィが《貴婦人》(33)と呼ばれるのは、不釣り合いでございましょうか？

騎士　あなたは当然そう呼ばれるようになりますよ。

ガスパリーナ　本当に？〔宿屋から騒ぎ声が上がる〕あの騒ぎは何でございますの？

騎士　さあて、お仲間さんたちの登場だ。私は嬉しくて堪らんな。

ガスパリーナ　ワタツィのようなご身分の人が、こんな所にいらっしゃるのは、ふさわしくありませんのよ。失礼致しますわ。

騎士　失礼します。

ガスパリーナ　ご免あそばせ。〔退場〕

第八場　ルシェッタ、オルソラ、ニェーゼ、カッテおばさん、パスクワおばさん、アンゾレット、ゾルゼット。盲人たちが演奏しながら、集団で登場する。全員が宿屋から出て来る。女性たちのある者は、ヴェネツィア風シンバルを鳴らすと、パスクワおばさんがヴィロッタ[民謡]を歌うと、何人かの女性がフルラーナを踊る。他の人々が通りから現れて合流し、さらに老婆たちも一緒に踊る。全員が同じ踊りを踊る。その後、以下のように続く

ルシェッタ　もう駄目だね。アンゾレット、一緒においで。わたしゃすぐにでも、ベッドで横になりたいよ。[退場して、家に入る]

カッテ　わたしゃ目が回って見えないよ。[退場して、家に入る]

アンゾレット　[ルシェッタに]疲れたの？　もう踊りは満腹かい？

ルシェッタ　まあ、あんたは私に踊らせたくないのかい？　私は花嫁さんだよ。

アンゾレット　ああ、俺は夫なんだから、くそっ、あいつの勝手にばかりはさせないぞ。[退場して、ルシェッタと一緒に家に入る]

パスクワ　お前たち、わたしゃ目が回って見えないよ。

ニェーゼ　来なさいよ。

パスクワ　ねえ、娘や、わたしゃ倒れそうだよ。手を貸しておくれ。

ニェーゼ　行きましょう。こっちに来て。[パスクワおばさんに手を差し出す]

ゾルゼット　[ニェーゼに]僕に挨拶してくれないの？

ニェーゼ　[ゾルゼットに]まあ、のぼせ上がったお馬鹿さんね！　「パスクワおばさんと家に入る]

オルソラ　およしよ、およし。息子や、あの子は慣れていないんだよ。でも、心の中は熱く燃えているのさ。[家に入る]

ゾルゼット　僕を好きなことはよく知っているよ。だから、心配なんかしていないのに、二年も待つのは嫌だな。[家に入る]

騎士　皆さん、それではご機嫌よう。皆さんは腹一杯になったのに、《ありがとう》と言ってくれる人は、一人もいなかったね。[宿屋に入る]

─────────

(31) 一ドゥカート銀貨＝八リラだから、半ドゥカートは四リラ。騎士は請求書の七〇リラが高いと言って、それを三ツェッキーノ（六六リラ）に負けさせたが、負けさせた分の四リラをチップに取られてしまったので、結局は請求書通り払わされることになる。騎士が、《お前は、これで満足か？》と尋ねると、給仕のサンスーガが《大満足で》と答えたのは、以上の理由による。

(32) 《celenza》= eccellenza（閣下）の敬称であった。

(33) 《luztrizzima》= illustrissima は、貴婦人の敬称。ヴェネツィアでは、貴族のみに使われていた。ゴルドーニの自注（「キオッジャの喧嘩」第二幕五場）によれば、《ルストリッシマとは、この地に住む庇護者の貴婦人のことを指す》。

第五幕

第一場　四人の人夫とともに、ファブリツィオと、バルコニーからガスパリーナ

ファブリツィオ　[人夫たちに]さあ、さあ、一緒に来るんだ。早く片付けよう。

ガスパリーナ　まあ、叔父さま、そうなの？

ファブリツィオ　人夫たちだ。わしは新しい家を見つけたから、これから夕方までに引っ越しをするんだよ。

ガスパリーナ　そんなに急いで引っ越しをしなければなりませんの？

ファブリツィオ　[人夫たちに]わしと一緒に来てくれ。

ガスパリーナ　泣き言はおやめ。[人夫たちに]教えて下さいな。[人夫たちに]何て行かなければなりません。もしその家がワタツィの気に入らなかったら？

ファブリツィオ　きっとお前の気に入るよ。

ガスパリーナ　それは貴族の館ですの？

ファブリツィオ　市民の家だ。

ガスパリーナ　その家に船着き場は付いていますの？船を持つことができますの？

第二場　騎士と、前出の人々

騎士　ファブリツィオさん、ちょっとお話がありまして。

ファブリツィオ　[傍白]（ああ、一難去ってまた一難か。）何のご用ですかな？

騎士　こんにちは。[ファブリツィオに挨拶するように見せて、実はガスパリーナに挨拶する]

ファブリツィオ　それはご丁寧に。

ガスパリーナ　こんにちは、あなた様。

ファブリツィオ　[ガスパリーナに気付いて]これで分かったぞ。[人夫たちに]この家の中に入ってくれ。[彼らは中に入る]お嬢様、もしよろしかったら、あなた様の荷物も纏め始めて頂けませんかね。

ガスパリーナ　[騎士に挨拶をする]ご免あそばせ。

ファブリツィオ　[ガスパリーナに]さあ、行け。

騎士　失礼致します。

ファブリツィオ　[騎士に]このわしに、また挨拶を交わしていたこと

に気付いて〕なるほど。そういうことだったのか。おい、お前、すぐにそのバルコニーに戻りたいのです。

ガスパリーナ 〔離れる振りをして〕（ああ、ワタツィ、早く結婚したいわ！）

ファブリツィオ 〔傍白〕（確かに美人ではあるな！）

ガスパリーナ 〔傍白〕（ワタツィ、《貴婦人》になれるなら、それだけで満足だわ。）〔退場〕

第三場 騎士とファブリツィオ

ファブリツィオ 〔騎士に〕何か仰りたいことがおありなら、早く仰って下さい。

騎士 申し上げましょう。あなたの姪御さんが、私の心を射止めてしまったのです。

ファブリツィオ 君の欲しいのは、ガスパリーナの持参金ですかな、それとも彼女の持参金ですかな？

騎士 彼女の美徳に、私の愛が目覚めたのです。

ファブリツィオ 〔傍白〕（本当にこいつに姪をやってしまおうかな？）

ファブリツィオ この私が何者か、あなたはご存じでしょう。

騎士 確かに存じ上げていますよ、あなたが貴族の生まれであることはね、だが、少しばかり落ちぶれ過ぎましたな。

騎士 その通りです。でも、このような旅の生活を送るのに、

私は疲れました。私はもう浪費をやめ、分別を持って、母国に戻りたいのですがね。

ファブリツィオ そうなればいいのですがね。

騎士 騎士の名誉にかけて、そうすると誓いますよ。

ファブリツィオ でも、君、教えて下さい。身を持ち崩した揚げ句の破産に、君はどのように対処するおつもりかね？

騎士 ガスパリーナさんには、どれほどの持参金を下さいますか？

ファブリツィオ やはりわしの言った通りだったな。君が持参金を欲しがっているのは、それを浪費するためだね。

騎士 私の財産を担保にして、持参金を保全したらいいでしょう。

ファブリツィオ 君の財産は、すでに抵当に入っているのでは？

騎士 あなたは、抵当権を外すことだってできるのですよ。私は自分の全財産を一〇年か、それ以上の期間、あなたに譲渡致しましょう。あなたが愛情を持って、私を支え、私を導いて下さるなら、私はあなたを後見役にして、あなたの一家の息子として生活しましょう。

ファブリツィオ もうそれ以上言わないでいい。考えてみましょう。

騎士 もうこれ以上、私を待たせないで下さいな。

ファブリツィオ このような問題を、通りですぐに決めろと仰

騎士　では、家に入って決めましょうよ。

ファブリツィオ　この話は、明日することにしましょう。私はたった今から、私の財産管理をすべてあなたに委任したいのです。

騎士　何とまあ！　よく話し合う必要がありますな。

ファブリツィオ　では、話し合いましょう。

ファブリツィオ　[傍白]（どのようにしたらよいものやら。）

騎士　どうかお願いです。

ファブリツィオ　行きましょうか。

騎士　[傍白]（私にとっては、これが最善の道だな。）[家に入る]

ファブリツィオ　（彼の言葉が本心からのものなら、わしは姪を嫁にくれてやってもいいのだがな。）[家に入る]

第四場　物干し場からルシェッタとニェーゼと、その後、バルコニーからオルソラ

ルシェッタ　[ガスパリーナの家に騎士が入るのを見て]やったわね！　ついに中に連れ込んだわ。[大声で呼ぶ]ニェーゼ、ニェーゼ。

ニェーゼ　呼んだのは誰？

ルシェッタ　ねえ、あんた、知ってる？　お友だちの……結婚立会人さんがね……

ニェーゼ　彼がどうしたの？

ルシェッタ　[ガスパリーナの家を指して]あの女の家に入ったわよ。

ニェーゼ　まあ、まさか。

ルシェッタ　誓って言うけど、本当よ。[呼ぶ]オルソラおばさん。

オルソラ　誰か呼んだ？

ルシェッタ　聞いてよ。例のよそ者の旦那がね、ガスパリーナの家に入ったのよ。あの子が家に呼び込んだんだわ。

オルソラ　まあ、猫かぶり！

ルシェッタ　ねえ、お金は一トライーロかしらね？

オルソラ　それで、叔父さんは家にいるのかい？

ルシェッタ　家にいるかって？　もちろんよ！　彼を家に連れ込んだのは、叔父さんの方よ。

オルソラ　[ニェーゼに]呼んで、呼んで、あんたのお母さんを呼んでよ。私が話してあげるわ。

ニェーゼ　だめよ、だめ。かわいそうだわ。そっとしておいて。

ルシェッタ　どうかしたの？

ニェーゼ　静かにしてよ。

ルシェッタ　まだ眠っているの？

ニェーゼ　ワインで気分を悪くして、戻してしまったのよ。

オルソラ　言わないことじゃない。年寄りのくせに、底なしに飲むんだから。

ルシェッタ 私のお母さんも、中ですっかりくたばっているわ。何回も転んだのよ。
オルソラ いいわよ。二人が寝ている間にね。[引っ込む]
ルシェッタ 今どこにいるの?
オルソラ さあ、おいでよ。

第五場 オルソラと、ニェーゼと、その後、ルシェッタ

ニェーゼ オルソラおばさん、失礼するわ。
オルソラ 私をお姑さまと呼んだらどうなの?
ニェーゼ まあ、とんでもない!
オルソラ ねえ、あんた、本当のことを言わせてもらうとね、私はそのあんたの響め面に飽き飽きしているんだよ。
ニェーゼ それ以上がみがみ言うのなら、私、もう口を利きませんからね。
オルソラ まあ、あんたっていう人は……
ルシェッタ [家から出て、オルソラの家の方に走って行く] 行くわよ、行くわよ。
オルソラ 上がっておいでよ。
ルシェッタ [ニェーゼに] あんたはもう二年待つんだったわね。ねえ、あんた、うらやましい? 私と代われるものなら、いくらお金を払っても惜しくないんじゃないの? [オルソラの家に入る]

ルシェッタ ベッドでいびきをかいているわ。
オルソラ アンゾレットはどこに?
ルシェッタ 彼もここにいるのよ。炉端で眠りこけているのよ。
オルソラ 式はいつ挙げるんだい?
ルシェッタ いとこがやって来るのを待っているのよ。来たらすぐに式を挙げるわ。
オルソラ では、立会人は?
ルシェッタ 立会人さんにはお願いしてあるから、呼んだら来てくれるはずよ。
オルソラ 幸せを祈っているわね。
ルシェッタ あなたの方もね。
オルソラ 今から二年後だけどね。そうでしょう? ニェーゼ。
ニェーゼ 何のこと?
ルシェッタ まあ、どうして赤くなるのよ? とてもいい男の子に当たったのにねえ。
ニェーゼ [オルソラに] どうしてお喋りする必要あるの? 彼女に聞かせる価値がないって? ルシェッタ、こっちに来る?
オルソラ まあ、大事件なのよ! [ルシェッタに] ねえ、私の家においでよ。すっかり話して上げるから。

(34) トライーロはヴェネツィアの小さな銀貨で、五ソルドに相当した。「コーヒー店」第二幕一一場でも、ドン・マルツィオが《去年は一トライーロでよかったのに》と、人件費の高騰を嘆いている。

第六場　ニェーゼと、その後、人夫たち、その後、アンゾレット

ニェーゼ　あの二人には、はらわたが煮えくり返るわ！　私、できればゾルゼットと結婚したいけど、人にぺらぺら喋るのは嫌なのよ。

人夫たち　[家財道具をガスパリーナの家から運んで行く]

ニェーゼ　まあ、引っ越しなの？　間違いなく、あの家から出て行くんだわ。家が空っぽになったら、私たちが住みたいものだわ。[呼ぶ] ねえ、お母さん、こんな窮屈な家には、私、もういたくないわ。それに、私は結婚するのよ。でも、まだ時間があるわ。青草が生えるまで、飢え死にしないで待っててね。

アンゾレット　おい、ニェーゼさん、ルシェッタはどこに行った？

ニェーゼ　知っていたら教えてくれよ。

アンゾレット　オルソラおばさんの所に行ったわよ。

俺の言うことを聞かないとは、大した奴だ。俺があの家に行くのを知りながら、あそこに行くとはな。今に思い知らせてやるぞ。オルソラの婆も、あのおしゃべり女の面倒をよく見てくれるもんだ。あいつが戻って来たら、引っぱたいてやろう。[強くドアを叩く] 目を覚ませ！　俺の気持ちを伝えてやろう。

第七場　カッテおばさんと、前出の二人

カッテ　ドアを叩くのは誰だい？

アンゾレット　下まで来てくれ。あんたに話がある。

カッテ　お婿さん、呼んだかい？

アンゾレット　まあ、それなら構わないさ。行かせておきなよ。

カッテ　あんたはいったい何をしていたんだ？　あんたがでくの坊みたいに眠りこけている間に、あんたの娘は……

アンゾレット　あれ、どこに行ったんだい？

カッテ　出かけてしまったよ。

アンゾレット　あの生意気娘は、どこに首を突っ込んでいるんだい？

カッテ　あの揚げ物屋の所だぜ。

ニェーゼ　ねえ、ねえ、おばさん、言っておくけど、醜い子にかい？　あのあそこの息子に、焼きもちでも焼いているのかい？

カッテ　まあ、あそこの息子に、焼きもちでも焼いているのかい？

アンゾレット　俺はあの家に首を突っ込みたくないんだよ。

カッテ　ねえ、あんたねえ、何を恐れているんだい？　私の娘があの子を好きになるとでも思っているのかい？　まあ、噂をすれば影だ、娘がやって来るわ。

カッテ　馬鹿にしたら承知しないわよ。

第八場　ルシェッタと、前出の人々

ルシェッタ　あんたたち、もう起きたの？

アンゾレット　[ルシェッタに] どうしたのよ？　そんな恐ろしい顔をして。あんた、怒っているの？

ルシェッタ　浮気女め、これでも食らえ！ [彼女をひっぱたく]

アンゾレット　構いませんぜ。

カッテ　[泣きながら] おいで、私の大切な娘。お前には、すぐに別の夫を見つけて上げるからね。

ルシェッタ　乱暴者、私の娘を殴るのかい？　お前さんには、娘をもらう資格なんかないよ。お前に娘はやらないよ。

カッテ　[泣きながら] ルシェッタに指輪を。

ルシェッタ　[ルシェッタに] これだけは絶対に嫌だ。

カッテ　あんた、指輪を返してほしいのかい？　それなら私が返させてやるよ。[ルシェッタから指輪を取り上げに行く]

ルシェッタ　[泣きながら] お母さん、私を放っといてよ。

カッテ　いさぎよくおし！　その指輪をお出しよ。

ルシェッタ　[泣きながら] たとえ殺されても、これだけは渡さないわ。

カッテ　お前、こんなにひどく扱われているのに、まだあいつと結婚するつもりかい？

ルシェッタ　[泣きながら] そうよ、私はあいつが好きなのよ。

カッテ　あいつに殴り殺されても知らないよ。

アンゾレット　[泣きじゃくりながら] なあ、俺がお前を殴ったのは、本当はお前が好きだからなんだよ。私がそんなこと、知らないとでも思ったの？

ルシェッタ　あいつはならず者だよ。

カッテ　あいつはならず者だよ。

ルシェッタ　そうでも構わないわ。私は彼が好きなのよ。

カッテ　ろくでなしだよ。

アンゾレット　さあ、お姑さん、あんたも女なら、俺のしたことを大目に見てくれよ。

ニェーゼ　[傍白] (私なら、絶対に結婚したりしないわね。何をされるか分からないもの。)

カッテ　私の娘を、そんな風に扱うのかい？

アンゾレット　さあ行こう。[ルシェッタに] お前も来ないか？

ルシェッタ　ならず者、あんたは私を愛してる？

カッテ　こんな所で言い合いはやめようよ。恥を晒すばかりだしねえ。

アンゾレット　カッテだ。

ニェーゼ　まあ、まあ、アンゾレットさん、何てひどいことを言うの？

─────

(35)《carogna》(ろくでなし)。動物の腐った死骸のこと。そこから転じて、人に対する悪意を込めた嘲罵の言葉となった。

アンゾレット　俺ははっきりそう言っておくぜ。ちゃんとあいつに《ろくでなし》だって伝えておいてくれよな。
ルシェッタ　やめてよ、乱暴者。
カッテ　あん畜生め！
アンゾレット　そんな言い方はやめなよ。
ルシェッタ　そんなこと言っちゃだめよ。
カッテ　家に入ろう。私たちに来なさいよ。
アンゾレット　私も一緒においでよ。
ルシェッタ　ねえ、アンゾレット、もう私を殴ったりしないわね？
カッテ　[家に入る]
ルシェッタ　殴られるようなことを私はそんなことをしなければな。
カッテ　娘もかわいがられるとは！[家に入る]

第九場　ニェーゼと、その後、オルソラと、ゾルゼット

ニェーゼ　かわいそうに！結婚がうまく行けばいいんだけどね。[呼ぶ]オルソラおばさん。
オルソラ　[バルコニーから]私を呼んだかい？
ゾルゼット　[ドアの所にいる]
ニェーゼ　聞いていた？
オルソラ　私は聞いていなかったけど、何という大騒ぎかしら、何かあったのかい？

ニェーゼ　話して上げるわ。ルシェッタがね、しばらくの間、あなたの家に行ったというので、アンゾレットが怒鳴って、それから彼女の頬をひっぱたいたのよ。
オルソラ　まあ、あのならず者！私を何だと思っているのかい？あの男は何を恐がっているんだい？私が家で、何かいかがわしいことを企んでいるとでも？
ニェーゼ　そのようだわね。しかもね、ゾルゼットのことを、《ろくでなし》って言ったのよ。
オルソラ　まあ、お黙り。
ゾルゼット　この僕のことを《ろくでなし》だって？たれ小僧じゃないぞ。僕は思っていることをぶちまけてやる。刃傷沙汰でも起こさせないのかい？
オルソラ　あんたも、そんなこと話さなければよかったのに。いったい何をさせたいんだい？
ゾルゼット　はい、はい。（もうすぐ仕返ししてやるからな。）[入る]
オルソラ　さあ、息子や、中に入っておいで。
ニェーゼ　あんな乱暴者を相手に、かっとなったりしてはだめよ。
ゾルゼット　まあ、思っていることを
オルソラ　お黙り。
ゾルゼット　この僕のことを、《ろくでなし》って？
オルソラ　私は、あなたに話して上げたかっただけよ。
ニェーゼ　私は、あなたに話して上げたかっただけよ。
オルソラ　この分別なし。[引っ込む]
ニェーゼ　本当に、そんなつもりじゃなかったのに……お母さん、呼んだ？私はここよ、今行くわ。お母さんに話してみ

第一〇場　ゾルゼットと、その後、カッテおばさんと、その後、オルソラ

ゾルゼット　［石つぶてを持って］僕のことを、《ろくでなし》だって？　悪党め、与太者め。あの窓に石を投げつけてやろう。［ルシェッタの家の窓に石を投げる］

カッテ　［物干し場から］何だい、このいたずらは？

ゾルゼット　もうろく婆、これでも食らえ。［彼女めがけて石を投げる］

カッテ　頭に石をぶつけられたよ。［引っ込む］

オルソラ　助けて。

ゾルゼット　どうしたの？　お前、そこで何しているんだい？

オルソラ　さあ、家に上がっておいで。また言うことを聞かないのかい？

ゾルゼット　助けて。

オルソラ　家から包丁を持ったアンゾレットと、その後、ニェーゼと、その後、ゾルゼット

アンゾレット　さあ来い、悪党め。

オルソラ　［バルコニーから大声で叫ぶ］ゾルゼット！　私の息子や！

ゾルゼット　［家の中に逃げ込む］

アンゾレット　外に出てこい、悪党め。

ルシェッタ　［物干し場から］アンゾレット、大変だわ。

ニェーゼ　大変よ、喧嘩よ。

アンゾレット　母親も、その息子も、ぐるの悪党だ。

オルソラ　［バルコニーから鉢を投げつける］ろくでなし。

アンゾレット　［引き下がって］勇気があるなら、外に出て来い。

ルシェッタとニェーゼ　助けて！

ゾルゼット　［棒を持って］怖がってなんかいないぞ。

ルシェッタ　その棒は置いて来てよ。

第一二場　宿屋から武器を手にしたサンスーガと、その後、オルソラと、前出の人々

サンスーガ　いったい何だ、この喧嘩は？

ルシェッタ　助けて！　［引っ込む］

ニェーゼ　助けて！

騎士　この騒ぎは、いったい何ですか？

ニェーゼ　よそ者の旦那、下に降りて来て下さいな。［引っ込む］

アンゾレット　［引っ込む］

ゾルゼット　［ゾルゼットに向かって］殺してやるぞ。

アンゾレット　近寄るな。

第一三場　ルシェッタ、前出の人々

オルソラ　[家からフライパンを持って] 息子や、私の息子や。

サンスーガ　いいか、やめるんだ。

ルシェッタ　[アンゾレットを引っ張って] さあ、おいでったら。

オルソラ　[ゾルゼットを引っ張って] 家に入って。その棒を私に渡すんだよ。[彼から棒を取り上げる]

ルシェッタ　[アンゾレットを引っ張って] 私を愛しているなら、一緒に来るのよ。

オルソラ　[ルシェッタの方に] やっぱりお前は憶病者だな。[サンスーガに] あんたも、その武器を持って、早くお帰りよ。

アンゾレット　[ゾルゼットと一緒に家に入る]

オルソラ　[ルシェットに] 家に入るんだよ、この阿呆息子。[家に入る]

ゾルゼット　[宿屋に入る]

サンスーガ　いつもこの騒ぎだ！　少しは恥を知るべきだぜ。

オルソラ　ゾルゼットを、ろくでなしだって？　[家に入る]

サンスーガ　この子ったら、相手が悪魔でも、怖じ気付いたりしないわね。死んだ父親とそっくりだよ。母親はこんなに優しいのにねえ。[家に入る]

第一四場　家からパスクヮおばさんと、カッテおばさん

パスクヮ　ああなると分かっていたら、あの婆さんにちょっと注意しておくべきだったね。ゾルゼットに向かって、ろくでなしと言うとはね。

カッテ　あのならず者、私の家のガラスを割ったら、私に石をぶつけるとは。何という乱暴を働くんだろうね。

パスクヮ　あれ、もうろく婆さん、出て来たのかい？

カッテ　何だって？　あんた、あの子の肩を持つのかい？　とっとと出て行かないなら、あんたに仕返しをしてやるよ。

パスクヮ　何という顔付きをするんだい？　そんな顔付きをしても、私は怖がったりしないよ。

カッテ　あんたの髪の毛を引っこ抜いてやるからね。

パスクヮ　私はそんなこと、しないね。だって、あんたには、引っこ抜く髪の毛などないんだからね。

カッテ　何ていう顔付きなんだろう、このおたんちん。

パスクヮ　あんた、やる気かい？

カッテ　やるならおいで。

パスクヮ　皺くちゃ婆。

カッテ　もうろく婆。

パスクヮ　歯なし。

カッテ　行っておしまい。

パスクヮ　あんたの髪の毛を引っこ抜いてやるからね。

カッテ　ああ！　[呼ぶ] ルシェッタ。

パスクヮ　[呼ぶ] 娘や。

カッテ　[取っ組み合いを始める]

第一五場　ルシェッタ、ニェーゼ、オルソラ、全員が通りに出て来る。その後、アンゾレットとゾルゼット

ルシェッタ　お母さん。
ニェーゼ　やめてよ。
オルソラ　やめなさいな。
アンゾレット　[棒を持って] 何だと？
ゾルゼット　[包丁を持って] 俺の姑に手を出すな。
ルシェッタ　助けて！
ニェーゼ　助けて！
オルソラ　助けて！

第一六場　騎士と、前出の人々

騎士　ああ、いつも同じ騒ぎの繰り返しだ。いつになったら終わるのかね？　これ以上騒ぐなら、お前たち全員をこの杖で叩きのめしてやるぞ。
ルシェッタ　私のお母さんをひどい目に遭わそうとしたのよ。
パスクワ　喧嘩を仕掛けたのは、あっちだよ。
オルソラ　私は間に割って入っただけだよ。騒ぎはお終いだ。何とまあ！　よりによって結婚式の日に、散々楽しい思いをした揚げ句に、このような怒鳴り合いか！　何という粗野な振る舞いだ！　凶器を置け。[アンゾレットに] お前に言っているんだよ。
ルシェッタ　こっちに渡して。私に頂戴。[アンゾレットから包丁を取り上げる] (もう何も持っていないわね。) [包丁を家の中に持ち帰り、その後、再び戻って来る]
騎士　[ゾルゼットに] その棒を置くんだ。
オルソラ　そうさせますよ。[ゾルゼットの棒を取り上げる]
騎士　何という恥さらしだ！　毎日、毎日、あいつと怒鳴り合い、こいつと怒鳴り合い。忌々しい広場だ！
ルシェッタ　私は人を怒鳴ったことなんかないわよ。
オルソラ　私は人と話したこともないけどねえ。
カッテ　わたしゃ娘の声を聞いたこともないよ。
パスクワ　そうよ、あんたの娘は唖になったという噂だものね。
ルシェッタ　あんた、何ということを……
ニェーゼ　あんたたちは、何ということを……
ルシェッタ　啞ってどういう意味なのよ。
騎士　どうかご機嫌を直して下さいよ。明日、私はここを立ち去るのです。もしお仲間の皆さんがおとなしくして下さるなら、私と一緒に夕食を楽しみましょう。
カッテ　私なら、怒ってなんかいないわ。
パスクワ　えっ、お前たち、彼は何と言ったんだい？
オルソラ　聞こえなかったのかい？　こう仰ったんだよ。もし私らが仲良くすれば、旦那が夕食をご馳走して下さるって

パスクワ　いいとも、あんた。私はお仲間を怒らせるようなことは、したことがないな。

騎士　お利口なお婆さんだね。

オルソラ　ねえ、ルシェッタ、あんた、何か私に根に持つことなんてあった？

ルシェッタ　私たちって、仲良しだわよね。

オルソラ　仲直りのキスをさせて。

ルシェッタ　あなたにもね。ニェーゼ、あなたはどうなの？

ニェーゼ　私は、何もないわ。

パスクワ　ねえ、カッテおばさんや。

カッテ　パスクワおばさんや。

パスクワとカッテ　仲直りのキスを。[二人は互いに頬に接吻する]

騎士　[ゾルゼットとアンゾレットに]お前たち若者は、まだ仲直りのキスをしないのかね？

ルシェッタ　[アンゾレットに]さあ、あんた、私を愛しているなら、するんだよ。

アンゾレット　そんなこと、する必要あるかい？

ゾルゼット　仲直りだ。[アンゾレットに接吻を返す]

オルソラ　ゾルゼット、さあ、アンゾレットに仲直りのキスをしてお上げ。

アンゾレット　[ゾルゼットの頬に接吻する]

騎士　さあ、仲直りが済んだら、夕食にしましょうか。皆さ

306

に別のニュースをお伝えしましょう。この私も花婿さんになるんだよ。今晩、結婚して、明日の朝には出発だ。

ルシェッタ　お嫁さんは誰なの？

騎士　ガスパリーナさんです。

第一七場　バルコニーからガスパリーナ、前出の人々

ガスパリーナ　ねえ、騎士さま、《私の妻はガスパリーナ奥さまです》って仰ればよかったのに。

ルシェッタ　まあ、すてき。

オルソラ　おめでとう。

ニェーゼ　どうしてこうなったの？

ルシェッタ　下に降りて来てよ。お祝いのキスをして上げるわ。

騎士　奥さま。さあ、来て下さい。もうあなたの叔父さんの言うことを聞かないでもいいのですよ。[引っ込む]

ガスパリーナ　旦那さま、今参りますわ。

第一八場　家からファブリツィオ、前出の人々、その後、シモン

ファブリツィオ　わしの姪が君の妻になるのは本当だが、契約書には、これから一〇年の間、わしが君の後見人になるという条項がある。だから、楽しみのためにお金を浪費させたり

騎士　夕食の準備はできています。私は注文をして、支払いも済ませてあるんです。どうかお願いですから、この最後の楽しみだけは味わわせて下さい。

ファブリツィオ　これをもって最後にするというのなら、許して上げよう。だが、わしは、この厚かましくて、野卑で、不作法な連中とは、一緒に食事をしないよ。

ルシェッタ　ねえ、旦那、私らにはあなたに謝りますよ。馬鹿騒ぎをするのは、確かに私らの欠点ですが、私らだってね、上品に振る舞おうと思えばできるんですよ。まあ、シモンさんが来るわ。[シモンが登場する]これが私のいとこよ。これで立会人さんが同席して下されば、私たち、式を挙げられるわ。

騎士　君たちのしたいようにしなさい。

ルシェッタ　アンゾレット、どうする？

アンゾレット　お前の言う通りにしてやるよ。

カッテ　さあ、さあ、式を挙げるんだよ。

アンゾレット　こいつが俺の花嫁です。

ルシェッタ　この人が私の花婿です。⑯

カッテ　[ルシェッタに]いいね、何日かしたら、この私もお前の後に続くからね。

パスクワ　まあ！　羨ましくて堪らないね。

ニェーゼ　忌々しいわね！　この私はいつなの？

オルソラ　今から二年したら、お前の番だよ。

パスクワ　わたしゃ二年も待たなきゃならないのかい？

ニェーゼ　まあ、何ということを言うの！

オルソラ　安心おし、時間が経つのは早いものよ。

最終場　ガスパリーナと、前出の人々

ガスパリーナ　このような人々と、食事に参りたくはありませんでしたわ。

騎士　楽しみに行きましょう。今はカーニバルです。いくらか楽しむのは当然のことですから。明日の朝には、私たちは出発するからね。

ルシェッタ　よかったわね。

オルソラ　《ワタツィ》も本当によかったと思うわ。

ガスパリーナ　無知蒙昧な人ですわね。あなたはワタツィのことを《貴婦人》って呼ばなければいけませんのよ。ワタツィの夫や、ワタツィの《ツィオ》で《バルバ》の叔父さまとご一緒に、ワタツィが尊敬を受ける国に参りますのよ。

騎士　さあ、みんなで、陽気に、楽しく夜を過ごしましょう。お祭り騒ぎで、宿屋に行きましょう。それから明日は、

---

⑯「解説」第４節（教会や聖職者が登場しない理由）で述べるように、劇場の舞台に宗教儀式や聖職者を登場させることは禁じられていたので、まるで結納式のような、俗人だけの手軽な形式にせざるをえなかったのである。

《ヴェネツィアにさよなら》と言いましょう。

ガスパリーナ 　ワタツィの愛しいヴェネツィア、お前から離れるのは本当に辛いことだわ。でも、ここを立ち去る前に、ワタツィ、お別れの挨拶をしたいの。

《さよなら、いとしいヴェネツィア、
さよなら、ワタツィのヴェネツィア、
ご機嫌よう、ヴェネツィアの皆さま。
さよなら、いとしい小さな広場、
お前を美しいとか、美しくないとか、
ワタツィは言わない。
もしお前が美しくなかったら、
ワタツィ、悲しいから。
だって、美しいから美しいんじゃなくて、
好きだから美しいんだもの。》

【幕】

恋人たち
(1759年)

第3幕7場

作品解説

この劇の特徴について、ゴルドーニは、次のように述べている。《この喜劇は、あらゆる恋愛の中で、最も激しく傷付けあう恋愛を描いている。二人の恋人は、相思相愛の仲であるから、普通に考えれば、幸せいっぱいのはずである。ましてや、私は彼らの恋愛を阻むような障害を設けたりしなかったのだから、なおさらのことである。しかし、気違いじみた嫉妬は、とりわけこのイタリアにおいて、恋人たちの心を責め苛み、晴天をかき曇らせて、穏やかな空に突然の嵐を巻き起こす。互いに愛し合いながら、この情念に苦しめられる男女のキャラクターを明瞭に描き出すには、疑惑と嫉妬の種は、ささいで、非現実的で、ほとんど理不尽なものであった方がよい……》（作者から読者へ）。

ところで、これは本当に単純な嫉妬のドラマなのであろうか？　この問題に立ち入る前に、先ずそのあらすじを述べておこう。《由緒ある市民》階級のエウジェニアは、両親をなくし、後見人の叔父と一緒に住んでいる。この叔父（ファブリツィオ）は、絵画道楽で家運を傾けてしまい、彼女の持参金も出してやれない。一方、同じ市民階級の裕福な青年フルジェンツィオが、彼女と相思相愛の仲となり、毎日のように訪ねて来るが、来るたびに言い争いになって、怒って帰って行く。それは二人が意地っ張りなせいであるが、その根本の原因はエウジェニアの病的な嫉妬心にある。彼女は、恋人が自分だけに仕えてくれることを望み、少しでも彼が兄嫁（クロリンダ）の世話をすると、すぐに疑惑と嫉妬に取り憑かれ、恋人をいじめて、怒らせてしまうのである。しかしながら、フルジェンツィオは兄から、外国出張の間、兄嫁の面倒を見てくれるように依頼されているので、自分の名誉に賭けても、その約束を蔑ろにはできない。こうして二人は、たえず喧嘩をしては仲直りし、その仲直りは彼女の嫉妬によって、すぐにまた破られる。そして、この愛憎の起伏は、どんどん大きなうねりとなって、ついに破局に至る。エウジェニアは、恋人への腹いせから、オトリーコリ伯爵との結婚を承諾してしまうのである。もう退路は断たれた。しかし伯爵は、彼女に持参金がなく、しかも恋人への腹いせから結婚に同意したことを知って、鷹揚にも婚約解消に同意してくれる。しかもその時、フルジェンツィオの兄も帰国して、エウジェニアとの結婚に同意してくれ、こうして、二人の《傷付けあう恋愛》は、ようやく平和な終わりを迎えるのである。

それにしても、異常な嫉妬心である。ゴルドーニは、女中リゼッタの口を借りて、この兄嫁クロリンダへの病的な嫉妬心を、次のように分析している。《フルジェンツィオさんがクロリンダ奥さまに仕えるのを嫌うのはね、密かに二人が好き合っているのではと疑っているからじゃないの。自分だけがちやほやされ、自分だけが特別扱いされたいから

よ。自分の恋人が、この世のどのような人に、どんなにわずかの親切をしても、我慢できないのよ。自分の恋人がいつもここにいて、いつも自分に仕えてくれることを望んでいるの。兄嫁さんへの気配りのために、フルジェンツィオさんの自分に仕える熱意が、失われてしまうんじゃないかと思い込んでいるんだわ。自分に対する好ましくない考えが、彼の心に広がるんじゃないかと、自分で想像してしまうのね。自分にはわずかな持参金しかないことを知っているから、クロリンダ奥さまが六千スクードの持参金を持って来たことが、頭に来るの。このこともあって、フルジェンツィオさんが兄嫁を高く買っているんじゃないか、自分の貧しさに嫌気が差すんじゃないか、と疑っているのね……》(第三幕一場)。

彼女の嫉妬心の奥底に潜むのは、恋人に自分だけを愛させようとする独占欲であった。そして、自分の恋人が少しでも他の女性に気を取られることは、自分の掛けた魔法が解けて、恋人が現実の姿に気付くことであり、《自分の貧しさに嫌気が差すのではないか》と恐れるからであった。では、彼女が懸命に隠そうとしているのは、持参金がないという自分の悲しい現実だけだったのか？

筆者には、どうもそれだけだとは思えない。彼女には、自分自身にまでも隠そうとしていた、別の密かな怯えがあったのではなかろうか？ それは、お金で《買われた花嫁》という、自分の哀れな姿である。彼女は、自分のどのようなわがままでも受け入れてくれる、フルジェンツィオの限りない優しさや、その彼の好意に応えて、もっと従順に彼を受け入

れるようにと勧める、未亡人の姉の強い説得の中に、自分の身売りに同意させようとする、周囲の人々の密かな結託を見たのではないか？ だから彼女は、恋人や周囲の人々に無理難題を吹っ掛けて、彼らの思い通りに動かされるのでなく、自分の思う通りに動かそうとしたのではないか？ エウジェニアの過激な恋愛至上主義は、結局のところ、自分の自由と尊厳を奪おうとする世間への反抗であった。

もしそうだとすると、この女性は、たった一人で、愛という儚い魔法を武器にして、アンシャンレジーム期の社会を相手に戦っていたことになる。この劇のクライマックスの場面で、フルジェンツィオの友人で青年弁護士のリドルフォが、《クロリンダ夫人は帰宅に当たって、フルジェンツィオの同伴を要求しているので、是非とも来てくれ》と呼びに来る。エウジェニアも、恋人に向かって、《兄嫁に仕えるのは当然だし、行って上げなさいよ》と勧めるが、内心はその逆で、《ここに残っていて》と暗黙の命令を発しており、フルジェンツィオもその心はよく知っている。友人リドルフォと恋人エウジェニアの対立は、社会の守護者である弁護士という社会的強者と、愛という武器しか持たない社会的弱者の対立である。だが、このクライマックス場面の緊張的激しさは、まるで現世の秩序の守護者である聖職者と、世人を惑わす魔女の一大対決を見るかのようだ。というのは、友人と恋人の間で思い乱れるフルジェンツィオの姿は、《善》と《悪》の力の間で、金縛りになって動けないひ弱な俗人の姿を

彷彿とさせるからである（第三幕七場）。

リドルフォ　［フルジェンツィオに］君は名誉を重んずる人間として、あらゆる点から言って、そうすべきだよ。
フルジェンツィオ　［動揺し、ためらいながら］そうだな、行こう。
リドルフォ　［それとなくエウジェニアを指して、フルジェンツィオに］彼女自身も、そうしろと言っているんだしねえ。
フルジェンツィオ　［前と同様に］だから、そうすると言ったろうが。行こう。
リドルフォ　エウジェニアさん、彼を許して上げて下さいよ。
フルジェンツィオ　［震えながら、エウジェニアに］残酷な人だ！
エウジェニア　私はもう疲れたわ。
フルジェンツィオ　［前と同様に］恩知らず！
エウジェニア　あなたが立ち去るか、私が立ち去るかの、どちらかね。
フルジェンツィオ　忌々しい女だ。僕が立ち去ってやる！［走って退場］
リドルフォ　［エウジェニアに］彼を許して上げて下さいよ。
エウジェニア　［怒って］あなたも出て行って。彼と一緒に出て行ってよ。
リドルフォ　あなたは、僕にまで腹を立てるのですか？
エウジェニア　［前と同様に］保護者さん、出て行ってよ。
リドルフォ　保護者って、誰のです？
エウジェニア　親類縁者のよ。
リドルフォ　あなたは女性でよかったですね。そうでなかったら、ただでは済みませんでしたよ。［退場］

リドルフォの最後の科白は、《もしお前が男だったら、決闘を申し込むところだ》という威嚇の言葉であるが、その彼に向かって、憎々しげに《親類縁者さん、出て行ってよ！》と叫ぶ時、エウジェニアは、彼が《保護者》の——つまりは社会体制の——《保護者》であって、自分はこの巨大な力に押し潰される、無力な女性であることを自覚していた。だから、この彼女の心をよく知る作者は、密かにこの奇妙な物狂いに同情して、幸せな結婚を用意してやったのである。

312

登場人物

ファブリツィオ（市民階級の老人）[1]
エウジェニア（ファブリツィオの姪）
フラミニア（ファブリツィオの姪で、未亡人）
フルジェンツィオ（市民階級の青年で、エウジェニアの恋人）
クロリンダ（フルジェンツィオの兄嫁）
ロベルト（貴族）
リドルフォ（ファブリツィオの友人の弁護士）
リゼッタ（ファブリツィオ家の女中）
スッチャネスポレ（ファブリツィオの召使いの老人）
トニーノ（フルジェンツィオの召使い）

舞台は、ミラノのファブリツィオの居間

---

[1] フランス革命以前の世界において、《市民》(cittadino) とは、上層の貴族階級と下層の庶民の中間に位置する市民層 (borghesia) 一般を指しているが、この喜劇では、職業を持たないように見える二人の登場人物、零落した老人ファブリツィオと裕福な青年フルジェンツィオだけが《市民》とされている。したがって、ここで言う《市民》とは、実際にはミラノの市民でなく、ヴェネツィアの《由緒ある市民》(cittadino originario) のことを暗示していると考えるべきである。《由緒ある市民》とは、ヴェネツィア市内で生まれた嫡出子で、卑しい肉体労働に従事したことがなく、国に対する負債や犯罪歴がなく、ヴェネツィアか本土領に不動産を所有する市民のことである。彼らは市民階級の中の貴族とも言うべき存在で、貴族が政府の《金の台帳》に登録されたように、彼らは政府の書記官の職に就く権利を持ち、政府への貢献により貴族との結婚も可能であり、貴族に取り立てられることもあった。「解説」第2節（由緒ある市民）を参照。

第一幕

第一場　エウジェニアとフラミニア

エウジェニア　お姉さま、どうなさったの？　そんなに険しい目で私を睨むとは。

フラミニア　許して頂戴、エウジェニア。私、あまりに腹が立ってしまって、もはや愛情深い目であなたを見ることができないのよ。

エウジェニア　まあ、これは驚いたわ！　お姉さまが私の顔も見たくないとは、いったいこの私が何をしたって言うの？

フラミニア　私はね、あなたのフルジェンツィオさんに対する、邪険で、無体で、喧嘩腰の態度に、我慢がならないのよ。彼はあなたに夢中で、あなたに恋い焦がれ、あなたを崇拝していることは、はっきりと見て取れるのに、あなたという人は、彼をいらいらさせて、彼の愛に邪険に答えることしかしないんだからね。

エウジェニア　笑ってしまうわね。お姉さまが、フルジェンツィオさんに、そんなにお優しいとはね？

フラミニア　私はね、人が当然持つべき同情の念を、あの人に抱いているだけですよ。あなたは道理から言っても、義理から言っても、当然、彼に同情の念を抱くべきね。彼は育ちが

よくて、お金持ちで、とても心根の優しい人よ。それに、あなたには、ごくわずかな持参金しかないことを忘れないでね。私たちの叔父さんが、下らないことにお金を使い果たしてくれたお陰で、家は落ちぶれてしまったのよ。私は、天の思し召しに従って、言われるままに結婚し、三年間、夫と貧乏生活に耐え、彼が亡くなった時には、泣くどころか、逆にほっとしたほどよ。あなたは、私と変わらない立場なんだから、私と同じか、私よりひどい状況に陥るかもしれないのよ。フルジェンツィオさんは、あなたを心から愛していて、あなたと結婚したいと言ってくれているし、多分、あなたを幸せにできるたった一人の人かもしれないのよ。でも、いとしい妹さん、言っておきますけど、あなたは彼とだめになるでしょうね。私は賭けてもいいけど、昨日、あの人をいつも以上に不愉快にさせたから、しばらくは会いにやって来ないわよ。

エウジェニア　私だって賭けてもいいけど、二時間も経たないうちに、フルジェンツィオはここにやって来て、私に懇願するわね。そして、私がさせようと思えば、私に許しを請うことさえするわね。

フラミニア　あなたが侮辱したのに、あなたに許しを請うんですって？

エウジェニア　もちろん！　そんなことって、今回が初めてじゃないわよ。

フラミニア　あなたは、彼の優しさを当てにし過ぎるわ。

エウジェニア　でも、彼だって、私の愛を当てにしていいのよ。

フラミニア　それでは、あなたは彼を愛していながら、そのように邪険に扱うの？

エウジェニア　結局のところ、私が彼に何をしたって言うの？

フラミニア　何もしていないんでしょうよ！　彼がここに通い始めて以来、朝でも晩でも、あなたが彼をいらいらさせなかった時ってある？

エウジェニア　彼をいらいらさせるのは、いつも私だって言うわけ？　彼の方が、私より遥かに屁理屈屋の強情っ張りだと思いますけどね。

フラミニア　それは違うわ。

エウジェニア　まあ、お姉さまは、ご自分で何を仰っているのか、よくご存じないのよ。

フラミニア　とりわけあなたは、彼の兄嫁さんのことで、いつも彼を責め苛んでいるのよ。

エウジェニア　彼の兄嫁なんか、顔も見たくないわ。

フラミニア　かわいそうに、あの人が何をしたって言うの？

エウジェニア　何かをしたわけじゃないけど、私は顔も見たくないのよ。

フラミニア　いい？　私の妹さん、そのような憎しみ方はよくないわ。きっとあなたは天罰を受けるわね。

エウジェニア　別に私は、あの人を憎んでいるわけじゃないけど、顔を見たくないのよ。

フラミニア　彼女の方は、あなたに好意を持っていてくれるのにね。

エウジェニア　あの人の好意なんか、願い下げだわ。私はあの顔を見ないでいればいるほど、気分がよくなるの。

フラミニア　いったいどのような疑いが、頭に思い浮かんだの？　フルジェンツィオさんが、兄嫁さんに気があるとでも？　あなただって、よく知っているでしょう？　彼が兄嫁さんに仕えて、お伴の騎士を勤めているのは、お兄さんにそうしてくれるよう頼まれたからなのよ。

エウジェニア　そうよ、その通りよ。でも、どうして彼は、彼女と遊びに出かけて、この私をまるで家畜のように一人で放っておくのよ？

フラミニア　さあ、私の妹さん、あなたのために忠告しておきますけどね、邪推はやめて、この女性については何も言わないようにお願いするわ。

エウジェニア　もちろんですとも。彼女については、もう決して言わないと約束するわ。

フラミニア　そうできるなら、結構なことだわ。でもはっきりと言っておかないと、フルジェンツィオさんは、少なくとも

(2)《Cielo》は、《Dio》(神)の隠喩。当時、宗教に関する真面目で神聖な用語は、世俗的で不真面目な劇場では使うことが許されなかった。ゴルドーニの喜劇では、《Dio》はすべて《Cielo》と言い換えられている。この語の訳に当たっては、文の前後関係から、この場合のように《天》のままにしたり、《神さま》と言い換えたりした。「解説」第4節《教会や聖職者が登場しない理由》参照。

エウジェニア　私の言った通りでしょう？　主人がどれほど遠くにいるかもしれないんだからね。あなたに不愉快な知らせを持って来たかもしれないんだからね。待ちなさいって？　召使いがいたら、

フラミニア　何という人！　本当に心根の優しい人だわ。

エウジェニア　召使いは贈り物を持っているわよ。

フラミニア　何という人！

エウジェニア　[フラミニアに]何と書いてあるのか、聞いてよ。

フラミニア　まあ、何という人！

エウジェニア　少しばかりの果物で。

フラミニア　そこに持っているのは何？

トニーノ　お元気で。あなた様を敬って、この手紙を託されました。

エウジェニア　こんにちは、トニーノ。ご主人さまのご機嫌はいかが？

トニーノ　皆さま、こんにちは。

第二場　トニーノと、前出の二人

フラミニア　何という人！

エウジェニア　それどころか、彼は今朝来ると言っていたわよ。

フラミニア　もし怒っていないなら、この時刻にはもう訪ねて来ているはずよ。

エウジェニア　まさか。これまで姿を見せなかった日は、一日もなかったのよ。

とも今日一日は姿を見せないと思うわよ。

エウジェニア　まあ、絶対に来ないわね。

フラミニア　彼が来なくて、何か言伝てしてやろうかしらねえ。

エウジェニア　彼が来なくて、残念？

フラミニア　もちろん残念よ。私は心から彼を愛しているんですもの。

エウジェニア　なのに、いつも気を悪くさせてばかりいるのよね。

フラミニア　私ってこういうたちの人なのよ。でも、私が彼を愛していることは、彼だって知っているわ。

エウジェニア　妹さん、もう少し謙虚になったらいいかが？　お姉さまは、いつも彼の肩を持つわね。

フラミニア　私は道理の肩を持っているだけよ。[傍白]（こう言っておかないと、ひどい目に遭うわ。この子はマムシみたいに狂暴なんだから。）

エウジェニア　あれは誰かしら？

フラミニア　フルジェンツィオさんの召使いだわ。

エウジェニア　許して上げなさい。愛しているゆえの言葉よ。聞いて頂戴。《残酷な人よ！》できないのよね。どんな書き出しか、聞いて怒った振りをしたいんでしょうけど、

フラミニア　彼って、怒っているの？

エウジェニア 《あなたに少しばかり果物を差し上げようと思い立ちましたのは、あなたの口がいつも怒りで苦くなっているので、それを甘くして差し上げるためです》

フラミニア 愛しているのよ、愛しているのよ。

エウジェニア 《僕自身が行くと、あなたの怒りをさらに掻き立てるのではないかと思って、召使いを遣わすことにしました。》

フラミニア ［エウジェニアに］聞いた？

エウジェニア ［フラミニアに］でも、きっとやって来るわ。

《僕はあなたを心から愛していますが、まさに愛しているがゆえに、あなたから遠く離れて、あなたに気に入られることだけを願っております。》

フラミニア ［より力を込めて］聞いた？

エウジェニア でも、きっとやって来るわ。《できれば、あなたご自身の手で、短い手紙を書いて、僕に対する愛の炎が、いくらかでもあなたの心に残っているかどうかを、お知らせ下さい。》

フラミニア さあ、返事を書いて上げなさい。彼に少しばかりの憐れみをかけて上げなさい。

エウジェニア まあ、私は誰であれ、苦しむ人に同情的なのね。

フラミニア お姉さまって、とても彼に同情的なのね。

てやるのは、いつもいいことだとは限らないのよね。

フラミニア 私はそのようないい手練手管を使ったことはないし、使うこともできませんけどね。

エウジェニア 私の代わりに、お姉さまが書いてよ。

フラミニア 本当に私に書いてほしいの？

エウジェニア ええ、書いてもらえれば、私、本当に嬉しいわ。私は書くのにとても時間が掛かるし、お姉さまは書くのがお上手で、しかも早いから。

フラミニア でも、いいわね、私は自分の好きなように書くわよ。

エウジェニア ええ、お好きなように書いて頂戴。

フラミニア 私が彼の気分を害して、喜んでいると思って？お姉さま、違うわ。私のいとしい人を慰めるような、素晴らしいお手紙を書いて頂戴。

エウジェニア あなたの名前でね。

フラミニア 私の名前で、もちろんだわよ。

エウジェニア 私は、彼を宥めるためにこれ以上いらいらさせるためじゃなく、彼の心を宥めるために書くのよ。

フラミニア ［トニーノに］お若い召使いさん、待っていてね。もうすぐ返事を書いて、持って来ますからね。

トニーノ この果物カゴは、どこに置いたらよろしいので？

フラミニア こっちに頂戴、こっちに頂戴。エウジェニア、ご覧なさい。何とすてきな果物でしょう！ あなたの好みを知っていて、あなたに贈ってくれたのよ。

エウジェニア それに、このような男には、あまり甘い顔を見せない方がいいのよ。自分がとても愛していることを知ら

第三場　エウジェニアとトニーノ

[果物を持って退場]

エウジェニア　昨日、お前のご主人さまは、何時に家に戻られたの？

トニーノ　普段よりも早く戻られました。日が暮れてまだ二時間目の鐘が鳴る前です。

エウジェニア　そんなに早く帰るのを見て、兄嫁さんは何と仰ったの？

トニーノ　嬉しそうな顔をなさいました。

エウジェニア　クロリンダ奥さまには、どなたかお伴の騎士はいらっしゃらないの？

トニーノ　いいえ、奥さまのお方には、どなたも訪ねて来られません。奥さまはお一人でいるのが好きな気質の方です。旦那さまも少し嫉妬深いお方ですし、ジェノヴァに用事で出かけられる時には、弟さまにお世話をするよう頼まれましたので、奥さまは他のどなたともお付き合いされないのです。

エウジェニア　お前のご主人は、本当にもてる人だからね。時おりは兄嫁さんとカード遊びをすると言っていたけど、それは本当？

トニーノ　はい、お嬢さま、時おりはカード遊びをなさいます。

エウジェニア　そして、夜は二人で遊びに出かけるんでしょう。

トニーノ　本当に、私は存じませんが。

エウジェニア　なぜお前は否定しようとするの？ 昨日の晩、遊びに出かけるのを見かけたって、何人かの人が私に請け合ってくれたわよ。

トニーノ　そうだったかもしれません。

エウジェニア　お前の物の言い方は、頭に来るわね。《そうだったかもしれません》だって？《そうだった》って、はっ

トニーノ　家におられる時は、奥さまを楽しませようとされて

エウジェニア　フルジェンツィオさんは、奥さまのよいお話し相手なの？

トニーノ　家におられる時は、奥さまを楽しませようとされて

エウジェニア　[少々の怒りを込めて]奥さまをとても楽しませて上げているの？

トニーノ　[傍白]《本当のことを話して、気分を害させたくないものだな。》《楽しまそうとされている》と、私が申し上げましたのは、ご一緒にお食事をなさっているという意味で。

エウジェニア　[穏やかに]お二人は食卓で談笑なさっているの？

トニーノ　時おりですが。

トニーノ　あなた様は本当のことをご存じなので？

エウジェニア　私がこの目で見たと思ったらどうなの。

トニーノ　なるほど。あなた様がご存じなら、なぜ私めにお尋ねになるので？

エウジェニア［傍白］(愚か者は見事に罠に嵌まったわね。)

トニーノ　それからすぐに夕食を取られたの？

エウジェニア　そうです。

トニーノ　それから二人で、しばらくカード遊びをしたのね。

エウジェニア　お二人で、しばらくカード遊びをなさいました。私の所にやって来たら、ひどい目に遭わせてやるわよ。

トニーノ　日が暮れて三時間目頃？

エウジェニア　それからすぐに家に戻ったの？

トニーノ　二人は何時に家に戻ったの？

第四場　フラミニアと、前出の二人

フラミニア　さあ、素晴らしい手紙ができたわよ。読んでもらいたい？

エウジェニア　私に頂戴。読む必要はないわ。

フラミニア　駄目よ。私、あなたに読んで聞かせたいの。《私のいとしい人……》

エウジェニア［茶化して］いとしい、いとしい人……

フラミニア　それはどういう意味よ？

エウジェニア　別に。お姉さまはお上手だ、と言いたかっただけだわ。

フラミニア　聞いて頂戴。《あなたの手紙に私はとても慰められましたので、私は自分の心の喜びを表現するのに、ふさわしい言葉が見つかりません。》

エウジェニア［皮肉を込めて］何という心の喜びかしら！

フラミニア　違うの？

エウジェニア［大袈裟な皮肉を込めて］とんでもないわ。《あなたに最後にお会いしてから、もう一世紀も経ってしまったように思います。私のいとしい人よ……》

エウジェニア　いとしい人よ。

フラミニア　自分では分かっているわよ。

エウジェニア　あなたという人が分からないわ。

フラミニア　私、あなたのいとしい恋人を慰めに来て下さい。》

エウジェニア［傍白］(お馬鹿さん。)《あなたの大切な美人さんと一緒にね！

フラミニア　それは何という言い草なの？

エウジェニア　詩のように韻を踏んであげただけだよ。

フラミニア　終いには怒るわよ。いい加減になさい。《私は残酷な女ではなく、あなたに忠実で、心からの恋人であることを、あなたに分からせてあげますわ。エウジェニア・パンドルフィ》。上手に書けていると思わない？

トニーノ　失礼ですが、あなた様の妹御さまのお見事なやり方には、抗いようがありません。ミラノでは、テストーネ銀貨は、良貨で四五ソルドの値打ちがあります。［退場］

第五場　フラミニアとエウジェニア

フラミニア　あなた、なぜあんな馬鹿な真似をしたの？
エウジェニア　お姉さまは、『なぜなぜ』という本を読んだことある？　読んでご覧なさいよ、そうすれば分かるから。
フラミニア　言っておきますけど、あれは無礼な仕打ちよ。私はもう、ほとほと呆れ果てたわ。
エウジェニア　昨日の晩、フルジェンツィオさんは、とても急いで家に帰って行ったのよ！　約束があったから、帰って行ったんだわ。
フラミニア　誰との約束？
エウジェニア　あの悪魔みたいな女よ。彼なんか悪魔にさらわれて、破滅したらいいのよ。
フラミニア　エウジェニア、あなたは破滅しわ。あの忌々しい嘘には、我慢がならないわ。
エウジェニア　召使いが、あなたに何か言ったの？
フラミニア　別に何も。
エウジェニア　そんなに簡単に信じ込んではだめよ……

エウジェニア　お見事だわ。私に頂戴。私が封をするから。
フラミニア　まあ、私だって封くらいできるけど。
エウジェニア　私からトニーノに手渡したいのよ。
フラミニア　あなたの言うのも、もっともだわね。さあ、どうぞ。［エウジェニアに手紙を手渡す］
エウジェニア　トニーノ、ここにおいで。
トニーノ　はい。
エウジェニア　お前のご主人さまにお伝えして頂戴。私の姉のフラミニアが、私の代わりに素晴らしい手紙を書いてくれたけど、私がこの手でそれを破り捨てたってね。［手紙を引き裂く］
フラミニア　何をするのよ！　あなた、本当に気が狂れたの？　私に向かってそのような真似をするとは？
エウジェニア　［トニーノに］そして、彼に言って頂戴。私の所に来たら、私が自分の口で返事をして上げるってね。
トニーノ　承知しました。
フラミニア　手紙を破り捨てたなんて、彼に言わないでね。
エウジェニア　それどころか、ちゃんとその通りに言って頂戴。トニーノ、そう言ってくれたら、お前にテストーネ銀貨③一枚をチップに上げるわ。
トニーノ　ありがとうございます。必ずそのようにお伝え致します。
フラミニア　［トニーノに］いいわね、何も言っちゃだめよ。

恋人たち

エウジェニア　まあ、私は誰の言うことも信じたりしないわ。
フラミニア　フルジェンツィオさんの言うことは、信じてもいいのよ。
エウジェニア　最低だわ。
フラミニア　じゃあ、私の言うことは？
エウジェニア　最低だわ。
フラミニア　なるほど、あなたと言うことを言う人は、皆、間違っている、と言いたいのよね。まあ、叔父さまにご挨拶しなさい。
エウジェニア　一緒に来るのは、いったいどなた？
フラミニア　外国の方みたいね。
エウジェニア　いつも迷惑なお客ばかり、連れて来るんだから。
フラミニア　そうよね。叔父さんの話を聞くと、大変な大物に見えるものね。間違いなく王家のご落胤よ。彼はすべてのことを大袈裟に褒めそやして、すべての人に馬鹿にされているのよね。

第六場　ファブリツィオと、ロベルトと、前出の二人

ファブリツィオ　姪たち、こちらは、お前たちと知り合いになって、お仕えしたいと仰る騎士殿だ。イタリアで最も由緒ある家柄で、莫大な富を持っていらっしゃる、オトリーコリ伯爵殿だよ。

ロベルト　ファブリツィオさん、褒め言葉が過ぎますよ。私はそのような賞賛には全く値しません。
ファブリツィオ　はぐらかしてもだめですよ。このお方は、世界随一の騎士で、騎士道精神にかけては、ヨーロッパに並ぶ者なしのお方だ。［いくらか微笑みながら、姪たちに］伯爵さまにご挨拶しなさい。
フラミニア　［ロベルトに］このように気高い騎士の方とお知り合いになれるのは、私にとってこれまでにない幸運だと申し上げなければなりません。
ロベルト　お会いできて嬉しく思います……
ファブリツィオ　騎士殿、ご覧なさい。これはわしの姪のフラミニアです。未亡人ではありますが、夫はミラノ随一の商人でしたよ。
フラミニア　［傍白］（あわれな夫は、貧困の中で死んだけれど。）
ファブリツィオ　どのような家でも、彼女にまさるような女性は見出せません。ミラノ中、いや、イタリア中を探しても、フラミニアのような女性は見つかりませんよ。
ロベルト　奥さま、本当におめでとうございます。

（3）テストーネ銀貨は、イタリアのさまざまな都市で鋳造され、その価値もさまざまであった。《テストーネ》（大頭）の名は、その表面の君主の頭像レリーフが、他の貨幣の場合と比べて大きかったことに由来する。ヴェネツィアではニッコロ・トロンの総督時代（一四七一―七三）に一度鋳造されただけなので、なじみが薄く、この語はいかにも外国（ミラノ）の貨幣という印象を与えたはずである。

フラミニア　私の叔父はからかっているんですわ。私にそのような取り柄はありませんのよ。

ファブリツィオ　さあ、エウジェニア、何か言って差し上げなさい。お前の才気煥発ぶりを見せて差し上げなさい。ご覧下さい。いいですか、世界広しと言えども、この子のような娘は見当たりませんよ。その踊りと言ったら、最高の舞踊家たちが啞然と息を呑んだほどです。その歌と言ったら、それを聞いた人は、感動のあまりに死んでしまうほどです。その話し方と言ったら、この世が始まって以来、彼女にまさる話し手は見つからないほどです。

ロベルト　お嬢さんは、美徳の点でも、美貌の点でも、素晴らしいお方ですね。

エウジェニア　どうかお願いですから、叔父と調子を合わせて、私を恥じ入らせて喜んだりしないで下さい。

ロベルト　［ファブリツィオに］エウジェニアさんは、まだ独身でいらっしゃいますか？

ファブリツィオ　左様で。実はミラノ随一の貴族の方から結婚を申し込まれたのですが、わしは首を縦に振らなかったのです。彼女については、わしにも身分不相応な夢がありましてな。

ロベルト　確かに彼女は、類い稀な美徳をお持ちでしょうから、それにふさわしい幸運を手に入れるべきでしょうね。

ファブリツィオ　今日日、安心して嫁にやれるような家は少ないですからな。財産のある家よりも、負債のある家の方が多い。もっとも、オトリーコリ伯爵家というのは、この世にひとつしかありませんが。

ロベルト　私は、他の親族より遥かに力があります。私の財産はごくわずかです。私が自慢できるものと言えば、誠実さと名誉心だけですよ。

ファブリツィオ　姪たち、このお方は、名誉ある騎士の鏡だよ。誠実さとは何かを、世の人に教えてくれる、生きた教科書のような方だ。

フラミニア　［ファブリツィオに］このお方とは、ずっと以前からお知り合いなの？

ファブリツィオ　お会いしたのは、今日が初めてだよ。拝謁の栄誉に浴したのは、今日が初めてだよ。

フラミニア　［傍白］（まるで三〇年も前から知り合っているような話しぶりだわ。）

ファブリツィオ　ボローニャに住むわしの友人が、わしに紹介状を書いてくれたのだが、この男というのが、紳士の華のような人でな、この世でゼウジやアペレスに次ぐ優れた画家なんだよ。伯爵殿、あなたは絵画がお好きなんでしょうね。

ロベルト　もちろん、大好きですよ。

ファブリツィオ　そうでしょうとも。伯爵さまのような大人物、卓越した才人は、何事にも通じていらっしゃるものです。わしの家は貧乏で、みすぼらしい卑しいあばら屋に過ぎませんが、絵画についてだけはお宝、驚嘆すべき傑作をご覧になれるでしょう。フランス王でさえ持っていない作品、

芸術の巨匠たちの正真正銘の本物ですぞ。姪たちよ、この騎士のお方を、わしの貧しい画廊に案内して差し上げなさい。彼にあの驚嘆すべき絵を、あの画家の中の画家、ラファエッロの有名な絵を見せて差し上げなさい。騎士殿、あなたは、ティツィアーノのぶったまげるような絵をご覧になれますぞ。この作品には、一〇〇ツェッキーノ金貨で手に入れたものですが、二千ドッピア金貨（四〇倍）で目打ちの絵を、一〇〇ツェッキーノで、ですぞ。これぞ目利きという出がありましたよ。どうです？　二千ドッピアの値打ちのものですよ！　ああ、それにこのわしは、物の真価を知ることにかけては、世界最高の鑑識家にだって負けはしませんぞ。

エウジェニア　［傍白］（お金をムダに浪費してしまって！　絵はすべて偽物なのに、本物の値段を払わされたんですからね。）

ロベルト　本当にあなたが立派なご趣味をお持ちのことが、よく分かります。是非とも拝見したいものですね。

ファブリツィオ　まあ、ちゃちな代物ですよ。安物で申し訳ありませんが。さあ、ヴァン・ダイクの四点の傑作と、ヴェロネーゼの二点の卓越した著名な作品と、ゲルチーノの二点の驚異的な作品と、ミケランジェロ・ブオナロッティの、誰も真似のできないコレッジョの、値打ちの計り知れない絵《夜》の彫刻と、コレッジョの、値打ちの計り知れない絵《夜》をお見せしなさい。お宝ですぞ、伯爵殿、お宝です。

ロベルト　お話をお聞きするかぎりでは、あなたは王侯のような画廊をお持ちですね。

ファブリツィオ　ちっぽけなコレクションに過ぎませんよ。どうぞ、わしの姪たちと見に行って下さい。

フラミニア　［ファブリツィオに］でも、私どもに絵のことは分かりませんし、叔父さまのように誰の作品かを見分けることに

（4）古代ギリシアの伝説的な画家、ゼウクシスとアペッレス（前四世紀）。

（5）ルネサンスの巨匠たち、《画家の中の画家》ラファエッロ・サンツィオ（一四八三―一五二〇）、ヴェネツィア派のティツィアーノ・ヴェチェリオ（一四九〇―一五七六）、ヴェロネーゼ（本名パオロ・カリアリ、一五二八―八八）と、バロックの巨匠たち、グェルチーノ（本名ジョヴァンニ・フランチェスコ・バルビエリ、一五九一―一六六六）とアントニー・ヴァン・ダイク（一五九九―一六四一）。

（6）一ドッピア金貨＝二ツェッキーノ金貨であるから、相場の四〇分の一で購入したことになる。

（7）ミケランジェロ（一四七五―一五六四）の有名な《曙》は、フィレンツェのサン・ロレンツォ教会のメディチ家礼拝堂にあるから、ファブリツィオの所有する《曙》は、誰が聞いてもすぐに偽物と分かるはずである。

（8）コレッジョ（本名アントニオ・アレグリ、一四八九―一五三四）の祭壇画《夜》（羊飼いの礼拝）は、一五三〇年にレッジョ・エミリア市のプラトネーリ家から同家礼拝堂のために注文された。その後、一六四〇年にモデナ公フランチェスコ一世に購入され、一七四五年にモデナ公所有の絵画一〇〇点とともにザクセン選帝侯アウグストゥス三世に売却されて、ドレスデンに移された。したがって、この有名な絵の売却話をよく知っていた当時の観客は、直ちにファブリツィオの絵を偽物と思ったはずである。

ファブリツィオ　ひとつお願いがあるのですが。
ロベルト　何でしょうか？
ファブリツィオ　今日はここに残って、わしらと一緒に粗食を召し上がって下さいな。
ロベルト　ああ、それだけはお許しを……
ファブリツィオ　まあ、口答えは無用ですよ。
ロベルト　それはもちろんですが……
ファブリツィオ　絶対にですよ。
ロベルト　この件については、後でお話しましょう。
ファブリツィオ　約束して下さいますね？
ロベルト　約束して下さいますな？
ファブリツィオ　どうかお願いですから……
ロベルト　困ってしまいましたね。
ファブリツィオ　拙い料理で申し訳ありませんが、皇帝陛下の食卓にも上ったことがないような料理を幾皿か、わしの手で作って差し上げましょう。［傍白］（彼は何もかも大袈裟に言うが、彼にまさる大馬鹿者はいないと思うよ。）［退場］

第七場　ファブリツィオと、その後、スッチャネスポレ

ファブリツィオ　騎士殿、さあ、どうぞ、お行きなさい。［退場しようとする］
ロベルト　それでは、ご厚意に甘えまして。
ファブリツィオ　［傍白］（本当に突飛な考えを持つ人ね。）［退場］
フラミニア　［エウジェニアに］（もしフルジェンツィオさんがやって来られたら……）
エウジェニア　［フラミニアに］（私が外人の方と一緒にいるとして、それが何だというの？［傍白］（まあ、よくやってくれるわ！　彼は兄嫁と遊びに行くんだって？　じゃあ私だって、自分の気に入った人と付き合って、何が悪いのよ。）
フラミニア　［エウジェニアに］（妹さん、私が行くからね。あなたが一緒に来る必要はないわよ。）
エウジェニア　［フラミニアに］（むしろ私が一緒に行きたいわ。）
フラミニア　［傍白］（だが、姪御さんたちとご一緒する方が、ずっと嬉しいので
ロベルト　あなたにご一緒して頂けるなら、本当に嬉しいのですが。
ファブリツィオ　わしは野暮用があって、ちょっとこれから出かけなきゃならん。その間に彼を案内してくれ。そのうちにわしも戻って、彼がこれまで見たこともないような絵を見せて差し上げるから。
ロベルト　構わんよ。お前たちが分からなくとも、騎士殿がよくお分かりだ。わしは野暮用があって、ちょっとこれから出かけなきゃならん。その間に彼を案内してくれ。そのうちにわしも戻って、彼がこれまで見たこともないような絵を見せて差し上げるから。
ロベルト　ともできませんが……
ファブリツィオ　構わんよ。
［退場］
フラミニア　［傍白］（本当に突飛な考えを持つ人ね。）［退場］
エウジェニア　［フラミニアに］
フラミニア　［エウジェニアに］
ロベルト　それでは、ご厚意に甘えまして。
ファブリツィオ　騎士殿、さあ、どうぞ、お行きなさい。
ロベルト　わしは面目を施さなければならん。そうすれば、わしも世界を旅する］

る時に、ラッパ手付きの六頭立て馬車で、出迎えてもらえるはずだ。わしには、年取って耄碌した召使いが、一人しかいないのは残念だが、このわしがお仕えして上げよう。おい、スッチャネスポレ。

スッチャネスポレ　旦那さま。
ファブリツィオ　台所の様子はどうかね？
スッチャネスポレ　上々で。
ファブリツィオ　火はあるか？
スッチャネスポレ　もちろん、ありませんが。
ファブリツィオ　なぜないんだ？
スッチャネスポレ　薪がないからで。
ファブリツィオ　わしの面子を潰さないでくれよ。今日は身分の高いお方を、食事にお呼びすることになっているんだ。
スッチャネスポレ　それは結構なことで。
ファブリツィオ　[親しげな笑みを浮かべて] スッチャネスポレ、閣下にはお昼に何をお出ししようかね。
スッチャネスポレ　もちろん。
ファブリツィオ　旦那さまのお命じになるものなら何でも。
スッチャネスポレ　お前のその忌々しい鈍重さが、時より、頭に来るんだよ。
ファブリツィオ　わしは鈍重じゃありませんぜ。
スッチャネスポレ　お前、マカロニのパイは作れるか？
ファブリツィオ　もちろんで。
スッチャネスポレ　香草入りのスープは？
ファブリツィオ　もちろんで。
スッチャネスポレ　肉団子入りのスープは？
ファブリツィオ　もちろんで。
スッチャネスポレ　肝臓のソテー入りのやつは？
ファブリツィオ　もちろんで。
スッチャネスポレ　お前には給料をやったはずだが、それはもう使ってしまったか？
ファブリツィオ　もちろんで。
スッチャネスポレ　では、一銭も残っていないのか？
ファブリツィオ　もちろんで。
スッチャネスポレ　《もちろんで》《もちろんで》、ああ、忌々しい。《もちろんで》以外に言えることはないのか？
ファブリツィオ　お金を工面する必要があるな。
スッチャネスポレ　何と言ったらよいのか、教えてもらいたいもので。
ファブリツィオ　ナイフとフォークのセットは、何組ある？
スッチャネスポレ　六組だと思いますが。
ファブリツィオ　その通り。最初は一二組あったが、そのうち六組を質に入れてしまったから、残りは六組。会食者は四人だから、二組を質に入れよう。
スッチャネスポレ　もちろんで。
ファブリツィオ　公営質屋に行け、急いでな。
スッチャネスポレ　もちろんで。

ファブリツィオ　わしを二時間も待たせるんじゃないぞ。

スッチャネスポレ　もちろんで。

ファブリツィオ　帰ったら、買い物に行こう。

スッチャネスポレ　もちろんで。

ファブリツィオ　ワインはあるか？

スッチャネスポレ　もちろん、ございませんで。

ファブリツィオ　パンはあるか？

スッチャネスポレ　もちろん、ございませんで。

ファブリツィオ　忌々しい奴だな。《もちろん》お前を杖でぶっ叩いてやるぞ……

スッチャネスポレ　もちろん、嫌で。[恭しくお辞儀をして退場。その後、戻って来る]

ファブリツィオ　この先どうなるのやら、わしには分からない。わが家には、もう暮らしに必要なものが全くない。今やすべてが尽き果ててしまった。だが、構うものか。このわしにだって、ちょっとした幸運が訪れてくれるはずだ。わしがお仕えしてやった著名人たちや、歓待してやった王侯貴族が、わしを金のあぶみの馬に乗せてくれるはずだ。収穫をするには、種を蒔かねばならん。わしの才覚の粒が一〇〇粒になって帰ってくるはずだ。質入れして使ったらいいんだ。その後はどうなる？　四輪馬車だ、四輪馬車だ。荷車で。

ファブリツィオ　畜生め、悪魔にでもさらわれてしまえ。[彼の後を追いかけて退場]

第八場　リゼッタとリドルフォ

リドルフォ　リゼッタさま、何かご用で？

リゼッタ　お前の女主人のお一人と話をしたいのだが。

リドルフォ　お二人のどちらにお伝えしたらいいのか、仰って下さいな。

リゼッタ　本当はエウジェニアお嬢さんに用があるんだが、私としてはむしろフラミニアさんと話をしたいんだ。

リドルフォ　好奇心からお尋ねするのですが、あなた様がフルジェンツィオさんの親友であることは、存じ上げています。もしかして、あの方とお嬢さまの間に、何か起こったのでしょうか？

リゼッタ　その通り、重大なことが起こったんだ。第二の謎も当たるかどうか、ちょっと試してみますわね。たぶん、お二人の挙式の日取りと式場の件を交渉するために、来られたんですね？

リドルフォ　最初の謎はずばり当てたわ。

リゼッタ　その逆だよ。私の用務を話して上げよう。彼はエウジェニアお嬢さんとの絶交を伝えるために、公表しても構わないと私に言ったので、ジェンツィオ君が、公表しても構わないと私に言ったので、この私に頼んで来たのだよ。彼は事を荒立てずにそれを伝える役目を、この私に頼んで来たのだよ。彼がこの家を訪ねてくることは、もうないだろう。[傍白](僕が伝える前に、この女中が彼女に伝えてくれ

れば、ありがたいんだがな。）

リゼッタ　でも、どうして突然、このような決心をなさったのですか？

リドルフォ　そのことについて、僕は詮索する気はないし、お前も詮索すべきじゃない。その原因を知っているのは、フルジェンツィオとエウジェニアお嬢さんだけだろうよ。

リゼッタ　まあ。でも、その原因を当てるのは簡単だわ。二人は言い争いをしたんでしょうね。

リドルフォ　そうかもしれんな。

リゼッタ　言い争いをしたら、その次は仲直りをする番でしょうよ。

リドルフォ　それは難しいようだね。

リゼッタ　お二人はこれまで、何度もそのような言い争いを見て来ましたよ。

リドルフォ　今度は彼の決心は固いようだ。僕は、よく考えて、黙って待ち、早まってこの種の決心をするな、と何度も言い聞かせてやったんだが、彼はむきになって固執し、狂暴な犬のように言い返し、ついには目に涙を浮かべて、お願いだから絶交の使いに行ってくれ、と僕に頼んだんだよ。

リゼッタ　私、そのようなことは信じないわ。これからも絶対に信じないわ。私はこの種の言い争いを何度も見て来ましたからね、私は決して信じないわ。

リドルフォ　さあ、いずれにせよ、お二人のどちらかと話をして、僕は自分の務めを果たした友人のフルジェン

ツィオの決心を伝え、後はなるようになれ。僕はこれ以上頭を悩ませたくないんだよ。

リゼッタ　もしあなた様が、そのような決心をエウジェニアお嬢さまにお話になったら、あの方はばったり倒れて、死んでしまいますわ。少なくともお嬢さまを憐れんでやって下さい。突然のショックを与えないで下さいね。

リドルフォ　言っておくけどね、僕だって喜んでやっているわけじゃないんだよ。しかも、僕がこの役目を果たした後で、彼が決心を翻したりしたら、僕は恨むよ、とまで言ったんだ。だが、何度念を押しても同じで、彼は決心を変えず、僕に役目を果たしてくれと言うんだ。どうかフラミニアさんを呼んでおくれ。

リゼッタ　今は叔父さまのお言いつけで、外国のお客とあちらに行って、絵を見せていらっしゃいますが。

リドルフォ　では、エウジェニアお嬢さまはどちらに？

リゼッタ　お嬢さまもご一緒です……ああ、お待ち下さい。フルジェンツィオさまは、外国のお客のことを知って、それで怒っていらっしゃるのでは？

リドルフォ　とんでもない。彼は何か手紙のことやら分からなかったよ。少しでいいから、二人のどちらかと話をさせてくれ。

リゼッタ　かわいそうなお嬢さま！　お伝えに参ります。

リドルフォ　何たることだ！　フルジェンツィオ君がこっ

第九場　フルジェンツィオと、前出の二人

リゼッタ　言わないことじゃないわ。そうですとも。あなた様を探しにやって来たんですよ！

リドルフォ　僕を探しにやって来られたんだな。

フルジェンツィオ　[リドルフォを脇の方に呼び寄せて、心配そうに]（一言だけ。）

リドルフォ　[フルジェンツィオに小声で]（まだ彼女には会っていないよ。）

フルジェンツィオ　（幸いにもまだだ。）

リドルフォ　（では、エウジェニアさんは、僕が君に頼んだことについて、まだ何も知らないんだね？）

フルジェンツィオ　（彼女にも、その姉さんにも、まだ会っていないって言ったろう！）

リドルフォ　ねえ、どうかお願いだから、僕を許してくれ給え。君が立ち去った後、僕は全身の血が凍るような思いをした。君はもう少しで地面に倒れるところだった。召使が僕の体を支えてくれたから、助かったけどね。ああ、すべての原因は、あの破廉恥な召使いだったんだ。エウジェニアは、かわいそうに、焼きもち焼きなんだ。彼女の焼きもちが強過ぎるのは、愛情が強過ぎるからなんだ。君がまだ話をしていなかったことは、僕にとって幸いだった。リゼッタ、どうかお願いだから、お嬢さんには何も言わないでおくれよ。このわずかなお金を受け取って、僕を喜ばせるために、使っておくれ。そして、ねえ、リドルフォ君、僕の失態を許してくれ給え。そして、僕のお詫びの気持ちを受け入れてくれ給え。

リゼッタ　[傍白]（かならずこうなるだろう、と思っていたわ。）

リドルフォ　君には同情しているが、もう僕にこのような辛い役目はさせないでくれよ。

フルジェンツィオ　君の言う通りだ。うまく行ったことを天に感謝するよ。リゼッタ、エウジェニアさんはどこにいる？

リゼッタ　あちらで着替えをしていらっしゃいますが。[傍白]（外国のお客のことは、何も言わないことにしましょう。）

フルジェンツィオ　もしお会いして頂けるなら……

リゼッタ　そう申し上げて来ますわ。[退場しようとする]

フルジェンツィオ　ねえ、彼女はまだ怒っている？

リゼッタ　ではないと思いますけど。

フルジェンツィオ　では、お呼びしてくれ。

リゼッタ　[傍白]（まあ、この二人は本当に愛しあっているんだわ！）[退場]

第一〇場　フルジェンツィオとリドルフォ

リドルフォ　では、僕は、失礼するよ。

フルジェンツィオ　行ってしまうのかい？

リドルフォ　いや、いや、用事があるなら、行ってくれていいよ。

フルジェンツィオ　僕に残ってほしいのかい？

リドルフォ　ああ、では行くよ。君が一人でいるのが好きなことは、よく知っているよ。君には同情するが、一言だけ友人として言わせてくれ。もし君の好きな人が、愛するのに値することを知っているなら、いくらかの欠点には目をつむるようにし給え。この世に生を受けた者はすべて、互いに寛容になるべきだよ。とりわけ女性は、いっそう大目に見てやる必要がある。それに、たとえ彼女のことを嘆く正当な理由があると思われたとしても、その決断をする前に、よく考えるべきだ。だが、君がよく考えた末に、決断したとすれば、愛情に目が眩んで、分別を失って、我を忘れて、このようなぶざまな真似をしないように注意し給え。[退場]

第一一場　フルジェンツィオと、その後、エウジェニア

フルジェンツィオ　彼の言う通りだ。実にその通りだ。女性に対しては、いくらかの欠点には、目をつむってやらなければならない。とりわけ、その女性が愛していることが分かっている時には、色々と詮索すべきではない。口から漏れ出た言葉を精巧な秤で量ったり、小さな蚊を顕微鏡で拡大して眺めたりしてはならない。僕はすぐに熱くなり過ぎる。そのことは自分でもよく知っている。だが、これからはこの欠点を改めて、自制することにしよう。彼女が僕を愛していることは明らかだ。もし言いたいことがあれば、言っておくことにしよう。さあ、彼女が来たぞ。ご機嫌麗しければいいんだが。表情は陽気に見える。だが、彼女は時おり、陽気のよい振りをして、実際にはその逆のことがあるからなあ。機嫌のよい振りをしていなければいいんだが。おいおい、詮索し出すのはやめよう。

エウジェニア　[陽気さを装って]ご機嫌いかが、フルジェンツィオさま。

フルジェンツィオ　その《ご機嫌いかが》というのは、手紙の書き言葉ですが。

エウジェニア　つい口から出てしまいましたの。では、こんにちは。ご機嫌はいかが？　お元気？

フルジェンツィオ　[少し陰気になって]まあね！　僕は元気ですよ。あなたはいかが？

エウジェニア　元気ですわ。最高にね。

フルジェンツィオ　それはよかったですね。今朝のあなたは、本当にご機嫌さんですね。

エウジェニア　あなた様が来て下さる時は、私、いつもご機嫌

フルジェンツィオ　[傍白]（どうも、雲行きが怪しいな。僕は逆上したくないが、われを忘れてしまうかもしれないな。）よい天気が続きますが、あなた様はどう思われます？

エウジェニア　その《あなた様》、《あなた様》という言葉を聞くと、僕は少しいらつくのです。

フルジェンツィオ　今朝はお客さまがいらっしゃったもので、《あなた様》という言葉が、口に染み付いてしまったのですわ。

エウジェニア　どのようなお客さまだったのです？

フルジェンツィオ　女友だちが何人かで私を訪ねて来てくれましてね。それどころか今晩も、私を遊びに連れ出すために、訪ねてくれると言っていましたわ。

エウジェニア　それで、あなたは何と答えられたのですか？

フルジェンツィオ　もちろん、喜んで行きますってね。

エウジェニア　僕を置いて？

フルジェンツィオ　もちろん。

エウジェニア　結構ですね。どうぞ、どうぞ。

フルジェンツィオ　まあ、驚いた！あなたは一回でも、晩に私を遊びに連れて行って下さったことがあって？

エウジェニア　僕が連れて行ったことがないのは、あなたがそうしてくれと頼んだことがないからですよ。

フルジェンツィオ　そのように仰るのは、他に約束がおありになる

からでしょう。

エウジェニア　まあ、やめて頂戴。そんなことを言ってもだめよ。もしあなたのお家に余ったカードがあったら、持って来て下さいな。夕食後に、姉と少しばかりカード遊びをしたいのでね。

フルジェンツィオ　何とまあ、おかしなことを言うんです？これはいったい何の話です？このあなたの話は、何を当て擦っているのです？

エウジェニア　何も当て擦ってなんかいませんわ。あまり早く寝に行きたくないので、そう言ったまでよ。私は同情しているわ。だって、あなたには色々な用事があるし、重要な任務だってあるし、私は姉とカード遊びをするか、女友だちと外出して遊ぶわ。

フルジェンツィオ　ああ、エウジェニアさん、あなたが何を当て擦っているのか、よく分かっていますよ。

エウジェニア　こんなたわいない話まで、悪く取ろうとするの？

フルジェンツィオ　分かっています、いいですか、よく分かっていますよ。

エウジェニア　ええ、分かっていますとも、分かっていますとも。

フルジェンツィオ　だが、今後二度と僕の召使いを、ここに来

エウジェニア させたりしないからね。あなたの召使いが来ようと来まいと、その主人が来ようと来まいと、私にはどうでもよいことだわ。これがあなたの普段の歓待というものなのですね。

フルジェンツィオ なるほどね。

エウジェニア 私、あなたをいらいらさせました?

フルジェンツィオ 僕が兄嫁をちょっとばかり散歩に連れて行ったからといって……

エウジェニア あなた、私の兄嫁さんと何の関係があるのよ?

フルジェンツィオ よくもそんな言い方ができるわね。はっきり言っておきますけど、私にはあなたの兄嫁さんのことなんか、どうでもいいのよ。

エウジェニア 僕はちゃんとした証拠があって、言っているんだ。もう僕の愚かな召使いに喋らせて、楽しむような真似はさせないからな。

フルジェンツィオ [かっとなって歩き回りながら] 僕なんかどうでもいいって? あなたには、僕なんかどうでもいいって? 召使いも、僕もいいって?

エウジェニア 歩き回るのはやめて頂戴。目が回りそうだわ。

フルジェンツィオ [自分の頭を叩きながら] 召使いも、僕も、どうでもいいのよね。

エウジェニア 大騒ぎをしたいの?

フルジェンツィオ [両手で自分の頭を叩きながら] 召使いも、僕も、だって?

エウジェニア [怒りと愛情のこもった調子で] さあ、そんなぶざまな真似はやめましょうね。

フルジェンツィオ もうだめだ。[椅子に倒れ込む]

エウジェニア 自分で気付いてよ。あなたは本当に気が狂っているのよ。

フルジェンツィオ [自分の頭を叩き続けながら] 僕は気が狂っているんだって? 気が狂っているんだって?

エウジェニア [いくらか優しさを込めて] もうやめにしてくれない?

フルジェンツィオ あばずれ! 情無し女!

エウジェニア 素晴らしい愛情だわね。こんな些細なことで、かっとなって暴れ出す。何ひとつ我慢できないのよね。結局のところ、愛しているなら、大目に見てやらなきゃ。女性に対しては、いくらか譲って上げるべきなのよ。実に愛され方が下手だわね。

フルジェンツィオ [静まって] そうだ、あなたの言う通りだ。

エウジェニア 毎日、毎日、私たちは同じことの繰り返しね。

フルジェンツィオ 許してくれよ。もうしないから。

エウジェニア このような幼稚な振る舞いはやめにしてよ。私、もう沢山だわ。

フルジェンツィオ [優しく微笑んで] 今晩、出かけたくな

エウジェニア　[優しくふざけながら] 出かけたい気分になったら。

フルジェンツィオ　誰と出かけたいの？

エウジェニア　[前と同様に] さあね！

フルジェンツィオ　僕と一緒に行ってくれる？

エウジェニア　[皮肉に] もーちろんよ！

フルジェンツィオ　[少しかっとなって] 僕と一緒に行きたくないの？

エウジェニア　あなたが行きたいのならね。

フルジェンツィオ　愛するエウジェニア、僕の愛をまだ疑っているの？ 僕が君と交際を始めて一年になるけど、この間、愛している証拠を何度も見せて来ただろう？ なのにまだ、君は僕の愛を疑っているの？ 君には、僕のかわいそうな兄嫁のことが気に掛かるのは、知っているよ。でも、それが僕に課せられた義務であることも知っておくれよ。僕の兄は、彼女を深く愛していて、熱い言葉で彼女のことを僕に頼んだんだよ。僕は名誉を重んじる紳士だ。彼女を放っておいたり、邪険に扱ったりはできないんだよ。もし君が道理の分かる女性なら、無理難題を吹っ掛けないで。僕の置かれた立場を理解しておくれよ。エウジェニア、どうかお願いだから、僕を苦しめないでおくれ。

エウジェニア　ええ、あなたの言う通りだわ。私を許して頂戴。私が間違っていたわ。もうあなたを苦しめたりしないわ。

フルジェンツィオ　その言葉だけでもう十分だ。愛情で心が張り裂けそうだ。

エウジェニア　私をずっと愛してくれる？

フルジェンツィオ　いいかい、そんなことを聞かないで。聞いたりしたら、僕は怒るよ。

エウジェニア　私が聞くのは、いつまでもずっとあなたの返事を聞いていたいからよ。

フルジェンツィオ　いとしいエウジェニア、いいよ、僕は永遠に君を愛し続けるよ。もし不測の事態が起きないかぎり、君はもうすぐ僕のものになるからね。

エウジェニア　何を待っているの？

フルジェンツィオ　兄の帰国だよ。

エウジェニア　お兄さまがいなければ、結婚できないの？

フルジェンツィオ　礼儀から言っても、兄の帰国を待つべきだよ。

エウジェニア　なぜあなたが結婚を引き延ばすのか、私は知っているわ。

フルジェンツィオ　なぜだい？

エウジェニア　あなたの兄嫁の気分を害したくないからよ。忌々しい兄嫁め、口に出すさえ呪わしい。

フルジェンツィオ　さあ、またいつものあなただよね。話をすることさえ、できやしないんだから。

エウジェニア　だって、いつも君が挑発するからだよ。もう一言も話さないって約束するわ。

フルジェンツィオ　馬鹿なことを言わずに、話すことはできないの？
エウジェニア　礼儀知らず屋さん、馬鹿なことを言うのは、あなたの方よ。
フルジェンツィオ　いまに大暴れしてやるぞ。
エウジェニア　誰か、助けて。
フルジェンツィオ　［怒って］人を呼んだりするなよ。
エウジェニア　気違い。
フルジェンツィオ　出て行くよ。
エウジェニア　出て行って。
フルジェンツィオ　もう訪ねて来たりしないぞ。
エウジェニア　どうでもいいわよ。
フルジェンツィオ　［走って退場］悪魔よ、僕を連れて行け。
エウジェニア　これは何という人生なの？　何と忌々しい恋愛なの！　もう我慢できないわ、もう沢山よ。［退場］

第二幕

第一場　フラミニアとリドルフォ

フラミニア　リドルフォさん、勝手にお呼び立てして、ご免なさい。ご迷惑でしたら、許して下さいね。
リドルフォ　とんでもない。あなたのお役に立てるのは、光栄ですよ。
フラミニア　フルジェンツィオさんと最後に会われてから、どのくらい経ちます？
リドルフォ　ここで会ってから、まだ二時間も経っていませんが。
フラミニア　まあ、リドルフォさんと仲直りをしたはずですよ。彼はエウジェニアさんと仲直りをしたはずですが、信じることも、話すこともできないような話です。二人は仲直りしたのですが、突然、再び険悪な関係になったのです。フルジェンツィオさんは、怒鳴りながら出て行きましたが、あの人が悪魔に呼びかけるさまは、まるで地獄に堕ちた亡者のようでしたよ。
リドルフォ　二人がいつもこのような生活をするなんて、どうしてなんだろう？　二人は愛し合っているんですか、それとも愛し合っていないんですか？
フラミニア　二人とも心底から好き合っているけど、つまらないことにこだわり、二人とも意地っ張りなの。私の妹は、フ

ルジェンツィオさんは、熱しやすくて、寛容さがなく、すぐにかっとなる人です。要するに、この二人を題材にしたら、この世で最も面白い喜劇ができますよ。

リドルフォ それで、フラミニアさんのお役に立てるには、僕はどうしたらいいんですか？

フラミニア ずばり申し上げましょう。私は生来、善良な心の持ち主で、自分にできるかぎりは、すべての人によいことをして上げようという心根を持っています。とりわけ私の血を分けた姉妹として、愛している妹にはね。彼女は、この恋愛から生じたいくつかの小さな弱点を除けば、この世で最も素直な子なのです。その妹が憔悴しているのを見るのは、とても辛いことですの。あなたにお話ししたように、フルジェンツィオさんが、あのような形相で出て行ってしまった後、あの子は自分の部屋に閉じ籠もって、激しく泣き出し、宥める術もありませんでした。ですから、私はリドルフォさんにお願いして、フルジェンツィオさんを探し出して、上手なやり方で彼にここに戻ってくるように説得して、このかわいそうな妹を慰める労を取って頂きたいのです。そして、彼女が絶望して泣いていると告げて、もう少し優しく、もう少し寛容になってくれるように説得して頂きたいのですが、しかし、とりわけあなたにお願いしたいのは、どうかあらゆる遠慮をかなぐり捨てて、あらゆる困難を乗り越えて、この結婚を成就して頂けるようにと説得して頂くことで、さらに彼に言って頂きたいのは、私の妹が、今後はもっと賢明に振る舞って頂くことが、彼を不愉快にさせたりせず、彼もご存じの例の女性については、決して話したりしないと、このわたしに約束して頂きたい、ということですが、いや、さらに沢山のことを彼に伝えて頂きたいと思い出せなくなります。そのように沢山のことを一度に言われますと、僕はひとつも思い出せなくなりますよ。

リドルフォ 奥さま、待って下さい。

フラミニア では、もう一度、最初から申し上げましょうか。

リドルフォ いや、それよりも、彼にここに来るように伝えれば、それで十分なのではありませんか。

フラミニア ええ、でも、その前にあなたから知らせておいて頂きたいのですが……

第二場 ファブリツィオと、買い物カゴを持ったスッチャネスポレと、前出の二人

ファブリツィオ フラミニア、リゼッタに下着を出してくれ。わしはすっかり汗をかいてしまったよ。

[リドルフォは、彼に挨拶をする]

フラミニア 叔父さま、リゼッタに仰って下さいな。ちょうど今、あの子はあなたの部屋の掃除をしていますから。

ファブリツィオ リドルフォさん、こんにちは。

リドルフォ 僕はすでに挨拶を致しましたが。

ファブリツィオ 許して下さいよ。わしはとても歩き回ってとても疲れたので、目が回っているんですよ。しかし、わし

は莫大な買い物をした、それと比べると、ミラノ総督でさえ……そうだろう、スッチャネスポレ?

スッチャネスポレ　もちろんで。

フラミニア　[ファブリツィオに]着替えをしに行かれたら?

スッチャネスポレ　[ファブリツィオに]わしは下がってよろしいので?

ファブリツィオ　待ちなさい。

スッチャネスポレ　[ファブリツィオに]この重い荷物を持ったままで……

ファブリツィオ　待ちなさいって。その鶏肉を見せなさい。ご覧下さい。この世が始まって以来、これにまさる鶏肉をご覧になったことがありますか? その仔牛の肉を見せて上げなさい。ねえ? どうです? 静物画のモデルになるような肉でしょう? 稀に見る逸品でしょう! ねえ、わしが買ったような仔牛の肉は、この国では誰も購入できませんぞ。リドルフォさん、この仔牛は、まるでバターのように柔らかいですぞ。まるでバルサムのようないい匂いです。ここに残って、わしらと一緒に味わって下さいな。

リドルフォ　お言葉には感謝しますが……

ファブリツィオ　いや、いや、絶対に味わって下さいよ。この膵臓をご覧なさい。何という見事な逸品! 何という料理! あなたも一緒に味見をしなければいけませんよ。

リドルフォ　そればかりは、どうかお願いですから……

ファブリツィオ　わしを怒らせないで下さいよ。ねえ? ……それにわしは……ねえ? これは何という鳩肉でしょうか? いえ、いえ、とんでもない。この鳩肉を見たことがあります! これにまさる鳩肉ですよ。それに、どのようなソースをわしが自分の手で作るか、味を見て下さいよ。わしが、このためだけに取って置いてくれた鳩肉です。ですから、リドルフォさん、わしらとあなたのお言葉には押し切られてしまいました。

リドルフォ　一言お耳に入れたいことが。

スッチャネスポレ　[ファブリツィオに]とても嫌とは申しませんね。

ファブリツィオ　[近付いて]何だね?

スッチャネスポレ　[ファブリツィオに小声で](で、食器類はどうされます?

ファブリツィオ　(忘れていた。でも、構うものか。わしには銀じゃなくて錫のナイフやフォークを出しなさい。うまくナプキンの下に隠して、見られないようにすればいい。)

スッチャネスポレ　もちろんで。

ファブリツィオ　急げ。早く台所に行って、準備をするんだ。

スッチャネスポレ　[ゆっくりと歩いて行きながら]もちろんで。

ファブリツィオ　急げ。

スッチャネスポレ　[前と同様に]もちろんで。

ファブリツィオ　急いで行け。

スッチャネスポレ　もちろんで。[前と同様に、歩きながら退場]

フラミニア　叔父さま、見たところ、私たちが食卓に着くのは、大分遅くなりそうね。

ファブリツィオ　いや、心配ご無用だ。このわしが台所に立ったなら、四五分で五〇〇人分の料理を作って見せるからな。

フラミニア　まあ！　何という法螺でしょう！

ファブリツィオ　言ってみれば、言ってみれば、という話だよ。

フラミニア　それで、着替えには行かれないの？

ファブリツィオ　行くさ。でも、まだ時間がある。エウジェニアはどこにいる？

フラミニア　自分の部屋にいますわ。

ファブリツィオ　では、伯爵殿はどちらに？

フラミニア　お一人で絵を見ていらっしゃいますわ。彼の気持ちはよく分かるよ。いくら見ても見飽きないんだ。伯爵殿を呼びに行って上げなさい。

ファブリツィオ　彼のいる所の方が、居心地がよいのに。

フラミニア　どうしてここにお呼びしなければならないの？　ここに来て下さるようにとな。

ファブリツィオ　ここに来るように言いなさい。わしはこの立派な紳士である、リドルフォさんを紹介したいんだよ。リドルフォさん、あなたは偉大な騎士をご覧になれますぞ。大物

ですぞ。世間を震撼させるような大立者の一人です。[フラミニアに]さあ、ぐずぐずしないで、お呼びしなさい。

フラミニア　わざわざ呼びに行かなくとも、博学な方で、驚異的な美徳の持ち主ですわ。あなたは唖然として立ち尽くされるでしょうよ。

ファブリツィオ　[リドルフォに]彼の方からやって来ますよ。

第三場　ロベルトと、前出の人々、その後、リゼッタ

ロベルト　お二人の女性は、私に飽き飽きしてしまったのですが、確かにそれももっともですよ。

ファブリツィオ　[フラミニアに]エウジェニアはどこにいる？　急いで呼んでくれ。

フラミニア　私の考えでは、あの子を一人にしておいた方がよいと思いますけど。

ファブリツィオ　何だと！　お前まで強情っ張りになったのか？　リゼッタ。[呼ぶ]

リゼッタ　何でしょうか？

ファブリツィオ　エウジェニアに、すぐにここに来ないさい。

リゼッタ　どうして、と尋ねられましたら？

ファブリツィオ　あるお方が彼女に会って、お話をしたがって

恋人たち

リゼッタ　いらっしゃるので、ここに来るように、と言うんだよ。

ファブリツィオ　[傍白]（リドルフォに）フルジェンツィオさんの名代として、何かいいことを伝えたいのかもしれないわね。このことを餌にして、お嬢さまを連れ出そうっと。）[退場]

フラミニア　[リドルフォに小声で]（リドルフォさん、フルジェンツィオさんを探しに行って、ここに連れて来て。そして、私があなたに言ったことを、すべて彼に伝えて頂戴ね。）

リドルフォ　[フラミニアに小声で]（はい、仰ったことを憶えていればの話ですが、失礼します。ファブリツィオさん、わし

ファブリツィオ　何ですと？

リドルフォ　食事までには戻って来ます。

ファブリツィオ　お待ちしていますよ。あなたが来られない限り、食卓には着きませんからね。伯爵殿、この方は、ミラノ随一の弁護士で、世界一の司法官で、法曹界広しといえども、これほど有能な法律家はおりません。

ロベルト　それは実に素晴らしいですね。

リドルフォ　ファブリツィオさんは、僕への友情から、法外な賞賛をしていらっしゃるのですよ。

ファブリツィオ　伯爵殿は、ミラノで何か訴訟をお持ちですか？

ロベルト　実を言いますと、一件あったのですが、相手方と和解して、示談にしようと思っているところです。示談になどしてはなりません。法曹界の君主であるリドルフォさんにお任せなさい。彼なら必ず勝訴させてくれますから。

ファブリツィオ　私の方にも、依頼した法律家たちがおりましてね。

ロベルト　法律家ですと？　法律家ですと？　あいつらは皆、無能ですよ。この人こそ法律家です。彼以外に法律家はおりません。わしの言うようにしなさい。彼の手に委ねるんです。リドルフォさん、伯爵殿の家に行って、事情を聞いて、書類をもらって来なさい。

リドルフォ　[ファブリツィオに]せっかく示談にしようとされているのですから……

ファブリツィオ　示談になどすべきではありません。伯爵殿は、君に任せようとなさっているのですよ。君のお相手の伯爵殿は、どのようなお方だと心得ていらっしゃるのかな？　神聖ローマ帝国随一の騎士で、絶対支配権を持つ領地を持ち、ヨーロッパ中にその名を知られ、君主や有力者たちから、一目も二目も置かれている方ですぞ。

ロベルト　ファブリツィオさん、もう十分、もう十分ですよ。これ以上、私を笑い物にしないで下さい。

ファブリツィオ　わしは真面目に話をしているのです。決してでたらめを言っているわけではなく、本当のことを話しているのですよ。

フラミニア　[リドルフォに]（遅くなるから、早く行って頂

リドルフォ　［ファブリツィオに］失礼します。行ってすぐに戻って参りますから。［退場］

第四場　フラミニアと、ファブリツィオと、ロベルトと、その後、スッチャネスポレ

ファブリツィオ　［ロベルトに］大人物ですぞ！　まさに大人物です！　あなたは、彼を雇ってよかったと仰るはずです。私はこの男を満足させるために、訴訟を起こしたりはしないぞ。

ロベルト　［傍白］（どうぞ好き勝手なことを言うがいい。）

フラミニア　ところで、叔父さま、着替えはなさらなかったの？

ファブリツィオ　するさ。わしは台所に行って、わしのご主人さまであるオトリーコリ伯爵殿のために、料理をこしらえるんだ。伯爵殿、あなたはグリーンソースはお好きですかな？

ロベルト　ええ、好きですが。

ファブリツィオ　よろしい。わしのご主人さまのために、グリーンソースを作って進ぜよう。伯爵殿、あなたは煮込み料理はお好きですかな？

ロベルト　好きどころか、大好物ですが。

ファブリツィオ　わしのご主人さまのために、煮込み料理を作って進ぜよう。スッチャネスポレ。

スッチャネスポレ　はい。

ファブリツィオ　わしのご主人さまのために、煮込み料理とグリーンソースだ。

スッチャネスポレ　もちろんで。［退場］

ファブリツィオ　それに、スッチャネスポレは、有能な男でしてな。大袈裟に言うわけではありません。信用できて、几帳面で、買い物上手、腕のいい料理人で、召使いの鑑ですよ。

第五場　エウジェニアと、前出の人々

エウジェニア　［陰鬱そうに］叔父さま、何かご用ですの？

ファブリツィオ　ここに来て、騎士殿のお相手をしなさい。

エウジェニア　リドルフォさんは、いらっしゃらないの？　［傍白］（いないと分かっていれば、来なかったのに。）

ロベルト　お嬢さまはね、私の相手をするのがお好きではないのですよ。

ファブリツィオ　まあ、何を仰るかと思ったら。姪は、あなたのお相手ができることを恩恵であり、名誉であり、栄誉であると思っていますよ。さあ、皆さま、お座り下さい。［ロベルトに椅子を運んで来る］わしの姪たちに椅子を。［二脚の椅子を運んで来る］ご主人さまに椅子を。陽気にお喋りをして、楽しんで下さい。わしは働きに行きますから。ここのわしが何者かって？　わしは、ご主人さまの料理人でござ

恋人たち

第六場 フラミニアと、エウジェニアと、ロベルト。全員が座[退場]
います。

ロベルト ファブリツィオさんは、いつもあんなに陽気なのですか？

フラミニア あなたの謙虚な物言いには感心しますわ。本当なら《いつもあんなに大袈裟なのですか》と言うべきなのですが。

エウジェニア [たえず陰鬱な様子で] 善人なんだけど、善人も過ぎると、うんざりさせられるのよね。

ロベルト [フラミニアに] エウジェニアお嬢さんは、どうかなさったんですか？ 私には憂鬱そうに見えますが。

フラミニア さあ、きっとそれなりの原因があるんでしょうよ。

エウジェニア その原因を知りたがっているのなら、はっきりと彼に教えてあげたらどうなの？ 私は、自分に不名誉をもたらすような真実でないかぎり、ばらされても恥だとは思わないわ。あなた、私はある男の人を愛しており、その人は私の夫となるはずの人です。でも、彼に不愉快な思いをさせてしまったので、そのことが残念で堪りませんし、彼と仲直りしないかぎり、私は満足できないのです。この男が私にまとわり付いて、私をいらいらさせることはな

くなるわね。

フラミニア ねえ、私の妹は何という素晴らしい性格なんでしょう？ 率直であれば、何でも許されると思っているんですからね。

ロベルト お若い女性から真実を聞くのは、私は好きですよ。私には、そのような女性に会った経験がほとんどありませんので、ますますエウジェニアお嬢さんを尊敬して好きになりましたよ。

エウジェニア [真面目に] あなたのお優しい心には感謝しますが、残念ながら尊敬したり好きになって下さってもむだですわ。

ロベルト だからといって、私は希望を捨てたりしませんよ。

エウジェニア あなたは何に希望をつないでいらっしゃいますの？

ロベルト 運命の変転に、思いがけずあなたにこれまで起きたことのあるどんでん返しの例に希望をつないでいるのですよ。神のみぞ知る、です。大恋愛でさえ、運命の浮き沈みに翻弄されます。それどころか、多くの場合、物事は満ち過ぎると、欠けたり、減少したりせざるをえないものです。万が一あなたの恋人が、あなたほど忠実でないような場合を見越して、私は誠実な恋人として名乗りを上げておきますよ。

フラミニア 伯爵さまの仰ることは、もっともだわ。伯爵さまの愛は、あなたにも、フルジェンツィオさんにも害をなすも

第七場　リゼッタと、前出の人々

リゼッタ　［エウジェニアに］（お嬢さま、フルジェンツィオ様が来られるのを見ましたよ。）

エウジェニア　［リゼッタに］（どこから見たの？）

リゼッタ　（窓からです。）

エウジェニア　（お一人だった？）

リゼッタ　（リドルフォさんと話していらっしゃいました。）

エウジェニア　（怒っているように見えた？）

リゼッタ　（それどころか、家の方にやって来るのが見えましたよ。飛び跳ねながら、本当によかったわ。私の姉が彼にお願いしてくれて、彼を宥めてくれたんでしょう。）

エウジェニア　［傍白］（ああ、よかった。リドルフォさんが、彼女にやって来るのが見えましたよ。）

ロベルト　［フラミニアに小声で］（エウジェニアさんは、心ここにあらず、のようですね。）

フラミニア　［ロベルトに小声で］（エウジェニアお姉さま。）

エウジェニア　［前と同様に］ええ。

フラミニア　［エウジェニアに］やって来られたの？

エウジェニア　［笑顔で］フラミニアお姉さま。

ロベルト　［エウジェニアに］あなたの笑顔が見られて、嬉しいですよ。

エウジェニア　私の心はあまりに切なくて、愉快になどとてもなれませんわ。

ロベルト　そのようなことを仰るのを聞くのは、私は好きですよ。でもね、この世では色々なことが生じるものです。

エウジェニア　とんでもない、お嬢さん。私を悪者扱いしないで下さいな。

ロベルト　［エウジェニアに］許して下さいね。このように失礼なことを言うのは、恋しているからですわ。

ロベルト　［エウジェニアに］恋をして下さい。天の恵みがあなたにありますように。でも、安心して下さい。私はこの件で、あなたを不愉快にさせたりはしませんから。愉快なお話をして、楽しみましょう。

フラミニア　私の身に、そのようなことが起きるはずはありませんわ。フルジェンツィオさんと結婚するか、誰とも結婚しないか、そのどちらかですわ。

ロベルト　そのように仰るべきですね。［傍白］（私はどんな人も不快にさせたくないのではないし、今後何が起きるかは、誰にも予想できないことですからね。）

フラミニア　[エウジェニアに]　リドルフォさんと会われたかどうか、分からないわ。

エウジェニア　絶対にそうよ。彼に会ったのよ。嬉しそうにしていましたからね。リゼッタ、そうじゃないの？

リゼッタ　その通りですよ。

エウジェニア　[笑顔で]　やって来たわ、やって来たわ。

ロベルト　[傍白]（このような美しい恋愛は、羨ましくて仕方がないな。）

第八場　フルジェンツィオと、前出の人々

フルジェンツィオ　[登場して、ロベルトを見て、少し疑いの顔付きをする]　[傍白]（あいつは何者だろう？）

フラミニア　フルジェンツィオさん、いらっしゃい、いらっしゃい。こちらの外国の騎士の方は、つい先ほど来られたばかりなの。[ロベルトに]そうでしょう？彼は私たちの叔父のお友だちで、もうすぐミラノからお発ちになるのよ。

ロベルト　[ロベルトに]　そうでしょう？

フルジェンツィオ　はい、奥さまの仰る通りです。

ロベルト　[真顔で]　外国のお客と、お二人のご婦人にご挨拶申し上げます。

エウジェニア　[笑顔で]　フルジェンツィオさんったら、ずっと待っているのに、なかなかやって来て下さらないのね。

フルジェンツィオ　[冷淡さを装って]　お嬢さん、それは過分なお言葉です。この僕は、来るのを待って頂くほどの人物ではございませんから。

フラミニア　[フルジェンツィオに]　どうぞお掛け下さい。お言葉に甘えまして。[椅子を取って、フラミニアの傍に運ぶ]

エウジェニア　リゼッタ、ここに椅子を持って来て頂戴。[フルジェンツィオに]　私の傍にお座りになったら。

フルジェンツィオ　ありがとうございます。でも、僕はここで結構ですので。

エウジェニア　[フルジェンツィオに笑顔で]　この方のお許しを得て、ここにいらっしゃいな。あなたにお話したいことがあるの。

フルジェンツィオ　[笑顔を装って]　急がないでも、時間はありますよ。

エウジェニア　[笑顔で]　善は急げと言うでしょう。

フルジェンツィオ　エウジェニアさんは、とても嬉しそうですね。[傍白]（僕が彼女の所から怒って出て行っても、彼女は何の痛痒も感じていない。）

ロベルト　君ね、彼女が嬉しがっているのは、君がやって来たからですよ。

フルジェンツィオ　[真顔で]　僕がやって来たからですって？おめでとう。君は、世界で最もすばらしい心の持ち主を、自分のものにする幸運に恵まれたので

フルジェンツィオ　この外国のお方は、たった今やって来られたのに、もうエウジェニアさんのことをよくご存じなのですか？

エウジェニア　私たちが愛し合っていることを、人に知られるのは嫌なの？

フルジェンツィオ　いいえ、お嬢さん、あなたが本心からそう仰っているなら、嫌じゃありませんがね。

エウジェニア　私が愛していることは、疑う余地のないことだわ。でも、あなたが、自分も愛していると請け合って下さらないのなら……

第九場　料理用のエプロンを付けたファブリツィオと、前出の人々

ファブリツィオ　フラミニア。

フラミニア　はい、叔父さま。まあ、何という格好なの！

ファブリツィオ　わしはお客さまのために、甘酸っぱいソースを作りたいんだ。ああ、フルジェンツィオさん、許して下さいよ。あなたをてっきりリドルフォさんとばかり思い込んでいましたよ。これはいい。わしら、わしらを訪ねて来て下さったのですね。わしは嬉しいよ。わしらと一緒にお昼の食事をして下さいますかな？

フルジェンツィオ　伯爵殿、お言葉には感謝しますが……実は……

ファブリツィオ　伯爵殿、わしらのこの高貴な市民のお方を、食事にご招待してもよろしいですかな？ ご覧なさい。この方は本当に真珠の玉のような、純金のようなお人です。

ロベルト　この家のご主人はあなただけではないのですよ。

ファブリツィオ　いや、いや、伯爵さまがわが家のご主人さまです。

フルジェンツィオ　伯爵さまがおられる間は、伯爵さまがミラノにおられる間は、伯爵さまが長くミラノにおられるのですか？

ファブリツィオ　［ファブリツィオに］伯爵さまは、長くミラノにおられるでしょう。

フルジェンツィオ　［ファブリツィオに］伯爵さまがおられるのですか？

ファブリツィオ　ええ、しばらくの間は、彼がすぐに発つ訴訟が一件ありましてな。それを担当するのは、あの大人物、あの高名なリドルフォさんですぞ。

フルジェンツィオ　［傍白］（このご婦人方は、きっと何らかの魂胆があって、僕に信じ込ませようと、嘘をついているんだな。）

ファブリツィオ　伯爵さま、わしにお仕えすることはできません。わしは用事があって、いつもあなたにお仕えすることはできません。代わりにこの方がお仕えしますよ。彼はヨーロッパ随一の文人で、ロンゴバルド族の時代にまで遡る、純粋きわまりない血統を誇る市民の家系のご出身で、あらゆることに通じており、とりわけ絵画には通じていらっしゃいます。［ロベルトに］ところで、わしのちっぽけな画廊は見て下さいましたかな？

ロベルト　はい、拝見して驚嘆致しましたよ。

ファブリツィオ　でも、わずか二時間ばかりでは、すべてを見ることはできませんな。

フルジェンツィオ　［ファブリツィオに］伯爵さまは、ここに

ファブリツィオ 二時間もおられるのですか？

フルジェンツィオ もちろんですとも。朝早くにわしの家を訪ねて下さったのです。

ファブリツィオ ［傍白］（僕には、つい先ほど来たと言ってもいいようね。）

フルジェンツィオ さあ、フルジェンツィオさん、一大決心をしなさい。

ロベルト ［傍白］（いつもこの調子だ。）

フルジェンツィオ でも、僕はあなたのご厚意に甘えることができません。

ファブリツィオ そのようなことを仰っても無駄ですよ。

フルジェンツィオ 絶対にだめです。

ファブリツィオ このわしがそう望んでいるのですぞ。このわしがではなく、あなたのご主人さまに、あなたが残ってくれるようにお願いしてもらいましょう。……いや、わしが主人です。このご主人さまのお方が本当のご主人です。

フルジェンツィオ これは僕が詮索好きだからではない。これは明々白々な嘘だ。

ファブリツィオ フルジェンツィオさん、今日、あなたは貴族の第一の光、イタリアの第一の星、個人では現代において最も裕福な騎士の方と、食事がおできになるのですぞ。

ロベルト ［傍白にファブリツィオに］彼が一緒に食事できないか、一緒にしたくないのであれば、無理強いすることはありませんか？

フルジェンツィオ ［傍白］（こいつは僕に残ってほしくないようだな。その魂胆を暴いてやるために、残っていることにしようか。）

エウジェニア ［傍白］（彼が私と一緒に残って、食事をしたくないなんて、驚きだわ。見たところ、私のことでもないようね。）

フルジェンツィオ ［傍白］（エウジェニアさんが、僕に残るように言わないとは、驚きだ。僕のことなんかどうでもいい、と思っていることの証拠だ。）

フラミニア フルジェンツィオさん、このようにお願いしているのに、はいと言わないとは驚きだわ。

フルジェンツィオ お仲間にご迷惑を掛けるのでなかったとすれば、僕はすぐにでも、はいと言ったでしょうけどね。

エウジェニア 何という薄弱な根拠なの！あなたが残っていたくないのは、兄嫁のクロリンダさんを一人にして置きたくないので、家に帰りたくて仕方がないからだわ。これが理由なのよ。叔父さま、伯爵さまの仰る通りだわ。彼に無理強いして、あのかわいそうな若い兄嫁さんを不快にさせたりしないようにしましょう。

フルジェンツィオ ［傍白］（そうか、彼女が非難するのは、僕に彼女を非難する余地を与えないためか。）

エウジェニア ［傍白］（怒りで煮えくり返るがいいわ。彼がどのような人間か、私は知っているわ。いい気味だわね。）

フラミニア ［傍白］（もしこれが私の娘なら、平手打ちを食わせるところだわ。）

ファブリツィオ　さあ、フルジェンツィオさん、わしを台所に行かせて下さいな。きっぱりと、はいと言って、わしを喜ばせて下さいな。

フルジェンツィオ　ああ、でかした！

フラミニア　フルジェンツィオさん、ばんざい。

ファブリツィオ　だが、事は完璧に仕上げよう。フルジェンツィオさん、わしの姪のエウジェニアから、ひとつお願いがあるんだが。

エウジェニア　[傍白]（いったい何を言い出すつもりかしら？）

ファブリツィオ　さあ、そのようなことを言ってもむだですよ。わしらは皆、知り合いです。わしの姪のエウジェニアは、あなたが兄嫁のクロリンダ奥さまの所に行って、わしと一緒に食事をするために、ここまで連れてくるように、とお願いしておりますよ。

フルジェンツィオ　エウジェニアさん、この僕に、そのようなお願いを？

エウジェニア　そのような馬鹿げたお願いは、私、夢でさえ思ったことがない。

ファブリツィオ　これを馬鹿げたお願いと言うのか？

エウジェニア　そうよ、このような時間に、女性に迷惑を掛けることが、礼儀にかなっていると思うの？

ファブリツィオ　今が迷惑な時間かね？ お昼までまだ二時間もある。着替えをして、髪を結って、ゆっくりとやって来るのに、十分な時間的余裕がある。

エウジェニア　[傍白]（悪魔がタイミングよくちょっかいを出したようだねね。）

ファブリツィオ　もう沢山。フルジェンツィオさんのお好きなようになさったらいいよ。

エウジェニア　[傍白]（彼女が私の顔を見たくないと確信しているのは、間違いありません。兄嫁が来ないのは、間違いありません。

フルジェンツィオ　どうか僕に無理強いしないで下さい。僕の兄嫁が来ないのは、間違いありません。

ファブリツィオ　では、このわしがお願いすることにしよう。

エウジェニア　まあ、そればかりは嫌だわ。

ファブリツィオ　お前からもお願いしなさい。

エウジェニア　[傍白エウジェニアに]そうしてくれるように、

ファブリツィオ　試してみましょう。わしの名代として、そう言いに行って下さいな。

フルジェンツィオ　絶対に嫌です。申し訳ありませんが、僕は行きません。

ファブリツィオ　彼女に一人淋しく食事をさせたいのですか？

それはよくない。

フルジェンツィオ　それじゃあ、この僕も帰った方がいいでしょう。

エウジェニア　そうよ、むしろ彼女のお伴をして仕えたらいいのよ。行かせて上げなさいよ。

フルジェンツィオ　[傍白]（これで僕が逆上しなければ、奇跡だな。）

フラミニア　（何ということ！　何というへんてこりんなことをよくわきまえているの？）

ファブリツィオ　ああ、もう沢山だ。[傍白]（わしは何をすべきかをよくわきまえている。わしが自分で、呼びに行ってやろう。）スッチャネスポレ。

第一〇場　スッチャネスポレと、前出の人々

スッチャネスポレ　[皿を手に持って]へい。

ファブリツィオ　[スッチャネスポレに]（このエプロンを持って行ってくれ。わしもすぐに行くから。それに、料理を二人分増やしてくれ。）

フラミニア　（何ということ？）

スッチャネスポレ　[ファブリツィオに]（では、フォークやスプーンは？）

ファブリツィオ　（ああ、しまった。どうしたらいいだろう？）

スッチャネスポレ　（どうしましょう？）

ファブリツィオ　（何とか考えろ。）

スッチャネスポレ　（木でできたものならあります。）

ファブリツィオ　（馬鹿め。面子というものがあるだろう。）ちょっと待て。いい考えが浮かんだぞ。こうしよう。クロリンダ夫人からお借りすることにしよう。あの方は上品な人だから、他人に喋ったりしないだろう。どうだね？）

スッチャネスポレ　（もちろんで。）

ファブリツィオ　（台所に戻れ。）

スッチャネスポレ　（もちろんで。）［退場］

フラミニア　皆さま方、失礼しますよ。

スッチャネスポレ　叔父さま、どちらに？

ファブリツィオ　スッチャネスポレが買い忘れたものがあったので、わしが行って来る。すぐに戻るよ。[傍白]（ああ、機転が利くことにかけては、このわしにまさる者はいないな。わしが宮廷に入ったら、活躍できるだろう。たとえば、執事長とか、宰相とかだな。わしはまだまだくたばる年じゃない。これからどのような人生になるかは、神のみぞ知るだ。）［退場］

第一一場　フラミニアと、エウジェニアと、フルジェンツィオと、ロベルト

ロベルト　[傍白]（本当にこの家は、この世で最も滑稽な家だ

エウジェニア　今日はフルジェンツィオさまに犠牲を払わせてしまったことを、残念に思います。
フルジェンツィオ　僕がどのような犠牲を払っても、逆に悪く取られてしまうのが、残念でなりません。
ロベルト　[フルジェンツィオとエウジェニアに]　お二人とも、愛情は怒りでなく、優しさで育むものですよ。
フルジェンツィオ　[ロベルトに]　その通りですわ。この二人に何か言って下さいね。いつも仏頂面でいないように。
ロベルト　僕に伯爵さまのような取り柄がないようにね。
フルジェンツィオ　もし伯爵さまのような取り柄があったら、嬉しいんですがね……
ロベルト　私には何の取り柄もありませんよ。でも、もし私にこのお嬢さんのような恋人がいたら、本当に嬉しいでしょうがね。
フルジェンツィオ　私は誰にも嫌な思いをさせたくありませんので……
ロベルト　[フルジェンツィオに]　あなたが嬉しくなるような人は、誰もいませんよ。
フルジェンツィオ　あなたは彼のことを指して、そのように仰って下さい。私の愛をきっぱりと拒否しているんですよ。
ロベルト　彼女は誰にも嫌な思いをさせたくありませんので……
フルジェンツィオ　もし僕のことを指して、そのように仰っているのなら……
ロベルト　彼女はね、自分の好き嫌いに応じて、僕の気持ちを勝手に推し測るんですよ。
フラミニア　伯爵さまには、あなた方の恋路の邪魔をするよう

なおつもりは全くないんですよ。だって、つい先ほど到着されたばかりで、もうすぐミラノから立ち去られるんですからね。
フラミニア　私がそのように話したのはね……
エウジェニア　ええ、言わせて上げなさい。彼がどのような気質の人か知らないの？　逆上したくて堪らないわ。あなたは、僕のために、頭に血を昇らせたりしなくて堪らないよ。そして、あなたは、僕のために、頭に血を昇らせたりしないことにしたいんだ。どちらのご出身か、伯爵さま、よろしければお教え下さい。
ロベルト　ローマですが。
フルジェンツィオ　あの大都市について、どう思われます？
ロベルト　美しくて、壮大で、驚異に溢れた都市ですよ。
フラミニア　私たちには、ローマの話など興味ないわ。
エウジェニア　喋らせて上げなさいよ。楽しませて上げなさいよ。
ロベルト　その通りです。
フルジェンツィオ　ローマには美人が多いという話ですが、本当ですか？
ロベルト　ミラノ女のように意地っ張りですが、そのような

フラミニア　[フルジェンツィオに]　失礼ですが、そのような

話は……

エウジェニア　[ロベルトに] ローマには、野蛮な男性はいますの?

ロベルト　[さあ、怒りに身を任せて下さいよ。

フルジェンツィオ　僕は本当にローマに行ってみたいものだなあ。

エウジェニア　行きなさいよ。あなたなんか、格好の物笑いの種になるわね。

フルジェンツィオ　[冷静さを装って立ち上がるが、体が震えているのが分かる] 今日は暑いようですね。

フラミニア　[伯爵に] (伯爵さま、ひとつお願いがあるのです が。)

ロベルト　[フラミニアに] (何なりと。)

フラミニア　[伯爵に] (何か用事がある振りをして、しばらく あちらに行っていて下さいな。)

ロベルト　[フラミニアに] (はい、それがいいですね。彼らを二人にしておいて上げましょう。) エウジェニアさん、思いがけないことが生じることもあることを、忘れないで下さいね。失礼しますよ。[退場]

第二場　フラミニアと、エウジェニアと、フルジェンツィオ

フルジェンツィオ　さあね、あなたは気になるの? 私たちは、その

ようなこと考えたこともないのよ。エウジェニアはね、本当はあの人を嫌っているのよ。

フラミニア　まあ、フルジェンツィオさんたら。あなたはとても疑い深いのね。

エウジェニア　ええ、そうでしょうとも。僕もそう思っていますよ。

フラミニア　[フルジェンツィオに] 嘘よ。姉の言うことなんか信じないで頂戴。密かな意図があってそう言っているんだから。

エウジェニア　お姉さま、話すのをやめなさいな。もうすぐ彼を逆上させてしまうから。

フルジェンツィオ　いや、その恐れはないよ。僕は考え方を変えたりはしない。僕は穏やかな人間になったんだ。もうかっとなったりはしない。

フラミニア　それはいいわ。おとなしくしていてね。私の妹は ね、本当に心からあなたを愛しているのよ。私は妹が涙を流しているのを見たわ……

エウジェニア　[フルジェンツィオに] 嘘よ。私はそんなもの、絶対に見たくないわ。私もあちらに行くわ。伯爵さまにご不満を漏らさせないためにね。[エウジェ

(9) 原文は《consolazione di Pasquino》(パスクィーノの嘲笑の的)。一六世紀に発見された古代の大理石彫刻に、ローマ市民はパスクィーノという名前を付け、そこにさまざまな風刺詩を貼り付けて、私人や公人 (とりわけ為政者や有力者) を嘲笑したことを指している。

ニアに小声で〕（いいわね、馬鹿な真似をしないでよ。）〔フルジェンツィオに〕（フルジェンツィオさん、大目に見て上げて下さいね。）〔二人に向かって〕ああ、あわれな恋人たちだわ！〔退場〕

第一三場　フルジェンツィオとエウジェニア

フルジェンツィオ　〔歩き回りながら〕（僕としては、恋人はもう願い下げだ。）

エウジェニア　〔傍白〕（恋人でいるくらいなら、首に石を付けて、運河に身を投げた方がましだわ。）

フルジェンツィオ　〔傍白〕（彼女が僕に飽き飽きしていることは、はっきりと見て取れる。）

エウジェニア　〔傍白〕（毛の生えた心臓の持ち主だわ。）

フルジェンツィオ　〔前と同様にしながら〕（僕は自分の首を賭けてもいい、彼女は伯爵が好きなんだ。）

エウジェニア　〔前と同様にしながら〕（もう終わりよ！　二枚舌さん。）

フルジェンツィオ　〔前と同様にしながら〕（僕は本当に馬鹿だった。彼女のために時間を失い、体と心の健康を失ってしまった。）

エウジェニア　〔前と同様にしながら〕（私より兄嫁の方が気掛かりなことは、目の見えない人にでも分かるわ。）

フルジェンツィオ　〔前と同様に〕（口が渇いて喋れなくなってしまえ。）

エウジェニア　〔傍白〕（本物の悪魔のような顔付きをしているわ。）

フルジェンツィオ　〔前と同様にしながら〕（僕に何も声を掛けないとは、驚きだ。）

エウジェニア　（この歩き回り屋さんは、どうしようもないわ。）

フルジェンツィオ　〔大声で〕さよなら。

エウジェニア　〔振り返って〕さよなら。

フルジェンツィオ　行けよ、行けよ。伯爵さまが待っているぜ。

エウジェニア　〔前と同じようにしながら〕私が出て行った方がいいわね。〔退場しようとする〕

フルジェンツィオ　（忌々しい！）〔次第次第に怒りが込み上げてくる〕

エウジェニア　どうしてここに残る許可を、彼女に求めに行かないのよ？

フルジェンツィオ　どうして兄嫁さんに、外で食事をしてくると言いに行かないの？

エウジェニア　〔傍白〕（今、私をこのように扱うとすれば、夫になったら、それこそ大変だわ。）そして、忘れよ。）

フルジェンツィオ　〔前と同じようにしながら〕（僕は旅に出よう。そして、忘れよ。）

エウジェニア　〔傍白〕（本物の悪魔のような顔付きをしているわ。）

フルジェンツィオ　でも、よく考えてみると、兄嫁さんには知られたくないのよね。知られ

恋人たち

るのを恐れて、恥じ入っているのよね。

フルジェンツィオ ［前と同様に］（これを最後に声が出なくなってしまえ。）

エウジェニア あなたが兄嫁さんを不愉快にさせてしまって、残念だわ。

フルジェンツィオ ［かっとなって］僕の兄嫁のことは放っておいてくれ。

エウジェニア まあ、まあ、あなたは、もう逆上したりしない、立派な紳士なんですものね！

フルジェンツィオ ［傍白］（もう我慢できない！）［ハンカチを取り出す］

エウジェニア その通りよね、怒るのはおやめになったんですものね。

フルジェンツィオ ［歯でハンカチを引き裂く］

エウジェニア 馬鹿な女に時間を無駄にさせて、申し訳ありませんでしたわね。

フルジェンツィオ ［ハンカチを引き裂き続ける］

エウジェニア でも、安心して。きっとぐっすり眠れるようになりますわ。

フルジェンツィオ ［密かにナイフを出す］

エウジェニア ［ナイフを見て怯える］（大変だわ！）ねえ、フルジェンツィオさん。

フルジェンツィオ 何かご用ですか？

エウジェニア 手に持っているのは、いったい何？

フルジェンツィオ 何も。

エウジェニア 隠さないで。

フルジェンツィオ 何も持っていませんよ、本当に。

エウジェニア 馬鹿な真似はやめましょうよ。

フルジェンツィオ 失礼します。［退場しようとする］

エウジェニア 待って頂戴。

フルジェンツィオ 何かご用ですか？

エウジェニア 何も持っていますか？

フルジェンツィオ 何も。

エウジェニア もう一方の手は？［空の手の方を見せる］

フルジェンツィオ 何も。

エウジェニア その手に持っているのは何？

フルジェンツィオ 騒ぎを起こすのはやめましょうよ、いいわね。

エウジェニア どんな騒ぎ？ 騒ぎを起こしているのは、あなたの方だ。僕は騒ぎなんか起こさないよ。

フルジェンツィオ そのナイフを捨てて。

エウジェニア ナイフだって、何の夢を見ているんだ？ そんなことを言っても無駄よ。もうこれ以上私を怒らせないで。それを渡して頂戴。［近付いて、取り上げようとする］

フルジェンツィオ このナイフで、僕が何をしようとしたか知ってる？

──────

（10）原文では《Naviglio》（ナヴィーリオ運河）。ティチーノ河とアッダ河からミラノ市内にまで引かれた船の航行可能な運河のこと。

エウジェニア　そんなこと、知るもんですか。

フルジェンツィオ　僕はリンゴの皮を剥こうと思ったんだ。

エウジェニア　［優しくなって］ねえ、フルジェンツィオ。

フルジェンツィオ　［熱くなって］僕を放っておいてくれ。

エウジェニア　お願い。

フルジェンツィオ　［前と同様に］僕は、お願いも、愛情も、同情も願い下げだ。

エウジェニア　どうか一言だけ聞いて頂戴。

フルジェンツィオ　［かっとして］何を言いたいんだ？

エウジェニア　一言だけよ。

フルジェンツィオ　［前と同様に］さあ、早く言えよ。

エウジェニア　私の話を聞きたかったら、気を鎮めてよ。

フルジェンツィオ　［怒りの溜め息を吐く］ああ！

エウジェニア　そのナイフを私に頂戴。

フルジェンツィオ　嫌だ。

エウジェニア　たとえあなたが今、私に愛情を抱いていないとしても、少なくともかつて抱いていた愛情にかけて、お願いするわ。

フルジェンツィオ　［急いでナイフを取って、投げ捨てる］（忌々しいナイフだわ！）

エウジェニア　［傍白］（僕はもう死にそうだ。）

フルジェンツィオ　［ナイフを手から落して］ああ！

エウジェニア　私を愛するくらいなら死んだ方がましなの？それほど私が憎らしいの？

フルジェンツィオ　そうだとも、君が他の男に抱かれているのを見るくらいなら、僕は死んだ方がましだ。あなたが私以外の人を愛するですって？この私がいとしいフルジェンツィオ以外の人を愛するですって？私が自分の恋人、自分の心、自分の宝物であるあなた以外の人に身を任せるって？そのようなことは絶対にないわ。決してないわよ。そうするくらいなら、その前に私は死んでしまうわ。

エウジェニア　本当かい？

フルジェンツィオ　もし私が本心から言っていないなら、天の雷に打たれて死んでもいいわ。

エウジェニア　でも、どうして伯爵と親しくしていたの？なぜすぐに打ち解けて、付き合ったりしたの？なぜあなたと僕の関係にばらしたりしたの？なぜあなたは不安に駆られて、誠実な私を信用してくれないせいなのよ。その お陰で、あなたは彼にばらしたり、姉さんは、彼がすぐに出発するとか、ついさっき到着したなどと、僕に信じ込ませようとしたんだい？なぜこの僕に嘘をつくの？なぜ逆に疑わせるようなことをするんだ？

フルジェンツィオ　ああ、フルジェンツィオ、あなたに疑われるきっかけを与えてしまったのは、私のせいではないのよ。本当は、あなたが私を信用してくれないせいなのよ。本当は、あなたが私を信用してくれないせいなのよ。誠実な私を罵ってしまうこの私が伯爵とどのような親しいお付き合いをしたと言うの？せいぜい一緒に座って会話をするという、罪のない社交だけじゃない？それも、私の叔父を喜ばせるためにした

だけのことよ。私があなたに抱いている愛を彼にばらしたことを、まるで悪いことをしたかのように責めるの？　むしろ、私がばらしたことを褒めてくれるべきだわ。こうしたのは、私が本当にあなたを愛していることの証拠であり、間違ってあなたに言い寄ろうとする人に、目を覚まさせるための率直な宣言なのよ。かわいそうに、私の姉は、あなたの気質を知っていて、あなたが不機嫌になり、疑い深くなると思ったんでしょう。そこで、あなたを愛するがゆえに、あなたの心を宥めようとして、心の弱さから間違った手段を取ってしまったのよ。でも、もしあなたがおかしな偏見を持っていなかったとすれば、そんなことは何でもなかったでしょう。いったいどのような理由で、私の心を疑うの？　これまで私は、あなたを愛している証拠を色々と見せて上げなかったこの私があなたを愛していないように見えるの？　私の流す涙、私のつく溜め息では、まだ十分ではないの？　確かに私は情緒不安定よ。でもね、この情緒不安定は、愛しているから生まれるのよ。私はあなたを苦しめるわ、そう、時おりはね。でも、本当に愛している人は、自分の愛する相手のせいで、少しは苦しみを蒙るものよ。でも、フルジェンツィオ、私はもう決してあなたを苦しめたりしない。たとえあなたが私を捨てるとしても、私は永遠にあなたを愛し続けるわ。きっとあなたは、私より愛らしくて、お金持ちで、家柄のよい恋人を見つけることができるでしょう。でもね、私より忠実な恋人は決して見つけられないわ。私を見るのが嫌なら、私と会わないようにしてもいいから、どうかあなたの人生を粗末にしないで。ああ、いとしいあなた、私のためになんか生きていなくていいから、あなた自身のために生きて頂戴。たとえ私があなたのものにならないとしても、ええ、私は誓って言うわ、この私はあなたのもの、私の生きているかぎり、私はあなたのものなのよ。あなたの心も体も、すべてあなたのものなのよ。

フルジェンツィオ　甘美な私の命、いとしい私の心であるエウジェニア、僕はあなたの足元にひれ伏して許して下さい。［と言って、エウジェニアの足元にひれ伏して、二人とも黙ったまま動かない］

第一四場　ファブリツィオと、クロリンダ、前出の二人

ファブリツィオ　さあ、クロリンダ奥さまのご到着だ。

フルジェンツィオ　しまった。僕がこのようにしている姿をファブリツィオさんに見られたら、何と言われるだろう？　［ファブリツィオとクロリンダは唖然として、しばらく背後にたちすくんでいる］

エウジェニア　［傍白］（まあ、兄嫁さんの姿に怯えているんだわ。自分が私の足元にひれ伏しているのを、見られるのが恥ずかしいのね。）

クロリンダ　［傍白］（まあ、フルジェンツィオさん！　かわいそうに、あんなに取り乱して。彼の愛には同情するわ。私の

エウジェニア　[傍白]（ああ、神さま！　何か新たな災いの予感がするな。）
フルジェンツィオ　[傍白]（あ、あなた様は外出されることなどありえませんものね。
エウジェニア　確かに無理強いでもされなければ、あなた様は外出されることなどありえませんものね。
フルジェンツィオ　[傍白]（ああ、神さま！　何か新たな災いの予感がするな。
エウジェニア　お嬢さん、それはひどい言い方じゃありませんの？ ご存じのように、私はあなたを高く買い、尊敬の念を抱いておりますし、私は夫が出張して以来、家から外出したことがありませんのよ。
クロリンダ　晩も全くですか？
エウジェニア　ええ、あなたの仰る通り、一晩、私の義弟と外出したことがあるわ。彼があなたに話したの？
クロリンダ　まあ、彼は何も話してくれませんわ。彼はこの種の打ち明け話は好きじゃないんです。
エウジェニア　いけないわ、義弟さん。愛している人には、何もかも話して上げるものよ。
クロリンダ　フルジェンツィオさん、どうかなさったの？ [傍白]（天よ、僕を助けてくれ。）
フルジェンツィオ　何でもありませんよ。[傍白]（僕が地面に倒れていたのが、見えませんでしたか？）[傍白]（兄嫁のために言い訳しているんだわ。）[退場]
エウジェニア　今はどんな気分です？
フルジェンツィオ　少しよくなりました。
ファブリツィオ　このわしが完全に直して上げるから、待っていなさい。あの名声赫々たる、偉大きわまりない薬屋、コズモポリータの驚くべき奇跡の秘薬を持って来て上げますからね。
エウジェニア　[傍白]（フルジェンツィオに）あなた、何かご気分でも悪かったのですか？
ファブリツィオ　そうみたいね。じかに彼に聞いてみたら。
エウジェニア　ええ、仰る通りです。目まいが起きましてね。僕が地面に倒れていたのが、見えませんでしたか？　[傍白]（僕が彼の足元にひれ伏していたことは、気付かれないようにしなければ。）
ファブリツィオ　どうしたんだね、エウジェニア？　フルジェンツィオさんは、気分でも悪かったのかね？
エウジェニア　[傍白]（いとしい夫も、私に同じようにしたのを思い出すわ。）

第一五場　エウジェニアと、クロリンダ、フルジェンツィオ
クロリンダ　エウジェニアさん、私の来たことが、あなたにご迷惑なら、どうか許して下さいね。ファブリツィオさんの親切の押し付けに押し切られて、正直言って、無理矢理に連れて来られてしまいましたのよ。
エウジェニア　正直言って、違うわね。どっちかと言うと、陽気な方だわ。
クロリンダ　フルジェンツィオ奥さま、彼は家でもこんな風ですの？

エウジェニア　なるほどね。私の家に来る時だけ、気難しい顔をするわけね。彼はここに来ると、憂鬱になってしまいますのよ。

フルジェンツィオ　お嬢さん、僕がいつもこんな風だなんて、言えないはずだよ。

エウジェニア　その通りだわ。でも、少し前からよね。私が疎ましくなった時からだわ。

クロリンダ　[エウジェニアに] フルジェンツィオさんは、お家ではカード遊びをされますか?

エウジェニア　ええ、時おりはね。

クロリンダ　私の家では、怒鳴ったり、罵声を浴びせたり、ナイフを抜いたりするのよ。たった今、それを突っ返してやりたいわ。[傍白](あの忌々しいナイフは、どこに落ちているのかしら。)[ナイフを探し回る]

フルジェンツィオ　[フルジェンツィオに小声で](なぜあなたは、そのような騒ぎを起こすの?)

クロリンダ　[エウジェニアを警戒しながら] それは、今ここでは話せません。

フルジェンツィオ　そのひそひそ話は何よ? 二人で秘密にすることがあるなら、ご自分の家に帰ったら、いくらでも話をする暇があるでしょうに? ここまで来て、乳繰り合いたいの? それは、私の我慢強さを試すために、いじめるのと同じこと

だわ。[退場]

クロリンダ　[フルジェンツィオに] あの言葉は、いったいどういう意味?

フルジェンツィオ　あんたがここにやって来た時を、呪ってやるぞ。[エウジェニアの後を追って走り去る]

クロリンダ　これはいったい何という態度? 義弟が私に敬意を払わないなんて? これは、私の身分をあまりにも侮辱する話だわ。幸運にも、私の夫がもうすぐ帰ってくる。私はどうしたらいいの? 何もなかった振りをするのが、賢明というものだわ。でも、ここに残るべきか、それとも、立ち去るべきか? 何もなかった振りをするのが、賢明というものだわ。でも、この家の主人には、何気ない顔ができないわ。義弟に対しては、とてもそんな顔はできないわ。[退場]

---

(11) コズモポリータは、当時の有名な大道香具師。ドニゼッティのオペラ『愛の妙薬』に登場するドゥルカマーラ先生の同類である。

第三幕

第一場　リゼッタとトニーノ

リゼッタ　それにしても今日の昼食は、何とまあ、とげとげしい雰囲気だったんでしょう！

トニーノ　僕にはどうしてああなったのか、その原因がさっぱり分からないよ。

リゼッタ　クロリンダ奥さまとフルジェンツィオさんの間で、何か言い争いがあったのよ。

トニーノ　奥さまは穏やかで、おとなしい気質の人だよ。これまで旦那さまと言い争ったことが一度もなく、弟さまとは同じ血を分けた兄弟のように愛し合っていたのに。

リゼッタ　その無垢の愛情、そのよい関係が、エウジェニアお嬢さまを錯乱させるのよ。

トニーノ　僕も今朝、そのことに気が付いたよ。家でお二人が何をして、何をしていないかを聞き出そうとして、僕にいろいろとかまをかけて尋ねるんだ。僕は素直に話してやったけど、その時は彼女が兄嫁に焼きもちを焼いていたとは、とても信じられなかったな。

リゼッタ　お嬢さまが焼きもち焼きというのは、本当じゃないわ。

トニーノ　では、何だい？

リゼッタ　意地っ張りなのよ。フルジェンツィオさんがクロリンダ奥さまに仕えるのを嫌うのはね、密かに二人が愛し合っているのではと疑っているからじゃないのよ。自分だけが特別扱いされていないからよ。自分の恋人が、この世のどのような人に、どんなにわずかの親切をしても、我慢できないのよ。自分の恋人がいつもここにいて、いつも自分に仕えてくれることを望んでいるの。兄嫁さんへの気配りのために、フルジェンツィオさんの自分に仕える熱意が、失われてしまうんじゃないかと思い込んでいるんだわ。自分に対する好ましくない考えが、彼の心に広がるんじゃないかと想像してしまうのね。自分にはわずかな持参金しかないことを知って来たことが、頭に来るのよ。このこともあって、フルジェンツィオさんが兄嫁を高く買っているんじゃないかと、自分の貧しさに嫌気が差すんじゃないか、と疑っているの。あなたは知らないでしょうけど、私たち女性はね、一般に見栄っ張りでしょう。自分以上の女性や、自分以上になるかも知れない女性を憎むものなの。すべての人に自分以上が高く買われ、自分だけが尊敬され、自分だけが愛されたいと望んでいるの、とりわけ自分の恋人として名乗りを上げた男性からはね。だから、あらゆることが彼女の心に疑いの影を落す。人によってさまざまだけど、大なり小なり、すべての女性が不安になり、疑心

トニーノ　エウジェニアお嬢さまの心を占めているこれらの情念のうちで、最も強いのは何？

リゼッタ　まあ、それは愛情だわ、絶対に愛情よ。もしこれほどまで愛していなかったとしたら、これほどまで気難しくなったりしないはずよ。自分だけが特別扱いされたいという、うぬぼれは、愛情から来ているのよ。もし彼に優しい気持ちを抱いていなかったとすれば、もし自分が愛されていると思っていなかったとすれば、お嬢さまにはどうでもよかったはずよ。

トニーノ　では、この二人の物狂いは、いつになったら終わるんだろうね？

リゼッタ　フルジェンツィオさんがお嬢さまと結婚したら、すぐに消えてなくなるわ。

トニーノ　では、どうしてすぐに結婚しないんだろう？

リゼッタ　私の聞いたところでは、彼のお兄さまが戻られるまでは、結婚はお預けだそうよ。

トニーノ　兄上さまは、もうすぐ戻って来られるよ。今朝着いた手紙では、もう、すぐ近くまで来ているようだからね。

リゼッタ　天が、早くお二人の苦しみを終わらせて下さいますように。言っちゃ悪いけどね、この私までエウジェニアお嬢さまの物狂いに感染して、困っているんだからね。

トニーノ　皆、食堂の方から騒ぎ声が聞こえるようだ。

リゼッタ　聞いてみたいものだね。待って頂戴。あそこまで行かなくても、このドアからいくらかのことは分かるわ。[と言って、鍵穴から覗く]

トニーノ　[傍白]（ご主人さまは、すぐに熱くなり過ぎるからな。）

リゼッタ　[ドアから離れて、トニーノに]まあ、驚いた！違うわ、愉快に騒いでいるんじゃないの。怒鳴り声が聞こえるわ。

トニーノ　僕に聞かせて。[ドアに近付く]

リゼッタ　[トニーノに]鍵穴から覗いてみなさいな。

トニーノ　[ドアから離れて]ひどいことになったようだな。[傍白]（平穏無事には終わらないんじゃないかしらね。）

リゼッタ　クロリンダ奥さまが泣いていらっしゃる。

トニーノ　[ドアから覗こうとする]

リゼッタ　[ドアから覗いてるって？[走って、ドアから覗こうとする]

トニーノ　[傍白]（あの善良な奥さまが、このようなひどい目に遭うのはおかしい。）

リゼッタ　[ドアの傍で]ファブリツィオさんは怒っているわ。

トニーノ　ナプキンを投げ捨てて、席を立ってしまったわ。

リゼッタ　僕のご主人さまは何をしている？

トニーノ　待って頂戴。[覗く]

リゼッタ　[傍白]（何か大変なことにならなければいいが。）

トニーノ　テーブルに伏せって、両手で頭を抱えているわ。見たわ、リドルフォさんが、彼に話しかけているけど、返事をしないわ。

リゼッタ　僕にも少し見せて。

トニーノ　いいわよ、どうぞ。[ドアに近付く]

リゼッタ　[傍白]（本当に気の毒だよ。[ドアから離れる] えなんかしなければよかったよ。）

トニーノ　[傍白]（もし二人がこれからも、このような生活を続けるなら、私は絶対にお暇をもらうわ。）

リゼッタ　[リゼッタに]エウジェニアお嬢さんが、突然立ち上がったぞ。

トニーノ　奥さまの方は？

リゼッタ　立ち去るところよ。

トニーノ　ご主人さまは？

リゼッタ　動かないわ。[じっと観察する]

トニーノ　[心配そうに] 何をされているの？

リゼッタ　ドアに走って行って、覗く]

トニーノ　涙を拭っていらっしゃるわ。[じっと観察する]

リゼッタ　私に見せて。[ドアの傍で何をしているの？

トニーノ　フラミニア様は？

第二場　エウジェニアと、前出の二人

リゼッタ　彼女も泣いているみたいよ。[じっと観察する]

トニーノ　では、外国のお方は？

リゼッタ　タバコを取って、押し黙っているわ。[じっと観察する]

エウジェニア　お前たち、ドアの傍で何をしているの？

リゼッタ　お嬢さま、何も。[リゼッタとトニーノは驚く]

エウジェニア　あっちに行きなさい。

リゼッタ　[エウジェニアに]お許し下さい。

トニーノ　[エウジェニアに]ご容赦を。

リゼッタ　ここから出て行きなさい、いいわね。

トニーノ　[傍白]（まあ、本当に頭から湯気を立てているわ。）

リゼッタ　[退場]

トニーノ　[傍白]（かわいそうなご主人さま！　何かご用がないか、お尋ねしたいものだが。）[退場]

第三場　エウジェニア一人

エウジェニア　[怒りに任せて椅子に座り]嫌よ、もうこんな生活したくない。こんな調子で生活したら、絶望のあまり死んでしまうわ。私は日に日に痩せて細っていくのが、自分でも分かる。それはいったい誰のせい？　あの恩

恋人たち

知らずのせいよ。でも、フルジェンツィオを恩知らずなんて罵っても、意味ないわね。彼はいつも私を愛する振りをして、本当に愛してくれたことはなかったのよ。色々な機会を通じて、誰が本当に愛してくれているのかが分かるものだわ。もし彼が、当然持つべき思いやりの気持ちを持っていたなら、たとえ私のために兄嫁を不愉快にさせたとしても、何とも思わないはずよ。ああ！ お兄さんが直々に兄嫁の世話を頼んだんだって。でもね、兄弟は兄弟よ。恋人は恋人だわ。もし私が誰かを愛したとすれば、それと同じだけ愛してもらいたいわ。この私を愛してくれる人は、他のすべての愛情を忘れるべきよ。でも、きっと誰かが言うでしょうね、お前の望むような人がいないなら、いなくっても構わない。私は修道院に入って、この世から隔たった所に行ってしまう。結構よ。もしそのような人を見つけるのは不可能だって。フルジェンツィオさんが私に飽きたのは確かだけど、彼がそうなるのも当然だわ。だって、私はとっても傷付きやすい人なんだから。彼はこれまで何度も仲直りし、へりくだって、私に許しを求めたわ。でも、もう決して、そのようなことはしないでしょうよ。でも、私の方から、先に許しを求めたりはしたくないわ。だから、この方がいいのよ。私は心に決めた。修道院に入りに行くわ。きっと彼は喜ぶでしょうね。もう私に会わないで済むし、私に苦しめられるのも終わりにできるから、別の恋人を見つけて、結婚したらいいのよ。兄嫁さんにお仕えして、[次第次第に涙ぐむ]

第四場　フラミニアと、前出のエウジェニア

フラミニア　こんな所で一人で何をしているの？

エウジェニア　[涙を隠しながら] 別に何も。

フラミニア　まあ、泣くのはおやめ。

エウジェニア　[前と同様に] 放っておいて頂戴。

フラミニア　あなたはわざとやっているように見えるわ。フルジェンツィオさんをうんざりさせて、あなたへの愛情を失わせようとしたのね。

エウジェニア　彼の愛情なんか、私にはどうだっていいのよ。

フラミニア　おやめなさい。分かっているわよ。あなたにとって大切なものであることはね。

エウジェニア　本当にそうじゃないって。私は、そんなことも考えてもいませんって。

フラミニア　忌々しい嫉妬の怒りが、あなたにそのように言わせているだけよ。

エウジェニア　嫉妬の怒りか、何なのかね。

フラミニア　明日って、何をするつもりなの？

エウジェニア　明日まで待ってみて頂戴。そうすればそのように分かるから。

フラミニア　俗世を離れて、修道院に入るつもりよ。

---

(12) 原文は《ritiro》（隠遁所）。これは修道院の隠喩として用いられている。日本の読者に理解してもらうために、あえて修道院と訳した。「解説」第4節（教会や聖職者が登場しない理由）参照。

フラミニア　へえ、なるほどね、一晩よく考えてみなさい。明日になったら、もう考えが変わっているからね。
エウジェニア　お姉さま、あなたはまだ私という人間をよくご存じないのよ。
フラミニア　[少しむっとして]残念ながら、よく存じ上げていますよ。
エウジェニア　[怒って]私を分別なしだと言いたいの？
フラミニア　あなたは機嫌のよい時と悪い時が、くるくる変わる人だと言いたいのよ。
エウジェニア　[前と同様に]今の私は、最低の機嫌なのよ。放っておいて頂戴。
フラミニア　叔父さんは、怒りで我を忘れているわ。
エウジェニア　いったい私が何をしたと言うの？
フラミニア　あなた、クロリンダ奥さまにどんなことを言ったの？
エウジェニア　そうよね。すべての人が、あの偉大な奥さまの味方をするのよね。それに対して、私は肉屋の飼い犬みたいなものだわ。骨をもらって、あっちに行けって蹴飛ばされるのが落ちなんだから。
フラミニア　彼女を招待したのは、一家の主人なんだから、その叔父さんを立てて上げるべきだったのよ。
エウジェニア　でも、いったい私が何をしたというの？
フラミニア　私は何も知らないわ。彼女は目に涙を浮かべて、食卓にやって来たのよ。
エウジェニア　まあ！どうして目に涙を浮かべてやって来たか、分かる？ここに弟さんが居残っているのを見つけたからだわ。
フラミニア　彼女が弟さんの態度を強く悲しんでいたのは知っているわ。彼が自分の傍にいて、一緒に食事を働いていると言っていたわ。彼はね、彼が自分の傍に冷ましてくれるように望んでいるのよ。そして、それをしないと、自分に無礼を働いたと言うんだわ。
フラミニア　いずれにしてもね、このような状態は、もうすぐ終わるはずよ。
エウジェニア　もうすぐって、どうして？
フラミニア　彼女のご主人が帰って来たら、フルジェンツィオさんは晴れてお役ご免になるわ。
エウジェニア　その彼女の夫はいつ帰って来るの？
フラミニア　聞いたところでは、今日着くだろうという話よ。
エウジェニア　[少し落ち着いて]今日ですって？
フラミニア　クロリンダ奥さまがそう仰ったわ。
エウジェニア　[いきり立って]ええ、そうよね！夫が戻って来ても、二人は一緒に生活を続けるんでしょう？
フラミニア　そうじゃないと思うけど。あなたも知っての通り、彼はあなたに何ひとつ嫌と言えない人ですからね。
エウジェニア　まあ、彼が私をどんなに大切にしてくれるものか、見たらいいわ。彼が通って来る本当の動機は、私に会

うためだと思う？　彼は一瞬たりとも兄嫁さんから離れられると思う？

第五場　フルジェンツィオと、前出の二人

フルジェンツィオ　エウジェニオと、あなたにお話があるのですが。これは多分、あなたに話したことのない話なので、フラミニアさんも一緒にいて下さるとありがたいのですが。

フラミニア　［傍白］（ああ、悪い予感がするわ。このように不機嫌な彼は、見たことがないわ。）

フルジェンツィオ　［傍白］（きっとすごみたいんだわ。）

エウジェニオ　［エウジェニアに］僕があなたを愛していることは、ご存じのはずですが、同時に、僕が名誉を重んずる人間であることも、ご存じのはずです。

エウジェニア　私はその二つとも、存じ上げていません。では、僕には名誉心がないと仰るのですか？

フルジェンツィオ　何だって！

フラミニア　フルジェンツィオさん、この子の言うことなど気にしないで。私はこのずる賢い子のことはよく知っています。あなたを怒らせるために、わざとそのようなことを言っているのですよ。

フルジェンツィオ　エウジェニアさんは、自分で好きなことを仰ったらいい。僕をあざ笑ってもいいし、僕を侮辱してもいい。だが、僕の名誉を傷つけることだけは許しません。もし私が男性だったら、きっと私に決闘を申し込むところだわ。

フルジェンツィオ　あなたは幸せですねえ。今の僕の気分では、たとえ話す気力があっても、冗談から。今の僕の気力があってもたとえ話す気力などはとても言えませんがね。僕があなたに抱いている愛情は、限度を越してしまいました。僕は分別を失って、動物に

(13) 原文では《Voglio ritirarmi dal mondo》(私は俗世間から引退したい)。文意を明確にするために、《修道院》という用語を入れた。

成り下がり、社会と僕自身に反逆するようになってしまったのです。でも、こんなことはすべて、そのために僕が慎みを失って、無礼な人間に成り下がってしまったことです。さらに悪いことには、僕の先祖たちの血統を蔑ろにし、家系の品格を貶めるような人間になってしまったことです。あなたのせいで、僕が彼の奥さんに無礼を働いたことを知ったなら、彼は何と言うでしょう？

エウジェニア　まあ、まあ、これよ、フルジェンツィオさんの物狂いの原因は！　名誉を傷つけてしまうことへの恐れだわ！　彼は最愛の兄嫁さんに失礼な言葉を吐いてしまった。大変な過ちを犯してしまったわけよね。で、死ぬほど辛い気持ちを味わっているの。だから、この高貴な奥さまを満足させてやらなければならないのよ。許しを請いに行け、とでも仰るのかしら？

フルジェンツィオ　［エウジェニアに］あなた、それは何という物の言い方？　叔父さまに言いつけてやるからね。フルジェンツィオさん、どうかお願いですから、この人の言うことなど気にしないで。

エウジェニア　［エウジェニアに］どうか真面目な話を、茶化して笑わないで下さい。

フルジェンツィオ　私は自分の好きなだけ、笑いたいのよ。

フルジェンツィオ　あなたは好きなだけ、笑ったらよろしい。

このような話で、あなたが陽気になれるのは、あなたが僕を愛していないか、あるいは、失礼を省みずに申し上げると、あなたに分別がないせいです。

エウジェニア　そうよ、私は気違いなの。あなた、知らなかった？

フルジェンツィオ　いいえ、エウジェニア、あなたは賢く振舞おうと思えば、そうおできになる人ですよ。

エウジェニア　でも、今回ばかりは、私は気違いなの。あなたの思っている通り、はっきりとそう言って上げる。

フラミニア　彼がそう言わなくても、この私がそう言ってあげますよ。

エウジェニア　［フラミニアに］お姉さま、あなたがそう言ったらどうなの？　あなたはすべての人に見捨てられて当然だわね。

フラミニア　天の神さまが私を見捨てなければ、それで十分だわ。

エウジェニア　天の神さまはね、あなたのように分別のない人を救ったりしないわ。

フラミニア　何ですって？　では、この私は下等な動物のようなものだと言うの？　神の救いを受けることなど人間も神さまも同じよ。あなたは恩知らずを憎むのは、人間も神さまも同じよ。あなたは自分を愛してくれる人を邪険に扱ったわ。あなたは、罪のない人々を苦しめようとしたわ。よいことを勧める人を憎んだわ。あなたは自分自身の心を裏切ったわ。神の恵みを

360

踏みにじったわ。あなたは、そのような自分が恥ずかしくないの？

フルジェンツィオ フラミニアさん、やめて下さい。僕は彼女が屈辱を感じている姿を見る勇気がありません。エウジェニアさんは、とても分別のある人ですから、これが情念の爆発によるものであることを、自分でも知っているのですよ。僕は彼女よりも心が弱くて、もっと気が狂っていました。僕は彼女の言葉の重大さに気付いて、彼女を許してやり、何ごともなかったような顔をすべきでした。彼女は嫉妬の怒りで、我を忘れてしまったのです。彼女は僕に、兄嫁を侮辱するように唆しはしましたが、軽率で、浅はかで、怒り狂っていたのは僕の方だったんです。エウジェニアさんは僕を愛していて、その愛ゆえに嫉妬深くなったのです。

エウジェニア 私はね、あなたの兄嫁さんに嫉妬なんかしていないわ。

フルジェンツィオ そうだね。それは嫉妬じゃなくて、自分が他人よりも好かれていないのでは、という恐れから来る怒りだったんだよね。ねえ、エウジェニア、どうか目を覚ましておくれ。僕はこの世のどのようなものにも増して、君を大切に思っているんだよ。

フラミニア [傍白] （このような話を聞いたら、心ない石でも感動するはずだわ。妹の心が、石以上に頑なだ、なんてことがあるかしら？）

エウジェニア それでは、私の物狂い

の原因が分かっているなら、どうして私を慰める方法を探してくれないの？

フルジェンツィオ そうだね。僕がこれまで君に思いやりが足りなかったことは謝るよ。これからは、君の心が慰められるように努めるよ。そして、僕の愛情の正真正銘の証しを見せて上げられる時が近いことを願っている。

エウジェニア その時こそ、私の心が慰められる時だわ。

フラミニア 分別を持つことですよ。今、あなた方が仲良くできるなら、今後ともずっと仲良くなれるようにしなさいよ。

フルジェンツィオ いとしいエウジェニア、君にひとつだけ同意してもらいたいことがあるんだが。

エウジェニア あなたの仰ることなら、何でも同意するわ。心から喜んで同意してもらいたいんだが。

フルジェンツィオ 心から喜んで同意してもらいたいんだが。

エウジェニア あなたを喜ばせることなら、私、何でもするわ。

フルジェンツィオ 僕が兄嫁を家まで連れて帰ってほしいんだ。

エウジェニア ここまで連れて来たのは、叔父さまでしょう。それなら、どうして叔父さまが、連れて来た所まで連れ帰ることができないの？

フルジェンツィオ ファブリツィオさんは、怒って引っ込んでしまい、姿を見せてくれないんだよ。それに、僕の兄がもうすぐ帰って来るし、帰った時に、家の中でごたごたがあるのを見せたくないんだよ。

エウジェニア　［自分の本心を隠して］はい、はい、あなたの言う通りだわ。どうぞ連れ帰ってそう言って下さいな。

フルジェンツィオ　心からそう言っているのかい？

エウジェニア　もちろん。

フルジェンツィオ　あなたは自分の気持ちを偽っていて、本当は心の中では不満なんじゃないかと恐れるけどね。

フラミニア　［フルジェンツィオに］これ以上何を詮索する必要があるの？そうするのは正しいことよ。誠実な人間として当然行うべき義務を果たして、すぐにここに戻っていらっしゃいな。

エウジェニア　いえ、いえ、わざわざ戻って来られる必要はないわ。

フルジェンツィオ　フラミニアさん、聞かれましたか？

フラミニア　もう聞き飽きるほど聞いたわ。もう沢山。もう一切聞きたくないわよ。［傍白］（この子の頭を壁にぶっつけてやりたいものだわ）［退場］

第六場　フルジェンツィオとエウジェニア

フルジェンツィオ　これが、僕に同意してくれると約束したことですか？

エウジェニア　別に私は、あなたが連れ帰るのを邪魔してなんかいないわよ。

フルジェンツィオ　でも、嫌々ながらなんでしょう？

エウジェニア　私の気持ちなんか気にすることはないわ。それでご自分の気持ちが満足なら、それでいいじゃない。

フルジェンツィオ　僕がそうしたいんじゃなくて、僕は自分の義務を果たすためだけに、そうするんだよ。

エウジェニア　では、そうしなさいよ。

フルジェンツィオ　ああ、どうあっても、何を犠牲にしても悔いはならない。僕はあなたのためなら、何を犠牲にしても悔いはないが、僕の名誉と、僕の家族の名誉だけは別だ。もし僕がこの義務を果たしたお陰で、あなたの愛を失うことになったとしたら、その結果として、僕の人生は終わりになってしまうが、だからと言って、名誉を重んずる者は、感情よりも体面を重んずべきなのだ。

エウジェニア　では、せめてひとつだけ、私のお願いを聞いてくれる？

フルジェンツィオ　ああ、神さま！どうか何なりと。

エウジェニア　出て行って頂戴。もう終わりにして。もうこれ以上、私を苦しめないでよ。

フルジェンツィオ　あなたがそのような気持ちでいるのに、僕はあなたを見捨てて行かなければならないのか？

エウジェニア　名誉を重んずる人は、感情よりも体面を重んずべきなのよね。でも、感情だなんて、私、何という馬鹿なことを言っているのかしら？行って、行って。あなたの感情については、私、もう十分に気が付いていますからね。

フルジェンツィオ　ああ、あなたは、分別に逆らい、あなた自身の心に逆らっているんだ！

エウジェニア　［フルジェンツィオに］言っときますけど、私はうんざりしてしまうのよ。こうなったら恐ろしい決心を繰り返す人ですからね。

フルジェンツィオ　万事休すだ。こうなったら恐ろしい決心をするしかない。

第七場　リドルフォと、前出の二人（扉の図版を参照）

リドルフォ　フルジェンツィオ君、ちょっと一言だけ。

フルジェンツィオ　ああ、リドルフォ君、どうかお願いだ。僕を助けてくれ！

エウジェニア　［リドルフォに］この不運でかわいそうな人を助けて上げてよ。分別のない、恩知らずの女の前から、連れ去って上げなさい。

リドルフォ　お嬢さん、あなたの気に入らないことを言うとしても、許して下さいね。僕には友人の名誉が気にかかっていているのです。クロリンダ奥さまは、お一人でお戻りになる決心をされました。彼女は僕の同伴を断られ、義弟以外の誰の同伴も断ると申されたのです。

リドルフォ　では、どうして彼は、奥さまのお伴をして行かないの？　私は一時間も、そうするようにと彼に言っているのに、彼はしつこく私に付き纏ってやめないんですよ。

エウジェニア　［フルジェンツィオに］行こう。お兄さんとの約束を思い出して、君の務めを果たすんだ。

エウジェニア　［フルジェンツィオに］あなたがここにいればいるほど、私はうんざりしてしまうのよ。

フルジェンツィオ　［エウジェニアに怒って、リドルフォに］行こう。

リドルフォ　［フルジェンツィオに］君は名誉を重んずる人間として、あらゆる点から言って、そうすべきだよ。

フルジェンツィオ　［動揺し、ためらいながら］そうだな、行こう。

リドルフォ　［それとなくエウジェニアを指して、フルジェンツィオに］彼女自身も、そうしろと言っているんだしねえ。

フルジェンツィオ　［前と同様に］だから、そうすると言ったろうが。行こう。

リドルフォ　エウジェニアさん、彼を許して上げてよ。

フルジェンツィオ　［震えながら、エウジェニアに］残酷な人だ！

エウジェニア　私はもう疲れたわ。

フルジェンツィオ　［前と同様に］恩知らず！

エウジェニア　あなたが立ち去るか、私が立ち去るか、どちらかよ。

リドルフォ　［エウジェニアに］彼を許して上げて下さいよ。

フルジェンツィオ　忌々しい女だ。僕が立ち去ってやる！

エウジェニア　［走って退場］

リドルフォ　［怒って］あなたも出て行って。彼と一緒に出

リドルフォ　あなたは、僕にまで腹を立てるのですか？
エウジェニア　[前と同様に]保護者さん、出て行ってよ。
リドルフォ　保護者って、誰なのです？
エウジェニア　親類縁者のよ。
リドルフォ　あなたは女性でよかったですね。そうでなかったら、ただでは済みませんでしたよ。[退場]

第八場　エウジェニア一人

エウジェニア　ありがたいことに、やっとこれで終わりになるわ。この方がよかったのよ。だって、もしフルジェンツィオが私の夫になったりしたら、幸せな時は一時間もなくなるわ。もし彼が結婚してくれるとしても、それは嫌々ながら取るんだわ。私を愛していないことは、はっきりと見て取れる。彼を愛そうなんて思った、この私が馬鹿だったのよ。しかし、不実な男に捨てられた感情は、愛ではなくて、怒りなのよ。激しく私の胸を締めつける感情は、愛ではなくて、怒りなのよ。今、あんな男を信じてしまった私自身への怒りよ。でも、恩知らずに捨てられたからといって、修道院に入って閉じ籠ってしまったら、それはかえって彼を喜ばせてしまうんじゃない？だって、彼は、自分の不実な愛の戦利品でもあるかのように、そのことを吹聴して、友人たちに私の絶望ゆえの出家の話をし

て行くでしょうからね。いいえ、そんなことはさせないわ。私の変わらぬ貞節ぶりを、驚きの目で眺めるがいいのよ。そして、貞節を守って何になるの？私の心は苦しくて、死にそうなのよ。

第九場　ファブリツィオと、ロベルトと、前出のエウジェニア

ファブリツィオ　畜生め！わしはこの一家の何なんだ？わしはこの家の主人なのか、それとも靴箱に仕舞い忘れのぼろ靴なのか？
エウジェニア　叔父さま、どなたに腹を立てていらっしゃるの？
ファブリツィオ　お前に腹を立てているんだ、この馬鹿者め。
エウジェニア　私にですって？
ファブリツィオ　そうだ、お前にだ。わし以外に主人はいない。わしはこの一家の主人だ。この家には、わし以外に主人はいない。わしが後見人を務める姪が、わしの知らん所で恋愛遊戯に耽ったり、ましてや、結婚したいなどと言ってはならんのだ。生意気な！もうすぐ反撃して上げるわよ。
ロベルト　[ファブリツィオに]ご主人、そんなにお嬢さんを叱らないで下さいよ。
ファブリツィオ　伯爵殿、ご覧になりましたか？この娘は、この世で最も愚かな娘です。自分でも何をしているのか、何

エウジェニア 〔傍白〕（それ以上挑発したら、大変なことになるわよ。）

ロベルト でも、ご主人、先ほどあなたは、彼女のことを褒めそやしたではありませんか。全世界を見渡しても、彼女のような若い女性はいないと仰って。

ファブリツィオ わしが先に言ったことは、すべて取り消します。こいつは愚かで、浮気で、生意気な女だ。

エウジェニア 伯爵さま、あなたが叔父の褒め言葉をお信じにならなかったように、今度は私を非難する言葉も信じないで頂きたいものですわ。

ロベルト 私はそのような言葉を信じないだけでなく、私の予想したような事態が、もし万が一起こるようなことがあったなら、私は躊躇なくあなたに手を差し出して、あなたと結婚しますよ。

ファブリツィオ ああ、姪よ、これはお前にとって大きな幸運で、わしにとっては不滅の栄誉だ。オトリーコリ伯爵家と言えば、気高い騎士、清らかで、名声赫々で、裕福で、卓越した先祖を持つ、令名高い子孫、貴族の中の華、名誉心の模範、真の騎士道精神のお手本だ！ お前が玉の輿に乗れば、お前も幸せ、わしも幸せ、わが家も幸せだ！ 〔伯爵に〕本気で仰っているのでしょうね？

ロベルト あなたの列挙されたすべての褒め言葉は、私にふさ

わしくありませんが、約束を守る誠実さだけは、私の誇りと怒りに、口を開けば、結婚したい、結婚したい、ですからね。役立たずなのに、口を開けば、結婚したい、結婚したい、ですからね。約束を守る誠実さだけは、私の誇りと怒りに、口を開けば、結婚したい、結婚したい、ですからね。役立たずなのに、約束を守る誠実さだけは、私の誇りと怒りにするところです。ですから、私は心からそう申し上げているのです。

ファブリツィオ 伯爵殿、分かっております。というものは、愚かな言葉を口走ってしまうものです。彼女をあらゆる女性の羨望の的であり、宝物であり、魅力なのです。何でも知っていて、何でもできて、実に聡明で、美しい心の持ち主です。賢くて、品行方正で、従順そのものです。善良さについては、想像しうるすべての美点を持っています。

ロベルト あなたの言葉のすべてを信じますよ。でも、彼女には別の恋人がいて、その人に心を捧げています。

ファブリツィオ お前が言うフルジェンツィオに恋しているって？ あの愚か者に？ あの粗野な男に？ あの下賤な奴、わしの家には不釣り合いな男、文無しの浮浪者、あの賤民に？

エウジェニア 叔父さま、あなたは彼を褒めそやしたことをお忘れになったの？

ファブリツィオ 褒めそやしただと！ 褒めそやしただと！ あのような奴は、どうでもいいんだ。もうわしの家には出入り禁止だ。もしお前がわしの命令を破って、あいつを愛したりしたら……

---

(14) 原文は《ritiro》（隠遁所）。《修道院》と訳した。

エウジェニア　ご安心下さい。もう終わりました。私はフルジェンツィオさんとは別れましたから。

ファブリツィオ　ああ、でかした！　伯爵殿、聞かれましたか？　これが女性というものです。これが正しく考える、分別を持って考える、ということです。

ロベルト　エウジェニアさん、もしかして例の時がやって来たのではありませんか？

エウジェニア　［傍白］（ああ、ここで彼に復讐してやるのも悪くないわね。）

ファブリツィオ　さあ、決断しなさい。一瞬のうちにお前は貴婦人、大家の奥さま、伯爵夫人になれるんだぞ。

ロベルト　［エウジェニアに］お嬢さん、そんな大層なものではありません。でも、何の不自由もないご身分だけは、私が保証しますよ。

エウジェニア　［傍白］（後悔先に立たずだわ。あの恩知らずが私を失ったら、震えて、絶望して、きっと後悔するでしょうね。）

ファブリツィオ　さあ、決心しなさい。

エウジェニア　［ファブリツィオに］叔父さまのご命令に従いますわ。

ファブリツィオ　ああ、よくぞ言ってくれた！　［伯爵に］聞かれましたか？

ロベルト　［ファブリツィオに］最終的に私を満足させて下さ

るのは、あなたの方です。

ファブリツィオ　［ロベルトに小声で］（ご主人、あなたの姪御さんなら、今ここですぐに同意します

が。

ロベルト　［ファブリツィオに小声で］（ご主人、あなたの姪御さんは、確かに宝物の値打ちがあります。でも、わが家の経済状態では、ある程度の持参金が必要なのですよ。

ファブリツィオ　［驚いて、ロベルトに］（持参金ですって！）

ロベルト　あなたは持参金なしで、彼女を結婚させるつもりだったのですか？

ファブリツィオ　［傍白］（寄ってくるのは、いつも文なしばかりだ。）

エウジェニア　叔父さま、私の持参金は、ちゃんとあるはずよ。私の父が残しておいてくれたことは、叔父さんだって否定できないはずだわ。

ファブリツィオ　では、伯爵殿が、お前の持参金に手を付けない保証をしてくれるかどうかが問題だな。

エウジェニア　［ファブリツィオに］このように裕福な騎士の方が？

ファブリツィオ　裕福な！　裕福な！　彼が裕福かどうか、わしは知らんよ。

ロベルト　ご主人、知りもしない人を褒めるのも程々にすべきですな。名誉ある騎士を侮辱するのも程々にすべきですな。あなたは私に姪御さんを下さると約束した。もしその約束を守らないのなら、私は決闘によってそれに同意し前

第一〇場　ファブリツィオとエウジェニア

ファブリツィオ　[エウジェニアに] さあ、わしは決闘などご免こうむる。わしは約束をしたのだから、その約束を守らなければならない。

エウジェニア　でも、叔父さま……

ファブリツィオ　叔父さまも、何さまもあるものか！　わしは持参金を見つけなければならんし、お前はあいつと結婚しなければならんのだ。[退場]

第一一場　エウジェニア一人

エウジェニア　困ってしまったわ！　私は何をしてしまったの？　でも、私はよいことをしたのよ。フルジェンツィオは、私が花嫁になるのを見て、嫉妬に駆られて死んでしまったらいい。私が長生きできないことは知っているわ。だって、もうこの時間から、お腹の虫が蠢いて、悲痛な絶望で私の体を蝕み始めているもの。でも、私は死ぬ前に、錯乱する様子を見て、慰められるでしょう。彼が震えて錯乱するんですって？　どうして彼がそんなことをするの？　彼は私が信じていたほどの愛情を、私に持っていないなら、何で震えたり、錯乱したりするの？　私は馬鹿だわ。彼はむ

しろ、私が腹いせで他の人と結婚したことを知ったら、逆に大喜びするでしょうよ。私は無理して頑張って、伯爵を好きになるように努めるわ。……ああ、神さま！　あの不実な男の冷淡さを真似するわ。彼がやって来る。あの人非人の冷淡さを我慢して見ることができないわ。逃げ去った方が賢いわね。あの破廉恥漢は、私をいじめに来るのかしら？　私は彼を我慢して見ることができないわ。逃げ去った方が賢いわね。[退場しようとする]

第一二場　フルジェンツィオと、前出のエウジェニア

フルジェンツィオ　エウジェニアさん、待って下さい。

エウジェニア　[皮肉に] クロリンダ奥さまを連れて、戻って来たの？

フルジェンツィオ　[怒って] いいえ、彼女はまだここにいます。

エウジェニア　[怒って] 私の家で何をしているの？　どうして彼女を連れて帰らないの？

フルジェンツィオ　僕が彼女に仕える役目は終わったんだよ。お伴をする任務は終了したんだよ。

エウジェニア　[よそよそしく] どうしてなの？

フルジェンツィオ　彼女の夫がミラノに到着したんだ。

(15) エウジェニアは、おそらく本当にお腹に虫がいて、腹痛を起こしたのである。

エウジェニア　[少し打ち解けて]　アンセルモさんが帰られた？

フルジェンツィオ　そうさ、少し前に着いたんだよ。家を探しても奥さんはいない。どこに行ったかを召使いに聞いて、自分でやって来て、彼女に会って、抱き合ったんだ。今、ファブリツィオさんやフラミニアさんと挨拶を交わしているところだ。奥さんが、あなたのことを尋ねたんだが、あなたは自分の部屋に引き下がっているという返事だったのでね、もうすぐ彼女は愛する夫に伴われて、出て行くよ。

エウジェニア　[感傷的に]　で、あなたはどうするの？

フルジェンツィオ　君が許してくれるなら、僕はここに残るよ。

エウジェニア　あなたのことについて、お兄さまとお話をするつもりはないの？

フルジェンツィオ　僕は兄と率直に話をして、僕にとっては最高の成果を手に入れたよ。

エウジェニア　ということは、あなたがお兄さんに代わって、兄嫁さんを保護して上げたことを、報告したわけね。

フルジェンツィオ　違うよ。ひどいことを言う人だねぇ。僕は彼に自分の恋心を打ち明けたんだ。あなたをお嫁にもらいたいと熱望していることを説明したんだ。すると、僕の愛する兄は、納得して同意してくれたよ。奥さんになる人を家に連れて来ても構わないって。そして、もし僕が望むなら、すぐにでも住居と財産を分けてやってもいいって。兄

は僕を愛しているから、僕の言うことは何も拒否できないんだよ。それに、口に出して言うのは失礼かもしれないが、もし叔父さんがあなたに持参金を出してやることができないとしても、僕は不満に思ってはならない。たとえそうだったとしても、自分たちのあなたへの高い評価や敬意を欠くことはない、とまで言ってくれたんだ。

エウジェニア　[動揺して、泣きながら]　(ああ、迂闊だったわ！　ああ、恩知らずだったわ！　どうして伯爵と婚約なんかしてしまったの？)

フルジェンツィオ　ああ、神さま！　この知らせを聞いたら、あなたに喜んでもらえるだろうね？　それは、彼女に対して失礼というより、僕に対して大変な失礼だよ。でも、あなたが心に受けた強い印象が、今のところまだ消えないとすれば、僕は君に誓って約束するよ。もう彼女とは付き合わないし、もう顔も合わせないってね。

エウジェニア　困ったわ！　私はもう終わりだわ。[椅子の上に倒れ込む]

フルジェンツィオ　エウジェニア、これはいったいどうしたんだ？

エウジェニア　ええ、そうよ、フルジェンツィオ、私を責め苛んで、私を軽蔑して。あなたには、そうするだけの正当な理由があるのよ。

フルジェンツィオ　いいえ、いとしい人、僕は君を優しく愛したいんだよ。

エウジェニア　私はあなたの愛にふさわしくないわ。

フルジェンツィオ　君は僕のいとしい妻になる人だ。

エウジェニア　いいえ、私には妻になる資格などないわ。どうか私を見捨てて頂戴。

フルジェンツィオ　妻になる資格がないって？　いとしい人よ、いったいどうしてなの？

エウジェニア　他の人と婚約してしまったからよ。

フルジェンツィオ　いつ？

エウジェニア　ついさっき。

フルジェンツィオ　どうして？

エウジェニア　腹いせのためよ。

フルジェンツィオ　腹いせって、誰に？

エウジェニア　[ハンカチで顔を覆った状態のまま]自分自身の腹いせよ。私の心への腹いせよ、私の罪深い心の弱さへの腹いせなのよ。

フルジェンツィオ　ああ、裏切り者！　ああ、不実な人！　いや、これがあなたの愛情か？　これがあなたの忠実さか？　いや、あなたは僕を愛してなんかいなかったんだ。あなたの溜息は、いつも偽りの溜息だったんだ。あなたの物狂いは、いつも嘘の物狂いだったんだ。あなたが僕の恋敵を愛していたこ

とは、うすうす気が付いていたよ。根拠のない嫉妬や、卑しい疑いや、中傷や、侮辱は、僕を困らせていじめるための言い訳だったんだ。ああ、残酷な人よ、僕が絶望して苦しむのを見て、喜ぶがいい。僕の信頼を裏切って、勝ち誇るがいい。お前のために死ぬあわれな男を愚弄するがいい。これが、お前の目の前には姿を現さないから、安心しろ。これが、お前を軽蔑する男の、最後の贈り物だ。[退場しようとする]

エウジェニア　[気を失って、近くの椅子の上に倒れ込む]

フルジェンツィオ　[物音を聞いて、振り向く]ああ、これは何だ？　エウジェニア、助けてくれ、誰か！

第一三場　フラミニアと、リゼッタと、前出の二人

リゼッタ　お嬢さま。[三人で助け起こして、椅子の上に座らせる]

フラミニア　エウジェニア。

フルジェンツィオ　彼女を助けてくれ。

リゼッタ　何があったのです？

フラミニア　何が起きたの？

フルジェンツィオ　(ああ、もし僕を愛していないなら、この失神した振りをしている

リゼッタ　さあ、さあ、意識が戻りましたよ。

フラミニア　ああ、私の妹さん、あなたに言ったでしょう？　あなたは自分の心に逆らおうとばかりしているって。

フルジェンツィオ　どうか私を死なせて。

エウジェニア　ああ、駄目だ。生きるんだよ。僕が不幸になるのは、天の定めなんだ。僕はじっと耐えよう。あなたが僕のものにならないとしても、僕は遠くからあなたを愛し続けるよ。

フラミニア［フルジェンツィオに］どうして彼女があなたのものにならないの？

フルジェンツィオ　彼女は腹いせで、他人のものになってしまったのです。

フラミニア［フルジェンツィオに］というのは、彼女がロベルト伯爵と婚約したという意味？

フルジェンツィオ　ええ、そうです。伯爵さまは、本当に幸運なお人だ。

フラミニア　いいえ、あなたこそ幸運な人と言うべきよ。だって、私という強い味方がいるんですからね。エウジェニアこそ幸運な人と言うべきよ。だって、彼女を深く愛している、この姉がいるんですからね。伯爵さまには、この私が目を開かせて上げたわよ。妹が《はい》と言ったのはね、恨みと、気まぐれと、絶望のためであることを、知らせてやった

の　かも？　でも、僕を愛していないなら、なぜそんな振りをする必要があるんだ？）

フラミニア　ああ、私の妹さん、あなたに言ったでしょう？

よ。彼だって馬鹿じゃないから、ふところでマムシを飼って、恩を仇で返されるようなことは望まないわよ。彼は妹との婚約を解消してくれたのよ。

エウジェニア［立ち上がって、フラミニアに優しさを込めて］まあ、それは本当？

フラミニア　本当よ、あなた。フルジェンツィオさんは、あなたのものよ。

エウジェニア　いいえ、決して彼は、私のものにならないわ。

フルジェンツィオ　残酷な人、どうして君のものにならないの？

エウジェニア　それは、私が、あなたのものにならないからよ。

フルジェンツィオ　君は僕にとってもひどいことを言ったけど、分かってるの？

フラミニア［フルジェンツィオに］やめて。もうそんなこと言わないで。

エウジェニア［フラミニアに］言わせて上げて頂戴。だって、彼の言う通りなんだから。

フルジェンツィオ［エウジェニアに］こんなつまらないことで僕を捨てるなんて！

フラミニア［フルジェンツィオに］やめて、と言ったでしょう。

エウジェニア　いいえ、私を罵って頂戴。私はそうされても仕

ファブリツィオ　親愛なる甥よ、天が君を祝福して下さることを。[彼を抱擁する]

最終場　ロベルトと、リドルフォと、前出の人々

リドルフォ　伯爵さまがいらっしゃいましたよ。彼は僕の説得に頷かれて、ファブリツィオさんが謝罪の言葉を述べるだけで、すべてを水に流して下さるとのことです。

ファブリツィオ　伯爵殿、どうかお許し下さい。こうなることは、天の定めだったのです。わしの姪には大変な値打ちがありましてな、運命はその夫として、この世で最も立派な若者、ミラノで最も賢明で、最も博学で、最も高貴な市民を恵んで下さったのです。

ロベルト　私は、この世で最も大袈裟で、最も滑稽な笑い物であるあなたを許して上げましょう。

ファブリツィオ　[ファブリツィオに]さあ、僕が彼女の手を握ることをお許し下さい。

フルジェンツィオ　[ファブリツィオに]さあ、僕が彼女の手を握ることをお許し下さい。

ファブリツィオ　いいよ、優しい甥よ、ミラノの英雄、現代の栄光である甥よ！

エウジェニア　いとしい夫よ、ついにあなたは私のものに、私はあなたのものになったわ。ああ、私たちの恋は、私たちの大騒ぎを生み出したことでしょう！私たちはお互いに嫉

方のない女なの。私は、あなたが私に抱いている愛の大きさを、よく知っているわ。私にそのような愛を受ける資格がないことも、よく知っているわ。私にそのような愛を受けるなら、私に憐れみをかけて。もしあなたの心がそう望むなら、私を苦しめたことを後悔して、あなたに許しを求めるなら、私を厳しく罰して頂戴。そのいずれであっても、私はあなたを許して。

エウジェニア　僕の憧れの人ですからね。

フラミニア　そう、叔父さま。

ファブリツィオ　[フラミニアに]持参金なしで、だって？

フラミニア　ねえ、持参金なしで結婚して下さるのよ。

ファブリツィオ　叔父さま、許してやって下さいな。この方は、私の妹の花婿となるはずの人ですからね。

フラミニア　そうよ、叔父さま。

ファブリツィオ　[フルジェンツィオに]君は持参金なしでも、結婚してくれるのか？

フルジェンツィオ　それで別に何の問題もありませんが。

第一四場　ファブリツィオと、前出の人々

リゼッタ　私まで、もらい泣きしそう。

フラミニア　ああ、ねえ、私を許して。

ファブリツィオ　この厚かましい男は、ここで何をしている？

フラミニア　ねえ、持参金なしで結婚して下さるのよ。

ファブリツィオ　こいつは、わしの親戚となるべき家柄じゃない。

妬して、悩んで、苦しみました。でも、私たちが愛し合っていなかったとか、仰るような方はいるでしょうか？ ああ、どれほど多くの人たちが、私たちを鏡にして、ご自分の姿を眺めたことでしょう！ さあ、私たちと同じような気持ちを味わった人だけでも結構ですから、どうか両手を差し出して、私たちのハッピーエンドの物語に拍手をして下さいますように。

【幕】

田舎者たち
(1760年)

第2幕11場

作品解説

ゴルドーニは、この喜劇を次のように解説している。《ヴェネツィアで言う田舎者 (rustego) とは、粗野で無作法で、洗練と文化と社交を敵視する市民のことを意味する。『田舎者たち』というタイトルから、この喜劇の主人公は一人でなく、複数人であることが分かるが、実際、主役は四人おり、各人各様の特徴を持っているが、四人とも同一の性格である。実を言うと、これはきわめて困難な状況である。同一の喜劇の中で、同一の性格の人が複数いることは、観客を楽しませるよりも、うんざりさせる可能性の方が高いからだ。しかし、この作品に限っては、全くその逆のことが生じた。観客は大いに楽しみ、この作品は私の喜劇の中で、最も成功したもののひとつに数えられる。というのは、ヴェネツィアで好評を博しただけでなく、これまで劇団が上演したあらゆる場所で好評を博したからである。以上のことは、登場人物たちの滑稽な性向が、あらゆる所であまねく知られており、彼らの話すヴェネツィア方言が、ほとんど喜劇鑑賞の妨げにならないことを意味している》(「作者から読者へ」)。

この作品は、仕事と金儲けだけが楽しみの、けちで、閉鎖的で、傲慢な、当時のヴェネツィアの一部の商人階層を、笑いの槍玉に挙げている。この保守的でワンマンな夫たちは、妻や子供たちにも自分と同じ非社交的な生活態度を要求し、芝居見物にも行かせず、親戚や友人との付き合いもさせず、ましてや《お伴の騎士》の風習に対しては、激しい敵意を見せる。妻たちは、夫のこのような非文明人の態度に強い不満を抱いているが、彼らの自己正当化の理屈に歯が立たず、切歯扼腕するばかり。たとえば、もう少し娯楽や社交やファッションの自由を認めてほしいという妻たちのまともな要求に対しては、《そのような贅沢にうつつを抜かしたお陰で、一家離散の憂き目に遭った家庭がどれほど多いか知らないのか》と反論し、《お前たちが食うに困らないでいられるのは、自分らの勤勉な蓄財のお陰ではないか》と自慢する。また、自分たちの息子と娘の結婚を、お見合いもさせずに、父親同士の話し合いだけで決めようとした時、妻たちは怒って、《せめて結婚前にお見合いくらいさせたらどうなの》と抗議するが、夫たちは、《では、お前は子供に自由恋愛をさせたいのか》と言って逆襲する（第一幕）。

このような夫たちに対抗できるのは、フェリーチェ夫人だけである。彼女は自分の夫を尻に敷いており、聡明で、社交家で、服装も行動も派手で、劇場にボックス席を持ち、何よりも夫の他に、《お伴の騎士》を連れ回っている。つまり、保守的な野蛮人とは正反対の、彼らから見れば悪徳のお手本のような女性である。このフェリーチェ夫人は、他の妻たちの訴えを聞いて、もっともな話だと思い、夫たちを出し抜いて彼らの息子と娘を密会させる計画を立てる。だが、その計画とは、もし

夫たちにばれたなら、それこそ結婚は直ちに破談となるような危ない計画であった。つまり、息子の方を女装させ、自分の《お伴の騎士》と一緒に仮面を付けさせて、彼らをミラノにいる自分の妹夫婦だと偽って、白昼堂々、娘の家を訪問させ、夫たちの目を盗んで、密かに二人を会わせること。すべては《田舎者たち》の目に触れることばかりであった。そして案の定、彼女の計画は夫たちにばれてしまい、野蛮人たちは激怒する。妻たちは夫の罰を恐れて、《本当は自分もこの不道徳な計画には反対だった》と、フェリーチェ批判に回る始末。《お伴の騎士》のリッカルド伯爵も、彼女のお陰でごたごたに巻き込まれたと言って、フェリーチェを非難する。四面楚歌、窮地に立たされるフェリーチェ夫人（第二幕）。

ここで彼女は、渾身の力技を見せる。四人の手強い《田舎者》を相手に、彼女はたった一人で立ち向かい、弁護士のような堂々たる弁論を繰り広げるのである。《皆さま、何はともあれ、私は次のように申し上げましょう。どうかお怒りになったり、悪意を抱いたりするのは、やめにして下さい。あなた方はあまりに田舎者で、あまりに野蛮人です。あなた方が女性や奥さんや娘さんに対して取る態度は、常軌を逸した異常な態度ですから、女性は永遠にあなた方を愛することができないでしょう。女性たちはあなた方に力尽くで従わせられるのですから、屈辱を感じるのは当たり前です。彼女たちは、あなた方を夫とも父親とも思わず、野蛮人、熊男、獄卒と思っているのです。もしあなた方が文明人なら、心から私に同意しなさい。も

しあなた方が野蛮人なら、その結果〔彼らの息子と娘をお見合いさせたことに、ほっとしなさい。娘さんは誠実で、息子さんは立派なのです。私の弁論はこれで終了です。結婚を承認しなさい。そして、弁護士の私には、どうか拍手を》（第三幕二場）。

こうして、フェリーチェ夫人は、非社交的で、頑迷で、高慢な野蛮人たちを屈服させ、社会に向かって開かれた文明人の勝利と、抑圧的な男性たちからの社会的弱者（女性や若者たち）の解放を高らかに宣言する。作者のゴルドーニは、このフェリーチェ夫人の力技がよほど気に入ったのであろう、彼女の労をねぎらい、作者が彼女とともにあることを示すために、次のようなメタ・テアトロ的な科白を彼女に喋らせている（第三幕二場）。

ルナルド　……わしらはどうしたらいい？
シモン　わしなら、何よりも先ず、食事に行こうと言うな。
カンシアン　実を言うと、食事のことは忘れてしまったんじゃないかと思っていたよ。
フェリーチェ　まあ、食事のことを構想してくれた人（作者のゴルドーニ）は、ね、愚か者ではないわよ。彼は食事を中断させたけれど、取りやめたりはしないわ。ルナルドさん、私たちが仲良く食事をすることをお望みなら、こうな

さいよ。あなたの奥さんと娘さんを呼びにやりなさい。彼女たちに何か喋って、いつものように少しぶつぶつ言って、それでお終い。いいわね。

これは、作者がフェリーチェ夫人に向かって示した、密かな同意の微笑みであり、連帯の目配せである。この野蛮に対する文明の勝利、《女性的なもの》の大いなる復権、人間どうしの和解と許し合いから生まれる解放感が、まるで春の雪解けのような、心地よくて喜ばしい雰囲気を、この作品に与えており、これが、ヴェネツィア方言劇であるにもかかわらず、イタリアのどこででも人気を博した大きな理由であろうと思われる。

登場人物

カンシアン（市民）[1]
フェリーチェ（カンシアンの妻）
リッカルド伯爵
ルナルド（商人）
マルガリータ（ルナルドの後妻）
ルシェッタ（ルナルドの先妻の娘）
シモン（商人）
マリーナ（シモンの妻）
マウリツィオ（マリーナの義兄）
フェリペート（マウリツィオの息子）

舞台はヴェネツィア

（1）《市民》とは、ヴェネツィアの《由緒ある市民》を指す。『恋人たち』注（1）と、「解説」第2節（由緒ある市民）を参照。

第一幕

第一場　ルナルドの家の部屋。マルガリータは糸を紡ぎ、ルシェッタは靴下を編んでいる。両者とも腰掛けている

ルシェッタ　お母さま。

マルガリータ　何だい、娘や。

ルシェッタ　もうすぐカーニバルの期間が終わるわ。

マルガリータ　どう、私たちは十分気晴らしをしたと思う？

ルシェッタ　とんでもない！　芝居ひとつ見に行ってないわ。

マルガリータ　まあ、そのようなことで驚いているのかい？　私がお嫁に来て、もうすぐ一六ヶ月になるけど、あなたのお父さまは、私をどこかに連れて行ってくれた？

ルシェッタ　その通りよね。実はお父さまの再婚が待ち遠しくて仕方なかったの。私が一人で家にいた時には、自分に向かってよく言ったものだわ。《お父さまには同情するわ。私をどこにも連れて行けるような場所が、どこにもないからよね。もしお父さまが再婚したら、私、新しいお母さまと行くことにするわ。そしてお父さまも再婚したけど、私が知っているかぎりでは、私にもお母さまにも何も起きていないわね。

マルガリータ　ねえ、あの人は野蛮な熊男ですよ。自分が楽しまないものだから、私たちにも楽しませたくないのよ。ね え、分かるでしょ？　お嫁に来る前の私には、たくさんの楽しみがあったわ。私は何不自由なく育てられた。私の母は気難しい女性で、何か気に入らないことがあると、すぐに怒鳴って手が飛んできたわ。でも、季節が来ると私たちを楽しみに連れて行ってくれた。秋の演劇シーズンには、モチロン、二回か三回は劇場に行ったし、五、六回は行ったわね。もし誰かがカーニバルの演劇シーズンには、私たちにオペラか、芝居のボックス席の鍵を貸してくれたら、私たちに連れて行ってくれたわ。また、自分でも高いボックス席の鍵を買って、かなりのお金を使ったわね。娘たちを連れて行けるような良い芝居を上演していることを知ったなら、それを見に行くように努めたし、母も私たちと一緒に行っては楽しんだものよ。私たちは時おり、モチロン、《ピアッツェッタ》《サンマルコの隣の広場》にも行ったし、ちょっとばかり《リストン》《サンマルコ広場の散歩道》も歩いたし、とばかり女占い師や人形遣いをひやかして、仮設の曲芸小屋にも二軒ほど入ったわね。それから、私たちが家にいる時には、いつも色々な人が訪ねて来たわ。親戚が来たし、お友だちが来たし、若い男の子だって何人かね。でも、何も変なことは起こらなかったわよ、モチロン。

ルシェッタ　（モチロン、モチロン、この人、これまでに六回も言ったわ。）

マルガリータ　言っておくけど、私は朝から晩まで外出ばかりしている女たちとは違うわ。でも、確かにそうね、私だって時々なら外出するのが好きなのよ。

ルシェッタ　私ってあわれだわ。私、戸口から一度でも外に出たことがある？　それなのにお父さまは、私がちょっとでも顔を出すことさえ許さないんだから。この前なんて、ほんのわずか、ちょっとばかり顔を出したら、あの陰口屋のラザーニャ売り女が、私を見てお父さまに告げ口したのよ。私は棒で叩かれるんじゃないかと覚悟したわよ。

マルガリータ　あなたのお陰で、私がどれほどひどいことを言われたと思う？

ルシェッタ　まあ！　私が何をしたと言うのよ？

マルガリータ　でも、少なくともあなたはお嫁に行ける。しかし、私は、死ぬまでここにいなければならないのよ。

ルシェッタ　ねえ、お母さま、私ってお嫁に行けるの？

マルガリータ　そう思いますけど。

ルシェッタ　ねえ、お母さま、私はいつお嫁に行けるの？

マルガリータ　あなたがお嫁に行くのは、モチロン、神さまがそうお望みになる時よ。

ルシェッタ　神さまは、私に結婚相手も知らせないで、お嫁に行かせるのかしら？

マルガリータ　何ということを言うの？　あなただって、結婚相手くらいは教えてもらえるわよ。

ルシェッタ　これまでは誰も何も教えてくれなかったわ。

マルガリータ　これから教えてくれるでしょうよ。

ルシェッタ　何の話もないのかしら？

マルガリータ　ないかもしれないし、あるかもしれないわ。お父さまがあなたに何も教えるなって言うのよ。

ルシェッタ　いとしいお母さま、教えて頂戴。

マルガリータ　いとしいお母さま、ちょっとだけ。

ルシェッタ　絶対にだめよ。

マルガリータ　あなたに何か教えたら、あの人は、睨んだだけで人を殺すというバジリスコ蛇のように、私を凶暴な目で睨みつけるわね。

ルシェッタ　たとえ聞いても、お父さまには絶対に悟られないようにしますから。

マルガリータ　そうよね。あなたは決してお喋りになったりしないわよね、モチロン！

ルシェッタ　絶対、喋ったりしないわ、モチロン。

マルガリータ　そのモチロンって、どういうことなの？

ルシェッタ　［皮肉を込めて］私も知らないわ。自分で気付か

(2) この劇が上演された一七六〇年は閏年で、カーニバルの最終日である《謝肉の火曜日》は、二月二十六日に当たった。

(3) ヴェネツィアの《秋の演劇シーズン》は、一〇月一日から十二月一十四日まで、《カーニバル最終日（謝肉の火曜日）》（聖ステファノの日）からカーニバル最終日（謝肉の火曜日）までであった。

(4) サン・マルコ広場近くにあった公営の遊技場で、ナイトクラブや社交場も兼ねていた。

マルガリータ　ないうちに、ついにこの言葉が口から出てしまうのよね。

マルガリータ　［傍白］（分かったわ、この浮気娘は私をからかっているのね。）

ルシェッタ　ねえ、教えて、お母さま。

マルガリータ　さあ、仕事をするのよ。あなたはまだ靴下を仕上げていないでしょう！

ルシェッタ　もう少しよ。

マルガリータ　あの人が家に帰って来た時に、まだ靴下を仕上げていなかったら、《お前は窓辺で遊んでいたんだろう》と言うに決まっているし、《私は嫌なのよ、モチロン……(忌々しい口癖だわ！)

ルシェッタ　私の手がどんなに速いか見てよ。ねえ、お婿さんについて、何でもいいから話して頂戴。

マルガリータ　お婿さんって何のこと？

ルシェッタ　私を結婚させてやるって、さっき言わなかった？

マルガリータ　多分ね。

ルシェッタ　ねえ、お願い、知っていることだけでも。

マルガリータ　［少しむっとして］私は何も知らないわ。

ルシェッタ　何なんて言わないで、何もなんて。

マルガリータ　私はもう沢山だわ。

ルシェッタ　［怒って］こん畜生と言いたいところだわ。

マルガリータ　その言い方は何よ？

ルシェッタ　私を愛してくれる人なんて、この世に一人もいないんだわ。

マルガリータ　浮気娘。

ルシェッタ　［声を潜めて］まま母らしい愛でね。

マルガリータ　何。今何て言ったの？

ルシェッタ　何も。

マルガリータ　［怒って］ねえ、いいかい、私をこれ以上いらいらさせると、もう少しで……私はこの家では本当に多くのことを我慢しているんだからね。それにね、私は一日中私を責めてばかりいるし、その上、まま娘にまでいらいらさせられるのは、モチロン、勘弁してほしいわ。夫ではなかったのに、私、獣みたいに狂暴になってしまったわ。どうしようもないわ。狼と一緒にいると、その吠え方で学んでしまうのよね。

マルガリータ　（確かにこの子の言う通りだわ。昔はこんな風ではなかったのに、私、獣みたいに狂暴になってしまったわ。どうしようもないわ。狼と一緒にいると、その吠え方で学んでしまうのよね。）

ルシェッタ　ねえ、いとしいお母さま、すぐにかっとされるのね。

第二場　ルナルドと、前出の二人

ルナルド　［入場し、言葉を掛けずにそっと進み出る］

マルガリータ　［立ち上がる］（まあ、来たわ。）

ルシェッタ　［立ち上がる］（まるで猫みたいにそっと入って来たわ。）お父さま、お帰りなさい。

マルガリータ　［ルナルドに］お帰りなさい。あなた、挨拶も

ルナルド　されないの？
ルナルド　仕事をするんだ、仕事をな。わしに挨拶するために、仕事を中断しなくてもいい。
ルシェッタ　私はこれまでずっと仕事をしていたのよ。靴下をほとんど仕上げたわ。
ルナルド　ざっと見たところでは、私たちは、モチロン、一日分のお給料は稼いだわね。
マルガリータ　お前たちは、ズバリ言ウトダナ、いつもわしに同じ返事をする。
ルシェッタ　さあ、お父さま、せめてカーニバルの最後の数日だけでも、怒鳴らないで頂戴。私たちがどこにも行けなくても、我慢するから、少なくとも仲良く暮らしましょうよ。
マルガリータ　まあ、この人はね、怒鳴らずに一日を過ごすとのできない人なのよ。
ルナルド　何という愚かなことを言うんだ！このわしを何だと思っているんだ？蛮人か？獣か？お前たちは何を嘆くことがある？わしだって真面目な楽しみは好きなんだよ。
マルガリータ　仮面に？　仮面をだと？
ルナルド　では、お願い、ちょっとでいいから、仮面を付けて外出させて頂戴。
ルナルド　仮面？　仮面をだと？
マルガリータ　（さあ、もうすぐ雷が落ちるよ！）
ルナルド　お前はどの面下げて、仮面を付けて外出させろなどと、このわしに言えるんだ？ズバリ言ウトダナ、お前はこ

のわしが仮面をかぶるのを見たことがあるか？仮面とはいったい何だ？何のために仮面を付けるのだ？わしにこれ以上言わすんじゃない。娘の分際で、仮面を付けて出歩くものじゃない。
マルガリータ　では、結婚した女性は？
ルナルド　それもだめだ。結婚した女でもな。
マルガリータ　それではどうして他の女性たちは、出歩いているの？
ルナルド　[彼女の口癖を嘲笑して] モチロン、モチロン、わしはわが家の話をしているので、人さまの家のことは知らんよ。
マルガリータ　[同様に嘲笑して] というのは、ズバリ言ウトダナ、あなたが野蛮な熊男だからよ。
ルナルド　マルガリータ、世迷いごとを言うんじゃないよ。
マルガリータ　もうやめて。本当に忌々しいわ。いつもこうなるんだから。私、仮面を付けて出歩かなくていいわ。私は家にいる。でも、言い争いはやめにして頂戴。
ルシェッタ　ルナルドさん、私を挑発しないでね。
マルガリータ　聞いたかね？ズバリ言ウトダナ……娘の言うことを聞いたかね？原因は、いつもお前だ……
ルナルド　[笑う]
マルガリータ　[マルガリータに] 笑うのかね？
ルナルド　私が笑ったら、あなたは気分を害するの？わしだっ
ルナルド　さあ、二人ともこっちに来て聞きなさい。

て時おりは、ちょっとした楽しみのことを考えることがある。楽しみというものは、煩わしいものではあるが、今日ばかりはわしも楽しみたい気分だ。今はカーニバルの期間だから、このわしも家族のために、今日の一日を使おうと思う。

マルガリータ　まあ、嬉しいわ！

ルナルド　聞きなさい。今日わしは仲間と一緒に食事をしようと思う。

ルシェッタ　[憂鬱になって]家で？

ルナルド　家でだ。

ルシェッタ　どこで、お父さま、どこでなの？

ルナルド　そうだ、家でだ。お前はいったいどこに行きたいと思ったんだ？　レストランか？

ルシェッタ　レストランなんて家には行かんよ。

ルナルド　わしは他人の家には行かんよ。このわしは、ズバリ言ウトダナ、他人にたかって飲み食いするような男ではない。

ルシェッタ　さあ、嬉しいわ！

ルナルド　[喜んで]どこで、お父さま、どこでなの？

マルガリータ　さあ、何をするのかを聞きましょうか。

ルナルド　その通り。モチロン、どなたかを招待するつもりなの？　わしはある人々を招待したから、彼らはここにやってくるだろう。

マルガリータ　立派な紳士たちの一団だ？その中には、結婚した方

が二人いて、彼らは奥さんを同伴するよ。わしらは愉快に過ごせるぞ。

ルシェッタ　[嬉しそうに](まあ、まあ、嬉しいわ)[ルナルド)ねえ、お父さま、どなたなの？

ルナルド　知りたがり屋だな、お前は！

マルガリータ　さあ、あなた、どなたが来られるのか、教えてくれない？

ルナルド　わしが教えたくないとでも思っているのか？　では、教えてやろう。来るのは、カンシアン・タルトゥッフォラさん、マウリツィオ・ダレ・ストローペさん、そしてシモン・マロエーレさんだ。

マルガリータ　呆れたわ！　三人ともまさに掛け値なしの野蛮人ね。あなたも数いる人々の中から、よくぞこの三人を選んだものだわね。

ルナルド　それはどういう意味だ？　実に立派な人選ではないかね？

マルガリータ　まさにその通りよ。あなたと同じ野蛮な田舎者三人衆ね。

ルナルド　なあ、お前、ズバリ言ウトダナ、今日日では分別のある人が、田舎者と呼ばれるんだ。なぜか分かるか？　それは、お前たち女が、あまりに軽薄だからだ。お前たちは、真面目な楽しみでは満足できない。お喋りが好きで、お祭り騒ぎが好きで、流行が好きで、滑稽なものが好きだ。家にいると、まるで監獄の中

マルガリータ　[ルナルドに小声で]（例の話はどうなったの？）

ルナルド　[マルガリータに小声で]（後で話してやるよ。）[ルシェッタに]ここから出て行け。

ルシェッタ　私、何もしていないわよ。

ルナルド　ここから出て行け。

ルシェッタ　まあ、ひどい言い方ね。

ルナルド　出て行け。さもないと、お前の頬を引っぱたくぞ。

ルシェッタ　お母さま、お聞きになった？

マルガリータ　[声を荒げて]お父さまの仰ることを聞いて、出て行きなさい。お言いつけに従うのよ。

ルシェッタ　（ああ、私の優しいお母さまが生きていらっしゃったらねえ！我慢するしかないわ。夫になるのがたとえ最低の掃除夫⑥であっても、私は結婚して出て行きますよ。）[退

にいるように思う。衣服も、値段が高くないと、美しいと思わない。社交をしないと、憂鬱病に罹ってしまい、それがどのような結果をもたらすかを考えない。お前たちには、わずかの分別もなく、おだてる者の言うことばかり聞く。沢山の家が、沢山の家庭が破滅した話を聞いても、何とも思わない。お前たちの言うことを聞こうとする者は、ひどい噂を立てられて、馬鹿にされる。そして、慎重さと真面目さと世間の評判を持って自分の家で暮らそうとする者は、ズバリ言ウトダナ、煩わしい奴、田舎者、野蛮人と呼ばれる。わしの話は当たっているだろう？　わしの話はずばり真実だと思わないか？

マルガリータ　言い争いはしたくないわ。何もかもあなたの望むようになさったらいいのよ。それでは、私たちと一緒に食事に来られるのは、フェリーチェ奥さんとマリーナ奥さんなのね。

ルナルド　そうだ、これで分かったかね？　このわしだって人付き合いは嫌いじゃない。呼ぶ人はみな、結婚した人ばかりだ。こうすれば、スキャンダルは生じないし、ズバリ言ウトダナ……　[ルシェッタに]お前、何を聞いているんだ？今はお前に話しているんじゃないぞ。

ルシェッタ　[ルナルドに]これって、私が聞いてはいけない話なの？

ルナルド　[マルガリータに小声で]（わしはな、この娘を早く片付けたくてたまらんよ。）

(5) 《田舎者》四人組の姓には、ある種の暗示が込められているようである。《タルトゥッフォラ》(Tartuffola) ＝キノコのトリュフ、《ストローペ》(Strope) ＝ブドウの木を縛る柳の細枝、《マロエーレ》(Maroele) ＝痔、そしてルナルドの姓（第一幕六場）《クロッツォラ》(Crozzola) ＝松葉杖である。四人の姓どれも、きわめて具体的な田舎と病の合わさった世界のイメージを持っており、当時のヴェネツィアの市民が聞いたら、軽蔑すべき野卑で滑稽な名前と映ったように思われる。そこからある研究者（パドアン）は、この《田舎者》というのは、一六三〇〜三一年の深刻なペスト禍による人口減少の後に、領内の田舎から首都ヴェネツィアに移住してきた新参者のことで、彼らの一族は、この大都会に住み慣れてからも、かつての田舎根性を失わず、首都の洗練された文化的生活に無関心だったことを笑いの種にしているのだと推論している。

[第三場　ルナルドとマルガリータ]

マルガリータ　ルナルド、あなたのいる前だから、あなたの味方をして上げたけど、正直言って、あなたはあの子に野蛮過ぎるわ。

ルナルド　いいかね？ お前は何も知っておらんのだ。わしはあの子を愛しているが、親を畏れ敬うように育てたんだよ。わしはズバリ言ウトダナ、この娘はカーニバルの仮面さえ一度もかぶったことがなく、劇場にだって一度も行ったことがない箱入り娘です》ってな。

マルガリータ　あなたは何ひとつ、楽しみを与えてやったことがないじゃない。

ルナルド　娘というものは、家にいて、出歩いたりしないものだ。

マルガリータ　少なくとも一晩くらいは芝居を見に行かせて上げたら。

ルナルド　お断りだな。あの娘を結婚させる時に、わしはこう自慢したいんだよ。《さあ、あなたに娘を差し上げますよ。

マルガリータ　ところで、その結婚話は進んでいるの？

ルナルド　お前、何かあの子に喋ったか？

マルガリータ　私が？ 何も。

ルナルド　よく注意するんだぞ、いいな。

マルガリータ　言っておきますが、私、本当に何も喋っていないわよ。

ルナルド　わしの感触では、娘はもう片付いたようなものだから。

マルガリータ　[周囲を見回して]黙って、誰にも気付かれんように。実はマウリツィオさんの息子さんなんだよ。

ルナルド　そうだ。

マルガリータ　フェリペートさん？

ルナルド　黙って、黙って、ばらすんじゃないぞ。

マルガリータ　黙って、黙って。まあ！ 何か秘密にしておく必要でもあるの？

ルナルド　わが家のことは、誰にも知られたくないんだ。

マルガリータ　日取りはいつ？

ルナルド　もうすぐにだ。

マルガリータ　あっちの方から貰いたいと言って来たの？

ルナルド　お前は何も考えんでいい。このわしが婚約をさせたんだから。

マルガリータ　[驚いて]婚約までしたの？

ルナルド　そうだ。驚きかね？

マルガリータ　私には何も教えずに？

ルナルド　一家の主人はこのわしだ。

マルガリータ　持参金はいくら出すの？

ルナルド　わしの考えているだけの額をな。

マルガリータ　それでは、私はお呼びじゃないってわけね。こ

ルナルド　女中はいないのか？
マルガリータ　女中は今、ベッドのしつらいをしています。私が見て来ますよ。
ルナルド　だめだ。お前が窓の傍に行くのは、このわしが好かん。
マルガリータ　確かにね。で、いつあの子を相手と会わせるの？
ルナルド　結婚する時にだ。
マルガリータ　その前には会わせないの？
ルナルド　だめだ。
マルガリータ　あの子が相手を好きになるって確信してるの？
ルナルド　一家の主人はこのわしだ。
マルガリータ　なるほどね。それにあの子はあなたの娘ですしね。私はもう嘴を突っ込んだりしませんよ。どうぞあなたのお好きなようになさって。
ルナルド　わしの娘と結婚前に会ったなどと、誰にも自慢させたくないんだ。わしの娘と会った者は、娘と結婚しなければならん。
マルガリータ　でも、彼女と会っても、好きになれなかったら、どうするのよ？
ルナルド　彼の父親とわしの約束だ。
マルガリータ　まあ、何てすてきな結婚でしょう！
ルナルド　それはどういう意味だ？　お前は、結婚の前に自由恋愛をしろと言うのかね？
マルガリータ　ノックよ、誰かがノックしているわ。誰が来たか、私が見て来るわ。

第四場　マルガリータと、その後、ルナルド

マルガリータ　まあ、私は何という男に当たってしまったんだろうね！　この大空の下に彼ほど野蛮な人はいないわね。それに、あの口癖の《ズバリ言ウトダナ》には、飽き飽きだわ。もう少しで、モチロン、堪忍袋の緒が切れそうだわ。
ルナルド　誰が来たか分かるか？
マルガリータ　誰なの？
ルナルド　マウリツィオさんだ。
マルガリータ　花婿のお父さん？
ルナルド　しーっ、そのまさに彼だ。
マルガリータ　結婚の取り決めに来たの？
ルナルド　女中はいないのか？
マルガリータ　女中は今、ベッドのしつらいをしています。私が見て来ますよ。
ルナルド　だめだ。お前が窓の傍に行くのは、このわしが好かんのだよ。わしが行こう。一家の主人はこのわしだ、ズバリ言ウトダナ、一家の主人は、このわしなのだよ。［退場］

マルガリータ　お前には、モチロン、何も教えてやったろうが？
の私には何も、モチロン、何も教えてくれないの？

(6)《scoazzer》(掃除夫)。各家庭のごみを集めて回る人のことで、当時は最下層の人のする穢くて卑しい職業と見なされていた。

ルナルド　あっちに行ってくれ。
マルガリータ　この私を追い出すの？
ルナルド　そうだ。ここから出て行ってくれ。
マルガリータ　私に聞かせてくれないの？
ルナルド　その通りだ。
マルガリータ　まあ、何ということを言うの！　この私はいったい何なのよ！
ルナルド　一家の主人は、このわしだ。
マルガリータ　私はあなたの妻じゃないの？
ルナルド　いいな、ここから出て行け。
マルガリータ　まあ、何という野蛮な熊男！
ルナルド　急いでくれ。
マルガリータ　まあ、何という獣人間でしょう！　［退場］
ルナルド　［怒って］やめないか！
マルガリータ　［ゆっくりと歩いて行きながら］まあ、何という人間の顔をした獣なの！

第五場　ルナルドと、その後、マウリツィオ

ルナルド　やっと出て行きおった。優しい言葉では何の効き目もないから、怒鳴りつけるしかない。わしは妻をとても愛している。本当に愛しているんだよ。だが、わしの家では、このわし以外に主人はいないんだ。
マウリツィオ　やあ、ルナルド君。
ルナルド　こんにちは、マウリツィオ君。
マウリツィオ　結婚する気があるかと、息子さんに言ったのかい？
ルナルド　そう言ったよ。
マウリツィオ　息子さんは何と答えたね？
ルナルド　結婚できるのは嬉しいが、できれば自分の結婚相手と会ってみたい、と答えたな。
マウリツィオ　［怒って］それはだめだ。そのようなことは、わしらの取り決めにない。
ルナルド　まあ、まあ、怒らんでくれよ。息子は、わしの言う通りに何でもする奴だから。
マウリツィオ　もしお望みなら、耳を揃えて六千ドゥカートを約束はちゃんとしてあるよ。わしは君に六千ドゥカートやろう。だから、ズバリ言うとウトダナ、持参金の用意額をツェッキーノ金貨やドゥカート銀貨で欲しいのか、それとも銀行に積んで欲しいのか、何なりと言ってくれ。
ルナルド　現金では欲しくない。造幣所発行の為替手形にするか、あるいは、できるだけ有利な投資に回そう。
マウリツィオ　よろしい。君のお望み通りにしよう。
ルナルド　着物なんかにお金をかけないでくれ。そんなこと、して欲しくないからな。
マウリツィオ　娘は着の身着のままで君にやるよ。
ルナルド　絹服は持っているかね？
マウリツィオ　ぼろのなら何着かあるが。

マウリツィオ　わが家に絹服はいらんよ。わしの目の黒いうちは、ウールの服で行かせることにする。わしは絹のマントも、ボンネットも、フープの入った釣り鐘スカートも、付け房毛も、カールペーパー⑦も要らんよ。

ルナルド　立派だ、その通り。このわしもそういうのが好きだ。あの子に宝石は作ってやるかね⑧？

マウリツィオ　立派な金の腕輪を作って上げよう。そして、お祭りの日に、わしの死んだ家内の宝石と、真珠のイヤリングをやろう。

ルナルド　結構、結構。その宝石を今流行の台に嵌め直すような、馬鹿な真似はしないでくれよ。

マウリツィオ　このわしが、そのような馬鹿だと思っているのかね？　この流行とは、いったい何だ？　宝石というものは、不易流行だ。ダイヤモンドとその嵌め台と、どっちが大事だ？

ルナルド　それなのに、今日目では、ズバリ言ウトダナ、この嵌め直しに沢山お金を費やしている。

マウリツィオ　仰る通りだ。一〇年ごとに宝石を嵌め込む台を変えている。百年もすると、宝石を二回買える金額になる。

ルナルド　わしらの考えるように考える人は少ないな。

マウリツィオ　わしらが持っているほどのお金を知らない人も少ないよ。

ルナルド　それなのに世間の連中は、われわれが楽しみを知らない、などと言うんだからな。

マウリツィオ　あわれな連中だよ。彼らはわしの心の中を覗いて見たことがあるか？　彼らは、自分たちの楽しんでいる世界以外に、世界はないと信じ込んでいるのか？　ねえ、君、次のように言えることは何という喜びだろうねぇ。《わしには、必要なものはみんなあるし、足りないものは何もない。もし必要なら、わしは即金で一〇〇ツェッキーノを払うことさえできるんだぞ！》ってね。

ルナルド　そうとも。そして、丸々と太った鶏や、柔らかい若鶏や、仔牛の腰肉を腹いっぱい食べることもできるんだぞってね。

マウリツィオ　おいしい物を何でも、割安の値段でね。というのは、わしらはその都度、現金で支払うからだよ。

ルナルド　しかも、自分の家でだ。怒鳴り声も陰口もなくね。

マウリツィオ　しかも、妻にはあれこれ指図させずにね。

ルナルド　しかも、子供たちには子供らしく振る舞わせてね。

マウリツィオ　しかも、わしらが主人でね。

ルナルド　しかも、わしのしていることを誰にも知られずにね。

マウリツィオ　しかも、わしらが主人でね。

ルナルド　わしは、娘をこのようにして育てたよ。

---

(7)《cartolina》（カールペーパー）。髪の毛を巻いて、巻き毛を作るためのカーラーのこと（フランス語は papillote）。
(8) 新郎の親は、新婦に宝石などの贈り物をする義務があった。

マウリツィオ　わしの息子だって宝物だよ。どれほどの小銭でも、むだにするような真似はせんよ。
ルナルド　わしの息子には何でもできるように躾けたからな。皿洗いまでだ。わしは家庭のことなら何でもできるよ。
マウリツィオ　わしの娘には、女中といっちゃつかせないために、靴下の穴を自分で繕い、ズボンの接ぎ当てを自分でする仕方を教えてやったよ。
ルナルド　［笑って］ご立派。
マウリツィオ　［笑って］本当にな。
ルナルド　［笑いながら手揉みをして］さあ、この結婚を取り決めようか。急いでやろう。
マウリツィオ　いいよ、君のお望み通りにな。
ルナルド　今日、わしの所に食事に来てくれるのを待っているよ。君には伝えておいたから、もう知っているはずだが。わしは膵臓を四つほど手に入れた、ズバリ言ウトダナ、こんなに大きいのをね。
マウリツィオ　一緒に食べようか。
ルナルド　一緒に楽しもうか。
マウリツィオ　一緒に楽しく過ごそうか。
ルナルド　それなのに、人はわしらのことを粗野な田舎者と言うんだからな。
マウリツィオ　とんでもない！［二人とも退場］
ルナルド　阿呆どもめ！

第六場　シモンの家の部屋。マリーナとフェリペート

マリーナ　甥っ子さん、どういう風の吹き回し？　私に会いに来てくれるとは、何という奇跡かしらね？
フェリペート　ありがとう、叔母さん。中二階の事務所から来たのですが、家に帰る前に、ちょっとあなたに挨拶しようと立ち寄ったのです。
マリーナ　よく来てくれたわね、フェリペート。お座りなさい。何か欲しくない？
フェリペート　ありがとう、叔母さん。家に帰らねばなりませんから。もし父が僕の帰りの遅いのを知ったら、大変な目に遭いますからね。
マリーナ　あなたの叔母のマリーナの家にいた、と言いなさいよ。彼は何と言うかしら？
フェリペート　あなたに知ってて頂けたら！　一瞬たりとも僕を自由にしてくれません。父はいつも怒鳴ってばかりいて、僕にはここに来させたくないって言うんだ。
マリーナ　ある意味では、それは良いことよね。でも、あなたの叔母の家には来させるべきよ。
フェリペート　僕も父にそう言ったら、獣をした獣だわね。
マリーナ　まあ、本当にあの人も、私の夫と同じく、人間の顔をした獣だわね。
フェリペート　シモン叔父さんは、家にいらっしゃいますか？
マリーナ　いないわ。でも、そろそろ帰ってくる頃ね。

フェリペート　あの人も、僕がここにいるのを見ると、怒鳴りつけるんだ。
マリーナ　勝手に怒鳴らせておきなさい。おかしな話よねえ。あなたは私の甥っ子よ。かわいそうに私の姉は死んでしまって、私の肉親はこの世にあなたしかいないのだからねえ。
フェリペート　僕のせいで叔母さんまで怒鳴られるのはご免です。
マリーナ　まあ、私だったら、そのような心配は要らないわ。もしあの人が少しでも言い返してやる。こうでもしなければ、私は倍にして言い返してやる。こうでもしなければ、私はあわれだわ！あの人はあらゆることで、私を怒鳴りつける理由を見つけるでしょうからね。この世に私の夫ほど野蛮な田舎者はいないと思うわよ。
フェリペート　僕の父以上にですか？
マリーナ　知らないけど、そうねえ、同じくらいだわね。
フェリペート　この世に生まれて以来、僕は気晴らしなど、全然、全く、一回もさせてもらっていませんよ。平日は中二階の事務所と家の往復だけ。祝日は教会に行ったら、すぐに帰宅。父はいつも召使を僕のお伴に付ける。この召使を説き伏せて、今朝ここに来るだけでも大仕事でしたよ。ジュデッカ島島にだって、一度も遊びに行ったことがない。カステッロ地区にだって、一回も散歩に行ったことがない。サン・マルコ広場を通ったのは、これまでの人生で三、四回しかないと思います。父は自分のしていることを僕にもさせようと思うんです。夕方は日没後二時間、事務所に居残り、夕食を食べ

て、ベッドに行き、では、また明日、ですよ。かわいそうな子、本当に不憫だわ。若い時に好き勝手な真似をさせるべきでない、というのは正しいけれど、やり過ぎは、少し問題だわね。
フェリペート　僕はもう沢山だ。今後も同じように我慢しているかどうか、見ているがいい。
マリーナ　あなたはもう分別のある年齢なのだから、少しはあなたに自由を与えるべきだわ。
フェリペート　何を？
マリーナ　叔母さんは、何か知っていますか？
フェリペート　父はあなたに何か言いませんでした？
マリーナ　それでは何もご存じないのですね。
フェリペート　何も知らないわ。何かあったの？
マリーナ　もし僕があなたに話しても、父には言わないでくれますね？
マリーナ　ええ、心配はご無用よ。

（9）《meza》（中二階）。ヴェネツィア建築の特徴をなすもので、建物の上の方の階の明るい空間と比べて、顕著に天井が低い二階のこと。商人たちの事務所や弁護士事務所として利用された（ちなみに一階は、湿気が強いので、倉庫として利用されることが多かった）。
（10）ゴルドーニの自注に、《ヴェネツィア島と隣り合った島で、歓楽街があった》。
（11）ゴルドーニの自注に、《ヴェネツィアの一地区で、散歩するのに格好な場所。現在この地区には、ヴェネツィア・ビエンナーレ会場やサッカー競技場がある。

フェリペート　注意して下さいよ、注意して。
マリーナ　大丈夫よ、約束するわ。
フェリペート　実は、父は僕を結婚させるつもりなのです。
マリーナ　本当に？
フェリペート　父が僕にそう言ったのです。
マリーナ　花嫁さんは見つかったの？
フェリペート　はい。
マリーナ　どなたなの？
フェリペート　教えて上げましょう。でも、どうか叔母さん、黙っていて下さいね。
マリーナ　まあ、やめてよ。もう少しで私を怒らせるところだわ。私を誰だと思っているの？
フェリペート　ルナルド・クロッツォラさんの娘さんです。
マリーナ　はい、はい、知っているわ。と言っても、直接には知らないけど、彼女のまま母に当る人を知っているわ。マルガリータ・サリーコラさんと言ってね。ルナルドさんの後妻になった方よ。父と同じく野蛮人よ。まあ、何ということでしょう、花婿の父親と花嫁の父親が、うまい相手を見つけたわけね。あなたはその娘さんと会ったの？
フェリペート　いいえ。
マリーナ　結婚の契約を取り交わす前に、あなたに会わせてくれるでしょうね。
フェリペート　僕は会わせてくれないんじゃないかと恐れてい

ますが。
マリーナ　まあ、これは傑作だわ！　もしあなたが彼女を気に入らなかったら、どうするの？
フェリペート　もし気に入らなかったら、僕は絶対に結婚しません。
マリーナ　それなら、その前に一度会った方がいいと思うけど。
フェリペート　どうしたらいいでしょう？
マリーナ　あなたのお父さまにそう言いなさい。
フェリペート　僕がそう言ったら、父は怒鳴りつけて、僕を黙らせてしまいました。
マリーナ　何かうまい方法を見つけたら、私、お手伝いして上げてもいいわよ。
フェリペート　ああ、お願いできれば！
マリーナ　でも、同じ野蛮な熊男のルナルドさんも、自分の娘さんを人に会わせたりしないわね。
フェリペート　もしできるなら、このお祭りの間に……
マリーナ　黙って、黙って、私の夫がやって来るわ。
フェリペート　僕は出て行った方がいいですか？
マリーナ　残っていなさいよ。

第七場　シモンと、前出の二人

シモン　[傍白]（この小僧は、ここで何をしているんだ？）

フェリペート　叔父さん、こんにちは。
シモン　［ぶっきらぼうに］やぁ。
マリーナ　私の甥っ子に向かって、何とも素晴らしい挨拶をしてくれるわね！
シモン　わしはお前と取り決めたはずだ、わが家に親戚の者を訪ねて来させるなって。
マリーナ　何ということを！　私の親戚が訪ねて来て、あなたに何かを頼み込んだことがある？　私の親戚はあなたに用などないわ。私の甥っ子が、長らくご無沙汰した後で、私に会いに来てくれたのに、それでもあなたは、私にぶつぶつ言うの？　私たちは山奥の木こりの住人なの？　あなたは本当に都会人のかしらね？　私たちは山の中の住人なの？
シモン　話はまだ終わりませんかね？　今朝のわしは、怒鳴り合いをしたくないのでね。
マリーナ　あなたは、私の甥っ子の顔も見たくないの？　いったい彼が何をしたって言うのよ？
シモン　別に何も。わしは彼に好意を持っているよ。だが、お前も知っての通り、わしはわが家に誰にも来てほしくないんだ。
マリーナ　でも、それは、ご親切に。
シモン　でも、この私は来てもらいたいのよ。
マリーナ　僕はもう、金輪際ここには来ませんから。
シモン　でも、このわしは来てもらいたくないのよ。
マリーナ　このたぐいのことでは、あなたに邪魔などさせないわよ。
シモン　わしの好きでないことなら、わしは何でも邪魔できるし、邪魔してやるよ。
フェリペート　［立ち去る動作をして］失礼しました。
マリーナ　［フェリペートに］待って頂戴。あなた、この子に何か含むところもあるの？
シモン　たんに来てもらいたくないだけだ。
マリーナ　いったいなぜ？
シモン　なぜも、どうしてもない。わしは誰にも来てもらいたくないだけだ。
フェリペート　叔母さん、もう行かせて下さい。
マリーナ　甥っ子さん、行きなさい、行きなさい。私があなたの父親の所に行って上げるからね。
フェリペート　叔母さん、失礼します。叔父さん、失礼しました。
シモン　失礼。
フェリペート　［傍白して退場］（ああ、この子の父親の一〇倍も野蛮な田舎者だな。）

第八場　マリーナとシモン

マリーナ　何というひどい言い方なの！　あの子にどんな話を広めてもらいたいのよ！

マリーナ　お前はわしの気質を知っているはずだ。わしは家では、自分の自由を掻き乱されたくないんだよ。
シモン　私の甥っ子が、あなたにどのような迷惑を掛けたと言うの？
マリーナ　何も。だが、わしは誰にも来てもらいたくないんだ。
シモン　では、どうしてあなたは自分の部屋に行かないの？
マリーナ　わしはここにいたいからだ。
シモン　本当にあなたって、嫌な人ね。食事の買い物にはやったの？
マリーナ　やらないよ。
シモン　今日は食事をしないの？
マリーナ　しないよ。
シモン　食事はしないって？
マリーナ　［声を張り上げて］しないよ。
シモン　一難去ってまた一難だわ。あなたは食事のことでも怒り出すのね。
マリーナ　そうだ。お前の話だけを聞いていると、このわしは奇人変人に見えるだろうな。
シモン　今日はどうして食事をしないの？
マリーナ　でも、わしらは外で食事をするからだ。
シモン　そのような不躾な態度で、私にそのような嬉しいことを言ってくれるの？
マリーナ　本当にお前は頭に来る奴だな。
シモン　まあ、あなた、許して頂戴ね。あなたって、時おり

むかっとさせる性格なのよね。
マリーナ　お前、わしの性格を知らなかったのか？本当は知っているくせに、なぜそのような物の言い方をするんだ？
シモン　［傍白］（大変な我慢が必要だわね。）いったいどこに食事に行くの？
マリーナ　わしと一緒に行く。
シモン　でも、どこに？
マリーナ　わしと一緒に来れば分かる。
シモン　でも、どこに？
マリーナ　わしが連れて行く所にだ。
シモン　どうして教えてくれないの？
マリーナ　お前が知ってどうする？お前は夫と一緒に行くんだから、何も聞かんでいい。
シモン　本当に、あなたは変な人ね。私たちがどこに行くのか、私がどのような服装をしたらよいのか、どのような人々とご一緒するのか、絶対に知っておく必要があるのよ。もし気後れするような家であれば、私は決して自分が笑われるために行ったりはしないわよ。
マリーナ　このわしの行く所が、気後れするような家でないことは請け合うよ。
シモン　でも、どなたとご一緒するの？
マリーナ　わしと一緒に来れば分かる。
シモン　本当に、知りたくて堪らないわ。
マリーナ　確かに、知りたくて堪らんだろうな。
シモン　私はどこに行くのかも知らずに、行くわけ？
マリーナ　その通りだ。

マリーナ　では私、たとえどんなことがあっても、絶対に行かないわよ。

シモン　それでは、食事もしないで、家に残っているんだな。

マリーナ　私は、義理の兄のマウリツィオさんの所に行くわよ。

シモン　お前の義兄のマウリツィオさんも、わしらの行く所に食事に来るよ。

マリーナ　いったいどこなのよ？

シモン　わしと一緒に来いよ。そうすれば分かるさ。[退場]

第九場　マリーナと、その後、フェリーチェと、カンシアンと、リッカルド伯爵

マリーナ　まあ、何という人なの！　本当に傑作な人ね！　なんという不躾な振る舞いよ！　ノックする音だわ。これは、ニワトリでも笑って駆け回るような、滑稽な話だわね。私を外に食事に連れて行くが、どこに行くかは知らせないって？　私だって、ちょっと気晴らしに出かけたいのは山々よ。でも、どこに行くのかも教えてもらえないのでは、行く気はしないわね。どうすれば分かるか、知る方法があればねえ。まあ、誰が来たのかしら？　フェリーチェ奥さんだわ！　お伴の人は誰かしら？　一人はあの愚かな夫ね。もう一人はいったい誰でしょう？　そうよ、彼女はいつも誰かお伴の騎士さんを引き連れているわね。彼女の夫は、私の夫と同じ性格だけど、フェリーチェさんはまったく平気よ。何ごとにも自分のやり方を通して、あわれな夫は、まるで犬のプードルみたいに彼女の後に付いて行く。困ったわ、私の夫がこんな人々を見たら、何と言うかしら？　構わないわ！　好きなことを言わせておけばいいのよ。私が彼らを呼んだわけじゃなし。私は失礼な振る舞いをしたくないわ。

フェリーチェ　マリーナさん、ごきげんよう。皆さんこそ。

マリーナ　フェリーチェさん、ごきげんよう。皆さん、ようこそ。

リッカルド　[マリーナに]奥さま、初めまして。

カンシアン　[憂鬱そうに]ごきげんよう。

マリーナ　私の方こそ、初めまして。[フェリーチェに]この方はどなた？

フェリーチェ　外国の伯爵さまで、夫のお友だちよ。ねえ、そうでしょう、カンシアン？

カンシアン　わしは何も知らんよ。

リッカルド　私は皆さまのよいお友だちで、皆さまにお仕えするよい召使です。

マリーナ　カンシアンさんのお友だちなら、ご立派な方に違いありませんわ。

カンシアン　あなたに言っておきますが、わしは何も知らんよ。

マリーナ　あなたとご一緒にわが家に来られたのに、何も知ら

フェリーチェ　まあ、それでは誰と一緒なの？ご存じのように、今はカーニバルの期間です。私の夫は、少しばかり冗談を言って面白がっているのですよ。マリーナさんをからかって怒らせようとしているのよ。ねえ、そうでしょう、カンシアン？

マリーナ　[傍白]（まあ、彼女は何て機転がきくんでしょう！）皆さま、お座りになりません？どうかお楽に。

フェリーチェ　ええ、では少しばかり座らせてもらいましょうか。[座る]伯爵さま、ここにお座り下さい。

リッカルド　あなたのお傍とは、これに勝る幸運はありませんね。

カンシアン　[座る]

フェリーチェ　[カンシアンに]そこよ、マリーナさんの傍に座らせてもらって。

マリーナ　[フェリーチェに小声で]ねえ、だめよ。私の夫が来たら、それこそ私がひどい目に遭うわ。

フェリーチェ　[カンシアンに]あそこを見てよ、椅子がいくつかあるじゃない？

カンシアン　ああ、その通りだな。

リッカルド　[カンシアンに]ねえ、あなた、もしここに座りたいのなら、どうぞご自由に。私は反対側のマリーナ夫人の傍に座りましょう。礼儀作法にこだわるのはやめましょう。

マリーナ　[リッカルドに]だめよ、だめよ。どうかお構いなく。

フェリーチェ　なぜそのようなご冗談を仰るの、伯爵さま？もしかして私の夫が嫉妬深いとでも思っていらっしゃるの？さあ、カンシアン、反論なさいよ。ねえ、あなたは嫉妬深い人間と思われているのよ。伯爵さま、あなたには呆れますわ。私の夫は立派な紳士ですよ。自分の妻が、そのような嫉妬心に我慢がならないことを、夫は知っていますし、たとえ嫉妬したとしても、彼はそれを我慢して知らない振りをしますよ。そもそも教養のある女性が、男の方と誠実なお付き合いができないなんて、馬鹿馬鹿しい話だわ！しかも、このお付き合いの相手というのが、このカーニバルの四日間ばかりヴェネツィアにやって来られた方で、しかもミラノにいる私の兄弟の一人から、くれぐれもよろしくと頼まれた立派な方だとすれば。無作法なことじゃない？彼には、自分の株を上げて、称賛されたいという野心があるわ。私の夫はね、そんな狭い心の持ち主じゃないわ。夫は、自分の株を上げて、自分の妻が楽しんで、人に賞賛され、上品な社交をするのを喜んでくれるわ。ねえ、そうでしょう、カンシアン？

カンシアン　[苦虫を嚙み潰して]そうだよ。

リッカルド　実を言いますと、私はいくらか疑いを抱いており

マリーナ　ました。でも、あなたが私の疑いを晴らしてくれ、カンシアンさんがそれを請け合ってくれたんですから、私は心安らかに滞在し、あなたにお仕えできる幸せを享受しましょう。
カンシアン　[傍白]（こいつを迂闊にも家に受け入れしまったとは、このわしが馬鹿だった。）
マリーナ　伯爵さま、ヴェネツィアにはしばらく滞在されますの？
リッカルド　実はほんの数日の予定だったのですが、この美しい町にとても魅惑されてしまいましたので、滞在を延ばすつもりです。
カンシアン　それで、マリーナさん、私たちは今日ご一緒に食事をするのよ。
フェリーチェ　どこで？
マリーナ　どこで？
フェリーチェ　[傍白]（悪魔にでも攫われてくれんかな？）
マリーナ　私の夫は、食事の話はちょっとしたけど、どこに行くのかは、全く話してくれなかったわ。
フェリーチェ　マルガリータさんの家？
マリーナ　ルナルドさんのお宅よ。
フェリーチェ　その通り。
マリーナ　それで分かったわ。では、あの家で結婚式をするの？
フェリーチェ　結婚式って何のこと？

マリーナ　あなた、何も知らないの？
フェリーチェ　知らないわ。教えて頂戴。
マリーナ　ええ、大ニュースよ。
フェリーチェ　誰の？
マリーナ　その通りよ。でも、黙っていてね。
フェリーチェ　[マリーナの傍に寄って来て]ねえ、ねえ、私に話して頂戴。
マリーナ　[リッカルドとカンシアンを顎で指して]彼らに聞かれたら？
フェリーチェ　リッカルドさま、私の夫と何かお話して下さいな。彼の傍に行って、彼に話し掛けて頂戴。彼はね、自分の妻が人と話をするのは喜ぶけど、自分が片隅に取り残されるのは好きじゃないのよ。ねえ、そうでしょう、カンシアン？
カンシアン　[リッカルドに]まあ、どうか、お気遣いなく。わしは何とも思っていませんから。
リッカルド　[カンシアンに近付いて]それどころか、カンシアンさんとお話ができるのは、嬉しいことですよ。いくつかのことについて教えてほしいのです。
カンシアン　（この男も、かわいそうにな。）
フェリーチェ　[マリーナに]それで？
マリーナ　まあ、驚いた。あなたにすごい人ね。
フェリーチェ　こうでもしなければ、あんな夫と一緒では、肺病で痩せ細って、死んでしまうわよ。
マリーナ　それじゃあ、この私はどうなるの？……

フェリーチェ　ねえ、話して、話して。ルシェッタさんに何があったの？

マリーナ　何もかも話して上げるわね。でも、誰にも聞かれないように、小さな声でね。

リッカルド　[カンシアンに]どうもあなたは、心ここにあらずのようですね。

カンシアン　許して下さい。わしは自分で沢山の厄介事を抱えているので、他人さまの厄介事にまで気が回らないのです。もうこれ以上、あなたを困らせたりしませんから。でも、あのご婦人方は二人でひそひそ話をしています。私たちも何か話をしましょうよ。二人で何か話をね。

リッカルド　それでは結構です。わしは噂話が嫌いだし、社交もあまり好きじゃない。

カンシアン　このわしに何を喋ってもらいたいのです？　わしは口数の少ない男です。

フェリーチェ　[マリーナに]二人は会ったことがないの？

マリーナ　ええ、二人は会わせてもらえないのよ。

フェリーチェ　まあ、それは大変な間違いだわ。

マリーナ　本当にそうでしょう？　結婚の契約を取り交わす前に、二人を会わせて上げるためだったら、わたし、一肌脱いで上げてもいいわ。

フェリーチェ　その男の子に、彼女の家を訪問させることはできないの？

マリーナ　まあ、とんでもない話だわ。

フェリーチェ　カーニバルで仮面をかぶる機会に、できないかしらね？……

マリーナ　小さな声で話してね、聞かれないように。

フェリーチェ　[リッカルドに]さあ、いま二人のことを話して頂戴、聞き耳を立てたりしないでね。自分たちのことを話して頂戴。[二人は小声で話し続ける]

リッカルド　[傍白](どうも変な奴と係わり合いになってしまったな。)

カンシアン　わしの言うことは、本当に本当ですよ。

リッカルド　まあ、そんなに早く？　私をからかっていらっしゃいますね。

カンシアン　日が暮れて二時間後にね。

リッカルド　何時にですか？

カンシアン　そう、ベッドでね。

リッカルド　ベッドで？

カンシアン　家です。

リッカルド　では、奥さまは？

カンシアン　家です。

リッカルド　では、どちらに行かれますか？

カンシアン　今晩はどちらに行かれますか？

リッカルド　[カンシアンに]私の頭に浮かんだ計略を聞いて頂戴。[マリーナに]

フェリーチェ　[マリーナに]どう思う？　気に入った？

マリーナ　いいわね。それなら上手く行くわ。でも、私の甥っ子に話すには、どうしたらいいか分からないわ。もし彼を呼

フェリーチェ　本当に？［カンシアンに］あなた、体によく注意した方がいいわね。
カンシアン　でも、お前も一緒に来てくれよ。
フェリーチェ　まあ、ちょうど今晩は、私たち、オペラに行く予定だったのを憶えてる？
カンシアン　お前にうまく騙されたからだ。だが、わしはオペラには行かん。
フェリーチェ　［カンシアンに］何ですって？これがボックス席の鍵よ。あなたが私に買ってくれたのよ。分かるでしょ、マリーナさん？この人はからかっているのよ。私の愛する夫はね、私を大変愛してくれて、ボックス席を買ってくれたのよ。だから、私と一緒にオペラに行くわ。ねえ、そうでしょう、あなた？［カンシアンに小声で］（ねえ、いいわね、馬鹿なことをしないでよ。さもないと、ひどい目に遭わせてやるわよ。）
カンシアン　わしが買ってやったのは……わしがオペラには行かん。
フェリーチェ　まあ、あなたら、ねえ、この人はからかっているのよ。分かるでしょ、マリーナさん？この人はからかっているのよ。私の愛する夫はね、私を大変愛してくれて、ボックス席を買ってくれたのよ。だから、私と一緒にオペラに行くわ。
マリーナ　［傍白］（まあ、何と悪知恵の働く人でしょう！）
フェリーチェ　［リッカルドに］私と一緒に来られません？

（12）ゴルドーニの自注に、言では po（ポ）と言うが、この語とポー河（Po）を掛けた言葉遊びで、《ポー河の次にはアディジェ河が来る》とは、物事はうまく行くという意味》。

んで来させたら、私の夫は獣みたいに怒り狂うわね。
フェリーチェ　私の夫は彼の家に来るように言ってやりなさいよ。
マリーナ　でも、彼の父親は？
フェリーチェ　彼もルナルドさんのお宅に食事に行くんじゃないの？彼が外出している間に、来させたらいいのよ。その件は私に任せて。
マリーナ　それから？
フェリーチェ　それから？……
マリーナ　それから？……
フェリーチェ　それから、それから？《ポー河の次はアディジェ河が来る》というように、事はうまく運ぶわよ。
マリーナ　すぐにでも彼に知らせて上げるわ。彼には沢山の仕事があるのでしょう。立派な人なのよ。
フェリーチェ　［リッカルドとカンシアンに］どうしたのよ、あなた方、口が利けないの？
リッカルド　カンシアンさんは、話をする気力がないのです。
フェリーチェ　かわいそうに！きっと何かで頭が一杯なのでしょう。
リッカルド　別に何も。
フェリーチェ　カンシアン、どうしたの？
カンシアン　気分がすぐれないのではと思いますが、本当に？まあ、困ったわね。とても心配だわ。
リッカルド　日が暮れて二時間後にベッドに入りたいなんて、彼が言うからですよ。

ボックス席には場所がありますよ。ねえ、そうでしょう、カンシアン？

カンシアン [傍白]（忌々しい女だ！ 自分の好きなことばかり、わしにさせおって。）

第一〇場 シモンと、前出の人々

シモン [つっけんどんに] マリーナ。

マリーナ はい、あなた。

シモン （この騒ぎは何だ？ あいつらは、ここに何の用だ？ [リッカルドを顎で指して] あの男は誰だ？）

フェリーチェ まあ、シモンさん、こんにちは。

シモン [フェリーチェに] やあ。 [マリーナに] 誰だ？

フェリーチェ 私たちはお宅を訪問しに来ましたのよ。

シモン 誰をです？

マリーナ あなたをですよ。ねえ、そうでしょう、カンシアンさん？

カンシアン [渋々と] そうです。

シモン [マリーナに] お前はここから出て行け。

マリーナ 私にそんな無作法をさせたいの？

シモン お前は何も考えんでいい。すぐここから出て行くんだ。

フェリーチェ さあ、マリーナさん、あなたの旦那さまの言うことを聞いて頂戴。ねえ、この私だって、カンシアンさんが

マリーナ お見事、お見事、仰る意味が分かったのよ。失礼します。

リッカルド [マリーナに] では、奥さま、失礼します。

シモン [伯爵に皮肉を込めて] 失礼します。

マリーナ [伯爵にお辞儀をしながら] 失礼いたします。

シモン [そのお辞儀を真似て] 失礼いたしますわ。

マリーナ （今回は黙っていて上げるわ。なぜかというと、その理由はね……でも、こんな生活はもう沢山だね。）[退場]

シモン [フェリーチェに] こちらの方はどなたです？

フェリーチェ わたしの夫にお聞き下さいな。

リッカルド 私が何者かお知りになりたいのなら、あなたが質問される手間を省くために、私の方から申し上げましょう。私はアブルッツォの騎士で、リッカルド・デリ・アルコライ伯爵と申します。私はカンシアンさんの友人で、フェリーチェ奥さまにお仕えするしもべです。

シモン [カンシアンに] 君はこんな連中と奥さんを付き合わせておくのか？

カンシアン わしにどうしろと言うんだね？

シモン 呆れ果てたよ！ [退場]

フェリーチェ あの人がどれほど無作法な人か、ご覧になった？ 何の挨拶もせずに、私たちをここに残したまま、行ってしまったわ。伯爵さま、違いがお分かりになった？ 私の

夫は立派な紳士ですよ。このような無作法はできない人です。今日、あなたを一緒に食事にお誘いできないのは、とても残念ですわ。でも、食事の後で、あなた様にして頂きたいことがありましてね、それをお話しますわ。そして、今晩は一緒にオペラを観に参りましょう。ねえ、そうでしょう、カンシアン?

カンシアン だが、お前に言っておくが……

フェリーチェ さあ、こっちにいらっしゃい、このお馬鹿さん。[一方でカンシアンの腕を取り、他方でリッカルドの腕を取って、退場]

第二幕

第一場　ルナルドの家の部屋。盛装したマルガリータと、ルシェッタ

ルシェッタ お母さま、すてきだわ。何てすてきな服装でしょう。

マルガリータ ねえ、娘や、どうしろと言うのよ? 今日、例の人々がやって来た時に、モチロン、下女のような恰好でいろというの?

ルシェッタ では、この私は、どのような恰好をしたらいいのかしら?

マルガリータ まあ、そうよね、そうよね、私はこれでいいのよね!　私は病気さえしなければ、それでいいのよ。

ルシェッタ あなたはまだ娘だから、そのままでいいのよ。

マルガリータ ねえ、娘や、私は何と言って上げたらよいか、分からないわ。できることなら、私だってあなたの人々えて上げたいわ。でも、あなたのお父さまがどのような人か、ご存じでしょう。あの人とは話ができないのよ。もし私があなたのために、何かして上げて、と言うと、とたんに彼は怒り出すの。娘というものは質素な身なりでいるべきだ、とまで言って、さらに私があなたをそそのかしているのかしら、

うのよ。だから私は、怒鳴り声を聞かないために、係わり合わないことにしたの。彼のなすままにさせておくわ。結局のところ、あなたは私の実の娘ではないんだし、私は勝手な真似ができないのよ。

ルシェッタ 〔気落ちして〕ええ、よく知っているわ、よく知ってるわ、私がお母さまの実の娘じゃないってことはね。

マルガリータ それはどういう意味よ？ もしかして、この私があなたを愛していないとでも？

ルシェッタ いいえ、私のためにお母さまが実の娘だったら、偉い人が来た時に、エプロンを掛けさせたまま、放っておいたりしないでしょうにね。

マルガリータ まあ、なるほどね！ 私が知らないとでも思っているの？ お母さまは私をからかっていらっしゃるのよね。

ルシェッタ 馬鹿なことを言わないでよ。笑ってしまうわ。

マルガリータ では、取った後には？

ルシェッタ エプロンを取ったら、モチロン、エプロンなしになるわね。

マルガリータ では、エプロンを取りなさいよ。

ルシェッタ 何をして欲しいの？

マルガリータ 私だって、他の女の人たちのように、見栄えのする服を着たいわ。

ルシェッタ あなたのお父さまにそう言って頂戴。それと

も、密かに仕立て屋を呼んで来て、あなたの衣服を仕立ててもらいたいの？ では、その後はどうなる？ ルナルドさんは目が見えないとでも思っているの？ 彼があなたの服に、モチロン、気付かないとでも思っているの？

ルシェッタ 私は服が欲しいなんて言っていません。せめて他の何かよね。見て、私はレースの袖飾りひとつ持っていないわ。それに、このおんぼろのレースの袖飾り[13]は、見せるのが恥ずかしいわ。私のお婆さんの代の古い品物よ。家の中では恥ずかしくないけど、見も悪くはないのよ。そう、何か見栄えのするものが欲しいの。私はまだ若いし、乞食女でもないのよ。たとえ安物でも似合わなくはないと思うけど。袖飾りが欲しいなら、私のものを貸して頂戴。待っていて頂戴。それに、真珠の首飾りはどう？

マルガリータ 待っていて頂戴。（かわいそうに！ 同情するわ。私たち女性はね、誰でもそうなのよ。）〔退場〕

ルシェッタ 嬉しいわ。

マルガリータ すぐに取って来るわね。

第二場 ルシェッタと、前出のマルガリータ

ルシェッタ まあ！ お母さまは、お父さまが望んでいないと仰っているわね。でも私、望んでいないのは、本当はお母さまの方だと思うわ。私の父が野蛮な田舎者で、家で贅沢は望まないというのは本当よ。でもね、お母さまは着飾ることが

できるし、服が欲しい時には、服を誂えるし、お父さまが何と言っても気にしない。でも、かわいそうな私のことは、何ひとつ考えてくれない。要するにまま母、まさにその言葉通りよね。それに私、あの人の心の内をよく知っているわ。あの人は私に腹を立てているのよ。だって、私はあの人よりずっと若くて、ずっと美人だから、私が傍にいて、比べられるのが癪なのよ。あの人に向かって、嫌々ながら《娘や》と言うと、自分が年寄りになってしまったんじゃないかと怯えるのよ。私が《お母さま》と言うと、自分が年寄りになってしまったんじゃないかと怯えるわ。

マルガリータ　さあ、そのエプロンを取って。

ルシェッタ　はい、お母さま、すぐに。［エプロンを取る］

マルガリータ　こっちにいらっしゃい。袖飾りを付けて上げるわ。

ルシェッタ　いとしいお母さま、私に見せて。

マルガリータ　見てご覧。新品同様よ。

ルシェッタ　この擦り切れたタワシのようなもので、どうしろと仰るの？

マルガリータ　何を言うの！　もしこの袖飾りを洗濯したら、大勢の人がその立派さに驚いて見に来るわ。

ルシェッタ　お母さまの袖飾りは汚れていないわね。

マルガリータ　まあ、何を言うかと思ったら！　あなたは私と張り合いたいの？　これがあなたの袖飾りよ。もしこれがあなたの袖飾りよ。もしもっといいのが欲しいなら、自分で見つけて来なさいよ。

ルシェッタ　さあ、怒らないで頂戴。私はこれで構わないから。

マルガリータ　こっちにいらっしゃい。［彼女に袖飾りを付けてやりながら］生意気に、人がしてやればやるほどつけ上がるんだから。

ルシェッタ　［袖飾りを調整しながら］その通りよね！　お母さまは私に沢山のことをして下さいますものね。

マルガリータ　［前と同様に］私は自分のやるべき以上のことまで、して上げていますよ。

ルシェッタ　［前と同様に］いとしいお母さま、あまり力を入れないで。袖飾りが破れるわ。

マルガリータ　［彼女の体を引っ張りながら、前と同様に］今朝はあなた、本当に生意気ね。

ルシェッタ　まあ、やめてよ。そんなに引っ張らないでよ。私は家畜じゃありませんのでね。

マルガリータ　はい、はい、今後私は、決してあなたの着付けのお手伝いなんかしませんからね。ねえ、あなたは敏感過ぎ

────────
(13)《cascata》《袖飾り》。袖に取り付けて、何層にもなって袖から垂れ下がるレースの飾りのこと。
(14)《golie》《首飾り》。レースで出来た首飾りのこと（フランス語はcollier）。

るのよ。これからは女中に手伝ってもらいなさい。私はもう決してあなたと係わり合いになりませんからね。

マルガリータ　真珠の首飾りは？

ルシェッタ　もう知らないわ。私はこれ以上文句を言われたくないからね。

マルガリータ　ねえ、お願い、いとしいお母さま。

ルシェッタ　この浮気娘の面倒を見るとは、この私も気の狂れた阿呆だったわ。

マルガリータ　［泣き出して、ハンカチで涙を拭く］

ルシェッタ　どうしたの？　何なのよ。

マルガリータ　［前と同様に］

ルシェッタ　泣いているの？　私があなたに何をしたと言うの？

マルガリータ　［泣きながら］お母さまったら……私に……真珠の首飾りを……下さると仰ったのに……突然……だめだって……仰るんですもの。

ルシェッタ　あなたが私を怒らせるからよ。

マルガリータ　見せて。

ルシェッタ　さあ、ここに来なさい。［彼女に首飾りを付けようとする］

マルガリータ　私に下さるの？

ルシェッタ　見せて。

マルガリータ　これについても、何か文句の種を見つけるつもり？　黙って首に付けさせて頂戴な。黙ってね。

ルシェッタ　［小声でぶつぶつ言いながら］きっとどこかの古い品物なんでしょう。

マルガリータ　［首飾りを付けながら］何と言った？

ルシェッタ　何も。

マルガリータ　［前と同様に］いつも不平ばっかり。

ルシェッタ　［胸に割れた真珠を見つけて］見て、この真珠の粒、割れているわ。

マルガリータ　だからどうしたの？

ルシェッタ　それくらい何なのよ？　粒どうしの間隔を少しあければいいじゃない。

マルガリータ　粒がみな割れていたら……

ルシェッタ　もう少しで堪忍袋の緒が切れるわよ……

マルガリータ　この首飾りは、いつ頃の代物なの？

ルシェッタ　もう沢山。私、絶対にそれを取り上げて、持って行かせてもらいますからね。

マルガリータ　何ということを！　お母さまはいつも怒鳴ってばっかり。

ルシェッタ　だって、あなたは何をして上げても満足しないんだから。

マルガリータ　私、似合う？

ルシェッタ　とてもよく似合うわ。

マルガリータ　私の顔に合っているかしら？

ルシェッタ　ぴったりよ、本当にぴったり。

マルガリータ　栄っ張りだわね。（忌々しい見栄っ張りだわね。）

ルシェッタ　［財布から小さな鏡を取り出して］（この人の言うことなんか信用できないわ。自分で見ることにするわよ。）

第三場　ルナルドと、前出の二人

マルガリータ　お財布に鏡を持っているの？

ルシェッタ　まあ、これはがらくたよ。

マルガリータ　もしあなたのお父さまが、そのようなものを見つけたら！

ルシェッタ　お願い、告げ口しないで頂戴ね。

マルガリータ　噂をすれば影よ。見て、彼がやって来るわ。

ルシェッタ　忌々しいわ！　自分の姿をじっくり眺めることもできないなんて。［鏡を仕舞い込む］

ルナルド　［マルガリータに］どうしたんだ、お前？　舞踏会にでも行く気か？

マルガリータ　まあ、やっぱり言ったわね。一年に一回私が晴れ着を着ただけで、ぶつぶつ言うんだから。私があなたを破産させるんじゃないかって、モチロン、恐れているの？

ルナルド　ズバリ言ウトダナ、お前が一週間に一着ずつ服を作って散財しても、わしは全く気にせんよ。天の神さまのお陰で、わしはそんなしみったれた男ではないからな。わしは必要なら一〇〇ドゥカートでも、ぽんと出せる。だが、このような下らないものにではないぞ。わが家に来られる紳士方が、お前を見て何と言うと思う？　お前は、最新流行の服を来たフランス人形さんとでも言われたいのか？　わしは彼らの笑い者になりたくないんだよ。

ルシェッタ　［傍白］（お母さまが散々に怒鳴られて、本当にいい気味だわ。）

マルガリータ　他のご婦人方がどのような恰好でやって来ると思って？　革靴と木靴を片方ずつ履いて来るとでも？

ルナルド　人はそれぞれ好きな恰好で来ればいいさ。だが、わしは、滑稽な恰好をした連中をわが家に入れて、笑い者になることはないし、これからも、そのようなことをして、笑い者になるつもりはない。分かったか？

ルシェッタ　その通りだわ、お父さま。私もそう言ったのよ。

ルナルド　［ルシェッタに］いいな。この女の真似なんか、してはいかんぞ……それは何だ？　お前が首に掛けている、そのけったいなものは何だ？

マルガリータ　まあ、お父さま、何でもないわ。がらくたよ、古物よ。

ルシェッタ　その真珠の飾りを外せ。

マルガリータ　だからどうした？　仮面をかぶって行きたいの？　今はカーニバルの時期なのよ。

ルナルド　その通りだわ、ルナルド。私もそう言ったのよ。

ルシェッタ　ねえ、お父さま。今はカーニバルの時期なのよ。

ルナルド　だからどうした？　仮面をかぶって行きたいのか？　今日はお客わしはそのような軽薄な遊びは、願い下げだ。

─────────
(15) ヴェネツィアの目抜き通りであるメルチェリア通り方言ではマルザリア通り⑮の服地商のウィンドウには、［ヴェネツィア、毎年、キリストの昇天の祭日（復活祭の四〇日後、五月中旬頃）に、フランスから送られてくる最新ファッションのマネキン人形が飾られた。

やって来るんだ。お前を見て、《娘は阿呆で、父親は分別なしだ》などと笑われたくないんだよ。その真珠の飾りをわしによこせ。[その垂れ下がったやつは何だ？ 袖飾りか、お前、それは袖飾りか？ いったい誰から、そんな下らんものをもらった？

ルシェッタ　お母さまに頂いたのよ。

ルナルド　[マルガリータに]馬鹿女！ お前は、娘にそのような立派な躾をしてくれるのか？

マルガリータ　言うことを叶えてやらないと、私、あの娘を憎んでいるとか、あの娘を愛していないって言われてしまうんだもの。

ルナルド　[ルシェッタに]お前はいつからそのような気まぐれを抱いたんだ？

マルガリータ　お母さまが着飾るのを見て、私も同じことをしたくなったのよ。

ルナルド　[マルガリータに]聞いたか？ これが悪いお手本から生まれる結果だ。

マルガリータ　この子はまだ娘のよい娘だけど、私は結婚しているのよ。

ルナルド　結婚した女は、娘のよいお手本でなければならん。

マルガリータ　私があなたと結婚したのは、モチロン、あなたの子供にかかり切りになるためじゃないわよ。

ルナルド　わしがお前を嫁にもらったのはな、ズバリ言ウトダ

ナ、お前にわが家の評判を落としてもらうためではないぞ。

マルガリータ　私はね、あなたの家の評判を上げてやっているわよ。

ルナルド　[マルガリータに]さあ、すぐに脱いで来い。

マルガリータ　私、たとえ殺されたって、あなたの言うことなんか聞かないわ。

ルナルド　よし、ではお前は、食卓に来なくていい。

マルガリータ　もちろん、行くつもりなんか、これっぽっちもないわよ。

ルシェッタ　お父さま、私は食卓に行っても構わない？

マルガリータ　そのがらくたを外せ。

ルナルド　はい。お父さまがお望みでないなら、取り外しますよ。私は従順な娘です。こんなものは、身に付けるだけで恥だわ。[真珠と袖飾りを取る]

ルナルド　見たかね？ わしの娘は躾のよいことが分かる。あ、わしの死んだ最初の妻がいたらな！ あいつは立派な女だった。わしに断らないでは、リボンひとつ身に付けなかった。わしが望まなければ、それでお終い、口答えなどしなかったよ。どうか天国で祝福されていますように。再婚なんかするとは、わしも本当に気が狂れた阿呆だったな。

マルガリータ　私だってね、人面獣を夫に持つなんて、高い買い物をしてしまったわ。

ルナルド　あわれな阿呆だ！ お前は生活に必要なものを欠か

マルガリータ　したことがあるか？　食べ物がなかったことがあるか？　女を実の母親のように思うんだ。

ルナルド　その通りよね！　女は食べ物さえ事欠かなければ、足りないものはないのよね！

マルガリータ　お前は何が足りないというんだ？

ルナルド　ねえ、あなた、これ以上私に喋らせたら、とんでもないことになるわよ。

マルガリータ　お父さま。

ルシェッタ　何だね？

マルガリータ　私はお父さまに事欠かないわ。それに？

ルナルド　それでいいんだ。

マルガリータ　たとえお母さまが、身に付けろと仰っても、何も身に付けたりしないわ。

ルシェッタ　の本性は先刻ご承知よ。面と向かっては、モチロン、気に入られるように振る舞って、後ろに回ってはひどい悪口を言うんですもの。

マルガリータ　この私がですって？

ルナルド　[ルシェッタに]　黙るんだ。

マルガリータ　[ルシェッタに]　だって、お母さまが嘘ばかり言うんですもの。

ルナルド　[ルシェッタに]　この子が何という口の利き方をしたか、聞いた？

マルガリータ　口を慎め、いいな。義理の母親に向かって、そのような口の利き方をしてはならん。尊敬の心を持ちなさい。彼

ルシェッタ　女を実の母親のように思うんですけど。

マルガリータ　[ルシェッタに]　私はちゃんとそうしていますけど。

ルナルド　[ルシェッタに]　あのねえ……

マルガリータ　[ルシェッタに]　お前はその服を脱いで来い。ズバリ言うトゥダナ、言うことを聞いた方が身のためだぞ。

ルシェッタ　本気でそう言っているの？

マルガリータ　あなた、本気でそう言っているの？

ルナルド　やれよ。私、この服をずたずたに切り裂いてやるわ。さあ、始めたらどう？

マルガリータ　（まあ、そうであって欲しいわ！）

ルナルド　お父さま、お客さまが来られたわ。

マルガリータ　馬鹿な召使いめ！　わしに知らせもせずに、ドアを開けおったのか？　[ルシェッタに]　ここから出て行け。

ルシェッタ　まあ、どうしてなの？

マルガリータ　お客たちに、いったい何と言われたいの？

ルナルド　[マルガリータに]　着替えて来い。

マルガリータ　忌々しい奴だな！

ルナルド　

第四場　シモンと、マリーナと、前出の人々

マリーナ　マルガリータさん、ごきげんよう。

マルガリータ　マリーナさん、ごきげんよう。

ルシェッタ　まあ、お嬢さん、ごきげんよう。
マリーナ　ごきげんよう。
マルガリータ　シモンさん、ごきげんよう。
シモン　[ルシェッタに] こんにちは。
マリーナ　ルナルドさんは、ご挨拶なしなの？　仕方がないわね。
ルナルド　こんにちは。[ルシェッタに] お前は出て行け。
ルシェッタ　[傍白] (たとえ殺されたって、出て行かないわ。)
ルナルド　[マルガリータに] あの阿呆な妻は、今日も、このわしに煮え湯を飲まそうとしているんだな。
シモン　[傍白] (見てよ、あの人、何てお行儀がいいんでしょう！　あなたまで無視しているわよ。)
マリーナ　[シモンに] お前は黙っていろ。お前とは関係ないだろう。
シモン　[マリーナに] あのお嬢さん、かわいいわね！
マルガリータ　さあ、マリーナさん、外套をお脱ぎになって。
マリーナ　ありがとう。[ショールを取ろうとする]　お前はあっちに行って、外套とショールを脱いでもらえ。
ルナルド　[マルガリータに] さあ、モチロン、私に噛み付いたりしないでね。
マリーナ　[マルガリータに] お前もそれを脱ぐんだ。
ルナルド　[マルガリータに] 私もこれを脱がなきゃいけないの？　あの人は私も脱いで来いですって。[笑う] 私の夫って、本当にかわいいじゃない。
マリーナ　[マルガリータに] 聞いたか？　お前、何の必要があって、ズバリ言うトダナ、お引き摺りのアンドリエンヌなんかを着たんだ？
マルガリータ　まあ、ルナルド、何ておかしなことを言うのよ！　この奥さまだって、モチロン、派手な服装じゃないの？
ルナルド　彼女は家の外の人で、お前は家の者だ。
シモン　[ルナルドに] わしもこの馬鹿女と二時間も言い争いをしたよ。こいつも自分で好き勝手な服装をしようとするんだ。[マリーナに] 家に使いをやって、お前のコトゥス [昔の簡素な衣服] を持って来させろ。
マリーナ　私が使いをやったりするものかどうか、ちょっと考えてみたらどう！
マルガリータ　行きましょう、行きましょう、マリーナさん。
マリーナ　まあ！　私たちは金襴の服を着ているわけでもないのにねえ！

マルガリータ　あの人たちは、そういう人なのよ。物を沢山持っていながら、それを使おうとしないのよね。

マリーナ　フェリーチェさんが、どのような服装をしてくるか、今にご覧になれるわよ。

マルガリータ　あの方にお会いになったの?

マリーナ　私の家に立ち寄られたのよ。

マルガリータ　ねえ、ねえ、どんな服装だった?

マリーナ　[感嘆の声で]絹のタフタ織りのコートよ。

マルガリータ　タフタのコートですって?

マリーナ　とてもすてきだったわ!

マルガリータ　ルナルド、聞いた? フェリーチェさんはね、モチロン、タフタのコートですってよ。

ルナルド　わしは、人さまのことには嘴を突っ込まん。お前に言っておくが、ズバリ言ウトダナ、そんなものは恥だ。

マルガリータ　[マリーナに]上着はどうだった?

マリーナ　すごい銀糸の織物よ。

マルガリータ　[ルナルドに]聞いた、フェリーチェさんは、銀糸で織った上着だって。それなのにあなたは、私が安っぽい絹の服を着ているだけで、怒鳴るんだから。

ルナルド　着替えを着ていく、いいか。

マルガリータ　私があなたの言うことを聞くなんて思ったら、あなたは本当に愚か者よ。[マリーナに]行きましょう、マリーナさん。こんな人たちの言うことを聞いていたら、私たちは世間の笑い者になるだけよ。あっちの部屋に行きましょう。私は着道楽だってしていたいのよ。このままでいるのよ。[ルナルドに]でも、他に着る服がないの。

ルナルド　あいつめ、このわしを挑発しては、怒らせようとするんだ。

マリーナ　まあ、ルナルドさん、理解して上げるべきよ。彼女にはまだ見栄があるのよ。確かに家の中で、このような派手な恰好をする必要はないわ。でもね、彼女はまだ若くて、まだ分別が付いてないのよ。

シモン　おい、黙れ、お喋り女。自分の言葉に気をつけろ。

マリーナ　ねえ、あなた、お邪魔したお宅に遠慮しなくてもいいのなら……

シモン　何をすると言うんだ?

マリーナ　あなたに思い切り悪態をついてやるわ。(悪魔みたいな熊男ね。) [退場]

シモン　結婚などするから、このような災いが付いて回るんだ。

第五場　ルナルドとシモン

────
(16) フランスの女優テレーズ・ダンクール(一六六三―一七三〇)が、劇作家ミシェル・バロンの『アンドリエンヌ』(テレンティウスの『アンドリア』の焼き直し版、一七二九年)で着用して流行した、おう引き摺りの衣服のこと。

ルナルド ［シモンに］わしの最初の妻のことを憶えているかね？　あれは本当に従順な女だった。ところが、二番目の妻はとんでもない奴だよ。

シモン このわしは何と間抜けな阿呆だったんだろう。女なんか好きじゃなかったのに、よりによって地獄から逃げ出した悪魔みたいな女を嫁に貰ってしまうとはな。

ルナルド 今日日、もう結婚なんかするもんじゃないな。妻をしっかり繋ぎ止めておこうとすると、ズバリ言ウトダナ、野蛮人と呼ばれるし、好き勝手をさせると、阿呆呼ばわりされる。

シモン わしは誓って言うが、ズバリ言ウトダナ、もしわしに娘がいなかったなら、再婚などしなかったよ。

ルナルド その娘さんを結婚させるという噂を聞いたが、本当かね？

シモン ［怒って］誰から聞いた？

ルナルド わしの家内からだが。

シモン 彼女の甥っ子から聞いたんだろう。

ルナルド フェリペートから？

シモン そう、フェリペートからだ。

ルナルド 軽薄者め、おしゃべりめ、愚か者め！　あいつの父親がちょっと打ち明けると、あいつはすぐにかなわぬ奴でないことがよく分かった。わしは娘と婚約させたことを後悔しかかっているよ。ズバリ言ウトダナ、もう少しで契約を破棄するところ

だ。

シモン 君が気を悪くしたのは、彼が自分の叔母に話したからかね？

ルナルド その通りだ。黙っていられない奴は、賢明な男ではないし、賢明でない男に、結婚する資格はない。君は正しい。だが、今日日、わしらの頃のような若者は、どこを探しても見つからんよ。憶えているかね？　わしらは、父親に言われたことは何でも、寸分違わずにしたものだよ。

ルナルド わしには二人の姉妹がいて、二人とも結婚したが、これまでに会ったことは一〇回もないと思うよ。

シモン わしは自分の母親とさえ、ほとんど話をしたことがなかったよ。

ルナルド わしは今になっても、オペラがどんなものか、芝居がどんなものか、分からんのだよ。

シモン わしはある晩、無理やりオペラに連れて行かれたが、始めから終わりまでずっと眠っていたよ。

ルナルド わしが子供の頃、父親はわしに言ったことがある。お前は覗きからくりを見るのと、二ソルドを貰うのと、どっちが好きだってね。わしは二ソルドに飛びついたよ。貰ったチップを溜めたり、このわしは？　いくらかの小銭を稼いだりして、一〇〇ドゥカートになると、それを四パーセントの利子で投資に回して、収入を四ドゥカート増やしたよ。その配当金を受け取った時には、言

葉では言い尽せないほどの喜びを味わったものだ。わしは決して四ドゥカートを溜め込みたかったんじゃない。こう言ってやれることが、嬉しくて堪らなかったんだ。《さあ、見て下さい。これが子供の私が稼いだお金です》ってね。

ルナルド 今日日、このようなことをする子供は、一人もおらんな。今の子は、ズバリ言ウトダナ、お金を浪費することか知らんのだ。

シモン お金を浪費することには、目をつむってやるとしても、さまざまな原因によって破滅する奴が五万とおるんだ。

ルナルド そのすべての原因は、自由放任にある。

シモン その通り。自分でズボンがはけるようになったと思ったら、とたんに男女交際を始めおる。

ルナルド 誰が子供にそんなことを教えるか、知っているかい？

シモン 母親だよ。

ルナルド そのもう何も言わないでくれ。わしは髪の毛が逆立つような話をいくつも聞いているよ。

シモン その通り。母親はこう言うんだ。《かわいそうな子だわ！ 楽しみを与えて上げなきゃ。かわいそうね！ で死んでしまっても構わないの？》お客が訪ねて来ると、母親は子供を呼んで、《ここにおいで、坊や。かわいいでしょ？ ルグレーツィア奥さん、かわいいでしょう。抱き締めたくならない？ どんなに利発な子か、知ってほしいわ！ あの歌を歌って見せて頂戴。トルッファルディーノのあの素晴らしい演技をやって見せて。自慢して言うんじゃありませんけ

ど、この子は何でもできるのよ。踊りだって、トランプ遊びだって、ソネットの詩を作ることだってね。この子にはもう好きな人がいるのよ、ご存じ？ 結婚したいなんて言ってるわ。この子って、まだ子供なんだし、今に分別ができるわよね。まだ子供なんだし、今に分別ができるわ。かわいい坊や、こっちにおいで、私の命ちゃん。ルグレーツィア奥さんにキスして上げて……》沢山だ、汚らわしい、恥だよ、分別のない女どもめ。

シモン ここにわしの知り合いの女を七、八人来させて、君の話を聞かせてやるためなら、わしはお金を払ってもいいくらいだな。

ルナルド とんでもない！ 女どもはわしを目がけて飛び掛るだろうよ。

シモン わしだって、そうされるんじゃないかと心配だよ。ところで、教えてくれよ。マウリツィオ君とは結婚の契約を取り交わしたのかい？

ルナルド わしの中二階の事務所に来てくれ。そこで何もかも話してやろう。

シモン わしの妻は、君の奥さんとあっちの部屋に行ったんじゃないか？

ルナルド もちろんだよ。

---

(17)《Truffaldino》（トルッファルディーノ）。ベルガモ方言を話す愚かで滑稽な召使い役で、《アレッキーノ》とも《トラッポリーノ》とも呼ばれる。

シモン では、家に誰もいないのでは？
ルナルド わしの家に？　わしに知らせずには、誰も入れないよ。
シモン ところで、とんでもない話があるんだ！　今朝、わが家にだね……沢山だ、友人の悪口はやめよう。
ルナルド 話してくれよ……何があったんだね？
シモン 行こう、行こう、後で話してやるよ。女は、どこまで行ってもやはり女だ。
ルナルド 女とは、ズバリ言ウトダナ、災いの種だよ。
シモン [笑って、ルナルドを抱きかかえて]まさに仰る通りだ。
ルナルド だが、本当のことを言うとね、わしは女が嫌いじゃない。
シモン 実はこのわしもな。
ルナルド しかし、家の中でな。
シモン しかも、二人だけでな。
ルナルド しかも、ドアを閉めてな。
シモン しかも、窓を締め切ってな。
ルナルド しかも、女どもには言うことを聞かせてな。
シモン しかも、わしらの望み通りにさせてな。
ルナルド 男ならこのようにすべきだ。[退場]
シモン このようにしない奴は、男ではない。[退場]

第六場　別の部屋。マルガリータとマリーナ

マリーナ あなたにお願いがあるの。ルシェッタさんを呼んで来て。花婿さんのことを、いくらかでも話して上げましょうよ。彼女を安心させて、どう思っているのか聞いてみましょう。
マルガリータ ねえ、マリーナさん、そんなこと、してやる必要ないわよ。
マリーナ それはどうして？
マルガリータ あの子は悪い子なのよ。私はあらゆる手を尽して、あの子を満足させて上げようとしたら、モチロン、ますます付け上がって、恩知らずで、高慢で、わがままな態度を取るのよ。
マリーナ まあ、あなた、若い子だわ。大目に見てあげなきゃ。
マルガリータ 何ですって？　あの子が若いんですって？
マリーナ 何歳になるの？
マルガリータ もう一八は過ぎたと思うわ。
マリーナ まあ！
マルガリータ 本当よ！　誓って言うけどね。
マリーナ 年齢の点では、釣り合うわね。
マルガリータ 私の甥っ子は、二〇歳になったばかりよ。
マリーナ それに、私の甥っ子はいい子よ。
マルガリータ 本当のことを言うと、ルシェッタだって悪い子

マリーナ　じゃないのよ。でも、何と言うか、気紛れなのよね。ある時は私にじゃれ付くかと思うと、ある時は私をいらいらさせるのよ。

マルガリータ　そうかもしれないわね。でも、娘に何も教えないなんて、考えられないわね。

マリーナ　まあ、あなた、それは年齢のせいよ。実を言うと、この私だって昔は、今の彼女と同じだったのよ。私だって、お母さまにそのような態度を取ったものよ。

マルガリータ　彼らがどのような人たちか、あなた、まだ知らないの？　言ったら即実行してしまうような人たちよ。《さあ、手を握り合え。これで式終了だ》ってね。

マリーナ　でも、そこには大きな違いがあるわよ。分かる？　実の母親なら我慢もできる。でも、私とあの子の間には何もないのよ。

マルガリータ　だから、彼女には知らせて上げた方がいいのよ。

マリーナ　でも、彼女はあなたの夫の子よ。

マルガリータ　私に呼んでほしいの？

マリーナ　あなたも呼んだ方がいいと思うんじゃない？　一緒に呼びましょうよ。

マルガリータ　そのまさに夫のお陰で、私、母親の役を果たす気持ちが失せてしまうのよ。だって、夫ったら、私が彼女を満足させてやると怒鳴るし、満足させてやらないと不平を言うのよ。本当に私、どうしたらいいのか、分からないわ。

マルガリータ　ねえ、あなたにお任せするわ。

マリーナ　まあ、マルガリータさん、呆れたわ。用心深さにかけては、あなたの右に出る人はいないわね。

マルガリータ　では、連れて来るわね。[退場]

マリーナ　娘さんもかわいそうに！　このまま母さんは、自分で責任を取ろうとしないのね！　親としての自覚が全くないんだわ。

マルガリータ　明日にでも行ってくれればいいのに。

マリーナ　結婚の契約は交わしていないの？

マルガリータ　できるだけ早く、お嫁にやってしまうことね。

マリーナ　あの人たちにはね、定見というものがないのよ。一瞬で気が変わって、破談にしてしまうんだから。

マルガリータ　でも、私、賭けてもいいけど、今日、結婚式があるような気がするわ。

マリーナ　今日ですって？　どうして？

マルガリータ　ルナルドさんは、私の義兄のマウリツィオさんも食事に呼んだのよ。普通なら、あの人たちは、このような招待

第七場　マルガリータと、ルシェッタと、前出のマリーナ

マルガリータ　さあ、こっちに来て頂戴。マリーナさんがあなたにお話があるんですって。

ルシェッタ　挨拶に来るのが遅くなって、ご免なさいね。実は

マリーナ　ルシェッタさん、私、嬉しいわ。
ルシェッタ　何が？
マルガリータ　[マリーナに]あなたから言ってくれない？
マリーナ　[マルガリータに]どっちでも同じだし、あなたがお嫁に行くからよ。
ルシェッタ　[がっかりして]へえ、なるほどね！
マリーナ　何ですって？あなた、信じないの？
ルシェッタ　[前と同様に]悪いけど、信じないわ。
マリーナ　[マルガリータを顎で指して]この人に聞いてみなさいよ。
ルシェッタ　お母さま、それは本当の話なの？
マルガリータ　そういう噂だけど。
ルシェッタ　まあ！では、まだ本当かどうか分からないの？
マリーナ　私は絶対確実だと思うけどね。
ルシェッタ　まあ、マリーナさん、私をからかっていらっしゃるのね。
マリーナ　からかっている？私はね、誰があなたの花婿さんかも知っているわよ。
ルシェッタ　本当に？いったい誰なの？
マリーナ　あなた、何も知らないの？
ルシェッタ　私は本当に知らないのよ。私にはまるで夢の話のようだわ。

マリーナ　ルシェッタさん、私、嬉しいわ。
私、自分がへまをするんじゃないかと、いつも怯えていなきゃならないの。この家では何をしても、叱る種を見つけられますから。
ルシェッタ　本当にね。あなたのお父さまは、少し気難し過ぎるわ。でも、まま母さんが、あなたを愛してくれているから、よかったわね。
マルガリータ　[傍白](なるほどねえ。これでは、もし私に義理の娘がいたら、やはり私も同じことをするかもしれないわね。)
ルシェッタ　その通りだわ。[肘で、そうでないという合図を送る]
マリーナ　[傍白](私はこの娘を愛しているけど、一日も早く私の目の前から消え去ってほしいわ。)
ルシェッタ　それで、マリーナさん、私に話したいって何のこと？
マルガリータ　マルガリータさん。
マリーナ　何かしら？
マルガリータ　あなたから何か話してよ。
マリーナ　まあ、いらいらするわね。
マルガリータ　あなたにお任せするわ。
マリーナ　まあ、いらいらするわね！よい話なの、悪い話なの？
ルシェッタ　それでは、よい話よ、よい話。ねえ、もう私を苦しめないで、早く話してよ。

マリーナ　その夢の話が正夢になったら、嬉しい？
ルシェッタ　もちろんだわ。
マルガリータ　あなたに幸運が当たるかも知れないわね。
ルシェッタ　そうなってほしいものだわね。[マリーナに]若い男の子？
マリーナ　そうね、あなたと同じくらいの年齢よ。
ルシェッタ　美男子？
マリーナ　まあね。
ルシェッタ（まあ、嬉しいわ！）
マルガリータ　結婚をしたくてしたくて堪らないだわね、モチロン。
ルシェッタ [マルガリータに] やめてよ。私をそれ以上いじめないで。私が結婚するのが、残念で堪らないみたいね。私にとっては、できるだけ早い方が嬉しいわ。
マルガリータ　まあ、それは違うわ。私はそれより、お母さまは、私の顔を見たくないからでしょう。
ルシェッタ　その理由は知っているわよ。
マルガリータ　何よ、言ってみて。
ルシェッタ　知ってるわ、よく知ってるわよ。
マルガリータ [マリーナに] 聞いた？ 何という失礼な言い方でしょうね？
マリーナ　さあ、二人ともおやめなさいな。ルシェッタ [マリーナに] 教えて下さいな。名前は何て言うの？

マリーナ　フェリペートよ。
ルシェッタ　まあ、何てすてきな名前なの！　市民階級の人？
マリーナ　私の甥っ子よ。
ルシェッタ　まあ、私のおばさま！　私、とても嬉しいわ。おばさま、何て嬉しいの、おばさま！[と言って、嬉しさのあまり、マリーナにキスをする]
マルガリータ　まあ、何て不作法なんでしょう。
ルシェッタ　ねえ、お母さま、黙っていてくれる？ あなたは私よりひどい不作法をしているくせに。
マルガリータ　確かにそうだわ、私が引き当てたあのお宝の夫のお陰でね。
マリーナ [ルシェッタに] ねえ、ねえ、教えて。彼に会ったことないの？
ルシェッタ　いいえ、残念ながらね！　いつ会えるというのよ？ どこで会えるというのよ？ ここには犬一匹訪ねて来ないし、私はどこにも出掛けたことがありませんからね。
マリーナ　もし彼に会ったら、あなたはきっと好きになるわ。
ルシェッタ　本当に？　いつ会えるの？
マリーナ　さあね。マルガリータさんなら、何か知っているはずよ。
ルシェッタ　ねえ、お母さま、彼にはいつ会えるの？
マルガリータ　はい、はい。《お母さま、彼にはいつ会えるの》！　そんなに会いたいなら、ちゃんとお願いしたらどう。そんなに顔をしかめて言わないでよ。

ルシェッタ　ご存じでしょうけど、私はお母さまをとても愛しているわ。
マルガリータ　やめて、やめてよ。ずるい子だわね。
マリーナ　［傍白］（まあ、驚いた！　この人って、娘さんにすごい悪意を抱いているのね。）
ルシェッタ　マリーナさん、教えて。では、私の結婚相手は、マウリツィオさんの息子さんなの？
マリーナ　そうよ、しかも一人息子よ。
ルシェッタ　とっても嬉しいわ。ねえ、教えて。彼って、その父親と同じような、野蛮な田舎者なの？
マリーナ　とんでもない！　すごく心の優しい人よ。
ルシェッタ　では、その人にいつ会えるの？
マリーナ　実を言うとね、彼の方も、あなたに会いたいと思っているはずよ。だって、もしかしてあなたが気に入らないかもしれないし、逆に彼があなたを気に入らないかもしれないじゃない？
ルシェッタ　彼が私を気に入らないなんてこと、あるかしら？
マルガリータ　あなたは自分を何さまだと思っているの？　モチロン、女神のウェヌスさま？
ルシェッタ　私、自分をウェヌスさまだなんて思ったことはないわ。でも、人食い鬼のオルコだとも思っていないわよ。
マルガリータ　［傍白］（そうよ、この子には滑稽な自惚れがあるのよね。）
マリーナ　ねえ、マルガリータさん、あなたに打ち明けたいことがあるの。
ルシェッタ　私も聞いていて構わない？
マリーナ　ええ、あなたも聞いていて頂戴。この件についてフェリーチェ奥さんと話をしたのよ。そしたら彼女は、結婚の契約ができるまで、二人が会えないという話に、とても驚いてね、自分が会えるように取り計らって上げてって仰ったのよ。ご存じのように、今日、彼女はここに食事に来るから、どうするのか彼女に聞いてみましょう。
マルガリータ　《いいわね、いいわね》だって！　そんな風に言うのは簡単よ！　でも、もしお父さまに気付かれたら？　ひどい目に遭うのは、モチロン、この私なのよ。
ルシェッタ　まあ、どうしてお父さまに気付かれるなんて思うの？
マルガリータ　では、見つからないように、天窓からでも入って来るって言うの？
ルシェッタ　私はどうしたらいいか、見当がつかないわ。マリーナさんは？
マリーナ　聞いて頂戴。確かにマルガリータさんの考えを聞くことにしましょう。先ずフェリーチェさんの考えを聞くのも、もっともだわ。もし危険があるなら、私だって、こんな話には乗りたくないわ。
ルシェッタ　まあ、何よ。私に匂いだけ嗅がせて、後は、は

マルガリータ　静かに。音がするみたい……

ルシェッタ　人が来たわ。

マリーナ　まあ、もしお父さまなら、私、ここから出て行くわ。

マルガリータ　何を恐れているのよ？　男の人じゃないわよ。

マリーナ　誰なの？

マルガリータ　まあ、誰が来たか分かる？

マリーナ　仮面をかぶったフェリーチェよ。ど派手な恰好でね。

マルガリータ　一人で来られたの？

ルシェッタ　［ルシェッタに］一人だわよ。あなた、いったい誰と一緒と思ったの？

マルガリータ　［嬉しげに］やめて、お母さま。ご機嫌を直して頂戴。私はお母さまをこんなに愛しているんですから。

マリーナ　どうするか聞いてみましょうか。

ルシェッタ　［同様に］どうするか聞いてみましょうか。

第八場　バウッタのお面を付けたフェリーチェと、前出の人々⑱

フェリーチェ　ごきげんよう。

［全員がいつものように《ごきげんよう》と答える］

マルガリータ　フェリーチェさん、遅かったわね。私たち、ずっと待っていたのよ。

ルシェッタ　そうよ！　私たち、待ちに待っていたのよ。

フェリーチェ　私が何を見たと思う？　話して上げるわね。

マリーナ　あなた一人？　あなたのご主人はまだ来ないの？

マルガリータ　まあ、あの阿呆なら、もう来ているわよ。

フェリーチェ　どこにいるの？

マルガリータ　あなたのご主人のいる中二階の事務所に行かせたわよ。あなたたちに話があったので、ここに来させたくなかったのよ。

ルシェッタ　［傍白］（ああ、何かよい知らせを持って来たならいいのにね！）

フェリーチェ　事務所に誰が来ていると思う？

マリーナ　私の夫？

フェリーチェ　そうよ。でも、別の人も来ているわ。

マリーナ　誰なの？

フェリーチェ　マウリツィオさんよ。

ルシェッタ　［嬉しそうに］（彼の父親だわ！）

マリーナ　どうして来ていることが分かったの？

フェリーチェ　私の夫も、同じ野蛮人の一人だから、事務所に行く前に、誰が来ているのか、知りたがったのよ。すると、女中がね、彼にシモンさんとマウリツィオさんが来ているって言ったの。

マリーナ　いったい何をしているのかしら？

(18) 顔の上半部を覆う白い仮面で、口の部分はない。この最もポピュラーな仮面には、絹製の頭巾と短いマントが付いており、その上に三角帽をかぶって頭に止める。「解説」図II参照。

フェリーチェ　私が思うには、いいわね、私が思うには、ある件の取り決めではなく……
マリーナ　そうよ、そうよ、私も察しが付いたわ。
マルガリータ　私も察しが付いたわ。
ルシェッタ　[傍白]（私だって察しくらい付くわよ。）
マリーナ　それで、例のもうひとつの件については、何か新しい知らせはないの？
フェリーチェ　例のお友だちの件？
マリーナ　ええ、例のお友だちの件よ。
ルシェッタ　[傍白]（隠し言葉で言えば、私には分からないとでも思っているのね。）
フェリーチェ　あけすけに話しても構わない？ ルシェッタは、もう何もかも知っているもの。
ルシェッタ　ああ、大好きなフェリーチェ奥さん、私があなたにどれほど恩に着ているか、知って頂けたら。
フェリーチェ　[ルシェッタに]あなたって、本当に幸運な人だわ。
ルシェッタ　どうして？
フェリーチェ　私はあれほどの男の子を見たことがないわ。宝物であることは、この私が保証するわよ。
マルガリータ　[ルシェッタに]大威張りだわね。
マリーナ　自慢するわけじゃないけど、彼は私の甥っ子なの

よ。だから、ちゃんとした子なのよ。
ルシェッタ　[前と同様]
マルガリータ　[ルシェッタに]でも、分別を失わないでね、モチロン、愛してもらえるようにしなければね。
ルシェッタ　そうなった時には、私、自分のすべきことはちゃんと心得ているわよ。
マリーナ　[フェリーチェに]それで？ 二人は会えるの？
フェリーチェ　私はそう思っていますけど。
ルシェッタ　どうやって？ いつ？ フェリーチェさん、いつ、どうやって会えるの？
フェリーチェ　[三人全員に向かって小声で]聞いて頂戴。もうすぐここにやって来るわよ。
ルシェッタ　もちろん。
フェリーチェ　幸せな娘さん、あなた、私よりも性急だわね。
マルガリータ　[驚いて]ここに！
フェリーチェ　そうよ、ここによ。
ルシェッタ　[マルガリータに]どうして、ここではまずいの？
マルガリータ　お黙り。あなたは自分で何を言っているのか、よく分かっていないのよ。ねえ、フェリーチェさん、あなたは私の夫の性格をご存じよね。私がひどい目に遭わないように、よく注意してね。
フェリーチェ　心配しないで。彼は仮面をかぶって、女性の扮装でやって来るわ。あなたの夫には見破られないわ。

マリーナ　なるほど、なるほど。あなた、よく考えたわね。でも、私の夫は勘が鋭いからね。もし彼に感付かれたりしたら、モチロン、大変な目に遭うのよ。

ルシェッタ　[マルガリータに嬉しそうに]聞いたでしょう？お面をかぶってやってくるのよ。

マルガリータ　[ルシェッタに]まあ、やめてよ、この浮気娘。

ルシェッタ　[マルガリータに、落胆して]女の扮装でやって来るっていうのに。

フェリーチェ　ねえ、マルガリータさん、あなたの言い方は少し失礼よ。どうか私に任せておいて頂戴。恐れないでもいいわ。彼はもうすぐやって来る。もし来たら、今と同じようにここに私たちしかいないわ。ちょっとばかりお喋りができるわ。もし彼が来た時に、私たちが食卓に着いているか、あるいは、あなたのご主人がいたとしたら、私に任せて頂戴。私はどう言ったらいいか、よく心得ているわ。二人は必ず会うことができます。ちらりと一目見れば、それで十分ではないの？

ルシェッタ　[フェリーチェに悲しそうに]ちらりと一目だけ？

マルガリータ　彼は一人で来るの？

フェリーチェ　いいえ、一人では来ることはできないわ。よく考えてみて、仮面を付けて、女性の恰好なのよ……

マリーナ　分かったわ。

フェリーチェ　[マルガリータに]ねえ、例の今朝の人よ。[マリーナに]では、誰と一緒に来るの？

マリーナ　私の夫が、モチロン、自分の知らない人を家に入れたりするかどうか、考えてみてよ！夫のことはね、モチロン、私があなたよりもよく知っているからよ。

マルガリータ　私はいい加減なことを言っているんじゃないわ。あなたのご主人と私の夫は、とても似ていて、二人とも性格だわ。でも、私はね、私は。私はそんなに恐がっていないわよ。

フェリーチェ　ねえ、聞いて。あなたのご主人と私の夫は、とても似ていて、二人とも性格だわ。でも、私はね、私は。私はそんなに恐がっていないわよ。

マルガリータ　ご立派だわ。あなたは私なんかよりずっと気転が利くんでしょうよ。

ルシェッタ　ドアをノックしているわ。

マルガリータ　空耳よ、心の中でノックの音じゃないわ。

フェリーチェ　かわいそうに、心の中で呼び鈴が鳴っているのね。

マリーナ　ねえ、マルガリータさん、いいわね、私はこの件には、何の利害も関係もないのよ。これは、マリーナさん

ルシェッタ　いとにでも心配の種を見つけるのね、あなたは何にでも心配の種を見つけるのね。[傍白](本当に臆病ね。)

マルガリータ　最悪だわ。だめ、だめ、絶対にだめ。

フェリーチェ　彼も仮面で来るのよ。

と、この子のためにしたことなの。私はこの子を愛していますからね。でも、もしあなたが気を悪くされるなら……

マリーナ [マルガリータに] ねえ、何ということを言うの？ 私たちはここまで来たんだから。

ルシェッタ その通りだわ！

マルガリータ [ルシェッタに] でも、もし何か起こったら、あなた、自業自得だからね。

ルシェッタ [マルガリータに] 聞こえない？ 私の言った通りよ。ノックしているわ。

マルガリータ 今度はその通り、ノックの音だわね。お母さまは、きっと寝ぼけていたのよ。私が行くわ。

ルシェッタ だめ、だめ、行くのは私よ。[退場]

第九場 フェリーチェと、マリーナ、ルシェッタ

ルシェッタ [フェリーチェに] ねえ、おばさま、どうかお願い。

フェリーチェ マルガリータさんを不愉快にさせたくないわね。

マリーナ 気にすることないわよ。あの人の言う通りにしていたら、この娘さんは一生結婚できないわ。

ルシェッタ どんなに意地悪か、知って頂けたら！

フェリーチェ [マリーナに] それはどういうこと？ あの人、

この子に何か含むところでもあるの？ 焼きもちよ。自分のまま娘が若者と結婚してしまったものだから、自分が年寄りと結婚するのが癪に触るのよ。

マリーナ そうでしょう？ 言うことがでたらめなのよね。

ルシェッタ 私も、それが本当のところじゃないかと思うわ。

フェリーチェ ある時はこう言うかと思うと、ある時は別のことを言うのよね。

ルシェッタ 《モチロン、モチロン》以外、何も言えないのよ。

第一〇場 マルガリータと、前出の人々

マルガリータ フェリーチェさん、あなたにご用よ。

フェリーチェ 私に？ 何かしら。

マルガリータ 仮面のお客さまが、あなたにご用ですって。

ルシェッタ [フェリーチェに、はしゃいで] 仮面のお客さまが、あなたにご用ですって！

マリーナ [フェリーチェに] 例のお友だちかしら？

フェリーチェ [マリーナに] そうかもね。[マルガリータに] 来るように言って頂戴。

マルガリータ でも、私の夫が来たら、あなたのご主人が来たら、この私が何か作り話を信じ込ませられないと思って？ 彼女はミラノに何か嫁いだ私

第一一場　女の扮装をして仮面をかぶったフェリペートと、リッカルド伯爵と、前出の人々〔扉の図版を参照〕

リッカルド　皆さま、こんにちは。
フェリーチェ　ごきげんよう、仮面のお客さま。
マルガリータ　〔よそよそしく〕こんにちは。
マリーナ　〔フェリペートに〕仮面の女性の方、こんにちは。
フェリペート　〔女性らしい挨拶をする〕
ルシェッタ　〔まあ、何て礼儀正しいんでしょう！〕
フェリーチェ　仮面のお客さま、お楽しみに来られたの？
リッカルド　カーニバルは、楽しみたいという気持ちを掻き立ててますね。
フェリーチェ　ルシェッタ、仮面のお客さまに何か言わせたいの？
ルシェッタ　〔恥ずかしそうに〕私に何と言わせたいの？
マルガリータ　いや、まだですが。
フェリーチェ　〔まあ、かわいい！　ああ、香りのよいリンゴみたいな娘さんね！〕
マルガリータ　実は私たち、これから食事に行くところなのですが。
リッカルド　それでは、お邪魔はしないことにしましょう。
フェリペート　（冗談じゃない！　彼女に会ったばかりじゃな

の妹ですって、彼に言えないと思う？　ちょうどこの数日、やって来るのを待っていたんだわ。そして、もうすぐ来るはずだったのよね。
マルガリータ　仮面の男性は？
フェリーチェ　まあ！　彼は私の義理の弟だと言ってはいけないの？
マルガリータ　でも、あなたのご主人は何と言うかしら？
フェリーチェ　私の夫はね、私がそうだと言ってもらいたい時には、彼を睨むだけでいいのよ。目付きで、私の言うことが分かるわ。
ルシェッタ　お母さま、もうそれで終わり？
マルガリータ　何が？
ルシェッタ　心配の種よ。
マルガリータ　あなたには、もう少し堪忍袋の緒が切れるわね……でも、仮面のお客さまが、あちらに控えているわ。こちらに来るのも、同じことだわね。〔ルシェッタに〕結局のところ、慎重に考えるべきは、私ではなくてあなたなのよ。〔舞台裏に向かって〕仮面のお客さま方、どうぞお入りになって。
ルシェッタ　〔傍白〕（まあ、心臓がどきどきするわ。）

リッカルド　[フェリペートに] 仮面さん、行こうか。
フェリペート　(忌々しい！)
マリーナ　[リッカルドとフェリペートに] まあ、もう少し待って頂戴な。
マルガリータ　[傍白] (人面獣の夫の声が、聞こえるようだわ。
フェリーチェ　[フェリペートに] 仮面さん、ちょっと話があるの。
フェリペート　[フェリーチェに小声で] 気に入った？
フェリーチェ　[フェリペートに小声で] はい、とても。
フェリペート　[前と同様に] 美人でしょう？
フェリーチェ　[前と同様に] 驚きです！
ルシェッタ　[マルガリータに小声で] (お母さま。)
マルガリータ　[何よ？]
ルシェッタ　[マルガリータに小声で] (ちょっとでいいから、彼の顔を見てみたいわ。)
マルガリータ　(それ以上何か言ったら、あなたの腕を引っ摑んで、連れて行ってやるからね。)
ルシェッタ　[傍白] (我慢するしかないわね。)
マリーナ　[フェリペートに] 仮面さん。
フェリペート　[マリーナに近付く]
マリーナ　どう、気に入った？

フェリペート　すごく。
マリーナ　[フェリペートに] 仮面さん、タバコはいかが？
フェリペート　はい。
マリーナ　よろしかったら、どうぞ。
フェリペート　[嗅ぎタバコを指で摘まみ、仮面を付けたまま、鼻に持って行こうとする]
フェリーチェ　タバコを吸う時は、お面を取るものよ。[彼の仮面を上げる]
ルシェッタ　[ちらりと彼の顔を見て] (まあ、何て美男子！)
マリーナ　[フェリペートに] フェリペートの方を向いて] まあ、あなたって、何て美人なの！
フェリーチェ　私の妹ですものね。
ルシェッタ　[笑顔で、傍白] (嬉しくなってしまうわ。)
フェリペート　[傍白] (ああ、何とすてきな笑顔だろう！)
フェリーチェ　こっちに来て。頭からバウッタを取ってしまいなさい。[バウッタを取り外す]
ルシェッタ　(見惚れてしまうわ。)
マリーナ　[フェリペートとルシェッタを見比べて] この二人のうち、どっちが美人かしら？
フェリペート　[恥ずかしそうに、ルシェッタをちらりと見る]
ルシェッタ　[同様にする]
リッカルド　[傍白] (私はフェリーチェさんに感謝するよ。今日は、この世で最も素晴らしい劇を見せてもらったな。)

マルガリータ ［ルシェッタとフェリペに］ さあ、急いで。終わりよ、モチロン、もう時間よ。もう隠し言葉で話すのはやめましょう。そして、運命を仕組んで下さった奥さま方に感謝しなさい。この密会を仕組んで下さった奥さま方に感謝しなさい。運命で結婚が決まっているのなら、それが成就するように神さまにお祈りしなさい。

フェリーチェ さあ、行きなさい、仮面さん。今のところはこれで満足するのよ。

フェリペ （生木を裂かれる思いだ。）

ルシェッタ （彼は私の心を奪ってしまったわ。）

マルガリータ 事がうまく行って、ほっとしたわ。

マリーナ ［フェリペに］ お面を付けなさい。

フェリペ どうやって付けるの？ 僕は慣れていませんので。

マリーナ 私の所にいらっしゃい。［彼にお面を付けてやる］

ルシェッタ ［ルシェッタに］ 僕のことをからかうの？

フェリペ ［笑いながら］ とんでもないわ。

マルガリータ 悪い子だ！

ルシェッタ ［傍白］ （かわいい！）

フェリペ ああ、困ったわ！ まあ、困ったわ！

マルガリータ どうしたのよ？

フェリーチェ 夫がやって来る。

マリーナ まあ、本当だわ。私の夫もよ。

フェリーチェ 彼女は私の妹じゃなかった？

マルガリータ まあ、あなた、もし嘘がばれたら、私がひどい目に遭うのよ。［フェリペを押しながら］急いで、隠れるのよ。あの部屋に入って。［リッカルドに］どうかあなたも中に入って下さい。

リッカルド この騒ぎは、いったい何です？

フェリーチェ リッカルドさま、行って、行って。どうかお願いだから。

リッカルド あなたのお願いとあれば、お言いつけに従いましょう。［部屋に入る］

フェリペ （中で聞き耳を立てていよう。）［部屋に入る］

ルシェッタ （足が震えて歩けないわ。）

マルガリータ ［フェリーチェとマリーナに］言わないことじゃないわよ。

マリーナ ［マルガリータに］やめて、やめて頂戴。何てことないわよ。

フェリーチェ 私たちが食事に行っている間に、逃げ出してくれるわ。

マルガリータ 私って、本当に馬鹿だったわ。

第一二場 ルナルドと、シモンと、カンシアンと、前出の人々

ルナルド ああ、奥さん方、待ちくたびれましたか？ もうす

ぐ食事にしますよ。マウリツィオ君を待っているところでね。彼が来たら、すぐに食事にしましょう。

マルガリータ　マウリツィオさんは、来ていたんじゃないの？

ルナルド　来ていたよ。だが、ある用件で出かけて、もうすぐ戻って来るはずだ。[ルシェッタに]お前、青ざめているようだが、いったいどうしたんだ？

ルシェッタ　何でもないわ。私に出て行ってほしいの？

ルナルド　いや、いや、ここにいなさい。ついにお前にも、その日がやって来たんだ。なあ、そうだろう、シモン君。

シモン　いい子だ！わしも嬉しいよ。

ルナルド　[カンシアンに]ああ！君はどう思う？

カンシアン　そうだ。本当に彼女にふさわしい話だ。

ルシェッタ　（震えが止まらないわ。）

フェリーチェ　ルナルドさん、何かニュースがあるの？

ルナルド　ああ！

マリーナ　では、私たちにも教えて。

ルナルド　[ルシェッタに]なるほどね、やはり私は最後なのよね。

マルガリータ　[ルナルドに]娘よ、聞きなさい。

ルナルド　今日は何でも思ったことを言っていい。わしは怒鳴る気はないからね。楽しみたいのだ。ルシェッタ、ここに来なさい。

ルシェッタ　[震えながら近付く]いったいどうしたの？

ルナルド　[震えながら]自分でも分からないの。でも、わしの話を聞いたら、熱だって吹き飛ぶだろう。お前の母親役であるわしの妻のいる前で、またこの二人の紳士諸君とその奥さん方のいる前で、お前に知らせてやろう。お前は花嫁になるんだ。

ルシェッタ　[震えて泣き出し、倒れんばかりになる]

ルナルド　おい、おい、何だね？お前は花嫁になるのが嫌か？

ルシェッタ　いいえ。

ルナルド　お前の花婿が誰か、知っているかね？

ルシェッタ　はい。

ルナルド　[怒って]知っているだと？どうして知ったんだ？誰がお前に教えたんだ？

ルシェッタ　いいえ、私は何も知っていません。どうか許して下さい。私は自分でも何を言っているのか分からないの。

ルナルド　ああ！本当に無垢な子だ！[シモンとカンシアンに]わしはこのように育てたんだよ、見たかね。

フェリーチェ　[マルガリータに小声で]（もし彼がすべてを知ったらねえ。）

マルガリータ　[フェリーチェに]（ばれたら恐いわ。）

マリーナ　[マルガリータに]（その恐れはないわよ。）

ルナルド　いいかね、この子の花婿は、マウリツィオ君の息子さんで、マリーナさんの甥っ子だよ。

マリーナ　本当に？私の甥っ子ですって？

フェリーチェ　まあ、耳を疑う話ね！
マリーナ　私、本当に嬉しいわ。
フェリーチェ　これ以上素晴らしいお相手は見つからないわね。
マリーナ　式はいつ挙げるの？
ルナルド　今日だ。
マルガリータ　今日ですって？
ルナルド　今日だ、しかも、もうすぐにだ。息子さんを連れて、ここに戻って来るためにな。われわれは一緒に食事をして、その後ですぐに挙式だ。

第一三場　マウリツィオと、前出の人々

マルガリータ　[マウリツィオに]おお、帰って来たかね？
マウリツィオ　[困惑して]帰って来たよ。
ルナルド　どうしたんだね？
ルシェッタ　[傍白](今度は体の芯まで震えるわ。)
ルナルド　[ルシェッタに]どうしたんだ？
ルシェッタ　何でもないわ。
マウリツィオ　わしには何が何だか、さっぱりわけが分からん。
ルナルド　何があったんだ？
マウリツィオ　わしは家に帰って、息子を探したんだが、どこにもいない。尋ねたり、聞き回ったりして、ようやく分かったのは、フェリーチェさんと交際している、リッカルドとかいう人と一緒にいるのを見たという話だ。[フェリーチェに]このリッカルドというのは、誰ですかね？この外人って誰なんですかね？わしの息子と、いったいどんな関係があるのですか？
フェリーチェ　私、あなたの息子さんのことは、何も知りませんわ。でも、その外人さんなら、名誉ある騎士の方ですよ。ねえ、そうでしょう、カンシアン？
カンシアン　わしはあいつが何者か全く知らんし、いったい誰があいつをよこしたのかも知らんよ。わしがこれまで口を噤んで、嫌なことでも我慢して来たのは、お前を満足させて、怒鳴ったりしないためだ。だが、今度ばかりは、お前にははっきりと言ってやるぞ。あんな奴は金輪際、わが家に来てもらいたくない。そうだ、あいつは傭兵の募集屋に違いない。

第一四場　リッカルドと、前出の人々、その後、フェリペート

リッカルド　[カンシアンに]名誉ある騎士には、もう少し敬

意を払ったらどうかね？

ルナルド　[リッカルドに] このわしの家に？

マウリツィオ　[リッカルドに] わしの息子はどこだ？

リッカルド　[マウリツィオに] 息子さんなら、あの中にいますよ。

ルナルド　部屋に隠れて？

マウリツィオ　どこにいる？　ろくでなしめ。

フェリペート　ああ、お父さん、どうかお許しを。

ルシェッタ　[跪いて] ああ、お父さま、どうかお慈悲を。

マルガリータ　[跪いて] ねえ、あなた、私は本当に何も知らなかったのよ、ねえ、あなた。

ルナルド　思い知らせてやるぞ、性悪女め。[マルガリータに殴り掛かろうとする]

マウリツィオ　助けて。

マリーナ　彼をやめさせて。

フェリーチェ　彼をとめて。

シモン　さあ、気を静めろよ。

カンシアン　やめろよ。[シモンとカンシアンは、ルナルドを奥の方に引きずって行き、三人で退場]

マウリツィオ　[フェリペートの腕を摑んで] さあ来い、さあ来るんだ、この泥棒猫め。

マリーナ　[ルシェッタの腕を摑んで] こっちに来なさい、浮気娘さん。

マウリツィオ　[彼を引っ張って] 行くぞ。

マルガリータ　[彼女を引っ張って] 一緒においでったら。

マウリツィオ　[フェリペートに] 家に帰ってお仕置きしてやるぞ。

マルガリータ　[ルシェッタに] あなたのせいよ。

フェリペート　[ルシェッタに挨拶しながら、引っ張られて行く]

ルシェッタ　[フェリペートに挨拶しながら、引っ張られて行く]

フェリペート　さよなら！

ルシェッタ　何もかもお終いね。

マウリツィオ　ここから出て行け。[フェリペートを追い立てながら退場]

マルガリータ　[自分の頭を拳で叩きながら、引っ張られて行く]

[ルシェッタを追い立てながら退場]

マリーナ　ああ、何という泣き声、何という騒ぎ！　かわいそうな娘さん、かわいそうな甥っ子！　[退場]

リッカルド　奥さま、あなたは何という騒動に、私を引っ張り込んでくれたのです？

フェリーチェ　あなたは騎士さま？

リッカルド　なぜそのような質問をされます？

フェリーチェ　あなたは騎士さまなの？

リッカルド　私はそれを誇りにしていますが。

フェリーチェ　それなら、私と一緒にいらっしゃい。

リッカルド　何をしに？

フェリーチェ　私は誇り高い女よ。なのに私は失敗した。だから、挽回したいのよ。
リッカルド　いったいどのようにして？
フェリーチェ　どのようにして！　どのようにして？　もし私があなたに、どのようにしてかを喋ったら、この劇は終わりになってしまうでしょ。行くわよ。［退場］

第三幕

第一場　ルナルドの部屋。ルナルドと、カンシアンと、シモン

ルナルド　わが家の名誉がかかっている、ズバリ言ウトダナ、わが家の評判がかかっているのだよ。わしはこのように、ちゃんとした男なのに、世間では、わしのことを何と言うだろう？　このルナルド・クロッツォラさまのことを何と言うだろう？
シモン　ねえ、頼むから、落ち着いてくれよ。君の罪じゃない。その原因は女どもだ。お仕置きをしろよ。そうすれば、世間中が君を称賛するだろう。
カンシアン　その通りだ。見せしめにしなければならない。あのように高慢ちきな妻どもの鼻をへし折って、世間の男たちに妻のお仕置きができることを教えてやらなければならない。
シモン　わしらを粗野な田舎者だと、世間の奴らが言いたいなら言え。
カンシアン　わしらを野蛮人だと、世間の奴らが言いたいなら言え。
ルナルド　わしの家内がすべての原因だ。
シモン　お仕置きをしろよ。
ルナルド　それに、あの浮気娘は、それに乗ったんだ。

カンシアン　罰を与えてやれよ。

ルナルド　[カンシアンに] あんたの奥さんも共犯だぞ。

カンシアン　お仕置きをしてやる。

シモン　[カンシアンに] あんたの奥さんにも思い知らせてやるよ。

ルナルド　わしの家内にも思い知らせてやるよ。

シモン　ねえ、諸君、よく話し合って、よい知恵を捻り出そう。あの女どもに対して、ズバリ言ウトダナ、何をしたらよいか？

ルナルド　娘の場合は簡単だ。わしはもう考えを決めたよ。何よりも先ず、結婚は中止だ。もう絶対に結婚話はなしだ。わしは娘を世間から離れた修道院に連れて行って、四方を壁に囲まれた中に閉じ込めるつもりだ。これで一生は終わりだな。だが、妻たちには、どんな罰を与えたらよいか？君の意見を述べてくれ。

カンシアン　正直言って、わしはちょっとばかり困惑しているんだ。

シモン　妻たちも四方を壁に囲まれた修道院の独房にぶち込んで、厄介払いをしたらいい。

ルナルド　[シモンに] だが、この処罰は、ズバリ言ウトダナ、妻たちよりわしらの方に重い罰をもたらすことになるぜ。生活費を送ってやったり、小奇麗な衣服を送ってやったりしなければならんし、しかもあいつらは、修道院の中にいる方が、わしらの家でよりも、ずっと楽しみや自由を満喫できることになる。違うか？

シモン　仰る通りだ。とりわけ君やわしの家では、カンシアン君の所と違って、妻の首に付けた手綱を緩めたりしなかったからなあ。

カンシアン　返す言葉もないよ。君たちの言う通りだ。では、妻たちを家の一室に閉じ込めて、祝日にだけ、わしらと一緒にちょっとばかり連れ出して、戻ったらまた閉じ込めて、誰にも会わせず、誰とも話をさせないようにしたらどうかな、誰とも話をさせないようにするんだって？そんなお仕置きをしたら、あいつらは三日も経たないうちに死んでしまうよ。

シモン　女どもを閉じ込めるんだって？誰とも話をさせないでしょう。

カンシアン　ますます結構じゃないか。

ルナルド　でも、女たちの親戚連中が、彼女たちの見張り番をするような奴がいるか？それに、牢の見張り番をするような奴がいるか？そして連中は君に向かって、お前は野蛮な熊男だ、お前は田舎者だ、お前は犬畜生だ、と罵るだろう。

シモン　それに、もし君が愛情にほだされたり、約束をさせたりして、いったん譲歩をしようものなら、君はお終いだ。あいつらは君の手を縛って、君はもう一家の主人として、怒鳴りつけることができなくなる。

カンシアン　わしと妻との関係は、まさにその通りだな。

ルナルド　なすべきことは、ズバリ言ウトダナ、棒で叩いて折檻することだ。

シモン　その通り。世間の奴らには、好きなことを言わせておけ。

カンシアン　でもねえ、もし女たちがわしらに反撃したら？

シモン　確かに、その可能性はあるな。

ルナルド　わしはよく考えて言っているんだよ。

カンシアン　そうなったら、わしらはひどい目に遭うな。

ルナルド　それに、知っているだろう？　自分の妻を折檻した夫たちがいたが、そうやって妻を従わせることができたと思うか？　とんでもない。妻はもっと反抗的になったよ。妻は夫にしっぺい返しをするためにそうなったんだ。女というものは、殺してしまわんかぎり、どうしようもない生き物だよ。

カンシアン　殺すのはいかんよ。

ルナルド　それは確かにいかんな。だって、いずれにしても、女なしでは生活できないからね。

シモン　優しくて、穏和で、従順な妻を持つことは、大きな喜びではないか？　それは心の慰めではないか？

ルナルド　わしは一度それを味わったよ。わしの先妻は、まるで子羊みたいに従順な妻だった。今のは？　あいつはバジリスコ蛇だよ。

カンシアン　わしの妻はどうだい？　何でも自分の思い通りにやりたがるよ。

シモン　わしは妻に怒鳴ったり、喚いたりするが、何の効き目もないな。

ルナルド　何もかも悪しき世の中だよ。だが、たったひとつの悪なら我慢もできるが、今のわしの場合は、ズバリ言うとダナ、これは大変な悪だよ。わしは何かしたいのだが、何をし

たらよいのかが分からん。

シモン　君の奥さんを実家に送り返せよ。

カンシアン　では、別荘にやったら？　田舎の所有地に住まわしのことを笑いものにするだけだよ。

ルナルド　もっと悪いよ！　そんなことをしたら、一年分の収入を四日で使い果たしてしまうよ。

シモン　彼女を教え諭してもらったらどうかね？　誰か神父さんにでも頼んで、彼女に行儀よくさせるようにしろよ。[21]

ルナルド　とんでもない！　あいつは誰の言うことも聞かんよ。

カンシアン　彼女の衣装簞笥に鍵を掛け、彼女の宝石箱にも鍵を掛けて、使えないようにして、屈辱を味わわせてやったら

(19) 原文では《世間から離れた、とある場所》(un liogo, lontana dal mondo) となっていて、修道院という用語は一切出て来ない。聖なる宗教に関する用語を、世俗的な劇場で使うことは禁じられていたからである。

(20) 原文では《四方を壁で囲まれた、とある隠遁所》(un retiro tra quattro muri) であり、ここでも修道院という言葉は使われていない。その理由は前の注で述べた通りであるが、日本人の読者にはっきりと理解してもらうために、あえて修道院という言葉を入れた。

(21) 原文では《彼女を行儀よくさせるような誰かさんを見つけろよ》(trovè qualchedun che la meta in dover) となっていて、明らかに《神父さんに説教してもらえ》という意味であるが、神父という言葉は出て来ない。これも前の二つの注で述べた理由による。「解説」第4節（教会や聖職者が登場しない理由）参照。

ルナルド どうだい。わしは試みたことがあるが、かえってひどい結果になったよ。
シモン よし、分かった。では、君、こうしたらどう？
ルナルド どうするんだ？
シモン 妻を今のままにしておいて、我慢するんだな。
ルナルド カンシアン わしもそう思う。こうするしか方法はないな。
ルナルド そうだ。わしは大分前から気付いていたよ。起こってしまったことは取り返しがつかない、ということは、わしにも分かる。これまで妻のわがままには我慢して、腹の中に収めてきたが、今回あいつが仕出かしたことは、余りに重大すぎる。こんなにひどいやり方で、わしの娘を堕落させるだと？ 恋人を家に連れ込むだと？ わしがあの男を娘の夫にするつもりだったことは本当だ。だが、ズバリ言ウトダナ、わしの意向を家内はどうして知ったんだろう？ わしは娘の結婚について、あいつにいくらかのことは喋ったよ。でも、わしが思い直すことがないと思っていたのか？ わしらは必ず合意するとでも思っていたのか？ わしが何ヶ月か、あるいは何年か、延期するとでも思っていたのか？ なのに、あいつをわが家に入れたのか？ 仮面を付けて？ 密かに？ 二人に話をさせるんだと？ わしの娘に？ 鳩のように無垢な娘に？ 二人に見合いをさせるんだと？ もしあいつがあなたの家に喚き出したりしたら、ズバリ言ウトダナ、あいつを罰して、あいつを屈従させてやるま

でだ。
シモン その元凶はフェリーチェさんだ。
ルナルド ［カンシアンに］そうだ。元凶は君の奥さんだ。わしは妻に思い知らせてやる。
カンシアン 君たちの言う通りだ。わしは妻に思い知らせてやる。

第二場 フェリーチェと、前出の人々

フェリーチェ 尊敬する皆さま、あなた方の愛情あるお言葉に感謝しますわ。
カンシアン お前、ここで何をしている？
ルナルド わしの家に何のご用ですかね？
シモン また何か別の騒動を起こしに、ここにやって来られたのかね？
フェリーチェ 私がここにいるので、驚いていらっしゃるの？ 私が出て行ったと思っていらっしゃるの？ カンシアン、私が外人の方と出て行ったとでも思っていたの？
カンシアン もしお前が二度とあいつと出掛けたりしたら、わしがどのような人間か、お前に思い知らせてやるぞ。
フェリーチェ ねえ、あなた、言って頂戴、この私があなたなしで出掛けたことがあって？
カンシアン もしあったら、とんでもない話だ。
フェリーチェ あなたのいない時に、私が誰かを家に招いたことがあって？

カンシアン　とんでもない！
フェリーチェ　それでは、なぜこの私があの方と行ってしまったなどと思われたの？
カンシアン　それは、お前が分別なしだからだ。
フェリーチェ　(この人たちと一緒にいるので、強がりを言っているのね。)
ルナルド　[シモンに小声で]　(おいおい、あの女が怯えているぜ。)
シモン　[ルナルドに小声で]　(怖い顔をするのは、よいことだな。)
カンシアン　では、行こう。わしと一緒に家に帰ろうか。
フェリーチェ　嫌よ。
カンシアン　あなた、もう少し冷静になってよ。
フェリーチェ　[彼女を威嚇して]　行こうと言ったら、この忌々しい……
カンシアン　お前が大胆にも、ここに顔を出すとは、驚きだよ。
フェリーチェ　これ以上、わしに話させたら、大変なことになるぞ。
カンシアン　どうして？　私が何をしたというの？
フェリーチェ　話してよ。
カンシアン　行こう。
フェリーチェ　嫌よ。
カンシアン　[彼女を威嚇して]　行こうと言ったら、この忌々しい……
フェリーチェ　忌々しい、忌々しい……私だってあなたに忌々しい言葉は言えるのよ。何よ、あなた？　私はあなたに道端で拾われた女なの？　私はあなたの下女？　礼儀正しい女性に向かって、その言い草は何よ？　私はあなたの妻よ。あなたは私に命令することはできないわ。私はあなたへの敬意を失っていないから、あなたも私に敬意を失ってほしくないものよね。それに、あなたが私の夫になって以来、私はこのように不作法にされたことはなかったわ。その脅しは何よ？　この忌々しいとは何よ？　私に手を上げるつもり？　私のような女性を？　言って頂戴、カンシアン、ここにいらっしゃる方々が、あなたをけしかけたの？　彼らがそのように言えと忠告したの？　そのような無作法を彼らから学んだの？　もしあなたが紳士なら、紳士らしく振る舞いなさい。もし私が誤っていたら、私を矯正したらいいわ。でも、虐待したり、威嚇したり、忌々しいと罵ったり、このように手荒に扱ったりはしないものよ。分かった、カンシアン？　私に分別を持ってもらいたいなら、あなたも分別を持ちなさいよ。
カンシアン　[ルナルドに]　口が利けないでいる
シモン　[ルナルドに]　聞いたかね、何という厚かましいお喋り女だろう？
ルナルド　[シモンに]　(もう少しであの女の首を絞めてやりたくなったよ。だが、あの阿呆は黙ったままだ。)
シモン　(あいつに何ができると思う？　かっとなって暴れ出すとでも思うかね？)

フェリーチェ　さあ、カンシアン、何か言ったら？
カンシアン　分別を持っている者は、その分別を使うことだよ。お前の言う通りだ。
フェリーチェ　賢者キケロの言葉だわ！あなた方は、どう思われます？
カンシアン　ねえ、奥さん、このわしに話させたりしたら、どんなことになるか分かりませんよ。
フェリーチェ　なぜです？私はあなたの話を聞くために、わざわざ来たのですよ。あなたが私のことを嘆いているのは知っていますし、あなたの嘆き節を聞けるのは嬉しいわ。ルナルドさん、あなたの心のうちを私にぶちまけなさいよ。私の夫をけしかけたりはしないでね。というのは、もしあなたがご自分の言い分を述べるなら、私はちゃんと聞いて上げますよ。もし私が間違っていたら、私は直ちにあなたに謝りますよ。でも、よく憶えておいて頂戴ね、妻と夫の仲を裂くのは、大変悪いことだし、いったん裂いてしまうと、それほど簡単には修復できないものなのよ。他人があなたにしてほしくないことは、あなたも他人にすべきではないわ。私はシモンさんにも申し上げるわ。あなたは賢明な方ですけど、時と場合によっては、悪魔の役を果たすこともあるのよ。私はお二人に申し上げますけど、私の真意を分かって頂くために、率直に申し上げたいことがあるなら、どうぞ仰って下さい。あの
ルナルド　ねえ、奥さん、それではお聞きしましょうか。あの

男の子をわしの家に呼んで来たのは、誰ですかね？
フェリーチェ　私ですわ。彼を呼んで来たのは、この私よ。
ルナルド　お見事ですな、奥さん。
シモン　実にお見事だ！
フェリーチェ　私は自慢などいたしません。このようなことは、しない方がよかったと後悔していますよ。でも、私がしたのは、悪いことじゃないんです。
カンシアン　お前に男の子を連れて来させる許可を出したのは、誰ですかな？
フェリーチェ　あなたの奥さまですわ。
ルナルド　あなたの奥さまですか？あいつがあなたに話したのですか？あいつがあの子を連れてくるようにと頼んだのですか？
フェリーチェ　わしの妻だって？あいつがあなたに頼んだのですか？
ルナルド　違いますわ。頼みに来たのはマリーナさんよ。
フェリーチェ　わしの妻だって？あいつがあなたに頼んだのですか？
シモン　あなたの奥さまですよ。
フェリーチェ　あいつが、娘さんの手助けをするように、外人さんに頼んだのですか？
シモン　違いますわ。外人さんに頼んだのは、この私よ。
カンシアン　［怒って］お前があの外人に頼んだのか？

フェリーチェ　[カンシアンに、怒って]そうよ、私だけど、だから何なのよ。

カンシアン　(ああ、何という狂暴な獣だ！話もできやしない！)

ルナルド　いったいなぜそのようなことをするんです？いったいなぜ彼を連れて来たりしたのです？いったいなぜマリーナさんはぐるになったんです？いったいなぜわしの妻は同意したんです？

フェリーチェ　《これはいったいなぜ》！《あれはいったいなぜ》！本当の話をしてあげましょうか。話の腰を折らないで、私の話を聞いて頂戴。もし私が間違っていれば、私の間違いを指摘して頂戴。もし私が正しければ、私が正しいと認めて下さいな。皆さま、何はともあれ、私は次のように申し上げましょう。どうかお怒りになったり、悪意を抱いたりするのは、やめて下さい。あなた方はあまりに田舎者で、あまりに野蛮人です。あなた方が女性や奥さんや娘さんに対して取る態度は、常軌を逸した異常な態度ですから、女性たちはあなた方に力尽くで従わせられるのですから、屈辱を感じるのは当たり前です。彼女たちは、あなた方を夫とも父親とも思わず、野蛮人、熊男、獄卒と思っているのです。ズバリ真実を申し上げましょう（《ズバリ言ウトダナ》ではなく、ズバリ真実ヲ言ウト、ですよ）ルナルドさんはご自分の娘さんを結婚させようとされましたが、彼女に相手の名前を言わず、知らせようともされなかったのです。彼女は好きでも嫌いでも、その相手と結婚しなければならないのです。私だって、娘さんが自由恋愛するのはよいことではないし、父親が夫を見つけてやり、娘がそれに従うべきであることには賛成ですよ。でもね、娘さんの首に縄を付けて、《お前はあいつと結婚しろ》と命令するようなことは、絶対に正しいとは思いません。[ルナルドに]あなたには一人娘しかいないのに、その娘さんを生け贄にしてしまうおつもり？確かに男の子は立派な子で、善良で、若くて、風采も見苦しくないので、彼女は気に入るでしょう。《ズバリ言ウト》ね、あなたは必ず気に入ると確信していたのですか？家の中だけで育てられた娘が、あなたと同じ野蛮な父親の息子を夫に持ったなら、どのような生活を送ることになると思って？ですからあなた、私たちの奥さまがそれを望んでいたのは、言い出す勇気がなかったのです。あなたの奥さまは仮面の計略を考えて、外人さまが私に気に入って、二人は会いたい方にお願いしたのです。マリーナ奥さまも気に入って、胸をなで下ろすべきなのです。だから、あなたはむしろほっとして、互いに喜び合いました。あなたの奥さまは許可して下さいな。そして私は、よいことをなさいました。マリーナ奥さまは立派なことをなさいました。もしあなた方が文明人なら、心からこれを仕組んだのです。

私に同意しなさい。もしあなたの方が野蛮人なら、その結果がよかったことに、ほっとしなさい。そして、私たちは名誉を重んじる立派な女性なのです。そして、弁護士の私には、これで終了です。娘さんは誠実で、息子さんは立派です。結婚を承認しなさい。

［ルナルドとシモンとカンシアンは、互いに顔を見合わせたまま、物を言わない］

フェリーチェ　［傍白］（彼らを窮地に追い詰めたけど、理があるのは私の方よ。）

ルナルド　シモン君、どう思う？

シモン　もしわしが裁判官だったら、拍手するだろうな。

カンシアン　だが、わしは、これを却下しないとまずいと思うがなあ。

ルナルド　どうして？

フェリーチェ　それは、ズバリ言ウトダナ、伯爵さまは、その息子の父親の所に、話しに行かれたのよ。彼は、この結婚を成就させてやると誓われたわ。というのは、自分は罪がないのに、このような騒動の原因にされてしまった、自分は屈辱を受けたから、それを挽回するために結婚を成就させるんだと仰ってね。彼は立派な人で、話の上手な人ですよ。だから、マウリツィオさんは首を横に振れないと、私は確信していますわ。

ルナルド　では、わしらは、どうしたらいい？

シモン　ねえ、君、わしらは色々と考えてみたが、結局、これ以上のよい考えは見つからなかったな。つまり、ものごとの流れには逆らわないで、そのまま受け入れる、ということさ。

ルナルド　それでは、わしの受けた侮辱は？

フェリーチェ　何が侮辱なんです？　彼が娘さんの夫になったら、侮辱など消えてなくなるでしょうに。

カンシアン　ルナルド君、聞いてくれ。このフェリーチェにも、さまざまな欠点はあるが、実を言うと、時おり立派な女になることもあるんだ。

フェリーチェ　ねえ、そうでしょ、カンシアン？

ルナルド　やめてくれよ。わしらはどうしたらいい？

シモン　何よりも先ず、食事に行こうと言うだろうな。

カンシアン　実を言うと、食事のことは忘れてしまったんじゃないかと思っていたよ。

フェリーチェ　まあ、食事のことは忘れてしまうか者ではないわよ。彼は食事を中断してくれた人はね、愚か者ではないわよ。彼は食事を中断してくれた人はね、取りやめたりはしないわ。ルナルドさん、私たちが仲良く食事をすることをお望みなら、こうなさいよ。あなたの奥さんと娘さんを呼びにやりなさい。彼女たちに何か喋って、いつものように少しぶつぶつ言って、それでお終い。いいわね。リッカルドさんが来るのを待って、男の子が来たら、それでお終いにするわ。

ルナルド　もしここに妻と娘が来たら、わしは自分を抑えられないんじゃないかと心配だよ。

フェリーチェ　では、あなたの心の内をぶちまけなさい。あなたは正しいんですから。それでご満足？

カンシアン　彼女らわしの妻もな。

シモン　わしの妻もな。

フェリーチェ　私よ、私が呼びに行って来るわ。待っていて頂戴。［走って退場］

第三場　ルナルドと、カンシアンと、シモン

ルナルド　［カンシアンに］君の奥さんは、大変な口達者だな。

カンシアン　分かったろう！　では、時おりわしがあいつの言いなりになるとしても、わしを愚か者などと言わんでくれよ。わしが何か言うとしても、あいつは大弁舌を揮って、わしに同意させてしまうんだよ。

シモン　女というのは大したものだ！　手を変え品を変えて、結局は自分たちの好きなようにしてしまうんだからな。ルナルド　女どもに喋らせておいたら、絶対に自分の過ちを正しいと言いくるめてしまうな。

第四場　フェリーチェと、マリーナと、マルガリータと、ルシェッタと、前出の人々

フェリーチェ　［ルナルドに］さあ、さあ、連れて来ましたよ。彼女たちは後悔して、改悛して、あなたに許しを請い求めているわ。

フェリーチェ　［ルナルドに］彼女らに罪はありませんよ。その元凶はこの私よ。

ルナルド　［ルシェッタに］お前に結婚する資格などあるか、この浮気娘！

フェリーチェ　［ルナルドに］私に話して頂戴。私が答えて差し上げるわ。

ルナルド　［マルガリータとルシェッタに］男を家に連れ込むとは？　恋人を部屋に隠すとは？

(22) ゴルドーニの自注に、《ヴェネツィアの弁護士たちのメタ・テアトロ的なこのような言い方で終わるので、通常、劇の中で登場人物が作者のゴルドーニに言及した科白。フェリーチェ夫人は、第二幕の終わりでも、それを真似て面白がっている（とその背後にいる作者）に言及して、次のように啖呵を切っている。《もし私があなたに、どのようにして〔挽回するの〕かを喋ったら、行くわよ》（一四場）。このような登場人物のメタ・テアトロ的な科白は、この作品以外では見られない。

(23) この劇は終わりになってしまうでしょ。

フェリーチェ [ルナルドに] 怒鳴るなら、私に向かって怒鳴って頂戴。私がその元凶なんだから。

ルナルド [フェリーチェに] あんたも一緒に、くたばったらいいんだ。

フェリーチェ [ルナルドに、嘲笑して]《ズバリ言ウト》でしょう？……

カンシアン [ルナルドに] おい、わしの妻に向かって、何ということを言うんだね？

ルナルド [カンシアンに] 済まん、許してくれ。わしは自分でも何を言っているのか、分からないんだ。

マルガリータ [落胆する]

ルシェッタ [泣き出す]

マルガリータ フェリーチェさん、あなたは何と言ったのよ？これで和解したんだって？

シモン [マリーナに] お前にも自分の過ちを応分に償ってもらおうか。

マリーナ 私はすぐに覚悟を決めて、家から出て行きますよ。

フェリーチェ だめ、だめ、行かないで頂戴。かわいそうに、ルナルドさんの体の中には、まだ少しばかり怒りが残っていたのね。それを吐き出したかっただけなのよ。その一方で、彼はあなた方の言い分を認めて、あなた方を許してくれるでしょう。ねえ、そうでしょう、ルナルドさん？

ルナルド [ぶっきらぼうに] そうだ、そうだよ。

マルガリータ 愛するあなた、私がどれほど悩んだか、分かってほしいものだわ！　私の言うことを信じて頂戴、私は何も知らなかったのよ。仮面の人たちが来た時、本当は私、中に入れたくなかったの。それをしたのは私、……したのはこの私よ。それで十分でしょう？

フェリーチェ そう、それをしたのは、この私よ。

ルシェッタ [ルシェッタに小声で]（お前も何か言いなさい）

マルガリータ 大好きなお父さま、どうか私を許して下さいね。

フェリーチェ 言っておくけど、悪いのはこの私だったのよ。

マルガリータ 本当のことを言うと、私にもその責任の一端はあるんだけど。

シモン [マリーナに] なあ、お前が気転の利く女であることは、よく知っているぞ。

マリーナ 間違いなく、あなたよりはね。

フェリーチェ [舞台裏の方を見て] 誰か来たようだわ。

マルガリータ まあ、あの方たちだわ。

ルシェッタ [嬉しそうに、傍白]（私のお婿さんだわ。）

ルナルド 何だって？　誰だって？　誰が来たんだ？　男だって？

フェリーチェ [女性たちに] お前たちは、ここから出て行って？　私たちが何をされるとお思いなの？

434

最終場　マウリツィオと、フェリペトと、前出の人々

マウリツィオ　[よそよそしく] こんにちは。

ルシェッタ　[ぶっきらぼうに] ようこそ。

フェリペト　[人目を盗んでルシェッタに挨拶する。マウリツィオが彼を睨みつけると、フェリペトは知らん振りをする]

フェリーチェ　マウリツィオさん、この話がどうなったか、ご存じ？

マウリツィオ　わしには、話がどうなったかどうでもいい。今後どうするかだけが問題だ。ルナルド君、君の意見はどうだね？

ルナルド　わしの意見はだ、育ちのよい息子なら、ズバリウトダナ、仮面をかぶって出歩いたりしないし、ちゃんとした娘の家に入り込んだりはしないということだ。

マウリツィオ　君の意見はもっともだよ。[フェリペトに] では、この家から退散しようか。

ルシェッタ　性悪女め！ その泣きべそ顔は何だ？

フェリーチェ　では、ルナルドさん、本当のことをあなたに言ってあげるわ。[ズバリ言ウト] ね、あなたのしていることは、恥知らずな行為ですよ。あなたは大人なのに、あああ言ったかと思うと、それを打ち消して

男たちが私たち女を取って食うとでも恐れているの？ 私たちは四人もいるでしょう？ あなたたちだっていらっているんでしょう？ 入って来させなさいよ。

ルナルド　奥さん、わが家なのに、あなたがお命じになるのですか？

フェリーチェ　そう、私が命じるのよ。

ルナルド　わしは、あの外人だけは嫌だ。もしあいつが来るなら、わしが出て行く。

フェリーチェ　いったいどうして彼が嫌なの？ 彼は名誉ある紳士ですよ。

ルナルド　あいつがどんな人間であるかは、どうでもいい。わしはあいつが嫌なんだ。わしの妻と娘は、人と話すのに慣れていないんだよ。

フェリーチェ　でも、今回ばかりは、お二人とも我慢してくれますよ。ねえ、そうでしょう、あなた方？

マルガリータ　まあ、私もよ。

ルシェッタ　まあ、私は別に構わないわ。

ルナルド　[嘲って] 《私は別に構わないわ。私もよ。》 はっきり言うが、このわしが嫌なんだよ。

フェリーチェ　[傍白] (まあ、何という熊男、何という人面獣でしょう！) 待っていて、私が彼に控えているように言ってやるから。[舞台奥の方に行く]

ルシェッタ　[傍白] (まあ、私はどっちでも構わないわ。もう一人が来てくれれば、それで十分よ。)

こう言う。まるで子供のおもちゃの風車みたいに、考えがくるくると変わる。

マリーナ [ルナルドに] 何という野蛮な振る舞いよ！ あなたは婚約させたんじゃないの？ 契約を取り交わしたんじゃないの？ いったい何があったのよ？ 何が起きたのよ？ 彼が娘さんをさらって行ったとでも言うの？ その子供じみた真似は何？ その膨れっ面は何？ 彼があなたの家の名誉を傷つけたとでも言うの？ 彼が娘と結婚したら、それですべては終わるんじゃないの？ これまで私は、ある程度我慢して、あなたの言う通りにして来たけど、今度ばかりは、あなたに言わせてもらうわ。彼に、娘を娶らせてやるべきよ。そのしかめっ面は何よ？

マルガリータ [ルナルドに] 私もこの件では一言、言わせてもらうわ。そうよ、確かに私は、彼を家に入れるのは好きじゃなかった。家に入れたのは、よくなかったわ。でもね、彼が娘と結婚したら、それですべては終わるんじゃないの？

ルナルド 娶るがいい。結婚するがいい。早く片付けたらいい。わしはもう飽き飽きだ。もう沢山だよ。

ルシェッタとフェリペート

マウリツィオ [ルナルドに] [二人は嬉しくて跳ね回る] そのような怒った顔で、結婚式をするのかね？

フェリーチェ 彼が怒っているとすれば、それは自業自得ね。

マルガリータ さあ、ルナルドさん、二人の結婚を望んでいる別に彼が結婚する訳じゃありませんからね。

ルナルド それとも望んでいないの？ わしの怒りが収まるまでな。

マルガリータ [ルナルドに] さあ、愛するあなた、私はあなたに同情するわ。私はあなたの気質を知っていますよ。あなたは紳士で、愛情深くて、心の優しい人よ。でも、モチロン、ちょっとばかり気難し屋なのよね。今度の件では、あなたは正しかったと言ってもいいわ。でも、最後には、私の言うことを信じて頂戴。女性にこのようなことをさせるのは、大変なことなのよ。私はそうしたわ。それはね、私はあなたを愛しているし、この娘のことも愛しているからよ。もっとも、彼女は私のためなら、知りたいとも思っていませんけどね。でも、私は彼女のためなら、私の持っているすべてのものを投げ出してもいいわ。この家族の幸せのためなら、私は自分の血を流してもいいわ。この子の気持ちを叶えて上げ、あなたの気持ちを鎮めて、あなたの愛にふさわしくないと言うなら、仕方がない。もし私があなたの愛にふさわしくないと言うなら、仕方がない。夫の命令に従うわ。夫の命令は、私の運命だし、たとえそれが辛い不幸をもたらすとしてもね。

ルシェッタ [泣きながら] いとしいお母さま、これまで私が、お母さまに言ったり、したりしたことを、どうか許してね。

フェリペート　[傍白]（僕まで貰い泣きしそうだ。）

ルナルド　[涙を拭く]

カンシアン　[ルナルドに]分かったかい、ルナルド君？　女性がこのようにする時には、男性は降参するしかないんだよ。

シモン　要するにだ、甘い言葉を使っても、きつい言葉を使っても、結局、女たちは自分の望むことをすべてしてしまうということだ。

フェリーチェ　それで、ルナルドさんは？……

ルナルド　[怒って]待ってくれ。

フェリーチェ　[優しく]ルシェッタ。

ルシェッタ　はい。

ルナルド　[震えながら、大声で]したいか、したいわ。

ルシェッタ　はい。

ルナルド　お前は花婿を見たか、ええ？

ルシェッタ　はい。

ルナルド　[怒って]さあ、答えろ。お前は結婚したいか？

ルシェッタ　はい、そうします。[そっと近付く]

ルナルド　ここに来なさい。

ルシェッタ　[恥ずかしそうにして、答えない]

ルナルド　お前は結婚したいのか？

マウリツィオ　ルナルド君。

ルナルド　マウリツィオ

マウリツィオ　[ぶっきらぼうに]何だ？

ルナルド　ねえ、君、ズバリ言ウトダナ、田舎者のような、

ぶっきらぼうな返事はしないでくれよ。

マウリツィオ　さあ、君の言おうとしたことを言えよ。

ルナルド　もし君が嫌でなければだが、わしの娘は君の息子にくれてやるよ。

[二人の婚約者は喜び合う]

マウリツィオ　この不良息子に、結婚する資格はない。

フェリペート　[懇願するように]お父さん……

マウリツィオ　[フェリペートを見ずに]このわしに煮え湯を飲ませるとは。

フェリペート　[前と同様に]お父さん……

マウリツィオ　わしは結婚させるつもりはない。

フェリペート　ああ、もうだめだ！　[半ば気を失って、よろめく]

ルシェッタ　彼を支えて、彼を支えて。

フェリーチェ　[マウリツィオに]まあ、あなたは何という心の持ち主？

ルナルド　息子さんを罰するのは正しいことだよ。

マウリツィオ　[フェリペートに]ここに来い。

フェリペート　はい、行きます。

マウリツィオ　お前は自分のしたことを後悔しているか？

フェリペート　はい、お父さん、心から。

マウリツィオ　よく心するんだ。たとえお前が結婚しても、これまで通りわしの言い付けに従って、わしの言うことをよく聞くんだぞ。

フェリペート　はい、僕は約束します。

マウリツィオ　ルシェッタさん、ここに来なさい。わしはあなたを娘として受け入れよう。息子よ、天の神さまがお前を祝福して下さいますように。さあ、手を差し出せ。

フェリペート　[シモンに]どのようにするのですか?

マルガリータ　さあ、手をこのようにするのよ。このようにね。

ルナルド　[涙を拭く]

マルガリータ　シモンさんとカンシアンさんは、立会人になって下さいますね。

シモン　それで、子供はいつできるのかね?

フェリペート　[笑顔で跳ね上がる]

ルシェッタ　[恥ずかしそうにする]

ルナルド　さあ、子供たち、喜べ。わしらはこれから食事に行くんだよ。

フェリペート　ねえ、ルナルドさん、あなたにお聞きするけど、私の言うことを聞いて、あそこでずっと待っている外人さんを追い払うのは、失礼だと思いません? マウリツィオさんに話をしてくれて、彼をここまで連れて来たのは、あの人ですよ。その彼をこのように扱うのは、礼儀に反すると思いますけどね。

ルナルド　彼もこれから食事に行って上げて頂戴。

ルナルド　フェリーチェ　わしは断る。

フェリーチェ　お分かり? あなたの内にあるそのような田舎根性、そのような野蛮さが、今日生じたすべての騒動の原因なのですよ。このような気質が、あなた方には……三人とも全員よ、お分かり? 私は三人全員に話しているのよ……このような気質があなた方を、怒りっぽくて、憎らしくて、不満たらで、世間中から嘲笑されるようにしているのですよ。あなた方はもう少し礼儀正しく、愛想よく、人間的になるべきだわ。あなた方は奥さんの行動をよく観察して、それが立派な時は、何かのご褒美を与えて、何かを我慢しなさい。あの外人の伯爵さまは、礼儀正しくて、立派で、教育のあるお方ですよ。だから、彼とお付き合いをしても、私は何の批判をされることもないのよ。私の夫はそのことを知っているから、夫だって彼と一緒に出かけるのはいいけど、虐待するのはだめよ。命令するのはいいけど、文明人らしく振る舞いなさい。要するに、もし幸せに生活したいと思うなら、野蛮人のようにではなく、文明人らしく暮らしたいと思うなら、そして奥さんと仲睦まじく暮らしたいと思うなら、小綺麗に着飾るのはよいことですし、そうすることも望ましいことです。服装についてはね、すべての流行の後についていくのではなく、ただ単なる社交で、純粋な社交なのよ。これは単なる社交で、純粋な社交なのよ。家を破産させたりしない限り、小綺麗に着飾るのはよいことですし、そうすることも望ましいことです。要するに、もし幸せに生活したいと思うなら、自分でも愛してあげることよ。

カンシアン　わしの妻は大した奴だ! そのことは認めてやらなければならんな。

シモン　ルナルド君、君は承服したかね？
ルナルド　君の方は？
シモン　わしは承服したよ。
ルナルド　[マルガリータに]あの外人さんに、わしらと一緒に来て、食事をするようにと言ってくれ。
マルガリータ　悪くないわね。この教訓の効き目が、これからも続くことを、天の神さまに祈るわ。
マリーナ　[フェリペートに]甥っ子さん、あなたはお嫁さんをどのように扱うつもり？
フェリペート　仰る通りにします。フェリーチェさんのお言い付け通りにしますよ。
ルシェッタ　ああ、私は何もかも満足だわ。
マルガリータ　飾り袖がだらりと垂れているのだけは、残念でしょうけどね。
ルシェッタ　やめてよ。お母さまはまだ私を許して下さらないの？
フェリーチェ　何もかもそれでお終い。もう時間になりましたから、私たちは食事に参りましょう。ルナルドさんの調理人は、野蛮な狩りの獲物を料理に使っていないはずですから、田舎者の料理が食卓を賑わすことはないでしょう。私たちは皆、文明人であり、優しい心を持ったよいお友だちです。私たちは賑やかに楽しみながら、飲んだり食べたりいたしましょう。そして、私たちの不出来なこの劇を、このように温かい心で礼儀正しく聞いて、我慢

して、受け入れて下さったすべての皆さまの健康を祈念して、乾杯することにいたします。

【幕】

(24) ゴルドーニの自注に、《ヴェネツィアでは、結婚式の立会人になる人々は、「指輪の立会人」と呼ばれていた》。
(25) フェリーチェが叱り飛ばす《野蛮人》は、ルナルドとマウリツィオとシモンの三人の商人であって、自分の夫カンシアンは同じ舞台にいるにもかかわらず、除外されている。それは、彼が庶民階層の中の貴族である《由緒ある市民》に属しているので、その分だけ野蛮さと田舎根性から抜け出していると見なされていたからである。

新しい家
(1760年)

第1幕1場

作品解説

これは、作者自身と現代の研究者の間で評価が分かれる奇妙な作品である。ゴルドーニは、この作品を自分の最高傑作として自画自賛している。これほど手放しの自慢は、気配りに長けた彼にしては、全くの異例である。《もしこの私が一生の間に、この喜劇しか書いていなかったとしても、私が他の数多くの喜劇で獲得したのと同じ評価を、この作品だけで手に入れることが十分にできるように思う。というのは、何度この作品を読み返してみても、私には非難すべき欠点が全く見出せないからである。私の作品にも他人に模倣される価値があるとうぬぼれてよいとしたら、私はこの作品をそのモデルとして差し出して、悔いることはないだろう。……舞台で上演された時も、観客はこれにおいても同様に好評であり、賞賛を受けたのである》(「作者から読者へ」)。

ところが、現代では評価が少し下落しているようで、たとえば最も新しくて最も現代的な批評基準を持つマルツィア・ピエーリ編『ゴルドーニ劇作集』(Marzia Pieri (a cura di), *Carlo Goldoni Teatro*, Einaudi 1991, voll. 3) には、一四編の作品が収録されているが、この作品は選ばれから漏れている。なぜ作者自身の評価と、現代のゴルドーニ研究者の評価には、このような違いが生じるのか？

その前に、あらすじはこうである。アンゾレットとメネギーナは、両親のいない――という意味は、『宿屋の女主人』と同様に、若いのに自分の好き勝手な生活ができる――《由緒ある市民》階級の兄と妹である。兄の方は、叔父クリストフォロの反対に耳を貸さずに、《大層な家》の見栄を叶えてやるために、新しいセシーリアと結婚し、零落して持参金なしのセシーリアと結婚し、新妻の見栄を叶えるために、新しい家を借りる。妹のメネギーナの方は、前の家が恋しくてたまらない。向かいの家に住んでいた、同じ市民階級の青年（ロレンツィン）と、窓越しに話をすることができなくなったからである。そこにセシーリアが登場する。彼女は新妻でありながら、すでに《お伴の騎士》を従え、衣装は派手で、自分の家柄を鼻に掛ける《純度百パーセントの高慢ちき》である。嫁と義妹は必然的に諍いを起こす（第一幕）。

この対立は、上の階に波及して、そこには《由緒ある市民》のケッカ夫人とその妹が住んでおり、彼女たちは、メネギーナの恋人、ロレンツィンのいとこであった。メネギーナが表敬訪問して、身の上話をしていると、散々した挙句に、メネギーナの恋人のことを《薄汚い男》と罵り、身分の釣り合わない結婚は許さない、と義妹に申し渡す。彼女は、知らないで虎の尾を踏んでしまった。ケッカ夫人不倶戴天の敵セシーリアも訪ねて来る。彼女は自分の自慢を散々した挙句に、メネギーナの恋人のことを《薄汚い男》と罵り、身分の釣り合わない結婚は許さない、と義妹に申し渡す。彼女は、知らないで虎の尾を踏んでしまった。ケッカ夫人は《ロレンツィンは自分たちのいとこで、立派な家の青年であって、

親戚の誰にも前掛けをして働いた者はいない》と啖呵を切り（アンゾレットの叔父は、かつて《バター売り》であったこと、つまりアンゾレットも、にわか市民であることを揶揄しているが、彼女の本当の標的は、高慢なセシーリアである）、かくして上下の階は完全に敵対する（第二幕）。

自分の親族と階級（由緒ある市民）の誇りに賭けても、メネギーナといとこのロレンツィンの結婚を成就させなければならない。ケッカ夫人は、メネギーナの叔父クリストーフォロを家に呼んで、彼と姪を和解させ、彼女に持参金を出させようと説得する。粗野だが心根の優しい《田舎者》の叔父は、彼女の見事な説得とメネギーナの哀願にほだされて、持参金を出してやることに同意する。その間、アンゾレットは浪費が祟って、前の家の家財を差し押さえられ、新しい家からは追い立てを食らう。破産の瀬戸際に追い詰められた時、突如、それまでの態度を豹変させるのは、妻のセシーリアである。彼女は、犬猿の仲だった叔父が上の階に来ているのを聞きつけるや、嫌がるアンゾレットを引っ張って会いに行き《弱虫旦那さま、来るのよ。そうすれば、あなたの妻がどのような女か、見せて上げるわ》、叔父にこれまでの無礼を謝罪して、自分たちを破産から救ってくれるようにと懇願するの大演説を打つ。すると――あれほどセシーリアを嫌っていた叔父は、彼女とその夫を許してしまうのである。こうして叔父と憎しみ合っていたアンゾレット夫妻と妹のメネギーナは、その叔父の肉親の情に救われて破産を免れ、こうして晴れて幕となる。

しかし、現代人にはこの大団円がどうしても腑に落ちない。セシーリアの口説きは、まるで法廷での弁護士の弁論のようで、本当に悔い改めた人の言葉のように、心には響かないからである。しかも、叔父が情にほだされて、軟化したと見るや、次のような不敬な言葉を口走る。《来て、来て、あなた、天の恵みは、あなたの分もあるわよ》。セシーリアが本当に改悛しただけではないか？一時的に高慢な女から狡猾な女に変身しただけではないか？この心理的な不連続の不自然さが、現代では評価が低い理由だろうと思われる。それでは、ゴルドーニが、《何度この作品を読み返してみても、私には非難すべき欠点が全く見出せない》、つまり不自然さを全く感じないと言っているのは、どうしてなのか？

ここで問題にしたいのは、セシーリアの出身である。ゴルドーニは故意に――絶対に故意にだ――彼女の出身を曖昧にかしており、かつ、彼女自身の自慢話は、話半分、いや、話五分の一に聞く必要がある（《私はね、比べものにならない家で生まれ育ったのよ。自慢して言うのではありませんけれど、私の家は皇太子さまでもお越しになれるような家だったわ……》）、セシーリアは、ほぼ間違いなく零落したヴェネツィア貴族、つまりバルナボーティ階層の出身である。そのことを最もあからさまに示唆してくれるのは、女中のルシェッタの謎掛けのような言葉である。《奥さまは持参金など全く持って来られなかったけどね。私の旦那高慢さだけは、恐ろしいほどご持参遊ばしたのよ。

さまは、全く分別がないせいで、すっかり熱を上げてしまわれたのよ。何に熱を上げたものやら、私は知りませんけどねえ……》（第一幕一場）。彼女は明らかに、にわか市民のアンゾレットが貴族ブランドに熱を上げ、だから愚かにも、持参金なしのセシーリアと結婚したんだと当てこすっているのである。彼女が、市民階級より下位の庶民である金持ちの叔父に向かって、誇りを捨て去ってまで平身低頭し、改悛する様を見たら、一八世紀のヴェネツィアの人々はどう思ったであろうか？ やはり、それではやらせ過ぎなのだ。市民のケッカ夫人も、叔父のクリストーフォロも、誇り高い彼女が頭を下げるだけで、そして雄弁な謝罪演説をするだけで、十分な謝罪と見なして、彼女をそれ以上追い詰めなかったのである。これは、一八世紀の階級社会に生きるゴルドーニにとっては、きわめて自然な慈悲心の発露であったが、二一世紀の大衆社会に生きるわれわれには、不自然にしか見えないのである。

このドラマがいかに真実味にあふれていたか、つまり一八世紀のヴェネツィア社会、とりわけ市民階級の姿をいかに正確に写し出す鏡であったかについては、同時代の文学者ガスパロ・ゴッツィが、次のように証言している。《登場人物たちは、とても真実味にあふれているので、これは劇でなく、現実の出来事の中でも、上の階に住む二人の女性の片方〔由緒ある市民のケッカ夫人〕は、最も思慮分別があって、驚くべき手練手管を

持っている。彼女はこの劇をハッピーエンドに導く人物であるが、彼女の立居振る舞いは、見事に優雅な中庸に保たれており、時には笑ってしまうほどに、立派な見識と大いなる重厚さを備えている。つっけんどんな叔父〔クリストーフォロ〕は、昔風で、ちゃんとした分別を持ち、裕福で、その親戚の者〔アンゾレットとメネギーナ〕から馬鹿にされているが、その親戚を助けてくれるようにと、彼に依頼する。そして、すべての登場人物の中で、彼女の言うことだけが、この夫人に聞き入れてもらえるのである》（ガゼッタ・ヴェネタ紙）。

登場人物

アンゾレット（市民[1]）
セシーリア（アンゾレットの妻）
メネギーナ（アンゾレットの妹）
ケッカ（市民の妻）
ロジーナ（ケッカの未婚の妹）
ロレンツィン（ケッカのいとこの市民）
クリストーフォロ（アンゾレットの叔父）
伯爵（セシーリアのお伴の騎士の外国人）
ファブリツィオ（アンゾレットの友だちの外国人）
ルシェッタ（メネギーナの女中）
ズグワルド（内装職人の親方）
プロズドチモ（代理人）
金具職人たち
大工たち
装飾画家たち
人夫たち
召使い

場面はヴェネツィアのアンゾレットの家と、その上の三階に住むケッカの家で展開される。

---

[1]《市民》とは、ヴェネツィアの《由緒ある市民》を指す。「恋人たち」注（1）と、「解説」第2節（由緒ある市民）を参照。

第一幕

第一場　新しい家の応接間。ズグワルド、内装職人、装飾画家たち、金具職人たち、大工たちが、部屋の周囲で立ち働いている。その後、ルシェッタ〔扉の図版を参照〕

ズグワルド　ようやくここまで仕上げたんだから、この部屋を終わってしまおうぜ。ここは応接間だから、夕方までに使えるようにしてくれ、との旦那のご注文だ。家財道具の引越しが終わるまでに、この部屋を仕上げてほしいんだとさ。さあ、頼むぜ、オノーフリオさん、フリーズの装飾を明暗法で描き終えてくれ。プロスペロ親方は、その掛け金をあのドアに取り付けて。ラウロ親方、あんたはあのドア枠を取り付けるんだ。さあ皆、頑張って行こうぜ。

〔職人たちは仕事に励む〕

ルシェッタ　〔ズグワルドに〕まあ、内装屋の親方さん、まだ造作が終わっていないの？　この大工事を開始してもう二ヶ月近く経つのに、まだ仕事が終わらないんだって？　土台から家を建てたとしても、こんなに時間はかからないわね。梁に汚い色を塗りたくったり、壁を醜くしたり、ちょっとばかりぼろ布地を張ったりするだけで、そんなに時間がかかるものなの？

ズグワルド　ルシェッタ姉さん、どうしてそんなに頭に来ているんだね？

ルシェッタ　ズグワルドの親方さん、私が頭に来ているにはね、ちゃんとした理由があるのよ。今日、若奥さまがこの家に引っ越して来られるので、広間と食堂と二つの寝室だけは、ちゃんと掃除しておくようにと、旦那さまがお命じになったのさ。そこでこの二日間というもの、私は掃除に明け暮れて、掃いたり拭いたりしているのに、この忌々しい連中と来たら、散らかしたり汚したりして下さらないんだからね。

ズグワルド　その気持ちはよく分かるよ。あんたの言い分はもっともだ。だが、わしの雇い人衆が毎日考えを変えるんだよ。この仕事は、本当ならずっと前に終わっていたはずだ。あんたの旦那のアンゾレットさんが、何でも聞き入れてしまうんだよ。他人の言うことを、何でも聞き入れてしまうんだな。ある人が旦那にあることを吹き込むと、次に別のことを吹き込む。だから、今日ある仕事を仕上げても、明日はそれを取り壊さなければならん。たとえば、奥の三つの部屋に暖炉が付いていたが、ある人が旦那に、奥の部屋に暖炉が付いていたが、ある人が旦那に、奥の部屋に暖炉があるのはよくないと言った。すると旦那は、暖炉を取り壊させた。次に、別の人がやって来て、寝室に暖房用の暖炉がないとは、とんでもない話だと言う。すると旦那は《急いでこの暖炉を復活させろ》その後になると、《食堂は台所の近くにしてく

別の方だ。》その後になると、《これじゃない、この

新しい家

れ。》その次は、《いや、中止だ、台所は煙が立つから、食堂は別の並びに置こう。》《広間は細長いから二つに仕切ってくれ》《仕切ったら暗くなったから、壁は取り壊しだ。》仕事はどんどん増え、費用もどんどんかさむ。なのに、わしがお金のことを言い出すと、騒ぎ出すわ、怒鳴るわ、地団駄踏むわ、新しい家を呪うわ、この家を借りさせた人まで呪う始末だよ。

ルシェッタ　この家を借りさせたのは、若奥さまよ。あの人は、純度百パーセントの高慢ちきだわ。私たちの住んでいた家がお気に召さなかったのはね、家にゴンドラの船着場がないし、広間が小さいし、三間続きの奥の部屋がないし、室内装飾が時代遅れに見えるからですって。お陰さまで、家賃は六〇ドゥカート増えるし、引越しとリフォームと新しい家具で沢山のお金をむだに使ったのに、それでもまだご不満なんだからねえ。

ズグワルド　きっとたんまり、持参金を持って来られたんだろうよ。

ルシェッタ　まあ、親方さん、こんなこと言っちゃ何ですけどね、奥さまは持参金など全く持って来られなかったのよ。高慢さだけは、恐ろしいほどご持参遊ばしたけどね。私の旦那さまは、全く分別がないせいで、すっかり熱をあげてしまわれたのよ。何に熱をあげたものやら、私は知りませんけどねえ。あの人は、家柄は悪くないんだけど、大層なご大家のお嬢さまみたいに育てられたのね。あの調子で暮らすには、

三、四千ドゥカートの収入が必要になるわ。実を言うと、アンゾレットさんは、お父上が亡くなって以来、お金を湯水のように使い果たして、かわいそうに、一文無しになってしまい、しかもまだ結婚していない妹さんもいるのに、今やこの超ど級の浪費家の奥さまを養わなければならないんだから、新しい家を借りさせた人のことを言い出したら、間違いなく地団駄を踏んだり、人を呪ったりすると思うわよ。ねえ、本当のことを教えて上げましょうか？　でも、いいわね、絶対に誰にも何も喋らないで頂戴よ。私が家の内情をばらしているなんて噂されるのは、まっぴらご免だからね。これまで私たちが住んでいた家を、旦那さまは引き払ってしまわれたけど、実はもう一年分も家賃を滞納しているのよ。それにこの新しい家では、《今、家にいないと言え》の一点張り。いったい最後はどうなってしまうのか、心配だわ。私、自分の名誉にかけて誓うけど、私の言っていることは本当よ。本当。

ズグワルド　何ということだ！　わしは心臓をぐさりと抉られた気分だよ。わしは自分の財布から材料費を出しているし、この連中はわしが雇っている。お金を取りはぐれて、泣きの涙に終わるのだけはご免だぜ。

---

(2)　女中のルシェッタは、《由緒ある市民》のアンゾレットが、その上の貴族に憧れていることを、暗に示唆している。

ルシェッタ　ズヴァルドの親方さん、どうかお願いだから、絶対に誰にも何も喋らないで頂戴ね。私が陰口好きじゃないことは、あんたもよく知ってるでしょう。私はこの忌々しい家に本当に腹を立てているので、《物言わぬは腹膨るる業》なのよ。だから、この程度の憂さ晴らしをしないと、死んでしまうわ。

ズヴァルド　アンゾレットさんが身分不相応にお金を使っているのは、困ったことだ。だけど、誰に言わせても、ここは美しい住まいだよなあ。

ルシェッタ　美しい住まいだって言うの？前の住まいの方がどれほどよかったか。何て淋しい場所なのかしらねえ。こんな住まいはまるで墓場だわ。犬一匹通るのも見かけやしない。少なくとも前の家では、ちょっと窓から顔を出すだけで、心が和んだものだわ。それに三、四人のお喋り仲間がいたしね。家事を終えてテラスや物干し場や屋根裏の窓から顔を出すと、近所のお女中たちが私の声を聞きつけて、彼女たちも出てきて、お喋りをしたり、笑い転げたり、恋の苦しみを打ち明けたりして、ちょっとは気晴らしができたものよ。

彼女たちは奥さま方の陰口を洗いざらい喋ってくれて、私たちは心行くまで楽しんで、口では言い表せないほど大はしゃぎをしたわ。この家の界隈では、よく知らないけど、何て粗野な田舎者が住んでいるんでしょうね。私は何度も窓から顔を出してみたけど、誰も挨拶してくれないのよね。あの人たちは、私に挨拶を返さなきゃならないのにね。そうそう、今朝などは、田舎根性丸出しの阿呆女が、私をじろりと見て、何とまあ、この私の面前でバタンと窓を閉めたんだから。時間が経てば、ここでもお友だちができるさ。あんたの欲しがっているのが、お喋り仲間の女中たちだけなら、どこにいてもお友だちは見つかるよ。

ルシェッタ　でも、私が前の家で持っていたようなお友だちを、ここで見つけるのは難しいわね。

ズヴァルド　ルシェッタさん、本当のことを言えよ。お前さんが残念がっているのは、お女中たちのことかね？

ルシェッタ　どっちかと言うと、まあその両方ね。

ズヴァルド　男友だちだったら、ここまで会いに来れるぜ。

ルシェッタ　確かにその通り。でもねえ、私は男を家の中に連れ込むような女じゃないわよ。そりゃあ時折り、私が葡萄酒を取りに降りて行った時に、ちょっとの間ということはあるけど、二言三言、言葉を交わしたら、それでお終い。私は人に変な噂を立てられたくないのよ。分かってくれるでしょう？

ズヴァルド　よく分かるよ、その通りだな。

ルシェッタ　ズヴァルドさん、本当に残念なのは、私のためを言うとね、私があの家から引越して来たのが残念なのは、私のためと言うよりも、お嬢さまのためなのよ。

ズヴァルド　どうしてかね？メネギーナお嬢さんはご満足

ルシェッタ　じゃないのかね？　あの方もこの家を嫌っているのかい？

ズグワルド　教えて上げるわ。でも、注意してよ、いいわね、誰にも何も喋っちゃ駄目よ。私はあんたがどのような人間か知っているから、言うんだけど、あそこには、いい？　お嬢さまにはね、向かいの家に好きな人がいたのよ。彼女は四六時中その人を眺めていて、夜になると、上の私の部屋に上がって来ては、何時間も何時間も話をしたものよ、お嬢さまはその人と、私はその召使いとね。このようにして、私たちはちょっとばかりだけど、楽しんで心慰んだわ。ところが今は何よ、ここで私たちは一人ぼっちで、私たちには犬一匹振り向いてくれやしない。

ルシェッタ　どうしてお兄さんは、彼女を結婚させないのかね？

ズグワルド　まあ、それまで言ってもらわなきゃ分からないの？　結婚させるには何が必要だと思っているんだい？

ルシェッタ　では、彼女はこれからもずっと行かず後家のままかい？

ズグワルド　なるほど、叔父のクリストーフォロさんは金持ちだから、助けてやろうと思えば、できるだろうにな。

ルシェッタ　かわいそうに！　あの方の叔父さんが助けてくれない限り、どうしようもないわね。

ズグワルド　でも、叔父さんはね、甥っ子に腹を立てているのよ。いつも自分の頭だけで物事を進めようとするし、相談も全くなしに結婚してしまうし。かわいそうに、その間に挟まれて、とばっちりを受けているのが、お嬢さまなのよ。

ルシェッタ　旦那さまだって？　注意してよ、いいわね、何も喋ったりしないでね。

ズグワルド　おいおい、アンゾレットさんがここにやって来るぜ。

ルシェッタ　旦那さまだって？　注意してよ、いいわね、何も喋ったりしないでね。

ズグワルド　言われるまでもない。このわしが、そのような……

ルシェッタ　仕事をしないで、時間を潰してしまうことがね。

ズグワルド　わしはあんたと話し込んでしまったのが残念だよ。この部屋の掃除がまだ終わっていないのが残念だわ。

ルシェッタ　まあ、少しばかり時間を潰そうが潰すまいが……

［掃除にかかる］

第二場　アンゾレットと、前出の人々

アンゾレット　それで、首尾はどうかね？　この部屋はまだ仕上がっていないのか？

ズグワルド　明日までには終わります。

アンゾレット　《明日までには終わります。》この二〇日間というもの、同じ答えばかり聞いているよ。

ズグワルド　お言葉ですがね、今のようなやり方じゃあ、二年経っても終わりませんよ。一〇回も内装をさせては、一〇回とも取り壊しさせられるんですからね。旦那は、すべての人

の意見を聞き入れて、すべての人の言う通りにしようとしなさるんだから。

アンゾレット　君の言うことはもっともだよ。親方、急ごうじゃないか。今日は僕の妻が引越して来るし、僕たちは今晩からここで寝ることになるからな。

ズグワルド　寝室なら今晩から使えるが、

アンゾレット　何ということだ！　この応接間がまだ使えないとは残念だよ。人々が何と噂していると思う？

ズグワルド　わしは自分のできることしかできませんよ。人手を集めて、急いでやってくれ。

アンゾレット　お金を頂きませんとね。

ズグワルド　最後は金、いつも金だ。少し黙っておられんものかね。いつも金だ。

アンゾレット　《目の見えない乞食でも、金を上げなきゃ歌わない》って言いますぜ。

ズグワルド　忌々しい奴だ。今は持ち合わせがないんだよ。

アンゾレット　お金がないのに、何をしてもらいたいと仰るので？

ズグワルド　明日中に金は見つけるよ。

アンゾレット　職人たちに賃金を払わなければなりませんよ。連中はその日暮しの日雇いですからね。

ズグワルド　明日になったら、あいつらの分も払ってやるよ。明日になったら、お前の欲しいだけ、金を渡してやるよ。まさか僕に踏み倒されるのを恐れているんじゃあるまいな？　一日二日の問題で、紳士をこのような仕方でからかうものじゃない。

ズグワルド　一日二日の問題ならいいんですがね。

アンゾレット　この僕がそう請け合うんだから、もうその話は終わりだ。君たちのなすべきことを、ちゃんとやり給え。そうすれば、僕だって紳士らしく応えてやるよ。

ズグワルド　よく分かりました。では、明日までお待ちしましょう。

アンゾレット　だが、急いでくれよ。

ズグワルド　直ちに。わしがちゃんとした仕事をする男かどうかご覧に入れますよ。おい、トーニ、直ぐにわしの家に行って、三人の職人に何もかもうっちゃって、ここに来るように言ってくれ。（言うべき言葉もない。承知しました、承知しましたと言わざるを得ない。もし明日払ってくれなかったら、否が応でも支払わせる方法に訴えてやるぞ。）

アンゾレット　お前は台所に行って、何か料理人の手伝いをする必要があれば、手伝って来なさい。

ルシェッタ　はい、旦那さま。

アンゾレット　ルシェッタ。

ルシェッタ　今日、旦那さまは家でお昼の食事をなさるのですか？

アンゾレット　ああ、僕は家で食事をするよ。妻と三、四人の友だちと一緒にね。

新しい家

ルシェッタ　（まあ、嬉しくもないことだわね。）

アンゾレット　妹に恥ずかしくない身なりで出て来いと伝えてくれ。義理の姉やお客が来るんだからな。

ルシェッタ　こちらに服を全部持って来られたかどうか、私は存じませんけど。

アンゾレット　まだ持って来ていないなら、僕があちらに行って、引越しの残りを持って来てやるよ。

ルシェッタ　ナプキン類も、古い家にあるんですが。

アンゾレット　僕が全部持って来させてやるさ。

ルシェッタ　何人分のお食事を用意したらよろしいので？

アンゾレット　一〇人分用意してくれ。

ルシェッタ　承知しました。（ああ、諺で言う通りだわね。《愚か者のパンは、最初に食べられてなくなる》ってね。）［退場］

第三場　アンゾレットと、ズグヮルドと、前と同様に行ったり来たりする職人たち

ズグヮルド　（わしに払うお金はないが、ご馳走に使うお金はある、というわけか。明日はちゃんと片を付けてもらうぜ。）

アンゾレット　この部屋の二枚の絵は、どうも気に入らないね。

ズグヮルド　わしも、あれはよくないって申し上げたんです

が、旦那があの絵描きの好きなように描かせようとなさったんですよ。旦那が無理に買わせたんですからね。お金を無駄使いした挙句に、取り替えそう。

アンゾレット　取り外そう。

ズグヮルド　では、代わりに何を飾りますか？　また、取り替えるので？　今日中には絶対に終わりませんよ。

アンゾレット　それでは仕方がない。今のところは、このままにしておくか。

ズグヮルド　趣味のよい部屋にするには、ここに鏡を置いて、壁紙には金の縁取りをしたらいいんですがねえ。他の人々からも、そのように言われたよ。よし、金の縁取りを付けようか。

アンゾレット　まさにその通りだね。

ズグヮルド　時間が掛かりますが。

アンゾレット　二人増やしたらできるだろう。

ズグヮルド　一〇〇ブラッチョ（約六〇センチ）につき一トライーロ［五ソルド］の値段ですから、二五リラ掛かります。

アンゾレット　買おうじゃないか。

ズグヮルド　では、その代金をもらえますか。

アンゾレット　お前が買っておいてくれよ。明日清算してやるから。

――

（3）一ブラッチョにつき一トライーロ銀貨＝五ソルドだから、一〇〇ブラッチョで五〇〇ソルド。一リラ＝二〇ソルドであるから、五〇〇÷二〇＝二五リラとなる。

第四場　ファブリツィオと、前出の人々

ズグヮルド　（本当に）一文なしの旦那だよ！〔仕事振りを見に行く〕

アンゾレット　それにしてはもう遅いかな。では、このままで行こう。縁取りはなしだ。

ズグヮルド　旦那、わしにはお金がないんで。

ファブリツィオ　お邪魔して構いませんか？

アンゾレット　何よりも先ず、北向きの部屋にベッドを置くとは、とんでもない話ですよ。南向きのこの部屋、ここがこれまでの寝室だったんです。北向きの部屋で眠るといいことが起きると言いますよ。

ファブリツィオ　本当のことを言うと、僕は全く気に入りません。

アンゾレット　気に入らないって？　何がです？

ファブリツィオ　まだ内装の工事中ですよ。どうです？　気に入られましたか？

アンゾレット　それで、君、この家は仕上がったのですかね？

ファブリツィオ　ファブリツィオさん、どうぞ、どうぞ、お入り下さい。

アンゾレット　ファブリツィオと、前出の人々

アンゾレット　〔ズグヮルドに〕この僕に北向きの部屋で眠らせたいのか？　お前は僕を殺したいのか？　そのようなことは、予め考えておくべきだったんですよ。

ズグヮルド　そんなに大層なことかね？

ファブリツィオ　どうしろと仰るので？

ズグヮルド　ねえ君、ベッドをこの部屋に運んで来ることが、そんなに大層なことかね？

ファブリツィオ　それでは壁紙は？

ズグヮルド　〔かっとなって〕わしは人手の面倒を見ましょうから、何だね。お金の面倒を見てもらいましょうか。

アンゾレット　何だね。その言い方は？　お金を払わなかったことがあるかね？

ズグヮルド　旦那にはお金の面倒を見てもらいたいと思えば、できるんだが。

アンゾレット　聞かれましたか？　このような口を利くとはね。このような口を利くとはね。僕はこれまでに千ドゥカート以上でも彼に与えていたでしょうよ。今朝手持ちがないのは、農地管理人にお金を送らせるのを忘れていたからに過ぎないのに、自分の欲しい金が貰えないかのように思い込むとはね。

ズグヮルド　今度は何をしろと仰るんで？

アンゾレット　聞いたかね、ズグヮルドさん？

ズグヮルド　〔ズグヮルドに〕その通り。人手とお金があれば、何でも直せるさ。

アンゾレット　〔ズグヮルドに〕その通り。人手とお金があれば、何でも直せるさ。

ファブリツィオ　〔ズグヮルドに〕人手とお金があれば、何でもできるさ。

ズグヮルド　それではお金は？

ファブリツィオ　ねえ君、ベッドをこの部屋に運んで来ることが、そんなに大層なことかね？

アンゾレット　まだ時間はある。変更しようじゃないか。

ねえ、ファブリツィオさん、僕に一〇ドゥカート〔八〇リラ〕か一二ドゥカート〔九六リラ〕ばかり、お貸し願えませんか？　明日になったらお返ししますから。

ファブリツィオ　申し訳ないが、僕も持ち合わせがなくてね。もし持っていれば、喜んでご用立てするんだが。(たとえ一〇リラでも貸してやるものか。)

ズグワルド　〔ズグワルドに〕ある部屋から別の部屋まで家具を移すのに、どのくらいの費用が掛かるのかね？

ファブリツィオ　そんなことは何でもないことだ。さあ、内装屋、他ならぬ紳士の僕が、そうお願いしているのだよ。

ズグワルド　（このような仕事を引き受けたことを呪いたいよ。）さあ、皆、全員ここに集まってくれ。この引越しの大仕事に掛かろうか。先ずあの部屋を取り壊してから、この部屋を取り壊すことにしよう。〔職人たちは退場〕〔アンゾレットに〕終わりが来るまでは終わりませんぜ。

アンゾレット　終わりが来たら終わるだろうさ。

ズグワルド　（明日になったらちゃんと片を付けてやるぞ。）〔退場〕

第五場　アンゾレットとファブリツィオ

アンゾレット　本当にあいつらのお陰で、僕は気が変になりそうですよ。どれだけお金を注ぎ込んでも、何ひとつ仕上がらないんですからね。

ファブリツィオ　さっき僕は台所を通って来たんだが、食事の準備をしていましたね。

アンゾレット　その通りです。今日はこの家で食事をするんです。

ファブリツィオ　奥さまと？

アンゾレット　その通りです。親戚の方に振る舞われるのですか？　何人かの親戚と何人かの友人にね。

ファブリツィオ　僕はその友人の中に入っていないんですよね。

アンゾレット　とんでもない。もし来て頂けるなら、光栄ですよ。

ファブリツィオ　ありがとう。君の奥さまとご一緒できるのは嬉しいことですよ。お若いのに、実に才気煥発な方ですからね。

アンゾレット　その通りです。時おり、少し才気煥発が過ぎますが。

ファブリツィオ　彼女の才気を、君は嘆いているのですか？

アンゾレット　その話はやめましょうよ。北向きの部屋のことを教えて頂いて感謝しますよ。

(4) 一ドゥカート銀貨＝八リラ。

ファブリツィオ　とんでもない。僕は自分の友人の健康をとても心配しているのでね。それに、君の奥さまだって、病気になられたら困るしね。
アンゾレット　そう、僕の妻と言えばね、僕はあの子を満足させてやるのがとても難しくて、どのように扱ったらいいものか、分からないのですよ。
ファブリツィオ　あの子って、誰のことです？
アンゾレット　ご存じないのですか？　妹のことですよ。
ファブリツィオ　ああ、分かりました、メネギーナお嬢さんのことですね。うっかりしていました。彼女は随分大きくなられたんでしょうね。
アンゾレット　大きくなり過ぎですよ。
ファブリツィオ　では、結婚させることを考えなければなりませんね。
アンゾレット　どうかお願いだから、そのような鬱陶しいことを話さないで下さいよ。気が滅入るばかりだ。

第六場　メネギーナと、前出の二人

メネギーナ　[舞台裏から] お邪魔してもいいかしら？
アンゾレット　来なさい、来なさい、メネギーナ。
ファブリツィオ　メネギーナお嬢さん、こんにちは。
メネギーナ　こちらこそ。[アンゾレットに皮肉を込めて] お兄さま、あんなに美しい部屋を私にあてがって下さって、

私、本当に嬉しいわ。
アンゾレット　何だって？　不満なのか？
メネギーナ　私、この年で墓場に入るとは思っても見なかったわ。
アンゾレット　墓場に入るんだって？　どうしてだい？
メネギーナ　私を犬一匹通らない淋しい中庭に面した部屋にやるなんて、よくも考えたものね。
ファブリツィオ　メネギーナお嬢さんの仰る通りですよ。
アンゾレット　お前は、どの部屋がいいと思っているんだい？　屋根裏部屋でも、階段下の部屋でも、私を押し込めて置きたければ、どこでもお好きな所で構わないわ。
アンゾレット　ねえ、妹よ、この家は狭いんだよ。
メネギーナ　この家が狭いですって？　この並びには四部屋もあるじゃない？
アンゾレット　でも、お前、よく見てくれよ。これは僕と妻のプライベート・ルームだよ。
メネギーナ　なるほどね。何もかも奥さんのものなのよね。並んだ四部屋全部ともね。奥の部屋全部が奥さんのもの。そして、あわれな私には牢獄をあてがうわけね。
アンゾレット　牢獄とは何だね？　お前の部屋は美しくて、立派で、大きくて、二面に窓が付いていて、嘆くことではないはずだよ。

メネギーナ　その通りよね。窓から身を乗り出して、見えるものと言ったら、猫と、鼠と、蜥蜴と、忌々しい掃除道具置場だけなのよね。

ファブリツィオ　[メネギーナに]もしかして、メネギーナお嬢さんは、どなたかが通るのをご覧になりたいのですか？

メネギーナ　それ、あなた、人の話に口を挟まないでくれる？　意地悪なら、どうして妻がお前と親しく付き合うことができる？

アンゾレット　それでは、窓の傍に来たいなら、何時間でも構わないから、食事の後にこっちの部屋に来ればいいんじゃないの？

メネギーナ　あなた方の部屋になど、金輪際行きませんからね。

アンゾレット　なるほど、お前は人に好かれるのに、まさにぴったりの性格だな。お前がこのように意地悪で、このように見たくないことはよく知っているわ。私だってあの人の顔を見たくないもの。

メネギーナ　いえ、いえ、そのように親しくお付き合い頂かなくても結構よ。私の方から願い下げだわ。あの人が私の顔も見たくないなら、私たちはおあいこよね。

アンゾレット　この僕に向かって、よくもそんなことを言うね。

メネギーナ　お兄さま、私は率直な人なの。私はね、自分の思ったことはちゃんとお兄さまに言うし、他人を通じて言わ

せたりはしませんからね。

ファブリツィオ　率直さというのは、立派な美徳ですよね。

アンゾレット　僕の妻がお前に何をしたと言うんだ？　お前、妻に何を言いたいの？　この僕に何を言いたいの？

メネギーナ　奥さんが、小姑が家にいるのを見て嬉しいと思う？　亡くなったお母さまと一緒にいた一年間も、私が一家の主人だった。お兄さまが生きている間は、私が主人だったと言えるわ。でも、今、セシーリア奥さまがこの家に来たら、自分で命令しようとするでしょうし、彼女が女主人になるわね。私は靴一足買うのにも、あの人におうかがいを立てなければならなくなるのよ。

ファブリツィオ　セシーリア奥さまは謙虚なお人柄ですが、確かに嫁入り前のお嬢さんの、結婚した女性の言うことを聞く必要がありますよね。

メネギーナ　どうか、あなた様は口を挟まないで下さいな。この私をかっとさせたら、怒りの毒で、あなたなんか死んでしまうわよ。

アンゾレット　では、僕はお前のために結婚を思い留まるべきだったのかね？

メネギーナ　私を先に結婚させるように、考えてくれるべきだったのよ。

ファブリツィオ　それはまさに仰る通り。

メネギーナ　仰る通りかそうでないかは知りませんけど、私はそう思っていますよ。

アンゾレット　良縁があったら、お前を結婚させていたよ。
メネギーナ　良縁がなかったと言うの？
アンゾレット　誰のことだ？
メネギーナ　ロレンツィンのことよ。お兄さまはだめだって言ったわね。
アンゾレット　その通り、ロレンツィンのことよ。僕がだめだって言ったのは、僕の家に釣り合わないからだ。
メネギーナ　何て滑稽なうぬぼれでしょう！釣り合うと思っているのよ。伯爵さま？騎士さま？お兄さまは私にどのくらいの持参金を持たせてくれるつもり？セシーリア奥さまがあなたに持って来たのと同じだけの持参金？つまり、空っぽの煙だけ、貧乏神だけなのよ。この一家の主人は僕だ。僕は誰からも指図など受けないぞ。
アンゾレット　僕は自分のしようと思ったことをする権限があるんだ。この一家の主人は僕だ。僕は誰からも指図など受けたくない。
メネギーナ　私だってお兄さまと同じよ。義理のお姉さまの指図など受けたくないわ。
アンゾレット　それでは、お嬢さん、あなたは何をなさるおつもりですかね？
メネギーナ　私、叔父さんの所に行くわ。
アンゾレット　もしお前が一度でも叔父に会いに行って、一度でも挨拶をしたら、要するに、もしお前が一度でも叔父に会ったりしたらだ、僕はお前を妹とは認めないぞ。もう兄は死んでこの世にいないものと思うんだな。

ファブリツィオ　[アンゾレットに]失礼ですが、それでは余りに厳し過ぎますよ。
メネギーナ　お願いだから、口を出さないで頂戴。私の兄は、自分で何を言っているのか、ちゃんと分かって言っているはずよ。もし私が叔父の所に行けば、私は兄の敵の所に行くことになる。だって、叔父は立派な良識のある人で、世間の評判を重んじるから、自分の甥っ子が財産を浪費したり、人に馬鹿にされているのに我慢がならないのよ。しかもとりわけ今は、この結婚のお陰でね……
アンゾレット　やめるんだ、いいか。口を噤んで、これ以上僕を怒らせるんじゃない。
メネギーナ　さあ、この問題は、これで一件落着ということにしましょう。メネギーナお嬢さんには、道路に面した部屋を差し上げて下さいな。誰かさんが通るのを見て、時おりは目の保養ができるようにね。そうして差し上げれば、これほど怒り狂ったりはされなくなるでしょう。
メネギーナ　[ファブリツィオに]どうかそのような馴れ馴れしい口の利き方はよして頂戴。私はあなたに心を許してはおりませんのでね。
ファブリツィオ　僕はあなたの肩を持って差し上げているのですよ。
メネギーナ　私はあなたのために一肌抜いて差し上げているのですよ。私は弁護士さんも保護者さんも必要ないわ。私の言い分は自分で主張できますよ。私はこれまでもはっきりと言って来たし、今も言うし、今後とも言うわ。私はあんな

第七場　ファブリツィオとアンゾレット

ファブリツィオ　部屋にいたくないし、お兄さまがこの家を借りたことを呪ってやるわ。[退場]

アンゾレット　僕の叔父の話だけはしないでくれ。あいつは僕を散々罵って、僕をいじめてくれた。たとえ僕が落ちぶれてパンに事欠くようになったとしても、あいつにだけは頭を下げに行きたくない。

ファブリツィオ　同じ血族の老人は、よかれと思って言ってくれるのだから、いくらかは我慢して許して上げるべきですよ。意地を張って自分の利益に反することをするのは、賢明なことではありませんよ。

アンゾレット　もし妻がだね、妹が叔父に頭を下げることを知ったりしたら、この僕が大変な目に遭うよ。妻もまたひどいことを言われたので、わが家の平和を望むなら、僕はこのような態度を取らなければならないのさ。

ファブリツィオ　君の言う通りです。君は男だ、君の好きなようにしたらいい。（気難しい奥さんのために、金持ちの叔父と仲違いをするとは、見上げた愚か者だよ。）

アンゾレット　ねえ、ひとつお願いがあるんだ。僕があっちの家に行って、残りの家財道具を運ばせて来る間、この職人たちを監督して、夕方までにこの二部屋を仕上げてしまうよう督励してもらいたいのだが。

ファブリツィオ　喜んでお役に立ちましょう。

アンゾレット　僕の妻がやって来て、内装がまだ終わっていないのを見たなら、きっと怒鳴り散らすはずだからね。

ファブリツィオ　僕の聞いているところでは、もう彼女の尻に敷かれているして二週間しか経たないのに、

アンゾレット　では、何も持たせてやれないよ。

ファブリツィオ　どれほどの持参金を持たせてやるつもりです？

アンゾレット　今のところ、何も持たせてやれないよ。

ファブリツィオ　では、君の叔父さんに援助してもらったら？

アンゾレット　どうしたらよいものやら。

ファブリツィオ　このような女性二人と一緒に家にいたら、君はとんでもない目に遭いますよ。少なくとも妹さんからは自由になるべきですね。

アンゾレット　自分でも分からないんだ。義理に急かれてかな？

ファブリツィオ　こいつはいい！　では、なぜ彼女と結婚したんです？

アンゾレット　君ね、僕は正直に打ち明けるけど、僕の妻は妹よりもっと凄いかも知れないよ。

ファブリツィオ　義理のお姉さんが分別のあるお方だから、きっとお姉さんを見習って、自分を抑えることを学ばれるでしょうよ。

アンゾレット　どうです？　ちょっとした傑作でしょう？

ファブリツィオ　君の妹さんは、実に見上げたお人柄ですね。

とか。

アンゾレット　実を言うとね、僕は彼女の尻に敷かれているわけではないし、尻に敷かれるほどの愚か者でもない。それどころか、僕たちは気が合うし、二人とも同じ気質なんだよ。でも、二人とも意地っ張りでね。一度など、二人とも口を利きたくなくてね、結局は僕の方が折れたけど、たった一言がもとで、僕たちは二ヶ月も口を利かないことがあったよ。どっちも最初に口を利きたくなくてね、結局は僕の方が折れたけど。このような事態になるのを避けるために、そのような切っかけを作らないようにして、彼女が満足してくれるように努め、自分のできる限りのことをして、さらに時おりは、自分の死ぬ前の、熱々の時だったし。（僕が期待しているのは二つある。もういい、何とかなるだろうよ。（僕が期待しているのは二つある。僕の叔父が死んでくれるか、あるいは僕が宝くじに当たることさ。）

［退場］

第八場　ファブリツィオと、その後、ズグワルド

ファブリツィオ　あの若者は、これまでも破滅に向かって突っ走って来たが、今やこの結婚によって、全速力で破滅しようとしている。おい、内装屋。

ズグワルド　何でしょう？

ファブリツィオ　僕はアンゾレット君から、この部屋の内装を急がせるよう監督を依頼されたが、君は人に監督されたり督

励されたりする必要のない立派な男だ。だから、君のなすべきことをちゃんとして、立派な仕事をしてくれよ。食事時になったら、また会おう。［退場］

第九場　ズグワルドと、その後、ルシェッタ

ズグワルド　へい、旦那。食事時というのは、この手のお友だちに、呼ばないでも押し寄せて来る時だ。施主の旦那は、わしにこのような造作をさせなくてもよかったのにな。仕方がない。言われたことには従わなければならん。さあ、皆、頑張って、こっちに来てくれ。この部屋の取り壊しを始めようか。

［職人たちが登場して、取り壊しを始める］

ルシェッタ　どうしたの？　また最初からやり直しなの？

ズグワルド　あんたにひどいことを言ってしまうところだったよ［口に手を押し当てて］うーん……もう少しであんたにひどいことを言ってしまうところだったよ。

ズグワルド　お返しの言葉だってないわけじゃないぜ。

ルシェッタ　まあ、冗談抜きで答えてよ。旦那さまがこの部屋を妹さんの寝室にするって本当なの？

ズグワルド　とんでもない！　旦那がこの部屋で寝るんだってよ。

ルシェッタ　この変更はどういう意味なの？

新しい家

ズグワルド その原因はファブリツィオさんだよ。あの人が北向きの部屋は不吉だって焚き付けたんだよ。
ルシェッタ 旦那さまもかわいそう！ まあ、誰かがドアをノックしたようね。本当に忌々しいドアだよ。誰が来たのか、さっぱり分からない。ああ、前の家のドアはよかったわ！ 誰が来たか見に行くと、少なくともちょっとばかりは目の楽しみがあったものだわ。[退場、後で戻って来る]
ズグワルド なるほどな、女中が考えているのは、このことだけか。わしはどの家に行っても、女中についての嘆きばかり聞かされる。年取った女中は役立たずで、若い女中は色恋ばかり。その中間の年齢の女中を雇おうとしても無駄なことだ。女中たちは、できる限り若い女を続けるがそれができなくなると、一挙に年寄りになるんだからな。
ルシェッタ ねえ、ねえ、誰が来たか分かる？
ズグワルド 誰だね？
ルシェッタ 若奥さまよ。
ズグワルド そいつはいい！ どんな人か、わしも見たくて堪らんよ。
ルシェッタ 見たこともないほどの高慢ちきで、笑うどころじゃないわよ。
ズグワルド お一人で来られたのかい？
ルシェッタ お一人だって！ とんでもない！ ちゃんとお伴の騎士さまを従えていらっしゃるわ。
ズグワルド そんなに早くから？

ルシェッタ まあ、時を逃したりはしないわよ。旦那がご不在だから、お嬢さまが接待されるのかい？
ズグワルド とんでもないわ。私が来たことを話したら、お嬢さまは自分の部屋に閉じこもってしまわれたわ。
ルシェッタ それでは、あんたが接待するんだな。
ズグワルド 私は嫌よ。ねえ、彼女がどのような気質の人か、私は知らないし、係わり合いたくないわ。
ルシェッタ あんたは若奥さまと話したことがないのかい？
ズグワルド 彼女はあんたのご主人の奥さまですか。
ルシェッタ あるもんですか。
ズグワルド 結婚されて二週間になるけど、これまで旦那さまはずっと奥さまの家にいたのよ。一度だけあちらの家を訪ねて来られたことがあったけど、私は隠れて出て行かなかったわ。
ルシェッタ [ドアの方に歩み寄って]ちょっとだけ挨拶に行くわ。礼儀だからね。
ズグワルド さあ、皆、急いでくれよ。

第一〇場 セシーリアと、オッターヴィオ伯爵と、前出の人々(3)

ルシェッタ ようこそ、奥さま。

セシーリア　こんにちは、あなたはどなた？

ルシェッタ　この家の女中でございますが。

セシーリア　アンゾレットが、私のためにあなたを雇ってくれたの？

ルシェッタ　違いますわ、奥さま。私はこの家にご奉公して、もうかなり経ちます。

セシーリア　では夫は、妹さんのために女中を雇っていたの？

ルシェッタ　左様ですが、奥さま。

セシーリア　家に女中は何人いるの？

ルシェッタ　今のところは私しかおりません。

セシーリア　一人しかいないのに女中だって言うの？

ルシェッタ　では何と仰しゃいな。私を下女だと？　奥さま、私をちゃんとご覧下さいな。私は女中として、少しばかり名前を知られています。私はこの家の誉れなんですよ。私は自分の女中を連れて来ることにするわ。ところで、ここは何の部屋なの？

セシーリア　ここは応接間のはずだったんですが、その後ここにベッドを運ばせて、あの部屋の方を応接間にしようと考えられたのです。

ルシェッタ　そのような馬鹿なことをした愚か者は誰なの？

ズグワルド　絶対にわしじゃありませんぜ、奥さん。

セシーリア　一番大きな部屋は、社交のための部屋にすべきだわ。どう思われます、伯爵さま？

伯爵　まさにセシーリア奥さまの仰る通りですね。

ルシェッタ　（なるほど、その通りですとも。この手の殿方は、ちょうど使い捨てられたタワシが、運河を漂って行くように、人の言うままに漂って行くのよね。）

セシーリア　アンゾレットは、いったいなぜこのように愚かな変更をする気になったのかしら？

ルシェッタ　北向きの部屋で寝ないですって。

セシーリア　北向きくらい何だって言うの？　誰がそのような愚かな入れ知恵をしたの？　あの阿呆の内装屋？

ズグワルド　［かっとして］失礼ですが、奥さん、わしはそのような入れ知恵はしませんし、それに阿呆でもありませんぜ。

セシーリア　まあ、あなた、その大声は何よ？

伯爵　［ズグワルドに］おい君、もっと丁重に話し給え。

セシーリア　［ズグワルドに］元の状態に戻しなさい。ここは社交のための部屋にすべきです。

伯爵　仰る通りにいたしますな。

ズグワルド　［退場］

セシーリア　私に椅子を持って来て頂戴。（アンゾレットさんも大変だな。）

ルシェッタ　はい、奥さま。［一脚の椅子を取って、セシーリアの所に持って来る］

セシーリア　この騎士さまを立たせたままにしておくつもり？

ルシェッタ　（私たちは災難だわね。奥さまは高慢ちき、お伴の騎士さまは空威張りと来ている。）

新しい家

ねえ、いい？　もしお前が女中と人に呼ばれたいのなら、こんなことを言わせちゃだめよ。私の使っている女中を見習ったらいいわね。

ルシェッタ　私に女中が勤まらないと思っていらっしゃるのでしょうか？

セシーリア　さあ、さあ、もう沢山。口答えはやめて。

ルシェッタ　（ああ悔しい。できるだけ近付かないようにしているしかないわね。）［椅子を運んで、膨れ面をする］

セシーリア　伯爵さま、どうぞお掛けになって。どうです、椅子は堅くありませんか？

伯爵　とても堅くて、腰を掛けておれませんね。

セシーリア　やっぱり！　私が後で安楽椅子に替えさせますわね。［ルシェッタに］何だい、お前まで気を悪くしたのかい？　まあ、神経の細かい連中だね！　私はこれ以上、お前をよく言ってやることはできないよ。お前に教えて上げるわ。そのような真似をしてもむだよ。今までこの家には、礼儀というものがなかったことがよく分かるわ。［伯爵に］どう思われます、伯爵さま？　私の言う通り？

伯爵　あなたの仰る通りです。それ以上立派に言うことはできませんな。

セシーリア　少なくとも私はこういう人なのよね。自分の言うことなすことすべてについて、正しいのか間違っているのか、ちゃんと人に言ってもらいたいのよ。

ルシェッタ　［皮肉に］（お伴の騎士さまなら間違いなく、本当

のことを仰って下さるわ。）

セシーリア　ねえ、教えて頂戴。お前は何という名前なの？

ルシェッタ　ルシェッタと申しますが。

セシーリア　小姑さんはどうしているの？

ルシェッタ　お元気ですが、奥さま。

セシーリア　よろしく伝えて頂戴、いいわね。

ルシェッタ　はい、奥さま、仰る通りに。

セシーリア　彼女はまだこの新しい家を見に来たことがないの？

ルシェッタ　もちろん来られました。

セシーリア　いつ来たの？

ルシェッタ　今朝方に来られました。

セシーリア　それで、古い家に戻ったの？

ルシェッタ　いいえ、奥さま。

セシーリア　では、どこにいるの？

ルシェッタ　あちらのご自分の部屋におられますが。

セシーリア　何だって？［ルシェッタに］この家にいるのに、私に挨拶に来ないの？　そして、お前は私に何も言ってくれないの？

(5) 原文の《sustrissima illustrissima》の縮約形。ヴェネツィアの《vossignoria illustrissima》の縮約形。《由緒ある市民》階級の男女に使う称号である。男性の場合は《旦那》の訳語を当てたが、女性には《奥さま》と訳すか、あるいは省略するかした。女中のルシェッタは、《市民》の妻セシーリアに対して、常に《sustrissima》とか《lustrissima》という敬称を付けて話している。

ルシェッタ　何と申し上げたらよかったのでしょうか？
セシーリア　ねえ、伯爵さま、私の小姑さんは、何と素敵な歓迎をしてくれるんでしょうか？
伯爵　本当によろしくない態度ですな。
セシーリア　聞いた？　礼儀を知り尽くしていらっしゃるお方が、よろしくない態度だと仰っているのよ。
ルシェッタ　（はい、はい、本当におだてていらっしゃるお方女に言って頂戴。お望みなら、私の方が彼女の部屋までご挨拶しようがいますってね。
セシーリア　[ルシェッタに]あちらに行きなさい。行って彼の家では、これからこの世で最も面白いドラマが始まるわよ。でも、私にとばっちりが来ないことを祈るわ。お給金さえ貰えるなら、私は何だってしますからね。」[退場]

第一一場　セシーリアと伯爵

ルシェッタ　アンゾレットは、私をまんまと騙したのよ。家に妹さんがいることを知っていたら、誓って言うけど、私、決して彼と結婚などしなかったわ。
伯爵　彼に妹さんがいることを、あなたはご存じなかったのですか？
セシーリア　知っていたわ。でも、彼女は叔父さんの家に行くものと、私は信じ込まされていたのよ。

伯爵　本当に行くかもしれませんよ。
セシーリア　行かないんじゃないかと思うわ。だって、両方とも叔父さんとは仲が悪いんですもの。
伯爵　自分の叔父さんと不仲とは、アンゾレット君もまずいことをしたものだ。彼の叔父さんと言うのは、僕も知っていますが、金持ちでね、立派な人ですよ。
セシーリア　立派な人だって、あなたは仰るの？　立派な人だって？　真実はね、野卑な田舎者で、礼儀を弁えない人よ。彼は私のことをものすごく悪く言ったのよ。きっとこう言ったはずよ、《自分の甥っ子は、あんな女と結婚すべきじゃない、だから、あらゆる手を使って、あの女と結婚できないようにしてやる》ってね。あのお金持ちの愚かなロバさんは金満家なのに、不満なことしか言わないの。私が彼の甥っ子にわずかな持参金しか持って来なかったことを嘆いているって言うの？　莫大な持参金を要求するほどの資格が、彼にあるって言うの？　昔、彼が前掛けをして歩き回っていたことを、人が知らないとでも思っているの？　結局のところ、私は育ちのよい人だし、私の家は、土地収入で生活しているし、私は高貴なお嬢さんとして育てられたから、私のような女性を義理の姪に持つような資格は、彼にはないのよ。だから、あなたが立派な人だ、などと言うのを聞くと、わたしは呆れ返ってしまうわ。
伯爵　奥さま、私は今仰られたような、いろいろな理由を全然存じませんでした。私は自分の言葉を撤回して、あの男は、

新しい家

手に負えない、実に手に負えない頑固者だと言い直しますよ。

私は知っているがね。）

第一二場　ルシェッタと、前出の二人

ルシェッタ　奥さま、お嬢さまはあなた様に敬意を表して、もうすぐご自分でここにやって来て、挨拶をされるとのことですので、どうかあちらまでわざわざお出まし頂くまでもありません。ご自分のお部屋は、応接できるような部屋ではございませんので、とのお話でございます。

セシーリア　彼女はそのように言ったの？

ルシェッタ　そのように仰いましたので、私もその通りお伝えしています。

セシーリア　お前は口上の伝え方が、本当にお上手だわねぇ。

伯爵さま、この口上の意味が分かります？

伯爵　実を言うと、私には何とも理解しかねますが。

セシーリア　あのお嬢さんはね、自分の部屋が私の部屋のように立派じゃないので、自分にふさわしくない部屋などで応接したくない、と仰っているのよ。

伯爵　なるほど、これで実によく分かりました。

セシーリア　このような態度を高慢と言うのよね。

伯爵　確かに、うぬぼれがあることは否定できませんな。

セシーリア　言葉で表現できる限りの最悪のものすべてですな。

伯爵　私のような女性が、これほど軽蔑されていいと思う？

セシーリア　とんでもありません。ああ、あなたがアンゾレットさんと結婚の誓いをされる前に、私はあなたと知り合いになりたかったのよ。

伯爵　でも、私の運命は、こうなるように定まっていたのよ。

セシーリア　アンゾレットさんに何かご不満はおありで？

伯爵　いいえ、夫については、何の不満もないわ。もしあると言ったりしたら、私は恩知らずになるわ。私は彼を愛していたし、今でも愛しているし、今後ともずっと愛し続けるわ。でも、彼の叔父さんについては、話を聞くのも嫌なのよ。

セシーリア　でも、その叔父さんは、救いの神になるかもしれないのでは。

伯爵　願い下げだわね。私たちは叔父さんになんか頼る必要はないわ。夫には、私を養ってくれるだけの土地収入がある。夫がこの家から妹さんを追い出してくれるだけで、私は十分だし、それで満足よ。

伯爵　（しかし、あの紳士は、一文なしで困っていることを、旦那さまに言って上げなければならないわ。実に見事なごます
り男だからね。）

（まあ、この伯爵さまには注意するようにと、

セシーリア　この上の階の物音は何？
ルシェッタ　存じませんが、奥さま。上の階には別の借家人が住んでいらっしゃるのはご存じでしょう。
セシーリア　私は騒音など聞きたくない。頭の上で部屋が揺れたりするのはご免だわ。この上にいるごろつきどもは、いったい誰なの？
ルシェッタ　まあ、奥さま、何を仰います？上の階に住んでいらっしゃるのは、立派な方々ですよ。上流市民の方々で、今朝などは、ケッカ奥さまがこうお尋ねになりました。《奥さまはいつ来られるの？》私、答えましたよ、《存じません けど、今日移って来られるかもしれません。》するとこう仰いましたわ、《移って来られたら教えてね。私、ご挨拶にうかがいたいから。》
ルシェッタ　では、会ったら伝えて頂戴。伯爵さま、私の言い方は、なら、いつでもどうぞ》ってね。《もし来られたいのこれで構わないかしら？
伯爵　大変結構ですね。
ルシェッタ　《もしお暇があれば……》の方がよろしいのでは？……
セシーリア　私の言う通りに言うのよ。偉そうに教えてもらう必要はないわ。伯爵さま、どう思われます？このような下女の分際で、身分不相応にでしゃばるとはね？
ルシェッタ　下女ですって？
セシーリア　言い間違いよ、このような女中の分際で、だったわね。
ルシェッタ。
伯爵　このようなことをするのは、躾がなっていないからですね。
ルシェッタ　[むっとして伯爵に] あなた様のところに躾を学びに参らせて頂きますよ。
セシーリア　いい？たった今、お前をこの家から出して上げるわ。
ルシェッタ　奥さま、私の方から出て行かせてもらいますよ。

第一三場　メネギーナと、前出の人々

ルシェッタ　奥さまが私にお暇を出すと仰いますので、私も出て行かせて頂くと申し上げたんです。
メネギーナ　ルシェッタ、どこに行くつもり？
セシーリア　これから私のお姉さま、あなたはもう早速、家で争いごとを始められるのですか？
伯爵　義理のお姉さま、あなたはもう早速、家で争いごとを始められるのですか？
セシーリア　これがメネギーナさんから私へのご挨拶？
伯爵　これは驚いた！美人じゃないか！
メネギーナ　この子が何をしたと仰るの？

セシーリア　この騎士さまに無礼なことをしたのよ。
伯爵　奥さま、私のことでしたら、どうか気になさらないで下さい。私はこのようにささいなことは、気にしませんから。どうかお願いですから、私のことで言い争ったりしないで下さい。[セシーリアに]私はあなた様にお仕えする召使いですし、お嬢さまの卑しいしもべでもありますし、それに、ルシェッタはよい子だしね。[傍白](私はあらゆる女性に気に入られたいんだよ。)
メネギーナ　あなたはご自分の女中をお持ちだと思いますし、お持ちでなければ、私の兄が雇って差し上げるでしょう。この子は一年以上も私の身の回りを世話してくれて、私はとても気に入っていますのよ。ですから、もしよろしかったら、今この子を私から取り上げたりしないで頂きたいの。
セシーリア　その子を私の大切な宝石のように、大事にしまっておけば？　私の近くに来たりしなければ、それで十分よ。
ルシェッタ　どうかご安心を。私は決してお側には参りませんから……
メネギーナ　さあ、機嫌を直して。あっちに行きなさい。
ルシェッタ　[傍白]（何という悪魔みたいな女が、家にやって来たのかしら？　睨んだだけで相手を殺すというバジリスコ蛇かもね？）[退場]

第一四場　セシーリアと、メネギーナと、伯爵

メネギーナお嬢さまは、どこから見てもお美しい方ですね。
セシーリア　私が挨拶に来るのが遅くなったことを許して下さいね。服を着替えていたものですから。
メネギーナ　まあ、私のためなら、そんなおめかしをなさる必要はなかったのに。
伯爵　本当にこれ以上立派で、これ以上優雅なお二人が、義理の姉妹になるということは、夢にも考えられませんね。
セシーリア　[皮肉を込めて]お上手ですわね、伯爵さま。
メネギーナ　[傍白]（彼女の数ある美徳の中には、嫉妬という美徳もあるのよね。）
セシーリア　小姑さん、お座りになったら？
メネギーナ　結構ですわ、私は疲れていませんから。
セシーリア　それにあなたは、ご自分の家にいらっしゃるんですからね。
メネギーナ　まあ、お義姉さま、それは違いますわ。私の家というのは、私の部屋のことに過ぎませんわ。
セシーリア　まあ、あなたはこの家全体のご主人さまなのよ。

(6) ヴェネツィアでは、引越しがあった時には、以前からその建物に住んでいる人々が、引っ越した新人を表敬訪問する習慣があった。

メネギーナ　まあ、嬉しい！
伯爵　礼儀と思いやりと愛情の、実に見事な競演ですな！　本当に真心から出た言葉みたいね！
セシーリア　アンゾレットさんは、どこにいらっしゃるの？
メネギーナ　さあ、存じませんけど。私は兄がいつ出て行って、いつ帰って来るのか、全く知りませんの。私には何ひとつ話してくれませんのでね。
セシーリア　本当？　彼があなたに自分のことを話さないって。
メネギーナ　もちろんですとも。
伯爵　家の中で一緒に生活するというのは、いつでも心和むものですね。
メネギーナ　とんでもない。全くね。兄が結婚するという話も、私は結婚式の三日前にしか知らせてもらえなかったのですよ。私のお母さまが亡くなってからは、私はいつもこのような生活ですのよ。
セシーリア　その話を聞いて、どう、あなたは嬉しかった？
メネギーナ　ええ、全くね。兄が結婚するという話も、誰にも迷惑をかけたりしないわ。私は自分の部屋に閉じこもって、誰にも迷惑をかけたりしないわ。
伯爵　そこで、ここにいらっしゃるセシーリア奥さまが、母親代わりをなさるというわけですね。
セシーリア　この私が母親代わりですって？　あなた、二週間前に結婚したばかりの新妻が、母親代わりをしなければならないの？
伯爵　ものの喩えで言っただけですよ。結婚した女性の立場は、そのようなものだと言ったまでですが。
メネギーナ　お義姉さまは、どういう意味に取られたのかしらね？
セシーリア　ねえ、教えて頂戴な。誰がそのように上手に髪を結ってくれたの？
メネギーナ　私の女中ですけど。
セシーリア　ルシェッタ？
メネギーナ　ルシェッタですよ。
セシーリア　あの子にこれほどの腕があるとは、思ってもみなかったわ。本当に嬉しいわね。私の髪も結ってもらうことにするわ。
メネギーナ　まあ、お義姉さまはもっと上手な女中をお持ちでしょう。
セシーリア　いえ、いえ、正直に言うけど、私の女中よりも上手だわ。私もあの子に髪を結ってもらうことにして下さいね。ルシェッタは、かわいそうな子ですけど、いじめられたことだけはない子です。どうか私のお願いを聞き入れて頂戴。あの子はこの家にいないものと思って下さい。
メネギーナ　いとしい義理のお姉さま、どうかそれだけは勘弁して下さいね。ルシェッタは、かわいそうな子ですけど、いじめられたことだけはない子です。どうか私のお願いを聞き入れて頂戴。あの子はこの家にいないものと思って下さいな。
セシーリア　何ですって？　あなたはこの私に向かって、そのような口を利くの？　それは私を侮辱することだわ。あの子はこの家に奉公して、私の夫からお給料を貰っているのだから、私だって使いたいものだわ。

新しい家

伯爵　どうかお二人とも、たかが女中のことで、熱くなったりしないで下さいな。仲よくする方法を見つけましょうよ。

セシーリア　たかが下女一人のことで、義理の姉を不快にさせて構わないの?

メネギーナ　あなたはあの子を追い出したいんでしょう? 何なら、この私が追い出してあげるわよ。

セシーリア　そういうのを意地っ張るものじゃないわ。私に対してそのような片意地を張るものじゃないわ。

伯爵　どうかお願いですから、やめて下さい。仲直りしましょうよ。

メネギーナ　あなたがこの家に来たのは、私を足で踏みつけるためだとは、思ってもみなかったわね。

セシーリア　あなたがそのような馬鹿なことを言うとは、呆れ果てたわね。

伯爵　（ああ、困った!）お二人とも……

セシーリア　[メネギーナに]許してあげなさいな。

メネギーナ　許してあげなさいな、とは何よ? 私は誰からも言われたことがなかったわよ。

セシーリア　そのような言葉は、私のお母さまからでさえ、言われたことがなかったわ。

伯爵　[メネギーナに小声で]許してあげて下さい。その他のことについては、できる限りお役に立ちますから。

メネギーナ　[近づいて]私でお役に立つことがあれば、何なりと。

セシーリア　あなた、聞いてよ。

伯爵　お兄さま、こっちに来て頂戴。

セシーリア　私に答えてよ。

メネギーナ　私の話を聞いて頂戴……

伯爵　愛する妻よ、待っておくれ。もうすぐお前の話を聞いて上げるから。

セシーリア　アンゾレットに話し掛けないで頂戴。僕を放っておいてよ。

伯爵　[アンゾレットに小声で]大変動揺しているようですが、何かあったんですか? もしかして、お二人の姉妹の間で交わされた、ちょっとした言葉のためですかな?

アンゾレット　（ああ、言葉どころじゃありませんよ! 事実です。僕には辛い事実です。ねえ、伯爵さん、あなたには密かに打ち明けますが、僕の妹にも妻にも言わないで下さいよ。そして、できることなら、僕を支えて助けて下さいな。）

伯爵　（遠慮せずに言って下さい。秘密を守ることは請け合います。）

アンゾレット　（実は僕は、荷物を運び出すために、あちらの家に行ったのです。引越しの残りを取って来ようと思ってね。すると家主が、一年分の家賃を滞納しているために、僕の荷物を差し押さえてしまったのです。僕はもうお終い

第一五場　アンゾレットと、前出の人々

アンゾレット　（ああ、僕はどうしたらいいんだ!）

だ。）

伯爵　（それはまずいですね。）

アンゾレット　（まずいことは僕だって知っていますよ。それに対処することは僕だって知っていますよ。それに対処することは僕だって知っているのですが。）

伯爵　（よーく考えて、よーく検討してみましょう。）

アンゾレット　（ぐずぐずしている暇はないんです。家財道具の中には、とりわけナプキン類があります。しかも今日は、昼の食事を振る舞わなければならないのに、どうしようもないんですよ。

伯爵　（分かりました。よーく検討し、よーく考えてみましょう。）

セシーリア　皆さま方、私は失礼しますよ。

伯爵　セシーリア伯爵、行っておしまいになるのか？

セシーリア　ちょっとした野暮用がありまして。

伯爵　私と一緒に昼の食事には来られますね。

セシーリア　多分ね。

伯爵　（伯爵さん、僕の保証人になって頂けませんか？

アンゾレット　[退場]

伯爵　（よーく考えて、よーく検討してみましょう。）失礼します。[退場]

アンゾレット　（要するに、何もしてくれないわけだ。別の人に頼む必要がある。）[退場しようとする]

セシーリア　アンゾレット、お兄さま、どこに行くの？

アンゾレット　いとしいお前、許しておくれ……戻ってくるよ、すぐに戻ってくるからね。[退場]

セシーリア　ねえ、見た？あなたのお陰で、夫は私に無礼を働き始めたわ。

メネギーナ　あなたにじゃないわ。兄は私に無礼を働き始めたのよ。兄は何かを聞いたのよ。そう、伯爵さまが、あなたの肩を持って、兄に何かを吹き込んだんだわ。

セシーリア　まあ、その逆よ、伯爵さまがあなたの肩を持ったのは、明らかだわ。

メネギーナ　私は、伯爵さまのことなんか、何とも思っていませんからね。

セシーリア　私だって、夫以外の男のことなんか、何とも思っていないわよ。

第一六場　ルシェッタと、前出の二人

ルシェッタ　この上の階のご婦人方が、ご訪問なさりたいとのことですが。

メネギーナ　私たちのどちらを、なの？

ルシェッタ　お二人ご一緒に、とのことですが。

セシーリア　彼女か私か、そのどちらかだわ。[退場]

メネギーナ　私だけでだめなら、彼女もだめよ。[退場]

ルシェッタ　仰せの通りに。それでは、私がご接待させて頂きますわね。[退場]

第二幕

第一場　ケッカ夫人の家の部屋。ケッカとロジーナ

ケッカ　あの人たちの無礼な仕打ちをどう思う？　これ以上ひどいことってある？　私たちに来てくれるようにと言っておきながら、私たちがドアまで行くと、女中が、《だめです、お会いできません》だからね。私は何が何だか分からないわ。

ロジーナ　何かが起こったことは間違いないわね。だって、あの女中は嬉しそうに、《来て下さい》と言っていたのよ。なのに、私たちが訪ねて行くと、《だめです》と言って口ごもり、ちゃんと話すことさえできないように見えたわ。

ケッカ　あの人たちは気難しいのか、高慢ちきなのかのどちらかね。

ロジーナ　頑迷な田舎者ではないみたいよ。だって、お付き合いはしているからね。

ケッカ　お付き合いはしている、ですって？　とんでもないわ！　ご覧、新婦は結婚してまだ二週間しか経たないのに、もうお伴の騎士を従えているわ。

ロジーナ　では娘さんの方は？　一年中恋愛していたんじゃないの？

ケッカ　私たちのいとこのロレンツィンの話では、彼女が外出する時は、ショールでウェストまで身を包んで、おしとやかに出るそうだけど、家にいる時は、窓辺で誰に見られるのも気にしないそうよ。

ロジーナ　昼も夜も恋に夢中だったと、あの子は言ってなかった？

ケッカ　何という人たちでしょう！　ねえ、いいわね、あた、このように軽薄な女たちを真似するんじゃないわよ。誓って言うけど、私に最初に話しかけた男は、私の夫だったわ。いいわね。私たちを育ててくれたのは、お母さんだけど、今のあなたは、姉の私と一緒に生活しているんだからね……

ロジーナ　お姉さま、そのような娘が、ご存じでしょう。私がどのような娘か、私たちを迎え入れなかったのは、なぜだと思う？

ケッカ　下の階の人たちが、当たっているかもね。

ロジーナ　私の考えでは、今日新しい家に引っ越して来たばかりで、家の中が散らかって、整理できていないので、それで人に見られたくないんじゃないかしら。

ケッカ　当たっているかもね。二人ともかなり高慢ちきのよう

（7）原文は《senda》（ヴェネツィア女性の特徴的なショール）。ゴルドーニのこの箇所での自注に、《黒いタフタ織りのショールのことで、それでウェストまで身を包むことは、慎ましい身なり、という意味》。「解説」図Ⅲ参照。

ロジーナ　正直言って、私たち、余りに早く訪ねようとし過ぎたのよね。明日まで待ってもよかったんだけど、新婦さんを間近に見たいという好奇心が強すぎて、我慢できなかったのよ。

ケッカ　私は彼女がやって来た時に見たわよ。驚くほどの美人には見えなかったけどねえ。

ロジーナ　聞くところでは、とても才気煥発らしいわね。

ケッカ　確かに派手に見えたけど、中身はどうかしら。

ロジーナ　アンゾレットさんは、あの派手好みの奥さんを養っていくのに、どうするんでしょうねえ。

ケッカ　彼女の持ってきた持参金では、絶対に無理ね。

ロジーナ　ロレンツィンからその話を聞いた？　彼女は、ほとんど持参金なしで嫁いで来たそうよ。しかも、愚かな夫は、ものすごい浪費家ですって。

ケッカ　新しい家の内装にどれほどお金を使ったか、見てご覧なさい！　もう二ヶ月も仕事中なのよ。

ロジーナ　ねえ、しかも岸辺に着いたはしけの最初の引越し荷物には、がらくたしかなかったわよ。

ケッカ　はしけだって？　薪運びの小船に見えたわ。

ロジーナ　そうそう、その通りだわ。小船だったわね。それに、ねえ、黒い額縁の鏡を見た？

ケッカ　古道具よ。

ロジーナ　大きな革の椅子は？

ケッカ　ひいお祖父さんの時代の家具よね。

ケッカ　画家や金具屋や大工にお金を山ほど使ったけど、趣味のよい部屋ひとつできないわね。

ロジーナ　見たいのを我慢できる？

ケッカ　まさか！　あの人たちが祝日に教会に出かけて、家を留守にした時にでも、そっと家の中を見てみたいものよね。

ロジーナ　ロレンツィンは、お嬢さんと話をしてくれるよう、私たちに懇願したけど、あのかわいそうな子はどうする？

ケッカ　一日中窓辺で彼女を眺める楽しみを失ったんだから、かわいそうだわ。

ロジーナ　では、メネギーナお嬢さんに話して上げるの？

ケッカ　あの子の頼みだから、話しては上げるわ。でも、あの子のお先棒を担ぐつもりはないわよ。

ロジーナ　どうして？

ケッカ　聞くところでは、彼女のお兄さんは、持参金を全く出せないということよ。

ロジーナ　愛しているなら愛しているで結構よ。彼だってあわれな一文なしなのよ。いいわよ、あなた、愛情でお鍋の水を沸かすことはできないのよ。

ケッカ　愛しているなら愛しているで結構よ。

ロジーナ　ノックの音がしたわ。

ケッカ　召使いは誰も返事しないわね。

ロジーナ　私が見に行って上げる。

ケッカ　窓から姿を見られないようにしてよ。

ロジーナ　まあ、ここは高いのよ。誰が私の姿を見ると思って

新しい家

第二場　ケッカと、その後、ロジーナ

いるの？　[退場]

ケッカ　早く夫にヴェネツィアに戻って来てもらいたいわ。妹を結婚させるために、八方手を尽してもらいたいのよ。かわいそうな妹、本当によい子なのにねえ。

ロジーナ　ねえ、誰が来たと思う？
ケッカ　誰なの？
ロジーナ　下の階の女中よ。
ケッカ　ドアの錠前を開けて上げた？
ロジーナ　もちろんよ。
ケッカ　来てくれて嬉しいわ。
ロジーナ　まあ、あの女中なら、何もかも喋ってくれるわよ。
ケッカ　話すのはこの私に任せてよ。私が上手に聞き出して上げるから。
ロジーナ　来たわよ、来たわよ。
ケッカ　さあ、お入り。

第三場　ルシェッタと、前出の二人

ルシェッタ　奥さま方、失礼いたします。(8)
ケッカ　べっぴんさん！どうしたの？ご主人たちがあなたをよこされたの？

ルシェッタ　はい、奥さま、お嬢さまがおよこしになったんです。
ケッカ　メネギーナお嬢さんが？
ルシェッタ　左様です。ご存じかどうか知りませんけれど、私は若奥さまの女中でなく、お嬢さまにお仕えする女中です。今後ともお嬢さまにはお仕えしてもいいと思っていますので、私はかなり長くお仕えしておりますので、お嬢さまに愛情を抱いておりますが、もうお一人の方にお仕えしなければならないとしたら、私、誓って言いますけど、一時間も一緒にいられないと思います。
ケッカ　教えて頂戴。若奥さまって、どんな方？
ルシェッタ　言うべき言葉も見つかりません。奥さま、私はね、あることないことぺらぺら喋るような女じゃありませんよ。たとえよく言うことができない場合でも、決して悪く言ったりはしない女ですよ。しかし、若奥さまには先ほどお会いしたばかりですが、私の見聞きしたわずかな経験から言っても、この世であの方以上にひどい人は見出せないと思います。
ロジーナ　[傍白]（彼女が、この話通りの女性であったら嬉しいわね！）

――――――
(8) 女中のルシェッタは、ケッカとロジーナに向かっても、たえず《lustrissima》《市民》階級の女性に対する称号）と呼びかけているが、日本語に適当な用語がないので、《奥さま》と訳すか、あるいは訳出しないままにしました。

ケッカ　どうなの？　高慢ちきなの、頑迷な田舎者なの、どうなの？

ルシェッタ　召使いやお嬢さまに対しては頑迷な田舎者です。でも、すべての人に対してそうではありません……たとえば、ある伯爵さまには……

ケッカ　さあさあ、それ以上は駄目よ。[自分の妹のために、口を噤むよう合図をする]

ルシェッタ　承知しました。

ケッカ　ねえ、教えて頂戴。どうして私たちにあのような失礼なことをしたの？　お嬢さまが悪いんじゃありません。もう一人のお方のせいです。

ケッカ　若奥さまは、私たちに会いたくないの？

ルシェッタ　申し上げましょう……本当にお腹を抱えて笑ってしまうような話でしてね。奥さまはご自分だけを訪ねに来ると思っておられた時は、どうぞ、と仰いました。でも、同時にお二人を訪問されると聞くと、頭に来て、会うのを拒否されたのです。

ケッカ　まあ、傑作ね！

ルシェッタ　まあ。嫌味ね！

ケッカ　それに、お嬢さまも意地を張られまして。

ロジーナ　まあ、面白い！

ルシェッタ　ああ、何と楽しい！　実は、お嬢さまがこの私をお遣わしになって、皆さまに丁重にご挨拶し、失礼を詫び、よろしかったら、ご自分でご挨拶に参りたいとのことでございますが。

ケッカ　まあ、わざわざそのようなことをして頂くまでもないけど……

ロジーナ　[ケッカに小声で]（いいわよ、いいわよ、来てもらいなさいな。）

ケッカ　奥さま、お嬢さまは大変申し訳なく思っておられて……

ルシェッタ　もうそれで十分よ。もしお嬢さまが儀礼だけのために来られるなら、その必要はないわ。私たちはそのような形式にはこだわりませんのでね。でも、もし私たちへの好意から来られるのであれば、どうかお好きな時においで下さいと申し上げて頂戴。

ケッカ　ありがとうございます、奥さま。自慢で言うわけではありませんが、お嬢さまは本当によいところにおいでになる方ですよ。

ルシェッタ　お前もそんなにお嬢さまを愛しているのだから、心の優しい娘さんであることがよく分かるわ。

ケッカ　ええ、その通りですとも。私はお嬢さまを、自分の妹のように愛していますわ。

ルシェッタ　自分の主人のことをよく言う女中を見つけるのは、大変なことだわ。女中はみんな、大なり小なり、いつも何か批判の種を持っているものだからね。

ケッカ　まあ、この私に限っては、そのような恐れはあり

ませんわ。私の口から批判の言葉を聞くことは絶対にありませんからね。

ロジーナ　本当によい子ねえ。

ケッカ　お前のお嬢さんは、何歳におなりなの？

ロジーナ　大変にお若くて、一七歳にはならないと思いますが。

ケッカ　そんなにサバを読むとは、少しあんまりだわ。

ロジーナ　もっと年上に思われます？

ケッカ　二〇歳以上に見えない？

ルシェッタ　私は存じません。お嬢さまの仰ったことを申し上げているだけです。もし年を偽っていらっしゃるなら、私としてはどうしようもありません。

ケッカ　好きな人はいるの？

ルシェッタ　ちょっとばかりですが。

ケッカ　お前、私のいとこを知っているかしら？

ルシェッタ　どなたですか、奥さま？

ケッカ　ロレンツィン・ビゴレッティさんと言うんだけれど。

ルシェッタ　まあ、驚いた。もちろん存じ上げていますとも！

ロジーナ　お嬢さまも彼を知っているとは思わない？

ケッカ　お嬢さまは、あの家から引越すのがお嫌だったんでしょう？

ルシェッタ　ええ、お嫌だったと思います。

ケッカ　二人はよく話し合っていた？

ルシェッタ　まあ、一晩中ですよ。

ケッカ　恥ずかしいスキャンダルだったわね。

ルシェッタ　そうでしょう、奥さま？　実を言いますと私も、この恋愛遊戯には我慢がならなかったんですよ。

ケッカ　今後この話はどうなるのかしらね？

ルシェッタ　ロレンツィンさまは、奥さまのいとこの方で？

ケッカ　その通りよ。あの子は、私たちの叔母の息子なの。

ルシェッタ　お願いです、奥さま。かわいそうなお嬢さまを慰めて上げられるのは、あなた様しかいらっしゃいません。

ケッカ　お前がこのように大胆な頼みごとをするとは、呆れ果てるわ。私のような女が、このような恋愛遊戯に手を貸すとでも思っているのかい？　彼女には結婚に必要などれほどの経済基盤があるというの？

ルシェッタ　仰る通りです、奥さま。本当にそう思います。かわいそうに、お嬢さまには持参金もないのです。お若いことはお若いのですが、人が言うほどお若くはありませんし、貴族の出でもありませんしねえ。お嬢さまのお父さまは塩漬けの魚を商っていました。叔父さんはバターを売っていました。人々は彼らを《旦那》と呼んでいました。

（9）女中が、奉公する家の若い娘を自分の妹のように《愛している》というのを聞いて、ケッカとロジーナは、密かに彼女に強い反発と警戒感を抱いたはずである。
（10）原文は《salumier》（魚の塩漬けや干物の商人）。アンゾレットの父親が、かつて卑しい肉体労働者であったことを揶揄している。

ているからです。でも、諺でも言うでしょう、《不労所得者の生活は、じり貧生活》ってね。奥さま方、私のお喋りがあなた方をお呆れさせたとすれば、お許し下さい。お嬢さまに会いに来るようにお伝えします。」失礼します。」[退場]

第四場　ケッカとロジーナ

ケッカ　何という陰口屋だろうね？
ロジーナ　それなのに、ご主人さまを愛していると言うんだから、呆れるわ。
ケッカ　下女にふさわしい愛ね。
ロジーナ　でも、どうして私たちのいとこのお先棒を担ぐつもりはない、などと言ったの？
ケッカ　その通りよ。あなたには教えて上げるわね。実はこの話をこの地区中に広めてもらうために、あの女にそう言ったのよ。
ロジーナ　なるほど、なるほど、よく考えたわね。
ケッカ　ねえ、あなた、私はあらゆることを先に考えておく女なのよ。

第五場　ロレンツィンと、前出の二人

ロレンツィン　[舞台裏から]こんにちは。
ロジーナ　噂をすれば影ね。

ケッカ　入って、入って、ロレンツィン、私たちはここよ。
ロレンツィン　いとこの奥さま方。
ケッカ　まあ、まあ、いとこの旦那さま。
ロジーナ　まあ、堅苦しい挨拶をするものね。
ケッカ　親しい仲にも礼儀あり、と言いますから。
ロジーナ　昨晩はよく眠れた？
ロレンツィン　いいえ、あまり。
ロジーナ　今晩は、悩みが解決して、もっとよく眠れるかもよ。
ケッカ　どうしてこの家を呪ったりするの？
ロレンツィン　ああ、忌々しい家だ。
ロジーナ　そうよね、下の階には、あなたの恋人がいるんだもののね。
ロレンツィン　僕は下の階の家のことを呪ったんです。なのに、彼女を見るチャンスはなかったのです。
ロレンツィン　いったいどこに窓があるものやら。時間も、気が狂ったように歩き回って、彼女に気付いてもらおうと、咳払いをしたり、唾を吐いたりして、喉を嗄らしてしまいました。
ケッカ　あなたが彼女に会えないことは、私も知っているわ。彼女の部屋は、人が通らない中庭に面しているの。
ロレンツィン　それなのに、この家のことを呪うなと僕に仰るのですか。家賃が六〇ドゥカート増えて、妹さんを下水溝のような狭い所に押し込めた、あの変な兄さんについて、悪口

ロレンツィン 奥さんて、どんな人ですか？
ロジーナ 見たら驚くわよ！
ケッカ ねえ、釣り鐘スカートのフープ〔輪〕の大きさが、こっからあそこまであるのよ。
ロジーナ 服は豪華だしね。
ケッカ [ロジーナに]私には金襴の服に見えたわね。
ロジーナ その通りよ。金糸をふんだんに使ったわよ。それに何というイヤリングでしょう。
ケッカ それにあの頭、あなたは知っていると思うから言わないけど、最新流行の髪型だわよ。
ロジーナ そう、ダイヤをあしらったね。
ケッカ あれはムラーノ製のガラスのダイヤよ。気が付かなかった？
ロジーナ 私、全く気が付かなかったわ。光っているのは見

----

(11) 原文は《vendeva el botiro》(バターの行商人)。叔父のクリストーフォロも、卑しい肉体労働者から成り上がった者であることを揶揄している。
(12) 《lustrissimi》(旦那)。ヴェネツィアのクリストーフォロが、自分をこの称号で呼ばないでくれるように頼んでいることからも分かるように、甥のアンゾレットと違って、彼は《由緒ある市民》ではなかったのである。
(13) 《lustrissime》《市民》階級の女性に対する称号。ゴルドーニの自注に《ヴェネツィアでは近い親戚同士の間でも、称号を付けて話すという、少々滑稽な習慣がある》。
(14) 《lustrissimo》(旦那)。ゴルドーニが称号で呼んだので、ロジーナは、彼を少しからかったのである。
(15) 《由緒ある市民》は、政府の書記官の役職に就くことができた。

を言うなと仰るのですか？ こんな家でいったい何をするつもりだろう？ 何の収入で家賃を払うつもりだろう？ 奥さんの持参金でかい？
ロレンツィン アンゾレットさんは、そんなにひどい状況にあるの？
ケッカ 僕は何も知りません。知っていることと言えば、彼がこの家を借りて二ヶ月が経つのに、まだ最初の六ヶ月分の家賃を払っていないことです。
ロジーナ なのに、その妹さんに夢中になるとはね、あなたも何てお人よしかしら？
ロレンツィン 彼女には叔父さんが一人いて、持参金を出してくれると言っています。
ケッカ 彼女に叔父さんがいることは、私も知っているわ。でも大金持ちでね。聞いたところでは、自分の甥っ子にも腹を立てているらしいわね。
ロレンツィン でも、姪っ子には、腹を立てていないと思いますよ。
ケッカ ねえ、いとこさん、係わり合いになる前によく考えなさいよ。あなただってむだに捨てるようなものは、何ひとつ持っていないんですからね。
ロレンツィン もし二、三千ドゥカートの持参金が貰えるなら、僕は書記官の役職を買って、後は僕の持っているわずかな資産で、先ずは不自由なく暮らして行けるんですが。
ロジーナ アンゾレットさんのように、奥さんを舞い上がらせなければ、それで十分だわ。

けどね。

ロレンツイン　まあ、光っていると言ったら、猫の目だってそうよ。

ケッカ　もちろん見たわよ。

ロレンツイン　お嬢さんの方は見られましたか？

ケッカ　そう思われました？

ロジーナ　そうね、まあまあだわね。

ケッカ　それほどの美人でもないわね。

ロジーナ　大きいわね。

ケッカ　形がよくないわ。

ロジーナ　ここよ、ここ。ここの形があまりよくないわね。

ケッカ　ああ、それでは、あなた方は彼女をよく見ていなかったのです。

ロジーナ　私たちだって、ちゃんと目は持っていますよ。

ケッカ　窓からちゃんと見えます？

ロレンツイン　窓からよ。

ケッカ　どこから見られたのです？

ロレンツイン　この家の食堂はね、ちょうど中庭に面していて、彼女の部屋の窓の真向かいに当るのよ。

ロレンツイン　どうかお願いですから、僕をその食堂に行かせて下さい。

ロジーナ　まあ、興奮するのはやめてよ。

ロレンツイン　何ですって、ケッカさん！あなたはメネギーナさんに話して上げると約束し、僕のために一肌脱いで上げると誓ってくれたのに、今になって僕を窓辺にさえ行かせて

ケッカ　くれないんですか？

ロレンツイン　いい？あなた。こう言っちゃ悪いけど、あなたの物の見方は間違っているわ。私があなたの家の窓から姿を見せて話をして上げるということが、あなたが私の家の窓から彼女に話をして上げて、恋人ごっこを演じるのとは、全く別のことよ。

ロレンツイン　僕は誰にも見られないようにします。あなたに約束しますよ、誰にも見られないようにするって。

ケッカ　あんたが窓のそばに行ったら、必ず人に見られるわね。

ロレンツイン　窓の後ろにじっとしていれば、大丈夫です。

ケッカ　向かい側に住む人たちからは見えるでしょうね。

ロレンツイン　よろい戸を閉めて、その隙間からそっと覗きますから。

ロジーナ　さあ、お姉さま、行かせなさいな。

ケッカ　まあ、かわいそうだわ、行かせて上げなさい。

ロレンツイン　お願いです、ちょっとだけで構いませんから。

ケッカ　向かい側に住む人たちから見られないようにしてね。行きなさい、あっちに行きなさい。でも、注意して、あの子に夢中なのね。

ロレンツイン　いとこのお姉さん、ありがとう。［退場］

第六場　ケッカと、ロジーナと、その後、召使い

ロジーナ　ねえ、ケッカお姉さま、私もちょっとだけ行ってみ

新しい家

ロジーナ　スカートをフープで膨らませた方？
ケッカ　何をしに？
ロジーナ　スパイをしにょ。
ケッカ　なるほど！これはいいわ！まさにあなたにぴったりね。
ロジーナ　やめてよ。私を行かせたくないのなら、放っておきますよ。メネギーナさんが上品に話せるかどうか、聞いてみたかったのよ。
ケッカ　彼女が私たちの所に来た時に聞けるわ。
ロジーナ　いつ来るか、分かるものですか。
ケッカ　ちょっと見て、入口の広間に人がいるわ。
ロジーナ　そうね、何か聞こえたようだわね。[ドアに近付く]
ケッカ　誰だと思う？絶対にメネギーナさんよ。
ロジーナ　階段の所で、誰かさんが召使いと話しているわ。変に思われると嫌ですから、姿を見られないようにしたけどね
ケッカ　まあ、最高だわ！
……
ロジーナ　それでいいのよ。
召使い　さあ、奥さま、今日下の階に引っ越して来られた女性の方が、ご挨拶に来られましたが。
ケッカ　お嬢さま、それとも若奥さま？
召使い　存じません、奥さま。私はそのどちら様も存じ上げておりませんので。

ロジーナ　どうぞお入り下さいと申し上げて。
召使い　はい、奥さま。
ケッカ　では、お嬢さまの方だわね。
ロジーナ　ロレンツィンには、ずっと窓辺で待たせておいた方がいいわね。
ケッカ　黙っていてね。食堂は離れているし、彼女の声も、あそこまでは聞こえないでしょう。何も教えないで、あの子をからかってやりましょうよ。
ロジーナ　でも、こっちにやって来たら？
ケッカ　その時はこっちだわ。

第七場　メネギーナと、前出の二人

メネギーナ　こんにちは、皆さま。
ロジーナ　ようこそ。
ケッカ　こんにちは。
メネギーナ　このような身勝手な訪問を許して下さいね。
ケッカ　むしろ私たちの方こそ、嬉しく思いますわ。
ロジーナ　あなた様とお友だちになれることを、とても望んでおりましたの。
メネギーナ　私たちはお隣同士ですし、お話がしたくなった

ケッカ　ら、時おりお邪魔をしに参りますわ。

メネギーナ　まあ、何を仰いますやら！　いつでもご自由にどうぞ。

ロジーナ　私たちもあなた様の所にお邪魔をしに参りますわ。

メネギーナ　まあ、上品な皆さま、私の所になんて、もしご存じになったとすれば……やめておきますわ、その内にお話しますので。

ケッカ　どうぞ、お楽に。

メネギーナ　お言葉に甘えまして。

ロジーナ　さあ、椅子をお持ちして。

メネギーナ　実はそれほど。

ロジーナ　新しいお家にはご満足？

［召使いが椅子を持って来る］

メネギーナ　お気に召さないの？

ケッカ　はっきり言いますと、あなたのお部屋の窓が気に入らないんでしょう。

ロジーナ　一例を挙げれば、家そのものは悪くないのですが、私を不愉快にさせることが色々とありまして。

メネギーナ　もちろんですとも。どんな景色が見えるか分かります？　むかつくような汚い中庭よ。

ケッカ　でも、その景色も、時おりは嫌じゃなくなるかもしれないわ。

メネギーナ　まあ、それだけは無理ですわ。

ロジーナ　いい？　もし今あなたがその窓辺にいたら、外の景色が気に入るかもしれないわよ。

メネギーナ　あなたがそう仰るのは、正午になるとお日さまが差し込むからでしょう。でも私は、まだお日さまを見たことがありませんの。

ケッカ　ご覧なさい、今お日さまは、まさにあなたの窓の正面から差し込んでいるわよ。

メネギーナ　まあ、私は日差しが嫌いですの。

ロジーナ　でも時おりは、あなたの気に入る日差しもあるわよ。

ケッカ　前の家では、あなたのお気に召すような日差しが、全くなかったの？

メネギーナ　今の私には、喜びたい気持ちなんかないのに、奥さまは昔のことを思い出させて、私を喜ばせてくれますのね。

ロジーナ　メネギーナさん、聞くけど、ルシェッタはあなたに何も言わなかったの？

メネギーナ　何について？

ケッカ　ある私たちのいとこについて。

メネギーナ　全く何も。

ケッカ　あなたは、私のいとこをご存じ？

メネギーナ　存じませんが、何というお方です？

ケッカ　ロレンツィンと言う。

新しい家

メネギーナ　ビゴレッティさん？
ケッカ　そのビゴレッティさんよ。
メネギーナ　まあ、何という話を聞くものかしら！　彼はあなた様のいとこですの？
ロジーナ　彼は私たちのいとこよ。
ケッカ　彼について何かご存じ？
メネギーナ　何もかもご存じよ。
ロジーナ　ああ！［溜息をつく］
メネギーナ　この下の家は、本当に嫌なお家よね！
ケッカ　呪ってやりたいわ！
メネギーナ　本当に嫌な窓よね！
ケッカ　牢獄の中庭だわ。
ロジーナ　ここではお日さまを拝めないしね。
メネギーナ　ああ、前の家では、夜中でもお日さまを拝めたのにね。
ケッカ　でも今は、ここでも時おり、お日さまを拝めるんじゃないかという希望が、少し生まれ始めましたわ。
メネギーナ　本当に？
ケッカ　私がこのように礼儀正しいご婦人方とお知り合いになれるとは、思ってもみませんでしたもの。
ロジーナ　ロレンツィンさんのいとこのご婦人方とお知り合いになれるとは、でしょう。
メネギーナ　本当に！
ロジーナ　たまたま彼が来ているかどうか、見て来ますよ。
ケッカ　今彼が私たちに会いに来たら、嬉しいわね。

メネギーナ　本当にね！
ロジーナ　これは勘ですけど、彼がすぐ近くにいるような気がするわ。
ケッカ　まさか？
メネギーナ　何か心に感じない？
ケッカ　ロジーナ、私の心は、もし彼が来れば、喜んで会いたいと言ってますわ。
メネギーナ　でも、もしあなたがお家にいたら、今でも彼に会えるわよ。
ロジーナ　どこで？
メネギーナ　あなたのお部屋の窓辺でね。
ロジーナ　あの中庭は誰も通れませんよ！　鍵が掛かっていて、倉庫しかないの。
メネギーナ　彼はその倉庫のひとつを借りたいと思っていらっしゃるのね。私は、からかわれても当然ですけどね。
ロジーナ　本当に彼に会いたい？
メネギーナ　何ということを！　私の心はおかしくなりそうよ。
ケッカ　ロジーナ、彼を呼びに行ってくれる人がいるか、あちらを見て来て頂戴。
ロジーナ　まあ、本当に！
メネギーナ　たまたま彼が来ているかどうか、見て来ますよ。
［立ち上がって行こうとする］

召使い　奥さま、この下の階の別のご婦人の、若奥さまの方も、よろしかったら、ご挨拶に参りたいと言って来られましたが。
ケッカ　どうぞおいで下さい、と伝えて。

[召使いは退場]

メネギーナ　忌々しいわ！
ロジーナ　あなたの兄嫁さんに来られるのが嫌なの？
メネギーナ　もしあの人に知られたりしたら！　私たちは全く気が合わないのです。私は自分の首を賭けてもいいわ、あの人は私をいじめるために来るのよ。
ケッカ　それはどうして？
メネギーナ　今はまだ何もかも話せませんが、その内に話して差し上げますわ。どうか奥さま、ロレンツィンさんを呼びに行かせるのを忘れないで。
ケッカ　仰って。
メネギーナ　私の兄嫁がここにいる間、私をあちらの方に行かせて下さいな。
ケッカ　どこに行きたいの？
メネギーナ　どこか別の場所に。
ケッカ　こちらの部屋は一列に並んでいるから駄目よ。
メネギーナ　食堂に行きますわ。
ケッカ　本気で？
ロジーナ　かわいそう！　食堂にですって。
メネギーナ　私が食堂に行ったら、まずいことになりますの？
ロジーナ　逆に、あなたにとっては大変好都合でしょうけどね。
メネギーナ　では、行かせて下さいな。
ケッカ　だめ、だめ、許してね。私は人を騙したりしたくないの。今回ばかりは我慢して頂戴。
メネギーナ　[ロジーナに]ロレンツィンさんを呼びに行かせないの？
ロジーナ　もうすぐ行かせますよ。
ケッカ　ああ、待って頂戴。私が呼びに行かせるわ。ちょっと、誰かいない？
召使い　奥さま。
ケッカ　聞いて頂戴。[召使いに小声で]（あちらの食堂に行って、ロレンツィンに、すぐにここから出て行くように言って頂戴。もし彼がメネギーナお嬢さんがここにいるのを知らないなら、何も言わないで結構だけど、もし知っていたら、彼女の兄嫁さんがもうすぐ来るので、すぐに出て行くようにと言って頂戴。彼の顔を見られて、何か騒ぎが起こるのが嫌なのよ。分かった？　上手くやってね。）
召使い　私めにお任せ下さい。[退場]
メネギーナ　呼びに行かせたの？
ケッカ　行かせましたよ。

第八場　ロレンツィンと、前出の人々

ロジーナ　でも、私の兄嫁さんがここにいる間は、やって来ないわ。

ケッカ　あなたの兄嫁さんがここにいたら。

メネギーナ　知らないと思いますけど。私の兄が教えたりしない限りはね。

ケッカ　［メネギーナに］あなたの兄嫁さんについて、何か知っているの？

ロジーナ　（まあ、姉は分別があるわ。彼を外に出すとはね。）

ケッカ　ここから出て行って頂戴。

ロレンツィン　僕を寒さで凍えさせ、今まで首を伸ばして、溜息をつかせたままにしておくんだから。

ケッカ　ここから出て行きなさい。いいわね。

ロレンツィン　首を伸ばすって、あなたはどこにいるの？

メネギーナ　あちらの食堂ですよ。あなたがここにいたのも知らないで、窓からあなたを見るためにね。

ロレンツィン　［怒って］お礼を申し上げますよ、いとこのお姉さま。

ケッカ　ねえ、お礼申し上げることに、私はあなたをからかうつもりだったのよ。

ロジーナ　メネギーナさん、ご親切をして頂いたことに、お礼申し上げるわ。

ロレンツィン　はい。どうかお願いですから、彼女と二言三言話をしてから、彼女を帰らせるようにして下さい。いとしいメネギーナさん、もしこの僕を愛しているなら、待っていて下さいね。［ロジーナに］いとしいいとこのお姉さん、どうかあなたにもお願いしておきますよ。［メネギーナに］僕のいとしい宝物！

ロジーナ　かわいそう！

メネギーナ　行きなさいって言ったでしょう？

ケッカ　行きなさい。

ロレンツィン　行きます。行きます。愛しているよ。ああ、私は残っているわよ。私の兄嫁さんには、一人で来て一人で帰って頂くわ。いい気味よね。

ロジーナ　［メネギーナに］驚いたわ、あなた方って、本当に

ロレンツィン　あなたの兄嫁さんさえ来なければ、このからかいは上手く行ったのにね。

ロレンツィン　ここから出て行きなさい、いいわね。

ロレンツィン　できません。

メネギーナ　もし今階段を下りて、彼女に出会ってしまうわよ。

ケッカ　私が馬鹿だった。もしこのような過ちは決して犯さない。では、あちらに行きなさい、あなたが今までいた所にね。

第九場　セシーリアと、前出の人々

ロジーナ　まあ、よく言うわね、メネギーナさん！

メネギーナ　ご覧になって、どれほど偉そうな風を吹かせているか！

ロジーナ　あの人のことをお姫さまと呼んでいるの？

メネギーナ　さあ、お姫さまのお出ましだわ。

ケッカ　私は本当に後悔したわ。このようになると分かっていたら……まあ、彼女がやって来る。

セシーリア　ごきげんよう。

ロジーナ　ごきげんよう。

ケッカ　ごきげんよう。

セシーリア　こんにちは、皆さま。義理の妹さん、お元気？

メネギーナ　ごきげんよう。

ケッカ　ご挨拶に来て下さるとは、何というご好意、何という光栄の至りでしょう？

セシーリア　私がご挨拶に参りましたのは、皆さま方とお近づきになって、わざわざ私を訪ねて来て下さったことに感謝申し上げ、私がそのご好意をお受けできなかったことを、お詫び申し上げるためですわ。

ケッカ　［ロジーナに小声で］（聞かれた？完璧よね。）

メネギーナ　どうかお願いですから、堅苦しい挨拶で私を途方に暮れさせないで下さい。私は気楽に、気持ちよくお付き合いするのに慣れていますので、あなた様のお役に立てることなら、どうぞご自由に何なりと、遠慮せずに仰って下さいな。私たちはお隣同士ですから、よいお友だちになれますし、私はあなたにお仕えする召使いですわ。

セシーリア　［跪いて］むしろあなた様の方が、私のご主人さまですわ。

メネギーナ　［ロジーナに小声で］（本当にね、ちょっと嫌味だけど。）

ロジーナ　［メネギーナに小声で］（あの見事なお辞儀を見てよ。）

セシーリア　皆さまは？

ケッカ　どうぞお掛けになって。

セシーリア　私たちも掛けることにしましょう。誰か、椅子をもう一脚持って来て。

メネギーナ　［傍白］（早く帰ってくれたらいいのにねえ。）

［召使いが椅子を持って来る］

セシーリア　いとしい義理の妹さん、この皆さまにご挨拶に来るつもりがあったのなら、この私にも一声掛けて下さったらよかったのに。そうすれば一緒に来ることができたのにねえ。それともあなたは、私を礼儀知らずにも見せたかったのかしら？

メネギーナ　いとしい義理のお姉さま、許して下さいね。私は、またあなたが《彼女か私か、そのどちらか》なんて言うのを聞きたくなかったのよ。

新しい家

セシーリア　[ケッカに] お分かりでしょう、私と義理の妹は、時おり冗談を言い合いますのよ。このように冗談を言い合っては面白がっているのよね。

ケッカ　お二人は仲がいいのよね？

メネギーナ　とっても。

ロジーナ　私もすぐそのことに気付いたわ。

セシーリア　[傍白]（私と彼女がどれほど仲よしか、知ってもらいたいものだわね！）

ケッカ　[セシーリアに] 新しいお家にはご満足？

セシーリア　はっきり申し上げますと、嫌いというわけではありませんが、私は元の家のことが忘れられません。

メネギーナ　私だってそうよ。

セシーリア　まあ、何のかの言っても、あなたの前の家は、粗末なお家だったわね。でもいいかしら、比べものにならない家で生まれ育ったのよ。自慢して言うのではありませんけれど、私の家は皇太子さまでもお越しになれるような家だったわ。私たちは四人の兄弟姉妹で、自分の部屋と、自分の女中と、自分の召使いと、自分の船を持っていたわ。そうよ、今の家で私は満足よ、満足だわ、文句は言わないわよ。でも、あのような豪勢な生活に慣れ親しんでいた者にとってはね……私の言う意味がお分かりかしら。私の言いたいことが分かって頂けるかどうか存じませんが……

メネギーナ　ええ、とてもよく分かりますよ。

ケッカ　[ロジーナに小声で]（法螺話なら、色々と聞ける

わ。)

ロジーナ　[メネギーナに小声で]（実に面白いわ。）

セシーリア　趣味のよい立派な美しい服ですこと！これは私が結婚する前から着ているぼろ服ですわ。

ケッカ　まあ、何を仰いますの？

ロジーナ　ご結婚前から、このような服でお出かけになっていたの？

セシーリア　もちろんですわ。今では古臭い習慣がすたれていることは、よくご存じでしょう。今日では、結婚前でも結婚後でも、着る服に違いがないことは、ご存じでしょう。

ロジーナ　でも、私たちの家では、違いがありますよ。

メネギーナ　お義姉さまと私の間でも、違いがあるように思いますけど。

セシーリア　まあ、メネギーナさん、美しい服を着るには、それを作らせるだけの経済力を持つ必要があるわね。

メネギーナ　いいこと？今の私にはそのような力はありませんけど、たとえあっても、衣服やお船に費やすよりは、それを蓄えておいて持参金の足しにするわ。自分が無一物で結婚したなんて、人に言われないためにね。(これでも食らえ！)

セシーリア　（浮気娘！ この借りは必ず返して上げるからね。）生活を楽しんでいらっしゃいますか？ 劇場には行かれますか？ お付き合いはしていらっしゃる？

ケッカ　正直言いますとね、私の夫がヴェネツィアにいる時に

セシーリア　は、週に一、二度、オペラや芝居を見に行ったりもしますけど、今は夫がいないので、私たちは家にいるのです。
ロジーナ　もし劇場のボックス席の鍵が必要なら、いつでも仰って下さいね。ご存じ？　私は市内のすべての劇場でボックス席を借りていますのよ。もしお望みなら、私のゴンドラもお使い下さいね。
セシーリア　まあ、感謝しますけど、夫がいない時には、本当にどこにも出かけません。
ケッカ　あなたの旦那さまがいらっしゃるの？
セシーリア　夫がそう望む時には、ですけどね。
ケッカ　あなたはご主人にそれほど迷惑をかけていらっしゃるの？　それほどの無理強いを？　かわいそうだわ！　ご主人にはもっと慈悲の心を持って上げるべきだわ。もっと自分の好きなことをさせて、好きな所に行かせて上げるべきだわ。ご主人の同伴なしでは、芝居を見に行かないんですって？　ご主人は、私と大した時には、夫が一緒に来れない時には、私も家にいるだけのことよ。
ケッカ　別に大したことではないわ。夫が一緒に来れない時には、私も家にいるだけのことよ。
メネギーナ　[ロジーナに小声で]（あれ、どういう意味か分かる？）
ロジーナ　[傍白]（まあ、何という愚かな女でしょう！）
メネギーナ　[ロジーナに小声で]（ええ、分かるわよ！）
セシーリア　[前と同様に]（私の兄は、全然気にしないタイプなのよね。）

ロジーナ　[前と同様に]（夫がそれで満足なら、奥さんの言うことは正しいわね。）
セシーリア　家では何をなさっています？　カード遊びは？
ケッカ　時おりはしますよ。
セシーリア　どのような遊びを？
ケッカ　トレセッテ、コテッキオ、それに《市場の商人》もね。
セシーリア　まあ、私はそのような遊びには我慢できないわ。私が好きなのはね、ファラオーネよ。でも、言っておきますけどね、賭ける額は少しよ。親が賭けるのは、せいぜい八ツェッキーノか、一〇ツェッキーノまでね。それ以上は賭けないわ。夜になったら時おり、下の階に来て下さいな。きっと楽しんで頂けるわ。自慢して言うんじゃありませんけど、社交仲間にお会いになれるわよ。皆さま、著名な方でね。いつも一四人から一六人を下ることはないわ。ほとんど毎晩、何か食べ物が出ますの。ヤマシギ四羽とか、塩漬けのタン二本とか、トリュフとか、見事なお魚とかね。それに、私は葡萄酒の貯蔵庫を持っていますので、その辺では見かけないお酒をお飲みになれますよ。
メネギーナ　[ロジーナに]（話半分じゃなくて、話三分の一だわね。）
ケッカ　それでは本当に楽しいでしょうねぇ。
セシーリア　仰るまでもないわ。私って、このように育てられ

485　新しい家

ロジーナ　今はあなたが、ご主人の家に住んでいらっしゃるのだから、メネギーナさんも、大いに楽しんでいらっしゃるのでしょうね。

メネギーナ　まあ、私は自分の部屋にこもって楽しんでいるだけですわ。

セシーリア　今のお部屋では、前の家にあった楽しみがなくなって、残念だわね。

メネギーナ　それはどういう意味なの？

セシーリア　別に。私が何もかも知らないと思って？私の夫が、何もかも話してくれないと思って？

メネギーナ　結局のところ、兄があなたに話さなければならない話って、何だと思う？私は結婚前の娘ですしね、ちゃんとした物を持たせて私を嫁に行かせる話しか、できるわけないじゃない。

セシーリア　まあ、セシーリア奥さま、もしこの方が恋をしているとしても、我慢して上げるべきよ。あなただって恋をしたことはあるし、私だって恋はしたんですからね。

ケッカ　私は彼女に恋をするなと言っているんじゃないのよ。少なくとも、もう少しましな男としろと言っているのよ。私の夫の話では、職もない、財産もない、薄汚い男に惚れているそうよ。ロレンツィン・ビゴレッティとかいう青二才の跳ね上がり者、財産もなく、礼儀もわきまえない男とね。私のような出身の人が、このような男と親戚になるのを

我慢できるものかどうか、想像してみて下さいな。

メネギーナ　[ロジーナに小声で] あの人が何の話をするか聞いた？）

ロジーナ　[メネギーナに] （もしロレンツィンが聞いたら、大変なことになるわ！）

ケッカ　ねえ、セシーリアさん、あなたはロレンツィン・ビゴレッティさんのことをご存じなの？

セシーリア　実際に会って見たことはないわ。でも、聞くところでは、夫の妹さんには釣り合わない相手だわね。

ケッカ　彼はね、金持ちとは言えませんが、ちゃんとした人で、彼の親戚には面汚しもいませんし、親戚の誰にも前掛けをして働いていた者はいませんよ。

セシーリア　ケッカさん、何を仰いますの？私の家は、この国では名を知られていると思いますけど。

ケッカ　私はあなたのことを話しているのではありません。

セシーリア　では、誰のこと？

ケッカ　寝ている犬を起こしたくないわね。

セシーリア　この薄汚い男のことで、なぜそんなに腹を立てるのです？

（16）《トレセッテ》は、四人でやるカード遊び、《コテッキオ》は、数字の高い方が負け、低い方が勝つカード遊び、《市場の商人》は、二組のカードを使って多人数でやるカード遊びで、いずれもそれほど危険ではない賭け遊びである。

（17）《ファラオーネ》。《バッセッタ》とも呼ばれる。一八世紀に流行した危険な賭けのカード遊び。『コーヒー店』注（1）（2）を参照。

ケッカ　その薄汚い男とは何なの？　私が腹を立てるのはね、彼があなたと同じくらい、立派な家の人で、しかも私のいとこに当るからよ。

セシーリア　[立ち上がる]あなたのいとこ？

ロジーナ　そうよ。私たちのいとこよ。しかも、生まれも育ちもよい子だから、誰にも悪口を言われたくないわね。

セシーリア　これでやっとあなたの好意の本当の理由が分かったわね。私の家を訪問したくて仕方がなかった理由もね。義理の妹さん、あなたは本当に上手い渡し場を見つけたわね。

ケッカ　奥さん、何ということを仰るの？　いったい私を誰だと思っているのよ？

セシーリア　私があなたを訪問させて頂くのは、これが初めてよ。あなたの方はちゃんとした身分の人だと思うわ。でもね、言っちゃ悪いけど、私にはあなたの対応ぶりが納得できません。皆さま、ごきげんよう。それにメネギーナさん、私はあなたに家に帰れとは申しませんよ。だって、確かに私は、あなたに命令などできませんからね。でも、あなたに命令できる私の夫に、そう言ってもらうことにするわ。あなたが恋人と一緒になれるなんて思い込まないで頂戴ね。私は夫に向かって、自分のようなことを一緒に望んでいないし、私は夫だし、ちょっとした人だし、セシーリア・カランドリーニと言えば、この都市ではちょっとした力はあるのよ。私の言うことが分かる？　ではね、さよなら。　　[退場]

第一〇場　ケッカと、メネギーナと、ロジーナと、その後、ロレンツィン

ロジーナ　聞いた、何という悪口屋だわね。

ケッカ　私がどうして我慢できたのか、自分でもよく分からないわ。もし私の家でなかったら、このままでは終わらせなかったわね。

ロレンツィン　いとこのお姉さん、僕はあなたのために黙って堪えて上げたけど、畜生め、誰にも僕の悪口など言わせないぞ。

ロジーナ　あなた、聞いたの？

ロレンツィン　僕はちゃんと耳を持っていますからね。

メネギーナ　ねえ、私が悪いんじゃないのよ。

ケッカ　さあ、メネギーナさん、ご自分の家にお帰り下さい。私の家では、このようなごたごたを起こしたことがなく、今後とも起こしたいとは思っておりませんので。

ロレンツィン　彼女が悪いんじゃありません。

ケッカ　いとこさん、あなたもここから出て行って頂戴。

ロレンツィン　ようし、これから僕は、アンゾレットさんを探し出して、畜生め、この手で奴の首を絞め上げて、殺してやる力はあるぞ。

新しい家

メネギーナ ［叫ぶ］ああ、大変！
ロジーナ 気でも狂ったの？
ケッカ やめなさいよ、向こう見ずさん。
ロレンツィン ［怒って行ったり来たりしながら］僕が薄汚い？ 僕が一文なしで、惨めで、礼儀知らず？ 薄汚れているのはあの女だ、跳ね上がりはあの女だ。惨めなのは彼女の夫の方だ。田舎者の塩漬け魚屋、いまだにバターの匂う手をしているくせに。
メネギーナ すぐに持って来て上げますからね。（この子を見ていると、私まで涙が出てくるわ。）［涙を拭きながら退場］
ロジーナ どうか、お願い、水を少し上げるかしら。
メネギーナ どうか行かないで。
ケッカ こっちに来て。
メネギーナ 聞いて頂戴。
ロレンツィン ［退場しようとする］
ロジーナ そうだ、窓の傍に行こう。そして、あの女を見かけたら、僕は思ったことをすべてぶちまけてやろう……
ケッカ 私の言うことを聞きなさい。
ロレンツィン ねえ、いとこのお姉さん、どうか僕を行かせて下さい。僕がどのような精神状態かご存じなのに、僕を引き留めて、さらにひどい自暴自棄の行動を取らせたいのですか？
メネギーナ だめよ。ケッカ奥さま、彼の気持ちに少しは同情

して上げて下さいな。
ケッカ では、この私に何をしろと言うの？ 黙ってこのような無作法をさせているままにしろと言うの？ 帰って来た私の夫に、大騒ぎが起きているのを見せてやりたいの？
メネギーナ あなたは信頼できる方、あなたは分別のある方、あなたは心根のやさしい方です。何とかよい方法を見つけて下さいな。
ロジーナ ［水を持って］水が欲しいなら、さあ、どうぞ。
メネギーナ ありがとう。
ケッカ この子が持参金なしであなたを嫁に貰うと思って？
ロジーナ 水はいかが？
メネギーナ ［ロジーナに］ちょっと待ってね。もし私の叔父と話をすることができたら、私に持参金を出すのを拒んだりしないんじゃないかしら。
ロジーナ 水はいかが？
ケッカ ねえ、メネギーナさん、叔父の家に行けないの。
メネギーナ ［ロジーナに］ちょっと待ってよ。私は兄のことを知っているわ。
ケッカ ねえ、メネギーナさん、私に彼をクリストーフォロさんが恐ろしくて、叔父の家に行けないの。
ロジーナ ［メネギーナに］水は欲しいの、欲しくないの？
メネギーナ ああ、是非とも！

(18) 《カランドリーニ》の姓は、おそらくビッビエーナ枢機卿の有名な喜劇『カランドリア』（一五一三年）で愚弄されるカランドロから取られたのであろう。《阿呆》の意味を込めた滑稽な姓。

メネギーナ　[軽蔑して]よしてよ！　まあ、許して下さいね。私は、心ここにあらずなの。[コップを手に取る]ねえ、ケッカ奥さま、これは、この世で、あなたに、して頂ける、最高の、ことだわ。[話しながらコップの水を飲む]叔父を、呼びに、やって、下さいな。[少しずつ飲みながら話す]

ロジーナ　まあ、あなたに、私の服に水をかけないでね。

メネギーナ　まあ、私としたことが！　自分でも何をしているのか分からないわ。

ケッカ　彼の住所ならよく知っているわ。私の夫のお友だちだもの。

メネギーナ　聞いて……叔父の家は……大運河の向こう側の……ガッファロの……トレポンティの……マラヴェジャ岸にあるの。

ケッカ　すぐに行かせるわ。でもその前に、あなたにお願いがあるの、下の階に帰って下さい。

メネギーナ　承知しました。では、すぐに失礼します。ねえ、メネギーナさん、あなたにもお願いね。さよなら、ロレンツィーナさん、あなたに叔父を説得して……私が絶望していると言って頂戴。ロジーナさん、あなたは彼を呼びに来るのを忘れないでね。それでは皆さま方、いとしい人、さよなら。

ロジーナ　いとこさん、あなたは彼女をぞっこん参らせておし

まいになったわね。

ロレンツィン　やめて下さいよ……

ケッカ　このクリストーフォロさんを呼びに行く役は、あなたにしてもらおうかしらね。

ロレンツィン　もちろんですとも！　ひとっ走り、行って来ます。

ケッカ　彼の住所は知っているの？

ロレンツィン　頭にちゃんと入っていますよ。

ケッカ　それでは行って頂戴。

ロレンツィン　直ちに。[走り去る]

ロジーナ　ああ、まあ、何という若者たちでしょう。

ケッカ　ああ、何というごたごたでしょう！

ロジーナ　ああ、人は恋のために、何という愚かなことをしでかすものかしら！　[退場]

ケッカ　ああ、分別のない所には、何という無秩序が生じるものかしら！　[退場]

第一一場　第一幕と同じ部屋。アンゾレットと、その後、ズグワルド

アンゾレット　ああ、忌々しい。差し押さえをやめさせる手立てがない。僕にはのら犬一匹、振り向いてくれない。誰一人、僕にお金を貸してくれない。誰一人、保証人になってくれない。僕は借金だらけで、話を持って行ける人が一人もい

ない。なのに、僕の家は職人だらけで、一緒にいる妻は世界を破滅させるような浪費家だ。ああ、もし叔父と不仲でなかったなら、僕はこのような窮地に陥らないで済んだのになあ。もちろん結婚した今となっては、僕が喉が乾いて死ぬのを見ても、叔父は水一杯恵んでくれないだろう。ああ、結婚するなんて、僕が愚かだった。僕が馬鹿だった。このように早く後悔するとは、思ってもみなかった。

ズグワルド　ああ、旦那、金を払って下さいな。

アンゾレット　明日払うと言わなかったかね？

ズグワルド　わしは明日と言ったんですが、この連中が今日中にと申しますもので。(そうさ、差し押さえの一件は先刻ご承知だ。このままでは仕事を続けたくないからな。)

アンゾレット　この部屋は、全く手付かずのままだな。以前と同じだ。ベッドも運んで来ていない。

ズグワルド　ベッドを運ばなかったのは、運ぶなと命じられましたからで。

アンゾレット　[怒って] いったい誰が、そのような馬鹿なことを言ったんだ？

ズグワルド　旦那さまの奥さまで。

アンゾレット　妻がそう言ったのであれば、僕はもう何も言わないよ。

ズグワルド　この勘定書きの清算を。

アンゾレット　明日になったら清算してやるよ。

ズグワルド　ここにいる職人たちは、明日まで待てませんの

ですが。

アンゾレット　無礼者め、袋叩きにされたいのか。

ズグワルド　逆上しないで下さいな。その労働の報酬を袋叩きでなど支払うものじゃありません。

アンゾレット　夕方までに支払ってやろう、それでいいな？

ズグワルド　大いに結構です。約束してもらえますね。

アンゾレット　約束してやるよ。

ズグワルド　よく心して下さいな。支払いが済むまで、今日という日は終わりませんぜ。行こうか。[職人たちと退場]

第二場　アンゾレットとプロズドチモ

アンゾレット　もしあいつらが出て行かないのであれば、この僕が出て行く必要があるね。少なくとも僕の家財が手許にあれば、質に入れることができるのだが。

プロズドチモ　どなたかいらっしゃいませんか？

アンゾレット　何用です、誰にご用ですか？

プロズドチモ　アンゾレット・セモリーニさまにご用があるのです。

──────

(19) アンゾレットの姓の《セモリーニ》(Semolini) は、《家畜の飼料のふすま売り》の意味である。これは彼の出自が、本土領の田舎であり、ヴェネツィアでは新参者だったことを示唆する。『田舎者たち』の第一幕二場の四人の《田舎者》の姓と共通する名前である。

アンゾレット　それなら僕だが、何の用かね?
プロズドチモ　私の主人のアルガーニ伯爵さまの名代として、あなた様にご挨拶申し上げます。伯爵さまが私めに仰いますには、あなた様はこの家をお借りになって二ヶ月が経ち、その間に六度お訪ねして、今回が七度目になりますが、あなた様がお支払いになるべき六ヶ月分の前金を頂いて来るようにと、お遣わしになられまして、《即刻コノ場デ》支払って下さるようお願いしますし、さもなければ、あなた様はお気を悪くなさるかもしれませんが、あなた様もよくご承知のように、裁判所に訴える手続きをお取りになるとのことでございます。
アンゾレット　あなた様も、私めを実にうんざりさせて下さいますね。
プロズドチモ　これもあなたのご主人さまのお陰でございまして。
アンゾレット　あなたのご主人さまに、明日お払いするとお伝え下さい。
プロズドチモ　まあ、ご冗談を。失礼ですが、この明日というのは、月の何日に当たるのでございますか?
アンゾレット　そのような気の利いた言い方は、しなくて結構だ。明日来たら支払ってやるよ。
プロズドチモ　まあ、ご冗談を。失礼ですが、あなた様はこれまで何回、明日と仰ったか、憶えていらっしゃいますか?
アンゾレット　約束するよ、明日支払うって。
プロズドチモ　まあ、ご冗談を。

アンゾレット　まあ、ご冗談を。どうかとっとと出て失せて下さいませ。
プロズドチモ　さようなら。［前と同様に］［退場］
アンゾレット　さようなら。
プロズドチモ　さようなら。［退場］
アンゾレット　失礼いたします。失礼いたします。
プロズドチモ　さようなら。
アンゾレット　失礼いたします。
プロズドチモ　この種の慇懃無礼で嫌味な奴を相手にするのは、この世でまたとない嫌味な楽しみだな。僕の妻や妹はどうしたんだろう? 姿を見せないが。もちろん来るだろうさ、来ないはずはないよな。本当は来てくれない方がいいんだがね。

第一三場　ルシェッタと、前出のアンゾレット

ルシェッタ　ああ、困った! もう戻って来られたわ!
アンゾレット　どうしたのかね?
ルシェッタ　引越しはいつ終わるのです? 荷物はいつ届くのですか?
アンゾレット　もうすぐだ。我慢してくれ、もうすぐだから。
ルシェッタ　もうすぐ食事の時間ですよ。
アンゾレット　それがどうした?
ルシェッタ　ナプキン類がなくて、どうすれば食卓の準備ができると思われます?

メネギーナ　アンゾレット兄さん、あなたの奥さんは、本当に高慢ちきよ。

セシーリア　彼女か、私の方から出て行って上げるわよ。[退場]

メネギーナ　あなたが全く思いもかけない時に、私の方から出て行って上げてね。[退場]

アンゾレット　ああ、何という愚かな動物どもだ！

ファブリツィオ　さあ、この私が参りましたよ、お食事のお招きでね。

アンゾレット　お前も一緒にくたばってしまえ！[退場]

ファブリツィオ　それは、それは、ありがたいお言葉ですな。[退場]

アンゾレット　（ああ、しまった！）今日のところは、何とか急場しのぎでやれないか？

ルシェッタ　手拭きのナプキンを置きませんと。

アンゾレット　テーブルクロスはなかったかな？

ルシェッタ　ぼろぼろのならあります。

アンゾレット　それを裁断して、ナプキンにできないかい？

ルシェッタ　まあ、旦那さま、あなた様まで私をおからかいになる。あなた様がそんなひどいことを仰るのは、奥さまに気に入られるためでしょう。私にはお嬢さまが不憫でなりません。何もして差し上げることができません。私は七ヶ月分のお給料が滞っています。それを私に支払って下さいな。そうすれば、この家から出て行って差し上げますよ。失礼致します。[退場]

アンゾレット　あの女中まで、何ということだ。僕がナプキンと言っただけで怒り出して、給料を要求する。ああ、何という意地っ張りな奴らだろう！　僕はこれほど我慢を重ねているのに、他人は何も我慢しないとは。

第一四場　セシーリアと、アンゾレット、その後、メネギーナと、その後、ファブリツィオ

セシーリア　アンゾレット、ちょっと聞いてよ。

アンゾレット　何があったんだね？

セシーリア　あなたの妹さんは、本当に陰口屋さんだわね。

第三幕

第一場　ケッカ夫人の家の部屋。ケッカと、その後、ロジーナ

ケッカ　小さな火花が家を燃やす大火事になる、と人々は言うけど、本当に注意しなければならないものね。確かにささいなことから大変なことが生じるものね。家を見たい、新婦を見たいという好奇心から、このように大変な騒ぎが生じてしまった。私はもう係わり合いになるのはご免だけど、私のいとこがかわいそうだし、あのあわれなお嬢さんもかわいそうね……

ロジーナ　ちょっと、お姉さま。

ケッカ　どうしたの？

ロジーナ　下の女中のルシェッタが、窓から私に合図をしてね、話したいことがあるって言うのよ。

ケッカ　それで？

ロジーナ　それで、私はドア錠を開けて、入って来るように言いましたけど。

ケッカ　あなた、まずいことをしてくれたわね。下の人たちと係わり合いになるのは、もうご免だわ。メネギーナさんを呼ぶって約束したじゃないの。

ロジーナ　でも、お姉さまだって、もうご免だわ。

ケッカ　もし彼女の叔父さんがやって来たら、一度だけ呼んで上げるけど、もうそれでお終い、いいわね、それっきりでお終いよ。もう決して係わり合いになってはいけないわ。

ロジーナ　この私に言っているの？　私ならどっちでもいいんですけどね。

ケッカ　私は女中ばかりとこれ以上親しくなりたくないのよ。

ロジーナ　今回ばかりは錠を開けてしまったから、どうしようもないわ。この次は絶対に開けたりしません。何なら追い返しましょうか？

ケッカ　いえ、いえ、何を言いたいのか聞いてみましょう。

ロジーナ　騒ぎ声がしたから、何が起きたのか知りたくて堪らないわ。

ケッカ　ねえ、あなた、その好奇心を抑えなさいよ。どうしてそのように他人のことばかり知りたがるの？　もしルシェッタがここに来て、陰口を喋るようなら、すぐに追い返して、話を聞かないようにしますからね。

ロジーナ　いいわよ、いいわよ、何でもお姉さんの仰る通りにするわ。

第二場　ルシェッタと、前出の二人と、その後、トーニ

ルシェッタ　奥さま方。

ケッカ　こんにちは。

ロジーナ　こんにちは。

ルシェッタ 実は私、誰にも気付かれないように、そっと急いで参りました。お話したいことがございまして。大変なことが起きたのです。
ロジーナ 何なの？　さあさあ、話して頂戴。
ルシェッタ ［ロジーナに］やめなさい。また騒ぎを始めたいの？
ロジーナ ［ケッカに］何ですって？　私が何を言ったと仰るの？
ケッカ 奥さまは私に、何か腹を立てていらっしゃいますので？　この私が何をしたと？
ルシェッタ 私の家で陰口はしてほしくないのよ。
ケッカ お許し下さい。私が話しに参りましたのはですね……
ルシェッタ もし話してほしくないなら、どうしようもありませんね、奥さま、お邪魔しました。［退場しようとする］
ケッカ こっちに来て。私に話したいことって何なの？
ロジーナ （私が知らないと思って？　姉は私より好奇心が強いのよ。）
ルシェッタ 私は起こったことを奥さまにお知らせしようと思ったのですが、陰口を言いに来たなどと思われたくありませんのでね。
ケッカ 実は私どもの家で、大変なことが起こったのです。
ルシェッタ もし私に知らせたいことがあるのなら、言って頂戴。
ケッカ いったい何が？
ルシェッタ ご主人さまは、八方塞がりで万事休す。引越しは

できない。あちらの家では、家財道具の差し押さえ、こちらの家では、家賃の未払い。職人たちはお金の請求。私だって頂くべきお給料を七ヶ月も頂いていない。大事件ですよ、奥さま。
ロジーナ それは本当に大変ね。
ケッカ 啞然とするわね。
ロジーナ あのかわいそうなお嬢さんは、何と仰っているの？
ルシェッタ お嬢さまは泣き出され、若奥さまは怒り心頭に発しておられます。
ケッカ ねえ、教えて頂戴。それほどの借金をどうして作ったの？
ルシェッタ 見栄と不身持ちからですよ、いとしいお宝の奥さまに気に入られようとしてね。
ケッカ まだ結婚して二週間しか経たないのに……
ルシェッタ もう二年になりますよ、奥さま、何という思い違いでしょうかね？　ご主人さまが惚れ込んで、家に通い出して、散々お金を浪費して、零落するに至るまではね。
ロジーナ 持参金は持って来なかったの？
ケッカ 全く、全然、何ひとつですよ。
ルシェッタ 聞くところでは、大層な家の出らしいけど？
ケッカ まあ、その通り！　私はあの家に一五年間ご奉公した女中から聞いたのですが、ご主人さまたちを食べさせるために、何度も自分の腕輪を質屋に持って行ったそう

ケッカ　一五年もご奉公した人がお暇を貰う気になったとは、大変なことだわね。

ルシェッタ　お暇を貰ったのは、お給料を払ってもらえなかったからですって。ねえ、奥さま！　ご存じのように、すべての女中が私のような人ではないのですよ。私は七ヶ月何も頂いておりませんが、私はそのことを誰にも話したりしませんし、私のご主人さまのためなら、八つ裂きになっても我慢しますよ。

ロジーナ　［傍白］（そうとも、そうとも、あなたも大変なお宝よね。）

トーニ　奥さま、ご来客ですが。

ケッカ　どなたが？

ロジーナ　きっとクリストーフォロさんだわ。

ルシェッタ　お嬢さまの叔父さまですか？

ケッカ　そう、まさに彼よ。ねえ、お前にひとつお願いがあるの。下の階に行って、メネギーナお嬢さんを密かに呼んで、私の家まで来て下さるように言って頂戴。

ルシェッタ　はい、奥さま、直ちに。

ケッカ　でも、注意してよ、誰にも気付かれないようにね。

ルシェッタ　この私にお任せを。

ロジーナ　いいわね、誰にも何も言わないでよ。

ルシェッタ　まあ、何を仰います？　空気にだって聞かれないようにしますよ。［前と同様に］

ケッカ　重要な話だから、よく注意してね。

ルシェッタ　奥さま、こう言っちゃ何ですが、私に向かって失礼ですよ。この私が陰口屋ですか？　私はね、黙っていることなどを誰にもできませんし、私の口を割らせるべき時には黙っているべきだって誰にもできません。失礼します。［退場］

ケッカ　［トーニに］ご老人に入って頂くように言って。それから、ロレンツィンには、一度出て行って再び戻ってくるか、あるいはあっちで待っていてくれるように言って頂戴。

トーニ　承知しました、奥さま。［退場］

第三場　ケッカと、ロジーナと、その後、クリストーフォロ

ルシェッタ　奥さま、私がクリストーフォロさんと話をしている間、あなたはあっちに行っていて頂戴。あなたは同席していない方がいいから。

ロジーナ　お金を払ってでも、聞いていたいものですけどね。

ケッカ　本当に、あなたは好奇心の塊ね。

ロジーナ　私は聞くべきことを聞くだけよ。

ケッカ　そして、お姉さまは全くそうではないのよね。

ロジーナ　私は聞くべきでないことは聞けないだけよ。［退場］

クリストーフォロ　ごきげんよう、奥さん、こんにちは。

ケッカ　ごきげんよう、クリストーフォロの旦那さん。[20]

クリストフォロ　どうか、奥さん、そのような誤った称号でわしを呼ばないで下さいな。

ケッカ　私が挨拶をしてはいけませんの？

クリストフォロ　わしはおだててもらう必要はないし、その ようなごますりを望んだこともありません。わしは紳士だ。天の神さまのお陰で、わしはどのような称号も必要でないので、そのような肩書はあなたに差し上げますよ。

ケッカ　あなたの仰る通りに、やめることにしましょうか。

[傍白]（本当に昔気質の人だわ。）あなたをわざわざお呼び立てしたことをお許し下さいね。

クリストフォロ　わしはあなたのお役に立つために参ったのです。何なりとお申し付けください。

ケッカ　どうか、お座りになって。

クリストフォロ　喜んで。フォルトゥナートさんは、どうしていらっしゃいますか？　いつ帰ってこられますか？

ケッカ　ちょうど昨日、手紙を貰いました。夫はこの週末に、ここに戻るはずですわ。

クリストフォロ　なるほど。では、金曜日にボローニャからの駅馬車で来られるのでしょうな。

ケッカ　分かって頂けるかしら！　私は待ち遠しくてたまりませんのよ。

クリストフォロ　ご立派なご主人をお持ちだと、いつも傍にいてほしいのではありませんかな？

ケッカ　夫のいない時は、自分が自分でないような気がします

わ。何をする気も起きないの。劇場もだめ、仮面を付けて出歩くのもだめ、何もかもだめで……本当に何をする気も起きませんの。

クリストフォロ　立派な女性はそうするものです。

ケッカ　それで、ケッカさん、このわしに何のご用ですかな？

クリストフォロ　[傍白]（話の糸口が摑めないわ。）

ケッカ　どうか、あなた、私の勝手な振る舞いを許して下さいね。

クリストフォロ　このわしに堅苦しい挨拶はご無用です。わしはあなたのご主人の親友ですから、何なりとご自由に仰って下さい。

ケッカ　ある人のことを話させてもらっても構いませんか？

クリストフォロ　ある人のことですか？

ケッカ　ある人のことですわ。

クリストフォロ　誰のことですか？

ケッカ　誰のことでもお話し下さい。

クリストフォロ　わしの甥っ子のことでなければ、それで十分。

ケッカ　まあ、私はあなたの甥御さんとは何の関係もありませんの。

クリストフォロ　わしは知っていますよ。あのあんずる賢い奴が、あなたの下の階に引っ越して来たことはね。ですから、

(20)《strissima》（旦那）は、《由緒ある市民》に対する称号の縮約形。正確には《vossignoria illustrissima》と言い、最も丁寧な敬称の表現。通常は《illustrissimo》が使われる。注(5)を参照。

あなたが恐らくあいつの話をするのではないかと疑って、もう少しでご無礼して、来るのをやめようかと思ったほどです。

ケッカ　まあ、クリストーフォロさん、あなたは本当に律義なお方ですわね！

クリストーフォロ　困ったものですよ！あのろくでなしにはね。わしは本当に業を煮やしているんですよ。

ケッカ　では、かわいそうな彼の妹さんには？

クリストーフォロ　あの子も同じ愚か者です。母親が死んだ時に、わしはあの子を自分の家に引き取ろうとしたが、来たがらなかった。自分の兄を自分の家にいたかったのです。少しばかりの自由を手に入れるためにね。というのは、わしの家では、早くからベッドに入らねばならんし、仮面をつけては出歩けないし、芝居も見に行けないからですよ。浮気娘め、手に持って量ってみれば、いかに軽いか分かりますよ。

ケッカ　かわいそうに！　あの子がどんなに不幸か、ご存じなら！

クリストーフォロ　何もかも知っていますよ。わしが何もかも知っているとは思いませんか？　そう、わしは何もかも知っている。あいつが借金地獄にいることも知っています。この二年間で一万ドゥカートも浪費して、賭けや、贅沢や、あのいとしいお宝の奥さんを着飾らせてね。彼女はあいつの破滅の源でした。あの忌々しい家に通い始めてからというもの、あいつはもう甥っ子ではなくなってしまったんです。わ

しのことは完全無視で、わしに会いに来ることもなくなった。たまたま道でわしに会っても、わしに気付かない振りをする。というのは、わしは飾り紐の付いた服を着ていないし、袖口に刺繍の付いたシャツも着ていない無し女がわしのことを、こう言っているのを知っているからだ。むかつく奴で、恥さらしだから、この世にいる限り、わしを叔父さんとは呼ばないってな。あのわしだって、お前を姪なんて期待するなよ。向こう見ずで、薄汚い、物乞い娘め。

ケッカ　［傍白］（とても口を挟めないわ。）

クリストーフォロ　どうか、許して下さいよ。怒りからこのような話をしてしまうのです。ところで、わしに仰りたいのは何ですかな？

ケッカ　ねえ、クリストーフォロさん、あなたのかわいそうな娘さんには、どのような罪があるのですか？

クリストーフォロ　さあ、ケッカさん、仰って下さい。わしは率直に尋ねましょう。なぜこのわしを呼びに来られたのですか？

ケッカ　ある関心事からです。

クリストーフォロ　それはあなたの関心事ですか？

ケッカ　あえて言いますと、私の関心事でもあるのですが。

クリストーフォロ　ああ、あなたのご親族のことなら、さあ、

どのようなことでもお役に立ちましょう。わしの甥っ子の話でなければ、それで十分です。

クリストーフォロ あなたの姪御さんの話は？

ケッカ [傍白]（ああ、困ってしまったわ！）それで、あなたに言いましたように、私のいとこの話をしたいのですが。

クリストーフォロ あなたを呼びに行って、ここまで連れて来た男の子ですわ。

ケッカ [傍白][21]（怒って強い調子で）あの女もだめだ。

クリストーフォロ あの子をご存じですか？

ケッカ わしは初めて会いました。

クリストーフォロ 学校を出たばかりです。

ケッカ わしのことを知っておったようだな。リアルト橋でわしを呼び止めて、ここまで連れて来てくれましたからな。

クリストーフォロ まあ、あなたのことを知っているのは、もちろんですわ。

ケッカ それで何が望みです？何を必要としているのです？

クリストーフォロ あの子をどう思われました？

ケッカ 躾のよい子だと思いますよ。

クリストーフォロ 本当にあの子は宝物ですわ。素直な心の持ち主です。何を

していますか？何か職に就いているのですか？

クリストーフォロ 職を探しているようです。もしこのわしでもお役に立てるとすればですが、わしは取引相手の旦那衆や友人を持っていますよ。

ケッカ できればねえ。

クリストーフォロ このためにわしを呼びに来られたのですか？

ケッカ そうよ。そのためもあってね。

クリストーフォロ では、そのほかのことというのは、何ですか？

ケッカ あの子は結婚したがっているのです。

クリストーフォロ なるほど。

ケッカ [傍白]（まあ、とんでもないことになったわね。）もしこの子が立派な持参金をせしめたらねえ。

クリストーフォロ 立派な持参金をせしめたらねえ……

ケッカ その場合は、何らかの役職を買うことができたとしたら？

クリストーフォロ その場合は、悪くないんじゃ……

ケッカ その場合は、このわしは必要ないですな。

クリストーフォロ そして、何らかの役職を買うことができたとしたら？

ケッカ あの子が結婚したがっているんだって！これはいい！まだ成長しきってもいない子が、結婚したいんだと。職もないのに、扶養家族を持ちたいんだって！見上げた子だ、一文の値打ちもないな。

---

(21) 多くは宗教団体の経営する寄宿学校（collegio）。ゴルドーニが入学した、パヴィアのギズリエーリ校も、そのひとつである。

ケッカ　ところが、まさにあなたが必要なのですよ。

クリストーフォロ　このわしが？　あなたの仰ることがさっぱり理解できませんが。

ケッカ　[傍白] (さあ、もうすぐ、すべてをぶちまけてやるわね。)

クリストーフォロ　[傍白] (捉えどころのない話をするので、いったいどこに話を持って行きたいのか、さっぱり分からん。)

ケッカ　クリストーフォロさん、私のいとこが、いくらかの持参金を持った礼儀正しい娘さんを見つけられると思いますか？

クリストーフォロ　彼には土地収入はあるのですか？

ケッカ　いくらかの土地収入はあるし、それに役職を手に入れられたなら……

クリストーフォロ　なるほど。あの子は躾のよい子ですから、結婚相手は見つかるでしょう。

ケッカ　ねえ、あなた、言って下さいますか？　もしあなたに娘さんがいたとすれば、あの子に差し上げますかな？

クリストーフォロ　わしは結婚したことがなくて、娘もいないので、やるとかやらんとか言ってもむだですよ。

ケッカ　ねえ、あなた、言って下さいな、あなたの姪御さんを嫁にやる気はないの？

クリストーフォロ　まあ、やめて下さい、ケッカさん、わしはちゃんと目も見えるし耳も聞こえますから、あなたがどこに話を持って行こうとしているのか、ちゃんと分かりますし、それにわしをこのような計略で引っ掛けようとなさると言ったはずです。もう他に話がないのでしたなら、これで失礼しますよ。[立ち上がる]

ケッカ　聞いて下さい……

クリストーフォロ　もう聞きたくありません。

ケッカ　私は決してそのようなつもりでは……

クリストーフォロ　あなたの姪御さんの話は聞きたくないのです。

ケッカ　このわしに、姪などおりません。

第四場　メネギーナと、前出の二人

ケッカ　騙すとは何です？　その言い方は何だ？　[ケッカに] こんな風に紳士を騙すとは何

クリストーフォロ　ああ、叔父さま。

メネギーナ　騙すとは何です？　その言い方は何です？　財布からお金を掠め取ろうとしているわけじゃあるまいし。私がこうしたのは、よいことをして上げようと思ったからよ。あなたが望もうと望むまいと、この子はあなたの姪なのよ。しかも、自分の兄に裏切られて、悲惨な境遇にあり、何をしたらよいか分からなくて、絶望している娘さんよ。もし嫁に行くチャンスがあるのなら、叔父さんは、自分の名誉と慈悲心と

血縁と評判のために、彼女を助けて、ご自分にふさわしい身分と、ご自分にふさわしい財産を与えてやるべきよ。もしそれがお気に召さなければ、このようにして、放っておいたらいいわ。私はよいお友だちとして、このようにして、放っておいてあげたのよ。後は、ご自分の好きなようになさったらいいのよ。

クリストーフォロ 奥さん、話はそれで終わりですかな？

メネギーナ 叔父さま、私は何も望んでおりませんわ。私が何か望むことができるとお思いですか？ 私は不幸な貧しい娘です。兄の不身持ちのお陰で、私にも災いが降りかかってしまったのです。

クリストーフォロ どうぞ、遠慮なく仰ったらどうです。わしは十分に分かりましたからね。[メネギーナに] ところで、お嬢さん、あなたはこのわしから何をお望みかね？

ケッカ 私に分別がなかったからです。兄に甘やかされたからです。叔父さま、私はあなたに許しを請い求めますわ。

メネギーナ なぜお前はわしの所に来なかったんだね？

クリストーフォロ まあ！ 心ない木石でも涙を流すわね。

ケッカ [ケッカに] ああ、奥さん！ 同情するのは大変立派なことですが、同情はそれに値する人間にする必要があります。少なくとも、それを悪用する連中にではなくね。

メネギーナ ああ、困ったわ！ もし叔父さまに助けて頂けないなら、もうすぐ雨露を凌ぐ家も屋根もなくなってしまうわ。私は寝に帰る場所もなくなります。

クリストーフォロ 何ということを言うんだね？ お前の兄は、立派な家を借りたんじゃないのか？ 家賃も六〇ドゥカート増えたんじゃないか？

メネギーナ ああ、叔父さま、あなたは私に屈辱を与えようとして、そのように仰っているのね。でも、私はそうされても当然だわ。新しい家は立派ですが、家賃もまだ払っておらず、今日か明日の内に、家財道具は道路に放り出されるでしょう。

クリストーフォロ あのろくでなしは、それほど落ちぶれてしまったのか？

メネギーナ 前の家では、家財道具を差し押さえられてしまったので、私は衣服もショールもなく、家の外に出られないのです。

クリストーフォロ あの若奥さまは何と仰せかね？

メネギーナ 私は何も知りません。叔父さま、私の知っていることと言えば、この不幸に加えて、私が彼女の虐待と侮辱にも耐えなければならないことです。

ケッカ 私には、この世でこれほど痛ましい話があるとは思えないわ。

クリストーフォロ お前を侮辱できるとは大した度胸だな。

ケッカ ええ、その通りよ。私が断言するけど、あの女は、まま母以上に彼女をいじめますよ。

クリストーフォロ ［傍白］（血は水よりも濃いもの。わしは憐れみを感じるよ。）それで、お嬢さん、あなたは何をなさりたいのかね？

メネギーナ 叔父さま、あなたの望まれることなら何でも。さあ、私はあなたの足元に跪いて、私をあなたの手に委ねます。

クリストーフォロ ［涙を拭く］（さあ、さあ、もうすぐ陥落するわよ。）立ちなさい。お前には助けてやるような価値はないとしても、わしは助けてやることにしよう。お前は何をしてもらいたいのかね？

メネギーナ ああ、嬉しいわ。何でも仰る通りに致します。

ケッカ ねえ、クリストーフォロさん、彼女も適齢期だし、娘のまま家の中に置くのはよくないわ。片付けるチャンスがあるのなら、どうして片付けて上げないの？

クリストーフォロ どこにそのようなチャンスがあるのですか？

ケッカ 私のいとこよ。

クリストーフォロ この子を養って行くだけの資産はあるのですか？

ケッカ 少しだけど土地収入はあるわ。あなたが役職を買い与えて上げたら？

クリストーフォロ わしはその子の話を聞いて、会って、話してみたいものだが。

ケッカ 彼を呼びましょうか？

クリストーフォロ あちらにいるのですか？

ケッカ あちらにいるのよ。

クリストーフォロ なるほど、これで分かったぞ。《あちらにいるはずよ。わしを探しに来たのは、いつか。《あちらにいるはずよ》か。隠れているはずよ。呼ばれるのを待っているはずよ。お前たちは示し合わせて、わしを嵌めようとしているはずよ。わしを騙すために、わしにしたくないことをさせるためにな。わしは何も知らん。何もしてやる気もない。何も知りたくない。［傍白］

ケッカ まあ、うんと言わせるまでは、絶対に出て行かせたりしないからね。［退場］

第五場 メネギーナと、その後、ロジーナ

メネギーナ ああ、万事休すだわ！

ロジーナ メネギーナさん、気を取り直して。

メネギーナ 何をしろと仰るの？

ロジーナ 私はあのドアの陰から、何もかも見ていたわ。お上手よ、お見事だわ。今したことを、またして来なさいな。足元に跪いて、泣いて、絶望して、髪の毛を掻きむしる真似をするのよ。ロレンツィンは、かわいそうに、哀願するばかり。死んだようになって、もう何もできないわ。

メネギーナ かわいそう！彼のためなら、私、何でもする

新しい家

わ。叔父の手に接吻し、その足に接吻し、足元にひれ伏すことだってするわよ。[退場]

ロジーナ　まあすごい！　私たち女はね、何かを手に入れたい時は最後まで諦めないのよ。私たちの涙は、槍や刀より強いんだからね。[退場]

第六場　新しい家の部屋。セシーリアと、伯爵と、ファブリツィオ

伯爵　さあ、おやめ下さい、奥さま、そのような憂鬱は追い払って下さい。

セシーリア　まあ、伯爵さま、何の利害もない方は、簡単に立派な人を演じて、美しい慰めの言葉を言うことができるのね。仕方がないわ、今度は私が憂鬱病に罹ってしまったのよ。[椅子の上に倒れ込む]

ファブリツィオ　諺でも言うでしょう、首の骨を折ったのでもない限り、何にでも治療法はあるってね。

セシーリア　私が愚かだった、私が馬鹿だった。ヴェネツィア内外の一流の人物たちと結婚する機会が沢山あって、頭から爪先まできらびやかに身を包んでいられたはずの私が、よりによって後悔の溜息をつかせられるような人と、一緒になってしまったとはね。

伯爵　どのような悪いことでも、人が言っているほどに悪くはないことが、お分かりになりますよ。

ファブリツィオ　上手く解決できると思いますけどね。少しばかりの負債のことで、一家が絶望の淵に立つなというのは、おかしいですよ。

セシーリア　[立ち上がる]　それにしても、私の夫の運命は、あわれだわね！　[行ったり来たりしながら]　沢山のお金で食べさせて上げたのに、困った時になると、助けてくれるお友だちが一人もいないとはね。

ファブリツィオ　[伯爵に小声で]（君のことを言っているんだよ。）

伯爵　[ファブリツィオに小声で]（いや、君に話しているんだと思うよ。）

セシーリア　まあ！　私のように乳母日傘で育ち、贅沢な生活に慣れた女性が！　お姫さまのようにかしずかれ、王妃さまのように敬われた女性が！　[別の椅子に倒れ込む]

ファブリツィオ　セシーリア奥さまは、いつでもかしずかれ、敬われますよ。

セシーリア　[立ち上がる]　まあ、伯爵さま、[行ったり来たりしながら]　食事にありつけなくなると、寄り付く人もなくなるものよね。

伯爵　[ファブリツィオに]（今度は君のことを言っているんだぜ。）

ファブリツィオ　[伯爵に]（僕たち二人に言っているんだろう。）

セシーリア　[行ったり来たりしながら]　アンゾレットは、

伯爵 ［ファブリツィオに］（君より遥かによく知っているよ。）

セシーリア 私の小姑さんは、どこにいるの？ 出て行ってしまったの？ 彼女まで私を見棄ててしまったの？ 誰も私の方に寄って来ないの？ この私を絶望したまま放っておきたいの？ ［座る］

伯爵 奥さま、僕たちがいますよ。

ファブリツィオ 奥さま、僕たちがいますよ。

伯爵 奥さま、どうかお願いですから、元気を出して。

ファブリツィオ 正午の鐘が鳴って三時間経ちますから、少しでも食べ物を摂られることをお勧めします。

セシーリア 私の心には、食べたいという気持ちだけは湧いて来ないのよ。毒ならいくらでも飲んで上げるけどね。

伯爵 よろしい。それではもう少し後でお食べなさい。食欲が出た時にね。

ファブリツィオ 僕たちはここにいて、お傍を離れませんからね。食事目当てにやって来た他の連中は、このごたごたの話を聞いて、帰ってしまいましたが、僕たちは誰よりも忠実に、あなた様への忠節を守って、セシーリア奥さまのお伴をし続けますよ。

伯爵 ああ、奥さま、あなたはきっと体を悪くされますよ。健康は大切ですからね。

いったいどこにいるのかしら？ 雲隠れ？ 引きこもり？ 何という ことかしら！ 絶対に誰にも、私のものには手を付けさせませんからね。

セシーリア 奥さま、持参金の保全命令を出させることを、僕はお勧めしますよ。

ファブリツィオ どのようにするの？

セシーリア では、お願いするわ。せめてこのわずかなことでも、お役に立ってもらいましょうか。

ファブリツィオ よろしかったら、僕たちがして差し上げます。

セシーリア 証書が必要なの？

ファブリツィオ もちろんです。公的なものでも私的なものでもいいですから、契約書が必要です。

セシーリア ［行ったり来たりしながら］まあ、この私が夫を破産させたなんて言われたくないものだわね。私の家系でそのようなことをした人は一人もいないから、私だってしたくないわ。

ファブリツィオ ［伯爵に］（ねえ、彼女が持参金なしだったことを知らないの？）

ファブリツィオ　僕が調理人に命じて、ココアを作らせましょうか？

セシーリア　[怒って立ち上がる] アンゾレットが私をこのように裏切るとは、思ってもみなかったわ！私に何も教えてくれないとは？打ち明けてくれないとは？実際にはそうでないのに、自分が金持ちだと私に思い込ませるとは？私をこのように扱うべきではなかったのよ。彼は私を裏切って、破滅させたのよ。[椅子に倒れ込む]

ファブリツィオ　奥さま、あなたはとても動揺していらっしゃる。

第七場　アンゾレットと、前出の人々

　様を動揺させたくないですね。もうこれ以上、僕たちがいるせいで、あなた

セシーリア　アンゾレットに向かって激しく立ち上がり] こから出て行って頂戴、私の傍に来ないでよ。

アンゾレット　それでは、このナイフを取って、僕を刺し殺してお──。

セシーリア　[ナイフを奪って、投げ捨てる] 分別もなければ、誇りもない人ね。

アンゾレット　いとしい妻よ、ぼくがどのような境遇にあるのか、分かっておくれ。世間のすべての人が僕をいじめるのだから、せめてお前くらいは僕を憐れんでおくれ。いいかい、僕がこれほどの負債を背負ったのはね、お前を満足させて……

セシーリア　何ですって？私のために負債を背負ったなんて、よくも言えるものね。それでは、私に買ってくれた宝石なんて、いったいどこにあるのよ？あなたは私に安服着か誂えてくれたし、まだ家賃も払っていないこの忌々しい家を借りてくれたけど、それを除けば、他に何をしてくれたというの？私のために何を費やしたの？何を浪費したというの？私があなたにどのような借金をさせたというの？

アンゾレット　全く何もさせなかったよ。お前の言う通りだ。僕はお前に何もしてやらなかったし、何も費やしていない。僕は小石の代わりにドゥカート銀貨を取り出して、運河で水切り遊びをして、銀貨をすってしまっただけなんだよ。

セシーリア　もし今後、あなたがそのようなことを言ったら、ただではおかないよ。

アンゾレット　ああ、お前、僕はもう何も言わないよ。(言っても言わなくても同じことだがね。)

伯爵　ファブリツィオに小声で] (あわれな引かれ者だな。)

ファブリツィオ　[伯爵に] (当然の報いさ。自分を何さまだと思っていたのかね？)

アンゾレット　妹はどこにいる？

セシーリア　知るもんですか。姿が見えなくなって二時間にな

アンゾレット　もしかしてあそこに行ったのではないだろうな……。

セシーリア　どこに？

アンゾレット　僕の叔父の所にだよ。

セシーリア　だとすれば、どうしようもないわね。もしあそこに行ったとすれば、よくやったわね。本当はあなたも、あそこに行くべきだったのよ。

アンゾレット　まあ、やめてよ、もうその話はお終いだよ。あなたはこの僕が？　たとえ監獄に行くとしても、叔父に頭を下げにだけは行かないのよ。

セシーリア　この僕が？　たとえ事態がこうなってしまった以上、甘い薬を捨てて、苦い薬を飲む必要があるのよ。

伯爵　セシーリア［伯爵に］黙っていて下さいな。私たちの問題に口を挟まないで頂戴。

セシーリア　よいお友だちですよ。

ファブリツィオ　皆さん、僕たちはあなたのよい召使いであり、よいお友だちかどうかは、このようなものよ。私たちの陥った苦境で必要なのは、お喋りじゃなくて実行力なのよ。

伯爵　私がいるせいで落ち着かれないのでしたら、私は失礼しますよ。［退場］

ファブリツィオ　それでは、大変失礼いたしました。［退場］

第八場　セシーリアとアンゾレット

セシーリア　どのようなお友だちか、これで分かった？

アンゾレット　僕に向かってそのようなことを言うの？　彼らは、お前のお陰で知り合いになったお友だちだよ。

セシーリア　まあ、やめてよ。叔父さんの所に助けを求めに行きたくないの？

アンゾレット　僕は嫌だ。それに、あそこに行く勇気がないし、それに、たとえ行っても、僕が悪党みたいに追い返されるのは目に見えている。

セシーリア　もし私が彼と話すことができるなら……

アンゾレット　とても無理だよ。

セシーリア　なぜ、とても無理なの？

アンゾレット　叔父は僕に対してより、他ならぬお前に怒っているからだよ。

セシーリア　信じて頂戴、私は彼を宥めることができると思うわ。

アンゾレット　お前が宥めるんだって？　お前こそすぐにかっとなるくせに、そのお前が宥められるんだって？

セシーリア　ええ、今はかっとなる時でないことは、知っているわ。

アンゾレット　でも、僕に対しては、いつでもかっとなるんだよな。

新しい家

セシーリア　あなたは、そのように揶揄して、私を恥じ入らせるつもり？

アンゾレット　やめてよ、あなたなって本当に負け犬ね。

セシーリア　もういい。あなたも何も言わないでよ。僕はもう何も言わないよ。ゴンドラに乗って、叔父に会いに行ったら？お前の好きなようにやってみたらいい。

アンゾレット　あなたも一緒に来て頂戴。

セシーリア　いや、僕は絶対に行かないぞ。

アンゾレット　あなたって、図体はでかいのに、肝っ玉は小さいのね。では、あなたの妹さんも一緒に来させて頂戴。

セシーリア　もし妹が行くのを拒否しなければね。

アンゾレット　絶対に一緒に来てもらう必要があるわ。

セシーリア　今どこにいるのか、聞いてみよう。ルシェッタ。

第九場　ルシェッタと、前出の二人

ルシェッタ　[舞台裏から] はい、旦那さま。

アンゾレット　こっちにおいで。

ルシェッタ　[舞台裏から] ただいま。

セシーリア　一緒に妹さんに来てもらいたい理由は、先ず、クリストーフォロさんと私は会ったことがなくて、お互いに顔を知らないからよ。次に、妹さんにも自分の役割を演じてもらいたいからよ。どうか私に任せておいて頂戴。彼女には何を言ったらいいか、ゴンドラの中でよく教えて上げるから。

アンゾレット　妹はどこにいる？

ルシェッタ　[どぎまぎして] 存じませんが。

アンゾレット　[前と同様に] 存じませんが、とは何よ？

ルシェッタ　私は、本当に何も。

アンゾレット　言えよ、妹がどこにいるのか、僕は知りたいんだ。

ルシェッタ　それでは申し上げますが、決して言わないで下さいね。

アンゾレット　よしよし、決して言わないよ。

セシーリア　では、その大ニュースとやらを聞かせてもらいましょうか。

ルシェッタ　この上の階のご婦人方の所にいらっしゃいます。

セシーリア　何をしに行ったの？

アンゾレット　恐らくは、洗いざらいをぶちまけに行ったのか？

ルシェッタ　申し上げてもよろしいのですが、どうかお願いですから、何も言わないで下さいね。

アンゾレット　僕は言わないから、さあ話せ。

ルシェッタ　この上の階に、どなたが来ていらっしゃるか、ご存じですか？

セシーリア　例の薄汚いロレンツィンでしょう。

ルシェッタ　ええ、もちろんあの人もですけど、他の方もいらっしゃるのです。

アンゾレット　誰だろう？

ルシェッタ　クリストーフォロさんです。
アンゾレット　僕の叔父だって？
セシーリア　この上の階に、彼の叔父が来ているの？
ルシェッタ　左様です、奥さま。でも、黙っていて下さいね。
セシーリア　[アンゾレットに]さあ、勇気を出して、私と一緒に来るのよ。
アンゾレット　どこに？
セシーリア　一緒に来ればわかるわ、いいわね。
ルシェッタ　まあ、これで細工はりゅうりゅうだから、後は仕上げをご覧じろ、だわね。私も行って見てみようっと。[退場]

第一〇場　ケッカ夫人の部屋。ケッカと、メネギーナと、クリストーフォロと、ロレンツィン

ケッカ　クリストーフォロさん、ばんざい！　あなたの優しい心と深い愛情と慈悲心に、ばんざい！　あなたはこのかわいそうな娘さんに恩恵を与えて下さったのですから、今度は天の神さまがあなたに恩恵を与えて下さるわ。
メネギーナ　本当に叔父さまのお陰で、私はあの世からこの世

に連れ戻されたのよ。
ロレンツィン　僕だって、この世で得られるすべての幸せは、叔父さんのお陰だと思って、いつまでも感謝しますよ。
クリストーフォロ　[ロレンツィンに]おいおい、あまり急かんでくれよ。わしはまだ君の叔父ではないんだから、あまり馴れ馴れしく、叔父さん、叔父さんと言わんでくれよ。
ケッカ　まあ、やめて頂戴。あなた、これで彼女を嫁がせなかったけど、いつかは嫁がせるんだし、今日まだあなたは彼の叔父でなくても、明日は彼の叔父になるんですからね。
メネギーナ　まあ、叔父さま、やめて。私の心をおのかせたりしないでね。
ロレンツィン　まあ、あなたの仰った言葉だけで十分です。あなたのようなお方は、一旦述べた言葉を引っ込めるような人ではありませんから。
ケッカ　数行でも契約書を取り交わしておく方がよいのではないかしら？
クリストーフォロ　このわしの言ったことは約束したことと同じだし、わしは約束したことは守る男だ。だが、わしの姪は彼に上げるし、彼には役職を買って上げよう。だが、契約書を取り交わす前に、彼女の父親の資産がどうなったのかを知っておきたい。信託遺贈[22]は手を付けることができない。彼女には自分の分があるはずだ。もし兄貴がそれを抵当に入れたとすれば、裁判に訴えて抵当権を解除しなければならない。もし必要なら、自分のものだっ

て与えるが、人に嘲られることだけはしたくないのだよ。

ケッカ　なるほどね。それは、あなたの仰る通りだわ。

メネギーナ　まあ、まあ、それではどんなに時間がかかることか、分かったものじゃないわ。

ロレンツィン　そのようなことは、後からでもできるのではありませんか？

クリストーフォロ　お前は若造で、何も知っておらんな。このわしに任せておきなさい。

第一一場　ロジーナと、前出の人々

ロジーナ　ケッカお姉さま、ちょっと一言。

ケッカ　今行くわ。ちょっと失礼しますよ。[ロジーナに近付いて、二人で話す。ケッカは驚いた顔をする]

メネギーナ　叔父さま、私はそれまでどこにいたらよいでしょう？

クリストーフォロ　わしの家に来なさい。

ロレンツィン　僕も会いに行っていいですか。

クリストーフォロ　わしのいる時なら構わんよ。

メネギーナ　[傍白]（まあ、どんなに窮屈な思いをさせられるかしら！）

ケッカ　[傍白]（どうしたらよいものかしら？　ここまで来てしまったんだから、もうひとつの方も片付けなければならないわね。私は、あの奥さんを不憫に思っているから、とても嫌とはいえないわ。）メネギーナさん、ひとつお願いがあるの。妹と一緒に、少しの間あちらに行って頂戴。私は、クリストーフォロさんに、ちょっとお話があるの。

メネギーナ　喜んで。[ケッカに]（早く話を終わるようにして下さいね。）[傍白]（そうよ、彼女なら間違いなく早く済ませてくれるわ。）[退場]

ケッカ　ロレンツィンさん、あなたにひとつ頼みがあるんだけど？

ロレンツィン　何なりと仰って下さい。

ケッカ　あなた、郵便局に行って、私の夫の手紙が着いているかどうか、見て来てくれない？

ロレンツィン　今すぐ行ってほしいのですか？

ケッカ　すぐ近くだから、行って頂戴。行ってすぐに戻って来てね。

ロレンツィン　その間に叔父さんが帰ってしまわれたら？

ケッカ　あなたが戻るまで、帰さないでおくわ。

ロレンツィン　では、行って参ります。[走り去る]

(22)《信託遺贈》は、遺言者（親）が、その相続者（息子）に、第三者（娘）に与えた遺産（持参金）を保管し、時が来たらそれを返却する義務を負わせる契約のこと。

(23)《郵便局》は、手紙や荷物や旅客を運ぶ《定期便船》(posta corriera)の出発基地で、ヴェネツィアには、パドヴァ、ロヴィーゴ、フェッラーラ、モデナとの間を結ぶ定期便があった。

第一二場　ケッカとクリストーフォロ

クリストーフォロ　だが、わしは帰らなければなりません。決まった時間に食事をする習慣でしてね。わしは老人だし、まだ昼の食事を摂っていないのです。

ケッカ　まあ、クリストーフォロさん、あなたはとても善良な人ですから、どうかもうひとつ、別の小さなお願いを叶えて頂きたいのです。私の頼みを聞いて、恩恵と助けを与えて下さいな。実は、ある別の人のお話を二言三言聞いて頂きたいのです。

クリストーフォロ　何だって！　もしそれがわしの甥っ子の話なら、わしは聞く耳持たんよ。

ケッカ　あなたの甥御さんではありません。

クリストーフォロ　では、誰です？

ケッカ　どうか、あなた、激高しないでね。あなたの甥御さんの奥さまなの。

クリストーフォロ　[怒って] あの女がこのわしに何の用だ？

ケッカ　私も存じません。

クリストーフォロ　何ということだ！　わしはこの出会いを密かに願って来たが、自分を抑えられると約束はできんよ。わしの体には怒りが溜まりに溜まっているので、もしわしがそれをぶちまけたとしても、お宅に失礼な振る舞いをしたなど

と非難しないで下さいよ。

ケッカ　まあ、そのことなら、どうかご心配なく。お好きなことを何でも仰って下さいな。[退場]

第一三場　クリストーフォロと、その後、セシーリア

クリストーフォロ　このわしのことをむかつく奴だと仰った奥さまは、わしがお金を少しばかり恵んでやれば、わしに拝謁して下さるか。何をしてもむだだ。あの女に会って、わしの思いをぶちまけてやれるとは、痛快至極だな。[座る]

セシーリア　[傍白] (まあ、辛い道のりだけど、行かねば。)

クリストーフォロ　[傍白] (まあまあ、まるで満艦飾の戦艦だな。)

セシーリア　ごきげんよう。

クリストーフォロ　奥さま。

セシーリア　奥さま。

クリストーフォロ　あなた様にお目もじさせて頂く栄誉をお許し下さいますか？

セシーリア　あなた様のお傍に座らせて頂いて、よろしいでしょうか？

クリストーフォロ　どうぞ、お座り下さい。[彼は自分の椅子を後ろに下げる]

クリストーフォロ　どうして後ろに下がられるのですか？

セシーリア　ハムの嫌な臭いをあなたに移さないためですよ。

クリストーフォロ　まあ、どうかおやめ下さい。これ以上私に屈辱を与えないで下さい。私の方を向いて下さいな。私はもう十分に辱めを受けましたので。

セシーリア　いいえ、わしはあなたをむかつかせたくありません。

クリストーフォロ　まあ、叔父さま……

セシーリア　［激しく振り向いて］《叔父さま》とは何だね？

クリストーフォロ　声を荒げないで下さいな。他人に聞かれないようにしましょうよ。私がここに来たのは、怒鳴り合いをするためではありません。私がここに来たのは、あなた様に何かのお願いするためでもありません。私はあなた様に自分を卑下し、あなた様をご尊敬申し上げるために来たのではありません。もしさらにあなた様が、さまざまな理由から私にご不満を抱いていらしたとしても、これが下心のある行為だとお疑いになるのは当然としても、礼儀正しい女性が自尊心を捨ててお願いし、許しを請う時には、紳士たる者はすべて心を鎮めて、その話を聞いて下さるべきです。私は聞いて頂くこと以外、何も願っておりません。私はあなた様に何のお願いも致しませんし、何も望んでおりませんし、礼儀知らずのあなた様は、私の話を聞こうとなさらないほどに、私に価値もありません。私はあなた様に何をして頂く価値もありません。でも、私がどのような境遇にあったのかを見て下さい。私はひどい悪口を言いました。でも、私がどのような境遇にあったのかを見て下さい。私にこのような贅

なのですか？

クリストーフォロ　お話し下さい、奥さま、言って下さい。その後で、わしにも言わせてもらいますからな。わしも心の内をすっかりぶちまけさせてもらうぞ。［傍白］（話だけは聞いてやろうか。）

セシーリア　私は長話はいたしません。もう少しで夕方になりますし、不幸な私にとっては、一刻一刻が大切なのです。私はあなたの甥御さんの妻です。あなたの甥御さんは、あなたのご兄弟のご子息です。ですから、私たち以上に近い親戚はありません。あなたが、私と夫を嫌っていらっしゃることは、よく知っていますし、そうされるのももっともで、あなたにはそのようにされるだけの正当な理由があります。でも、私をご覧下さい。私はまだ年若くて、あえて恥を顧みずに申しますが、これまで私は若気の至りで思慮分別がなく、しかも不幸なことに、私に忠告して、私を矯正してくれる人が誰もおりませんでした。はっきり申しまして、私の家族は私を溺愛し、結局、その愛が私をだめにしてしまったのです。あなたは私などよりよくご存じですが、あわれな私の夫は、心根の優しい人で、優しすぎたために、私を不快にさせないために、自分のしていることを自覚せずに、限度の限界を越えて要求し、彼は私を不快にさせないために、自分のことを悪く言いましたよ。それは本当です。私は、叔父さまのことを悪く言いました。でも、私が

沢をさせ、私にこのような派手な生活を許してくれた親は、あなたのような生き方や賢明さや処世術と正反対の考え方を私に吹き込んだのです。ですから、もし私の父親があなたのような服装で出掛けたとしたら、すべては教育のせいです。悪口を言ったでしょう。すべては教育のせいです。私の夫の優しさと、女の見栄と、若気ゆえの無分別のせいです。このような悪しき処世観からどのような結果が生じたでしょう？ ああ、私と夫がどのような状態に陥ったのかを考えると、血のあわれな夫は、まともに歩くことさえできません。私が家に行って、この服を脱ぐ時には、服が押収されるのを覚悟しなければならないのです。私はこの世で無一物です。明日には、私たちは家を追い出されるでしょう。私たちには口にするパンさえなくなるでしょう。すべての人が私たちを嘲笑し、すべての人が私たちを軽蔑しています。でも結局の夫は、この都市の笑い者になってしまいました。ところで、私の夫とは、いったい何者でしょう？ 彼はアンゾレット・セモリーニです。昔も今も几帳面と高潔さの鏡である、名誉ある紳士たちの血統ですよ。彼はクリストーフォさまの甥であり、私はその姪です。私たちは、身持ちが悪いために零落した二人の若者ですが、しかし、その不運によって目が開かされ、生活態度を改めることができるようになるために、口には真心を込め、目には涙を溜め、嘘偽りのない最も真摯な心で、叔父さまに慈悲深い許しと援助とを懇願している若者なのです。

クリストーフォ 〔傍白〕（わしは何とも返事のしようがないわ。）

セシーリア これまで私の話を、このように優しい心で我慢して下さったのですから、今度はあなた様がお話される番です。どうか心の内をぶちまけて、私に復讐して下さい。あなたがそうされるのは、正しいことなのですから。

クリストーフォ 言いたいことは山ほどあるが……では、お前はわしが正しいことを認めるのだな……お前がわしの正しさを認めることは、悪いことじゃない。

セシーリア 〔傍白〕（お前と呼んだのは、よい徴候だわ。）

クリストーフォ お前たちが苦悩と悲惨の中にあるとは思わないのですか？

セシーリア 私たちが苦悩と悲惨の中にあるとすべてが本当なのです。

クリストーフォ そんなことは言っていないよ。わしが言っているのは、お前とお前の夫が後悔して生活態度を改めるというのが本当なら、お前たちの地位は自分の一代で築き上げたものだから、お前たちを助けてやる必要などないのだが、わしは心根のやさしい人間だし、お前たちに恩恵を施してやってもよいかもしれんな。

セシーリア どうか聞いて下さい。私の言うことを信じて下さ

新しい家

る必要はありません。私は女ですし、まだ若いのですから。今日このように思っても、いつの日か考えを変えてしまうかもしれません。ですから、どうか私の話を聞いてやって下さい。彼に約束をなさって下さい。夫の望むことに、妻は従わなければなりませんし、もし再び彼を破産させるようなことがあれば、妻にふさわしくない女という烙印を押されるでしょう。

クリストーフォロ ［傍白］（この女の話には魅惑されてしまうな）あの馬鹿者はどこにいる？

セシーリア 来て、来て、あなた、天の恵みは、あなたの分もあるわよ。

クリストーフォロ ［傍白］（あいつもここにいるのか。この家は何でもありだな。）

第一四場 アンゾレットと、前出の人々

クリストーフォロ 叔父さん、僕はあなたに合わせる顔がありません。

最終場

クリストーフォロ 前置きはなしだ。お前の負債の記録と、お前の資産のわしへの譲渡。そして、心を入れ替えるという決心をすればだな、恩知らずの若旦那、お前には助けてやるような値打ちはないが、わしの心が不憫だと言っておるので、お前の叔父として、お前に慈悲を垂れてやろう。

アンゾレット 僕は、あなたの忠告やあなたの意志に従うこと

を、約束して誓います。

クリストーフォロ お前の家賃は、このわしが払ってやろう。だが、ここに住むのは諦めなさい。ここはお前たちには不釣り合いの家だ。

セシーリア いとしい叔父さま、あなたの家の小部屋に私たちを住まわせて下さい。

クリストーフォロ わしの家は手狭でな。

セシーリア どうか、新しい部屋を見つけるまでで結構ですから。

クリストーフォロ まあ、ずる賢い女め、抜け目のない奴だ。わしの家に来なさい。だが、そのような服装はご免だよ。上品さと清潔さはいいが、控え目にな。とりわけお伴の騎士たちは、わしの家ではご法度であることを忘れないでくれ。

セシーリア まあ、私、誓って申しますけど、わが家に来ていた連中に、私はひどく嫌な思いをさせられましたので、今後、同じようなことをして、誰かに嘲られるような恐れは全くありませんわ。

ケッカ それで、上手く行ったの？

アンゾレット 神さまと僕の叔父さんのお陰で、すべてが解決しました。

最終場 ケッカと、前出の人々、その後、メネギーナと、ロジーナと、ロレンツィンと、その後、ルシェッタ

メネギーナ　叔父さま、私はあなたの家に行くわ。
セシーリア　私も叔父さまの所に行くのよ。
メネギーナ　あなたも？
クリストーフォロ　[落胆して][傍白]（分かったよ。家に二人の女がいるせいで、気がおかしくなったりするのは御免だ。その片方から解放された方がいいな。）ケッカさん、わしはあなたのために色々して差し上げたのだから、今度はわしのお願いも聞いて下さらんか？
ケッカ　まあ！　何でもお申し付け下さい。
クリストーフォロ　よろしかったらあなたの家で、わしの姪のメネギーナと、ロレンツィンの結婚式を挙げさせてもらえませんか？
ケッカ　喜んで。
ロレンツィン　[飛び跳ねる]私の結婚式ですって？
メネギーナ　[飛び跳ねる]結婚だ、結婚だ。
ケッカ　今すぐに式を挙げましょうよ。
クリストーフォロ　今すぐでもいいですよ。
ケッカ　さあ、お二人さん、手を握り合って。
メネギーナ　叔父さまはご満足？
クリストーフォロ　わしは満足だよ。満足だよ。
メネギーナ　[アンゾレットに]お兄さまにも尋ねてごらん。
アンゾレット　叔父さんのすることは、どんな時でも、よいことだからね。

セシーリア　[アンゾレットに]それでは、彼って、あなたが言っていたような一文なしではないのね。
アンゾレット　[セシーリアに]いとしいお前、僕がそのように言ったのは、彼に持参金を払う算段が見つからなかったからだよ。
ケッカ　さあ、手を握り合って。
ロレンツィン　メネギーナさん、おめでとう。
メネギーナ　ロジーナさん、ありがとう。
ロジーナ　この人が私の夫です。
クリストーフォロ　[セシーリアとアンゾレットに]お前たち二人は、わしと一緒に来なさい。お前たちが分別を持つようになるなら、わしのお蔭で僕はこの幸運を摑めたんだ。
アンゾレット　いとしい妻よ、お前のお陰で僕はこの幸運を摑めたんだ。
セシーリア　いくらかのごたごたの原因は、この私にあったけど、それを乗り越えられたのは、よかったわ。私のせいで生じたさまざまな失敗の中には、この新しい家の失敗もありましたが、幸運なことに、この家がなかったら、私たちはこの悪いことからもよい結果を引き出すことができました。この私にこのご婦人方とお友だちになることもなかったでしょうし、この家で生じたようなめでたい事件も起こらなかったでしょう。ですから、この『新しい家』を褒め称えましょう。と申しましても、褒め称えるのは私たちではありません。この

『新しい家』を褒めたり批判したりできる方々、私たちに好意と優しさと愛情を抱いて下さる観客の皆さまに、褒めるか批判するかのご判断をお任せすることに致しましょう。

【幕】

別荘狂い
(1761年)

第2幕4場

作品解説

この作品は、『別荘三部作』——『別荘狂い』、『別荘での出来事』、『別荘からの帰還』——の第一作目として構想された。ここで彼が批判しようとした階層とほぼ同じである。つまり、《私がまさに標的にしようとした階層の人々は、貴族でも金持ちでもない市民層の人々である。というのは、貴族や金持ちはその身分や資産によって他の人々よりもいくらか派手に振る舞うことが許されるからである。小身の者が大身の者と張り合おうとする野心、それが私の見せしめにしようとした滑稽さである。もしできるなら、それを矯正してやることを願って》(作者から読者へ)。

このドラマは、ヴェネツィアの若い世代の女性旗手ジャチンタと、保守派の老人フルジェンツィオの人生観や生き方の対立を軸にして展開し、両者の間で、精神的にひ弱な婚約者レオナルドが右往左往するというストーリーや、お人よしの父親フィリッポが、トスカーナ州のリヴォルノとなっているが、作者も観客も、実はヴェネツィアが舞台だと確信していたことについては、「解説」第4節(ヴェネツィア以外の都市に舞台が移される理由)を見られたい。先ずジャチンタの方は、聡明で、勝気で、見栄っ張りで、まだ婚約者にすぎないレオナルドをすでに尻に敷いて、ファッションに敏感で、社交好きで、友人の青

年グリエルモを自分の《お伴の騎士》に取り立てて、婚約者と一緒に別荘に連れて行こうと企み、別荘生活というものを、監獄のような古風な商人で、保守的なワンマンタイプの老人であり、別荘を本来の農場管理のための場所、つまり、仕事の場と考えている。この新旧世代を代表する二人の人物は、正面から激突することはないが、相手が自分の不倶戴天の敵であることは、最初から感じ取っており、両者の敵意と憎しみの強さは、非常に印象深い。

『別荘狂い』のあらすじは、別荘賛成派のジャチンタと別荘反対派のフルジェンツィオの綱引きが延々と続き、行くか行かないかで二転三転するストーリーであるが、その幕切れでは、ジャチンタが大向こうを唸らせる力技を発揮して、ついに別荘行きが実現する。彼女は、グリエルモを別荘に同伴することを躊躇する父親のフィリッポに対して、《社交儀礼から言っても、お客さまが一旦招待してしまった人を断るのは失礼だから、レオナルド〔彼女の将来のお伴の騎士〕も別荘に連れて行ってやるべきです》という、実は大変身勝手な論理を滔々と述べ立てる。さらに、レオナルドに向かって、《あなたは私の心〔愛情〕が欲しいのですか、それとも私の手〔結婚〕が欲しいのですか。私の手でしたなら、あなたのお望み通り、すぐにでも差し上げますよ。でも、私の心を手に入れたいと思われるなら、それにふさわしい人に

なって下さいな》と、自分の言うことを聞くかどうかで、自分を愛しているかどうかを判断すると宣言する。すると、婚約者のレオナルドまでも、ジャチンタの見事な弁舌に説き伏せられて、自分のライバルの同伴を認めてしまうのである。ジャチンタ賞賛の渦の中でただ一人、批判の目で冷たく彼女を見ている者がいた。それはフルジェンツィオである。

ところで、この二人の対立と言っても、これは善と悪、美徳と悪徳の絶対的な対立ではないことに注意しなければならない。ゴルドーニが描くのは、常に完全な世俗世界での、きわめて人間的な弱点を持った俗人たちの対立であり、したがって両者の形勢もその力技を発揮するのに応じて、その都度、綱引きのように左右に変動するのである。たとえば、この第一作目の『別荘狂い』は、ジャチンタの一方的な勝利に終わり、その幕切れで、彼女は男たちを従えて、意気揚々と別荘に向けて出発する。だが、その続編の『別荘での出来事』になると、形勢は一変し、勝ち誇っていたジャチンタが窮地に立たされることになる。彼女はフルジェルモの反対を押し切って、自分の《お伴の騎士》グリエルモを別荘に連れて行くのに成功したが、楽しかるべき別荘生活の中で、彼女はグリエルモに本当に恋愛感情を抱いてしまい（一八世紀当時、自由恋愛は親の意志を無視した反社会的な行為であった）、婚約者のレオナルドに自分の心の弱さを感付かれてしまうのである。これは、《お伴の騎士》の風習に対するフルジェンツィオの危惧と批判を実証するもの

であった。レオナルドの婚約者としての社会的名誉心と、グリエルモに対する密かな恋心の板挟みとなって、勝気なジャチンタは苦悩する。

最後の第三作目の『別荘からの帰還』では、別荘での浪費生活から戻ったヴェネツィアでの痛ましい結果が、観客の目の前で展開される。レオナルドは破産寸前に陥り、金持ちの叔父ベルナルディーノに助けを求めるが、冷酷な叔父は援助にべもなく拒否する。肉親を見捨てる野蛮人への義憤に駆られたフルジェンツィオは、自分が代わって助けてやることをレオナルドに約束し、借金の整理が終わるまで、ジェノヴァで生活するように勧める。ジャチンタは社会的名誉心（婚約者）とプライベートな恋心（愛人）のどちらを取るかで、最終的な決断を迫られる。しかし、一八世紀ヴェネツィアの《由緒ある市民》階級の女性たちは、称賛すべき身持ちの良さが光っていたと一般的に言って、《浮気な生活をする者は少なく、むしろ一幕切れで彼女は、社会的名誉心（それを象徴する人物はフルジェンツィオである）に全面降伏する。彼女はグリエルモへの恋心を断ち切るためにも、破産した傷心の婚約者レオナルドと結婚し、一緒に都落ちして、ジェノヴァで新生活を始める決心をするのである。こうして『別荘三部作』の幕が下りる。

登場人物

フィリッポ[1]（市民、陽気な老人）
ジャチンタ（フィリッポの娘）
レオナルド（ジャチンタの恋人）
ヴィットリア（レオナルドの妹）
フェルディナンド（たかり屋）
グリエルモ（ジャチンタの恋人）
フルジェンツィオ（フィリッポの年配の友人）
パオロ（レオナルドの従僕）
ブリージダ（ジャチンタの女中）
チェッコとベルト（レオナルドの召使い）

舞台はリヴォルノ、その一部はレオナルドの家、一部はフィリッポの家で演じられる。

第一幕

第一場　レオナルドの家の部屋。パオロが衣服や下着をトランクに詰めている。その後、レオナルド

レオナルド　[パオロに] この部屋で何をしている？ しなきゃいけないことが山ほどあるのに、お前はこんな所で油を売って、何ひとつできていないじゃないか。

パオロ　申し訳ありません、ご主人さま。トランク詰めも、しなければならないことのひとつだと思いましたもので。

レオナルド　お前にしてもらいたいのは、もっと重要なことだよ。トランクなど、女中たちの所に詰めさせればいい。

パオロ　女中たちはお嬢さまの所におります。お嬢さまのことにかかりっきりで、顔を合わせる機会もありません。

レオナルド　これが僕の妹の召使いたちの欠点だ。これで満足、と言うことが全くない。いつだって召使いたちを自分のために使おうとする。別荘に行く準備を一ヶ月かけても足りない。自分のために二人の女中を一ヶ月も雇って、我慢のならないことだ。

パオロ　それどころではございません。その二人では足りなくて、さらにもう二人ほど手伝いに呼ばれました。

レオナルド　そんなに大勢で何をしているんだ？ 家で新しい服でも作らせているのか？

パオロ　いいえ、ご主人さま。新しい服なら仕立屋に作らせておりますよ。家でこの女中たちにさせているのは、古い服の仕立て直しです。短いマントや長いマント、昼用や夜用のさまざまなボンネットを作らせたり、造船所のような有り様。これもすべて田舎に行くためですからね。今日日、田舎は都会以上に気詰まりな所ですよ。

レオナルド　そう、残念ながらその通りだ。社交界で認められるには、他人がするのと同じようにしなければならない。われわれの行くモンテネーロ[3]は、最も多くの人が集まる別荘地のひとつで、他所よりも格式の高い所だ。一緒に行く連中は気を張らなきゃならない。僕だって自分でしたいと思う以上のことをせざるを得ない。だから、お前が必要なんだよ。時間はどんどん過ぎて行くし、夕方前にはリヴォルノから出発しなければならない。すべてを手早く整えて、足りないものがないようにしてくれなきゃ。

パオロ　どうぞお命じ下さい。私にできることなら、何なりと

（1）「恋人たち」注(1)と、「解説」第2節〈由緒ある市民〉を参照。
（2）《mantiglie》と《mantiglioni》当時のヴェネツィアの女性が羽織った、絹のタフタ織りの《女性用マント》(tabarin)の一種。
（3）モンテネーロは、港湾都市リヴォルノから九キロほど内陸に入った海抜三〇〇メートルの丘陵地で、マリアの聖廟(モンテネーロの聖母)があることで有名。しかし、ゴルドーニが実際には、ヴェネツィア貴族の別荘が立ち並ぶ、パドヴァ近郊のブレンタ河やその他の運河の地域を指している。

レオナルド いたします。

パオロ まず第一に、何があって何がないかをざっと調べてみよう。ナイフとフォークのセットは足りないんじゃないかな。

レオナルド 二ダースで十分と思いますが。

パオロ 普通なら僕もそう思う。でも、友人の大群が押し寄せて来ないと誰が保証してくれる？ 田舎ではやって来る者全員に食事を振る舞う習わしだからな。準備をしておかなきゃならん。ナイフ類はしばしば取り替えるし、二ダースでは十分じゃない。

レオナルド 僕は自分の召使いにお説教をしてもらおうとは思わんよ。

パオロ 率直に申し上げますが、どうかお許しのほどを。あなた様は、フィレンツェの侯爵方のすることを何もかも真似る必要はございません。あの方々は、広大な領地や封土、高い官職や立派な地位をお持ちなのですから。

レオナルド 僕の置かれた状況からすれば、必要以上のことをせざるを得ないのだ。僕の田舎の家はフィリッポさんの家と隣り合っている。彼には人を歓待する習慣がある。派手好きで鷹揚な人で、彼の別荘生活は豪勢だから、僕は彼に対して引けを取ったり、見劣りしてはならんのだよ。

パオロ お許しを。もう申しません。

レオナルド 何事も賢明さの命ずるままに行動なさることですな。ムッシュー・グーランの所に行って、僕からと

言って、ナイフとフォークのセットを二ダースと、コースター四セット、銀の燭台六本を貸してもらうよう頼んでくれ。それからいつもの雑貨屋に行って、コーヒー一〇リップラ（三キロ）、ココア五〇リップラ（一五キロ）、砂糖二〇リップラ（六キロ）、それに料理用の香辛料も一揃い貰って来てくれ。

パオロ 承知しました。

レオナルド お支払いになるので？

パオロ いや、帰ってから払う。

レオナルド お言葉ですが、あなた様が田舎に行かれる前に、古い勘定の方を済ませて頂きたいと、一昨日言われましてね。

パオロ 構わん。僕が帰ったら払うと言え。

レオナルド よろしゅうございますとも。

パオロ 現金で買われるので？

レオナルド 六つか七つのテーブルでゲームができる位のトランプが必要だし、とりわけロウソクを欠かさないように。

パオロ ピサのロウソク屋も、新しい勘定をする前に、古いのを払って頂きたいと申しております。

レオナルド ヴェネツィアのロウソクを買うんだ。値段は高いが、長持ちするし、輝きが違うからな。

パオロ 入用な分だけ貰って来い。

レオナルド 旦那さま、あなたがお帰りになったら、掛け取りの大

レオナルド　フィリッポ・ギアンディネッツリさんのお宅に行ってくれ。もし彼がいたら、僕からの挨拶を伝え、駅馬車の方は私が手配しました、二二時〔午後四時〕頃に一緒に出発しましょうと申し上げてくれ。それから彼の娘のジャチンタさんの部屋に行って、僕からの挨拶を伝え、昨晩はよくお休みになられましたか、これから数時間したらあなた様のご機嫌うかがいに参ります、と彼女に申し上げるか、あるいは女中を通じて彼女にそう伝えてくれ。その間に、もしかしてグリエルモ氏が来ているかどうか探ってみて、もしいなければ、彼がすでに来に来たのかどうか、使いを送って寄こしたかどうか、いずれ来ると思われるかどうかを、家の者たちからよく聞き出してくれ。以上のことすべてを首尾よくやって、返事をもらって来るんだ。

チェッコ　承知しました。〔退場〕

第二場　レオナルドと、その後、チェッコ

レオナルド　僕にだって、自分が能力以上のことをしているのは、よく分かっている。でも、他人がそうするのだから、僕も負けてはいられない。あのけちな叔父さんめ、僕を助けてくれてもいいのに、そんな気はさらさらと来ている。だが、計算が間違っていなければ、彼は僕より先にくたばるはずだし、自分の血縁者に不公平な遺言さえしなければ、彼の財産を相続するのは僕になるはずだ。

チェッコ　何かご用で。

（4）舞台設定がリヴォルノなので、フィレンツェの貴族たちと言っているが、実際には作者も、観客もヴェネツィア貴族を念頭においた話し、かつ聞いている。

（5）リッブラは重さの単位で、ヴェネツィアでは、大型の荷物は大リッブラ (libbra grosso＝四七七グラム) で、コーヒーやココアや砂糖などは小リッブラ (libbra sottile) で量られた。一小リッブラ＝三〇一グラムであった。

（6）『別荘からの帰還』第二幕五—六場に登場する、慇懃無礼で冷酷な《田舎者》の叔父、ベルナルディーノを指している。

第三場　レオナルドと、その後、ヴィットリア

レオナルド　ジャチンタさんがグリエルモと付き合うのは我慢できん。彼女は、父親のご機嫌を損じないために、我慢して付き合っている、彼は身内のような友人であって、自分にはそれをすべて信じてやる必要はないし、この交際は気に食わない。だが、僕はそれをすべて信じてやる必要はないし、この交際は気に食わない。トランク詰めは自分でやることにしようか。

ヴィットリア　お兄さま、駅馬車の手配をされたって本当？　今日の夕方に出発するって？

レオナルド　その通り。昨日からそう決めていたろう？

ヴィットリア　昨日はね、それまでに出発準備ができてればいいわねと言ったのよ。でも、今はっきり言うわ、準備はできていないの。だから、私、絶対に今日は出発できないって言って来て。馬の手配をキャンセルするように言って来て。

レオナルド　で、なぜ今日は出発できないの？

ヴィットリア　仕立屋が私のマリアージュをまだ仕上げていないからよ。

レオナルド　そのマリアージュというのは、いったい何だね？

ヴィットリア　最新流行の服よ。

レオナルド　まだ仕上がっていないなら、後から田舎に送ってもらったらいいだろう。

ヴィットリア　とんでもない。私が自分で試着して、仕上がっ

たのをこの眼で見たいのよ。

レオナルド　だが出発は延期できないのよ。われわれは、フィリッポさんやジャチンタさんと一緒に行く約束をし、出発は今日と決めたんだからね。

ヴィットリア　ますます悪いわ。ジャチンタさんは趣味のよい方だし、私、彼女に見劣りするような危険を冒してまで行きたくないわ。

レオナルド　お前、服なら沢山持っているじゃないか。誰と張り合っても見劣りしないよ。

ヴィットリア　私が持っているのは古着ばかりよ。

レオナルド　去年も新しい服を作ったんじゃなかったの？

ヴィットリア　確かに私、古い服をほとんど全部仕立て直しさせたわ。でも、新しい服は要るし、なくてはならないのよ。

レオナルド　それで、今年の流行はマリアージュというわけか。

ヴィットリア　そう、その通り。リヴォルノでは、トリーノからマダム・グラノンが持ってきたの。私がその最初の一人になれると願ってるわ。仕立てるのにそれほど時間が掛かるのかい？

レオナルド　でも、それはどんな服なの？

ヴィットリア　ごくわずかしか掛からないわ。単一色の絹の服でね、二色の飾り付けを組み合わせてあるだけ。この色同士

ヴィットリア　着少ないことが、涙を流し、耐えることのできない、死なんばかりの不幸だとはね。流行の服を持つ人の信用を落としかねないのよ。お前はまだ未婚の女性なんだし、未婚者は既婚者と張り合うもんじゃないよ。
ヴィットリア　ジャチンタさんだって未婚だけど、既婚者のようにあらゆる流行、あらゆる贅沢を身に付けてるじゃない。今日日、未婚者と既婚者の区別なんてないし、他人のしていることをしない未婚者は、野暮で時代遅れと見られてしまうの。お兄さま、あなたがこんな道徳を持っているとは呆れたわ。しかもこれほど私を侮辱して、いじめるなんて。
レオナルド　たったこれほどの大騒ぎかね？
ヴィットリア　私、ここに残されたり、服なしで出かけるくらいなら、病気になった方がましだわ。
レオナルド　お前の願いが聞き届けてもらえそうに。
ヴィットリア　[怒って]私に病気になれって？
レオナルド　いや、お前が服を手に入れて満足しますようにと言ったんだよ。

ヴィットリア　その通りよ。
レオナルド　結局のところ、
ヴィットリア　いい加減にしろ。呆れてものが言えないよ。お前の膨れ面を見たくはないんだが、どっちにしろ出発しなければならない。
ヴィットリア　お前が行かなくても、僕は行くよ。
レオナルド　何ですって？　私をリヴォルノに置いて行くつもり？
ヴィットリア　後で迎えに来て上げる。
レオナルド　だめ、私信じない。いつ迎えに来るか分かるものですか。もし私がお兄さまなしでここにいたら、あの老いぼれの叔父さんに、私のマリアージュを仕上げるようされるんじゃないかと嫌なの。それに、人が別荘に行く時に、私だけがここに残されたら、怒りと絶望で病気になってしまうわ。
レオナルド　それじゃ一緒に来る決心をするんだね。
ヴィットリア　お兄さま、仕立屋に行って、他のものはすべてうっちゃって、
レオナルド　僕にそんな暇はない。用事が山ほどあるんでね。
ヴィットリア　ああ、私はなんて不幸な女なの！
レオナルド　[皮肉に]ああ、本当に不幸な女だね！　服が一

（7）《マダム・グラノン》や《ムッシュー・ド・ラ・レジュイッサンス》（第一幕四場や第二幕一二場）などのフランス人名は、当時のファッション界でフランスが大きな権威を持っていたことを示唆している。

第四場　ベルトと、前出の二人

ベルト　[レオナルドに]フェルディナンドさまがお目に掛かりたいとのことですが。

レオナルド　どうぞ、どうぞ、お通しして。

ヴィットリア　ちょっと、お前。これからすぐ仕立屋のムッシュー・ド・ラ・レジュイッサンスの所に行って、私の服を至急仕上げるように伝えて頂戴。もし私が田舎に出発する前に持ってこないなら、必ず思い知らせてやるから、今後リヴォルノで仕立屋ができなくしてやるから、と彼に伝えなさい。

ベルト　承知しました。[退場]

レオナルド　さあ、気を落ち着けて。フェルディナンドさんに見破られないようにしろよ。

ヴィットリア　フェルディナンドさんが何だって言うのよ？私はあんな人を恐がっていないわ。きっと今年も私たちの田舎の家に《巡礼の杖を休めに》来るんでしょう。

レオナルド　もちろんだよ。彼はわれわれと同行したいという意向を洩らしてきたが、それはわれわれを特別視しているという意味だよ。だが、あの男は、あらゆる所に首を突っ込んでは、あちこちに他人の出来事を触れ回るのが取り柄の連中の一人だから、何もかも知らせないように用心しなければならない。だって、もしお前の服騒動を知ったなら、あらゆる社交仲間、あらゆる集まりでお前を笑いものにするかもしれないからね。

ヴィットリア　それじゃ、彼の性格を知っているのに、なぜそんな嫌な奴を一緒に連れていこうとするわけ？

レオナルド　よく考えなさいよ。田舎では仲間を持つことが必要だ。皆が競って、できるだけ沢山の人を呼ぼうとする。その後、誰々さんの所には一〇人来た、誰々さんの所は六人、誰々さんの所には八人、という噂が広まる。大勢来た人ほど高く評価されるんだよ。それに、フェルディナンドはこんなく便利な奴だ。いつも陽気だし、馬鹿なことは言うし、よく食べるし、しかも美味しそうに食ってくれるから、からかわれても気を悪くしない。

ヴィットリア　そう、そう、その通りね。田舎ではそのような人が必要なのよね。でも、何をしているの？やって来ないわ。

レオナルド　あっ、来たよ。台所から出てきた。

ヴィットリア　台所に何しに行ったのかしら？

レオナルド　好奇心からだよ。あらゆることを知りたがるんだ。人が何をしているか、何を食べているかを知りたがり、それからあらゆる所で言い触らすのさ。

第五場　フェルディナンドと、前出の二人

フェルディナンド　ご機嫌よう、皆さま。ヴィットリアさんに

ご挨拶申し上げます。

ヴィットリア　ようこそ、フェルディナンドさん。

レオナルド　ねえ、君、われわれの別荘に来てくれるかい？

フェルディナンド　はい、あなた方とご一緒しましょう。例の退屈なアンセルモ伯爵から一緒に誘われたんですが、振り切ってきましたよ。

ヴィットリア　アンセルモ伯爵の別荘は豪勢なんですの？

フェルディナンド　ええ、歓待してくれるし、食事も豪華です。だけど、あそこの生活はあまりに紋切り型なんです。四時〔午後一〇時〕に夕食、五時〔午後一一時〕にはベッドに行くんですから。

ヴィットリア　まあ！　私、世界中の黄金をやると言われても、そんな生活はご免だわ。夜が明ける前にベッドに行ったりしたら、目が冴えて寝付けないもの。

レオナルド　われわれの所では、どうするか分かるだろう？　ゲームをしたり、ダンスをしたりで、八時〔午前二時〕前には絶対夕食にしないね。その後は、われわれのこよなく愛するファラオーネ(9)で、多くの場合は、朝日が昇るまで遊ぶんだ。

ヴィットリア　これが生きるということよ。だから私は、アンセルモ伯爵よりあなた方の別荘を選んだんです。それに例の年代物の伯爵夫人には我慢がなりませんのね。

ヴィットリア　そうそう、自分はまだ若いと思い込んでるのよ

ね。

フェルディナンド　去年、初めの頃は私が彼女のお伴の騎士役を務めていたんです。その後、二二歳の若者が現れると、私を捨ててその子に首っ丈。

ヴィットリア　まあ！　ご立派ね。二二歳の若者ですって？

フェルディナンド　ええ、これは真実ですから、あえて申し上げますけどね、金髪で、美しい巻き毛で、バラのような紅顔の若者です。

レオナルド　しかし、そいつはよく我慢していられるな。

フェルディナンド　どんな奴か知っていますか？　自分では食っていけず、食らいつける所ならどこにでも食らいつくような連中の一人ですよ。年輩のご婦人方の誰かに引っ付いて、遊びで負けた賭け金を払ってもらい、さらに遊ぶためにツェッキーノ金貨をいくらかせしめるようなやつね。

ヴィットリア　（しかしまあ、口のいい人ね。）

フェルディナンド　何時に出発の予定ですか？

ヴィットリア　まだ分からないの。時間は決めてないから。

フェルディナンド　あなた方は四人掛けの馬車で行かれるんでしょう？

(8) 一八世紀末まで、一日は日没で終わり、そこから新しい一日が二四時間刻みで始まった。したがって、新しい〇時は、季節によって日没時が異なるので、時刻もずれて来るのであるが、便宜的に、当時の〇時（日没時）を午後六時として、現代の時刻に換算しておいた。

(9) 一八世紀のヴェネツィアで流行した、危険な賭けカード遊び。『コーヒー店』注(1)、『新しい家』注(17)を参照。

レオナルド　僕と妹用に二人掛けの馬車一台と、召使いのために馬一頭を手配したけど、私は何で行ったらいいんです？
フェルディナンド　では、私と二人掛けの馬車で行くって来て頂戴。
ヴィットリア　好きなので行くわ。
レオナルド　[レオナルドに]　さあさあ、フェルディナンドさんは私と一緒に行くわ。お兄さまはフィリッポさんやジャチンタさんと一緒に参ります。（お兄さまと行くよりこの男と二人掛けの馬車で行く方が、恰好いいわ。）
ヴィットリア　[ヴィットリアに]　でもお前、出発するって決めたのかい？
フェルディナンド　小さな問題でもあるのですか？
ヴィットリア　えっ？　何か問題があるかもしれないのよね。
フェルディナンド　もし出発できるのかどうか分からないなら、どうか率直に仰って下さい。あなた方と行けないのなら、誰か別の人と参ります。あらゆる人が田舎に行きますし、私だって、リヴォルノで留守番しているなんて、言われたくありませんのでね。
レオナルド　[ヴィットリアに]　僕は約束してしまったんだよ。
ヴィットリア　なんてひどいことを……
フェルディナンド　では、私は二一時に出発するつもりだよ。また、お前が来ようが来まいが、僕は二一時に出発するつもりだよ。……間に合おうが間に合うまいが、こちらに参ります。
レオナルド　間に合おうが間に合うまいが？……もしお前が間に合わなかったら、またお前が来ようが来まいが、僕は二一時に支度をして、こちらに参ります。
ヴィットリア　でも、例の一件が間に合うかしら？
レオナルド　[大変よろしい。結構、結構。]駅馬車の所に行って、二一時[午後三時]に馬の準備をするよう伝えてくれ。
チェッコ　[今朝はお見えにならなかった。]結構、結構です。
レオナルド　[で、グリエルモについては、何か分かったのかい？]
チェッコ　[フィリッポ様はあなた様にご挨拶し、駅馬車についてはあなた様にお任せすると言っておられます。ジャチン夕様はご機嫌麗しく、あなた様の来訪を待っておられますが、夜の旅は好きでないので、出発時間を早めて下さるよう願っておられます。]

第六場　チェッコと、前出の人々

ヴィットリア　（私にとっても、ものすごい屈辱だわ。）
レオナルド　[レオナルドに]　行って参りました、旦那さま。[チェッコに]　こっちに来い。[フェルディナンド場]
レオナルド　[チェッコに]　それがお前の馬鹿馬鹿しい一件で反古になどできない。もしお前にちゃんとした理由があるのなら、それは別だ。だがつまらない服一着のために居残ったりはできないよ。[退場]
レオナルド　[に]　失礼しますよ。

第七場　ヴィットリアと、フェルディナンドと、チェッコ

ヴィットリア　[傍白]（あわれな私、何という惨めな身分なのでしょう！　私は自分で何も決められず、お兄さまの言うことに従わなければならないなんて。私は早く結婚したくて堪らない。そうすれば、少なくとも自分で好きなようにできるから。）

フェルディナンド　お嬢さん、もしお話できるなら、私に打ち明けて下さい。何のためにあなたは出発するかどうか分らないのですか？

ヴィットリア　チェッコ。

チェッコ　お嬢さま。

ヴィットリア　お嬢さま、ジャチンタさんの所に行って来た？

チェッコ　はい、お嬢さま。

ヴィットリア　彼女には会った？

チェッコ　お会いしました。

ヴィットリア　お前、彼女は何をしていた？

チェッコ　服の試着をしていらっしゃいました。

ヴィットリア　新しい服？

チェッコ　まっさらので。

ヴィットリア　[傍白]（ああ、やっぱり！　私の服ができない限り、私は絶対に出発しないわ。）

フェルディナンド　[傍白]（ははあ、そうか。彼女も新しい服が欲しいんだが、買うお金がないんだな？　もっぱらの噂では、兄も妹も揃って脳天気で、自分の収入以上に使っている。リヴォルノで一ヶ月生活できるお金を、モンテネーロで一ヶ月で使い果たすってね。）

ヴィットリア　チェッコ。

チェッコ　お嬢さま。

ヴィットリア　ジャチンタさんの服って、どんなだった？

チェッコ　実を言いますと、余りよく見られなかったのですが、花嫁衣裳だと思います。

ヴィットリア　花嫁衣裳？　お前、彼女が結婚するって聞いたの？

チェッコ　正確にそう聞いたわけではございません。でも、仕立屋がフランス語で言った言葉を聞いて、多分そうだろうと思ったのです。

ヴィットリア　私だってフランス語は分かるわ。何て言ったの？

チェッコ　マリアージュと言いました。

ヴィットリア　[傍白]（ああ！　そう、これでやっと分かったわ。彼女もマリアージュを作らせているんだ。あの人が作らないはずはないと思っていたわ。）ベルトはどこ？　ベルトを捜して来て。もしいなかったら、お前、私の仕立屋の所に走って行って、絶対三時間以内に私のマリアージュを持って来るようにと伝えなさい。

チェッコ　マリアージュとは、結婚のことではないので？

ヴィットリア　うるさいわね。すぐに走って行って。私の言ったことをしなさい。口答えは無用よ。

チェッコ　はい、お嬢さま。すぐに走って参ります。［退場］

第八場　ヴィットリアとフェルディナンド

フェルディナンド　お嬢さん、本当のことを仰って下さい。あなたは服がないので、出発を見合わせるかもしれないのでしょう？

ヴィットリア　もしそうだとしたら？　私が間違っているとでも言いたいの？

フェルディナンド　とんでもない。あなたは全く正しい。だって、必要不可欠なものですからね。すべてのご婦人が服を作りますし、作れない人でも作っていますよ。アスパージアさんをご存じですか？

ヴィットリア　存じ上げているわ。

フェルディナンド　あの方も一着作りましたが、借金して服地を買ったので、月に一スクードの利子を払っていますよ。それに、コスタンツァさんは？　コスタンツァさんは、新しい服を作るために、シーツ二セットとフランドル製テーブルクロス一枚とナプキン二四枚を売り払いました。

ヴィットリア　どんなに大事な用や差し迫ったことがあって、彼女たちは服を売るの？

フェルディナンド　田舎に行くためですよ。

ヴィットリア　返す言葉もないわ。田舎での生活は、大きな情熱だからね。私、同情するわ。もし私が彼女たちの立場だったら、私だって何をするか分からない。私は町にいる時に見栄を張る気はないけど、田舎ではいつも思ったほど目立っていないんじゃないかと不安になるの……フェルディナンドさん、あなたにひとつお願いがあるんだけど。私と一緒に来て下さらない？

フェルディナンド　一緒にどちらに参りましょうか？

ヴィットリア　仕立屋よ。怒鳴り込んで、思いっきり締め上げてやるのよ。

フェルディナンド　とんでもない。急いで仕上げさせる方法を、あなたに教えて差し上げましょうか？

ヴィットリア　どうしたらいいの？

フェルディナンド　失礼ですが、すぐにお払いになります。

ヴィットリア　帰ったら払うつもりよ。

フェルディナンド　すぐにお払いなさい。そうすれば、すぐにあなたに仕えてくれますよ。

ヴィットリア　私は払いたい時に払うわ。そして、私の望む時に、仕えてもらいたいのよ。［退場］

フェルディナンド　実にご立派、素晴らしい風習だ！　田舎で派手に振る舞って、町で惨めな姿をさらすとはね。

第九場　フィリッポの家の一室。フィリッポとグリエルモ

フィリッポ　ああ、グリエルモさん。これは身に余るご親切、身に余るご厚情ですな。

グリエルモ　僕の当然の義務ですよ、フィリッポさん。当然の義務以外の何物でもありません。今日あなたが田舎に行かれるとお聞きしたので、道中の安全と楽しい別荘生活をお祈りするために参上しました。

フィリッポ　あなたの愛情とご親切に感謝します。結局、今日、田舎に行くことになりましたよ。わしにしてみれば、実は一ヶ月前に行っていたかったんですがね。わしの時代、わしの若かった頃には、もっと早く別荘に行って、もっと早く帰ったものです。葡萄酒ができたら、町に帰って来たのです。ところが、あの頃は葡萄酒を作りに行ったのに、今は楽しむために行き、寒くなって木々の葉が枯れるまでいるんですからね。⑩

フィリッポ　でも、あなたの好きな時に行って、あなたの都合のよい時に戻って来ないのです？

フィリエルモ　そう、仰る通り。しょうがない。上機嫌に過ごしてできるでしょうよ。でも、わしはいつも上機嫌に過ごそうと思えばできるでしょうよ。そして、この年になっても、わしは楽しく生きるのが好きだし、まだもう少しこの世を楽し

たいんです。もしわしが九月に別荘に行くと言ったら、犬一匹付いては来ないし、誰も自分を犠牲にして、わしと一緒に来てくれようとはしない。わしの娘も膨れ面をするし、わしにはこの世にジャチンタしかいない。だから、彼女の望み通りにしてやろうと思うのです。つまり、人の行く時に行って、人の言いなりになるというわけですよ。常にそうすとは言えませんね。いろいろと反論はできるでしょうよ。ところで、あなたは今年、どこの別荘に行かれるんですか？

グリエルモ　さあね。まだ決めていないんです。

フィリッポ　あ、彼と一緒に行ければな！　あの愛らしい彼の娘と一緒に別荘で暮らせたら！〔傍白〕

グリエルモ　本当に、大多数の人がすることは、常に最もよいことだと、思わなければなりません。

フィリッポ　常にそうとは言えませんね。

グリエルモ　その通りです。あそこにはわれわれの農地と雨露

---

⑩　当時の伝統的な別荘暮らしは、二つの期間に分かれていた。六月一二日（聖アントニオの祝日の前日）から七月末までの夏の《聖アントニオの別荘暮らし》と、一〇月四日から一一月二四日までの秋の別荘暮らしである。これらはもともと、夏は所有地での穀物の収穫を監督するためであり、秋はブドウの収穫とワインの仕込みのためのヴァカンスの楽しみであったが、次第に気詰まりな都市生活から解放されるヴァカンスの楽しみのために行くようになった。しかし、猛暑の八月はヴェネツィアで生活しているから、現在のような避暑のためのヴァカンスではない。

をしのげる家があるんです。でも、僕は一人者ですから、あなたが仰ったのと同じことを申し上げましょう。田舎で一人暮らしをすれば、淋しくて死んでしまうのです。

グリエルモ　ああ、フィリッポさん！　僕はそんな親切を受ける価値はありませんし、あなたにそのようなご迷惑をお掛けすることはできません。

フィリッポ　わしはお世辞を言う人間ではありません。わしはどのような現代の流儀にだって合わせることができますが、たったひとつできないのは、お世辞を言うことです。もしあなたが来られるなら、わしは快適なベッドと、まあまあの食事と、常に友人に開かれ、常に誰に対しても平等な心だけは提供できますよ。

グリエルモ　返す言葉もありません。あなたがそれほど仰って下さるなら、僕はあなたのご厚意をむげに断ることはできません。

フィリッポ　そうしなさいな。どうかいらっしゃって、ご自分の用事を犠牲にしてと申しませんが、あなたのお好きなだけご滞在下さい。

グリエルモ　何時に出発される予定ですか？

フィリッポ　さあね。レオナルドさんに聞いてみて下さい。レオナルドさんもあなたの方とご一緒に行かれるのですか？

グリエルモ　もちろんですとも。彼と彼の妹さんと一緒に行く

ことにしたのです。われわれの別荘は隣同士で、友人同士なので、一緒に行くのです。

（この連れは気に入らんな。だが、だからといって、ジャチンタと一緒にいられる絶好のチャンスを逃したりはしないぞ。）

フィリッポ　何か問題でもあるのですか？

グリエルモ　とんでもない。今僕は、二人掛けの馬車を借りるか、それとも僕は一人だから、馬に乗って行こうかと思案していたのです。

フィリッポ　こうしたらどうです。わしらの方は三人で、四人掛けの馬車を借りています。ですから、わしらと一緒に来なさいな。

グリエルモ　失礼ですが、四人目の方は誰ですか？

フィリッポ　わしの義理の姉に当たる未亡人[1]です。わしの娘のお目付役として、わしらと一緒に来るんです。いやね、わしの娘にお目付役が必要だと言うわけではないんですよ。だってもう分別はありますからね。要するに世間体ですよ。娘には母親がいないので、年輩の女性を付けてやる必要があるんです。

グリエルモ　大変結構なことですね。（その婆さんの心を摑むように試してやろう。）

フィリッポ　それで？　わしらが一緒でも構いませんかな？

グリエルモ　とんでもない。僕にとってこれに勝るご厚意はありません。

フィリッポ　それじゃ、レオナルドさんの所に行って、席はあなたに決まったので、他の人に約束しないでくれるよう言ってもらえませんか？

グリエルモ　誰か他の者を遣って、他の人に約束しないでくれるよう言ってもらえませんか？

フィリッポ　わしの召使いたちは、みな手一杯でしてね。失礼だが、あなたにそれほど大きなご迷惑をお掛けすることとは思えませんが。

グリエルモ　迷惑などとは言っておりません。実は僕、ちょっとした野暮用があったのですが、結構です。何とでもしたいように取ったらいい。俺はそんなこと構いはしない。俺はあいつに遠慮したりしないぞ。フィリッポさん、では、またお目に掛かります。

フィリッポ　待たせないようにして下さいよ。

グリエルモ　急いでやります。僕は俄然元気が出たので、急いで仕度を終えますよ。[退場]

第一〇場　フィリッポと、その後、ジャチンタと、ブリージダ

フィリッポ　今になって考えてみるとなあ。結婚前の娘がいるのに、若い男と一緒に来るように誘ってしまったことで、わしは世間から批判されるかもしれんな。くわばら、くわばら。だが、今日では大勢の人がそうしているんだし、なぜわし一人が批判されねばならんのだ？　であれば、わしらと一

緒に来るレオナルドさんだって、いろいろと言われるだろう。それに他ならぬわしだって、彼の妹さんと一緒に行くんだから、同じくいろいろわしは年寄りだが、なんて年寄でないほどの年寄りだからな。そう、なんて年寄でないほどの年寄りだよ。田舎の無邪気さが町の人に乗り移ったんだ。別荘では、町でのような厳しきたりは流行らない。それにわしの家のことは、娘が一番よく知っている。何とかわいい娘だろう。

ジャチンタ　お父さま、私にもう六ツェッキーノ下さいな。

フィリッポ　娘よ、で、何のためにかね？

ジャチンタ　道中の埃よけのために着る絹の外套の代金よ。

フィリッポ　[傍白]（ああ、次から次と際限がない。）で、絹でなければならんのかね？

ジャチンタ　絶対にそうでなくちゃならないのよ。普通の埃よけ外套なんか着たら日には、笑いものよ。絹でなければいけないの、しかもフード付きのね。

フィリッポ　で、フードは何のためかね？

---

(11) ジャチンタの叔母で未亡人のサビーナ。彼女は続編の『別荘での出来事』に登場し、たかり屋のフェルディナンドをお伴の騎士にして、愚弄される。

(12) 当時の道路は舗装されていなかったので、馬車が走ると大きな土煙が舞い上がったのである。

ジャチンタ　夜とか、風の日とか、湿気のある時とか、寒い時のためよ。

フィリッポ　でも、小さい帽子は使わないのかい？　小さい帽子の方が実用的ではないのですって？

ブリージダ　まあ、まあ、小さい帽子ですって！

ジャチンタ　ブリージダ、お前どう思う、ええ？　小さい帽子だって！

ブリージダ　旦那さまったら、笑い死にさせようというおつもりなんて。小さい帽子ですって！

フィリッポ　何だって？　わしが何かおかしなことを言ったか？　何かとんでもないことでも？　なぜそんなに驚くのかね？　それでは、小さい帽子は、もう流行っていないのかね？

ジャチンタ　野暮よ、野暮。

ブリージダ　古臭い、古臭い。

フィリッポ　それじゃ、二年で古臭くなったわけだ。

ブリージダ　旦那さま、ご存じないんですか？　ある年に流行ったものは、次の年にはもう流行らないんですよ。わしもごく短い年月の間に、小さなボンネット、小さい帽子、それから大きい帽子が流行っているのを見たよ。来年は、お前たちが靴を頭にかぶるのが、流行ってくれることを期待しているよ。

ジャチンタ　お父さまは女性のことにたいそう目を丸くしておいでですが、それじゃ、ちょっとお聞きしますけど、実は男性の方が、私たちよりひどいじゃありません？　かつて田舎に旅行に行くときは、厚地の外套と毛織りのズボンに大きな靴を履いていました。今や彼らもダスターコートと、模造宝石をはめたバックル付きの小さな靴を履き、絹のタイツで二人掛けの馬車に乗り込みます。

ブリージダ　それに、もうステッキは、流行りません。

ジャチンタ　反り返った刀が、流行りとか。

ブリージダ　そして、日差しを避けるために、日傘を手に持って行きます。

ジャチンタ　それなのに、私たちのことをあれこれ言うんですから。

ブリージダ　私たちよりひどいことをしているくせにね！

フィリッポ　わしはそんなもの、いっさい知らんよ。わしが知っているのは、五〇年前の人々の旅の恰好で、今でもわしはその恰好で行くよ。

ジャチンタ　そんな言い逃れをなさっても無駄よ。六ツェッキーノ下さいな。

フィリッポ　なるほど、われわれはついに結論に達したわけだ。無駄使いはいつの時でも流行だったな。

ジャチンタ　私、自分ではとても質素な方だと思いますけど。

ブリージダ　まあ、旦那さま、何もご存じないんですね！　別荘に行って、他のご婦人方が何をなさっているか、覗いてご覧なさい。そうすれば、お嬢さまがどれほど節約家か、お分かりになりますよ。

フィリッポ　それではわしは、娘がわしのために大変な節約をしてくれたことに、感謝しなければならんわけだな。

ブリージダ　お嬢さまほどの倹約家が、私が請け合います。

ジャチンタ　私は純粋に必要なものだけで満足だし、それ以上のものは欲しがりません。

フィリッポ　娘や、必要であろうとなかろうと、わしがお前の望みを叶えてやれることは知っているだろう。六ツェッキーノは上げるから、私の部屋に取りに来なさい。だが、倹約については、もう少し努力した方がいいよ。だって、もしお前が将来結婚するとしても、お前の父親のような性格の夫を見つけるのは、難しいだろうからな。

フィリッポ　出発は何時なの？

ジャチンタ　（話変わって、と言うわけか。）二二時〔午後四時〕頃だと思うよ。

フィリッポ　まあ！　出発はそれより前になるはずよ。私たちの乗る馬車には、どなたが一緒に来られるの？

ジャチンタ　お前とわしだろう。お前の叔母さんだろう。それから四人目は、ある紳士の方だ。わしの友人で、お前も面識

のある方だよ。

ブリージダ　もしかして、どなたかお年寄り？

フィリッポ　年寄りは嫌かね？

ジャチンタ　いいえ、とんでもない。そんなこと、考えたこともないわ。眠ってばかりいる人じゃなかったら、私は大満足よ。たとえお年寄りでも、陽気な方なら、それで十分よ。

フィリッポ　若い人だよ。

ブリージダ　断然いいですね！

フィリッポ　どうして断然いいんだ？

ブリージダ　だって、若い人はもともと快活だし、機転がありますからね。眠りながら旅をしないで済みますし、きっとお二人とも、楽しく過ごせるでしょう。

ジャチンタ　で、その殿方はどなたなの？

フィリッポ　グリエルモさんだよ。

ジャチンタ　ええ、ええ、才能のある若者ね。

フィリッポ　わしが思うに、レオナルドさんは、妹さんと一緒に二人掛けの馬車で行かれるだろう。

ブリージダ　多分ね。

ジャチンタ　ところで旦那さま、私はどなたとご一緒したらよろしいんです？

フィリッポ　お前は、いつも行っている方法で行きなさい。わしの家の者やレオナルドさんの家の者たちと一緒に船旅だよ。[13]

ブリージダ　でも旦那さま、私はいつも海でひどい目に遭う

です。去年は危うく溺れかけました。できれば今年は行きたくないんですが。

フィリッポ　お前さんのために、二人掛けの馬車をわしに借りろと言うのかね？

ブリージダ　お言葉ですが、レオナルドさんの身の回りの世話をする従僕は、どなたと行かれるんです？

ジャチンタ　そういえば、あの方の従僕は陸路で行っているわね。かわいそうなブリージダ。この子を一緒に行かせて上げて下さいな。

フィリッポ　従僕と一緒に。

ジャチンタ　そう、何を恐れているんです？　私たちが一緒じゃありませんか。それに、ブリージダが気立てのよい娘であることはご存じでしょう？

ブリージダ　私なんかね、実のことを言いますと、席に着くや否や、相手の顔さえ見ずに眠り込んでしまうたちでして。

ジャチンタ　すべてのご婦人が、女中を伴って行かれますよ。

ブリージダ　道中いろんなことをしてもらう必要があるし。

ジャチンタ　私ならそこにいて、すぐにお嬢さまをお助けし、お役に立つことができます。

ブリージダ　優しいお父さま。

ジャチンタ　お言葉を返す言葉もないよ。わしはいやとも言えないし、いやと言う気もない。だから決していやとは言わんよ。［退場］

第一一場　ジャチンタとブリージダ

ジャチンタ　お前、これで満足？
ブリージダ　お見事ですわ。
ジャチンタ　ねえ！　私には、こういう特技があるの。私の望むことをすべて人にさせてしまう、という特技はよね。
ブリージダ　でも、レオナルドさんとの一件は、いったいどうなるんでしょう？
ジャチンタ　何のこと？
ブリージダ　グリエルモさんのことですよ。レオナルドさんがどんなに嫉妬深いかご存知でしょう？　もしあなた様と一緒に馬車で行くのを見たら……
ジャチンタ　我慢してもらう必要があるわね。
ブリージダ　気を悪くされるんじゃないかと心配です。
ジャチンタ　誰に対して？
ブリージダ　あなた様にしてですよ。
ジャチンタ　ええ、確かにね。私はもっとひどいことでも、彼に我慢させたことがあってよ。
ブリージダ　お言葉ですがね、お嬢さま、あのかわいそうなお方は、あなたさまにぞっこん惚れ込んでいでですよ。
ジャチンタ　私だって、彼が嫌いじゃないわよ。
ブリージダ　あの方は、いつの日かお嬢さまを妻に迎えること

ジャチンタ　もしかしたら、そうなるかもしれません。彼を夢見ていらっしゃいます。

ブリージダ　じゃあ、彼がそのような立派な意図を持っているなら、もう少し彼を満足させてやるようにすべきですわ。

ジャチンタ　いいえ、その逆よ。彼がいつの日か私の夫となるかもしれないからこそ、嫉妬したり、強情を張ったりして、私の正当な自由を奪ったりしないように、早くから彼を飼い慣らしておきたいの。もし今から私が屈したり、命令したりし始めるなら、またもし今から私が我を通したり、彼を愛するか、愛さないかのどちらかね。もし私を愛するなら、私を信用すべきだし、もし愛さないなら、お引きとり願うまでよ。

ブリージダ　しかし、格言でも《愛すればこそ恐れる》と言うじゃありませんか。ですから、もし彼が疑っているとすれば、それは愛するゆえに疑うのですよ。

ジャチンタ　そのような愛は、私の気に入らないわ。

ブリージダ　ここだけの話ですから率直に申し上げますけどね、あなた様はレオナルドさんを少ししか愛していらっしゃいませんね。

ジャチンタ　私がどのくらい彼を愛しているのか、自分では分からないわ。でも、私はこれまで誰も愛したことがないくらい、彼を愛しているし、彼と結婚することだってあり得るわ。もっとも、彼に悩まされないという条件で、だけどね。

ブリージダ　お言葉ですが、それでは本当の愛とは申せませんね。

ジャチンタ　どうしようもないわ。私はこれ以上の愛を知らないのよ。

ブリージダ　誰か来たような物音がしますが。

ジャチンタ　どなたなのか、見に行きなさい。

ブリージダ　ああ！　噂をすれば影とやら、レオナルドさんで。

ジャチンタ　入って来ないのは、どうしてかしら？

ブリージダ　グリエルモさんのことを知ったからではないですか？

ジャチンタ　どうせ、遅かれ早かれ分かることだわ。

ブリージダ　やって来てみて。こっちに来させてよ。

ジャチンタ　ええ、行ってみて。ご機嫌斜めなんですよ。私が見に行ってみましょうか？

ブリージダ　（どうなることやら。でも、私が心配するのは彼

（13）リヴォルノからモンテネーロまでは、陸路しかないのに、ゴルドーニは陸路と海路があるように言っている。作者も観客も、実はヴェネツィアのカナレッジョから船に乗って、対岸のテッラフェルマ（本土領）の最初の港、フジーナに着き、そこから、急ぐ者は馬車を借りて別荘まで行き、そうでない者や召使いたちは、船（ブルキエッロ）でブレンタ川をゆっくりと進んで、目的地に着いた。ゴルドーニのヴェネツィア方言詩『ブルキエッロ』に次のような一節がある。《私はブルキエッロに乗って、ドーロまで行って、馬車の費用を節約したよ》（オルトラーニ版第一三巻、三〇五頁）。

じゃない。従僕のことが心配なのよ。）［退場］

第一二場　レオナルドと、前出のジャチンタ

ジャチンタ　あなたがよい旅をなさいますよう、お祈りに参りました。
レオナルド　お邪魔でしたら、なにとぞお許しのほどを。
ジャチンタ　［よそよそしく］ようこそ、レオナルドさま。
レオナルド　［よそよそしく］ジャチンタさん、こんにちは。
ジャチンタ　失礼ですが、なぜですの？
レオナルド　いいえ、お嬢さん。
ジャチンタ　で、あなたはご一緒して下さらないの？
レオナルド　田舎ですよ。
ジャチンタ　旅って、どこ行きの？
レオナルド　あなたにご迷惑をお掛けしたくないからです。
ジャチンタ　あなたは、いつも言うことと、いつも言うことを聞いて下さいますから。［皮肉に］あなたは大変愛想のいいお方ですから、いつも言うこと
レオナルド　僕は愛想のいい男ではありません。愛想のいい男

じゃない。そう、私は彼を愛しているし、尊敬しているし、望んでもいる。でも、嫉妬は我慢できないわ。
ジャチンタ　あの同伴者は僕の気に食わん。
レオナルド　では単刀直入に言わせてもらおう、ジャチンタさん。あの同伴者は僕の気に食わん。
ジャチンタ　私にそんなこと仰ったって、どうしようもないわ。
レオナルド　では、誰に言ったらいいんだ？
ジャチンタ　私の父にどうぞ。
レオナルド　私の父に。
ジャチンタ　僕には彼に自分の意見を押しつける自由はないわよ。
レオナルド　私にだって父に自分の好きなようにさせる権限はないわ。
ジャチンタ　だが、もしあなたが僕との友情を大切に思うなら、僕を不愉快にさせない方法を見つけることができたはずだ。
レオナルド　どのような？　その方法を教えて下さいな。
ジャチンタ　へえ！　もしその気なら、口実などいくらでも見つかるだろうに。
レオナルド　たとえば？

というのは、あなたが馬車でご一緒に行かれる方ではありませんのよ。私の父は一家の主人ですから、それに従っている。自分の望む人を自由に連れて行くことができるのです。
ジャチンタ　あなた、それを決める権限は、私にはありませんのよ。私の父は一家の主人ですから、自分の望む人を自由に連れて行くことができるのです。
レオナルド　でも、その娘は喜んでそれに従っている。
ジャチンタ　喜んでか、嫌々ながらか、あなたに占って頂こうとは思いませんわ。

レオナルド　たとえば、出発を延期するような事件をでっち上げて、時を稼ぐとか。もしあなたを大切に思うなら、あなたがいくらかでも敬意を抱いている人を不愉快にさせるよりは、行くのを取りやめるべきだ。
ジャチンタ　そう、それこそ、笑い者になるための真の近道ね。
レオナルド　さあ！　僕のことなんか気にしていないって、白状したらどうだ？
ジャチンタ　私はあなたを尊敬し、愛していますよ。でも、だからといって、あなたのために世間に恥をさらしたくはないの。
レオナルド　一年ばかり別荘に行かないことが、それほど大きな恥だろうか？
ジャチンタ　一年別荘に行かないですって！　モンテネーロでは、私のことを何と言うでしょうね？　きっと私は、誰の顔もまともに見られなくなってしまうでしょうね。
レオナルド　そうとあれば致し方ない。行って、楽しむんだね。ご多幸を祈るよ。
ジャチンタ　あなたも来て頂戴。
レオナルド　いいえ、お嬢さん、僕は参りません。
ジャチンタ　[優しく]　ねえ、あなたも来て！
レオナルド　あいつと一緒には行きたくないんだ。
ジャチンタ　あの人があなたに何をしたというの？
レオナルド　あんな奴、顔を見るのも嫌だ。
ジャチンタ　では、あなたがあの人に抱いている愛情よりも大きいと言うわけね、私に抱いている愛情よりも大きいと言うわけね。
レオナルド　その理由は……僕に言わせないでくれ。
ジャチンタ　では、どんな理由で憎んでるの？
レオナルド　その理由は……僕に言わせないでくれ。
ジャチンタ　その理由は、あなたが彼に嫉妬しているから？
レオナルド　そうだ、嫉妬しているからだよ。
ジャチンタ　やっぱり、そうだろうと思ったわ。あなたが嫉妬を抱くことは、私を侮辱するのと同じことよ。もしそう思っていないなら、嫉妬などしないはずよ。つまり、私を尊敬していないから、嫉妬する気持を抱くんだわ。もしあなたが私を愛していらっしゃらないなら、もう私を放っておいて下さいな。もし愛し方を知らないなら、それを学んで下さることね。私はあなたを愛していますし、私は忠実で誠実な女ですし、自分のすべてを愛しているなら、それを学んで下さることね。私はあなたを愛していますし、私は忠実で誠実な女ですし、自分のすべてを愛しているし、嫉妬されるのは願い下げだし、軽蔑されるのは願い下げだし、誰かさんのために笑い者になるのも願い下げだわ。そして、私は別荘に行く必要があるし、私は行かねばならないし、私は行きたいのよ。[退場]

レオナルド　どこへでも行ってしまえ！　いや、だめだ。お前が行けないようにできるかもしれない。いろいろと手を回して、お前を行けなくしてやるぞ。別荘暮らしなんか、呪われてしまえ。彼女は別荘で僕と友だちになり、別荘であいつと知り合ったんだ。すべてを失っても構わない。世間は好きなことを言うがいい。僕の妹も言いたいことを言うがいい。別荘行きは中止だ。もう田舎には行かないぞ。[退場]

第二幕

第一場　レオナルドの部屋。ヴィットリアとパオロ

ヴィットリア　さあさあ、もうぶつぶつ言うのは止めて。女中たちには、仕事を終えるように手伝って上げるから。お兄さまのトランク詰めは、私が手伝って上げるわ。

パオロ　返す言葉もありません。家には召使いが大勢いるのに、私一人で何もかもしなければならないものを。

ヴィットリア　急いで、急いで。レオナルドお兄さまが帰る時には、すべてが終わっているようにしましょう。今私は大満足よ。正午には私の新しい服が家に届くわ。

パオロ　では、仕立屋は服を仕上げましたので？

ヴィットリア　ええ、仕上げたわ。でも私、あんな仕立屋はもう使わない。

パオロ　それはまた、どうしてです、お嬢さま？　仕立て方が下手なので？

ヴィットリア　とんでもない。実を言うと、大変見事に仕立て上がったわ。私の体にぴったり合うし、実に趣味のよい服だし、多分ものすごく人目を引くし、誰かさんなんか嫉妬で狂い死にするわよ。

パオロ　では、なぜ仕立屋に腹を立てていらっしゃるので？

ヴィットリア　私に無礼を働いたのよ。服地代と仕立質をすぐにくれというの。

パオロ　失礼ですが、私にはそれほど無礼な要求とは思えませんが。私だって何度も、長い勘定書があるので、清算してもらいたいと言われてました。

ヴィットリア　結構よ。その長い書き付けの最後に、この勘定も書き加えて置けばよかったのよ。そうすれば、全部払ってやったのに。

パオロ　で、いつ払ってやるおつもりだったので？

ヴィットリア　別荘から帰った時よ。

パオロ　あなた様は、お金を持って田舎から戻れるとでもお思いで？

ヴィットリア　実に簡単なことよ。田舎では賭けをして遊ぶわ。私はどちらかというと勝負運の強い方だから、多分払ってやれたと思うわ。そうすれば、私がお兄さまから服代としてもらった、あのわずかばかりのお金を使ってしまわないでも済んだのに。

パオロ　何はともあれ、服の支払いは済まされたわけで、もうそのことは考えなくてもよろしいのですね。

ヴィットリア　そうよ。でも、私、一文なしになってしまったわ。

パオロ　それがどうしたと言うんです？　あなた様は、今のところお金を使う必要などないでしょう。

ヴィットリア　じゃあ、遊びで賭ける時に、私はどうしたら

いのよ？

パオロ　ちょっとした賭けだったら、損してもわずかなものです。

ヴィットリア　まあ！　私はちょっとした賭けなんてしませんからね。そんなもの楽しくないし、する気も起きないわ。町では時折、お付き合いですることはあるけど。でも、田舎での私の楽しみ、そして私の情熱は、ファラオーネよ！

パオロ　今年ばかりは、我慢してもらわねばなりません。

ヴィットリア　ああ、それはだめよ。私は遊びたいの。だって、私は遊ぶのが好きだし、勝つ必要があるのよ。それに、社交の集まりであれこれ噂されないためにも、私は遊ばなければならないの。いずれにせよ、私はお前を信頼し、当てにしているわ。

パオロ　私めを？

ヴィットリア　ええ、お前をよ。私の来年の服の費用から、いくらか先払いをしてくれてもいいじゃない？

パオロ　お許し下さい。あなた様は少なくともその半分はすでに手を付けていらっしゃるはずです。

ヴィットリア　それがどうしたというの？　使ったものは使ったものよ。お前、こんなことで私に頭を下げさせるような真似はしないわね。

パオロ　私としては、喜んであなた様のお役に立ちたいのですが、先立つものがないのです。私は従僕の地位と給料しか頂いておりませんが、実際には農地管理人や執事として旦那さ

まにお仕えさせて頂いています。しかし、私の管理している金庫は窮迫していて、毎日掛かるお金さえ支払えたためしがないんですよ。実を言うと、私の給料だって六ヶ月も滞っているんですよ。

ヴィットリア　お兄さまに言って、必要な分を貰うわ。

パオロ　お嬢さま、今はいつにも増して厳しい状態にあることを理解して下さいな。あの方はあなた様に何もして差し上げられませんから、期待してもむだですよ。

ヴィットリア　田舎には小麦があるでしょう。

パオロ　日々のパンを作るのに必要な分さえないでしょう。

ヴィットリア　ブドウも売り払いました。

パオロ　ブドウまで？

ヴィットリア　私の叔父さんの所は、こんなんじゃないでしょう？

パオロ　この調子で行くと、お嬢さま……

ヴィットリア　うまく対処しませんとね。

パオロ　どのように対処したらいいの？

ヴィットリア　家計を切り詰めること。生活習慣を変えること。とり

わけ別荘行きをやめるって？家計を切り詰めるのはいい。町だってことがよく分かるわ。お前がつまらない男にさせないように。私は、彼を上機嫌で楽しく出発させてやりたいのよ。トランク詰めを終えてしまいましょう。［二人

パオロ　別荘行きを止めることでございます。

ヴィットリア　別荘行きをやめるって？家計を切り詰めるのはいい。使用人を減らすのもいい、その給料を減らすのもいい。もっと質素な身なりをするのもいいし、リヴォルノでは物を捨てないで、節約するのもいい。でも、別荘暮らしだけは、しなければならないのよ。私たちにふさわしく、いつもの豪勢さと、いつもの上品さでしなければならないのよ。

パオロ　あなた様は、このようなことが長く続けられるとお思いですか？

ヴィットリア　私がここにいる間は続けるのよ。私の持参金は預けてあるし、しかも私は遠からず結婚するつもりだし。私の兄を終えるの間は……

パオロ　だから、その間は？……

ヴィットリア　だから、その間は……トランク詰めを終えるのよ。

パオロ　ご主人さまがやって来られます。

ヴィットリア　今のところは彼に何も言わないでね。彼を憂鬱にさせないように。私は、彼を上機嫌で楽しく出発させてやりたいのよ。トランク詰めを終えてしまいましょう。

パオロ　ああ！　あの方は穀物も、葡萄酒も、お金も持っていらっしゃいます。

ヴィットリア　私たち、それをちょっと借用させて貰えないかしら？

パオロ　いいえ、お嬢さま。財産分けをしてしまいました。各人は自分の分を知行する、というわけです。農地も分けましたた。あの方からは何も期待できません。

ヴィットリア　それじゃあ、私の兄は破滅の瀬戸際にいるとい

とも急いでトランクを片付ける]

第二場　レオナルドと、前出の二人

レオナルド　[傍白]（ああ！　心の苦悩を隠しておきたいんだが、できるかどうか分からない。僕はあまりに我を忘れてしまっている。）

ヴィットリア　私たちはここよ、お兄さま。私たちはここであなたのために働いているのよ。

レオナルド　急ぐことはない。出発は延期になるかも知れん。

ヴィットリア　いえ、いえ。早くして下さいな。私の準備はできたわ。私のマリアージュは仕上がったの。私は大満足で、出発したくて堪らないわ。

レオナルド　しかし僕は、お前のためによかれと思って、手配を変更してしまったよ。今日の出発は取りやめだ。

ヴィットリア　出発するように手配し直すのは、それほど大変なことなの？

レオナルド　言ったろう、今日は無理だって。

ヴィットリア　いいわよ。今日のところは我慢よね。明日の朝、涼しいうちに出発するのよね？

レオナルド　分からん。約束はできない。

ヴィットリア　私を絶望させたいのね。

レオナルド　お前の好きなだけ絶望するがいい。僕は何もしてやれないよ。

ヴィットリア　服一着少ないかどうかよりは、もう少し重大ね。

レオナルド　これには何か重大な理由があるはずだわね。

ヴィットリア　で、ジャチンタさんは、今日の午後に行くの？

レオナルド　彼女も行かないかもしれんよ。

ヴィットリア　さあ、これがその重大な原因というやつよ。愛する女性が出発しないので、これが重大な原因というやつよ。愛する女性が出発しないので、恋人も出発したくないんだわ。私は彼女なんか関係ないし、彼女なしでも出発できるわ。

レオナルド　お前は、僕が出発しようと思った時に出発するんだよ。

ヴィットリア　それは間違いよ。これは、私に対する不当な仕打ちだわ。みんなが田舎に行く時に、私はリヴォルノに残っていたくなんかない。もしジャチンタさんのせいで、私がリヴォルノに残る羽目になったりしたら、私は必ず彼女をとっちめてやるわよ。

レオナルド　お前のように上品で礼儀正しい娘が、そんな物言い......

（14）収穫物の青田売りをすると、収入は三分の一に減る。『骨董狂いの家庭』第三幕一六場を参照（パンタローネ：青田のうちに収穫物の前借りをすると、収入は三分の一になってしまいますよ）。

（15）この実際の舞台がリヴォルノでなく、ヴェネツィアであることを、観客に暗示する科白である。《Risparmi quel, che getta in Livorno》（リヴォルノでは物を捨てないで、節約するのもいい）は、《Risparmi quel, che getta in rio》（運河には物を捨てないで、節約するのもいい）とも聞こえるからである。当時のヴェネツィア人は、生ゴミを運河に捨てていた。

いをするんじゃない。[パオロに向かって]それにお前は何をしているんだ？　そんなところで銅像のように突っ立って。

パオロ　ご命令を待っているので。私は見、かつ聞いているところです。荷造りを続けたらいいものやら、それとも荷解きを始めたらいいものやら、どちらであろうかと。

ヴィットリア　荷解きを続けなさい。

レオナルド　荷造りを始めなさい。

パオロ　[トランクから取り出しながら]荷造りも荷解きも同じ仕事に変わりはないわ。

ヴィットリア　こうなったら私、何もかも窓から投げ捨ててやるわ。

レオナルド　まずお前のマリアージュから、投げ始めたら？

ヴィットリア　ええ、もし田舎に行かないなら、あんなもの、ズタズタに切り刻んでやるわ。

パオロ　コーヒーに、ココアに、砂糖に、ロウソクに、香味料で。

レオナルド　[パオロに]その箱の中身は何だ？

パオロ　どの金で払ったと思っていらっしゃるんで？　これらの品物をつけで貰って来るのに、私はたんと汗をかかされました。店の者は私を、まるで盗人のように邪険に扱いますしね。

レオナルド　すべての品物を、貰って来た店に返して、帳簿の

つけを消してもらえ。

パオロ　はい、旦那さま。おおい、誰かいないか。手伝ってくれ。[手助けしてもらう]

ヴィットリア　[傍白](ああ、何と惨めなんでしょう！　別荘行きはおじゃんだわ。)

レオナルド　それでこそ立派な旦那さまだ。できるだけ借金を少なくすることですよ。そうすべきです。

パオロ　とっとと失せろ。偉そうな口を利くんじゃない。もう我慢ならん。

パオロ　(気が変わらないうちに、行こう、行こう、行こう。倹約のためにするんじゃなくて、何か別の気まぐれが頭の中にあって、そうするんだから。)[箱を運びながら退場]

第三場　ヴィットリアとレオナルド

ヴィットリア　そのお兄さまの自暴自棄の原因を、教えて貰えない？

レオナルド　それが自分でも分からないんだ。

ヴィットリア　ジャチンタさんと怒鳴り合いでもしたの？

レオナルド　ジャチンタなど、僕が愛するのにふさわしくないし、家族付き合いにもふさわしくない。お前にもはっきり言っておく。これは命令だ、お前もあんな女とは付き合うな。

ヴィットリア　まあ！　なるほど。私の勘は百発百中ね。あの

レオナルド あばずれ女のお陰で、田舎行きは中止なのね。あの女は行くのに、この私は行けない。そしてみんなで私のことをからかうんだわ。

ヴィットリア ああ！こん畜生め。あの女だって行かないよ。絶対行けないようにしてやるぞ。

レオナルド もしジャチンタが行かないのなら、私が行けなくても少しは我慢できる。でも、もし彼女が行って、私が行けなかったら？もし彼女が別荘でお愛想を振りまいて、私が町に居残るんだったら？私は何をするかしら、そう、壁に頭をぶっつけて死んでやるかもね。

ヴィットリア あの女も行かないことが、今に分かるさ。僕の方でも、馬の手配を取り消してやったよ。

レオナルド まあ、結構だわね。再び駅馬車屋に使いを出して手配することぐらい、彼らにとって何の苦労もないじゃない！

ヴィットリア とんでもない！僕はもっと重要なことをしたよ。彼はある人を介して、フィリッポさんにいろいろと言ってもらったから、もしあの人が無分別でも馬鹿でもなければ、今のところ、娘を田舎に連れて行ったりはしないはずだ。

レオナルド いい気味だわ。彼女も例の豪華な服をリヴォルノで見せびらかすってわけね。彼女が市壁の上を散歩するのが見られるわね。もし出会ったら、しっかりとからかってやるわよ。

第四場　旅装したフェルディナンドと、前出の二人〔扉の図版を参照〕

レオナルド あんな女と口を利くんじゃない。

ヴィットリア 利きません、利きませんとも。私は、口を利かないで嘲ることもできるのよ。

フェルディナンド さあ、やって来ましたよ。さあ、旅行準備をして来ましたよ。

ヴィットリア まあ、本当。あなたが早く来て下さってよかったわ。

フェルディナンド ねえ、君、きわめて残念なことだが、僕は緊急の用事ができて、今日は出発できないんだよ。

レオナルド 明日？

フェルディナンド 分からない。数日遅れるかも知れないし、もしかしたら今年は、用事のために別荘に行けないかも知れない。

レオナルド おやまあ！ではいつ出発するんです？

フェルディナンド （何ということだ！おそらく先立つものがないからだろう。）

ヴィットリア 君はアンセルモ伯爵と一緒に行ったらどうだい。

レオナルド さあね！私には、行く別荘ならいくらでもあります。アンセルモ伯爵の方は、断ってしまいましたし。さて、誰がいいか。フィリッポさんやジャチンタお嬢さ

ヴィットリア んと一緒に行くことにしましょう。ジャチンタさんも、今年は行けなくて、焦れ死にするかも知れないわよ。

フェルディナンド 私はたった今、あそこから来たんですが、彼らは出発準備を終えているのを見ましたよ。それに、二一時〔午後三時〕に馬の手配をさせるようにと言うのを聞きました。

レオナルド そう！ あの家では、じたばたしたりしませんよ。フィリッポさんは、実に鷹揚に歓待してくれるし、彼は豪勢な別荘暮らしができなくなるような用事を、リヴォルノに持っていませんしね。

ヴィットリア レオナルドお兄さま、聞いた？

レオナルド ［傍白］（フルジェンツィオさんは、まだフィリッポさんに話をしていないんだろう。）

ヴィットリア レオナルドお兄さま、聞いた？

レオナルド 聞いた、聞いた。十分に我慢させてもらったよ。僕にはフェルディナンド君の皮肉な物言いがよく分かる。君は市内と郊外にある僕の家や別荘に何度も来たお陰で、飢え死にしないで済んだんだ。もし僕が別荘に行かないとすれば、それは行かない理由があってのことで、しかもその理由を誰かに説明する必要はないんだ。君は好きな人の所に行くがいい。そして、もうこれ以上、僕の所に来てくれなくて結構だよ。（生意気なたかり屋！ 恥知らずの陰口屋め！）［退場］

第五場　ヴィットリアとフェルディナンド

フェルディナンド あなたのお兄さまは、気でも狂ったんですか？ 私に対して何を怒っているのですか？ 私のことで何の不満があるのです？

ヴィットリア 実際、あなたの言い方では、私たちには必要なものがないので、田舎に行けないように取れるわ。

フェルディナンド 私がそんなことを？ これは驚きました。私は友だちのためなら、自分の命を捨てても構わないし、あなた方の名誉のためです。もしリヴォルノで用事があるのなら、剣を手にしてでも守って差し上げますよ。もしリヴォルノに用事に行くことなどと強制できますか？ 確かに私は言いましたよ、フィリッポさんには、ここに留まらなきゃいけない用事はないってね。しかし、それはどういう意味かというと、フィリッポさんは愚かな老人で、享楽と浪費のために、自分の用事を疎かにしているということです。しかもその娘は、彼以上に分別がなくて、無数の馬鹿げたことでお金を蕩尽しています。私はレオナルドさんの賢明さを高く買っていますし、自分の置かれた状況に合わせられるあなたの賢明さも高く評価しています。人間は自分のできる範囲内で暮らすべきなので、破滅したい連中は、破滅したらいいんですよ。

ヴィットリア それにしても、あなたは本当に知りたがり屋ね。私の兄はね、必要なものがないのでリヴォルノに残るん

フェルディナンド　知っています。必要のために残るんですよね。

ヴィットリア　何の必要ために？

フェルディナンド　ご自分のためにね。

ヴィットリア　ご自分の仕事に精を出さねばならないという必要のためにね。

フェルディナンド　ところで、ジャチンタさんは、田舎に行かれると思う？

ヴィットリア　もちろん。

フェルディナンド　それは確か？

ヴィットリア　絶対間違いなく。

フェルディナンド　[傍白]（お兄さまが私を騙そうとしているんじゃないかと心配だわ。行かないと私を言っておきながら、私を残したまま、自分でさっさと行ってしまうんじゃないかしらね。）

ヴィットリア　私はジャチンタさんの服を拝見しましたよ。

フェルディナンド　きれいだった？

ヴィットリア　とてもきれいでしたよ。

フェルディナンド　私のよりも？

ヴィットリア　あなた様のよりも、とは申しません。でも、実にきれいなもので、田舎ではすごい評判になるでしょうね。

フェルディナンド　[傍白]（なのに、私はリヴォルノに居残って、自分のきれいな服の裾を引きずって、道路の塵掃除をしていなければならないの？）

ヴィットリア　今年のモンテネーロでは、別荘暮らしが繰り広げられると思いますよ。実に素晴らしい

フェルディナンド　どういう理由で？

ヴィットリア　例年以上に数多くの、ご婦人や新婚の若奥さま方が来られるし、皆さまが豪華絢爛に着飾って、ご婦人方は殿方を引き連れて、若い女性のいる所にはすべての男性が集まります。素晴らしい遊びや舞踏会が開かれます。われわれは心ゆくまで楽しめるでしょう。

フェルディナンド　[傍白]（なのに、私はリヴォルノにいなければならないの？）

ヴィットリア　[傍白]（じりじりと煮えくり返っているな。実にいい気味だ。）

フェルディナンド　[傍白]（いやよ、私はこんな所にいたくない。誰か友だちの所に、無理にでも入り込んでやるわ。）

フェルディナンド　それでは、ヴィットリアさん、ご機嫌よう。

ヴィットリア　ご機嫌よう。

フェルディナンド　モンテネーロにご用がありましたなら、何なりとお申し付け下さい。

ヴィットリア　いいえ！あちらでお目に掛かれるかもしれませんわ。

フェルディナンド　もし来られるなら、お目に掛かりましょ

フェルディナンド　そこまでして頂く必要はありませんわ。お天気ばんざい！　楽しみばんざい！　別荘ばんざい！

フェルディナンド　失礼致します。

ヴィットリア　[傍白]（これで田舎に行けなければ、この女は今月の内に狂い死にしてしまうぜ。）[退場]

第六場　ヴィットリア一人

ヴィットリア　ああ！　残念ながら、これが現実なのよね。人は社交界に入って、脚光を浴びかけた時に、一度つまずくと、軽蔑と嘲笑を一身に受ける。そんな所に足を踏み入れない方がよかったのに。ああ！　そこから降りなきゃならないというのは、何と辛いこと。私には、それに耐える力がない。私の心は激しい苦悩に苛まれる。でも、その最大の責苦は嫉妬だわ。もし他の女性たちも別荘に行かないのなら、自分で彼女に会いに行きたくめたい。私は確実に知りたい。自分が行けないことを嘆いたりしない。でも、ジャチンタは、いったい行くのかしら？　行かないのかしら？　私は確か

う。もし来られないなら、あなた様のために、われわれみんなで乾杯することにしますよ。

ヴィットリア　ああ！

て仕方がない。私は確実に知りたい。自分で彼女に会いに行きたくて仕方がない。この好奇心は抑えがたいのよ。何がどうなろうと構やしない。私は満足したいのよ。私は女だし、しかも若いわ。私はこれまでずっと自分の好きなようにして来た。急に自分の習慣を変えたり、自分の気質を変えるなんて、できない相談なのよ。[退場]

第七場　フィリッポの家の部屋。フィリッポとブリージダ

ブリージダ　それでは、レオナルドさんは、今日のところは出発できないと言ってよこしたのですね？

フィリッポ　そう、確かに言ってよこしたよ。何か大切な用事でもできたのだろう。

ブリージダ　それについては何とも思わない。わしが驚いているのは、駅馬車屋に使いをやって、彼用の馬とわし用の馬の手配まで解約してしまったことだ。まるでわしが払わないので、彼が払う羽目になることを恐れているようじゃないか。

ブリージダ　[傍白]（言ったじゃない、私はちゃんと言ったじゃない。お嬢さまはご自分の思った通りにやりたがり過ぎるって。困ったものだわ。）

フィリッポ　それで、旦那さまはどうしようと思われたんですか？

ブリージダ　彼に頼まなくても馬は確保できると思って、今日の手配をさせに使いをやったよ。

ブリージダ　失礼ですが、何頭の馬を手配されました？

フィリッポ　いつものように、わしの馬車のために四頭だよ。
ブリージダ　では、お前には海路を行ってもらわねばならないだろう。
フィリッポ　ああ！　私は海路では絶対に参りません。
ブリージダ　じゃあ、わしにどうしてほしいと言うんだね？　お前のために席をひとつ空けるとでも？　レオナルドさんの従僕が来たとすれば、わしはその半額を払ってもやったろうが、全額というのは、やりすぎじゃないかね？　お前がこのように厚かましい要求をするとは驚きだな。
ブリージダ　私は要求なんかしておりません。でも、失礼ですが、フェルディナンドさんも、旦那さまとご一緒に来られるんじゃありませんか？
フィリッポ　そう、その通り。彼はレオナルドさんと行くはずだったが、少し前にやって来て、わしと一緒に行くと言ったよ。
ブリージダ　彼を連れていく算段は、旦那さまがしなければならないのでは。
フィリッポ　なぜわしがその算段をしなければならんのかね？
ブリージダ　あの方が来るのは、旦那さまに恩恵を施すためだからです。彼が通常田舎に行くのは、楽しむためでなく、仕事のためです。もし旦那さまがご自分のために、建築家や画家や測量技師を連れて行かれるとしたら、彼らの旅費をお払いにならねばならないでしょう？　フェルディナンドさ
んも、旦那さまのご家庭に花を添え、お仲間を楽しませるために行くのですから、彼にも同じようにすべきです。もし彼を連れて行けないなら、私も一緒に連れていかれるでしょう。私がレオナルドさんの従僕も、大した違いはないでしょう。ですから、もし彼を連れて行けないとすれば、料理をがつがつ平らげる二人乗り馬車で参ります《胃袋の騎士》⑯さまとご一緒に。
フィリッポ　すばらしい。お前がこんなに才気があるとは知らなかったよ。よろしい、もしわしが《胃袋の騎士》殿の旅費を出さねばならないとしたら、《口の悪い伯爵夫人》の分も出して上げよう。
ブリージダ　私の才気など、とんでもない。ひとえに旦那さまのご厚情のお陰ですわ。
フィリッポ　居間に誰かいるのか？
ブリージダ　物音がします。
フィリッポ　ちょっと見て来なさい。
ブリージダ　［観察した後で］フルジェンツィオさんです。
フィリッポ　もしかしてわしに用事かな？
ブリージダ　きっとそうです。
フィリッポ　何のご用か聞いて来なさい。
ブリージダ　直ちに。もしかしてこのお方も、田舎で旦那さま

（16）原文では《歯の騎士》(cavaliere del dente) であるが、日本語訳では《胃袋の騎士》に変えた。ゴルドーニの自注に、《たかり屋は、このような名前で呼ばれて嘲笑されている》

のお役に立ちたいと言いに来る、尊敬すべきお客さまの一人ではないでしょうね？

フィリッポ　結構。そうだとすれば、嬉しいことだよ。わしはあの人に少なからぬ恩義があるからな。

ブリージダ　旦那さま、ご心配には及びません。田舎ではだれも拒まないし、事欠くことはありませんよ。粟のある所には鳥が飛んで来るし、おいしい食事のある所には、たかり屋どもが押し寄せて来ますからね。[退場]

第八場　フィリッポと、その後、ジャチンタ

ジャチンタ　お父さま、こんな時間にうんざりさせられるのは、お避けになったら。遅くなると、二一時（午後三時）には出発ですよ。私は頭から爪先まで旅の装いをしなければならないし、食事だってまだよ。

フィリッポ　だが、わしはフルジェンツィオさんのご用が何か、聞く必要がある。

ジャチンタ　忙しいとか言って断られたら？　差し迫った用事があって会えないとか……。

フィリッポ　お前は自分で何を言っているのか、分かっていないようだな。わしはあの人に恩義があるし、粗略に扱ってはならんのだよ。

ジャチンタ　それでは早く切り上げて下さいな。できるだけ早くしよう。どうせ早く終わるはずないけど。

ジャチンタ　うんざりさせる人だから、どうせ早く終わるはず

フィリッポ　ああ、やって来られた。

ジャチンタ　はいはい、私は退散しますよ。ここに来るたびに、暮らしやら、経済やら、生活習慣について、いつも何か説教を垂れるんだから。（私、あのことについて何か言うかどうか、ちょっと聞き耳を立てていましょう。）[退場]

第九場　フィリッポと、その後、フルジェンツィオ

フィリッポ　今日日の娘たちにはびっくりだ！　田舎に行く日ともなると、自分で何をしているのかも分からず、自分で何を言っているのかも分からない。まるで心ここにあらずだ。

フルジェンツィオ　こんにちは、フィリッポさん。

フィリッポ　おお、フルジェンツィオさん、こんにちは。どういう幸運な風の吹き回しで、こんな所までお出かけ下さったのかな？

フルジェンツィオ　親しい友情と、君が別荘に旅立たれる前にお会いして、ご挨拶をしたいという願いからだよ。

フィリッポ　君の愛情と思いやりには感謝するよ。もし君にも一緒に来て頂けるなら、わしは大変嬉しいんだが。

フルジェンツィオ　いや、君のお言葉には感謝するよ。わしは

フィリッポ　田舎の用事には、大なり小なりわしも気を配っているが、一人でいることはできないな。わしはお仲間というのが好きだし、仕事と同時に楽しむのが好きなんでね。

フルジェンツィオ　結構、結構。いいですなあ。わしは一人でいるのが好きだが、お仲間というのも、立派で適切なお仲間で、世間の批判の種を蒔かないようなものならね。

フィリッポ　フルジェンツィオ君、その物言いは、わしをちくりと刺す意図を込めているように聞こえるが。

フルジェンツィオ　ねえ、君、わしらは長年の友だちだ。わしはいつも君に好意を持って来たし、さまざまな機会に、わしの思いやりの証を見せて来たことはご存じだろう。

フィリッポ　ああ、忘れはせんよ。わしが生きている限り、君には感謝し続けるよ。しかし、君はそれをちゃんと返してきたし、先日貸してくれた君は嫌な顔ひとつせず貸してくれた。〔五六三（ツェッキーノ金貨）〕も、君に約束した通り、今から三ヶ月の内に返すよ。

フルジェンツィオ　その件についてなら、わしは全く心配して

おらんよ。紳士に千スクード貸すことくらい、何でもないことだと思っておる。だが、わしはそのことを言わせてもらいたい。君はほとんど毎年のように、別荘行きが近付くと、わしにお金を借りに来る。これは明らかに、別荘暮らしが君を困窮させている証拠だ。君のように紳士で、暮らして行くのに必要なものを持つ裕福なお人が、困窮して借金を申し込み、それを無駄に使うというのは残念なことだよ。そう、君、お金の無駄使いというのは、というのは、君の所に食べに来る連中の中には、君の名誉と評判を傷つける奴がいるからだよ。しかも君が気前よく歓待する連中の中には、最初に君の悪口を言う奴がいるからだよ。

フィリッポ　何だって！　そんなことを言われると、わしものすごく不安になる。わしがいささか使い過ぎることと、わしのものをむだに食わせていることについては、君の意見に賛成しのものをむだに食わせていることについては、君の意見に賛成しのものだし、それは事実だ。だが、わしはこのような生き方に慣れているし、結局のところ、わしには一人娘しかいないのだ。娘に立派な持参金を持たせてやれて、わしが裕福な余生を送れるなら、もうそれで十分だ。だが、わしの名誉と評判を傷つける者がいるという、君の言葉にはどきりとするのかね？

フルジェンツィオ　君、どうして君はそのようなことが言えるのかね？

フィリッポ　わしがそう言ったのは、根拠があってのことだ。実は、君には結婚前の娘がいるからこそ、ある人が彼女を嫁に貰ってもいいと思っているん

だが、君にその申し込みをする気になれないでいる。それは、君が彼女を若い連中と余りに親しく付き合わせ、やさ男どもを家に迎え入れ、挙げ句の果ては彼女と一緒に旅に同行させたりするからだよ。

フィリッポ　君はグリエルモさんのことを言っているのかね？

フルジェンツィオ　わしは一般論を言っているので、特定の人について言うつもりはない。

フィリッポ　もしグリエルモさんのことを言っているとすれば、彼はこの世で最も賢明で善良な若者であることを、わしが保証するよ。

フルジェンツィオ　彼女は女性だよ。

フィリッポ　それに、わしの義理の姉に当たる年配の女性も付いているし……

フルジェンツィオ　だが、若者よりはるかに愚かな年寄りもいるからね。

フィリッポ　娘さんは若いんだよ。

フルジェンツィオ　わしの娘は賢明な娘だ。

フィリッポ　この件では、わしもいくらか危惧を感じたんだが、その後、考え直したんだよ、大勢の人が同じようにしているんだからってね……

フルジェンツィオ　だが、その後、自分のしたことに満足したかね？

フィリッポ　実を言うと、そうだったことはなかったかね？　君の言うようにしたことに満足したすべての人が、その後、自分のしたことに満足したことはなかったかね？　君の言うようにしたことに満足したすべての人を見たことはなかったし、そうだった人もいれば、そうでなかった人もいたな。

フルジェンツィオ　では、君の場合は、そうだと確信できるかね？　そうでなくなる危惧はないのかね？

フィリッポ　不安になってきたな。ねえ、君、娘を娶ってもいいと仰っているのは、いったいどなたかね？

フルジェンツィオ　今のところは名前を出してもらいたくないというんでね。生活の規律を変えることをやめようとでも？　それは不可能だよ。わしはこの習慣に余りに慣れすぎている。

フィリッポ　なぜかね？

フルジェンツィオ　今のところは名前を明かしてくれるだろう。

フィリッポ　じゃあ、わしにどうしろと言うんだね？　田舎行きをやめるとでも？　それは不可能だよ。わしはこの習慣に余りに慣れすぎている。

フルジェンツィオ　君は何の必要があって、娘さんを連れて行くんだね？

フィリッポ　とんでもない！　もし連れて行かなかったりしたら、家で大騒動が起こるだろう。

フルジェンツィオ　これまでは、いつも押し通すことがあるんだね？

フィリッポ　それでは、君の娘さんも自分の意見を押し通すことがあるんだね？

フルジェンツィオ　それは誰のせいかね？

フィリッポ　わしのせいだ。わしは認めるよ。それはわしのせいだ。だが、わしは優しい心の持ち主でね。

フルジェンツィオ　父親の優しい心が過ぎると、娘の心が邪になる。

フィリッポ　では今、わしはどうしたらいいんだね？

フルジェンツィオ　少しばかりよい規律を持つことだ、完全にではなくとも、幾らかのね。彼女のそばから若い男を引き離しなさい。

フィリッポ　グリエルモさんを厄介払いにするには、どうしたらよいものやら！

フルジェンツィオ　単刀直入に言わせてもらおうか。グリエルモ氏は彼女にとって災いになろうとしている。彼のお陰で、彼女を娶りたがっている紳士は、名乗り出ようとしない。彼は結婚相手としては申し分ない。もし彼に話を切り出して、交渉を進めてもらいたいのなら、とにかく娘が父親を差し置いて、命令するような異常事態を起こさないようにすることだよ。

フィリッポ　だが、この件に関しては、娘は無関係だよ。あの男に一緒に来るように誘ったのは、このわしだからな。

フルジェンツィオ　かえって好都合だ。彼を断りなさい。

フィリッポ　かえって不都合だよ。どうして断ったらいいか分からない。

フルジェンツィオ　君は男か、それとも何かい、女かね？

フィリッポ　わしは、人に失礼なことをしなければならない時には、どうしたらいいか分からんのだ。

フルジェンツィオ　逆に君が、いかがわしい失礼をされないように気を付けることだね。

フィリッポ　そうだ、やはりわしが断らなければならんな。

フルジェンツィオ　そうしろよ。そうすれば、君は後できっとよかったと思うはずだ。

フィリッポ　わしの娘を望んでいる友人というのは誰なのか、わしに密かに打ち明けて貰えんかね？

フルジェンツィオ　今はできない。許してもらいたい。わしは急ぎの用事があって出かけねばならない。

フィリッポ　どうぞ、どうぞ、君のお好きなように。

フルジェンツィオ　わしの勝手な物言いを許して下さいよ。

フィリッポ　とんでもない。君には心から感謝しています。

フルジェンツィオ　またお目に掛かります。

フィリッポ　是非ともおいで下さい。

フルジェンツィオ［傍白］（これでわしのお役に立てたと思う。だが、わしは真実と道理のためにも、友人フィリッポの利益と名誉のためにも役立ち、立つ、友人フィリッポの利益と名誉のためにも役立とうと思ったんだ。）［退場］

第一〇場　フィリッポと、その後、ジャチンタ

フィリッポ　フルジェンツィオ君の言ったことは、反駁しがたい真実だ。わしはそれを認めない愚か者ではないし、以前からそのことに気付いていなかったわけでもない。だが、何と言ったらいいか、社交というものは、ある種の魔力を

フィリッポ　[傍白]（わしは邪険に扱うのに慣れてないし、そんなことはできない。）

ジャチンタ　[傍白]（私、首を賭けてもいいわ。レオナルドが自分の目的を達成するために、フルジェンツィオさんを利用したんだわ。成功すると思ったら大間違いよ。）

フィリッポ　奥に誰かいないか？　召使いは一人もいないのか？

ジャチンタ　さあ、さあ、少し落ち着いて下さいな。私が誰かに使いにやりますから。

フィリッポ　早くしてくれ。

ジャチンタ　でも、召使いに何をさせたいのか、教えて下さらない？

フィリッポ　何という知りたがり屋だ！　グリエルモさんの所に使いにやるんだよ。

ジャチンタ　彼が来ないんじゃないかと心配なの？　残念ながら彼は必ず来ますよ。本当は来なければいいのにね。

フィリッポ　本当は来なければいいのにね。だって？

ジャチンタ　そう、お父さま、本当は来なければいいのにね。そうすれば、私たちはもっと自由に楽しめたでしょうし、あんなに懇願している、あわれなブリージダを一緒に連れて行ってやれたのに。

フィリッポ　お前は旅の間、お喋りをしたり、楽しんだりするお仲間が欲しくないのかね？

ジャチンタ　欲しいとは思わないし、思ったこともないわ。彼

持っていて、人ができればしたくないと思っていることでもさせてしまうのだ。しかし、人目を引くようなことの場合には、もっと慎重に振る舞わなければならん。そう、たとえ田舎に行けなくなったにしてもだ、いずれにしても、わしはグリエルモさんを厄介払いしなければならん。

ジャチンタ　お父さま、うんざりさせる人が立ち去ってくれて、よかったわね。

フィリッポ　召使いを呼んでくれ。

ジャチンタ　もし食卓の用意をさせたいのでしたら、私が自分で行ってきますよ。

フィリッポ　召使いを呼んでくれ。ある所に使いにやりたいのだ。

ジャチンタ　何かフルジェンツィオさんから言われた用事のため？

フィリッポ　お前は知りたがり過ぎるよ。わしは自分の思う所に使いにやりたいんだ。

ジャチンタ　どなたがお父さまに？　フルジェンツィオさん？

フィリッポ　お前は父親に向かって、度を過ごして勝手に振る舞っているぞ。

ジャチンタ　どこにお使いにやるおつもり？

フィリッポ　もうやめないか。そして行くんだ。いいか。ジャチンタに向かって？

ジャチンタ　ご自分の娘に向かってそんな言葉を？　愛する

ジャチンタ　を招待したのは、お父さまじゃないの？　彼に来てもらうようにと、私が何か言いまして？
フィリッポ　私が何か言いまして？　誰かにないか？　召使いは。
ジャチンタ　（わしより娘の方が分別があるわ）。おい、誰かいないか？　召使いは。
フィリッポ　私がすぐ呼びに行きます。で、グリエルモさんに何と言わせるおつもり？
ジャチンタ　来られるには及ばない。わしらは彼のお役に立てない、とね。
フィリッポ　[皮肉に]　まあ、すばらしい場面ね！　すばらしい、すばらしい、実にすばらしい場面だわ！
ジャチンタ　わしは丁重に彼に説明するよ。
フィリッポ　彼にどんな立派な言い訳ができるとお思いになって？
ジャチンタ　そうだな……たとえば……馬車には女中が乗ることになって、彼の席がなくなったとか。
フィリッポ　お前はわしを馬鹿にしているのか？
ジャチンタ　お父さまがそのような弱みを見せるなんて、本当に驚くわ。彼が何と言うと思って？　世間が何と言うと思って？　お父さまは粗野で無礼な人間と思われても構いませんの？
フィリッポ　お前は、若者がお前と馬車で行くのが、いいことだと思うのかね？
ジャチンタ　いいえ、大変よくないことよ。これ以上よくない

ことはあり得ないわ。でもね、それは招待する前に考えておくべきことでしたわね。もし彼を招待したのが私なら、お父さまは《わしは彼に来てほしくない》と言えるでしょう。でも、彼を招待したのは、お父さまですからね。だから、わしは間違いを犯した。
フィリッポ　よろしい。わしは間違いを犯した。だから、わしがその対策を講じよう。
ジャチンタ　その対策が、最初の間違いより悪くなければいいのですけどね。結局のところ、彼が私と一緒に行くとしても、叔母さんも一緒にいるんだし、お父さまもいるわ。それは確かによくないことよ。でもそれほどよくないことではないわ。だって、もし彼を断るなら、もし彼に厄介払いのような失礼な真似をするなら、明日にならないうちに、私とお父さまは、リヴォルノとモンテネーロのあらゆる人々の口の端に上るわ。私たちについてさまざまな陰口が囁かれ、さまざまな推測がなされるわ。ある人は《彼らは恋人同士だったが、仲違いしたんだ》と言うでしょう。ある人は《父親があることに気付いたんだ》と言うでしょう。ある人はお父さまのことを悪く言い、ある人は私を悪く言うでしょう。だから、何の罪もないことを中止したばかりに、私たちの評判に傷がつくことになるのよ。
フィリッポ　[傍白]　（フルジェンツィオをここに呼んで、娘の話を聞かせてやりたくて堪らんよ！）わしらは田舎行きをやめた方がよくはないかね？
ジャチンタ　ある意味では、その方がいいかもしれないわね。

フィリッポ　でも、ある意味で、実はもっと悪いことかもしれないわよ。よくお考えになってみて！モンテネーロの口の悪い人たちは、私たちのことを何と言うでしょう？《フィリッポさんは別荘に行くのをやめたんだ。彼の娘も、かわいそうに！彼はもう暮らしていけないんだ。早くも終わりか。持参金に困っているんだ。派手に振る舞っていたのに、早くも終わり。誰があんな娘を望むだろう？彼らは食べものを減らし、客を呼ぶのも減らさなければならなかったんだ。見かけはよかったんだがなあ、実は見かけ倒しで、中身がなかったんだ。私にはこんな風に言うのが聞こえて来るようで、冷や汗が出るわ。

ジャチンタ　それでは、わしらはどうしたらいいのかね？

フィリッポ　すべて、お父さまのお好きなように。

ジャチンタ　今回はね。だって決めてしまったことですもの。でも、これが最後だわよ、いいわね、これが最後だわよ。はっきりお父さまに言っておきますけど、今後は決してしなさいませんようにね。

フィリッポ　［傍白］（実に才気煥発な娘だ。）

ジャチンタ　それで？召使いをお呼びになりたいの、それとも呼ばなくて構わないの？

フィリッポ　決めてしまってもいいわよ。

ジャチンタ　その方がいいわね。

フィリッポ　それじゃあ、別荘では、彼をわしらと一緒に住まわせねばならんのかね？

ジャチンタ　彼にどんな約束をなさったの？

フィリッポ　実を言うと、家に招待してしまったのだよ。

ジャチンタ　彼をお払い箱にするために、どうなさるおつもり？

フィリッポ　でも、これが最後だよ。

ジャチンタ　彼を泊めなきゃならんわけだな。

フィリッポ　では、これが最後だ。娘よ、お前は大した奴だ。これが最後だぞ！［退場］

第一一場　ジャチンタと、その後、ブリージダ

ジャチンタ　私には、グリエルモさんなんかどうでもいい。レオナルドに、自分の思い通りにした、なんて自慢させたくないの。彼の怒りが過ぎるのは間違いないし、私の所に戻って来るのも間違いないわ。そして、そんなに逆上して、この評判の方を救うべきではないことに気が付くでしょう。彼

ジャチンタ　奴隷に生まれたのではないし、奴隷になりたくもないのよ。だって、私が言っているように、本当に私を愛しているなら、これからはもっと慎重に振る舞うことを学ぶべきだわ。私はお嬢さま、お客さまです。
ブリージダ　こんな時間にどなた？
ジャチンタ　ヴィットリアさまです。
ブリージダ　私がいるって彼女に言ったの？
ジャチンタ　どう言えばよかったのです、いないとでも？
ブリージダ　こんな時に本当にうんざりだわ。どこにいるの？
ジャチンタ　先に使いを寄こされました。道を歩いて来られるところです。
ブリージダ　迎えに行きなさい。我慢しなければならないわね。彼女が田舎に来るのか来ないのか、何かニュースがあるのかどうかも知りたいしね。こんな時間に来るんだから、何かあるはずだわ。
ジャチンタ　あの方も新しい服を作ったんですが、仕立屋はそれを渡すのを渋ったそうです。多分仕立屋は、代金を払ってもらいたかったんでしょう。そして、散々すったもんだがありましてね、彼女は服がないと、田舎に行きたくないと仰ったそうです。本当に新聞種にふさわしい話ですよ。[退場]

第一二場　ジャチンタと、その後、ヴィットリア

ジャチンタ　ものすごく張り合いたがる子なのよね。もし誰かが何か新しいものを持っているのを見たら、すぐに自分も欲しくなる。きっと私が新しい服を作ったことを聞きつけて、自分も欲しくなったんでしょう。でも、マリアージュについては見抜けなかったはずよ。私は誰にも喋らなかったし、彼女にも知る時間はなかったはずだわ。
ヴィットリア　親愛なお友だちのジャチンタさん。
ジャチンタ　私のいとしいお宝さん、こんにちは。[互いに接吻を交わす]
ヴィットリア　ねえ、はっきり仰って。こんな時間に来て、ご迷惑じゃなかった？
ジャチンタ　まあ、迷惑ですって？　あなたが来られると聞いただけで、私の心は喜びで満たされたわ。
ヴィットリア　ご機嫌はいかが？　お元気？
ジャチンタ　とても元気よ。あなたは？　でも、聞く必要なんかないわね。あなたこそ、生き生きとしていて、本当に人の心を和ませてくれるわ。
ヴィットリア　あなたこそ、惚れ惚れする顔色をしていらっしゃるわ。
ジャチンタ　まあ、何ということを仰るの？　私は今朝早起きしてしまったし、夜は眠れなかったし、胃が痛くて、頭痛も

するから、顔色がいいわけないのよ。

ヴィットリア　私だって何のせいか分からないけど、何日も食欲がないの。全然、全然、本当に全然ないのよ。私は何で生きているのか分からない。私は骨と皮ばかりよ。

ジャチンタ　ええ、ええ、骨と皮ばかりね。このかわいい腕は骨と皮ばかりじゃありませんけど。

ヴィットリア　まあ！　あなたは骨を肉と見誤っているのよ。

ジャチンタ　確かにそうよね。天の神さまのお陰で、私の方は飢えないで済んでいますけど。

ヴィットリア　まあ、いとしい私のヴィットリア！

ジャチンタ　まあ、祝福された私のジャチンタ！［互いに接吻を交わす］お掛けになって、私の喜びさん。さあ、お掛けになって。

ヴィットリア［両者とも腰掛ける］私はあなたにとてもお会いしたかったの。いつもそうだわ。お祭りの日にちょっと外出するだけで、後はいつも家よ。

ジャチンタ　私だってそうなのよ。私の所に全然来て下さらないんですもの。

ヴィットリア　まあ！　いとしいあなた、私はどこにも出かけたりしません。いつも家にいるわ。

ジャチンタ　一日中、町を行ったり来たりする女性って、どうしてそんなことをするのかしらね。

ヴィットリア［傍白］（彼女がモンテネーロに行くのか行かないのか知りたいんだけど、どうすればいいのか分からないわ。）

ジャチンタ［傍白］（私に向かって、田舎のことを何も話さないとは驚きだわ。）

ヴィットリア　今朝お会いしましたよ。

ジャチンタ　兄とお会いになってから随分経つの？

ヴィットリア　何があったのか知らないけど、兄ったら、落ち着きがなくて、気難しくなってるのよ。

ジャチンタ　まあ！　あなたご存じないの？　人にはみな、気分のよい時と悪い時があるものよ。

ヴィットリア　私、てっきり兄があなたを怒鳴ったんじゃないかと思っていたけど。

ジャチンタ　私を？　なぜ私を怒鳴らなければならないの？　私には彼を高く買っているし、尊敬もしていますよ。でもね、彼にはまだ私を怒鳴る権利はないのよ。［傍白］（私、賭けてもいい。レオナルドが妹をここに寄こしたんだわ。）

ヴィットリア［傍白］（まるで悪魔みたいに高慢ちきな女ね。）

ジャチンタ　ヴィットリアさん、私たちと一緒にここに残って食事をして行かない？

ヴィットリア　まあ！　だめよ、私の命さん、できないわ。兄が待っているんですもの。

ジャチンタ　彼にはそうするって伝言させますよ。

ヴィットリア　だめ、だめ、絶対にできないわ。家ではもうすぐ食卓に

ヴィットリア　[傍白]（分かったわよ。私を追い出したいのね。）こんなに早くお食事されるの？

ジャチンタ　お分かりでしょう。田舎に行くの。早く出発するし、急ぐ必要があるの。

ヴィットリア　[傍白]（ああ！　私は何て不幸なのかしら。）上から下まで着替えなければならないし、旅行用に着替える必要があるの。

ジャチンタ　[屈辱を受けて]そう、そう、そうよね。道中は埃が立つわね。いい服を駄目にしたら、割に合いませんものね。

ヴィットリア　まあ！　この服のことでしたらね、私、これよりもっといいものを着て行くつもりよ。私は埃なんか恐れていないの。フード付きの絹の呉絽の外套を作ったから、埃なんかへっちゃらだわ。

ジャチンタ　[傍白]（フード付きの外套まで！　私もそれが欲しいわ。たとえ自分の服を何着か売ったって構わない。）あなたは、フード付きの外套を持っていらっしゃらないの？

ヴィットリア　いえ、いえ、私も持っていますよ。去年から作らせてあるわ。

ジャチンタ　去年は見なかったわね。

ヴィットリア　着なかっただけよ。だって、覚えていらっしゃるでしょう、去年は道中、あまり埃が立たなかったから。

ジャチンタ　そう、そう、埃が立たなかったわね。[傍白]（本当に笑っちゃうわ。）今年私は服を作ったわ。

ヴィットリア　まあ！　私も晴れ着を作ったの。

ジャチンタ　まあ！　私の服をご覧になったら、あなた、きっと気に入るわよ。

ヴィットリア　私の服の場合は、ちょっと他にないわね。

ジャチンタ　私の服には金も銀も使ってないけど、正直言ってすごいわよ。

ヴィットリア　まあ！　問題は流行よ、流行。流行のものでなくっちゃね。

ジャチンタ　そう、流行。流行そのものよ。

ヴィットリア　いいえ、そう思っていますよ。私のは、まさに流行そのものよ。

ジャチンタ　[あざ笑って]そう、そう、流行のものでしょうとも。

ヴィットリア　そう思っていらっしゃらないの？

ジャチンタ　いいえ、そう思っていますよ。[傍白]（私のマリアージュを見たらびっくりするわね。）

ヴィットリア　それに流行については、私はいつも、真っ先に取り入れる方だと思うわ。

ジャチンタ　それじゃあ、あなたの服って何よ？

ヴィットリア　マリアージュですけど。

ジャチンタ　[驚いて]マリアージュ！

ヴィットリア　その通りよ。あなたは流行だと思わないの？

ジャチンタ　フランスからマリアージュの流行が来たって、あなたどうして知ったの？

ヴィットリア　多分、あなたが知ったのと同じようにしてだと思うんだ。

ジャチンタ　仕立屋は誰？

ヴィットリア　フランス人の仕立屋ムッシュー・ド・ラ・レジュイッサンスよ。

ジャチンタ　これで分かったわ。あの悪党め！　今に思い知らせてやるわ。彼を呼びにやったのは私よ。マリアージュの流行を彼に教えてやったのは、この私よ。マダム・グラノンの服を家に持っていたのは、この私なんだから。

ヴィットリア　まあ！　マダム・グラノンはね、リヴォルノに着いて二日目に私を訪ねて来たわ。

ジャチンタ　そう、そう、彼を庇って上げなさいな。私、必ず思い知らせてやるから。

ヴィットリア　私がマリアージュを持っていて残念？

ジャチンタ　とんでもない。私は大満足よ。

ヴィットリア　あなただけが持っていたかったの？

ジャチンタ　どうして？　あなたは私を嫉妬深い女だと思っているの？　あなたはもうご存じだと思うけど、私は他人に嫉妬なんかしないわ。私は自分のことだけに気を配り、自分の好きなことをして、他人には好きなようにさせておくの。毎年一着新しい服、それは確かよ。そして、私はすぐに仕上げてもらいたいし、立派に仕上げてもらいたいの。だって、私

はお金を払うし、きちんと払うし、仕立屋に二度も三度も取りに来させたりしないもの。

ヴィットリア　いいえ、すべての人が払っているわけではないわ。みんながお金持ちじゃないし、みんなが私たちのように繊細な良心を持ち合わせている人もいるわ。中には支払いを何年も待たせる人もいるわ。だから、何かを急いでやらせようとする時に、仕立屋が意固地になる。現金で払ってもらおうとして、諍いが始まるというわけよ。彼は現金で払ってもらったでしょ。流行なんてよく言えるわね。

ヴィットリア　［傍白］（私のことを当てこすっているんじゃないとは思うけど。もしあの仕立屋が話しているのなら、しっかりと落とし前を付けてやるわ。）

ジャチンタ　あなた、いつその晴れ着を着るつもり？

ヴィットリア　さあね。もしかしたら袖を通すことさえないかもよ。私ってそういう人なの。服を持っていればそれで十分、見せびらかしたりする気はないわ。

ジャチンタ　もしあなたが田舎に行くのなら、それこそ服を着るいい機会だったのにね。かわいそうに、あなたが今年田舎に行けないなんて残念だわ！

ヴィットリア　私が行けないなんて誰が言ったの？

ジャチンタ　知らないわ。レオナルドさんは馬をキャンセルしたんでしょ。

ヴィットリア　だからって？　そんなことすぐにでも解決でき

別荘狂い

ヴィットリア　実を言うと、少し気難しいのよね。［立ち上がる］お邪魔しましたわ。私たちと一緒にいて下されれば嬉しいのに。

ジャチンタ　［立ち上がる］お邪魔しましたのよね。私たちと一緒に行くお友だちや親戚の子がいないとでも思っているの？

ヴィットリア　いえ、いえ、ありがたいけど。

ジャチンタ　私と一緒に来たら？

ヴィットリア　本当にあちらでお会いしたくてたまらないわ。

ジャチンタ　そうね。もし私のいとこと一緒にモンテネーロに行けるなら、お会いできると思うわ。

ヴィットリア　本当に楽しみにしているわ。

ジャチンタ　何時にご出発？

ヴィットリア　二二時［午後三時］よ。

ジャチンタ　まあ！　それじゃあ時間があるわね。まだもう少しここにいられるわ。［傍白］（できれば例の服を見たいものだわ。）

ヴィットリア　もう少し待ってよ。

ジャチンタ　［舞台裏に向かって］はい、はい、分かったわ。

ヴィットリア　何かなさることがあるのなら、どうぞお構いなく。

ジャチンタ　いえ、いえ、私はお暇するわ。

ヴィットリア　では、私はお暇するわ。

ジャチンタ　いえ、いえ、いらっしゃいのよ。

ヴィットリア　あなたのお父さまをいらいらさせたくないのよ。

ジャチンタ　まあ！　何でもないの。食事の支度ができて、私の父が食べ始めたいと言っているのよ。

ヴィットリア　実を言うと、少し気難しいのよね。

ジャチンタ　［立ち上がる］お邪魔しましたわ。

ヴィットリア　［傍白］（例の服を見たいようかしら……）

ジャチンタ　［舞台裏に向かって］分かったわよ。ジャチンタさん、また会いしましょう。

ヴィットリア　いいえ、私ははっきり見たわ。

ジャチンタ　いとしいあなた、さよなら。私を愛して頂戴。私があなたを愛していることを忘れないでね。

ヴィットリア　［傍白］（分かったわよ。）ジャチンタさん、まだお会いしましょう。

ジャチンタ　いいえ、私は誰も見なかったけど。

ヴィットリア　いとしいあなた、さよなら。私を愛して頂戴。私があなたを愛していることを忘れないでね。真心で応えるってことも信じて頂戴。

ジャチンタ　せめて接吻を。

ヴィットリア　いいわよ、私の命さん。

ジャチンタ　私のいとしい喜びさん。［互いに接吻を交わす］

ヴィットリア　さよなら。

ジャチンタ　さよなら。

ヴィットリア　[傍白]（私は何でもない振りをしようと努めたけど、もう死にそうよ。）[退場]

ジャチンタ　嫉妬深い女って、我慢できないわ。[退場]

第三幕

第一場　レオナルドの部屋。レオナルドとフルジェンツィオ

フルジェンツィオ　そう、確かにそうすると私に約束してくれたよ。

レオナルド　彼がその約束を守ると思いますか？

フルジェンツィオ　わしは完全にそう確信しておるよ。彼とわしのさまざまなやり取りから、彼の言葉が嘘でないことが分かった。それに、これまでの重要な取引で、彼はきわめて誠実に約束を守ってくれたから、この件でもそうすると信じて疑わないよ。

レオナルド　それでは、グリエルモさんは、ジャチンタさんと一緒に田舎には行かないんですね。

フルジェンツィオ　それは間違いない。

レオナルド　フルジェンツィオさん、あなたの持って来られた知らせは、この上なく僕を慰めてくれます。それでは、フィリッポさんはグリエルモさんとの約束を反古にすると仰ったのですね？

フルジェンツィオ　わしがいろいろと言い、いろいろとして

レオナルド　僕は大満足です。じゃあ、僕は喜んで田舎に行くことにします。

やったお陰で、あの善人は目が覚めたんだよ。彼は本当に気のいい人だ。彼が悪意から約束を守らないなどと思わないでくれ。彼が時折、約束を守らないことがあるとすれば、それは善良すぎるからだよ。

レオナルド でも、彼の娘が、彼を自分の思い通りにさせているんだと思いますが。

フルジェンツィオ いや、あの子もそれほど悪い娘ではないよ。グリエルモさんを招待したのは、彼女の差し金ではないんだ。むしろフィリッポさん自身が、お仲間が欲しいのと、自分のものを人に大盤振る舞いしたいという情熱から、つい一緒に来るように誘ってしまったんだと打ち明けたよ。

レオナルド ジャチンタさんの差し金でないことが分かって、僕は嬉しいですよ。彼女と僕の間にあったことを考えれば、そんなことはまずあり得ないと思っていましたよ。

フルジェンツィオ 彼女と君の間には何があったのかね？

レオナルド 彼女が僕の愛を確信でき、僕が彼女の愛を期待できるような言葉のやり取りですよ。

フルジェンツィオ では、父親は何も知らないのかね？

レオナルド 確かに彼は知らんようだな。というのは、わしが彼の娘を嫁に貰いたいと言った時、彼は君のことが頭に浮かばなかったからね。

フルジェンツィオ 間違いなく知らないでしょう。

レオナルド そのうちに知らせてやります。

フルジェンツィオ なぜ今知らせないのかね？

レオナルド 今は田舎に行くところですから。

フルジェンツィオ ねえ、君、はっきりと話そうじゃないか。わしが喜んでフィリッポさんの所に行って、少々危険なお仲間から彼の娘を引き離そうとしたのは、わしの誠意を見せたいと思ったのと、君が彼女に対して真面目な気持ちを持っていて、この件がうまく行ったら、彼女を妻に娶ると約束してくれたからだよ。それがうまく行った今、何の決着も付けないで恋愛遊戯を続け、わしが過ちの原因になるようなことだけは願い下げだ。結局のところ、グリエルモさんには悪意がなかったのかもしれない。だが、君もそうだとは言えないぞ。わしの聞いているところでは、君たちはぶどうの蔓が支柱に巻き付くように引っ付き合っているそうだし、わしがこのごたごたに引きずり込まれたからには、わしは恥をかいて、そこから逃げ出すような真似はしたくないんだ。だから、二つにひとつだ。フィリッポさんに名乗りを上げるか、それともわしがグリエルモさんについて彼にしたのと同じ忠告を、君についてもするかだ。

レオナルド 僕に何をしろと仰るんです？

フルジェンツィオ 直ちに彼女をくれと申し出るか、あるいは彼女との交際をやめるかだ。

レオナルド 彼女をくれと申し出ると言ったって、こんな短い時間でどうしたらいいんです？

フルジェンツィオ　これは急ぐべきことだよ。何ならわしがその役を買って出ようか。

レオナルド　田舎から帰るまで待って貰えませんか？

フルジェンツィオ　へえ！ 別荘では何が起こるか分からんのだよ。わしにも若い時があったよ。天の神さまのお陰で、わしは愚行を犯さないで済んだが、さまざまな愚行を見たものだ。わしは友人である彼への務めとして、彼の娘をくれるようにとはっきり話すか、あるいは君に対して用心するようにと彼に伝えるかのどちらかだな。

レオナルド　そういうことでしたら、彼女を貰うように申し出ましょう。

フルジェンツィオ　君はどんな条件で彼女を貰いたいのかね？

レオナルド　持参金については、八千スクード銀貨（四五〇九ツェッキーノ金貨）と花嫁道具一式を持って来ることになっています。

フルジェンツィオ　君はそれで満足かね？

レオナルド　大満足です。

フルジェンツィオ　彼女と結婚するのにどのくらいの期間が必要かね？

レオナルド　四ヶ月でも、六ヶ月でも、八ヶ月でも、フィリッポさんの望むままです。

フルジェンツィオ　大変結構。彼に話そう。

レオナルド　だけど注意して下さいね。今日モンテネーロに出発することになっていますから。

フルジェンツィオ　何日か延期できないかね？

レオナルド　延期だけは無理です。

フルジェンツィオ　どうしようもありません。この問題は、他のことを犠牲にする価値があるよ。

レオナルド　フィリッポさんがここに留まるなら、僕だって留まりますよ。でも、そんなことは不可能だって分かるでしょう？

フルジェンツィオ　では、なぜ不可能なんだね？

レオナルド　だって、すべての人が別荘に行くし、フィリッポさんも行きたがっているし、ジャチンタさんは絶対今日出発したいだろうし、僕の妹だって行きたくて我慢できず、僕をしつこく責め立てます。だから、僕はありとあらゆる理由によって、ここに留まってはいられないのです。

フルジェンツィオ　まあ！ 別荘狂いはついにここまで達したのか！ よろしい。ではすぐに行ってあげよう。君のお役に立ち、君を満足させてやろう。だが、ねえ、君、わしの誠実ゆえの言葉を、もう二言ばかり我慢して聞いてくれ。君の家があまりうまく行っていないことは知っているんだよ。今以上に破滅ある生活をするために結婚するのであって、君の家の立て直しができる。八千スクードの持参金があれば、君はその持参金を別荘生活に費やしたりはしないでくれ。のために使ったり、別荘生活に費やしたりはしないでくれ。あらゆる社交の楽しみよりも、賢明さと、倹約と、分別だ。

心の憂いなく安心して眠れることの方が大切だよ。お金があるうちは、みんな楽しむ。だが、それがなくなると、嘲りと物笑いと冷やかしの口笛を浴びるだけだ。これからすぐに君のお役に立ちに行こう。〔退場〕

第二場　レオナルドと、その後、チェッコ

レオナルド　ああ！　言われる通りだ。生活を立て直そう。別を持たねばな。おい、誰かいないか？

チェッコ　旦那さま。

レオナルド　これからすぐにフィリッポさんとジャチンタさんの所に行ってくれ。僕の用事は片付きましたので、今日、皆さまのモンテネーロ行きに同行いたしますと伝えてくれ。それに加えて、二人乗りの馬車には僕の妹ともう一人の同伴者を乗せますので、もしよろしければ、僕は皆さまの馬車に乗せて頂きたいと言いますと。急いで行って、返事を貰って来てくれ。

チェッコ　承知しました。

レオナルド　従僕にここに来るように言ってくれ。すぐに来るようにってね。

チェッコ　はい、旦那さま。〔傍白〕（ああ、一日に何度ころころ変わるんだろう。）〔退場〕

第三場　レオナルドと、その後、パオロ

レオナルド　グリエルモが彼らの馬車で行くのだから、彼らは僕が同乗するのを断ったりしないはずだ。もしそのようなことをしたら、明らかに僕に対して礼を失することになる。それに、もしフルジェンツィオさんが話をしているなら、フィリッポさんが娘との婚約を承知するのは疑いないが、そうなれば、事は完全にうまく行く。馬車で一緒に行くのは、当然僕であるべきだ。僕の妹はフェルディナンドさんと同行させるようにしよう。彼の性格をよく知っている。彼は、僕の言ったことなど、とっくに忘れているだろうよ。

パオロ　何かご用でしょうか。

レオナルド　まあ、それは結構なことで。

パオロ　急げ。

レオナルド　じゃあ急いでくれ。

パオロ　お昼の食事は？

レオナルド　食事なんかどうでもいい。大切なのは、急いで出発準備をすることだ。

パオロ　でも、私は荷造りしたものを全部解いてしまいましたが。

レオナルド　では、また荷造りしろよ。

パオロ　不可能です。

レオナルド　可能にしなければならんし、終えてもらわねばならん。

パオロ　［傍白］（こんな風にこき使われるのは、もう沢山だ。）

レオナルド　それからコーヒーと、ロウソクと、砂糖と、ココアも頼むよ。

パオロ　商人たちに全部返してしまいました。

レオナルド　ではまた全部貰って来てくれ。

パオロ　もう何も渡してくれないでしょう。

レオナルド　僕を怒らせないのか。

パオロ　でも旦那さま……

レオナルド　問答無用だ。急げ。

パオロ　あなた様に申し上げたいことがございます。聞いて頂けますか。私にはあなた様のお役に立てる能力がございませんので、どうかお好きな人にやってもらって下さいませ。こんなに長い間、僕はパオロ君、僕を見捨てないでくれ。こんなに長い間、僕に仕えてくれた後で、見捨てたりしないでくれよ。すべてが君に懸かっているんだ。僕は君の主人としてでなく、君の友人として打ち明けることにしよう。実はだね、フィリッポさんが娘を、一万二千スクードの持参金付きで僕にくれるというんだよ。それなのに、君は今、僕の信用を失わせたいのか？　僕が破産するのを見たいのか？　僕の見栄っ張りも、これが最後の悪あがきだと思うのか？

それでも君は《無理です》とか、《不可能です》とか、《お役に立てません》とか言う気かね？

パオロ　親愛なる旦那さま、私のような者に打ち明け話をして下さってありがとうございます。私はできる限りのことを致しましょう。あなた様のお役に立ちますよ。たとえ自分の大切なものを持ち出してでも、あなた様のお役に立ちますから、どうかご安心を。［退場］

第四場　レオナルドと、その後、ヴィットリア

レオナルド　あいつは善良で、愛情があって、忠義な男だ。《たとえ自分の大切なものを持ち出してでも、お役に立ちます》と言ってくれたな。だが、僕が想像するに、今の彼の大切なものというのは、かつては僕のものだったはずだよ。それでは、自分のトランクの準備でもするか。

ヴィットリア　さあ、お兄さま、私、あなたにお話しに来たわ。私はこの季節にリヴォルノに行きたくなんかないし、残っていたくもない。私は田舎に行きたいの。［熱くなって］ジャチンタさんは田舎に行くわ。だから、私も行くのよ。

レオナルド　お前はなぜ今そんなに熱くなってきたのかい？

ヴィットリア？

レオナルド　私が熱くなっているのは、熱くなる理由があるからよ。私、いとこのルグレーツィアとその夫と一緒に田舎

に行きますからね。

レオナルド　なぜ僕と一緒に行こうとしないんだね？

ヴィットリア　いつ？

レオナルド　今日。

ヴィットリア　どこへ？

レオナルド　モンテネーロへ。

ヴィットリア　お兄さまと？

レオナルド　僕と。

ヴィットリア　まあ！

レオナルド　誓ってそうだとも。

ヴィットリア　お兄さま、私をからかっているのね？

レオナルド　本気で言ってるよ。

ヴィットリア　本気の本気で？

レオナルド　僕がトランク詰めをしているのが分からないの？

ヴィットリア　まあ！お兄さま、何があったのよ？

レオナルド　実はね、フルジェンツィオさんが……

ヴィットリア　いいわ、いいわ、説明は後回しよ。急いで、女中たち、どこにいるの？女中たち、箱詰めよ、ボンネットよ、私のマリアージュよ。[退場]

第五場　レオナルドと、その後、チェッコ

レオナルド　嬉しくて我を忘れている。確かになあ、もしヴォルノに居残っていたとすれば、妹にとってこれ以上の屈

辱はなかったろう。では僕は？意固地になると、大変なことをしでかすものだ。愛はとんでもないことをつまらん嫉妬のお陰で、僕は危うく別荘暮らしを捨ててしまうところだった。

チェッコ　行って参りました。

レオナルド　それで、彼らは何と言っていたかね？

チェッコ　私が参りますと、父上とお嬢さまのお二人が一緒にいらっしゃいました。彼らはあなた様が旅に同伴して下さるのは嬉しいが、馬車の席についてはお役に立てない、その席はグリエルモさんに与える約束をしてしまったので、どうか我慢して頂きたい、と申されました。

レオナルド　《グリエルモさんに》だと？

チェッコ　そう私に仰いました。

レオナルド　お前はちゃんと聞いたのか？《グリエルモさんに》と？

チェッコ　《グリエルモさんに》と。

レオナルド　いや、そんなことはあり得ない。お前はとんま

(17) 本当は八千スクード銀貨の持参金なのに、パオロには一万二千スクードと嘘をついている。レオナルドは、十分な返済能力があると思わせて、召使いにお金を出させようとしているのである。
(18) 従僕のパオロは、レオナルドにお金を用立てして、その見返りに、主人の財産をわが物にしているのである。

チェッコ　あなた様に申し上げておきますが、私は階段をちゃんと聞きましたし、グリエルモさまが小さいトランクを持った召使いと階段を登って来られるのをこの目で見ましたよ。

レオナルド　ああ、僕は何と惨めな男だ！　もう何が何だか分からない。フルジェンツィオは僕を裏切り、すべての人をあざ笑い、僕はもう我を忘れてしまった。僕は絶望だ。[椅子に腰を下ろす]

チェッコ　旦那さま。

レオナルド　水を持って来られるので？

チェッコ　手を洗われるので？

レオナルド　飲み水を一杯だよ。この頓珍漢め。[立ち上がる]

チェッコ　直ちに。[傍白]（これでもう田舎行きはおじゃんだな。）[退場]

レオナルド　でもなぜあの老人、あの忌々しい老いぼれは、僕を騙したりしたんだろう？　きっと彼の方が奴らに騙されたんだ。でも、自分はフィリッポと取引があるので、その関係で自分を騙したりはしないはずだ、と言っていたな。悪の原因はフィリッポか。しかし、奴が原因とは思えない。原因は彼女、ジャチンタだろう。だが、彼女も原因とは思えない。原因は彼女、ジャチンタだろう。だが、その父親はちゃんと約束したんだよ！　やはり娘だったんだな。だ、ぼんくらだ。娘は自分では決められないんだ。だから、フルジェンツィオだったんだろう。だが、どんな理由で僕を裏切らなければならないんだ、僕は愚かな畜生だ、気狂いだ、阿呆だ……[水を持って登場]

チェッコ　[チェッコに気付かずに、傍白]そう、気狂いだ、畜生だ。

レオナルド　[水を受け取りながら]えっ！　何で畜生なんで？

チェッコ　旦那さま、僕は畜生じゃありませんぜ。

レオナルド　僕だ、僕が畜生だよ。[水を飲む]

チェッコ　（なるほど、畜生はぶどう酒を飲むというわけか。）

レオナルド　すぐにフルジェンツィオさんの所に行ってくれ。彼が家にいるかどうかを見て、彼と僕の所においで頂くか、僕が彼の所にお邪魔したいかを伝えてくれ。

チェッコ　フルジェンツィオさんの所って、このロバめ、いったい誰の所と思ったんだ？

レオナルド　そうだよ、このロバめ、畜生のぶどう酒を飲み、僕のような人間さまは、畜生だ。

チェッコ　この私めに言われたので？

レオナルド　お前にだよ。

チェッコ　（ロバに畜生、俺には両方同じ奴を指すように思えるがな。）[退場]

第六場　レオナルドと、その後、パオロ

レオナルド　彼が年配者だからと言って、僕は遠慮しないぞ。
パオロ　さあ、さあ、旦那さま、お喜び下さい。すべての準備を整えますから。
レオナルド　僕をほっといてくれ。
パオロ　失礼致しましたが、私は自分の務めを果たし、務め以上のことも致しますが。
レオナルド　ほっといてくれと言ったろうが。
パオロ　何か変わったことでも？
レオナルド　残念ながら、そうだ。
パオロ　馬の方は手配しましたが。
レオナルド　手配は取り消しだ。
パオロ　またですか？
レオナルド　ああ！　僕は何と不幸なんだ！
パオロ　いったい何が起こったので？
レオナルド　どうか頼むから、僕をほっといてくれ。
パオロ　[傍白]（ああ！　困ったな！　事態はますます悪くなる一方だ。）

第七場　畳んだ服を持ったヴィットリアと、前出の二人

ヴィットリア　お兄さま、私のマリアージュをご覧になりたくない？
レオナルド　出て失せろ。
ヴィットリア　何という言い方よ、それ？
パオロ　[小声でヴィットリアに]（そっとして上げて下さい。）
ヴィットリア　いったい何の気まぐれなの？
レオナルド　そうだ、僕は気まぐれだよ。出て行ってくれ。
ヴィットリア　では、私たち、こんな楽しい気分で田舎に行くことになるわけね？
レオナルド　田舎はなしだ。別荘もなしだ。すべては終わりだ。
ヴィットリア　田舎に行かないつもり？
レオナルド　そうだ。僕は行かない。もちろんお前も行かないんだよ。
パオロ　そうだ。僕は行かない。いらいらさせないで下さいな。
ヴィットリア　あなた、気でも狂ったの？
パオロ　[ヴィットリアに]　お願いですから、どうかこれ以上いらいらさせないで下さいな。
レオナルド　[パオロに]　何よ！　お前も私をいらいらさせないでよ。

第八場　チェッコと、前出の人々

チェッコ　[レオナルドに] フルジェンツィオさんはいらっしゃいませんでした。
レオナルド　いったいどこに雲隠れしたんだ？
チェッコ　フィリッポさんのお宅に行かれたとのことで。
パオロ　旦那さま……
レオナルド　[パオロに] 帽子と剣だ。
パオロ　[レオナルドに] 帽子と剣だ。
ヴィットリア　[レオナルドに] ねえ、教えてもらえない？
パオロ　直ちに。[帽子と剣を取りに行く]
レオナルド　[さらに大きな声でパオロに] 帽子と剣だ。
ヴィットリア　[レオナルドに] いったい何があったのか、教えてもらえないの？
レオナルド　後で教えてやる。[退場]
ヴィットリア　[パオロに] いったい何があったのよ。
パオロ　存じません。私は遠くから旦那さまの後に付いて行きます。[退場]
ヴィットリア　[チェッコに] お前、何があったのか知ってる？
チェッコ　私めをロバ呼ばわりしたのは知っていますが、他のことは存じませんね。[退場]

第九場　ヴィットリアと、その後、フェルディナンド

ヴィットリア　唖然としてしまって、何がなんだか分からない。私が家に帰ると、お兄さまがにこにこしていて、私に《田舎に行こう》と言ったわ。何があったのか、三分も経たないうちに、鼻息荒く逆上して、《もう田舎には行かない》ですからね。気が狂ったんじゃないかしら。絶望のあまり病気のせいとも言えば、今やこれまでにないほど絶望して、ここにいるっていうわけ。このお兄さまの言動が病気のせいなら、田舎よ、さよなら、モンテネーロよ、さよならだわ。忌々しい私の服よ、お前にもさよならだよ。[椅子に服を投げつける] もう少しでずたずたに切り刻んでやるところだわ。

フェルディナンド　さあ、参りましたよ。ヴィットリアお嬢さまにお喜びを申し上げるためにね。
ヴィットリア　あなたも私を悩ませに来たの？
フェルディナンド　何ですって、お嬢さん？ 私は親切心からこちらに参りましたのに、あなたは私を邪険に扱うのですか？
ヴィットリア　いったい何しに来たのよ？
フェルディナンド　あなたも田舎に行かれることをお喜びするためです。
ヴィットリア　ああ！ もしもよ……もしも差し障りさえなかったら、私の胸につかえている《お喜び》とやらを、すべ

フェルディナンド　ついうっかり口を滑らせてしまったのかな。

ヴィットリア　ええ、そうよね！　癖になってしまっているから、覚えてなんかいないのよね。

フェルディナンド　要するにですね、あなたは怒っていらっしゃる。なのに、その理由を私に教えては下さらないのですか？

ヴィットリア　ええ、あなたには何も喋りたくないの。

フェルディナンド　いいですか。私は紳士であるか、あるいは陰口屋であるか、そのどちらかです。もし私が、紳士であるならば――実際、私は紳士なんですが――この私に打ち明けて下さい。何のご心配にも及びません。もし万が一私が陰口屋だったとすれば、たとえあなたが何も言わなくても、私はあなたの悩みを自分勝手に解釈して、そこから好き勝手に笑い話をでっち上げるでしょう。

ヴィットリア　あなたに本当のことを言ってあげましょうか？

フェルディナンド　［皮肉に］あなたって、本当に、辛辣な若者ね。

ヴィットリア　いいわよ、あなたがそうでないことをそうだと信じたり、あなたの好き勝手に考えたりしないように、あなたに教えてあげるわ。私自身とは何の関係もないの。私の兄が非常に苛立って、自分を見失って、取り乱しているだけな

てあなたにぶちまけてやりたいものだわ。

フェルディナンド　お嬢さん、私は実に気さくな男です。あなたが心の鬱屈をすっきりさせたいのなら、私に打ち明けて下さい。私はあなたにそうする許可を与えて上げます。

ヴィットリア　もし私を苛んでいる怒りを、本当にあなたにぶちまけたなら、あなた、ひどい目に遭うわよ。

フェルディナンド　いったい何があったんですか？　どうしたんですか？　何に苛立っていらっしゃるんです？　私に打ち明けて下さい。私にだけは自由に話して下さっていいのです。《社会の触れ回り役に打ち明けて下さい》と言うようなものよね。

ヴィットリア　私はみんなから聞いたことを言っているだけよ。

フェルディナンド　あなたは私を信用していらっしゃらないようですが、そのような言い方をされるのは心外です。

ヴィットリア　ええ、確かに。

フェルディナンド　私が他人のゴシップを触れ回るなんて、みんなどうして言えるんだろう？　だって、私があなたに、誰かのことで何か喋ったことなんてないでしょ？

ヴィットリア　まあ！　千度も聞かされたわ。アスパージアさんのこと、フラミニアさんのこと、フランチェスカさんのこともね。

フェルディナンド　この私が喋ったって？

ヴィットリア　間違いなく。

のよ。そのとばっちりで、私は兄以上にひどい目に遭っているというわけ。

フェルディナンド　なるほど、彼はジャチンタさんの件で取り乱しているんでしょう。あの女は浮気で、尻軽で、どんな男の言うことでも聞き、評判を失って、あらゆる所で物笑いの種ですよ。

ヴィットリア　しかし、あなたって、本当に誰の悪口も言わない人ね。

フェルディナンド　レオナルドさんはどこにいます？

ヴィットリア　彼女の所だと思いますけど。

フェルディナンド　では失礼します。

ヴィットリア　どこに、どこに行くの？

フェルディナンド　私の親友を見つけ、彼を助け、忠告をしてあげに行くのです。[傍白]（本当はモンテネーロの社交の集まりで喋る話題を集めるためだよ。）[退場]

ヴィットリア　さて、私は何をすればいいのかしら？ お兄さまを待っているべきか、それともこの所に行くべきか？ お兄さまを待っている必要があるわね。この事件がどのように決着するのか、見届ける必要がある。でも、だめ。私は我慢できない。今すぐに何か知りたいわ。私はフィリッポさんのお宅に戻りたい。私を田舎に行かせないために、わざとしているのかも知れないじゃない？ 何を言われようと構わない。私は行きたいのよ。彼女がどう思おうと、私行ってやる

わ。[退場]

第一〇場　フィリッポ氏の家の部屋。フィリッポとフルジェンツィオ

フィリッポ　いいかい、わしとしては大満足だよ。レオナルドさんは誠実で礼儀正しい青年で、生まれもよい、財産もそこそこある。確かに彼には浪費癖があって、とりわけ田舎ではひどいが、生活を立て直すことはできるだろう。

フルジェンツィオ　もういい。呆れてものが言えんよ。君は彼の人柄を知っているし、彼の経済状態も知っている。だから、もしそれでもいいと言うなら、彼に娘さんをくれてやってくれ。もし気に入らなければ、放っておいてくれ。わしは喜んで娘を彼にやるよ。娘が承諾さえすれば、それで十分だ。

フィリッポ　わしと彼とではちょっと違うんだ。君は彼を非難する資格はないよ。

フルジェンツィオ　へえ！　この方面については、わしも同じことをしていると言いたいんだろう。だが、わしと君とはちょっと違うんだよ。

フィリッポ　もういい。わしと彼とではちょっと違うんだ。

フルジェンツィオ　へえ！　娘さんは嫌とは言わないと思うよ。

フィリッポ　君は何か知っているのか？

フルジェンツィオ　ああ、わしは君よりも知っているし、君の方がもっと知っていなければならんことも知っているよ。一

家の父親は、自分の家族に目を光らせていなければならん。君には娘一人しかいないんだから、他の多くの父親より容易にそれができるはずだ。娘たちに自由に交際させないことだよ。分かるかね？　自由に交際させないことだ。わしは君に言わなかったかね？　彼女は賢明だって。そう、そう、わしは言ってやったろうが、でも女だって。たとえどんなに聡明でも、たとえどんなに賢くてもだ、彼女とレオナルド君の間には恋のやり取りがあったんだよ。

フィリッポ　まあ！　恋のやり取りがあった？

フルジェンツィオ　そうだ。だが、君はその相手が紳士であったことを、神さまに感謝し給え。だから、彼女をくれるだろうよ。そうすれば、すべてが丸く収まるだろう。

フィリッポ　確かにな。わしは娘をくれてやろう。わしは娘をくれてやろう。そして、彼は娘を貰わねばならんし、娘は彼を望まねばならん。ふしだらな女め！　恋だと！

フルジェンツィオ　君はどう思うかね？　娘たちは何も知らんとでも？　自由に交際させておくとね……

フルジェンツィオ　レオナルドさんはここに来るか、わしが彼の家に行って、彼を君の所に連れて来よう。そして、一件落着にしよう。

フィリッポ　わしが君を説得して、君の娘のそばからグ

リエルモさんを遠ざけたのは、いいことだったってことが分かったろう？

フィリッポ　[傍白]（ああ、しまった！　あの友人は家にいるんだった。）

フルジェンツィオ　レオナルド君は、そんなことを承知しなかったし、それは正しかった。もしグリエルモさんが君たちと田舎に行ったとしたら、彼はけっして彼女を貰おうとはしなかっただろう。

フィリッポ　[傍白]（困ったぞ！　わしはこれまでになく窮地に追い込まれた。）

フルジェンツィオ　グリエルモさんが君の娘と仲良くならないように注意し給え。

フィリッポ　[傍白]（もしジャチンタが何か言い訳を見つけてくれない限り、わしに絶対に見つけられんな。）

フルジェンツィオ　君はレオナルド君に会いに行く。その間にわしはレオナルド君に話をしてみてくれ。その間にわしはレオナルド君に話をしてみてくれ。

フィリッポ　大変よろしい……やってみる必要があるだろう……

フルジェンツィオ　何か問題でもあるのかい？

フィリッポ　何でもない、何でもない。

フルジェンツィオ　それではまたお目に掛かろう。すぐに戻ってくるよ。[退場しようとする]

第一一場　グリエルモと、前出の二人

グリエルモ　フィリッポさん、二一時〔午後三時〕はもうすぐです。もしお望みなら、僕が馬の手配を急がせに行きますが。

フィリッポ　〔傍白〕（しまった！）いや、いや、構わんよ。そんなに早くは出発しないから。わしに用事ができてね……

フルジェンツィオ　〔自分でも何を言っているのかよく分からん。〕

フルジェンツィオ　グリエルモさん、田舎に行かれるのですか？

グリエルモ　左様ですが。

フルジェンツィオ　まさにその通りですが。

グリエルモ　では、ジャチンタさんも一緒に？

フルジェンツィオ　〔傍白〕彼と一緒の馬車で？

グリエルモ　左様ですが。

フルジェンツィオ　〔傍白〕（やっぱりな！）

フィリッポ　〔グリエルモに〕さあ、さあ、馬の手配を急がせに行って下さい。

グリエルモ　でも、時間があると仰るんであれば。

フィリッポ　いや、いや、行って下さい。行って下さい。

グリエルモ　僕にはあなたの仰ることが理解できませんが。そして、馬がそれを食べている間、厩舎番たちにごまかされないように、見張っていてくれませんか。

フィリッポ　馬にライ麦を与えるようにさせて、見張っていてくれませんか。

グリエルモ　あなたがライ麦代を払われるのですか？

フィリッポ　わしが払います。どうか行って下さい。お役に立ちましょう。

グリエルモ　では結構です。〔退場〕

第一二場　フルジェンツィオとフィリッポ

フルジェンツィオ　〔傍白〕（やっと行ってくれたぞ。）

フィリッポ　ご立派、ご立派……約束をしてしまったのでね……

フルジェンツィオ　ご立派だな、フィリッポ君。

フィリッポ　そう。君はわしに約束をしていたんだよ。

フルジェンツィオ　わしは君より先に彼と約束をしていたんだよ。

フィリッポ　彼との約束を破りたくなかったのなら、なぜわしに約束をしたりしたんだ？

フルジェンツィオ　ぜひわしに約束してくれと君がわしにしろと言ってくれたわ。

フィリッポ　君がわしにしろと言ってくれたからだが。

フルジェンツィオ　では、なぜそれをしなかったのかね？

フィリッポ　彼をわしのそばから遠ざけるには、他にどんな理由が見つかると言うんだね?
フィリッポ　わしは混乱の海のまっただ中だな。こうしたらどうかね。馬を連れて戻って来たら、田舎に行くのを延期するんだよ。
フルジェンツィオ　どのようにしたらいい?
フィリッポ　病気になるんだな。
フルジェンツィオ　どんな病気になったらいい?
フィリッポ　癌にでもなっちまえ!
フルジェンツィオ［怒って］癌にもなっちまえ![19]
フィリッポ　怒らないでくれよ。

第一三場　レオナルドと、前出の二人

レオナルド　ここでお二人一緒にお会いできるとは嬉しい限りですな。あなた方のうち、僕をからかったのは誰です? 僕のことを愚弄したのは誰なんだ? 紳士のことを愚弄したのは誰なんだ? 僕のような人間をこのように扱っていいのか? これは何というやつだ? 親愛なる友よ、君から答えてくれ。
フィリッポ［フィリッポに］君が答えろ。
フルジェンツィオ　紳士をこのように愚弄してもいいのか? 僕のような人間をこのように扱っていいのか? これは何というや

フィリッポ　それは……小さな過ちからもっと大きな過ちが生じるかも知れなかったからだ。というのは、世間の噂は……ああ、全く! もし君がわしの言い分を聞いたなら、世間の下す判断は……君だってその通りだと納得したろうよ。
フルジェンツィオ　君の言うことは分かった。わしのような紳士をこのように騙すものじゃない。わしはこのような目に遭わされるような操り人形ではないぞ。わしはレオナルド君に対して身の証を立ててねばならん。わしはこんなことに係わり合ったことを後悔しておるよ。わしは足を洗って、金輪際手を切るよ。［退場しようとする］
フィリッポ　いや、聞いてくれよ。
フルジェンツィオ　もう聞く耳は持たん。
フィリッポ　一言だけ聞いてくれ。
フルジェンツィオ　ねえ。君、わしは何を言う権利があるのかね?
フィリッポ　何だか分からないんだ。
フルジェンツィオ　君はわしに何を言う権利があるのかね? 何がなんだか分からないんだ。
フィリッポ　お願いだから、名誉挽回させてくれ。
フルジェンツィオ　不道徳だ。失礼だが、不道徳だよ。
フィリッポ　君はどのようにして名誉挽回しようとするんだね?
フルジェンツィオ　われわれは、グリエルモさんをお払い箱にするのに、まだ間に合うんじゃないか?
フィリッポ　君は彼に馬の手配を急がせに行かせたんだろう?

(19) 当時の医学知識では、《癌》は《黒胆汁によって引き起こされる腫瘍ないし潰瘍》(ボエーリオ) と考えられていた。

第一四場　ジャチンタと、前出の人々

フィリッポ　[フルジェンツィオに] さあ、答えろよ。

ジャチンタ　この騒ぎはいったい何事です？　この喧嘩はいったい何事なの？

レオナルド　お嬢さん、この喧嘩を仕掛けたのは、僕ではありません。それを仕掛けたのは、紳士を愚弄して、約束を守らず、誓いを破る人々です。

ジャチンタ　[大げさに] その犯人というのは誰？　約束破りをしたのは誰？

フルジェンツィオ　[フィリッポに] 君が話せよ。

フィリッポ　[フルジェンツィオに] 頼むから、君から始めてくれよ。

ジャチンタ　よろしい。この件にはわしの名誉が懸かっておる。わしはこの忌々しい事件に巻き込まれてしまったので、黙っていればわしの名誉に傷が付くし、フィリッポさんは話すことができないのであれば、わしから話すことにしよう。左様、お嬢さん。レオナルド君が嘆くのは当然のことですよ。グリエルモさんをあなた方に同行しないと約束した後で、その約束を破って彼を来させ、別荘に連れて行くというのは、あまり芳しいとは言えない行為であり、礼を失した振る舞いだな。何という不誠実で卑劣なやり方だね？　何と言ったらいいのか分からんよ！

ジャチンタ　お父さま、どうお答えになるの？　彼はお前に話したんだし、お前が答えてくれよ。

ジャチンタ　では、フルジェンツィオさまにお尋ねしますが、レオナルドさまはどのような権限があって、他人の家でご命令なさろうとするのですか？

レオナルド　その権限というのは、恋人の……

ジャチンタ　[レオナルドに] 失礼ですが、フルジェンツィオさま、私にお答え下さい。なぜレオナルドさまは、私の父と私に対して、望む人を招待してはならず、彼の望まぬ人を田舎に連れて行くなと要求できるのですか？

レオナルド　君はよく知っているくせに……

ジャチンタ　あなたに話してはおりません。フルジェンツィオさまにお答え頂きましょう。

フルジェンツィオ　[傍白] (ああ！　恋のやり取りがあったなんて嘘だな。さもなければ、こんな言い方はしないはずだ。)

フィリッポ　あなたがわしに答えてもらいたいと言うのなら、答えることにしよう。もしレオナルド君にあなたを妻に迎えるつもりがなかったなら、彼はいっさい口を出さなかっただろうし、何の要求もしなかったよ。

ジャチンタ　[フルジェンツィオに] まあ！　レオナルドさまで私を妻に迎えるおつもりがあるんですって？

レオナルド　初めて聞いたなんてことがあるものかい？

ジャチンタ　[レオナルドに] 失礼ですが、フルジェンツィオさまとお話させて下さいな。[フルジェンツィオに] 何を根拠にして、あなた様はそのようなことを主張できるのか、仰って下さいな。

フルジェンツィオ　わし自身がレオナルド君の依頼を受けて、つい先ほどあなたの父上に結婚の申し込みをしたのが、その根拠だよ。

レオナルド　でも、今僕がこれほどひどい扱いをされるのなら……

ジャチンタ　[レオナルドに] お願いですから、黙っていて下さいな。今はあなた様の話す番ではありません。あなた様の番が来たらお話し下さい。このことについてお父さまはどうお答えになりますの？

フィリッポ　お前だったらどう答えるかね？

ジャチンタ　いいえ、最初にお父さまのお考えを仰って下さいな。その後で私の考えを申し上げますから。

フィリッポ　わしとしては、別に問題はないと思うが。

レオナルド　だが、今や僕の方で異議あり……

ジャチンタ　まだあなた様の番ではありませんよ。どうか聞いて頂きましょう。そしてその後で、お話す番です。どうかお聞き下さい。私がレオナルドさまと知り合う栄誉を得て以来、私が彼に対して尊敬の念を抱いて来たことは、彼も否定されないと思います。私も、彼が私に対して絶

えず同じ気持ちを抱いてこられたことはよく存じています。いつしか、この尊敬の念は愛情へと変わりました。私は彼に対して特別の気持ちを抱いていることをはっきりと認めますが、それと同様に、彼の方でも私を愛していらっしゃると私は信じます。しかしながら、ある殿方が若い女性に対して権威を振るうには、曖昧な愛情だけでは十分でありません。公に宣言することが必要です。しかもそれをする時には、その娘が知っているだけではいけません。彼女に命令できる親も知り、世間にも知らせ、しかるべき書類によって契約し合意することが必要です。その時になって初めて、婚約者にはすべての厚意とすべての特別扱いが与えられるのであり、勝手に要求し命令する権限とまではいきませんが、少なくとも自由に説得して正当に手に入れる権限を持つのです。そうでない場合には、真面目な娘には、すべての人と分け隔てなく付き合いし、すべての人と会話を交わし、すべての人を平等に扱うことができるのです。逆に、誰かを特別扱いしたりすることは、自分の評判を落としたり人の気を引いたり、真面目さでもって、グリエルモさんやその他の人々ともお付き合いして来ました。私の父は、彼を私たちと一緒に来るよう招待しましたが、私は他のいかなる人が招待された場合でもそうするように、その決定に従いました。ですから、もしあなたがあの方や私に向かって苦情を言われるとすれば、それはお門違いというものです。しかしそ

の後、あなたが名乗りを上げられり、あなたの愛を公にされ、私を妻に迎えると申し出て下さり、私の父がそれを知って、あなたの愛を嬉しく思い、私はそれに従いますし、あなたの愛を嬉しく思い、あなたのご好意に感謝したいと思います。今後私はあらゆる点であなたを特別扱いするでしょう。

それはあなたにふさわしいことですし、あなたがそれを要求することができ、その要求は叶えられるのです。一方、私があなたにお願いしたいのは、たったひとつのことです。そして、私があなたに好意を持てるかどうか、あなたを夫とする喜びを持てるかどうかは、おそらくこの願いを叶えて頂けるかどうかに懸かっています。どうか私の愛を信じて、下品な考えを抱かないでほしいのです。あなたの最初の愛の表現が、私に対する卑しい疑いであったり、侮辱的な不信であったり、下司で卑俗な仕打ちであったりしてはならないのです。私たちはもうすぐ出発しなければなりません。あなたは無礼にも人を追い払ったり、他人にあなたが疑っていることを知られたり、私たちが世間の物笑いの種になることを望むのですか？ 今回だけは目をつぶっていて下さいな。どうか私を信用して、私を苦しめないで下さい。私は、あなたが私を愛しているかどうかを、このことによって判断しましょう。あなたは私の心が欲しいのですか、それとも私の手が欲しいのですか。私の手でしたなら、あなたのお望み通り、すぐにでも人に差し上げますよ。でも、私の心を手に入れたいと思われるなら、それにふさわしい人になって下さいな。

フィリッポ　ああ！ [フルジェンツィオに] 見事なものだろう？

フルジェンツィオ　[フィリッポに小声で] （わしだったら、とえ一〇万スクードの持参金でもフィリッポには嫁には貰わんな。）

フィリッポ　[傍白] （こいつは馬鹿だよ！）

レオナルド　返す言葉もありません。僕はあなたを愛しており、とりわけあなたの心を望んでいます。あなたの述べたさまざまな理由に、僕は説き伏せたくありません。あなたのお望みに対して恩知らずなことをしたくありません。どうか僕に憐れみをかけるようになさって下さい。そして、どうか僕に反抗しないで下さい。

フルジェンツィオ　[傍白] （呆れた愚か者だ！）

ジャチンタ　[傍白] （グリエルモが私と一緒に来るかどうかは全く問題じゃない。レオナルドが私に反抗しなければ、それで十分だわ。）

第一五場　ブリージダと、前出の人々

ブリージダ　旦那さま、お妹さまがあなた様の従僕と一緒に来られましたが。

レオナルド　皆さま、よろしければ。では、来るように言ってくれ。

ブリージダ　[ジャチンタに小声で] （行くんですか、行かないんですか？）

ジャチンタ　［ブリージダに小声で］（行くわよ、行くわよ。）

ブリージダ　（行けないんじゃないかと、すごく気を揉みましたよ。）［退場］

第一六場　ヴィットリアと、パオロと、ブリージダと、前出の人々

ヴィットリア　［陰鬱に］よろしいでしょうか？

ジャチンタ　いいわよ、私の命さん、いらっしゃい。

ヴィットリア　（へえ、《私の命さん》、《私の命さん》だって！）［前と同様に］レオナルドお兄さま、ご機嫌はいかが？

レオナルド　上々だよ、天のお陰でね。パオロ君、急いで、万事を早急に準備してくれ。トランク、馬、必要なものすべてだ。われわれはもうすぐ出発するよ。

ヴィットリア　［喜んで］出発ですって？

ジャチンタ　そうよ、私の命さん、出発するのよ。あなたはご満足？

ヴィットリア　ええ、私の喜びさん、私は大満足よ。

フィリッポ　［小声でフルジェンツィオに］義理の姉妹どうしが仲睦まじくて、わしは嬉しいよ。

フルジェンツィオ　［フィリッポに］わしには狼と羊が仲良くしているように見えるがな。

フィリッポ　［傍白］（何て変なことを言う奴だ！）

パオロ　旦那さまが落ち着きを取り戻されましたことを、神さまに感謝します。［退場］

レオナルド　さあ、お兄さま、私たちも行きましょう。お前は本当に我慢のできない奴だな。

ジャチンタ　かわいそうに！　田舎に行きたくて仕方がないのよね。

ヴィットリア　そうよ、大なり小なり、ほぼあなたと同じだわよ。

フィリッポ　出発する前に証文をしたためたらどうだろう。

レオナルド　僕はすぐにでもしますよ。

ヴィットリア　契約って何よ？

フルジェンツィオ　では君たちは、取り決めをせず、契約も結ばずに行くつもりかね？

ヴィットリア　お兄さま、何をするって？

ジャチンタ　証人を二人呼ばなければ。

ヴィットリア　何のための証人？

ブリージダ　［ヴィットリアに］ご存じないのですか？

ヴィットリア　何も知らないわ。

ブリージダ　ご存じでなければ、もうすぐお分かりになりますよ。

ヴィットリア　お兄さま。

レオナルド　何だい？

ヴィットリア　結婚するの？

レオナルド　その通りだよ。
ヴィットリア　私だけが何も聞かされてなかったわけ？
レオナルド　時間があれば、話して上げるよ。
ヴィットリア　ええ、いとしいあなた、その幸運を得たのはこの私かしら！
ジャチンタ　まあ、あなたは私を愛して下さる？
ヴィットリア　いとしい私のお義姉さま！
ジャチンタ　[傍白]（やっぱりこの女が家に来るのね！）
ヴィットリア　[互いに接吻を交わす]何という喜びかしら！
ジャチンタ　[傍白]（この女が早く家から出て行くよう、天に祈るわ！）
ブリージダ　[傍白]（この接吻は心にまで達していないようだわね。
フィリッポ　[フィリッツィオに]（二人の仲睦まじさを見ろよ！）
フルジェンツィオ　[フィリッポに]（ああ、見たよ。君は女というものを知らんな。）
ジャチンタ　[傍白]（頭に来る奴だ。）
フィリッポ　さあ、来たわ、来たわよ。二人の証人の到着よ。
レオナルド　[舞台の間から眺めながら、傍白]（ああ！グリエルモがやって来た。あいつは僕の絶望の種だ。あんな奴の顔も見たくない。）
ヴィットリア　[傍白]（何て優しいお兄さまなの！私を嫁にせる前に、さっさと自分で結婚してしまうなんてね！もし

最終場　グリエルモと、フェルディナンドと、前出の人々

グリエルモ　馬の用意ができました。
フェルディナンド　さあ、急いで。遅くなります。フィリッポ　皆さん、出発前にしなければならないことがあります。レオナルドさんに、わしの娘を妻に貰いたいと申し出て下さり、レオナルドさんは、心の鬱屈を晴らす友だちのレオナルドさん、心の鬱屈は直りましたか？
レオナルド　心の鬱屈って、君は何を知っているんだね？
フェルディナンド　さあね、私は誰かさんから聞いたよ。
ヴィットリア　そんなの全くの嘘っ八よ。私、あなたに何も言わなかったわよ。
フェルディナンド　へえ！ご婦人が否定される時には、それを甘受するしかありませんね。
フィリッポ　婚礼を挙げなければなりませんが……[レオナルドに]いつ挙げることをお望みですか？
レオナルド　別荘から帰ってからでは、いかがでしょうか。
フィリッポ　大変結構。別荘から帰った後に挙式することにしましょう。で、その前に証文をしたためる必要があります。そこで、あなた方二人には証人になって頂きたいのです。

グリエルモ　[傍白]（これは予想もしなかった事態だ。）
フェルディナンド　いいですとも、大変喜んで。すべきことは早く片付けて、田舎に出発しましょう。ところで、皆さん、私の乗る席はどこですか？
ジャチンタ　さあね……ジャチンタ、お前どうする？
フィリッポ　そして、グリエルモさんの席は？
ジャチンタ　お決めになるのは、お父さまです。
フィリッポ　[フィリッポに]私に話をさせてもらってよろしいかしら？
ヴィットリア　……どうしよう？
フェルディナンド　お嬢さん、うまい方策を見つけて下さいね。
ヴィットリア　私の兄がジャチンタさんと婚約したからには、彼が婚約者と一緒の馬車で行くべきです。
フルジェンツィオ　フィリッポさん、礼儀から言って、これは当然だな。
ジャチンタ　私はどなたも自分から招いたりしませんし、どなたを拒んだりもいたしません。
フィリッポ　ジャチンタはどう思う？
レオナルド　グリエルモさんはどうですか？
グリエルモ　もし僕がお邪魔なのであれば、行くのを取りやめようと思いますが。
ヴィットリア　いえ、いえ、あなたは私と一緒に二人乗り馬車でいらっしゃいな。

グリエルモ　[傍白]（これは固辞しない方が得策だな。）もしレオナルドさんのお許しが頂ければ、私はヴィットリアさんのご好意を受け入れましょう。
レオナルド　結構です。僕こそ、君のご親切に深く感謝します。
ジャチンタ　[傍白]（彼が自分から譲ったのだから、私にはどうでもいい。私は自分の意地を貫き通したわ。）
フィリッポ　[フルジェンツィオに]（さあ！　どうだい？　これでうまく行っただろう？）
フルジェンツィオ　[フィリッポに]（ヴィットリアさんについては、あまりうまく行ったとは言えないぞ。）
フィリッポ　[フルジェンツィオに]（まあ！　冗談だろう。）
フェルディナンド　それでは、私はどなたと行ったらよろしいんでしょう？
ジャチンタ　あなた様は、私の女中とご一緒願えませんか？
フェルディナンド　二人乗り馬車で？
ジャチンタ　[ブリージダに]べっぴんさん、かわいらしいあなたとご同伴を楽しませて頂きますよ。
ブリージダ　まあ！　身に余る光栄ですわ。[傍白]（どうせ行

────────
(20) グリエルモとヴィットリアが二輪馬車で同行したことから、続編の『別荘での出来事』において、二人は婚約するに至るが、実はグリエルモは、本命のジャチンタに言い寄る隠れ蓑として、ヴィットリアを利用するのである。

くなら、従僕と一緒の方がよかったけどね。)

フルジェンツィオ　結構、よろしい。これで全員の合意ができた。

ヴィットリア　さあ！　すべてを終えて、祝福された田舎に行きましょうよ。

ジャチンタ　ええ、証文をしたためたら、すぐに出発しましょう。こうしてようやく私たちは、あれほど待ち望んでいた別荘に行く時を迎えました。別荘行きが駄目になるのではないかという恐れのお陰で、私たちは激しい物狂いに襲われました。これは今の季節になるといつも生じる物狂いなのです。それでは出発される方々にはよい旅をお祈りし、残っていらっしゃる方々には、よいご滞在をお祈りいたします。

【幕】

キオッジャの喧嘩
(1762 年)

第 2 幕 11 場

作品解説

この作品は、ゴルドーニがフランスに発つ前に作った最後から二番目の作品である（最後の作品『カーニバルの最後の晩』は、ヴェネツィアの観客へのお別れの劇となった）。ヴェネツィア潟の南端にあるキオッジャは、ゴルドーニにとって思い出深い、懐かしい町であった。彼の父がこの町で医者をしていたので、彼もその見習いとしてここで働いたことがあったし、さらに、一七二八〜二九年の一六ヶ月間にわたって、彼はこの町の裁判所の補佐役を務めていた。当時二二歳だったゴルドーニの補佐役体験が、この作品に強く反映しているのである。

劇のあらすじはこうである。
何人かのキオッジャの女たちが、漁師の男たちの帰りを待ち侘びながら、家の前に腰掛けて、レース編みをしている。そこに船頭のトッフォロがやって来て挨拶をする。彼は一番若いケッカと話をしに来たのだが、その姉たち（リーベラおばさんとオルセッタ）に追い払われたので、その向かいの家のパスクヮおばさんとその義妹のルシエッタに親しげに話し掛け、焼きカボチャまでおごる。悪いことに、若い娘のルシエッタは、勇み肌の漁師ティッタ・ナーネの婚約者であった。とたんに、女たちの間で陰口が始まり、陰口はたちまちのうちに節度を超えて、ついには怒鳴り合いに発展するが、男たちの漁船が着いたという知らせに、全員が急いで仲直りして、この件については告げ口をしないと約束し合う。しかし、陸に上がったばかりの漁師たちにそのような約束が守れるはずはない。漁師のベッポは婚約者たちに次々と陰口をいいしたと聞いて、怒って婚約を破棄し、ティッタ・ナーネも、ルシェッタがトッフォロと話したという話に逆上して、婚約を破棄しただけではなく、二人とも《トッフォロめ、ただでは置くものか》と、ナイフを持って、暴力沙汰に発展しそうになる。トッフォロも石つぶてで応戦するが、彼は女たちからも爪弾きにされて、追い払われてしまう（第一幕）。

収まらないのは、踏んだり蹴ったりのトッフォロである。彼は裁判所に訴え出る。補佐役の青年イシドーロがそれを審理することになり、一人ずつ女性たちの証人尋問が行われる。だがこの審理はすぐに雲行きが怪しくなる。というのは、補佐役自身が若いケッカに惚れており、彼女と差しで話ができるのを喜んで、尋問はそっちのけ。恋人について聞いたり、自分が持参金を見つけてやろうと申し出たりする有り様。次に、ケッカの姉のオルセッタとリーベラおばさんの証言の番だが、彼女たちはイシドーロの尋問をうまくはぐらかして、まともに口を割らず、補佐役がついに癇癪を起こして追い払ってしまうと、今度はルシエッタとパスクヮおばさんが、《どうしてあの女たちばかり尋問して、自分たちには尋問してくれないの!?》と怒り狂って部屋に飛び込んで来る（第二幕）。

仲が悪くて喧嘩ばかりしている女たちを和解させ、トッフォロと漁師たちを和解させるために、イシドーロはさまざまな工作をするが、それは何度もうまく行きそうに見えて、もう一歩の所でだめになって、喧嘩が再発する。しかし、すべての出来事は、必然的に最後の大団円に向かって流れ込む。イシドーロは、ついにティッタ・ナーネとルシェッタ、ベッポとオルセッタのよりを戻し、さらにトッフォロとケッカを結婚させて、一度に三組の結婚式を挙げるのに成功する。楽師たちが音楽を奏で、全員が喜んでフルラーナを踊るなか、幕が下りる。

ゲーテは、一七八六年一〇月一〇日にサン・ルーカ劇場でこの喜劇を見て、『イタリア紀行』の中でその劇評をしている。彼のあらすじの紹介には、ヴェネツィア方言をよく知らなかったせいか、かなりの誤解があるが、しかしドラマの本質を見抜く力は実に鋭い。最も印象深い箇所を挙げよう。最も成功した着想は、次のような登場人物に表れている。そのキャラクター〔フォルトゥナート親方〕は、老人の漁師で、彼の体格や、とりわけ彼の声帯は、若い時から打ち続く辛苦の生活のために萎縮したかのようである。彼の性格は、活発で、お喋りで、わめきたてるすべての登場人物とは全く対照的であり、まるで助走を付けるかのように、唇を動かし、両手と両腕を動かしてから、自分の頭の中にあることを外に出そうとし始めるが、短い語句でしか表現できないので、重々しい沈黙に終わってしまう。それが逆に、彼の喋るすべてのことに、格言や金言のような印象を与え、他の登場人物たちの激しくて情熱的な行動に対して、絶妙なバランスを取っているのである。私は、現実がこれほどの自然さで再現されるのを見て、これまでの人生においての爆発に身を任せる観客たちの姿を、これほどの喜びの笑い声が絶えることはなかった》。

役者の演技が目に浮かぶような見事な記述であるが、この中で指示したものとは少し異なるようである。原作者はこの親方を《粗野で、早口で、言葉を半分飲み込んでしまうので、彼の同郷人にさえ理解が困難である》（「作者から読者へ」）と述べているが、ゲーテが見たフォルトゥナート親方は、まるで吃音の人のように、言葉がなかなか出て来ないので、自分も他人もいらいらし、結局、片言雙句だけで口を噤んでしまうような人である。この違いは演出によって、キャラクターがそのように変更されたために生じたものと思われる。

最後に、フォルトゥナート親方と一緒に登場する、トーニ親方の人間像についても、一言触れて置かねばならない。彼も粗暴で、寡黙で、喋るのが下手で、男尊女卑で、時には暴力を振るう、貧しい漁師の親方であるが、同時に家族や同僚の漁師に深い愛情を抱く、頼もしい保護者でもある。弟のベッポが、世話になる貴族の旦那に魚を届けたいと言うと、彼は次のような忠告するが、その内には、たえず蔑視され、搾取されて来た漁師たちの、支配階級に対する警戒感と深い恨みの気持が籠もっている（第一幕五場）。

ベッポ　兄さんさえよければ、このメバルのカゴを、例の旦那の所に持って行ってやりたいんだがな。

トーニ　何のために持って行くんだ？

ベッポ　兄さんも知っての通り、あの旦那は俺の結婚立会人を務めてくれることになっているんだよ。

トーニ　いいよ！　お前が持って行ってやるがいい。だが、思い違いをするんじゃないぞ。お前が困った時には、自分の座った椅子から立つことさえしてくれんからな。確かにお前に会う時は、お前の肩を叩いて、《ベッポ、いい男だ、ありがとう。私を当てにしてくれよ》と言うだろう。だが、もしお前が、《旦那、実はこれこれのお願いがございまして……》と切り出そうものなら、とたんにメバルのことなど忘れてしまい、お前のこともすっかり忘れて、お前をお仲間とも、隣人とも、この世の生き物とも思ってはくれんよ。

ベッポ　では、この俺にどうしろと言うんだい？　今日のところは、魚を持って行かせてくれよ。

トーニ　わしはな、魚を持って行くなと言っているわけじゃないんだよ。

しかし、この対話の、貴族の忘恩や差別に対する階級的な怒りや恨みだけを読み取るのは、間違いであろう。ゴルドーニがここで最も強調したかったのは、トーニ親方の人間としての寡

黙な悲しみの方だからである。社会の最下層の漁師であり、彼らと仲良く付き合ってくれるように見えるや、貴族や仲買人たちから搾取されている。支配階級の人々は、彼らと仲良く付き合ってくれるように見えるや、社会的不公平の是正を求めるや、とたんに漁師たちを《仲間とも、隣人とも、この世の生き物とも思わず》、露骨な差別をする。彼はこの社会的現実を身に沁みて知っている。だから、トーニ親方は、自分の分限を守り、身内を庇い、貧しさを天から与えられた運命と思って生きている。この一介の漁師の悲しみと諦めた秘めたストイックな生き方のうちに、人間としての尊厳と高貴さが感じられ、それがすべての人々の共感を呼ぶのであろう。

登場人物

トーニ親方（二本マストの漁船の船長〔綽名は《魚カゴ》〕）

パスクワおばさん（トーニ親方の妹で、年頃の妻〔綽名は《フライパン》〕）

ルシェッタ（トーニ親方の妹で、年頃の娘〔綽名は《嘘ツキ》〕）

ティッタ・ナーネ（青年の漁師〔ルシェッタの婚約者で、綽名は《小ダラ》〕）

ベッポ（トーニ親方の弟の青年〔オルセッタの婚約者で、綽名は《塩漬ケイワシ》〕）

フォルトゥナート親方（漁師〔早口で聞き取りにくい、綽名は《ボラ》〕）

リーベラおばさん（フォルトゥナート親方の妻〔綽名は《オンドリ》〕）

オルセッタ（リーベラの妹で、年頃の娘〔綽名は《アワ入リパン》〕）

ケッカ（リーベラの妹〔綽名は《リコッタチーズ》〕）

ヴィシェンソ親方（魚の仲買人〔綽名は《ラザーニャ》〕）

トッフォロ（はしけ船の船頭〔ケッカの恋人で、綽名は《ウスノロ》〕）

イシドーロ（キオッジャ裁判所の補佐役の青年）[1]

カノッキア（焼きカボチャ売り）

舞台はキオッジャ

---

[1] ゴルドーニは、一七二八―二九年の一六ヶ月間、キオッジャの裁判所（cancelleria criminale）の補佐役（vice coadiutore）を務めた。したがって、イシドーロの姿には、当時二二歳だったゴルドーニ自身の面影が重ね合わされている。

第一幕

第一場

みすぼらしい雑多な家並の続く通り。一方にパスクワとルシェッタ、他方にリーベラとオルセッタ。全員が藁椅子に座り、踏み台の上に置いた筒形のクッションでレースを編んでいる

ルシェッタ　あんたたち、このお天気、どう思う？

オルセッタ　風向きはどうなの？

ルシェッタ　さあ、知らないわ。［パスクワに］ねえ、お義姉さん、この風向きはどうなの？

パスクワ　お前、気が付かないのかい？　ひどいシロッコ〔アフリカからの東南風〕だよ。

オルセッタ　南の方から戻る船にとっては、追い風で好都合じゃない？

パスクワ　その通り、その通りだよ。うちの人たちが来る時には、尻に帆掛けてすいすいだよ。

リーベラ　今日か明日には着くはずだよ。

ケッカ　まあ！　それでは急いで仕事をしなきゃね。帰って来る前に、このレースを仕上げてしまいたいわ。

ルシェッタ　ねえ、ケッカ、もうどのくらいで仕上がるの？

ケッカ　まあ、大変！　まだ一ブラッチョ〔約六〇センチ〕ほど足りないわ。

リーベラ　［ケッカに］お前は、仕事が遅いんだねえ。

ケッカ　一週間にはなるね。

リーベラ　何ですって！　一週間？　とんでもないわよ。

ルシェッタ　スカートが欲しかったら、もっと仕事に精を出さないとね。

リーベラ　《晴れ着》って何のことよ？　どういう意味か、私、分からないわ。

オルセッタ　まあ、お馬鹿さんね！　あんた、本当に知らないの？　娘が大きくなったら、お見合い用の《晴れ着》を作ってもらうのよ。そして、《晴れ着》を作っていることは、親たちがその娘を結婚させたいと思っていることの印なのよ。

ケッカ　［リーベラに］ちょっと、お姉さん！

リーベラ　何だい？

ケッカ　私を結婚させてくれるの？

リーベラ　私の夫が帰って来たら、分かるさ。

ケッカ　パスクワおばさん、私の義兄のフォルトゥナート親方は、トーニ親方と一緒に漁に出たんでしょう？　あんたも知っての通り、あんたの義兄さ

ケッカ　彼らと一緒に、ティッタ・ナーネも乗っているんじゃない？

ルシェッタ　[ケッカに]　その通りだけど、それはいったいどういう意味よ？　ティッタ・ナーネに、何かちょっかい出したいの？

ケッカ　この私が？

ルシェッタ　あんた、知らないの？　私はね、彼と付き合って、二年になるのよ。今度陸に戻って来たら、私に指輪をくれるって約束してくれたのよ。

ケッカ　[傍白]（忌々しい女だわ！　何でも自分のものにしたがって。）

オルセッタ　まあ、まあ、ルシェッタ、心配はご無用よ。この私が結婚しない限り、妹のケッカに結婚はさせないわ。私の方が先なのよ。あんたのベッポ兄さんが陸に上がったら、私は彼と結婚して、もしティッタ・ナーネが望むなら、あんたも彼と結婚できるわよ。私の妹には、まだ時間があるわ。

ケッカ　[オルセッタに]　まあ！　お姉さん、本当はあんた、私を結婚させたくないんでしょう。

リーベラ　口を噤んで、仕事に精を出すんだよ。

ケッカ　もしお母さんがまだ生きていらっしゃったら……

リーベラ　お黙り。さもないと、このクッションをお前にぶっけてやるからね。

んはね、私の夫のトーニ親方や、その弟のベッポと一緒に漁船に乗り込んでいるんだよ。

ケッカ　[傍白]（はい、はい、たとえ魚の餌の蟹取りに行くような、最低のお乞食さんがお相手でも構わない。私は結婚したいのよ。）

第二場　トッフォロと、前出の人々、その後、カノッキア

ルシェッタ　まあ、トッフォロさん、こんにちは。

トッフォロ　こんにちは、ルシェッタさん。

オルセッタ　お馬鹿さん、私らには挨拶してくれないの？

トッフォロ　順番を待っていてくれたら、あんたたちにも挨拶をさせてもらうよ。

ケッカ　[傍白]（私、あのトッフォロが相手でも、悪くないわね。）

パスクワ　どうしたんだい、お兄さん。今日は働かないのかい？

(2) 《sottovento》（南の方）。アドリア海の南方の沿岸地帯を指し、当時、教会領だったリーミニ、セニガリア、アンコーナ辺りまでを言う。

(3) 《donzelon》（晴れ着）。ゴルドーニの自注に、《結婚適齢期になった娘は、donzelonになったと言い、普通の娘とは少し違った服装をする》。

(4) 《va a granzi》（蟹取りに行く）。ゴルドーニの自注に、《キオッジャの干潟には、驚くほどの蟹の大群が生息しているので、その蟹を潰し、魚釣りの餌にしている。食用には適していないので、《andare a granchi》（蟹取りに行く）のは、最も卑しくて貧しい人々の職業であった》。

トッフォロ　俺は今まで働いて来たんだよ。ソットマリーナ(5)で、はしけ船にフェンネルを積んで、ブロンドロ(6)まで運ぶんだ。フェッラーラ行きの定期便に積み込んだんだ。それで一日分の日当を稼いだんだよ。

ルシェッタ　それじゃ、私たちに何かおごってくれる？

トッフォロ　いいとも。何なりと。

ケッカ　おごってもらって結構よ。

トッフォロ　どうして？

ケッカ　[オルセッタに](まあ、何て厚かましい女でしょう？)

トッフォロ　待っていてくれよ。おーい、焼きカボチャ売り。

カノッキア　[黄色い焼きカボチャの切れを並べた板を持って]どれにしましょうか、旦那。

トッフォロ　見せてくれ。

カノッキア　どうぞ、ご自由に。窯から出したばかりのあつあつですよ。

トッフォロ　ルシェッタさん、これはどうだい？[彼女に一切れを差し出す]

ルシェッタ　いいわね、頂戴な。

トッフォロ　パスクヮおばさん、あんたもいかがです？

パスクヮ　私は焼きカボチャが大好物なんだよ！　私にも一切れおくれ。

トッフォロ　さあ、どうぞ。ルシェッタさん、あんた、食べないの？

ルシェッタ　あつあつなので、冷めるのを待っているのよ。

カノッキア　ちょっと！　カノッキアさん。

カノッキア　何でしょう？

カノッキア　私にも一切れ頂戴。

トッフォロ　いいとも。俺のおごりだ。

ケッカ　おごってもらわなくて結構よ。

トッフォロ　どうして？

ケッカ　私は遠慮させてもらうわ。

トッフォロ　ルシェッタさんは遠慮しなかったけどね。

ケッカ　もちろん、ルシェッタは遠慮しないでしょうよ。彼女って、遠慮を知らない人だからね。

ルシェッタ　何だって、あんた？　私が先にもらったので、気を悪くしているのかい？

ケッカ　お生憎さまですけどね、そんなこと関係ないわ。私はどなたからも、いろいろと物をもらったりはしないことにしていますのでね。

トッフォロ　ルシェッタさんはもらったじゃない？

ケッカ　もらったわよ。あんたはロスコさんの息子からも海栗(8)をもらったわよね。

ルシェッタ　私がいったい何をもらったって言うのよ？

ケッカ　この私が？　あんたは嘘つきよ。

パスクヮ　やめるんだよ、やめなさい。

リベラ　やめなさいってば。

カノッキア　他に欲しい人はいないかね？

トッフォロ　あっちに行くんだ。

カノッキア　焼きカボチャ、あつあつの焼きカボチャ。[大声

第三場　カノッキアを除く、前出の人々

で呼びながら退場]

トッフォロ　（ケッカさん、あんたは遠慮するって言ったけど、本気でそう言ったの？）

ケッカ　（あっちに行ったの？）

トッフォロ　（あっちに行ってよ。あんたなんかどうでもいいわ。）

ケッカ　（なるほど、そうかい。俺は密かにある計画を練っているんだがなあ。）

トッフォロ　（どんな？）

ケッカ　（俺の名付け親の人が、俺のために船を建造してくれるというんだ。だから、渡し場に船を置くようになったら、俺も身を固めたいと思っているんだけどね。）

トッフォロ　（本当に？）

ケッカ　（なのに、あんたは遠慮するって言ったのよ。あんたのことなんか、一言も言っていないわよ。）

トッフォロ　おい、おい、お前さん方、何のひそひそ話だい？

リーベラ　聞いての通り、仕事の話ですよ。

トッフォロ　あっちに行くんだよ、いいね。

リーベラ　俺が何をしたって言うんだい？　いいよ、行ったらいいんだろう。［そこから離れて、ゆっくりと反対側に行く］

ケッカ　（嫌な奴！）

オルセッタ　（ねえ、妹さん、あいつがあの女を好きになら、好きにやらせておきなよ。あいつがどんな男か、あんたはよく知っているでしょう。あいつなんかにくれてやったらどうなの？）

ルシェッタ　（お義姉さん、どう思う？　あの子、小さいくせにのぼせ上がっているわ。）

パスクワ　［ルシェッタに］（私だって、どんなに頭に来ていると思う？）

ルシェッタ　［傍白］（何て生意気な女の子でしょう。今に思い知らせてやるからね。）

トッフォロ　パスクワおばさん、あまり根を詰めないで下さいよ。

パスクワ　まあ！　私は根を詰めたりしてないよ、あんた。ごらんよ、私のがどんな大きさのクッション台か？　一枚一〇ソルドばかりのレースだよ。

(5)　ゴルドーニの自注に、《アドリア海とヴェネツィア潟を分ける沿岸に、一続きの家からなる村落があり、それがソット・マリーナと呼ばれる》。

(6)　ゴルドーニの自注に、《キオッジャから三マイル離れた村落の名前で、そこをさまざまな定期便 (corrier) が通るが、水上を走る (correre) ようには進まない》。

(7)　《zucche barucche》《焼きカボチャ》。ゴルドーニの自注に、《キオッジャでは、黄色いカボチャを炉で焼いて、薄く切ったものを、安い値段で売っている》。

(8)　《trigoli》（海栗）。ゴルドーニの自注に、《ヴェネツィア潟で採れる一種の海産物で、鋭い三本の角を持ち、それを煮て、ナイフで切ると、中に栗の実のような味のする肉がある》。

トッフォロ　ルシェッタさん、あんたのは?
ルシェッタ　まあ! 私は一枚三〇ソルドのものよ。
トッフォロ　何て見事なレースだろう!
ルシェッタ　あんた、気に入った?
トッフォロ　すっかりね! ああ、何と優雅な指だろう。
ルシェッタ　ここに来て座ったらどう?
トッフォロ　[座る] (ああ! こっちの方が、居心地がいいや。)
ケッカ　[トッフォロがルシェッタの傍に座る様子を、オルセッタに指差しながら] (ねえ、ちょっと! どう思う?)
オルセッタ　[ケッカに] (好きにやらせておきなさいよ。)
トッフォロ　[ルシェッタに] (俺がここにいたら、誰かさんに棒で叩きのめされるだろうか?)
ルシェッタ　[トッフォロに] (まあ、馬鹿を言うのはよしてよ!)
オルセッタ　[リーベラに、ルシェッタの様子を指し示しながら] (お姉さん、どう思う?)
パスクワ　パスクワおばさん、嗅ぎタバコはいかがです?
トッフォロ　品は上等かね?
パスクワ　有名なマラモッコのタバコですよ。
トッフォロ　一つまみおくれ。
パスクワ　どうぞ、どうぞ。

ケッカ　[傍白] (もしティッタ・ナーネがこのことを知ったら、あの子、大変な目に遭うわね。)
トッフォロ　ルシェッタさん、あんたもどう?
ルシェッタ　[ケッカを指差しながら] (頂戴、頂戴。あの子に仕返ししてやるわ。)
トッフォロ　[ルシェッタに] (何て意地悪な目付きだい!)
ルシェッタ　[トッフォロに] (そうよ! ケッカの目とは大違いで、悪かったね。)
トッフォロ　[ルシェッタに] (誰だって? ケッカ? 俺はそんなこと、考えもしなかったよ。)
ルシェッタ　[トッフォロに] 何でべっぴんさんなんでしょう!
ケッカ　[傍白] (ご覧なさい。何てルシェッタにあざ笑いながら、トッフォロを指差しているのよ。)
トッフォロ　[ルシェッタに] (まさか!)
ルシェッタ　[傍白] (あんたは、話しているのね。)
ケッカ　[ルシェッタに] (誰だって? ケッカ? あの子が好きなんじゃないの?)
トッフォロ　[ルシェッタに] (まさか!)
ルシェッタ　微笑みながらトッフォロに] (あの子は《リコッタチーズ》という綽名で呼ばれているのよ。)
トッフォロ　[ケッカの方を見て、微笑みながらルシェッタに] 《リコッタチーズ》と呼ばれているんだって?
ケッカ　[トッフォロとルシェッタに向かって大声で] あんたら、言っとくけどね、私だって耳に聞こえるのよ。いい加減にしてよね。

トッフォロ　[大声でリコッタチーズ売りの掛け声を真似ながら] リコッタチーズはいかが、新鮮なリコッタチーズはいかが。

ケッカ　それは何の話よ？　そのリコッタチーズって何よ？

オルセッタ　[立ち上がる]

リーベラ　[オルセッタとケッカに] お前たちは仕事をするんだよ。[立ち上がる]

オルセッタ　いい加減にしてよ、《ウスノロ》のトッフォロさん。

トッフォロ　《ウスノロ》とは何だ？

オルセッタ　そうよ。皆が《ウスノロ》のトッフォロと綽名しているのを、私たちが知らないとでも思っているの？　何と見上げた態度かしら！　何とご立派な分別かしらね！

オルセッタ　まあ！　やめてよ。大好きな《嘘ツキ》ルシェッタさん。

ルシェッタ　《嘘ツキ》とは何よ？　放っといて頂戴、《アワ入リパン》のオルセッタ。

リーベラ　私の実の妹たちをいじめるんじゃないよ、さもないと……

パスクワ　私の義妹を馬鹿にしたら承知しないよ。[立ち上がる]

リーベラ　まあ！　お黙り、《フライパン》のパスクワおばさん。

パスクワ　あんたこそお黙りよ、《オンドリ》のリーベラおばさん。

トッフォロ　私の夫のフォルトゥナート親方が帰って来たら、言い付けてやるから。

ケッカ　ティッタ・ナーネが帰って来たら、私、あいつにばらしてやるわ。何もかもばらしてやるわ。

ルシェッタ　ばらしなさいよ。ばらしたらどうだって言うのよ。

オルセッタ　《魚カゴ》のトーニ親方が帰って来たら、見ものだわね。

ルシェッタ　そう、そう、見、見、《ボラ》のフォルトゥナート親方が帰って来たら、見ものだわね。

オルセッタ　まあ、よく言うわね！

ルシェッタ　ものすごい嫌味ね！

パスクワ　大変な嘘つきだね！

オルセッタ　何というひどい口の利き方なの！

(9)《Malamocco》(マラモッコ)。ゴルドーニの自注に、《キオッジャからそう遠くない所にある、リド島の古い小さな町で、当時そこでは、品質の良いタバコを売っていた》。

第四場　ヴィシェンソ親方と、前出の人々

ヴィシェンソ　待った、待った！　静かに、静かに。お姉さん方、いったい何があったんだね？

オルセッタ　ねえ、ヴィシェンソ親方、ここに来てよ。

ルシェッタ　ねえ、《ラザーニャ》のヴィシェンソ親方、聞いて下さいな。

ヴィシェンソ　まあ落ち着きなよ。たった今、トーニ親方の漁船が着いたんだ。

パスクワ　［ルシェッタに］いいかい、黙っているんだよ。私の夫が帰ってきたんだからね。

ルシェッタ　［パスクヮに］まあ、では、ティッタ・ナーネもいるはずね！

リーベラ　ねえ、お前たち、いいかい、お前たちの義兄さんに、何も知られないようにするんだよ。

オルセッタ　黙って、黙って。ベッポに知られないようにね。

トッフォロ　ルシェッタさん、俺はここにいてやるから、怖らんでもいいんだぜ。

ルシェッタ　［トッフォロに］早く出て行って頂戴。

パスクワ　［トッフォロに］出て行くんだよ。

トッフォロ　この俺に何ていうことを？　こん畜生！

パスクワ　子供たちと独楽回しでもやりにお行き。

ルシェッタ　子供たちと棒倒し遊びでもやったら。

トッフォロ　この俺に？　畜生、それなら俺は、まっすぐケッカの所に行ってやるぞ。ケッカ、近寄らないで頂戴。

リーベラ　薄汚い奴だわね、近寄らないで頂戴。

オルセッタ　出て行ってよ。

ケッカ　くたばっておしまい。

トッフォロ　［怒って］この俺に、薄汚いだと？

ヴィシェンソ　お前さんは、自分の船の見張りにでも行きな、番犬さん。

トッフォロ　［かっとなって］ちょっと待った、ヴィシェンソ親方。

ヴィシェンソ　［彼の後頭部を軽く叩いて］お前さんは、船の綱を引きにでも行きなって。

トッフォロ　確かに仰る通りだ。ここでかっとなっても仕方がないな。［退場］

パスクワ　［ヴィシェンソに］漁船はどこに繋いだんだい？

ヴィシェンソ　運河は水が浅くて、通れないんだよ。そこで、町外れのヴィーコに繋いだんだよ。これからわしは、魚があるかどうかを見に行って、もしあったら、それを買って、本土のポンテロンゴに送って、売り捌くつもりだよ。

ルシェッタ　［ヴィシェンソに］ねえ、あの人たちには何も言わないでね。

リーベラ　ねえ、ヴィシェンソ親方、決して喋っちゃだめよ。

ヴィシェンソ　言うまでもないことだよ！

オルセッタ　彼らに喋ったりしたら……私たちの身内に、私たちが喧嘩したことを、感付かれないようにするんだよ。[退場]

リーベラ　いいかい、心配ご無用だって。

ヴィシェンソ　心配ご無用だって。[退場]

パスクワ　まあ！　私はね、すぐにかっとなるけど、すぐに忘れるたちなんだよ。

ルシェッタ　ケッカ、あんたはまだ怒ってる？

ケッカ　あんたという人は、人の嫌がることしかしない人ね。

オルセッタ　おやめ、おやめ、私たちはお友だちでしょう？

ルシェッタ　もちろんその通りだわ、違う？

オルセッタ　大好きなあなた、私に仲直りのキスをしてよ。

ルシェッタ　キスして上げるわ。[互いに頬に接吻を交わす]

ケッカ　（そんな気分になれないのよ。）

オルセッタ　ケッカ、お前もするのよ。

ルシェッタ　まあ、本当にあんたって、タマネギね。剝いても剝いても、本心は見えないのよね。

ケッカ　まあ、お馬鹿さん。

ルシェッタ　この私が？　まあ！　あんたは、私のことをよく知らないのよ。こっちに来て、私にキスして。

ケッカ　して上げるわ。でも、私は騙されたりしないからね。

ルシェッタ　よく用心するのよ。

パスクワ　踏み台を持って、家に入るよ。それから、船の所に行こうか。[踏み台とクッションを持って、退場]

リーベラ　さあ、私たちも行きましょうか。[踏み台を持って、退場]

オルセッタ　私の大好きなベッポに、早く会いたくて堪らないわ。[自分の踏み台を持って、退場]

ルシェッタ　もちろんよ。お友だちでいてね。[自分の踏み台を持つ]

ケッカ　さよなら、ケッカ。[自分の踏み台を持って、退場]

ルシェッタ　さよなら。[自分の踏み台を持って、退場]

第五場

運河の情景。さまざまな漁船が繋がれており、その中にトニ親方の二本マストの漁船。船の上にフォルトゥナート親方、ベッポ、ティッタ・ナーネ、その他の人々、地上にトニ親方と、その後、ヴィシェンソ親方。

トニ　さあ、お前たち、魚を静かに陸に降ろすんだ。

ヴィシェンソ　お帰り、トニ親方。

トニ　やあ、ヴィシェンソ親方。

---

(10) 《Va' in burchio》（はしけ船に行けよ）。ゴルドーニの自注に、《burchio とは、貨物を運ぶはしけ船のことで、ここでは彼を軽蔑して、《はしけ船の犬》《番犬》のように扱っている》。

(11) 《alzana》（引き綱）。ゴルドーニの自注に、《船が川の流れに逆らって進む時に、人間や馬が川沿いに船を引っ張って行く綱のこと》。

(12) 《Pontelongo》（ポンテロンゴ）。ゴルドーニの自注に、《パドヴァ領内の、アディジェ河に面した大きな集落。

ヴィシェンソ　漁はどうだった？
トーニ　そう！　まあまあというところだな。
ヴィシェンソ　船には何があるかね？
トーニ　何でもありますよ。何でもね。
ヴィシェンソ　シタビラメを四カゴほどもらえるかね？
トーニ　いいとも。
ヴィシェンソ　メバルも四カゴほどもらえるかね？
トーニ　いいとも。
ヴィシェンソ　ボラはあるかい？
トーニ　もちろんさ。こんなに大きな奴がね。言っちゃ悪いが、牛の舌並に太いのがあるよ、牛の舌並のがね。
ヴィシェンソ　では、ヒラメは？
トーニ　六匹いるよ。六匹ね。まるで樽の底板ほど大きいのがね。
ヴィシェンソ　魚を見せてもらってもいいかね？
トーニ　船の中に入ってくれ。中にフォルトゥナート親方がいるから。わしらが山分けする前に、彼に見せてもらいたい。
ヴィシェンソ　では、わしは中に入って、値段の交渉をすることにしよう。
トーニ　足元に注意して入ってくれよ。おい、お前、ヴィシェンソ親方に手をお貸してやれ。
ヴィシェンソ　[傍白]（漁師たちというのは、本当に気のいい連中だな。）[漁船の中に入る]

ベッポ　[二つのカゴを持って船から下りてくる]　おい、兄さん。
トーニ　何だ、ベッポ？　何か用か？
ベッポ　兄さんさえよければ、このメバルのカゴを、例の旦那の所に持って行ってやりたいんだがな。
トーニ　何のために持って行くんだ？
ベッポ　兄さんも知っての通り、あの旦那は俺の結婚立会人を務めてくれることになっているんだよ。
トーニ　いいよ！　お前に会う時は、思い違いをするんじゃないぞ。お前が困った時には、自分の座った椅子から立つことさえしてくれんからな。確かにお前の肩を叩いて、《ベッポ、いい男だ、ありがとう。お前を当てにしてくれよ》と言うだろう。だが、もしお前が、《旦那、実はこれこれのお願いがございまして……》と切り出そうものなら、とたんにメバルのことなど忘れてしまい、お前のこともすっかり忘れて、お前をお仲間とも、隣人とも、この世の生き物とも思ってはくれんよ。

できることなら、魚を船の上で全部売り捌きたいもんだな。例の仲買人たちに魚を渡そうものなら、連中はわしには何も渡そうとせず、何もかも自分の取り分にしようとする。あわれなわしらは、海に出て、命を危険にさらしている のに、ビロードのベレー帽を被った商売人どもは、わしらの労苦を踏み台にして、金持になっている。

第六場　パスクワと、ルシェッタと、前出の二人

パスクワ　おお、妻や！
トーニ　よう、ルシェッタ。
ルシェッタ　［トーニに］お兄さん！
トーニ　［トーニに］あんた！
パスクワ　ええ。［トーニに］あんた、船旅はどうだった？
トーニ　船旅はどうだったって？　わしらは陸に上がると、海で起こったことは、みな忘れてしまうんだよ。大漁の時は、漁をしている最中のことは、命を危険にさらしても憶えちゃいない。わしらは魚を取ったら、嬉しく

て仕方がない。それだけで大満足なんだよ。わしらはな、このメバルを貴族の旦那の所に持って行って、俺からの贈り物だと言って来い。
［若者は退場］
ベッポ　メーノラ、このメバルを貴族の旦那の所に持って行っていんだよ。
トーニ　わしはな、魚を持って行くなと言っているわけじゃないんだよ。
ベッポ　では、この俺にどうしろと言うんだい？　今日のところは、魚を持って行かせてくれよ。
パスクワ　まあまあ、それはよかったわね。あんたたち、港に寄って来た？
トーニ　もちろんだとも。セニガリアの港に寄って来たよ。
ルシェッタ　ねえ、私に何か買って来てくれた？
トーニ　ああ、お前には赤い靴下と首に巻くスカーフだ。
ルシェッタ　嬉しいわ！　何て優しいお兄さんでしょう。お兄さんは私を大切にしてくれるわ。
パスクワ　あんた、私にも何か買って来てくれたかい？
トーニ　お前にはスカートと上着を買って来たよ。
パスクワ　見ればわかる。
トーニ　見ればわかる。
パスクワ　ねえ、いったいどんなのよ？
トーニ　見れば分かるって。
ルシェッタ　［ベッポに］それで、お兄ちゃん、私に何か買って来てくれたの？
ベッポ　あー、何を言い出すかと思ったら、これだ！　いつたいお前は、俺に何を買って来てほしいんだ？　俺は婚約者

(13)《魚の仲買人》（bareton de veludo）（ビロードのベレー帽）。ゴルドーニの自注に、漁師たちはウールの帽子やベレー帽をかぶっている。
(14)《旦那》（lustrissimo）。ここではヴェネツィアの貴族に付ける敬称としてではなく、キオッジャの貴族でなく、ヴェネツィア以外の土地では、《illustrissimo》は、貴族一般に対する通常の敬称であった。

ルシェッタ　のために、指輪を買って来たよ。
ベッポ　どんな指輪なの？
ルシェッタ　これさ！「指輪を出して見せる」見ろよ。
ベッポ　まあ、何て美しいんでしょう！　あの女にこの指輪を？
ルシェッタ　《あの女》なんて言うんだ？
ベッポ　どうしてあの女が私に何をしたか、お兄ちゃんが知ったらねえ！　お義姉さんに聞いてよ、あの浮気なオルセッタと、小生意気なケッカに、どれほど私たちがいじめられたか！　ああ！　私たちがリーベラおばさんだって、言われたことか！
パスクワ　何でひどいことを言われたか！
ルシェッタ　あの女が私に何も言わなかったと思う？　あの女が私たちをいじめたほどに、ひどいいじめができるかい？
ベッポ　何だ？　何があったんだ？
ルシェッタ　何が起きたんだい？
ベッポ　別に何も。陰口よ。あんな舌は、やっとこで引っこ抜いてやったらいいのよ。
ルシェッタ　私たちは、家の戸口に座って、クッションでレース編みをしていたのさ……
パスクワ　私たちは、人のことにとやかく口を出したりしなかったのに……
ルシェッタ　彼女たちは、あの色男のことで、私に焼きもちを

焼いたのよ。
ベッポ　何だと！　あの女たちは《ウスノロ》のトッフォロと話をしたのか？
ルシェッタ　お兄ちゃんがそれで構わないと言うなら、別に悶着を起こすんじゃない。
トーニ　おい、やめておけ。今、あの小僧の話を持ちだして、どうせひどい目に遭うのは、私たちなんだよ。
パスクワ　ああ、何ということかしらね！　もう言わないで、黙っているんだから。
ルシェッタ　あの《ウスノロ》は、誰と話をしていたんだ？
ベッポ　オルセッタともよ。
ルシェッタ　みんなとよ。
ベッポ　あの《ウスノロ》め？
ルシェッタ　そのように思うけどね。
ベッポ　畜生め！
トーニ　おい！　さあ、やめるんだ。騒ぎは起こしたくないんだよ。
ベッポ　よーし、オルセッタなんか、絶対に落とし前をつけてやるからな。
ルシェッタ　さあ、家に帰るぞ。
トーニ　[むっとして]船の中だが、どこにいるの？
ルシェッタ　ティッタ・ナーネは、どこにいるの？
トーニ　私、せめて挨拶くらいして行きたいわ。
トーニ　家に帰れと言ったろうが。

ルシェッタ　まあ、何をそんなに急いでいるの？

トーニ　陸に上がったら、いつも人の悪口を聞かされるとはな。

パスクワ　ああ、何という男どもだ！　ああ、何という忌々しい男たちなの！[退場]

トーニ　ああ、何という女どもだ！　漁に行く時に、蟹をぶっ潰して魚の餌にするように、ぶっ叩かないと、言うことを聞かんとは！[退場]

ルシェッタ　最初にぺらぺら喋ってくれたから、いったい誰なのよ。

パスクワ　この私が何を喋ったって言うの？

ルシェッタ　お前は十分に喋ってくれたから、もしここにオルセッタがいたら、顔をひっぱたいてやるぜ。あんな女はもう沢山だ。指輪は売り払ってやる。

ベッポ　馬鹿なことを言うと、ただでおかんぞ！

ルシェッタ　それなら頂戴、私に頂戴よ。

ベッポ　まあ、家に帰るんだ、いいか。すぐにだ、帰れ。

ルシェッタ　まあ、何というひどい言い方よ！　私はいったい何なの？　あんたたちに仕える女中なの？　はい、はい、安心して頂戴。私はあんたたちなんかと、ずっと一緒にいるつもりはありませんからね。ティッタ・ナーネに会ったら、彼にこう言ってやるわ。今すぐ私と結婚するか、それとも、私が家を出て、思い切って女中奉公に行くか、あんたはそのどっちを取るのってね。

パスクワ　本当にあんたってひどい言い方をするわね。

トーニ　お前に言っておくが、もう我慢が……[彼女を殴ろうとする]

パスクワ　ああ、何という男なの！[退場]

トーニ　ああ、何と忌々しい男たちなの！[退場]

第七場

フォルトゥナートとティッタ・ナーネとヴィシェンソが、カゴを背負った人々と一緒に、船から降りて来るんだよ。

ティッタ・ナーネ　あの騒ぎは、いったい何だい？

ヴィシェンソ　何でもないよ。

ティッタ・ナーネ　何とまあ、知らんのか？《フライパン》のパスクワおばさんはな、女だからいつも叫んでいるんだよ。

ヴィシェンソ　自分の夫にさ。

ティッタ・ナーネ　ルシェッタは、その場にいてもいたみたいだな。

ヴィシェンソ　彼女もいたみたいだね。

ティッタ・ナーネ　忌々しい。俺は船首の下で魚を詰め込んでいて、地上に降りる暇がなかったよ。

ヴィシェンソ　何とまあ、ティッタ・ナーネ君！　婚約者に会えなくなるのを恐れていたのかね？

ティッタ・ナーネ　分かってくれよ！　俺は会いたい気持ちが高じて死にそうなんだよ。

フォルトゥナート　[早口でヴィシェンソ親方を呼ぶ]　イシェンソ親方。

ヴィシェンソ　何だい、フォルトゥナート親方？

フォルトゥナート　これが、フォルトゥナート親方だ。四カゴのタビラメ、二カゴのバル、六匹の、六匹の、六匹のボラに、それに一カゴのチサなボラだ。

ヴィシェンソ　何と言ったんだね？

フォルトゥナート　一カゴのチサなボラだよ。

ヴィシェンソ　何ひとつ聞き取れなかったよ。

ティッタ・ナーネ　分からなかった？《これが、あんたの魚だ。四カゴのシタビラメと、二カゴのメバルと、六匹のボラと、一カゴの小さなボラだ》と言ったのさ。

フォルトゥナート　(あの早口ではなあ……)

フォルトゥナート　サカナを家にモテテくれ。後で金取りにくから。

ヴィシェンソ　そうしようか。用意しておくから。魚の代金が欲しければ、後で来なさい。

フォルトゥナート　バコを、トツマミ。

ヴィシェンソ　何だって？

フォルトゥナート　バコだよ、バコ。

ヴィシェンソ　分かったよ。喜んで差し上げよう。[彼にタバコを差し出す]

フォルトゥナート　ワシはバコのハコを海に落してまて、船にバコを持てる奴が少なくて、セニガリアの港で少し買てみた

が、そのバコは、セニガリアのバコで、テポダマみたいなバンソ親方。

ヴィシェンソ　フォルトゥナート親方、申し訳ないがね、あんたの話は何ひとつ聞き取れませんでしたよ。

フォルトゥナート　へえ、ビクリ、ビクリ、ビクリだ！分からんて？わしの話すのはな、外国語じゃなく、リパなキオジャ語だ。

ヴィシェンソ　分かったよ。話すのはな、フォルトゥナート親方。

フォルトゥナート　それではな、ティッタ・ナーネ。

ティッタ・ナーネ　失礼します、旦那。

ヴィシェンソ　お前たち、それでは行こうか。(まあ、あのフォルトゥナート親方は、何と傑作なお人だ！話をしていると、楽しくて仕方がないわ。)　[退場]

第八場　フォルトゥナートとティッタ・ナーネ

ティッタ・ナーネ　フォルトゥナート親方、われわれも行きましょうか。

フォルトゥナート　少しマテ。

ティッタ・ナーネ　待って何をするんです？

フォルトゥナート　マテレ。

第九場　リーベラと、オルセッタと、ケッカと、前出の二人

フォルトゥナート　マテれ、マテれって、何を待つんです？ カナの残りとムギ粉、オカに上げさせるんだ。

ティッタ・ナーネ　カナの残りとムギ粉、オカに上げさせるんだ。

ケッカ　まあ、あんた、とても遠慮深いのね。どうしたの、怖がってでもいるの？ もしかして、ルシェッタに何か吹き込まれでもしたの？

ティッタ・ナーネ　[口調を真似て]では、マテましょうかね。

フォルトゥナート　ナだ、お前、そのザケタ言い方は、そのヘナ口調は？

ティッタ・ナーネ　ちょっと！ フォルトゥナート親方、落ち着いて下さいよ。あんたの奥さんと、その妹さんのオルセッタさんと、ケッカさんがやって来られますよ。

フォルトゥナート　[嬉しそうに]ああ、ああ、ツマだ、わしのツマだ！

リーベラ　[フォルトゥナートに]あんた、家にも帰らずに、何をやっているんだい？

フォルトゥナート　ゲキだ。ゲキだ。イモト、コニチハ。ケッカ、コニチハ。[挨拶をする]

リーベラ　私は元気よ。あんたも元気だったかい？

オルセッタ　お義兄さん、お帰りなさい。

ケッカ　お義兄さん、お帰りなさい。

オルセッタ　ティッタ・ナーネは、挨拶もしてくれないの？

ティッタ・ナーネ　こんにちは。

オルセッタ　もちろんよ！

ティッタ・ナーネ　ルシェッタはどうしてる？ 元気か？ しいお宝さんはね。

オルセッタ　[皮肉に]まあ！ 大の仲良しよ。

ケッカ　[皮肉に]あの人って、私たちをとても愛してくれるわ。

リーベラ　おやめ、妹たち、口を噤むんだよ。すべてを水に流して、もう話さないって約束したんだ。だから、私たちがあちらこちらで陰口しているなんて、言われたくないんだよ。

フォルトゥナート　おおい、ツマや、南の方から、ムギ粉とトモロシの粉を積んで来たから、ポエンタ作ろう、ポエンタをな。

(15) ゴルドーニは作品解説「作者から読者へ」の中で、フォルトゥナート親方について、次のように述べている。《とりわけフォルトゥナート親方は、最も愉快な登場人物の一人である。彼は粗野で、早口で、言葉を半分飲み込んでしまうので、彼の同郷人にさえ理解が困難である。とすれば、彼の話すことが、どうして読者に理解できるだろうか？ 脚注によって、言いたかったことをすべて解説することができるか？ これは少し困難である。ヴェネツィア人なら、おおよその見当を付けるか、少しは分かるはずである。他のイタリア人なら、分からなくても我慢して見てくれるはずである。》

リーベラ　すごいわ！　あんた、ポレンタ用にトウモロコシの粉を買って来てくれたのかい？　わたしゃ本当に嬉しいよ。

ティッタ・ナーネ　それといっしょに積めたはは……

フォルトゥナート　［リーベラに］ちょっと教えてもらいたいんだが……

ティッタ・ナーネ　［フォルトゥナートに］ナシをトチュでジャマせんでよ、トチュでな。

フォルトゥナート　［ティッタ・ナーネ］ちょっとばかり堪えて下さいよ。［リーベラに］ちょっと教えてもらいたいんだが、ルシェッタと何かあったのか？

リーベラ　［意地悪く］別に何も。

ティッタ・ナーネ　何だって？

オルセッタ　［リーベラに体で当たって］なーんにもよ。

ケッカ　［オルセッタに体で当たって］なーんにもよ。

フォルトゥナート　［船の方に向かって］おい、マエたち、ムギ粉のフクロ、オカにハコでくれ。

ティッタ・ナーネ　さあ、お姉さん方、何かあったのなら、教えてくれよ。俺はあんたらと険悪な仲になりたくないんだ。あんたらが善良な心の人であることは知っているし、ルシェッタも、真珠のような美しい心だってことは知っている。

リーベラ　まあ、あんた、これはいいわ！

オルセッタ　まあ、真珠のような、真珠かしらね、だって！

ケッカ　あの子について、何か含むところでもあるのか？

オルセッタ　何も。

ケッカ　《ウスノロ》にでも聞いて見たらどう？

ティッタ・ナーネ　《ウスノロ》って誰だ？

リーベラ　いいかい、妹たち、言うんじゃないよ。口を噤んでいられないなんて、いったいどうしたんだい？

ティッタ・ナーネ　その《ウスノロ》って、誰のことなんだ？

オルセッタ　あのはしけ船の船頭を知らないの？

ケッカ　［人々が魚と袋を担いで、漁船から降りてくる］

フォルトゥナート　［ティッタ・ナーネに］ああ！　イコか、イコか。

ティッタ・ナーネ　ルシェッタがそいつと何の関係があるんだ？

オルセッタ　彼女の傍に座ったのよ。

ケッカ　彼女に編み物を習いたがったのよ。

オルセッタ　彼女に焼きカボチャ代を払って上げたのよ。

リーベラ　それに、あのならず者は、彼女をちやほやして、私たちをいじめたんだよ。

ティッタ・ナーネ　まあ、あんたらは本当に嫌な話をしてくれるな。

フォルトゥナート ［女たちに］家だ、家だ、家だ。
リーベラ ［ティッタ・ナーネに］ねえ、最後には私たちにすごんだのよ。
ティッタ・ナーネ 私のことを《リコッタチーズ》なんて言ったのよ。
オルセッタ 何もかも、あんたの真珠さんのせいよ。
ケッカ ［息せききって］そいつはどこだ？ どこにいる？ どこをうろつき回っている？ どこに行ったら見つかるんだ？
オルセッタ まあ、運河に出る最後のアーケードの下、コローナ通りの家に住んでいるわ。
リーベラ トリゴロさんの家にいるよ。
ケッカ はしけ船はね、市庁舎運河の、魚市場の向かい側の、ケッコ・ボドロのはしけ船の隣に泊めているよ。
ティッタ・ナーネ 俺に任せておけ。見つけたら、ツノザメの切り身のように切り刻んでやる。
オルセッタ まあ！ あいつを見つけたいなら、ルシェッタの家に行けばいいんじゃないの？
ケッカ ティッタ・ナーネ ルシェッタの家だって？
オルセッタ そうよ、あんたの婚約者の家よ。
ティッタ・ナーネ いや、あんな女はもう俺のあらばだ。あの悪党の《ウスノロ》め、喉笛を掻き切ってやるぞ。［退場］
フォルトゥナート さあ、家だ、行くぞ、行くぞ。
リーベラ ええ、行きましょう早口の旦那、行きましょう

ね。
フォルトゥナート お前たち、ザワザこまでヤテ来て、ナニ吹き込んだ？ ナニした？ どんな陰口を叩いた？ アナに興奮させて？ ナニさせるつもりだ？ もしナニか起きたら、騒ぎが起きたら、お前たちのツラをヒパたいて、ぶちのめすぞ。そして、ベドからお前たちのメのスケ。忌々しいオナドもめ、ベドから起きられなくしてやるぞ。［退場］
リーベラ ご覧の通りだよ！ 夫にまでどやされる。軽率なお前たちのお陰で、いつもひどい目に遭うんだよ。いつもこの私がね。いったい何という人たちなんだい、お前たちは？ いったい何という口を持っているのよ？ 喋らないって約束しておきながら、すぐに破って喋り出す。どうしようもないお前たちの世話なんか、ご免こうむるよ。［退場］
オルセッタ 聞いた？
ケッカ まあ、何をびびっているの？
オルセッタ 私が？ 何も。
ケッカ ルシェッタが婚約者に捨てられたとしても、それは自業自得だわね。
オルセッタ 私の方は、しっかり相手を摑んでいますけどね。
ケッカ 私だってちゃんと見つけられますけど。
オルセッタ ああ、あの子は何という辛さなんでしょう。
ケッカ ああ、何という苦しみなんでしょう！

オルセッタ　どうなろうと、私の知ったことじゃないわよ！

ケッカ　私だって、何とも思わないわよ！　[二人で退場]

第一〇場　第一場と同じ、家並の続く通り。トッフォロと、その後、ベッポ

トッフォロ　確かにそうだ。俺が悪かった、悪かった。ルシェッタにちょっかいを出すべきじゃなかった。あの娘には婚約者がいる。そのような娘にちょっかいを出すべきじゃなかった。ケッカにはまだ婚約者がいないが、そのうちに《晴れ着》を作ってもらえるだろう。あの娘となら付き合っても構わない。彼女は気を悪くしたが、それも当然だ。この俺を好いていることの証拠だ、その証拠に結婚を申し込むことはできる。たとえまだ《晴れ着》を持っていなくても、フォルトゥナート親方がやって来たぞ。少しでも話をすることができれば、仲直りできるんだが。おや、これでは分からんな。[家に近付く]

ベッポ　[自分の家から出ながら] おお、例のずる賢い奴だ！

トッフォロ　できれば少し覗いてみたいものだ。[さらに近付く]

ベッポ　おい！　おい！　《ウスノロ》さんよ。

トッフォロ　《ウスノロ》とは何だ？

ベッポ　そこからとっとと出て行け。出て行け、だって！　出て行け、とは何だ？

トッフォロ　何だと！

ベッポ　何なら、お前がもう沢山だと言うまで、足蹴りを食らわせてやろうか？

トッフォロ　何か、俺があんたに迷惑を掛けたとでも言うのか？

ベッポ　お前はここで何をしている？

トッフォロ　したいことをしているだけだよ。自分のしたいことをな。

ベッポ　俺はお前に、ここにいてもらいたくないんだよ。

トッフォロ　俺はいたいんだ、ここにいたいんだよ。

ベッポ　行ってしまえ。言うことを聞かないなら、張り飛ばしてやるぞ。

トッフォロ　嫌だ。

ベッポ　何だと。それなら、石をぶっつけてやるぞ。[小石を拾い集める]

トッフォロ　とっとと出て行くんだ、いいか。

ベッポ　俺さまに向かってか、このちんぴらめ！　[ナイフを取り出す]

トッフォロ　俺を放っといてくれ、頼むから放っといてくれよ。

ベッポ　出て行くんだ、いいな。

トッフォロ　絶対に出て行かないぞ、絶対にな。

キオッジャの喧嘩　603

ベッポ　出て行け。言うことを聞かないなら、お前を刺し殺してやるぞ。

トッフォロ　[石を持って] 近寄るな。さもないと、お前の頭をかち割ってやるぞ。

ベッポ　度胸があるなら、投げてみろよ。

トッフォロ　[石を投げつける] ベッポは身を屈めて、かわそうとする]

第一一場　トーニ親方が家から出ようとして、体を引っ込め、すぐにまた出てくる。その後、パスクワと、ルシェッタと、前出の二人

トーニ　この騒ぎは何だ？

トッフォロ　[トーニ親方に向かって石を投げつける]

トーニ　助けてくれ！このわしに石を投げおった。小僧め、待ってろよ、仕返しをしてやるからな。[家に入る]

トッフォロ　俺は誰にも、何も悪いことはしていないんだ、誰にも、何もな。なのに、どうして俺を侮辱するんだ？[石を握る]

ベッポ　その石を捨てろ。

トッフォロ　そのナイフを仕舞え。

トーニ　[両刃のナイフを持って出てくる] さあ、お前を細切れにしてやるぞ。

パスクワ　[トーニ親方の体を抑えながら] 親方、やめて。

ルシェッタ　[トーニ親方の体を抑えながら] みんな、やめてよ。

ベッポ　あいつを殺してやる。

ルシェッタ　さあ、慌て者のお兄ちゃん、やめなさいったら。

トッフォロ　[ベッポの体を抑える]

トッフォロ　[石で威嚇しながら] 近寄ったら、殺してやるからな。

ルシェッタ　[叫ぶ]

パスクワ　[叫ぶ] 助けて！

第一二場　フォルトゥナート親方と、リーベラと、オルセッタと、ケッカ。魚と粉を運ぶ人々と、前出の人々

フォルトゥナート　どした？どした？やめ、やめ。どした？

オルセッタ　まあ！喧嘩よ。

ケッカ　喧嘩だって？まあ、怖い！[家の中に走って入る]

リーベラ　気を鎮めて。やめておくれ。

ベッポ　[リーベラとオルセッタに] お前らのせいだ。

オルセッタ　誰のせいだって？何だって？

リーベラ　よくもそんなこと言えるものだね。

ルシェッタ　そうよ、そうよ、争いの種を蒔いたのは、あんた⑯

(16) ケッカが、その綽名《リコッタチーズ》＝意気地ナシ) 通りの女性であることを示唆する行動。

パスクワ　そうだよ、そうだよ、ひどいのは、あんたたちだよ。

オルセッタ　何というでたらめを言うの！

リーベラ　何という嘘をつくんだい！

ベッポ　お前らの家の戸口で殺してやるぞ。

オルセッタ　誰をよ？

ベッポ　あのずる賢い《ウスノロ》をだ。

トッフォロ　何だと？　俺は《ウスノロ》じゃないぞ。[石を投げつける]

ルシェッタ　[ベッポを押しながら]親方、家に入って、家に入って。

パスクワ　[トーニ押すんじゃない。

トーニ　押すんじゃない。

パスクワ　家に入って、いいわね、家に入るんだよ。[自分と一緒に、彼を家の中に入らせる]

ベッポ　[ルシェッタに]俺を放してくれ。

ルシェッタ　中に入ってよ、いいわね、気違いお兄ちゃん、中に入って。[自分と一緒に、彼を家の中に入らせて、ドアを閉める]

トッフォロ　悪者め、人殺しめ。勇気があるなら、外に出て来い。

オルセッタ　[トッフォロに]あんたなんか、くたばっておしまい。

リーベラ　さあ、行って、八つ裂きにされて来たらどうだい？ [彼の体をどんと突く]

トッフォロ　なんで俺を突き飛ばすんだ？　その言い草は何だ？

フォルトゥナート　行け、行け。そしたら、お前、ふん捕まえて、もすぐ、もすぐだ、お前、口から臓物を、吐き出させて、やるぞ。

トッフォロ　俺はあんたに手出しはしませんよ。あんたはご老人だし、ケッカのお義兄さんだしな。[トーニ親方の戸口の方に向かって]だが、あの悪党ども、あの犬畜生どもには、絶対に仕返しをしてやるぞ。

第一三場　両刃のナイフを持ったティッタ・ナーネと、前出の人々

ティッタ・ナーネ　[ナイフで地面を叩きながら、トッフォロに向かって]用心しろよ、お前を殺してやるからな。

トッフォロ　[戸口に引っ込んで]助けてくれ！

フォルトゥナート　早まるな！　やめ、やめ。[ティッタ・ナーネを押しとどめる]

リーベラ　やめて！

オルセッタ　彼を抑えて。

ティッタ・ナーネ　行かせてくれ、俺を行かせてくれよ。[トッフォロに向かってにじり寄る]

トッフォロ　助けてくれ！［戸口に体当たりすると、ドアが開いて、彼は中に倒れ込む］
フォルトゥナート　［彼の体を抑えて、必死に引っ張りながら］ティタ・ナネ、ティタ・ナネ、ティタ・ナネ。
リーベラ　［フォルトゥナートに］家に入れて、家の中に入れてよ。
ティッタ・ナーネ　［暴れながら］入りたくなんかねえ。
フォルトゥナート　中に入れ、入れ。その方が、身のためだ。
［彼を力ずくで家の中に入れる］
オルセッタ　ああ、体がぶるぶる震えるわ！
パスクワ　［トッフォロを家から追い出しながら］トッフォロを追い出しながら！
リーベラ　［トッフォロを追い出しながら］あんたなんか、くたばっておしまい。
パスクワ　空威張り。［中に入る］
ルシェッタ　そこつ者。［中に入って、ドアを閉める］
トッフォロ　［リーベラとオルセッタに向かって］あんたら、この仕打ちをどう思う？
オルセッタ　自業自得だね。［中に入る］
リーベラ　これくらいで済んで、本当によかったわね。［中に入る］
トッフォロ　畜生め。よーし、こうなったら、あいつらをお上に訴え出てやるからな。［退場］

第二幕

第一場　裁判所。机で書き物をするイシドーロと、その後、役人

イシドーロ　［書き物をしている］
トッフォロ　長官の旦那。
イシドーロ　何か用かね？
トッフォロ　恐れながら申し上げるんでございますが、旦那、あるならず者が、俺のことを罵りまして、ナイフで嚇そうとしましたんで。その後、また別のならず者がやって来まして、旦那……
イシドーロ　忌々しい奴だ！　その《旦那》というのはやめてくれ。
トッフォロ　とんでもない、補佐役の旦那、俺の話を聞いてやって下さいない。で、旦那に申し上げましたように、俺は何もしていないのに、奴らは俺を殺してやる、と言ったんです。
イシドーロ　ここに来なさい。待て。［記録するために、紙を取り出す］
トッフォロ　へい、旦那。［傍白］（あの忌々しい奴らめ！　仕返しをしてやるぞ。）

イシドーロ　君は何者かね？
トッフォロ　俺は、はしけ船の船頭で、旦那。
イシドーロ　名前は何だね？
トッフォロ　トッフォロで。
イシドーロ　姓は？
トッフォロ　ザヴァッタ（スリッパ）で。
イシドーロ　なるほど！　お前はスカルパ[17]〔靴〕じゃなくて、ザヴァッタ〔スリッパ〕か。
トッフォロ　生まれはどこかね？
イシドーロ　キオッジャ生まれの生粋のキオッジャ人で。
トッフォロ　父親は生きているかね？
イシドーロ　父親は、旦那、海で死にました。
トッフォロ　名前は何と言った？
イシドーロ　トーニ・ザヴァッタ、綽名は《バラクッコ》[18]で。
トッフォロ　で、君には綽名がないのか？
イシドーロ　ありませんよ、旦那。
トッフォロ　君に綽名がないなんてことは、あり得んな。
イシドーロ　どのような綽名をお付けになりたいんで？
トッフォロ　なあ、君、ひとつ聞くが、君は裁判所に来たことがあるんじゃないか？
イシドーロ　ありますよ、旦那。一度、証人として呼ばれましたが。
トッフォロ　私の思い違いでなければ、君は《ウスノロ》のイシドーロ　トッフォロという名前で召喚したように思うが。そのような綽名を付けた奴は、人非人だ、旦那ぜ。
トッフォロ　これ以上《旦那》《旦那》《旦那》〔げんこつ〕を一発お見舞いしてやるぞ。
イシドーロ　どうか堪忍してやって下さい。
トッフォロ　君を嚇したというのは、いったい誰だね？
イシドーロ　《魚カゴ》のトーニ親方と、その弟で《塩漬ケイワシ》のベッポと、その後には、《小ボラ》のティッタ・ナーネで。
トッフォロ　彼らは武器を持っていたか？
イシドーロ　武器を持っていたどころか！　《塩漬ケイワシ》のベッポは、漁師の持つナイフを持っていました。トーニ親方は、牛の首を刎ねるような大太刀を持っていました。そして、ティッタ・ナーネは、漁船の船首の下に置いてある太刀を持っていました。
トッフォロ　君に切りつけたのか？　君はけがをしたか？
イシドーロ　いいえ。俺にすごんだんです。
トッフォロ　なぜ彼らは君にすごんだんだ？　なぜ君を襲おうとした？
イシドーロ　ささいなことで。
トッフォロ　君は罵ったのか？　言い合いをしたのか？
イシドーロ　俺は何も言っていません。
トッフォロ　君は逃げたのか？　それとも応戦したのか？　最

トッフォロ　後はどうなった？

イシドーロ　俺はそこに踏みとどまって……そして……おい、兄弟、言っておくが、もしこの俺を殺したいなら、殺すがいい。お前たちに言っておくが……

トッフォロ　その話は置いといてだ、最後はどうなった？

イシドーロ　何人かのいい人たちがやって来まして、あいつらをやめさせて、俺の命を救ってくれたんです。

トッフォロ　そのいい人たちというのは、誰だね？

イシドーロ　フォルトゥナート・カヴィッキオ親方と、その奥さんの《オンドリ》のリーベラおばさんと、義妹の《アワ入リパン》のオルセッタさんと、もう一人の妹の《リコッタチーズ》のケッカさんで。

トッフォロ　[傍白]（そうか、そうか、あの女たちは全員知っているぞ。中でもケッカは美人だな。）[書く]他に居合せた者はいるか？

イシドーロ　[傍白]《フライパン》のパスクヮおばさんと、《嘘ツキ》のルシェッタさんで。

トッフォロ　[傍白]（おお！彼女たちもいたんだ。）[書く]他に何か言うことはあるか？

イシドーロ　特にありません、旦那。

トッフォロ　裁判所に上申したいことはあるか？

イシドーロ　何についてです？

トッフォロ　何に？

イシドーロ　彼らに何々の判決を下してもらいたい、と上申したいか？

トッフォロ　へえ、旦那。

イシドーロ　どのような判決だ？

トッフォロ　牢獄送りで、旦那。

イシドーロ　阿呆め。では、君の方は縛り首かい？

トッフォロ　この俺が、ですって？旦那、何の罪でです？

イシドーロ　行け、行け、でくの坊め。これで十分だ。私は何もかも分かったよ。[小さな紙に書き付ける]

トッフォロ　[傍白]（あいつらも訴えに来たら、困るな。だが、来るなら来い。最初に訴えたのは、俺の方だし、レガータ[ボートレース]と同じで、最初に来た者が勝つんだよ。）

イシドーロ　[鈴を鳴らす]

役人　旦那。

イシドーロ　この証人たちを召喚しに行ってくれ。[立ち上がる]

役人　はい、旦那。承知しました。

トッフォロ　お願いしますよ、旦那。

イシドーロ　それでは、失礼するよ、《ウスノロ》君。

トッフォロ　ザヴァッタさん、でございますが。

---

(17)《scarpa》(スカルパ)。ゴルドーニの自注に、《キオッジャの住民の多くが、スカルパの姓を持っていた。とりわけヴェネツィアに野菜売りに来る人々で、他の姓を持つ者はいなかった》。

(18)《baracucco》(バラクッコ)。ゴルドーニの自注に《綽名》とあるだけで、その意味は載っていない。他のすべての注釈書にも記載がないので、そのままにした。

イシドーロ　そうだったな、《ザヴァッタ》君、底なしで、踵なし、寸法なしで、形なしの《スリッパ》君だったな。［退場］

トッフォロ　［役人に向かって笑いながら］補佐役の旦那は、どうも俺が大好きなようですね。

役人　ああ、このわしにも分かったよ。これらの証人は、お前のためか？

トッフォロ　左様で、お役人さま。

役人　早急に召喚してもらいたいか？

トッフォロ　わしに飲み物をおごってくれるか？

役人　もちろん、喜んで、お役人さま。

トッフォロ　だが、わしはこの連中がどこに住んでいるのか、分からんが。

役人　この俺がお教えしますよ、お役人さま。

トッフォロ　ありがとう、《ウスノロ》君。

役人　忌々しい、お役人さま。［二人とも退場］

第二場　第一幕一場と同じ通り。パスクワとルシェッタが、藁椅子と踏み台とクッションを持って、自分の家から出て来て座り、レース織りを始める

ルシェッタ　あのお喋り女たち、本当にひどいと思わない？ ティッタ・ナーネ《ウスノロ》が私の所に話に来たことを、に告げ口に行くなんて？

パスクワ　あんたも自分の兄さんに、あんな告げ口をするなんて。いいことだと思っているのかい？

ルシェッタ　じゃあ、お義姉さんは、どうなのよ？ お義姉さんは、何も喋らなかったって言うの？

パスクワ　あんたの言う通りだよ。私も喋ってしまったけど、喋らなければよかったと後悔しているよ。

ルシェッタ　自分が忌々しい！ 私も喋らないって誓ったのにね。

パスクワ　どうしようもないんだよ、義妹さん、言っとくけど、どうしようもないんだよ。私たちはね、喋らないでいると、おなかに溜って死んでしまうんだよ。

ルシェッタ　ああ、私は喋りたくなかったけど、黙っていられなかったのよ。言葉が私の口を突いて出て来て、飲み下そうとしたけど、喉が詰まって息ができなかったのよ。一方の耳を開いて、思い切り喋ってしまえ、という声が聞こえる。一方の耳からは、黙っていろ、喋っていろ、という声が聞こえる。もう一方の耳からは、黙っていろ、喋ってしまえ、という声が聞こえる。あ、私は、黙っていろ、という耳を塞いで、喋ってしまえ、という耳を開いて、思い切り喋ってしまったのよ。

ルシェッタ　まあ！ 心配しないでよ。トッフォロは《ウスノロ》だから、何もできやしないわ。

パスクワ　ベッポは、オルセッタとの婚約を破棄するつもりだ

パスクワ　結構だわ！　別の女性を見つけたらいいのよ。このキオッジャに、女日照りはないからね。
ルシェッタ　そう、そう、私の勘では、ここの人口四万人のうち、三万人は女だと思うよ。⑲
パスクワ　何と多くの女が、結婚相手を待っているんでしょう！
ルシェッタ　だから、分かる？　残念なのはね、あんたがティッタ・ナーネに捨てられたら、別の男を見つけるのに苦労する、ということなんだよ。
パスクワ　この私が、ティッタ・ナーネに何をしたって？
ルシェッタ　あんたは何もしなかったよ。でも、あのお喋り女たちが、彼をけしかけたんだよ。
パスクワ　もし彼が本当に愛しているなら、そんなことは信じないでしょうに。
ルシェッタ　彼が焼きもち焼きなのは、知っているだろう？
パスクワ　何に焼きもちを焼くのよ？　私は人と話すこともできないの？　笑うこともできないの？　楽しむこともできないの？　男たちは一〇ヶ月も海に出ている。私たちは、ここに居残ったまま、苔むして、この忌々しいレース編みの仕事に精出して、疲れ果てていなければならないの？
ルシェッタ　ねえ、黙って、黙って。ティッタ・ナーネがやって来るよ。
パスクワ　まあ！　不機嫌な顔をしているわ。彼が不機嫌な

時は、私、分かるのよ。
パスクワ　彼に向かって仏頂面をしてはだめだよ。こんなことを彼が私にそうするなら、この私だってそうしてやるわよ。
ルシェッタ　あんた、彼が好きなんだろう？
パスクワ　もちろんよ。
ルシェッタ　好きなら、自分の方から嬉しそうな顔をしなさいよ。
パスクワ　まあ！　何て意地っ張りな子なんだろうね！
ルシェッタ　さあ、さあ、片意地を張らないで。
パスクワ　さあ、私、嫌だわ。
ルシェッタ　そんなことするくらいなら、死んだ方がましよ。

第三場　ティッタ・ナーネと、前出の二人

ティッタ・ナーネ［傍白］（あの女とすっぱり手を切ってやりてえ。だが、どうしたらいいのか分からねえ。
ルシェッタ［ルシェッタに］（ちょっと、彼を見てご覧よ。）
パスクワ［パスクワに］（よしてよ！　私は自分のレースを

(19) ゴルドーニの解説「作者から読者へ」には、次のような記述がある。《この町の六万人の住民のうち、少なくとも五万人は貧しい下層階級であり、その全員が漁師か船乗りである》。しかし、歴史資料では、当時のキオッジャの人口は二万人程度であった。

ルシェッタ [眼を上げずに、仕事をしながら] カボチャのせいで唾が出るんだよ。
ティッタ・ナーネ [軽蔑を込めて] カボチャで喉が詰まって、くたばったらいいのに。
ルシェッタ [前と同様に] 私を嫌う人なんか、先にくたばったらいいのよ。
パスクワ (さあ、言うことは言った、後は実行する番だ。) パスクヮおばさん、あんたをちゃんとした女と見込んで、話をするぜ。おれはあんたに、義妹のルシェッタさんを嫁にもらいたいと言ったことがあったが、そのあんたに向かって言うぜ、彼女をもらうのはやめにするってな。
ティッタ・ナーネ 何という言い草だね！
パスクワ なぜだって？　よく言うよ……
ティッタ・ナーネ なぜだい！
ルシェッタ [立ち上がって、行こうとする]
パスクワ あんた、どこに行こうと、私の勝手でしょう。[家の中に入り、しばらく後に出てくる]
ルシェッタ [ティッタ・ナーネに] あんたね、陰口に耳を貸したりするんじゃないよ。
ティッタ・ナーネ 俺は全部知っているんだぜ。あんたにも驚きだが、あの女にも驚きだよ。
パスクワ あの子はね、あんたのことがあれほど好きなのに。
ティッタ・ナーネ [強く唾を吐く]
パスクワ もし俺が好きなら、俺に背を向けて、出て行ってしまったりしないだろうよ。

見なきゃいけないの。自分のレースをね。)
パスクワ (きっとあの乱暴者にひっぱたかれるよ！)
ティッタ・ナーネ (この俺を全く見ようとしない。俺のことなんか全く頭にないんだ。) こんにちは、ティッタ・ナーネ。
パスクワ やあ。
ティッタ・ナーネ [ルシェッタに] (ほら、お前もなにか挨拶しなよ。)
ルシェッタ [パスクワに] (私から先になんか、絶対にしないわ！)
パスクワ (私から先になんか、絶対にしないからね、お前さん。)
ティッタ・ナーネ すっかり仕事に夢中なんだな。言われるまでもないよ。私たちはちゃんとした女だから、若い男が近くに来た時には、急いでしまった方がいいよな。だって、仕事ができなくなるからな。
パスクワ [大袈裟に咳をする]
ルシェッタ [ルシェッタに] (あんたも話したらどう？)
パスクワ (絶対に嫌よ。)
ティッタ・ナーネ パスクヮおばさん、あんたは焼きカボチャが好きかい？
パスクワ 何とまあ！　なぜそんなことを聞くんだい？
ティッタ・ナーネ 俺にも口があるからさ。
ルシェッタ 強く唾を吐く
ティッタ・ナーネ 口に大やけどをしたようだな、お前！

パスクワ　かわいそうな子だよ！　きっと泣きに行ったんだよ、泣きにね。

ティッタ・ナーネ　誰のために泣くんだね？《ウスノロ》のためにかい？

パスクワ　とんでもない、ティッタ・ナーネ、とんでもない。あの子はね、あんたが大好きなんだよ！　あんたが海に出るのを見ては、心を痛めているし、嵐が来ると、気が狂れたようになる。あんたのことを思って怯えているんだよ。夜中に起き出しては、窓の傍に行って、天気を見ているしね。あの子はあんたに惚れていて、何を見てもあんたのことしか思っていないんだよ。

ティッタ・ナーネ　それじゃ、なぜ今、俺に優しい言葉ひとつ掛けてくれないんだ？

パスクワ　できないんだよ。怖いんだよ。心が苦しくて、本当に息ができないんだよ。

ティッタ・ナーネ　あの子がどのように振る舞ったのか、この私が話して上げるよ。

パスクワ　それじゃあって言うのかい？

ティッタ・ナーネ　結構だ。俺はあの子から、じかに聞きたいんだ。何もかも俺に打ち明けて、許しを求めてほしいんだよ。

パスクワ　そうしたら、あんたは許してやるのかい？　許してやるかもしれんが。どこ

に行ってしまったんだ？

パスクワ　あれ、あれ、やって来たよ。あんたからもらったものは、全部返してやるわよ。さあ、あんたの靴と、あんたのリボン類だ。[すべての品物を地面に投げつける]

ルシェッタ　ああ、どうしよう！　あんたは気が狂ったの？[品物を集めて、椅子の上に置く]

パスクワ　あんた、私をお払い箱にしたんじゃないの？　あんたの品物を受け取って、大切に持っていたらいいわよ。

ティッタ・ナーネ　もし《ウスノロ》と話したりしたら、あいつを殺してやるからな。

ルシェッタ　まあ、これはいいわ！　お前をお払い箱にしたのは、あいつのせいだ。あいつが原因なんだよ。

ティッタ・ナーネ　ルシェッタがあんな軽い男に惚れているなんて、私、驚いてしまうわね。

パスクワ　私は顔もよくないし、貧乏だし、何でもあんたの言う通りの女よ。でもね、私がはしけ船の船頭に惚れたりすることだけは、絶対にないわよ。

ティッタ・ナーネ　では、なぜあいつを、お前の傍に座らせたりしたんだ？

ルシェッタ　なぜ焼きカボチャをもらったりしたんだ？

ティッタ・ナーネ　まあ、何ということを言うの！

パスクワ　何とひどいことを！

ティッタ・ナーネ　俺が好きになった女には、どんな男とも話をさせたくないんだ。これが俺の流儀だ。これからだって、今まで誰にも無礼な真似をさせたことがない。これからだって、そんなことはさせんぞ。

ルシェッタ　まあ、何て命令ばかりする人なんでしょう。[涙を拭う]

ティッタ・ナーネ　何だ、泣いてるのか？

ルシェッタ　悔し涙よ、悔し涙。こんな奴、この手で絞め殺してやりたいわ。

パスクワ　あんた、泣いてるの？

ルシェッタ　[ティッタ・ナーネに]じゃあ、今はもう嫌いになったのかい？

ティッタ・ナーネ　どうしようもないだろう？　彼女が俺を好きじゃないんだから。

パスクワ　ルシェッタ、あんたはどう思っているんだい？

ルシェッタ　私を放っといて、私に構わないで頂戴。

パスクワ　[ルシェッタに]このあんたの靴をお取りよ、このリボン類もね。

ルシェッタ　嫌よ。

パスクワ　彼に何か言葉を掛けてお上げ。

ルシェッタ　[パスクワに]聞きたかないの。

パスクワ　[ルシェッタに]ここに来て、お聞き。

ルシェッタ　[ルシェッタに小声で]（何も要らないわ、欲しくなんかいないわ。)

パスクワ　ティッタ・ナーネ、ここにおいで。

ティッタ・ナーネ　絶対に嫌だ。

パスクワ　まあ、あの子にも一理あるんじゃないかい？　あんたの言い方は、のら犬よりひどいんだからね。

ティッタ・ナーネ　賭けてもいいぜ、彼女の言い分が正しいなら、俺は運河に身投げしてやる。

パスクワ　おやめなさいよ、この気違い！

ルシェッタ　[泣きながら、前と同様に]好きにさせてよ、好きにさせたら。

パスクワ　おやめったら、あんたも馬鹿な子だねえ！

ティッタ・ナーネ　[優しくなって]俺は好きだったんだよ。

ルシェッタ　[ティッタ・ナーネ]じゃあ、今はもう嫌いになったのかい？

パスクワ　[ルシェッタに]もう泣いていないという振りをしながら、泣く]

ルシェッタ　[ルシェッタに]どうしたんだい？

パスクワ　何でもないわ。[泣きながら、パスクワおばさんの体をどんと押す]

ルシェッタ　あんたなんか、くたばったらいいのよ。

ティッタ・ナーネ　俺は男だ、いいな？　俺は男だ。がきじゃないぞ、分かったか？

ルシェッタ　[もう泣いていないという振りをしながら、泣く]

パスクワ　[ティッタ・ナーネに]さあ、おいでったら。これ以上ぐずぐずしてると、二人とも八つ裂きにしてやるからね。

第四場　役人と、前出の人々

パスクワ　左様ですが、何のご用で？
役人　[パスクワに]あなたが《魚カゴ》のトーニ親方の、妻のパスクヮおばさんかね？
ルシェッタ　[パスクワに]そこにいるのは、トーニ親方の妹のルシェッタさんかね？
パスクワ　そうですけど、あの子に何のご用でから？
ルシェッタ　[傍白](まあ、大変！お役人が何の用かしら？)
役人　上司の命令で、お前たちを召喚する。直ちに市庁舎の裁判所に出頭して、証言をするんだ。
パスクワ　なぜなんです？
役人　わしは何も知らんよ。出頭して、指示に従いなさい。出頭を拒む者には、一〇ドゥカートの罰金だ。
ルシェッタ　[ルシェッタに](例の喧嘩の一件でだよ。)
パスクワ　(まあ！私、そんな所に行きたくないわ。)
ルシェッタ　(ああ！どうせ行かなきゃならなくなるよ。)
役人　[パスクワに]あれが、ヴィシェンソ親方の家かね？
パスクワ　そう、あれですが。
役人　もうそれで結構だ。ドアは開いている。上に行こうか。
[家の中に入る]

第五場　パスクヮと、ルシェッタと、ティッタ・ナーネ

パスクワ　聞いた、ティッタ・ナーネ？
ティッタ・ナーネ　聞いたよ。あのずる賢い《ウスノロ》が、俺を訴え出たんだ。安全な所に身を隠さなければ。
パスクワ　私の夫は？
ルシェッタ　私のお兄ちゃんは？
ティッタ・ナーネ　ああ、大変！行ってやって、運河沿いに探しに行って。私はヴィシェンソ親方の所に行くよ。私の後見人《ウスノロ》の奥さま[20]の所に行ってから、私の仲人親の先生を探しに行くよ。私の後見人の、騎士の旦那[21]の所に行くよ。大変だよ！私の家が大変だよ、大変だよ！私の金製品[22]が、私の財産が、大変だよ、大変だよ！
[退場]

---

(20)《lustrissima》(奥さま)。ゴルドーニの自注に、《彼女の後見人である、この町の貴婦人のこと》。
(21)《sior Cavaliere》(騎士の旦那)。ゴルドーニの自注に、《彼女の後見人である貴族》。
(22)《el mio oro》(私の金製品)。ゴルドーニの自注に、《キオッジャの庶民の女性たちは、ほぼすべて金のイヤリングと腕輪を持っていた》。

第六場　ルシェッタとティッタ・ナーネ

ティッタ・ナーネ　見たかい、お前？　お前のせいだぜ。
ルシェッタ　私のせいだって？　この私が何をしたと言うのよ？　なぜ私のせいなの？
ティッタ・ナーネ　お前に分別がなかったからだ。お前が浮気女だからだよ。
ルシェッタ　くたばっておしまい、この荒くれ者。
ティッタ・ナーネ　俺が追放されて遠くに行くってさぞや嬉しいだろうな。
ルシェッタ　あんたが追放されて遠くに行くって？　こっちに来てよ。どうして追放になるの？
ティッタ・ナーネ　いずれにしても、俺は行かせられるし、俺は追放されることになるんだ。《ウスノロ》の奴を殺してやりてえよ。
ルシェッタ　あんた、気でも狂ったの？
ティッタ・ナーネ　[ルシェッタに凄んで]そして、おい、お前、お前には必ず仕返しをしてやるからな。
ルシェッタ　私にだって？　この私がどんな罪を犯したって言うの？
ティッタ・ナーネ　破れかぶれになったら、俺は何をするか分からないから、気を付けろよ。
ルシェッタ　あれ、あれ、お役人が来るわよ。
ティッタ・ナーネ　大変だ！　見つからないうちに、早く逃げよう。[退場]
ルシェッタ　犬畜生、人殺し、あいつは私を捨てるんだから。これが私を愛しているということなの？　あ、何という男たち！　ああ、何という連中なの！　私はもう結婚なんかしない。むしろ運河に身を投げて、死んだ方がましだわ。[退場]

第七場　家から出てくるお役人と、フォルトゥナート親方

役人　やあ、フォルトゥナート親方、あなたは大人だ。これがどんな事件か知っているね。
フォルトゥナート　わしはお上にイタことない、裁判所にはね。
役人　あんたは裁判所にイタことない、お上にはね。
フォルトゥナート　ない、ない、一回もない。
役人　それでは、今度ばかりは来ることになるだろうね。
フォルトゥナート　なぜわしのツマが行かねばならんのかね？
役人　証言するためだよ。
フォルトゥナート　イモトたちもか？
役人　彼女たちもだ。
フォルトゥナート　年端も行かんのに、行かねばならんのか？
役人　年端も行かんのに、年端も行かんのに？
フォルトゥナート　彼女たちは、結婚した姉さんと一緒に行くんだろう？

何も怖がることはないさ。

フォルトゥナート　あの子らは、泣いて、怯えて、行きたくないっていってイテるよ。

役人　出頭しないと、かえって身のためにならんよ。わしは自分の務めを果たしたんだから。帰って報告することにするか。あんた方は召喚されたんだから、あとは自分たちで考えるんだな。[退場]

フォルトゥナート　シュト〔出頭〕しなければならん、シュトしなければ、シュトしなければな。[大声で舞台奥に向かって]ツマや、ツマや、ショールをハオレ、ツマや。イモトのオルセタや、ショールだ。イモトのケカや、ショールだ。イカナキャ、カナキャ、イマイマシイ喧嘩だ、ナラズモノめ、ヒキョモノめ。早くしろ。なにしとる？　姉妹たち、オナたち、急いで。わしがイテ、ヒパタイたる、畜生、畜生。早くしろ。グズグズすると、わしがイテ、ヒパタイたるぞ。[家の中に入る]

第八場　裁判所。イシドーロとヴィシェンソ親方

ヴィシェンソ　旦那もお分かりのように、これはささいな出来事でしてな。

イシドーロ　別に大事件だとは言っていませんよ。だが、嘆願書があって、証人の指名があって、審理は始まっている。裁判は行わなければなりません。

ヴィシェンソ　旦那は信じていらっしゃるんですか？　訴え出た男が無実だなんて。あの男だって、石を投げつけたんですよ。

イシドーロ　ますます結構。取り調べを通じて、真相を明らかにしようじゃないですか。

ヴィシェンソ　旦那、和解に持ち込んでもらうわけには、いかんものでしょうかね？

イシドーロ　はっきり言って、原告側が訴状を取り下げれば、裁判費用は別にして、和解できないものでもありませんが。被害者が親方に、《和解できないものでもない》と言ったのは、私の考えを言いましょう。ヴィシェンソ親方、私の考えを言いましょう。私には分からないのです。だから、少なくとも何人かには証言をさせたいのです。それ以上のことがなかったかどうか、昔

ヴィシェンソ　旦那、そうしましょう。このわしがどのような人間か、旦那はよくご存じだ。わしは逃げも隠れもしません。このわしに任せて下さい。

イシドーロ　ヴィシェンソ親方、今のところ、大したことは起きていないからです。だが、証人たちがどのような供述をするのか、害者の供述によれば、

(23)《indolenza》（正しくは《無痛、嘆きのない状態》の意味）。ゴルドーニの自注に、《ヴェネツィア人たちは、《indolenza》（嘆きのない状態）を《doglianza》（嘆き、嘆願）の意味で、つまり、損害を受けた被害者側の訴えの意味で使っている。《idolenza》が被害者側の意味であることは、すべての人が知っているが、皆へ渡れば怖くない、というわけである》。このような言葉遊びの面白さは、日本語では表現不可能である。

は、食べ物に目がないってね。この補佐役の旦那はねえ。楽しむことも必要でしょう。人は働いた後では、楽しむことも必要でしょう？

イシドーロ どうしようもないでしょう。

ヴィシェンソ 補佐役の旦那は、婀娜っぽいショールの女なんかもお好きですしね。

イシドーロ さあ、私は役人を派遣させに行かなければならない。もし誰か来たら、私はすぐ戻ると言って下さい。それから、女たちに供述しに来るように、しかし恐れることはない、私は誰に対しても優しいし、とりわけ女性に対しては、アーモンド菓子みたいに甘いと言って下さいよ。［退場］

第九場 ヴィシェンソ親方一人

ヴィシェンソ はい、旦那。確かにあの人は名誉を重んじる人だよ。だが、わしの家に来させたりはしない。わが家の女たちと付き合わせたりはしない。このかつらを被った旦那衆は、わし漁師とは反りが合わないんだ。ああ、何と！ 女たちが供述しにやって来るぞ。恐ろしくて出頭したくないと言っていたくせにな。彼女たちと一緒に来る男がいるな。さあ、ああ！ あれはフォルトゥナート親方だ。さあ、来なさい。お前たち、ここには誰もいないから。

からの怨恨がなかったかどうか、喧嘩が計画的なものでなかったかどうか、横暴な行為がなかったかどうか、第三者の被害とか、この種の何らかのことがなかったかどうか、そのようなことがなかったら、むしろ私が、和解になるように手を貸して上げます。しかし、私は仲裁人にはなりませんよ。私は補佐役であってね、長官ではないからね、私の上司に報告しなければならないんだ。今、長官はヴェネツィアに行っていて、もうすぐ帰って来られる。彼がこの小さな訴訟を受け持たれるから、あなたの方から話をして下さい。私も口添えして上げる。私に礼金は来ないが、もう気もありません。私は名誉を重んじる人間で、すべての人のためになることなら、何でも喜んでします。もしあなたによいことになってやれるなら、よいことをして上げますよ。

イシドーロ 言っておきますが、私は何ももらいませんからね。

ヴィシェンソ こうしましょう。旦那、旦那はいかにも旦那らしく話をして下されば、それでいいんです。わしは何をしたらいいか、ちゃんと心得ておりますから。

イシドーロ ああ！ 魚一匹くらいなら構わんでしょう。魚一匹だ、立派な魚を一匹。

ヴィシェンソ やっぱり！ 知っていますよ、補佐役の旦那の食事は裁判所の机でだが、私だってよそでの宴会は嫌いじゃないですからね。

第一〇場　パスクワと、ルシェッタと、リーベラと、オルセッタと、ケッカ、全員がショールを羽織っている。フォルトゥナート親方と、前出のヴィシェンソ親方。

ケッカ　ここはどこなの？

オルセッタ　ああ、私たち、どこに行くの？

リーベラ　ああ、困ったね！　私、こんな所に来たことないもの。

フォルトゥナート　イシェンソ親方、コニチハ、イシェンソ親方。[ヴィシェンソ親方に挨拶する]

ヴィシェンソ　[彼に挨拶する]やあ、フォルトゥナート親方。

ルシェッタ　私、脚が震えるわ、脚が。

パスクワ　私だって、ああ、胸が苦しくて堪らないよ。

フォルトゥナート　[ヴィシェンソ親方に]チョカンのダナは、どこ？

ヴィシェンソ　ここにはいないよ。長官の旦那は、今、ヴェネツィアだ。その補佐役の旦那が、尋問をしに来られるよ。

リーベラ　[オルセッタに体をぶつけて、彼が自分のよく知っている人であることを知らせる]（まあ、補佐役だって！）

オルセッタ　[ケッカに体をぶつけて、笑いながら]（まあ、あの楽しい旦那ね。）

パスクワ　[ルシェッタに嬉しそうに]（お前、聞いた？　補佐役が私たちを尋問するんだってさ。）

ルシェッタ　[パスクワに]（彼が私たちから、六ブラッチョ[三・六メートル]のレースを買って行った、憶えてる？　本当は三〇ソルド[一・五リラ]なのに、その倍の三リラも払ったのよ。）

第一一場　イシドーロと、前出の人々［扉の図版を参照］

イシドーロ　お前たちは、ここで何をしているんだい？

女性全員　旦那、旦那。

イシドーロ　どういうつもりかね？　全員一度に証言したいのか？　広間に行って、待っていなさい。一人ずつ呼ぶからね。

パスクワ　最初は私たちだよ。

ルシェッタ　私たちが最初よ。

オルセッタ　私たちの方が先に来たのよ。

イシドーロ　私は、誰からもえこひいきだと疑われないように、調書に書かれた名前の順に呼び出すことにしよう。ケッカが最初だ。では、他の者は外に出てくれ。［退場］

パスクワ　もちろん、そうでしょうとも。彼女は若いしねえ。

―――――
(24) 貴族や市民や役人たちを指す。
(25) 一リラ＝二〇ソルドであるから、三〇ソルド＝一・五リラ。

ルシェッタ　若さだけでは十分じゃないわね。運がよくないとね。[退場]

イシドーロ　（とんでもない女たちだ！ 何が何でも自分から喋ろうとしている。自分が絶対正しいと信じていて、何が何でも自分の意見を喋ろうとしているんだ。）

フォルトゥナート　さあ、出ろ、出ろ、外だ、外に出ろ。[退場]

オルセッタ　ねえ、補佐役の旦那、私たちをこんな所で三時間も待たせないで下さいね。私たちには、しなきゃいけないことがあるんだから。しなきゃいけないことをね。[退場]

イシドーロ　よし、よし、急いで片付けることにしよう。

リーベラ　[イシドーロに] ねえ、あの娘は、お手柔らかにお願いしますよ、いいですね？ よくご覧になって。あの娘は、かわいそうに、心の純な子なんですからね。あの娘は、手荒く扱ったりする恐れはないよ。

イシドーロ　このような場所では、手荒く扱ったりする恐れはないよ。

リーベラ　（あの旦那はさかりがついているから、あまり信用できないけどね。）[退場]

第一二場　イシドーロと、ケッカ、その後、役人

ケッカ　まあ！ 旦那、私は立っているのが好きなのよ。

イシドーロ　こっちにおいで、娘さん、ここに座りなさい。[彼は座る]

ケッカ　まあ！ 旦那、私は立っているのが好きなのよ。

イシドーロ　座りなさい。私はあなたが立ったままでいるのを、見るのが嫌なんだ。

ケッカ　どうしてもと仰るなら、仕方ありませんけど。[座る]

イシドーロ　あなたの名前は？

ケッカ　ケッカです。

イシドーロ　姓は？

ケッカ　スキャンティーナです。

イシドーロ　綽名は持っている？

ケッカ　まあ、綽名だって、まさか！

イシドーロ　《リコッタチーズ》と呼ばれていなかったかい？

ケッカ　まあ！ やっぱり旦那も、私を馬鹿にしたいのね。

イシドーロ　[膨れ面をする] さあ、あなたは美人なんだから、心も美しくなくてはね。答えなさい。どうしてあなたがここに呼ばれるのか、知っているかね？

ケッカ　はい、旦那。喧嘩があったからです。

イシドーロ　どんな喧嘩だったのか、私に話してみなさい。

ケッカ　私は何も知らないわ。私はそこにいなかったんですもの。私は姉のリーベラと、同じく姉のオルセッタと、義兄のフォルトゥナート親方と一緒に、家に帰る途中だったの。すると、トーニ親方と、《塩漬ケイワシ》のベッポと、ティッタ・ナーネが、《ウスノロ》のトッフォロを殴ろうとしていて、相手は石を投げつけていたの。

イシドーロ　なぜ彼らは《ウスノロ》のトゥフォロを殴ろうとしたんだね？
ケッカ　それはね、ティッタ・ナーネは、《ウスノロ》が彼女と話をしに行って、夕の恋人だったのに、《ウソツキ》ルシェッタに焼きカボチャ代を支払ってやった上、彼女に焼きカボチャ代を支払ってやったからよ。
イシドーロ　よろしい。分かった。それで十分だ。ところで、あなたは何歳かね？
ケッカ　旦那は私の年まで知りたいの？
イシドーロ　その通りだ。証言をする人は皆、自分の調書の最後に、年齢を書くんだよ。というわけで、あなたは何歳かね？
ケッカ　まあ！　私は他の人のように、自分の年を隠したりしないわ。一八歳になったばかりよ。
イシドーロ　では、真実を述べたと誓いなさい。
ケッカ　何を誓え、ですって？
イシドーロ　あなたが尋問で述べたことは、すべて真実であると誓いなさい！
ケッカ　はい、旦那、真実を述べたと誓います。
イシドーロ　これであなたの尋問は終わりだ。
ケッカ　それでは、私は行っていいのね。
イシドーロ　いや、もう少し待って。恋人は何人いるんだい？
ケッカ　まあ！　恋人なんかいないわよ。
イシドーロ　嘘をつくんじゃないよ。
ケッカ　私、これも誓って言わなければならないの？

イシドーロ　いや、今はもう誓わないでいい。だが、嘘をつくのは、よくないことだよ。恋人は何人いるの？
ケッカ　まあ、この私に？　私を恋人にしてくれるような人は、一人もいないわ。だって、私は貧乏だしね。
イシドーロ　では、この私が、持参金をもらえるようにして上げようか？
ケッカ　本当なら嬉しいわ！
イシドーロ　もし持参金がもらえたら、結婚するかね？
ケッカ　もちろんするわよ、旦那。
イシドーロ　恥ずかしいの？
ケッカ　恥ずかしがらないで。ここにいるのは、私たち二人だけだから、自由に話してみなさい。
イシドーロ　手の届く所に誰かいるの？
ケッカ　いるわけないでしょう。
イシドーロ　では、あなたの気に入っている人はいないの？
ケッカ　もしできればだけど、夫にするとなれば、ティッタ・ナーネだわね。
イシドーロ　彼女は彼はルシェッタの恋人じゃないの？
ケッカ　彼女とは別れたのよ。
イシドーロ　彼女と別れたなら、あなたの恋人になる可能性はあるわけだ。
ケッカ　持参金はいくらもらえるの？
イシドーロ　五〇ドゥカート銀貨だよ。[26]
ケッカ　まあ、いいわ、旦那！　私の義兄が、私に一〇〇ドゥ

カートくれることになっているの。あとの五〇〇ドゥカートは、レース編みの内職で貯金したわ。ルシェッタだって、これほど多くの持参金は、彼にやれないと思うわ。

イシドーロ では、この私が、ティッタ・ナーネに話をしてあげようか？

ケッカ できれば是非、旦那！

イシドーロ 彼はどこにいる？

ケッカ 身を隠したわ。

イシドーロ どこに？

ケッカ [彼の耳元で話す]

イシドーロ 分かった。彼を呼びに行かせよう。私から彼に話して上げる。私に任せておきなさい。さあ、娘さん、行きなさい。行かせて上げる。私との間を勘ぐったりされないようにね。[鈴を鳴らす]

ケッカ 誰かに聞かれるとまずいから、旦那の耳元で言うわね。

イシドーロ お呼びで。

役人 はい、すぐに。

イシドーロ オルセッタを呼んでくれ。

役人 話した結果は、あなたに伝えるよ。あなたに会いに行ってあげるから。[退場]

ケッカ ああ！ありがとう、旦那。

イシドーロ はい、旦那。[立ち上がる]できるものなら、ルシェッタに仕返しをしてやりたいわ！できるものならね！

第一三場 オルセッタと、前出の二人と、その後、役人

オルセッタ [ケッカに小声で](長かったのね？どんな尋問をされたの？)

ケッカ [オルセッタに](ああ、お姉さん！私が何とうまく尋問に答えたか！後で何もかも話して上げるわ。)[退場]

イシドーロ [傍白](まあ、この娘は実に素直だな。)

オルセッタ はい、旦那。[素直に座る]

イシドーロ ここに来て座りなさい。

オルセッタ オルセッタ・スキャンティーナです。

イシドーロ あなたの名前は？

オルセッタ 通称って何よ？

イシドーロ 通称は？

オルセッタ あなたは《アワ入りパン》という綽名を持っているんですって？

イシドーロ この私が綽名を持っているだろう？

オルセッタ あなたも綽名を持っているんですって？

イシドーロ 旦那、はっきり言っときますがね、もし私が裁判所にいるんじゃなかったら、旦那のそのかつらを、めちゃくちゃにしてやるところだわね。

オルセッタ おい、おい、言葉を慎めよ。

イシドーロ 《アワ入りパン》とは何よ？キオッジャのアワ

オルセッタ　入りパンというのはね、ふすまとトウモロコシの粉入りのパンのことよ。それにこの私はね、トウモロコシ色でもアワ色でもないわ。

イシドーロ　さあ、娘さん、興奮しないで。裁判所は大騒ぎする場所じゃないんだ。私の質問に答えなさい。あなたが証人として呼ばれた理由を知っているかね？

オルセッタ　いいえ、旦那。

イシドーロ　その理由が何か想像できるかね？

オルセッタ　いいえ、旦那。

イシドーロ　喧嘩があったことは知らないの？

オルセッタ　知ってるけど知らないわ。

イシドーロ　さあ、あなたの知っていることを話すんだ。質問してくれれば、答えて上げるわ。

イシドーロ　[傍白]（この娘は、このあわれな補佐役を頭に来させる女だな。）あなたは、トッフォロ・ザヴァッタを知っているかね？

オルセッタ　いいえ、旦那。

イシドーロ　では、《ウスノロ》のトッフォロは？

オルセッタ　はい、旦那。

イシドーロ　誰かがあの青年を襲おうとしたことは、知っているか？

オルセッタ　人が心にどんな気持ちを抱いているのか、私には分からないわ。

イシドーロ　[傍白]（まあ、ずる賢い奴だ！）あの若者に刃物

を向けた人々を知っているかね？

オルセッタ　はい、旦那。

イシドーロ　それは誰かね？

オルセッタ　忘れました。

イシドーロ　私が名前を挙げてくれたら、思い出してくれるかね？

オルセッタ　名前を挙げてくれたら、返事をするわ。

イシドーロ　[傍白]（困った女だ！この調子で尋問したら、晩までかかっても終わらんな。）《小ダラ》のティッタ・ナーネはそこにいたかね？

オルセッタ　はい、旦那。

イシドーロ　《魚カゴ》のトーニ親方はそこにいたかね？

オルセッタ　はい、旦那。

イシドーロ　《塩漬ケイワシ》のベッポはそこにいたかね？

オルセッタ　はい、旦那。

イシドーロ　《アワ入リパン》さん。

オルセッタ　その調子だ、旦那は綽名を持っていないの？

イシドーロ　[書きながら]　おいおい、お喋りはやめな。私が綽名を付けてやるわ。

オルセッタ　[傍白]（そうだ！　私が綽名を持ってないの？）

イシドーロ　《スカンピン》の補佐役さまだ。

（26）ゴルドーニの自注に、《貧しい娘たちに持参金付与基金がある。五〇ドゥカートの持参金というのは、この階級の人々にとっては最高の部類に属する》。
一ドゥカート銀貨＝八リラであるから、五〇ドゥカートは、一八ツェッキーノ金貨に相当する。非常に数多くの持参金を与えて結婚させるために、

イシドーロ 《ウスノロ》のトッフォロは、石を投げたんだね?
オルセッタ はい、旦那。あいつは石を投げました。(この旦那の頭にも投げてくれたらよかったのに。)
イシドーロ 何か言ったか?
オルセッタ 別に何も。独り言ですよ。独り言も言っちゃいけないの?
イシドーロ この争いの原因は何かね?
オルセッタ 知らないわ。
イシドーロ [傍白](ああ、もう沢山だ!)ティッタ・ナーネが《ウスノロ》のトッフォロに、焼きもちを焼いたことは知っているな?
オルセッタ はい、旦那。《嘘ツキ》のルシェッタのせいでね。
イシドーロ ティッタ・ネーナが、《嘘ツキ》のルシェッタと婚約解消したことは知ってるな?
オルセッタ はい、旦那。私も、彼が別れたという話は聞いたわ。
イシドーロ [傍白](ケッカの言ったことは本当だったんだ。彼女のために骨折ってやろう。)ああ、あなたはこれでお終いだ。ところで、あなたは何歳かね?
オルセッタ 何ですって! 私の年まで知りたいの?
イシドーロ そう、年齢までだ。
オルセッタ 旦那はそれを記録するの?

イシドーロ 私は記録しなければならんのだよ。書いて頂戴……一八歳よ。
オルセッタ 結構だわ。書いて頂戴……一八歳よ。
イシドーロ [書く]真実を述べたと誓いなさい。
オルセッタ 真実を述べたと誓います。
イシドーロ 私に誓う必要があるの?
オルセッタ 旦那に申し上げますけど、もし誓って言う必要があるんなら、私はあなたに、正確な年齢を誓って言え、と言ったんじゃないよ。私が言ったのは、証人尋問であなたが供述したことは真実だ、と誓えということだよ。はい、旦那、誓いますよ。
イシドーロ まあ、そういう意味だったの。私は二四歳なの。

第一四場 リーベラおばさんと、前出の二人と、その後、役人

リーベラ [オルセッタに](ねえ、聞いてよ、あいつ、人の年齢まで知りたがるのよ。)
オルセッタ (何てひどいことをするの! 自分の年齢まで言わせて、しかも誓わされるのよ。)
リーベラ (冗談だろう?)
オルセッタ (しかも、誓わされるのよ。)
リーベラ (うまく切り抜けたかい?)
オルセッタ (ねえ、聞いてよ、あいつ、人の年齢まで知りたがるのよ。)[退場](何てひどいことをするの! 自分の年齢まで言わせて、しかも誓わされるとは。よーし! 私、年齢については絶対に口を割らないし、誓ったりもしないからね。)
イシドーロ さあ、こっちに来て、ここに掛けなさい。

リーベラ　[返事をしない]

イシドーロ　[座るようにと合図をしながら]さあ、いいね、こっちに来て、ここにお掛けなさい。

リーベラ　[来て座る]

イシドーロ　あなたの名前は？

リーベラ　[返事をしない]

イシドーロ　[彼女の体をどんと押して]答えるんだよ、あんたの名前は？

リーベラ　旦那。

イシドーロ　名前は？

リーベラ　何て言ったの？

イシドーロ　[大声で]あなたは耳が遠いのかい？

リーベラ　あまりよく聞こえないの。

イシドーロ　[傍白]（これは困ったな！）あなたの名前は何ですか？

リーベラ　何ですか？

イシドーロ　あなたの名前だよ。

リーベラ　ああ！　私は気が狂いそうだ。[鈴を鳴らす]

役人　ご用で。

イシドーロ　あの男を入れてくれ。

リーベラ　はい、直ちに。[退場]

イシドーロ　[リーベラに]さあ、どうぞ、出て行きなさい。

リーベラ　旦那？

イシドーロ　[彼女の体を押しながら]ここから出て行くんだよ。

リーベラ　[傍白]（ああ！　私はうまく難を逃せたわ。自分のことについては、絶対に口を割ったりしないからね。）[退場]

第一五場　イシドーロと、その後、フォルトゥナートと、その後、役人

イシドーロ　この職務は、面白くて、上品で、名誉があって、しかも給料もいい。だが、時おり、気が狂いそうになることもあるな。

フォルトゥナート　コニチハ、補佐役のダナ、コニチハ。

イシドーロ　あなたの名前は？

フォルトゥナート　フォルトゥナート・アイツキオで。

イシドーロ　明瞭に発音してくれないと、聞き取れませんよ。

フォルトゥナート　フォルトゥナート・カヴィッキオ親方だな。なぜあなたが呼び出されて、何とか勘で分かるがね。ここにやって来たのか、そのわけを言ってもらえますか？

イシドーロ　では、話を進めようか。あなたは何のために、ここにやって来ますか？

フォルトゥナート　へい、ダナ、へい。わしが来たのは、お役人さまが来るよにといたからで。

イシドーロ　実に見事な答えだ！　お役人が来るようにと言ったから、あなたが来たことは、私も知っている。あなたは、ある喧嘩について、何か知っていますか？

フォルトゥナート　モシ上げときますが、わし今日、ウミからカエテ、船でヴィゴに着いた。すると、わしのツマと、イモトのオルセタと、イモトのケカがヤテ来た。

イシドーロ　もう少しはっきりと話してくれないと、私は理解できませんよ。

フォルトゥナート　へい、ダナ、へい。わしのツマと、わしのイモトとイショに家にケル途中、トニ親方を見た。それにベポを見た。そして、トニ親方、刀もと、《ウスノロ》のトフォロを見た。それに《コボラ》のティタ・ナネ。ベポはナイフを持って、コレミロ、コレミロ。《ウスノロ》は、ペッ、ペッ、石を投げつけてました。そこにティタ・ナネがヤテ来て、ティタ・ナネがヤテ来て、どけ、どけ、刀だ、刀だ、と、上を下への大騒ぎ。《ウスノロ》は転んで倒れて、後は知りません。分かてもらえましたか？

イシドーロ　一言もな。

フォルトゥナート　ダナ、ワシはちゃんとキオジャ語で話してますが。ダナはどこのお人で？

イシドーロ　私はヴェネツィア人だがね、あなたの話は何ひとつ分からなかったよ。

フォルトゥナート　では、モイチド、サショからモシ上げましょか？

イシドーロ　何だって？

フォルトゥナート　モイチド、サショからモシ上げましょか？

イシドーロ　くたばって、くたばって、くたばってしまえ。

フォルトゥナート　では、ダナ。［退場しようとする］

イシドーロ　忌々しい阿呆！

フォルトゥナート　［遠ざかりながら］これで緊急の訴訟でもあったら、とんでもないことだったな！

イシドーロ　［ドアの所で］では、補佐役のダナ！　［退場］

役人　ご用で。

イシドーロ　悪魔にでもさらわれてしまえ！　［鈴を鳴らすように命じるんだ。もう話なんか聞きたくない。とっとと出て行く

役人　はい、直ちに。［退場］

第一六場　イシドーロと、その後、パスクワと、ルシェッタ

と、その後、役人

イシドーロ　どうしても苛立ってしまうな。［熱くなって］どうして私たちを追い払うんだい？

パスクワ　どうして私たちは、尋問しようとしないのよ？

ルシェッタ　どうしてかと言うと、私はもう沢山だからだ。

イシドーロ　どうしてかと言うと、私はもう沢山だからだ。

イシドーロ　忌々しい女たちだ。
役人　旦那。
イシドーロ　何だね？
役人　長官殿がお帰りになりました。
パスクワ　まあ！　まさにあの人だよ。
イシドーロ　あの人の所に行きたいなら行きたいよ。
ルシェッタ　行きたいなら行きましょうよ。どこでも好きな所にな。畜生ども、悪魔ども、サタンども。
イシドーロ　よくも言ったわね！　仕返ししてやるからね。[退場]
パスクワ　こん畜生、今に思い知らせてやるわよ。[退場]
ルシェッタ　はい、はい、色男さん、私たちは何もかも知っているんだよ。
イシドーロ　旦那が目をかけている女たちの話はちゃんと聞いて、私たちはゴミみたいにポイなの？
ルシェッタ　やめてくれんか。
イシドーロ　《リコッタチーズ》のケッカとは一時間以上も話していたくせに。
パスクワ　《アワ入リパン》のオルセッタとは、どのくらい一緒にいたのよ？
ルシェッタ　でも、私たちは、出るべき所に出るつもりでいますからね。
パスクワ　そして、正しい裁きをしてもらうよ。
イシドーロ　あなたたちは全く誤解しているんだよ。聞きなさい。
パスクワ　何を言いたいんだい？
ルシェッタ　私たちにどんな嘘を信じ込ませたいの？
イシドーロ　あなたたちは、利害関係者なんだよ。だから、証人になることはできないんだよ。
ルシェッタ　そんなの嘘よ、嘘よ。私たちは利害関係者じゃないわ。絶対にそんなの嘘よ。
パスクワ　私たちだって証言したいんだよ。
イシドーロ　もうやめないか。
パスクワ　私たちも聞いてもらいたいんだよ。
ルシェッタ　私たちだって話すことがあるのよ。

――――
(27) 《tiffe》（ティッフェ）。フォレーナの辞書に《擬声語》とあるだけで、何の擬声語かは不明。
(28) 《tuffe, tuffe》（ペッ、ペッ）。第三幕一六場でのゴルドーニの自注に、《軽蔑を表す用語》とあるが、フォレーナの辞書に《唾を吐く擬声語》とあり、これはゴルドーニの説明を、よりよく説明するものであるので、こちらを採用した。

第三幕

第一場　第一幕一場と同じ、家並の続く通り。ベッポ一人

ベッポ　俺はどうなったって構わない。俺を捕まえたいなら、捕まえるがいい。俺は牢獄送りになるだろうよ。だが、もう隠れてだけはいたくない。オルセッタに平手打ちを食わせない限り、俺は満足して死ねない。もし俺が牢獄送りになるとすれば、もしそんなことがあるとすれば、あの《ウスノロ》の耳を削ぎ落としてやるぞ。あの女たちの家のドアも閉まっている。ルシェッタとお義姉さんは、トニのために証言しに行ったんだろう。俺の家のドアも閉まっている。《ウスノロ》のために証言しに行ったんだろう。あっちの女たちは、俺と兄貴のトニの話をしに行ったんだろう。音がする、人の話し声がする。俺はいつも背後からお巡りに見張られているような気がしてならん。静かに。静かに。やって来るのは、オルセッタだ。さあ、来い。さあ、やって来い。お前を懲らしめてやるぞ。

第二場　ショールを羽織ったリーベラと、オルセッタと、ケッカと、前出のベッポ

リーベラ　［愛情を込めて］ベッポ！
オルセッタ　私のいとしいベッポ！
ベッポ　くたばってしまえ。
オルセッタ　いったい誰に、くたばれって？
リーベラ　いったい誰に、くたばれって？
ベッポ　お前たち全員にだ。
ケッカ　［ベッポに］あんたがくたばったらどうなのよ。
オルセッタ　［ケッカに］お黙り。
ベッポ　俺が牢獄送りになったら、さぞやお前は満足だろうよ。だがな、そうなる前に……
オルセッタ　いいえ、安心して頂戴。何も起きたりしないから。
ベッポ　たって言うの？
オルセッタ　あんたがくたばったらどうなのよ、ケッカ。
リーベラ　ヴィシェンソ親方が言っていたわよ。気をもむことはない、事件は和解で終わるってね。
オルセッタ　それにね、補佐役は私たちの味方よ。
ベッポ　お前に腹を立てているんだよ。少なくとも誰に腹を立てているのか、教えてくれる？
オルセッタ　私にだって？

ベッポ　そうだ、お前にだ。
オルセッタ　この私が、あんたに何をしたっていうの？
ベッポ　何で《ウスノロ》なんかと係わり合ったんだ？ なぜあいつと話なんかしたんだ？ 何のために、あいつはお前に会いに来たんだ？
オルセッタ　この私に？
ベッポ　お前にだ。
オルセッタ　いったい誰から、そんな話を聞いたの？
ベッポ　俺の兄嫁と実の妹から聞いたんだ。
オルセッタ　嘘つきだわ！
リーベラ　嘘つきだよ！
オルセッタ　嘘だよ！
ケッカ　まあ、何という嘘つきかしら！
オルセッタ　あいつはね、ケッカと話しにやって来たんだよ。その後で、あんたの妹さんの傍に座りに行ったんだよ。
リーベラ　そして、彼女のカボチャ代を払ってやったのよ。
ケッカ　ティッタ・ナーネが、ルシェッタとの婚約を解消したっていう事実があれば、それで十分じゃないの？
ベッポ　あいつが、俺の妹との婚約を解消したって？ どうしてだ？
オルセッタ　《ウスノロ》と、いちゃついたからよ。
ケッカ　この私が、あんなのと何の関係があると言うの？
ベッポ　[オルセッタに]《ウスノロ》は、お前と話しに来たんじゃないのか？ あいつはルシェッタと話をしたんだ？ それで、ティッタ・ナーネが、婚約を解消したのか？
オルセッタ　そうだよ。この犬畜生、あんたは私の言うことを信じないの？ このならず者、あんたはあんたのオルセッタの言うことを信じてくれないの？ 私はあわれだわ、こんなにあんたを愛していて、あんたのために涙を流して、あんたのためにやつれ果てているのに？
ベッポ　では、あのお喋り女たちは、なぜ俺に吹き込みに来たんだ？
リーベラ　自分らの罪を、私たちになすり付けるためさ。
ケッカ　私たちは何もしていないのに、あの女たちが、悪さをしようとしたのよ。
ベッポ　[すごんで]あいつらが家に帰って来たら！ 帰って来たら、ただでは置かんぞ！
リーベラ　静かにしてよ。彼女たちがやって来るわ。
オルセッタ　黙っていてよ。
ケッカ　何も言うんじゃないわよ。

第三場　ショールを羽織ったパスクワと、ルシェッタと、前出の人々

ルシェッタ　[ベッポに]お兄ちゃん、どうしたの？
パスクワ　[ベッポに]こんな所で何をしているんだい？
ベッポ　[怒って]お前たちは、俺に何を吹き込みに来たん だ？

ルシェッタ　ねえ、聞いて。
パスクワ　こっちに来て、聞いてよ。
ベッポ　お前たちは何を喋りに船まで来たんだ？……
ルシェッタ　［焦って］さあ、早く、こっちに来てよ。
パスクワ　早くだよ。さもないと、大変なことになるよ！
ベッポ　何だって？何か新しいことでも起きたのか？［近寄ると、二人は彼を取り囲む］
ルシェッタ　逃げるのよ。
パスクワ　隠れ家に逃げるんだよ。
ルシェッタ　大したことにならないって、あの女たちは言っていたぜ。
ベッポ　信用してはだめよ。
パスクワ　あの女たちには証言させようとしているのよ。
ルシェッタ　裁判所には行ったけど、私たちの話は全く聞いてもらえなかったわ。
パスクワ　あの女たちはね、あんたをひどい目に遭わせようとしているのよ。
ルシェッタ　それにね、オルセッタは補佐役と一緒に、一時間以上も中にいたのよ。
パスクワ　あんたは起訴されるわ！
ルシェッタ　お兄ちゃんは逮捕されるわ。
パスクワ　早く隠れ家にお逃げ！

ベッポ　何だと？［オルセッタに］このようにして、男たちをひどい目に遭わせる気か？
オルセッタ　何があったの？
ベッポ　俺をひどい目に遭わせるために、ここに引き留めていたのか？
オルセッタ　いったい誰が、そんなことを言ったの？
ルシェッタ　私が言ったのよ、この私がね。
パスクワ　そうさ、私たちは、何もかもお見通しなんだよ、何もかもね。
ベッポ　行くよ……［オルセッタに］だが、必ず仕返しをしてやるからな。
パスクワ　［ベッポに］早くお逃げよ。
ルシェッタ　［ベッポに］お兄ちゃん、逃げて。
パスクワ　逃げて。
ルシェッタ　お兄さん！
パスクワ　あんた！
ルシェッタ　姿を見せちゃだめよ。

第四場　トーニ親方と、前出の人々

トーニ　静かに、静かに。恐れんでもいい。落ち着くんだ。ヴィシェンソ親方が、わしに会いに来てくれてな、彼の話では、長官の旦那と話をして、すべてを丸く収めるから、安心して外を出歩いていい、ということだ。

オルセッタ　あんたたち、聞いた？
リーベラ　言った通りでしょう？
ケッカ　この私たちが嘘つきだって？
オルセッタ　この私たちが、あんたらをひどい目に遭わせたがっているんだって？
ベッポ　[パスクヮとルシェッタに] お前たちは、いったい何の夢を見ているんだ？　どんな妄想を頭に詰め込んでいるんだ？

第五場　ヴィシェンソ親方、前出の人々

オルセッタ　ヴィシェンソ親方がやって来るわ。ヴィシェンソ親方、すべては丸く収まった。
ヴィシェンソ　何ひとつ丸く収まらないって。
オルセッタ　何ひとつ丸く収まらないって、どういうことなの？
ヴィシェンソ　頑固なロバの《ウスノロ》め、和解する気はないんだとよ。和解しなければ、丸く収めることもできん。
パスクヮ　まあ、聞いた？
ルシェッタ　私、そう言ったのよ。
パスクヮ　あの女たちの言うことなんか、一切信用してはだめよ。
ルシェッタ　何も丸く収まらなかったのよ。
パスクヮ　歩き回るのは危ないね。
ルシェッタ　すぐに隠れ家に身を潜めて。

第六場　ティッタ・ナーネと、前出の人々

ルシェッタ　[ティッタ・ナーネに] あんた、お巡りが怖くないのかい？
ティッタ・ナーネ　[むっとしてルシェッタに] 俺は何も怖くねえ。[ヴィシェンソ親方に] 俺は今まで補佐役の旦那の所にいったんだ。旦那が俺を呼び出して言うには、好きなだけ歩き回っていい。旦那に心配するには及ばないって。
オルセッタ　[ルシェッタに] 喋ってみたらどうなのよ？　私は言わなかった？　補佐役の旦那は、私たちの味方だって。
パスクヮ　[傍白] （まあ！　まだ怒りが収まっていないんだね。）
ティッタ・ナーネ　俺は自分のしたいことをしているんだ、自分のしたいことをな。

第七場　役人と、前出の人々

役人　《魚カゴ》のトーニ親方、《塩漬ケイワシ》のベッポ、《小ダラ》のティッタ・ナーネは、直ちにわしと一緒に、裁判所の長官殿の所に出頭しなさい。[退場]

パスクワ　まあ、大変だわ！
ルシェッタ　私たちはお終いだわ。
パスクワ　［オルセッタに］あんたね、何の根拠があって、あんなことを言ったんだい？
ルシェッタ　［オルセッタに］あんな《嘘ツキ》補佐役の、何が信用できるの？

第八場　イシドーロと、前出の人々

ルシェッタ　［イシドーロに気付いて］（まあ！）
イシドーロ　私のことを話題にして下さったのは、どなたかね？
ルシェッタ　［イシドーロを指さして］あの子ですよ、旦那。彼らに何をするつもりなの？
オルセッタ　何も。諸君、この私と一緒に来て下さい。何も恐れることはない。私は約束を守る男だ。私はこの件を丸く収めると約束したが、長官殿は、この件について、私に一任して下さった。ヴィシェンソ親方、あなたは《ウスノロ》を探しに行って、何としてでも、私の所まで連れて来て下さい。もし自分から喜んで来る気がないなら、この私が力尽くででも来させると言って下さい。
ヴィシェンソ　はい、旦那。よいことをしたいんなら、このわしに任せて下さい。すぐに行って参ります。ベッポ、トーニ親方、わしと一緒に来てくれ。話したいことがある。あんたと一緒なら、わしは安心だからな。
トーニ　ああ、あんたと一緒に行くよ。あんたと一緒なら、
ティッタ・ナーネ　［傍白］（ああ！　俺はこの補佐役の旦那の傍を離れないぞ。
ベッポ　オルセッタ、それではな。
オルセッタ　［ベッポに］あんた、まだ腹を立ててるの？
ベッポ　やめてくれ、もう沢山だ。そ　の話は後でしようぜ。［トーニ親方、ヴィシェンソ親方とともに退場］

第九場　イシドーロと、ケッカと、ルシェッタと、パスクワと、ティッタ・ナーネ

ケッカ　［小声でイシドーロに］（ねえ、旦那？）
イシドーロ　（何だね、べっぴんさん？）
ケッカ　（彼に話してくれた？）
イシドーロ　（話したよ。）
ケッカ　（それで、彼は何と答えたの？）
イシドーロ　（実を言うと、いいとも嫌だとも答えなかったよ。だが、二〇〇ドゥカートというのは、あいつも嫌じゃないみたいだったな。）
ケッカ　（よろしくお願いしますよ。）

イシドーロ　（私に任せてくれ。）ティッタ・ナーネ、さあ、行こうか。

ティッタ・ナーネ　喜んで旦那と一緒に参りますぜ。[退場しようとする]

ルシェッタ　[ティッタ・ナーネに]（あいつがあの子に何と言ったか聞きたい？　この私には、ちょっとした挨拶さえしてくれないの？

パスクワ　[ティッタ・ナーネに]何という礼儀知らずだろうね？

ティッタ・ナーネ　[むっとして]失礼しますよ。

イシドーロ　[ティッタ・ナーネに]さあ、ケッカに挨拶をするんだ。

ティッタ・ナーネ　[愛想よく]べっぴんの娘さん、それではご機嫌よう。[それを見て、ルシェッタ苛立つ]

ケッカ　ティッタ・ナーネさん、さよなら。

ティッタ・ナーネ　[傍白]（いい気味だ。ルシェッタの奴、ニンニク齧ったみたいに、口を苦くしていればいいんだ。いい気味だぜ。だが、俺は本当は、彼女とよりを戻したいんだよ。）[退場]

イシドーロ　[傍白]（こういうのを見るのも、実に楽しくて堪らんな。）[退場]

第一〇場　ルシェッタと、オルセッタと、ケッカと、パスクワと、リーベラ

ルシェッタ　[パスクワに]《べっぴんの娘さん》て言ったのよ。

パスクワ　（まあ、あんた、これから何をおっぱじめる気だい？）

ルシェッタ　[聞こえるように、大声で大袈裟に]すると、彼女は？《ティッタ・ナーネさん、さよなら。》

オルセッタ　何よ、あんた、私のことをからかってるの？

ケッカ　人のことより、自分のことを心配したらどうなの、って言ってやったら？

リーベラ　きっと、うっとり見惚れるような、いい男さんをお持ちなんでしょうよ。

ルシェッタ　私が、だって？　まあ、私のことを、そんな風に言ってもらいたくないわね。あんたが私にしたようなひどいことは、とても私にはできませんからね。

パスクワ　[ルシェッタに]おやめ。お黙り。あんな連中と関わり合いになるんじゃないよ。どんな女たちか、知っているだろう？　お黙りよ。

リーベラ　私たちがどんな女だって？

オルセッタ　[リーベラに]私たちが何だと言いたいの？

リーベラ　[オルセッタに]やめてお置き。《分別のないことをする人は、分別を持ち合わせていない人だ》㉙って言うじゃないの。

オルセッタ　誰をだって？あんたをぶっ叩いて上げるから、見てなさいよ。

ルシェッタ　まあ、賢いのね！あんたね、分別のある女の子なら、他人の婚約者に手を出したり、他人の恋人を奪ったりしないものよ。

オルセッタ　私たちが、あんたから何を奪ったって言うの？

ケッカ　ティッタ・ナーネは、私の婚約者よ。

ルシェッタ　ティッタ・ナーネは、婚約を解消したわ。

パスクワ　それは全くのでたらめよ。

リーベラ　この地区のすべての人が、ちゃんと聞いてましたけどね。

パスクワ　やめてよ。この陰口好き。

オルセッタ　お黙り、この馬鹿女！

ルシェッタ　まあ、何ていうあばずれなの！

リーベラ　[皮肉と怒りを込めて]まあ、何てご立派な娘さんだろうね？

ケッカ　あんたには、私の名前を口に出す資格なんかないわよ。

ルシェッタ　あんたの妹のケッカより、まだましだわよ。

オルセッタ　かわいそうに、薄汚い女だね。

ルシェッタ　今、何て言った？[殴り合いをしようと互いに近寄る]

パスクワ　賭けてもいいけど、絶対にあんたをぶん殴ってやる

からね。

リーベラ　[オルセッタに]畜生！あんたをぶっ叩いて上げるから、見てなさいよ。

ルシェッタ　まあ、何ていうあばずれなの！

オルセッタ　よく言うわね、よくもそんなことを。[彼女の手をひっぱたく]

ルシェッタ　やったわね！[手を振り上げて、殴りかかろうとする]

リーベラ　[パスクワの体をど突いて]お家のに中に引っ込みなよ、さあ！

パスクワ　[リーベラの体をど突いて]どうしてど突くのよ。

オルセッタ　わあ、わあ！[殴り始めると、二人とも叫び声を上げながら、互いに殴り合う]

全員　わあ、わあ！

第一一場　フォルトゥナート親方と、前出の人々

フォルトゥナート　やめ、やめ、オナども、やめだ。[女たちは絶えず叫び声を上げながら、殴り合いを続ける。フォルトゥナート親方は、その中に割って入って、かろうじて両者を分けるのに成功し、自分の家族の女たちを家の中に追い込む]

リーベラ　あんたの言う通りにするよ。[中に入る]

632

ケッカ　必ず仕返ししてやるからね。[中に入る]

オルセッタ　あんたらの髪の毛を引きむしってやるからね。憶えといてね。[中に入る]

パスクワ　忌々しい連中だね！　私のこの腕が痛まなければ、あんたを地面に転がしてやったのに。[中に入る]

ルシェッタ　いいかい、あんた、ならず者の旦那、あの子に早く分別を付けさせてやらないと、私は臭い尿瓶をあんたの頭にぶっかけてやるよ。[中に入る]

フォルトゥナート　イテまえ、ああヤダ！　忌々しい！　オナども、オナゴども、いつも怒鳴り合いだ。《オナゴは災い、オナゴは不幸》ってな。格言はよく言ったものだ。《オナゴは災い、オナゴは不幸》(30)。

第一二場　ある特別な家の部屋。イシドーロとティッタ・ナーネ

イシドーロ　さあ、一緒に来なさい。遠慮は無用だ。ここは市庁舎じゃないし、裁判所でもない。ここは年に二回ほどキオッジャにやって来られる、ヴェネツィアの、さる貴族の家だ。彼がここにいない時は、私に家の鍵を預けてくれるから、今この家のあるじは私だ。ここで和解させて、すべての争いを丸く収めることにしよう。というのは、私は仲のよい友人たちが大好きなんだよ。

ティッタ・ナーネ　ありがたいことで、補佐役の旦那。

イシドーロ　こっちにおいで。ここにいるのは、私ら二人だけだから……

ティッタ・ナーネ　他の連中はどこにいるので？

イシドーロ　ヴィシェンツォ親方は、《ウスノロ》を探しに行ったが、そのうちここに連れて来るだろう。この家の住所は、教えてやったからな。トーニ親方は、私の召使いを呼びに裁判所に行かせたよ。二本のブドウ酒で、この和解を祝おうと思ってな。そして、君にだけは本当のことを言っておくが、ベッポには、リーベラおばさんとフォルトゥナート親方を呼びに行かせたよ。

ティッタ・ナーネ　でも、もしあの《ウスノロ》が来たがらなかったら？

イシドーロ　もし来たがらなかったら、私が力ずくで連れて来させるまでさ。さあ、ここには私たち二人しかいないから、私が君に話した件について、はっきりと答えてくれないか。君はケッカが好きかね？

ティッタ・ナーネ　本心を包み隠さず申し上げたいか？　彼女をお嫁にしたいか？　実はそれほど好きじゃないんで。

イシドーロ　何だって！　今朝、君はそう言ったじゃないか。

ティッタ・ナーネ　俺が何て言いましたか？

───
(29)《Chi ha più giudizio, el dopera》ゴルドーニの自注に、《格言》。
(30)《Donna danno, donna malanno》(ドンナ・ダンノ・ドンナ・マランノ)。

イシドーロ　こう言ったんだよ。《さあねえ、俺は半ば婚約してますんで。》でも、君は私に尋ねたよ、《あの娘は、持参金をいくら出しますんで？》ってね。そこで、私もこう答えた、《二〇〇ドゥカート以上の持参金だ》って。持参金は君の気に入ったようだし、娘さんも君の気に入ったように見えたよ。この期に及んで、考えを変えるとはいったいどうしてかね？

ティッタ・ナーネ　旦那、俺は何も考えを変えちゃいませんぜ。旦那、ご存じだと思いますが、俺はこの二年間、ルシェッタの婚約者として通っています。旦那、俺は頭に来て、嫉妬と愛情に駆られて、あんなことをしでかしてしまって、あの女との縁を切ってしまおうかと思っていました。ついさっきも、彼女のことを考えると、くそっ！旦那、俺は捨てることができないんだ。俺は彼女が好きだ、大好きなんだ。あの子は俺を侮辱したので、俺の心は張り裂けそうなんだ。だけど、俺はルシェッタが好きなんです。俺は頭にかかって下さい、俺はルシェッタが好きなんです、大好きなんで。自分でも何を言っているのか、分からなくなってしまう。今朝は、ルシェッタの嫉妬を煽ってやろうとしましたが、旦那、俺は縁を切ってしまった。

イシドーロ　ああ、これは本当に大変なことになったな！私がリーベラおばさんとフォルトゥナート親方を呼びにやったのは、この件について話をして、ケッカを君のお嫁にもらうためだったんだよ。

ティッタ・ナーネ　［申し訳なさそうに］ありがとうございます、旦那。

イシドーロ　では、彼女をもらいたくないのか？

ティッタ・ナーネ　［前と同様に］旦那のお心遣いには感謝しますよ。

イシドーロ　もらうのか、もらわないのか、どっちだ？

ティッタ・ナーネ　申し訳ありませんが、旦那、やめておきたいんで。

イシドーロ　お前なんか八つ裂きにされてしまえ。お前がどうなろうと、私にはどうでもいい。

ティッタ・ナーネ　何ということを仰るんだ、旦那？俺は貧乏人の生まれで、貧しい漁師です。だが、俺にだって誇りはありますぜ。

イシドーロ　申し訳なかった。実は、私はあの子に結婚させてやりたかったものでね。

ティッタ・ナーネ　旦那、もし旦那に対して本当に失礼に当たらず、旦那の面子を傷付けたりしないとすれば、ですが、旦那に一言申し上げたいことがあるんで。ほんの一言ですがね。

イシドーロ　さあ、言ってくれよ。何を言いたいんだ？

ティッタ・ナーネ　ねえ、旦那、お願いですから、どうか悪く取ったりだけは、絶対にしないで下さいよ。

イシドーロ　分かった、分かった。絶対に悪く取ったりはしないから。（どんなことを頭の中に持っているんだろう？聞いてみたくて堪らんな。）

ティッタ・ナーネ　では、失礼をも顧みずに、あえて申し上げます。俺は、補佐役の旦那の足元にひれ伏して、その足に口づけしながら、申し上げるんでございますが、旦那には、俺の嫁さんのことで、そのようなお世話を焼いて頂きたくはありませんので。

イシドーロ　ああ、何と面白いティッタ・ナーネ君！本当に君は笑わせてくれるな。いったい何のために、私があの女の子の世話をしていると思ったんだね？

ティッタ・ナーネ　［皮肉に］言うまでもありませんが、それは旦那の善意からで、全くの善意からでありまして、そんなことはもう言うまでもありませんがね。

イシドーロ　私は誠実な青年だよ。まさかこの私に、そんな変なことができるわけが……

ティッタ・ナーネ　ええ、そりゃごもっともですとも。仰るまでもありませんよ。

イシドーロ　（まあ、何という嫌味な奴だ！）

第一三場　ヴィシェンソ親方と、前出の二人と、その後、トッフォロ

ヴィシェンソ　帰って参りました。旦那、ついにあいつを説得して、連れて来ましたよ。

イシドーロ　どこにいるんです？呼びましょうか？

ヴィシェンソ　外におります。

イシドーロ　呼んで下さい。

ヴィシェンソ　トッフォロ、こっちに来い。［イシドーロに挨拶しながら］補佐役の旦那。

トッフォロ　へい、親方。［イシドーロに挨拶しながら］旦那。

イシドーロ　もっとこっちにおいで。

トッフォロ　［さらに挨拶しながら］旦那。

イシドーロ　私に少し話してくれ。なぜお前は、今朝、喧嘩をした三人の男と、和解するのを拒んだのかね？

トッフォロ　それは、旦那、あいつらが俺を殺そうと企んだりはしないだろうよ。

トッフォロ　旦那、あいつらは、ならず者ですからね。

ティッタ・ナーネ　［もっと尊敬して話すようにとすごみながら］おい！てめえ！

イシドーロ　［ティッタ・ナーネに］静かにするんだ。［トッフォロに］人を侮辱せずに真面目に話すか、それとも牢獄にぶち込んでやるか、のどちらかだが。

トッフォロ　旦那の仰る通りに致します。

イシドーロ　お前は分かっているだろうな。お前がした投石のために、お前も起訴される余地はあるし、訴訟費用はお前に掛かるだろうえに、来たことを鑑みれば、お前が悪意から訴

トッフォロ　旦那、俺は貧乏人です。俺には出す金なんかあり

ませんよ。[ヴィシェンソとティッタ・ナーネに]ここに来て、俺を殺すがいい。俺はすかんぴんだ。俺を殺すなら殺してくれ。

イシドーロ [傍白](こいつは、単純な男に見せているが、心の奥底では、揉めごとを起こす悪意があるな。）ヴィシェンソ 和解するんだ。そうすればすべて水に流してやろう。

トッフォロ あんたねえ、俺はルシェッタのことなんか、全く頭になかったし、俺があそこに行ったのは、彼女のためじゃないんだよ、あそこに行ったのは……

イシドーロ さあ、話を続けろ。

トッフォロ 旦那、俺だってお嫁をもらう年頃なんですよ。あの辺りには、誰がいるんだね？

イシドーロ よろしい。ルシェッタにちょっかいを出したり、あの辺をうろついたりしないと、私に誓うか？

ティッタ・ナーネ へい、旦那。ルシェッタの傍に座って、リーベラおばさんやオルセッタも俺に話してくれたし、お前はルシェッタの傍に座って、おやつ代を払ってやったんだろう。

トッフォロ ずばりですよ。

イシドーロ 俺の命の安全を保証して下さいよ。この私が保証させてやろう。ティッタ・ナーネ、お前はこいつをいじめたりしないなら、それでも十分で。

ティッタ・ナーネ 誰に対する腹いせだ？

トッフォロ 俺は腹いせでそうしたんだよ。

イシドーロ [ティッタ・ナーネに]お前は黙っていろ。[トッフォロに]さあ、お前の本心を言うんだ、お前はケッカが好きなのか？

トッフォロ 誓って、もちろんです。

イシドーロ あの子をお嫁にもらいたいか？

トッフォロ ええ、もらえるものなら是非とも！

イシドーロ では、彼女は、お前と結婚したがっているのか？

トッフォロ 言うまでもありませんよ！どうして俺と結婚したくないはずがあります？彼女は俺に約束したんですよ。

イシドーロ 言うまでもありませんよ！どうして俺と結婚したくないはずがあります？彼女は俺に約束したんですよ。俺に約束したんですよ。彼女が言い出せないような約束をすると、彼女の姉さんが俺を追っ払ってしまったんだ。しかし……俺がヴィーゴ行きの渡し舟を持つことができれば、彼女を養って行けるのですが。

イシドーロ では、もしかしてケッカかな？

トッフォロ [笑顔になって]あっはっは！ずばりだ、旦那、ずばりですよ。

トッフォロ ヴィシェンソ オルセッタか？

トッフォロ とんでもない。

イシドーロ ［傍白］（こいつは、まさにケッカにお似合いの男かもしれんな。）

第一四場　トーニ親方と、ブドウ酒の瓶を持った召使と、前出の人々

トーニ　旦那、あんたの召使がやって来ましたよ。
イシドーロ　よろしい。その瓶を下に下ろして、あっちの台所に行って、食器棚からグラスを出して、持って来てくれ。
［召使いは退場］
トーニ　（ヴィシェンソ親方、どんな様子だね？）
ヴィシェンソ　（上々だよ。いろんなことが明らかになってな……すべてうまく行くだろうよ。）
イシドーロ　トッフォロ、喜べ。お前に結婚させてやろうか。
トッフォロ　願ってもないことで、旦那！
イシドーロ　おい、トッフォロ、お前、誰と結婚するって？
トッフォロ　べっぴんさんのケッカとだよ。
イシドーロ　そして、友だちのベッポは、オルセッタと結婚するんだ。
ヴィシェンソ　よろしい！　そして、ティッタ・ナーネは、ルシェッタと結婚だ。
ティッタ・ナーネ　あの女が優しく接してくれるなら、俺は結婚してやらんでもないぜ。
イシドーロ　すべてを水に流せ。意地の張り合いはやめだ。こ

こで結婚式を挙げるんだ。全員、ここに来なさい。ここで結婚式を開いて、愉快に過ごそう。砂糖菓子は私が用意しよう。一緒に宴会を開いて、愉快に過ごそう。
トッフォロ　トーニ　ヴィシェンソ親方、おめでとう。
トーニ　ヴィシェンソ親方、おめでとう。
ヴィシェンソ　おめでとう。
イシドーロ　さあ、ティッタ・ナーネ、お前もだ、おめでとう。
ティッタ・ナーネ　俺はここだ、ここにいる。俺は逃げ隠れしませんぜ。
イシドーロ　さあ、仲直りしなさい。
トッフォロ　仲直りだ。［トーニを抱擁する］
トーニ　仲直りだ。
トッフォロ　仲直りだ。［ティッタ・ナーネを抱擁する］
ティッタ・ナーネ　仲間だ。
トッフォロ　仲間だ。［トッフォロを抱擁する］
ティッタ・ナーネ　仲間だ。
トッフォロ　ヴィシェンソ親方。［ヴィシェンソ親方を抱擁する］
ヴィシェンソ　仲間だ、仲間だ。

第一五場　ベッポと、前出の人々

トッフォロ　仲間だ、仲直りだ、親戚だ、仲間だ。［挨拶して、ベッポを抱擁する］
ベッポ　おい、やめろよ。ああ、何という大騒ぎだ！　ああ、

イシドーロ 何という怒鳴り声だ！ 兄貴、俺は何と言ったらいいのか、分からん。

ベッポ 何があったんだね？

イシドーロ あいつらめ、互いに怒鳴ったり、殴ったり、平手打ちを食らわしたりばかりだ。[彼は女たちのことを話している]

ベッポ 俺の兄嫁のパスクワおばさんとルシェッタと、リーベラおばさんとケッカとオルセッタだよ。俺は補佐役の旦那の仰る通りに、行くにには行ってみたんだが、あいつらは俺を家に入れようとしないんだ、全くね。オルセッタは、俺の目の前で、窓をバタンと閉めるし、ルシェッタは、ティッタ・ナーネなんかもう要らないと言う。あいつらは、声の限りに怒鳴り合っているから、また殴り合いをおっ始めるんじゃないかと心配だよ。

イシドーロ 誰のことを話しているんだ？

ティッタ・ナーネ わしの妻を守ってやりにいかなきゃ。何だと？ くそっ！ [退場]

トーニ 俺たちもやろう、やろう。喧嘩をやろう、してやろうじゃないか。[退場]

ヴィシェンソ やめろ、やめろ、かっかするんじゃない。[退場]

トッフォロ ケッカに手出しはさせないぞ、いいか！ 手出しはさせんぞ。[退場]

イシドーロ ああ、忌々しい！ 忌々しい！ 忌々しい奴ら

第一六場　第一幕一場と同じ、家並の通り。それぞれの家の窓からルシェッタとオルセッタ、家の中にパスクワおばさん

ルシェッタ 何だって？ あんた、私のお兄ちゃんと結婚しないって？ あんたこそ、お兄ちゃんと結婚する資格なんかないのよ。

オルセッタ まあ！ もっとましな男を見つけるくらい、すぐにできるわよ。

ルシェッタ どんなのを見つけるつもり？

オルセッタ フンだ。

ルシェッタ もう少しできついお返しをしてしまうところだったわ。

オルセッタ あんたが口汚い女であることを、人が知らないとでも思って？

ルシェッタ まあ、あんたほどじゃないけどね。

オルセッタ お黙り。私はちゃんとした家の娘ですからね。もしそうなら、それらしく振る舞ったらどうなのよ。

ルシェッタ やめてよ、嘘つき。

オルセッタ 喧嘩好き。

パスクワ [家の中から大声で叫ぶ] ルシェッタ、中にお入

キオッジャの喧嘩

ルシェッタ　りったら。ルシェッタ。

オルセッタ　そうでしょうとも！　知っているわよ、あんたには庇護者の旦那がいるのよね。

ルシェッタ　お黙り。いいかい、あんた、その言葉は取り消しなよ。

パスクワ　［中から］ルシェッタ！

ルシェッタ　あんたをよ。

オルセッタ　いったい誰をさ？

ルシェッタ　この地区から追い出してやるからね、見ていなよ。

オルセッタ　えい！　これでも食らえ。［自分の肘を叩く］

ルシェッタ　くたばっちまいな。

オルセッタ　薄汚い、あわれな女だね！　いったい誰を相手にしているのと思っているの？　そうよ、私は結婚するのよ。でも、あんたは？　あのかわいそうなろくでなしは、誰一人いないわ。ああ！　あんたをお嫁にもらおうなんて人は、あんたに惚れていたけど、あんたにひどい目に遭わされて、かっとなって、もうあんたとは絶交だってさ。ねえ、ティッタ・ナーネは、もう絶交だってさ。

ルシェッタ　［窓の傍に戻って］　私には、もうどうでもいいことよ。たとえ私を欲しがっても、この私が嫌だからね。《まだ酸っぱいから食べてやらないよ》ってね。

オルセッタ　キツネは強がって、サクランボに言ったとさ、そうよね、そうよね、あいつはあんたの薄汚い妹のケッカと結婚するのよね。

パスクワ　［中から］ちょっと！　ルシェッタ。言葉に気を付けなよ。

ルシェッタ　もし結婚する気になったらね、私のお相手はいく

オルセッタ　［中から］ルシェッタ！　ルシェッタをあざ笑いながら］まあ、何て恐ろしい顔付きなの？

ルシェッタ　あんたをひどい目に遭わせてやるよ。

オルセッタ　イーだ、クワ、クワ、イーだ。

ルシェッタ　私、そこまで下品になれないから、失礼するわ。

オルセッタ　［引っ込む］

ルシェッタ　［戻って来て、綽名を呼ぶ］《フスマ入りパン》さん。

オルセッタ　そうよ、引っ込んだらどう。人に笑われないためにね。

(31) 《si batte nel gomito》（自分の肘を叩く）この仕草は、おそらくは《自分の前腕部を叩く》仕草と同じで、当時の《カネラーロ》、今の《ヴァッファンクーロ》の仕草である。「小さな広場」注(24)を参照。
(32) 「コーヒー店」注(22)を参照。
(33) 《Marameo, squaquará, marameo》（イーだ、クワ、クワ、イーだ）。ゴルドーニの自注には《ウズラの鳴き声の仕草》を下層民が用いる。相手の親指の先を鼻の頭に当てたまま、広げた手の親指の先を鼻の頭に当てたまま、他の指を曲げて、閉じたり開いたりする動作を《マラメーオ》と言うが、その際にウズラの鳴き声を真似るのであろう。

オルセッタ　[戻って来て、同じことをする]《嘘ツキ》さん。
ルシェッタ　ペッ。[引っ込む]
オルセッタ　下品。[引っ込む]
ルシェッタ　[戻ってきて、皮肉と軽蔑を込めて]まあ、あなたって、何て美しいお宝さんなんでしょうね。
オルセッタ　[戻ってきて、皮肉と軽蔑を込めて]まあ、あなたって、何て見事なバラの蕾さんなんでしょうね。

第一七場　ティッタ・ナーネと、その後、トーニ親方と、ベッポと、前出の人々

ティッタ・ナーネ　[ルシェッタに]何だと？　俺のことを何か言ったか？
ルシェッタ　くたばっておしまい。あんたなんか、ケッカと話をしに行ったらどうなのよ。[退場]
オルセッタ　[ティッタ・ナーネに]私は何を言われても気にしないわよ。あの子はクルクルパーだからね。
ティッタ・ナーネ　[オルセッタに]てめえ、そのいじめ方は何だ？
オルセッタ　[トーニ親方に]さあ、出て行ってよ。あんたらは皆、ろくでなしばかりよ。
ベッポ　オルセッタ、オルセッタ！
オルセッタ　あんたなんか、八つ裂きにされて、くたばったらいいのよ。[退場]

トーニ　[ティッタ・ナーネに]もうお前は、わしの家には来ないでくれ。このわしが望まん。
ベッポ　[ティッタ・ナーネに]もうこの辺りをうろつかんでくれ。この俺たちが望まんからな。
ティッタ・ナーネ　そんな風に言うなら、俺は絶対に来てやるぜ。
ベッポ　畜生め！《ウスノロ》にも手を出さないと約束したんだから、お前にもその約束は守ってやるぜ、分かったか。[軽蔑の仕草をする]
トーニ　もうわしの船には乗らんでくれ。わしは別の船員を見つけるし、お前も別の親方を見つけるんだな。[家の中に入る]
ティッタ・ナーネ　これでも食らえ。

第一八場　ティッタ・ナーネと、その後、ヴィシェンソ親方と、その後、トッフォロと、その後、イシドーロ

ティッタ・ナーネ　くそっ！　この仕返しは、必ずあの女にしてやるからな。
ヴィシェンソ　ティッタ・ナーネ、どうした？
ティッタ・ナーネ　こん畜生！　こん畜生！　刃物だ、刃物を抜いてやる。
ヴィシェンソ　やめろよ、気違い。早まるなよ。
ティッタ・ナーネ　俺は首を吊って死んでやりてえ。だが、そ

トッフォロ　さあ、三、四人は道連れにしてやるぜ！

ティッタ・ナーネ　刃物だ、俺はここだよ。どうかしたの？

トッフォロ　刃物、刃物を抜くぞ。

ティッタ・ナーネ　俺は何も知らないからね。[走って逃げるが、イシドーロと出合い頭に激しくぶつかる。イシドーロは、トッフォロを突き飛ばして、地面に転がす]

イシドーロ　ああ、この愚かな獣め！

トッフォロ　助けて。

イシドーロ　[トッフォロに]相手は誰だ？

トッフォロ　[立ち上がりながら]もう少しで殺されるところで。

イシドーロ　お前を殺そうとしたのは、いったい誰だ？

トッフォロ　ティッタ・ナーネで。

イシドーロ　[ティッタ・ナーネに]それは真っ赤な嘘ですぜ。

ティッタ・ナーネ　[ティッタ・ナーネに]ここから出て行け、分かったな。

イシドーロ　[ティッタ・ナーネに]ここからすぐに出て行け。

ヴィシェンソ　旦那、こいつは彼に腹を立てているんじゃないんで、ベッポとトーニ親方に腹を立てているんですよ。

イシドーロ　[ヴィシェンソに]さあ、行こう。言われたことには、従わなければならん、おとなしくな。

イシドーロ　[ヴィシェンソに]（ヴィシェンソ親方、こいつを連れて行って、広場のアーケード下の、理髪屋か小間物屋に

押し込めて、あなたが見張りをしていて下さい。ちょうどい頃合いになるか、そうする必要がある時には、あなたを呼びに人をやりますから。）

ヴィシェンソ　（旦那、承知しました。）[ティッタ・ナーネに]おい、行こうか。

ティッタ・ナーネ　俺は行きたくねえ。

ヴィシェンソ　わしと一緒に行こう。心配するな。わしは男だ、わしは名誉を重んじる人間だよ。このわしに来い、心配は無用だ。

イシドーロ　さあ、一緒に行って、ヴィシェンソ親方の言うことを聞け。我慢して待っているんだ。そうすれば、きっとお前は喜ぶことになるから。お前の好きなだけ喜ばせてやるから。

ティッタ・ナーネ　旦那にすべてお任せします。俺は貧しい人間ですが、名誉を重んじる男です。補佐役の旦那に、何もかもお任せしますよ。[退場]

(34)《Tuffe》(ペッ)。ゴルドーニの自注に、《軽蔑を表す用語》。第二幕一五場の注(28)を参照。

(35)《カネラーオ》の仕草について、ゴルドーニはこの箇所の自注で説明しているが、その注の文と、その問題点については、『小さな広場』注(24)で述べておいた。さらに、当作品の注(31)も参照。

第一九場　イシドーロとトッフォロ

イシドーロ [傍白] (彼らを仲直りさせるにはどうしたらいいかは、よく分かっている。ちょっとばかり棍棒を食らわせることが必要だな。だが、私は自分の楽しみを失ってしまうことになる。)

トッフォロ　旦那。

イシドーロ　例の女の子に話をして、お前との結婚を承知するかどうか、聞いてみたいか？

トッフォロ　旦那、できれば是非！　でも、その前に、姉のリーベラおばさんと、義兄のフォルトゥナート親方に話を持って行く必要がありますので。

イシドーロ　彼らは家にいるかな？

トッフォロ　分かりません、旦那。今、外にお呼びになりたければ……

イシドーロ　むしろ中に入ろうか。

トッフォロ　旦那、家の中には入れませんので。

イシドーロ　なぜお前は入れないんだ？

トッフォロ　俺は、キオッジャではですね、若い男は、年頃の娘のいる家には行けないことになっているんで。

イシドーロ　しかし、お前たちがいつも恋愛していることは、知っているぞ。

トッフォロ　旦那、恋愛は通りでするものですよ。それから、結婚を約束して、お嫁にもらいに行く時になって初めて、その家に上がることができるんです。

イシドーロ　では、通りに降りてくるように、呼んでくれ。

トッフォロ　おーい！　フォルトゥナート親方はいますか？　おーい、リーベラおばさん。

第二〇場　リーベラおばさんと、前出の二人と、その後、フォルトゥナート親方

リーベラ [傍白] (あーあ！　こんな路上で厄介なことをしたくないものだが。) 何だい？　何の用だね？

トッフォロ　ここにいらっしゃる補佐役の旦那が……

リーベラ　旦那、何のご用です？

イシドーロ　まあ！　どんな調子だね？　耳の遠いのは、治ったかね？　あの時は体に体液が溜まっていましてね。もう大丈夫ですよ。

リーベラ　そんなに早くかね？

イシドーロ　一瞬のうちにね。

リーベラ　なるほどな。お前の耳が遠くなったのは、喋りたくないため……

イシドーロ　旦那、もう治りましたよ。

フォルトゥナート [イシドーロに] ダナ。早口親方もここに降りて来てくれたとは、嬉しい限りだよ。私がここに来たのは、べっぴんさんのケッカを結

婚させる気があるかどうかを尋ねるためだ。

リーベラ　旦那、できれば、それはもう是非！　私は喜んで縁付けてやりたいわ。

フォルトゥナート　ダナ、ワシは一〇〇ドゥカートやって約束したよ。

リーベラ　もう五〇ドゥカートは、私たちが内職で貯めたわ。

イシドーロ　さらに私が、彼女に五〇ドゥカートを持たせてやろう。

リーベラ　ありがとうございます！　それで、相手はいますので？

フォルトゥナート　見てくれ、この相手では嫌かね？［トッフォロを指し示す］

トッフォロ　トフォロ？　トフォロ？　喧嘩パヤイ、喧嘩パヤイ奴で？

トッフォロ　俺は誰にも迷惑を掛けたりしないよ、俺にちょっかい出したりしなければ、だけどね……

リーベラ　はしけ船のわずかな賃金で、どうやって養って行けるの？

トッフォロ　もし俺が渡し船を建造するとしたらどうだい、渡し船をね？

リーベラ　お前は雨風を凌ぐ家もないのに、どこに娘を連れて行って住むつもりなんだい？

トッフォロ　花嫁、はしけに連れ込んで、寝る気か？

フォルトゥナート　では、持参金の一〇〇ドゥカートは、あんたたち

が持っていてくれていい。それで俺と妻を養ってくれればいいんだ。

イシドーロ　なるほど、お前の話は悪くない。お前は私が思っていた以上に知恵があるな。あんた方は、しばらくの間、あれを家に置いてやれますか？

リーベラ　でも、旦那、いつまでです？

イシドーロ　その一〇〇ドゥカートで、お前はどのくらい養ってもらえると思う？

トッフォロ　分かりませんが、少なくとも六年くらいは。

フォルトゥナート　まさか！　まさか！　六年だて？　まさか！

イシドーロ　［皮肉に］お前は本当にわずかしか、費用の掛からん奴だな。

トッフォロ　じゃあ、旦那の仰る通りで結構です。

イシドーロ　［リーベラに］では、一年間でいいか？

リーベラ　［フォルトゥナートに］親方、どうする？

フォルトゥナート　［リーベラに］お前、任せる？

リーベラ　［フォルトゥナートに］お前、任せる。お前、主婦だ、お前に任せる。

トッフォロ　旦那、俺は何でも受け入れますよ、旦那。

イシドーロ　［リーベラに］娘さんを呼んでくれ。何と答えるか、聞いてみよう。

リーベラ　おーい、ケッカ。

フォルトゥナート　［大声で呼ぶ］ケカ、ケカ。

第二一場　ケッカと、前出の人々

ケッカ　私、来たけど。何の用?
リーベラ　お前、何も知らないかい?
フォルトゥナート　まあ! もちろん全部聞いていたわ。
ケッカ　[イシドーロ]　リパな娘だ! 盗み聞きか、リパな娘だ!
イシドーロ　[ケッカに]　というわけだが、お前はどう思っている?
ケッカ　[イシドーロ]　旦那と一言だけ、話をさせてもらって構わない?
イシドーロ　[ケッカに]　いいとも。
ケッカ　[イシドーロに]　(ティッタ・ナーネの方は、全く脈がないの?)
イシドーロ　[ケッカに]　(あいつはこの私に、はっきりと断ったよ。)
トッフォロ　[むっとなって]　(あの旦那は、彼女とひそひそ話かい?)
ケッカ　[イシドーロに]　(でも、どうしてなの?)
イシドーロ　[ケッカに]　(あいつは、ルシェッタに惚れているんだとさ。)
トッフォロ　補佐役の旦那。
イシドーロ　何だ?
トッフォロ　俺にも聞かせてもらえないもんですかね、この俺

にもねえ?
イシドーロ　[ケッカに]　さあ、決断しろ。あいつと一緒になる気があるのか、ないのか?
ケッカ　[リーベラ]　お義兄さん、お姉さん、どう思う? [フォルトゥナートに]　お義兄さん、どう思う?
リーベラ　[ケッカに]　お前はどうなんだい? 彼と一緒になる気があるのかい?
イシドーロ　皆さん、この私が話のまとめ役になったからには、ぐずぐずするのは嫌いだよ。急ごう、さあ、結婚だ。
ケッカ　私が嫌なはずある?
トッフォロ　[大はしゃぎして]　ああ、嬉しい! 俺を好きになってくれるのか、ああ、ああ、嬉しい!
イシドーロ　[ケッカに]　ぐずぐずする気があるのかないのか?

第二二場　オルセッタと、前出の人々、その後、ペッポ

オルセッタ　何ですって? ケッカが私より先に結婚したって? 三年前から《晴れ着》を持っている私が、まだ結婚なんてあるのに、年下の子が年上より先に結婚なんてあるの?
フォルトゥナート　そとも、そとも、お前の言う通りな。
ケッカ　あんた、焼いてるの? じゃあ、あんたもさっさと結婚したらどうなのよ? ぐずぐずして、まだ結婚しないなんて、自分を何さまだと思っているの?
フォルトゥナート　そとも、そとも、お前もケコンしたけ

りゃ、したり。
リーベラ [オルセッタに] お前は婚約していたのに、なぜ破談になってしまったんだい？
イシドーロ [リーベラに] その相手は、ベッポじゃなかったのかい？
フォルトゥナート [リーベラに] ああ！ なぜだ？
ベッポ 旦那、お前はなぜオルセッタに腹を立てたんだ？
イシドーロ 旦那、俺がですかい？ 彼女が俺をいじめたんで。彼女の方が俺を追い払ったんで。
ベッポ 聞いたかね、お前？
オルセッタ 怒りは人を盲目にするって言うでしょう？ かっとなると、時おり、自分でも、何を言っているのか、分からなくなるのよ！
イシドーロ 待っていなさい。[ベッポの家に向かって] ベッポは中にいるか？
フォルトゥナート ペポだ。
ベッポ 旦那、ここにおりますが。
イシドーロ [ベッポに] 聞いたかね？ もう彼女は怒っていないよ。
ベッポ 俺だって、かっとなるけど、すぐに忘れるたちですぜ。
イシドーロ さあ、これで仲直りだ。[オルセッタに] ケッカに先に結婚されるのが嫌なら、それより先にベッポの手を握

りなさい。
オルセッタ [リーベラに] お姉さん、どう思う？
リーベラ お前のような子が、そんなことを聞くのかい？ うまくやれ、オルセタ、うまくやれ、うまくな。[嬉しそうに、オルセッタに結婚を承諾させるように仕向ける]

第二三場 ルシェッタと、前出の人々

ルシェッタ [ベッポに] 何だって、この悪党！ 何て誇りのない男なの。お兄ちゃん、私たちをいじめた女と、よくも結婚なんかできるわね。
イシドーロ [これをうまく収めれば、画竜点睛だな！]
オルセッタ [ルシェッタに怒って] いじめた女とは何よ？
リーベラ まあ、私たちを挑発するんじゃないよ。
フォルトゥナート ヤメだ、ヤメだ、ヤメだ。
ベッポ 俺はうまく喋るのも、うまく立ち回るのも苦手な男だが、結婚をしたいんだよ。
ルシェッタ 私の結婚の方が先だわね。この私が家にいるかぎり、他の兄嫁には絶対に来させませんからね。
イシドーロ [ベッポに] では、なぜルシェッタを結婚させないんだね？
ベッポ ティッタ・ナーネが婚約を破棄してしまったからで。

イシドーロ　トッフォロ、行け。広場のアーケード下の床屋に行って、ヴィシェンソ親方に、ここに来るように、急いで来るように、ティッタ・ナーネをここに連れて来るように、と言って来い。

トッフォロ　へい、旦那。ケッカ、大急ぎで行って来るからね、大急ぎでね。[退場]

ルシェッタ　(ケッカが《ウスノロ》と結婚するなら、私、もうティッタ・ナーネに焼きもち焼く必要はないわね。)

イシドーロ　[傍白] あの女たちが、私に何も含むところがないんなら、私だって何も言うことはないわ。

イシドーロ 《女は、女は……》という諺があるが、後の方は言わないことにするよ。いいか、お前たち。仲直りして、仲良く戻るんだ。

イシドーロ [リーベラとオルセッタとケッカに] お前たちはどうだ？

リーベラ　私だって？　私の髪の毛を引っ張ったりしないなら、誰にも文句はないわ。

イシドーロ　ケッカ、お前は？

ケッカ　まあ、驚いた！　私は誰とでも仲良くしたいと思っているわ。

イシドーロ　では、仲直りをしなさい。頬にキスをし合うんだ。

オルセッタ　そうするわ。

ルシェッタ　私だって、望むところよ。

第二四場　パスクワと、前出の人々

パスクワ　何だって？　お前、何をしてるんだい？　仲直りするの？　この女たちと？　このような連中と？

イシドーロ　ああ！　お前は、ようやく出てきかかった話を、ぶち壊しにやって来たのかね？

パスクワ　まあ、驚かされたのは、いじめられたのは、この私の方なのに。

イシドーロ　お前も気を鎮めるんだ。喧嘩はもうやめにしろ。

パスクワ　私は気が収まらないね。まだこの腕が痛むんだよ。私はまだ収まらないね。

オルセッタ　[傍白] (あの腕をへし折ってやればよかったわ。)

第二五場　トーニ親方と、前出の人々

イシドーロ　やあ、トーニ親方。

トーニ　旦那。

イシドーロ　あなたの奥さんに分別を持たせてやらないなら……

トーニ　わしは聞いた、聞いた。旦那、わしもしっかり聞きましたよ。[パスクワに] さあ、仲直りするんだ。

パスクワ　嫌よ。
トーニ　[すごんで]仲直りするんだよ。
パスクワ　嫌だって。
トーニ　仲直りしろって。いいな、これは命令だ。[と言って、棒を取り出す]
パスクワ　はいよ、はいよ、あんた。仲直りしてやるわよ。
イシドーロ　ああ、それでいい！　それでいいんだ！
リーベラ　パスクワ、こっちにおいでよ。
パスクワ　いいよ。[抱き合う]
イシドーロ　いいぞ、ばんざい。これでまた仲が悪くなる時までは、仲良くしていれるな。

最終場　ヴィシェンソ親方と、ティッタ・ナーネと、トッフォロと、前出の人々と、その後、召使

ヴィシェンソ　旦那、連れて参りました。
イシドーロ　ああ！　こっちにおいで。ティッタ・ナーネ、今こそ、私の、お前に好意を持っているかどうかを、お前に見せてやる時だ。そして、お前は、自分が男であるかどうかを、私に見せてくれる時だ。
ヴィシェンソ　わしもティッタ・ナーネにいろいろと説得しまして、彼も半ばその気になっておりますから、補佐役の旦那

のお望み通りに、何でもすると思いますよ。
イシドーロ　さあ、では、これまでのことはすべて水に流して、皆と仲直りして、ルシェッタと結婚するんだ。
ティッタ・ナーネ　旦那、この俺がですかい？　たとえ縛り首になっても、あんな女とは結婚してやらねえ。
ルシェッタ　[傍白]（今はタラの塩漬けのように、ぶっ叩いてやる時じゃないわね。）
イシドーロ　まあ、こいつはいい！
パスクワ　[ティッタ・ナーネに]ねえ、お聞き。あんたがケッカと結婚したいと思ってもねえ、ご覧よ、ケッカはトッフォロと結婚することになったんだよ。
フォルトゥナート　で、わし、一〇〇ドゥカート出してやる。
ティッタ・ナーネ　そんなこと、俺にはどうでもいい。誰でも好きな奴と結婚したらいいのさ。
リーベラ　[ティッタ・ナーネに]では、なぜあんたは、ルシェッタと一緒にならないの？
ティッタ・ナーネ　それはだ、あいつが俺に向かって、くたばってしまえ、と言いやがったからだ。
ルシェッタ　まあ、あんたは私に何を言うかと思ったのさ？
イシドーロ　さあ、結婚したいと言った者は結婚したらいい。結婚したくない奴は、自業自得だ。いずれにしても、さあ、ケッカと

────
(36)《Done, done》（女は、女は）。《実際、ヴェネト地方には、Done doneと韻を踏んだ猥褻な諺がある》（ピエリ）とのことである。

トッフォロは、手を握り合って結婚だ。
トッフォロ　喜んで。
ケッカ　私だって喜んで。
オルセッタ　旦那、だめよ。待って頂戴。結婚するのは私が先よ。
パスクワ　ルシェッタの言うことは、もっともだよ。
ベッポ　あれ、ベッポ、さあ、言うことを聞け。
イシドーロ　ベッポだったら、言われるまでもありませんぜ。
ルシェッタ　だめよ、お兄ちゃん。私が結婚しないうちは、あんたも結婚しちゃだめよ。
パスクワ　ルシェッタの言うことは、もっともだよ。
トーニ　このわしを何だと思っている？わしは一家の主人だぞ。このわしを無視して事を運ぶつもりか？お前たちなんか、皆、くたばってしまえ。私はもう沢山だ。
イシドーロ　お前たちに私の本心をぶちまけてやろうか？
フォルトゥナート［イシドーロに］ねえ、行かないで。
ケッカ［イシドーロ］ねえ、ダナ。
ルシェッタ［イシドーロに］堪えて下さいな。
イシドーロ［ルシェッタに］仲直りがすべてパーになってしまったのは、お前のせいだ。
ルシェッタ　まあ、旦那。私をこれ以上侮辱しないで頂戴な。私のせいで仲直りが皆だめになることなんか、私は望んでいないわ。私はこれまで悪い女だったとしても、これからは不幸な女になるんだから。ティッタ・ナーネが私を捨てたっ

て？仕方のないことだわ。でも、いったいこの私が何をしたって言うの？確かに私はひどいことを言ったけど、彼だって私に、もっとひどいことを言ったのよ。でも、私は彼を愛しているから、彼を許してやったわ。だからもし彼が私を許さないとすれば、それは彼を愛していない証拠よ。［泣く］

パスクワ［感動して］ルシェッタ？
オルセッタ［ティッタ・ナーネに］あんた、彼女が泣いているわよ。
ケッカ［ティッタ・ナーネに］泣いてるよ。
リーベラ［ティッタ・ナーネに］かわいそうだね。
ティッタ・ナーネ［傍白］（くそっ！　もし俺が恥をかかないで済むなら、結婚してやろうか……）
リーベラ［ティッタ・ナーネに］あんたが、こんなにつれない心を持っているなんて、あるものかね？　ご覧よ、彼女を見たら、心のない石でも感動して心を動かすよ。
ティッタ・ナーネ［ルシェッタに荒っぽく］お前、どうした？
ルシェッタ［泣きながら］何でもないわよ。
ティッタ・ナーネ［ルシェッタに］さあ、泣くな。
ルシェッタ　何をしろというの？
ティッタ・ナーネ　その泣き顔は何だ？
ルシェッタ［ティッタ・ナーネに激しく］犬畜生、人殺し！

ティッタ・ナーネ　[命令口調で]黙るんだ。

ルシェッタ　あんたは私を捨てたいの？

ティッタ・ナーネ　お前は、まだこの俺を苦しめたいのか？

ルシェッタ　いいえ。

ティッタ・ナーネ　ええ。

ルシェッタ　トーニ親方、パスクワおばさん、旦那、あんた方のお許しが頂けるなら……[ルシェッタに]その手をこっちに差し出せ。

ティッタ・ナーネ　[彼の方に手を差し出して]さあ、出してやったけど。

ルシェッタ　[相変わらず荒っぽく]お前は俺の花嫁だ。

ティッタ・ナーネ　ああ、これはいい！[召使いに]おーい、サンスーガはいるか？

召使い　旦那。

イシドーロ　私の命じておいたことを、すぐにしに行け。

召使い　直ちに。[退場]

イシドーロ　ベッポ、今度はお前だ、お前の番だよ。

ベッポ　俺の番だって？　お安いご用ですぜ。フォルトゥナート親方、リーベラおばさん、旦那、皆さん方のお許しを得まして、[オルセッタに手を差し出して]俺たちは晴れて夫婦だ。

オルセッタ　[ケッカに]ああ！　私はもう気にしないから、あんたも結婚したら？

イシドーロ　トッフォロ、次は誰の番だ？

トッフォロ　俺が一番乗りで。フォルトゥナート親方、リーベラおばさん、旦那、皆さま方のお許しを得まして……[ケッカに手を差し出す]

ケッカ　[イシドーロに]ねえ、持参金を忘れないでね。

イシドーロ　私は紳士だ。約束は守ってやるよ。

ケッカ　[トッフォロに]手を握って頂戴。

トッフォロ　花婿さん。

ケッカ　花婿さん。

トッフォロ　ばんざい。

フォルトゥナート　嬉しな、バンザイ。わしも嬉しよ。

召使い　[イシドーロに]お命じになった通り、すべてをここに準備しました。

イシドーロ　花嫁に花婿さんたち、喜べ。お前たちに軽い飲み物と、二名の楽師を用意したから、私と一緒においで、一緒に楽しもう。

オルセッタ　こっちょ、こっちょ、フルラーナを踊ろうか。

イシドーロ　いいよ、こっちょ、ここで踊りましょうよ。外に出ず！楽師たちをここまで来させなさい。さあ、椅子を部屋に行って、飲み物をここまで運んで来てくれ。サンスーガ、お前は部屋に行って、飲み物をここまで運んで来てくれ。楽しみましょう。私たちは花嫁なんだから。でも、旦那、あんたに一言申し上げたいことあるの。聞いて頂戴な。私は、旦那が私のために一言申し上げてく

れたことに感謝しているし、他の花嫁もみな感謝しているわ。でも、旦那はよそ者だから、そのうちこの町から去って行かれるのは残念だけど、旦那が私たちのことを言い触らして、キオッジャ女は喧嘩早い、なんて評判を立てられるのは嫌よ。だって、旦那が見聞きしたことは、たんなる偶然の出来事に過ぎないからよ。私たちは気が優しいし、陽気だし、陽気でいたいし、踊っていたいし、跳ね回っていたいのよ。そして、どんな人からも、キオッジャ女、ばんざい、キオッジャ女、ばんざいって言われたいのよ。

【幕】

解説　ゴルドーニと一八世紀のヴェネツィア社会

1　われわれの知っているヴェネツィアはどこに？

ヴェネツィアという言葉から、われわれが直ちに連想するものは何であろうか？　それは何よりも先ず、世界に類例のない壮麗な水上都市の姿であろう。船の舳先のようなガーナの上に輝く黄金の球と、その上に乗る風見のフォルトゥーナ像、燦然たるサン・マルコ寺院と、天を突く鐘楼と、美しい均整を持つルネサンス様式の広場、また、夢の建造物のようなパラッツォ・ドゥカーレ（総督府）と、典雅な《溜息の橋》と、厳めしい監獄、さらにはカナル・グランデ（大運河）の両側にゆっくりと展開して行く華麗な宮殿絵巻と、次第に遠くから見えてくる白亜のリアルト橋など……。だが、旅行者の目に鮮烈に焼き付けられる、この美しい都市景観は、ゴルドーニの作品には全く登場せず、その登場人物の目には何の印象も残していないかのようだ。ごく例外的に——たとえばヴェネツィアの庶民地区を舞台にした『小さな広場』で——サン・マルコ広場の有名な《時計の塔》や、そこから始まる《マルザリア通り》が、会話の中に出て来る。だが前者は、その下で歌を披露する歌手たちの歌詞やメロディーを、一度聴いただけで憶えてしまうという、不遇な貴族の娘、ガスパリーナの音楽の才を自慢する話の中にであり（第四幕二場）、後者は、貧しい庶民の娘ニェーゼが、その目抜き通りの店のために、内職で造花の髪飾りを作っていたのに、店頭に並んだその値段が、自分の頂く給金の二倍もしていたので、馬鹿馬鹿しくなって内職をやめてしまった、という話の中にである（第二幕二場）。ゴルドーニ作品の登場人物たちは、彼らが住んでいるはずの国際都市——カナレットの描く壮大な都市景観や、数多くの外国人（ヨーロッパ人、アジア人、アフリカ人）の存在——には目を向けずに、自分たちの隣人や友人や親族だけの小さな地域社会に閉じ籠もって生活し、時おり闖入して来る《よそ者》も、この人の生活にはほとんど影響を与えないように見える。このわれわれの見るヴェネツィアと、彼らの生活するヴェネツィアは、まるで別世界であるが、この大きな落差は、何に由来するのであろうか？

図I　カナレット「聖堂付近のサン・マルコ広場」
Fogg Art Museum 蔵

その違いを説明するには、絵画と素描の関係を思い浮かべるのがよい。画家は、カンバスに描く人物像のために、数多くの人物素描を描く。人物像には、老若男女があり、その表情も、動作も、衣服も、実に多種多様である。だが、その入念に描かれた人物像の背景は、白地のまま残される。実は画家は、その白地の中に背景を眺めているのだが、それは他の素描とも共通する景観なので、描き込む必要がないのである。それと同様に、ゴルドーニも、登場人物の性格や行動を詳細に描き分ける

が、その背景にはあまり気をつけず、その多くは、室内を舞台にして、景観をカットし、つまり、白地のまま残している。したがって、その白地を埋めるのは、観客に委ねられるが、その観客はというと、毎日カナル・グランデの壮麗な景観を眺めている住民なのであるから、ヴェネツィア自体をその舞台と考えるのは、理の当然であった。

それに、作者や観客が、ヴェネツィアの景観を観光客のように意識しないのには、もうひとつ理由がある。彼らはヴェネツィアに住み、そこで働き、そこで生活しているのであるから、彼らが強く意識し、強く反応するのは、自分の暮らし、仕事、交友、楽しみなど、自分の生活圏内の出来事である。われわれが驚嘆して佇む、贅沢極まりない景観は、彼らには幼時から慣れ親しんで来たもので、そこにあって当たり前の、ごくありふれた光景なのである。したがって、ゴルドーニの作品から見えてくるもの、それは外国人の眺めるヴェネツィアではなく、その中で生活する人々のヴェネツィア、つまり、内部から眺めたヴェネツィア社会であり、《よそ者》の目には見えない、ヴェネツィア人たちの真の生活感情なのである。

2　ヴェネツィア人の歴史的な相貌

ゴルドーニは、自分の生まれ育ったヴェネツィア社会の中から、喜劇の種を見つけて、それを作品に仕上げているので、彼の登場人物たちの基本的な性格を知る上で、先ずその社会を構

成する集団の歴史的な相貌を、おおまかにスケッチしておく必要がある。利用するのは、アントニオ・ランベルティという一八世紀末の詩人の書き残した『ヴェネツィア共和国最後の五〇年の回想』である。この回想録は、諧謔詩人らしい鋭い皮肉な目で、当時のさまざまな社会階層の特徴を捉え、きわめて主観的な癖のあるタッチでではあるが、その分だけ鮮やかに、その個性的な相貌を描き分けている。

一八世紀のヴェネツィア社会は、大きく二つの層に分かれていた。少数の貴族階層と大多数の庶民階層である。両者の間の決定的な違いは、個人的な能力の優劣とか、資産の多寡にあるのではなく、政治権力が前者によって独占され、後者はたとえいかなる逸材であっても、共和国の内政や外交に口を出せないことにあった。ヴェネツィアは《共和国》と言っても、貴族たちの共和国だったのである。そして、ヴェネツィア貴族は、全員が同じ『金の台帳』に登録されているが、彼らは常に同じ一枚岩の集団であったわけでなく、千年に及ぶ共和国の歴史の中で、三つの個性的な階層に分化している。

《セナトーリ》＝民衆的な権力者　まず一番上の地位を占めていたのは、《セナトーリ》（元老院議員）階層である。彼らは共和国の富と権力を一手に握る少数の有力家門の人々である。共和国政府では、最高の決議機関である《大評議会》（日本の国会に当たるMaggior Consiglio）と、それを母体にして選ばれる《元老院》(Senato) の下に、さまざまな行政・司法の機関があって、それぞれが互いに監視の目を光らせながら、チェッ

ク・アンド・バランスの体制を保っていた。だが、これらの通常の政府機関とは別に、あらゆることを隠密裏に決定し、直ちに実行に移せる雲の上の機関があった。それが《十人委員会》(Consiglio dei Dieci) と、そこから選ばれる国事犯裁判所 (Inquisitori di Stato) の裁判官[2]であるが、これらのメンバーになれるのは、ほとんどがこのセナトーリ階層の出身者であった。したがって、彼らは生まれつき、どのような高い地位や重要な役職にも就くことができ、国政に大きな影響を及ぼせるエリートであった。彼らは法律の専門家でも、外交の専門家でもなかったが、《どのような分野の問題でも論じ、どのような問題でも処理できる能力》を持つ、万能のディレッタントであった。一八世紀の過程で、このセナトーリ階層は、ますます権力と富を一手に握るようになり、下位の貴族層を圧迫した。そして、彼らの寡頭政治に対する抵抗や抗議や陰謀が、時おり起こったが、そのすべては例の十人委員会や国事犯裁判所の手で、事を起こす前に密かに潰されて、闇に葬られてしまった。ところで、セナトーリ階層は、支配階級の頂点にいる人々で

(1) *Memorie degli ultimi cinquant'anni della Repubblica di Venezia di Antonio Lamberti*, in Manlio Dazzi (a cura di), *Ceti e Classi nel '700 a Venezia*, Bologna 1959. 特に断らない限り、引用はこの本からのものである。
(2) 国事犯裁判所の三人のメンバーは、ベツレヘムの星に導かれて、イエスの誕生を祝いに、ペルシアからやって来た《東方の三博士》(Re Magi)、正確に訳すと《魔術師の王たち》という綽名を持っていた。ヴェネツィアの民衆は、彼らが本当に魔術的な力を持っていると信じ

あるから、さぞや傲慢な雲の上の人と思われるかもしれないが、現実にはその反対で、むしろ他の貴族たちより遙かに愛想よく、物腰が柔らかく、常に優しい庇護者的態度で、貧しい貴族にも、庶民にも親しく接している。その理由は、たとえ腰を低くして、下位の者と親しく付き合っていても、本当の権力を握っているのは自分であることをよく自覚しており、相手も皆そのことをよく承知しているので、威張る必要など全くなかったのである。むしろ逆に、庶民や貧しい貴族と親しく交わって、庶民的だという評判や、人格ができているという評価を手に入れる方が、何かにつけて得策だった。《彼らは何かを頼まれると、拒絶してがっかりさせるようなことはほとんどなかったが、そ
の返事の仕方はいつも曖昧で、多くの人々の期待を裏切ったのである》。

《クヮランティア》＝貴族の中産階級　セナトーリ階層の次に来るのは、クヮランティア階層と呼ばれる貴族層である。《クヮランティア》（ヴェネツィア方言で四〇）とは、《四十人委員会》のことで、そこを拠点としているのが、貴族社会の中産階級に当たる人々である。この役職は名誉ある職であったが、俸給の額が少なかったので、持ち出しが苦にならないような、ある程度裕福で真面目な貴族が多かった。逆に、大評議会の下の裁判所のような組織で、三つのクヮランティアに分かれていた。しかし、裁判所と言っても、当時は三権分立ではないので、民事、刑事、行政、立法すべての案件について審議し、他の類似機関の下した判決に干渉したり、とり

《バルナボーティ》＝貴族の賤民　さて、三番目に来るのは、貴族の中の賤民階層であるが、貴族を指して賤民と呼ぶのはおかしいので、バルナボーティ階層と呼ぶことにする。彼らの多くが、ドルソドゥーロ（カナル・グランデの対岸地域）のサン・バルナバ地区に住んでいたので、そこの住民という意味で、付けられた名前である。彼らは由緒ある貴族としての強い誇りと、零落した貴族特有の卑屈さとを合わせ持つ、きわめて複雑な矛盾した性格の人々であった。ランベルティは、彼らについて実に辛辣な描写をしているが、筆者には、あまりにも愛情を欠いた、辛すぎる評価のように思われてならない。《彼らは庶民に対して、《閣下》（eccellenza）という敬称で呼ぶように強要し、傲慢でありながら、庶民的で、同情心が厚く、低い身分の者には横柄であり、同じ身分の者には臆病であり、仲間内では、彼らを暴君と呼んで、さんざん悪口を言っていた）、陰険で、無定見で、不平不満屋で、票の売り買いには有能な手腕を発揮し、金銭欲が強く、大の浪費家で、涙もろいお喋り屋で、自慢屋であった。総体的に見

解説　ゴルドーニと18世紀のヴェネツィア社会

て、この貴族階級の賤民は、奇妙きてれつな怪物のようなものであって、有害というよりは、はた迷惑な存在であり、褒められる点は何ひとつなかった》。

バルナボーティたちは、上位の貴族たちから侮蔑され疎まれただけでなく、後述するように、下位の庶民たちからも憎しみの的となって嘲笑されている。つまり、彼らは、ヴェネツィア社会の内部に溜まった制度的不満を解消する憎まれ役をさせられているのであるが、ここで彼らが、自分を《閣下》(eccellenza)という敬称で呼ぶように強要した理由について、少し説明しておかねばならない。当時の庶民が──たとえばコーヒー店員が──お客に対して使う敬称で、最も一般的なのは《お客さん》(signore)である。次いで、貴族に対しては、一般に《旦那》(illustrissimo)が使われていたが、ヴェネツィアでは違っていて、この敬称は、主に《貴族と賤民の間にいる中間層の人々、つまり、教養ある上品な人々》[3]に使われていたが、ヴェネツィアで、貴族に対してどのような敬称が用いられたかと言うと、それが《閣下》(eccelenza) であった。したがって、バルナボーティは、《閣下》以外の敬称で呼ばれたりすると、自分が馬鹿にされたと感じて、相手の無礼を罵ったのである。

次に、政治権力から排除された庶民階層であるが、これも貴族と同じく、三つの階層に分化していた。上から順番に、《由緒ある市民》、《教養ある庶民》、そして《下層民》である。

《由緒ある市民》＝庶民の貴族　《由緒ある市民》階層という

のは、ヴェネツィアだけに見られる特殊な階層のことで、フランス革命の主体となった、貴族階級から政権を奪取した市民階級（ボルゲジア）とは、少々異なっていることに注意しなければならない。彼らはむしろ庶民の中の貴族であると自負しており、ヴェネツィア政府の書記官として、さまざまな機関を実質的に動かしていた官僚層であった。《由緒ある市民》として登録され、政府の官職に就くことができるようになるためには、①三代にわたって正嫡の出身であり、②ヴェネツィア市内に生まれ、③父親が卑しい肉体労働の職に就いたことがなく、④国に借金がなく、⑤犯罪歴がなく、⑥ヴェネツィアないし共和国領内に不動産を所有していること、が条件であった。このすべてを満たした者が、役所（Avogaria di Comun e dell'Araldica）に申請して、「銀の台帳」に登録されると、晴れて書記官の職

(3) Cfr. G. Boerio, Dizionario del Dialetto Veneziano, 1856：《persone di mezza sfera, fra il Nobile ed il Plebeo, cioè a Quella che vivono civilmente．

(4) この条件は、解説書によって異なっている。ここではA. Lamberti, Memorie cit. に従ったが、G. Dolcetti, Il Libro d'Argento delle Famiglie Venete, 1922では《三代にわたって肉体労働の職に就いていないこと》が条件のひとつに挙げられている。有名なP. G. Molmenti, La Storia di Venezia nella Vita Privata, vol. I では、①ヴェネツィア市内に正嫡の子として生まれ、②父と祖父がヴェネツィア市内で、③肉体労働の職に就いていない》ことが条件として挙げられている。おそらく加入の条件は、時代とともに変更が加えられてきたのであろうが、ゴルドーニ作品の登場人物「新しい家」の青年市民アンゾレット）の場合は、少なくともランベルティの示した条件を満たしている。

に就く権利が得られる。

では、この階層の歴史的性格は、どのようなものであったのか。ゴルドーニは、後期の傑作群（『恋人たち』、『田舎者たち』、『新しい家』、『別荘狂い』）において、何度もこの階層の人々を主人公にしているので、この階層の男女の性格的特徴を、少し詳しく見ておくことにしよう。《由緒ある市民、正確に言うと、書記官たちは、第二の貴族階級であることを誇りにし、彼らの高貴さを示す『銀の台帳』を大切にしていた。彼らはさまざまな特権を享受し、上層の貴族とたえず接触し、自分たちの果す職務によって重大な国策に大きな影響を与えていたので、下位の者には居丈高で、傲慢な態度に接し、現実には彼らのすぐ上にいる貴族のバルナボーティと張り合っていた。実際、召使いたちよりも、その主人のバルナボーティの方が気さくで、感じがよいことは、しばしば見受けられる。主人階級は自分の身分と権力を補強して忠誠を誓い、他の二つの階層に反対した。とりわけ最後のバルナボーティに対しては、軽蔑的な態度を取り、できるだけ彼らを貶めようとした。……彼らは庶民階層の人々に対しては第一と第二の貴族よりも横柄であり、庶民とはあまり付き合わなかった。彼らの社交は上品であり、カジノだけでなく、コーヒー店までも、彼らの行きつけの店があった》。ここで、庶民に対して《第一と第二の貴族よりも横柄》だったというのは、

裏を返せば、第三のバルナボーティほどには横柄でなかった、という意味である。

次に、《由緒ある市民》の女性たちについて、ランベルティは次のように述べている。《市民階層の女性たちは、互いに一緒に集まって生活することはなく、まるで最も古い家柄の著名な貴婦人のように、貴族階級の女性たちよりも高慢で、愛想がなく、気取っており、本物の貴族でない者の持つ雰囲気を漂わせていた。《由緒ある市民》階層の女性たちや、貧乏貴族（バルナボーティ）の女性たちに対しては、大変傲慢で、必要以上に気取っていた。だが、ヴェネツィア人気質と気さくな態度が、彼女たちの傲慢さを和らげていた。彼女たちの中で、浮気な生活をする者は少なく、むしろ、一般的に言って、浮気心からほど遠い登場人物たちが思い出されるのである。この性格描写を読むと、自ずと『田舎者たち』のフェリーチェ夫人や、『別荘狂い』のジャチンタなど、勝気で、気取り屋で、派手好きだが、根は称賛すべき身持ちの良さが光っていた》。

《教養ある庶民》＝本当の市民階級　この階層に属するのは、資産家や、裕福な商人や、産業人や、自由職人、弁護士、教師、医者など──であり、《立派な教養があって、貴族ノ如クニ (more nobilium) 暮らしている人々》のことである。《彼らの中からは、文学や科学に堪能な才人が数多く輩出した。……下層民と大きく異なるのは、彼らの洗練された文化である。したがって、下層民よりも悪癖が少なく、品があって、洗練された物腰を持つが、逆にずる賢くて、わざとら

解説　ゴルドーニと18世紀のヴェネツィア社会

しくて、信仰心が薄く、いくつかの面で倫理的にも劣っていた。下層民以上に貴族のバルナボーティを軽蔑しただけでなく、むしろ彼らを憎悪していた。敬虔に正義を信奉するクワランティア階層を尊敬したが、自分の利害に関わることについては、セナトーリ階層を通じて、……彼らは啓蒙主義や新知識に開かれており、現政府の欠点や職権乱用を詳細に暴くことができたので、しばしば為政者を批判した》。

ランベルティは、フランス革命後の新しい市民社会よりも、それ以前の平和で賢明な貴族統治時代を懐かしむ守旧派の文学者であったので、この《教養ある庶民》階層、つまりは、新しい近代社会の主人公となるはずの市民層（ボルゲジーア）については、フランス軍に味方して、栄光のヴェネツィア共和国を打倒した張本人として、あまりこころよく思っていなかったようである。そのことは、彼が《教養ある庶民》と《下層民》を同じ庶民として一括りにし、《由緒ある市民》階層と別物と見なしていることにも表れている。しかし、現実には、《由緒ある市民》と《教養ある庶民》の間には、常に強い交流と結びつきがあり、お互いに同じメンタリティーを持つ階層として認め合っていた。

《下層民》＝セナトーリを崇拝する民衆　最後に登場する《下層民》は、職人、店員、召使い、日雇い人夫、物売り、船乗り、ゴンドラ漕ぎ、女中、洗濯女など、肉体労働に従事する、ヴェネツィアの大多数を占める階層である。ランベルティはこの社会の最下層の人々に、最大級の同情と賛辞を捧げている。

先ず男性について。《彼らは活発で陽気な性格で、精力的で、休息や睡眠を取ろうとせず、何をさせても器用で、生まれつきの才能があって、根っからの冗談好きで、他人には率直で、真面目で、尊敬心が強く、都会的で、好奇心旺盛で、お喋り好きで、簡単に同情し、困った人を喜んで助けるが、見せ物好きと女好きのお陰で、少々堕落しており、豊かさと快楽と長い平和のお陰で、きわめて喧嘩っ早くて、怒ると残忍な行為は飼い馴らされているが、彼らには反政府暴動を起こす気力など全くなく、心から政府

──────

(5) G. Doletti, Il Libro d'Argento cit. を参照。《教養ある庶民》階層は、《由緒ある市民》の供給源であり、先に述べた六条件を満たしていることを役所に申告すれば、彼らは《市民》の肩書きと書記官になるチャンスが得られた。それなのに、彼らの中には、《市民》になれる資格があるのに、その特権を申請しない者や、芸術や文学やさまざまな活動分野で頭角を現すだけで満足する者や、ヴェネツィア共和国支配下の地方都市の貴族議員となって、その町の公共の福祉のために尽力する者もいた》。この二つの階層の同質性と密接な交流を裏付ける具体的な例証としては、ゴルドーニの作品そのものが挙げられる。たとえば、ヴェネツィアを舞台にした『田舎者たち』では、野蛮人四人組の一人、カンシアンが《市民》で、残りの三人は商人、つまり《庶民》であるが、同じ階層の者どうしのように、カンシアンの妻と商人の妻たちも、同じ階層の仲良し四人組と、仲良く交際している。さらに、同じヴェネツィアが舞台の『新しい家』では、《市民》であるケッカ夫人の夫と、《庶民》のクリストーフォロが親友であることが縁となって、クリストーフォロは、ケッカ夫人の頼みを聞き入れて、自分の姪に持参金を出し、夫人の甥の《市民》ロレンツィンと結婚させるのに同意している。このように、ゴルドーニの作品を読む限り、《由緒ある市民》と《教養ある庶民》は、互いに同じ階層の仲間と感じながら、親しい交際をしているのである。

を敬愛し、重税が課されなかったお陰で、貧しい下層民としては、比較的豊かで穏やかな暮らしをし、頻繁にあるお祭りや見せ物などの楽しみのお陰で、自分たちの隷属状態を意識しないか、たとえ意識しても気に掛けようとはしなかった。彼らはバルナボーティを愛さないどころか、逆に、他の二つの階層らの横暴を我慢しようとしなかったが、逆に、他の二つの階層をほとんど崇拝し、とりわけセナトーリ階層に対しては、心から崇め奉っていた。共和国の安泰と自分たちの幸せは、すべてセナトーリ階層のお陰だと信じ込んでいたので、十人委員会のメンバーを畏れ敬い、しかしそれ以上に、国事犯裁判所のメンバーに恐れおののいて、〔その《東方の三博士》(Re Magi) の呼び名通り〕彼らは魔法の力を持った超人的な存在で、隠された陰謀を暴き、密かな考えを見抜き、心の底を窺うことができるので、その力からは誰も逃れられないと信じ込んでいた〕。

次に、下層民の女性たちのスケッチに移ろう。《彼女たちも》活発で陽気な性格で、気さくで、屈託がなく、巧妙な手練手管を操り、愛想がよいので、人々の心を自分の好きな方にねじ曲げることができた。好奇心旺盛で、お喋り好きで、あまりにも心優しかったが、一般にお金で靡くことはなかった。《教養ある庶民》の女性と下層民の違いは、前者が貴族や市民階級の女性の長所と欠点を共有していたのに対し、後者は遙かに古風なヴェネツィア人気質を保っており、廉恥心や品性に関してはほとんど田舎的な気質を持つことを誇りにし、古い伝統的な風習や作法を守っていた。したがって、より信仰心が厚くて、慎

ましく、《教養ある庶民》の女性よりも粗野であり、無知では あったが、彼女たちより遙かに立派な妻や母であり、立派な家庭の主婦であった》。

ランベルティが、貴族の悪習や外国思想に染まった《教養ある庶民》に否定的で、無知な《下層民》の健全さを強く肯定していることは、この引用文からも窺われる。《教養ある庶民》出身のゴルドーニの場合は、貴族出身のランベルティと違って、自分の階層や《市民》層にもっと寛容で、かなり同情的な目で彼らの振る舞いを眺めている。だが《下層民》に関してはランベルティと全く同様に、彼らの活発さや陽気さを、もろ手を上げて称賛した。「小さな広場」や「キオッジャの喧嘩」に登場する、愛すべき登場人物たち——お喋りで勝気な娘たち、手練手管に長けた老婆たち、すぐに切れてしまう少年たち、勇み肌の若者たち、賢明でどこかユーモラスな老人たち——は、まさにランベルティの描いた《下層民》の肖像画と、多くの点で重なり合うのである。

疑似平等社会の憂鬱　これまでの記述から、ヴェネツィア社会では、下からの憎悪と迎合、上からの軽蔑と庇護という複雑な力が相互に作用していたことが分かる。近い階層の間では、互いに憎悪と軽蔑の斥力が働き、離れた階層の間では、迎合と庇護の引力が働く。この二種類の正反対の力は、支配階級内だけでなく、被支配階級との間でも作用している。その結果、ヴェネツィア社会では、通常の社会では考えられない不思議な現象が生じる。それは、いわば《逆さまの世界》である（これ

解説　ゴルドーニと18世紀のヴェネツィア社会

は、一七五〇年にゴルドーニが書いたオペラ・ブッファの題名でもある）。つまり、最も力のある権力者が、最も腰が低くて、愛想がよくて、民衆的であり、逆に、最も力のない貧乏貴族が、庶民に対して最も傲慢に振る舞う世界、下位の《市民》が、上位の貴族より気取っていて、愛想がなく、下層民が、貧乏貴族をあからさまに嘲笑し、上層貴族を訳もなく崇拝して、貴族支配体制の最も忠実な支持者となる世界、これが当時のヴェネツィア社会の現実なのである。

ヴェネツィア政府の《ポピュリズム》（民衆取り込み策）は、さらに徹底している。彼らは、さまざまな奢侈禁止令や十人委員会のお達しによって、社会を構成するさまざまな階層（とりわけ貴族階層）の自己顕示欲を抑制し、あらゆる階層の人が自由に、分け隔てなく付き合えるような平等な社会空間を作り出したのである。《貴族たちは、裁判所や役所から退出すると、コーヒー店やクラブやカジノで、あらゆる階層の人々と交わり、とりわけセナトーリやクワランティアの貴族たちは、〔バルナボーティのように〕居丈高な尊大さで庶民を侮辱したりせず、きわめて愛想よく庶民的に交際した。彼らは、召使いたちの制服や、目を奪うような豪華さや、他とは違ったゴンドラの造作や凝った装飾によって、他人の誇りを傷付けたりもしなかった。そのようなことは、奢侈禁止令によって禁じられていたからである。〔...〕コーヒー店では、庶民も貴族も同じ《タバッロ》（マント、図Ⅱ）で身を包んでおり、貴婦人も、商人の妻も、時には職人の妻までもが、同じ《センダレット》

（黒い絹のショール、図Ⅲ）で、すべて同じ風に身を包んでいた。それに、一年のうち七ヶ月間、《バウッタ》（図Ⅱ）という仮面を使用していたことは、あらゆる階級の人々を完全に平等にした。この仮面の着用は、十人委員会のお達しであったので、敬意を持って遵守され、この仮面を被ったすべての人は、どのような集会場（コーヒー店、カジノ、クラブ、劇場など）でも自由に出入りでき、この仮面を被っていれば、どのような階層の男女でも、豪華な衣装や宝飾品を誇示することができた》。

階級の消え失せた社会空間、いわばカーニバル的な空間は、とても自由で、平等で、楽しい遊戯空間であったように思われる。とりわけ、外国人旅行者にとっては、誰とでも自由に話しができ、誰とでも自由に仲良しになれる、非日常的な楽しい体

（6）ランベルティは、下層民の純朴な心情を示すさまざまなエピソードを挙げているが、そのひとつを紹介する。キリスト昇天の祝日（ヴェネツィア方言では《センサ》と言う）には、ヴェネツィアでは最も重要な《海との結婚式》が行われる。ドージェ（総督）と政府高官がブチントーロという御座船に乗り込み、ヴェネツィアと海との結婚という象徴的な儀式を行うのであるが、その船がリドに向かって進んで行くのを見送る民衆は、幼い子供のように、歓声を上げ、感激のあまり涙を流したという。彼らは、素直な心で政府を敬愛し、その権力を訳もなく恐れていた。このように政府に従順な下層民が、ヴェネツィア住民の大多数を占めていたことを、忘れてはならない。彼らが民衆の目から見れば、政府を改革しようとする意気込む青年貴族や、啓蒙主義かぶれの《教養ある庶民》、つまり中産階級などは、由緒ある共和国を危機に陥れようとする、邪悪な不穏分子としか映らなかったのである。

図Ⅲ　センダレット

図Ⅱ　両側の2人の着用しているのがタバッロとバウッタ

験となったはずだ。だが、当のヴェネツィアの住民たちにとって、階級の消え失せる束の間の時間と空間が、本当に心底からの解放感を与えてくれるものだったかどうかは、即断できない。筆者などは、解放感だけでなく、強い緊張と不安をも生み出したのではないか、と密かに疑っている。たとえばコーヒー店で、貴族も庶民も入り交じって、同じ仮面の《バウッタ》をかぶり、同じ《タバッロ》を身に纏って、対等に気楽な話をしているとしよう。権力者は、自分の身分を匂わすだろうし、庶民の方も、気楽に何気ない話をしながら、相手がどのような人物かを必死に探り当てようとするはずだ。そして、対等な話題の綻びの端々から、両者の不平等という真の現実が、ちらり、ちらりと顔を覗かせる……。

仮面社会というのは、疑似平等社会に過ぎない。そこでは、あたかも自由で平等な社会関係が結ばれているかのように見えて、実は人間どうしの真の対話と交流は成立していない。仮面社会は、人工的な空間の中で一時的に成立する架空の人間関係なのである。このポピュリズムと仮面の平等効果によって、ヴェネツィア政府が密かに狙うのは、庶民階級が政治的不平等を感じず、《自分たちの隷属状態を意識しないようにさせること》（ランベルティ）であった。カーニバル社会は、《面白うて、やがて悲しき》憂鬱と不満の種を宿していたのである。

3 ゴルドーニの生涯と作品

少年時代（一七〇七—二五年） カルロ・ゴルドーニは、このようなヴェネツィアで一七〇七年に生まれた（二〇〇七年は彼の生誕三百年に当たる）。彼の父は医者であったから、彼の家は《教養ある庶民》階層に属している。彼は幼い頃から、ペルージャやリミニ（アドリア海側でヴェネツィア領と隣接する教皇領の都市）の修道院附属の寄宿学校に預けられて、初等教育を受ける。だが、彼が一四歳の時、たまたまある劇団がリミニにやって来て、そこからヴェネツィア潟の南端にあるキオッジャまで船で行くという話を聞きつけると、少年は密かに劇団員たちと一緒に船に乗り込んで、母のいるキオッジャに戻ってしまったという。これはまさに、劇作家として《栴檀は双葉より芳し》であったことを示す、有名な逸話であるが、同時に『母を訪ねて三千里』のマルコ少年の一八世紀版でもある。その後、彼は一五歳の時に、パヴィアのエリート校、ギズリエーリ寄宿学校に進学して法学を学ぶが、パヴィア女性を風刺した詩を書いたために、一八歳の時に退校処分になる。

青年時代（一七二六—三一年） その後、父のもとで医師見習いをしたり、ウディネで弁護士見習いをする。この間、ヒポコンドリア（心気症、現代の鬱病に近い症状を示す）を患い、学問の道を断念して、宗門に入ろうと思ったりするが、父親によってキオッジャに連れ戻される。二一歳から二三歳まで、キオッジャの裁判所の補佐役を一六ヶ月間、次いでフェルトレで同じ職をほぼ同じ期間勤めるが、ついに一七三一年、二四歳の時にパドヴァ大学法学部を卒業し、その翌年、ヴェネツィアで正式に弁護士組合に加入して、弁護士稼業に入る。

二足のわらじ時代（一七三二—四八年） だが、平穏な時期は長くは続かない。その翌年（一七三三年）、何らかの借金と婚約不履行のせいで、彼は報復を受けそうになって、ミラノに逃亡するが、一七三四年にヴェローナでジュゼッペ・イメル劇団の芝居を手伝ったのが縁で、同じ年にヴェネツィアに舞い戻り、サン・サムエーレ劇場やサン・ジョヴァンニ・グリゾストモ劇場のために、初期の作品群（悲劇、喜劇、インテルメッゾ、オペラ台本）を書く。その間、二九歳の時に、ジェノヴァの公

図IV　ゴルドーニの肖像

図V　劇場の切符売り場

証人の娘ニコレッタ、一九歳と結婚。

〔ゴルドーニは、喜劇だけで一三〇本以上の作品を残しているが、以下の解説では、本書を含めて、これまでに日本で出版された作品だけを挙げる。〕

一七四四年、彼は三七歳の時にピサに移住して、弁護士稼業を続ける。ヴェネツィアのメデバック劇団がピサにやって来ると、ゴルドーニは、彼らのために『二人の主人を一度に持つと』（一七四五年）〔田之倉稔訳『ゴルドーニ劇場』晶文社。『主人二人の召使』牧野文子訳、未来社、ただし絶版〕を書くが、まだ二足のわらじを捨てきれない。

サンタンジェロ劇場時代（一七四八─五二年） 転機が訪れるのは、四一歳の時である。メデバックの強い勧めもあって、ついに彼は弁護士を辞めてヴェネツィアに戻り、サンタンジェロ劇場の座付き脚本家として、年間八本の新作喜劇と二本のオペラ台本を書く契約を結ぶ。年俸は四五〇ドゥカート銀貨で、契約期間は四年。この時代の作品としては、『抜目のない未亡人』（一七四八年）〔平川祐弘訳、岩波文庫〕、『ヴェネツィアのふたご』（一七四八年）〔田之倉訳、前掲書〕、『骨董狂いの家庭』（一七四九年）、『コーヒー店』（一七五〇年）〔牧野文子訳『ゴルドーニ傑作喜劇集』、未来社、ただし絶版〕『宿屋の女主人』（一七五三年）〔野上素一訳、岩波文庫〕がある。一七五〇年は多産な彼の生涯の中でも、とりわけ多産な年となった。前年に発表した自信作の不評に発奮した彼は、翌年には通常の倍の一六本の作品を発表すると約束して、見事にその約束を果たした。その中には、『コーヒー店』のような、前期の代表作が数多く含まれている。

サン・ルーカ劇場時代（一七五三─六二年） 彼は一七五三年に、サン・ルーカ劇場に移籍する。この時期の作品で、本書に収録したものは、『小さな広場』（一七五六年）、『恋人たち』（一七五九年）、『田舎者たち』（一七六〇年）、『新しい家』（一七六〇年）、『別荘狂い』（一七六一年）、『キオッジャの喧嘩』（一七六二年）である。これらはいずれも、傑作の名に恥じないが、この時期は彼の円熟期であると同時に、彼の精神的疲労が次第に増す時期でもあった。彼はサンタンジェロ劇場時代か

ら、密かに神経症を患っていたようである。喜劇を書く人は陽気で愉快な性格だと考えるのは大きな誤りで、むしろその逆の方が真に近い。あらゆる階層の人々を等しく笑わせることは、あらゆる人を泣かせることより遙かに困難な企てであり、その ために精神に異常を来して、神経症に罹ったとしても、異常とは言えないからである。さらに、彼がサン・ルーカ劇場に移った一七五三年、サンタンジェロ劇場側は対抗策として、劇作家ピエトロ・キアーリを彼の後任に迎える。こうして、二つの劇場の間で、客の奪い合いや誹謗中傷の合戦が始まる。ヴェネツィアの芝居ファンは、ゴルドニスタ(ゴルドーニ派)とキアリスタ(キアーリ派)の二つの陣営に分かれて、相手の劇場に押しかけてやじを飛ばしたり、コーヒー店で批判合戦を演じた。その後、さらに大きな精神的苦境が彼に訪れる。著名な文人貴族カルロ・ゴッツィの率いる文学サークル(グラネレスキ学会)の会員たちが、ゴルドーニの作品を激しく攻撃し始めたのである。ゴッツィは、貧しいバルナボーティ出身であったが、ヴェネツィア貴族であることに変わりはない。貴族階級の文人たちを敵に回したことは、彼の立場と人気を危うくした。とどめの一撃は、サン・サムエーレ劇場で、ゴッツィの『三つのオレンジの恋』(一七六一年)が爆発的な成功を収めたことである。これは伝統的なコメディア・デラルテ劇で、古い民話に基づいたお伽話であった。彼はその後、同種の劇を次々と発表して、ゴルドーニの写実主義の人気を翳らせてしまう。フランス時代(一七六二-九三年) 追い詰められたゴル

ドーニは、ヴェネツィアを去る決心をする。パリの《イタリア座》(Comédie Italienne)から脚本家として招かれた彼は、五五歳の時にヴェネツィアを発って、フランスに赴く。この時代の代表作としては、『扇』(一七六四年)[牧野訳、前掲書]が挙げられるが、その三年後にはこの劇場も辞めて、ルイ一六世の二人の妹君のイタリア語教師となって、ヴェルサイユで生活を送る。教師を引退した後は、残りの年月を『回想録』の執筆に捧げて、一七八七年にフランス語で出版。そして、一七八九年、ついにフランス大革命が勃発、一七九二年、革命政府は無情にも彼の年金を打ち切り、彼は極貧のなか、動乱に沸くパリで亡くなる。享年八六歳。年老いた妻と甥に見取られながらの他界であったという。

4 舞台設定の怪と人物設定の謎

ヴェネツィア以外の都市に舞台が移される理由 ゴルドーニの作品では、たとえヴェネツィアを舞台にした作品であっても、すぐにそれと分かる特徴的な場面は出て来ない。だが、観客は、作者の書かなかった余白に、ヴェネツィアのイメージを投影して、舞台を観ていたことについては、第1節で触れた。だから、たとえ舞台設定が、ヴェネツィア以外の都市だと思っていても、観客は当然自分の町が舞台だと思って、見ていたはずである。では、ゴルドーニは、このような観客の習性を知りながら、なぜわざと遠方の都市——ほとんどの観客が訪れたこと

のないイタリア都市——に舞台を移したりするのか？ 本書に収録した作品だけを見ても、『骨董狂いの家庭』はシチリアのパレルモ、『宿屋の女主人』はフィレンツェ、『別荘狂い』はトスカーナのリヴォルノ、『恋人たち』はミラノが舞台となっている。しかし、それぞれの作品の内容を精査しても、そのドラマがその指定された都市環境で展開されなければならない理由は、全く見出せない。だから、これらはすべて、ヴェネツィアを舞台にしていると想定しても、何の差し障りもないのである。

ところで、もっとショッキングな事実がある。作者が舞台はヴェネツィアでない、とはっきり断じているのに、実際にはヴェネツィアが舞台であることを、不用意に漏らしてしまう例があるのだ。それは『別荘狂い』である。舞台は、トスカーナの港湾都市リヴォルノであり、その住人たちが赴こうとしている別荘地は、町から九キロほど内陸部に入った海抜三〇〇メートルの丘陵地、モンテネーロである。ゴルドーニはピサで弁護士をしていたことがあるので、この土地のことはよく知っていたが、ヴェネツィアの観客は、多分その名前さえ知らなかったはずである。実を言うと、リヴォルノと別荘地をつなぐのは陸路だけで、水路は存在しない。それなのに、この作品ではその両方のルートが出て来るのである。《由緒ある市民》フィリッポと、その一人娘のジャチンタは、女中のブリージダを陸路と水路のどちらで行かせるかで対立する（第一幕一〇場）。

ブリージダ　とろで旦那さま、私はどなたとご一緒したらよろしいんです？

フィリッポ　お前は、いつも行っている方法で行きなさい。わしの家の者やレオナルドさんの家の者たちと一緒に船旅だよ。

ブリージダ　でも旦那さま、私はいつも海でひどい目に遭うんです。去年は危うく溺れかけました。できれば今年は行きたくないんですが。

フィリッポ　お前さんのために、二人掛けの馬車をわしに借りろと言うのかね？

ブリージダ　お言葉ですが、どなたと行かれるんです？ レオナルドさんの身の回りの世話をする従僕は、どなたと行かれるんですか？

ジャチンタ　そういえば、あの方の従僕は陸路で行っているわね。かわいそうなブリージダ。この子を一緒に行かせて上げて下さいな。

ゴルドーニが、リヴォルノから別荘地まで陸路と水路の両方があるように言っているのは、明らかに彼の故意の混同である。実は観客も、ヴェネツィア人の別荘行きのルートを想像しながら、その話を聞いているのである。先ずヴェネツィアから別荘に向かうには、市内のカナレージョの最初の港から船に乗り込んで、対岸のテッラフェルマ（本土領）の最初の港、フジーナまで行く。そこから、主人たちは、料金の高い馬車を借りて、目的地まで陸路を行き、召使いたちは、運賃の安い船（ブルキエッロ）

に乗って、ブレンタ川をゆっくりと遡って行くのである。した がって、この対話は、作者の不注意のように装いながら、リ ヴォルノは実はヴェネツィアで、モンテネーロはブレンタ川沿 いの別荘であることを、観客に伝えようとした、作者の密かな 目配せなのである。

では、作者も、観客も、すべての舞台がヴェネツィアである ことを知っているのに、なぜこのような見え透いた小細工をす るのか？ それは、その登場人物のモデルが、ヴェネツィアの 名のある貴族や《市民》の誰かだと受け取られる可能性があ り、その結果、揶揄されたと感じた当人や親戚の者が、作者に 何らかの危害を加える可能性があるからである。たとえ実際 に、作者にはその人を風刺しようという意図が全くなかったと しても、むだである。役者の中には、人の仕草や声色の真似が 上手な者がいて、何らかの噂を聞きつけたら、自分の独断で、 その人の真似をすることは、大いにありうるし（『宿屋の女主 人』第二幕一〇場の女役者たちの科白を見よ！）、それを見た観客 たちは、必ずやそのことを吹聴して大笑いするはずだからであ る。つまり、登場人物のモデル探し＝犯人探しは、作者の意図 を離れて、役者と観客の手によって、でっち上げられることに なるのである。

したがって、作者は、濡れ衣を着せられて、ひどい目に遭う 前に、自衛策を講じておかなければならない。それが、ドラマ の舞台をヴェネツィア以外のイタリア都市に移す理由であり、 そうすることによって、ヴェネツィア人の誰かを槍玉に挙げた

のでないことを宣言しておくためである。このような喩えは畏 多いかもしれないが、イエスの処刑は ローマ総督ピラトが、イエスのせいでないと宣 言した時のように、ゴルドーニは観客たちの目の前で、自分の 手を洗う真似をするのである。それゆえ、ヴェネツィアからよ り遠方の都市に舞台を移した作品ほど、彼にとっては危険な、 つまり、より復讐を蒙りそうな作品ということになる。舞台と なった都市の中でも、ヴェネツィアから最も遠いのは、シチリ アのパレルモであるが、そこを舞台に設定した『骨董狂いの家 庭』は、それゆえ、最も危険な喜劇と感じられていたのであ る。一八世紀は、古代の骨董ブームが起きた世紀であり（ポン ペイの発掘調査が始まったのは一七四八年）、ヴェネツィアでも、 骨董収集などの浪費で家を傾けた貴族は、数多くいたはずであ る。また、破産しかかった家を救うために、庶民の娘を嫁にも らって、多額の持参金をせしめた貴族も、数多くいたはずであ る。したがって、この作品は、数多くのヴェネツィア貴族から

(7) ランペルティによれば、ヴェネツィア貴族は、《庶民の貴族》であ る《由緒ある市民》の女性との結婚は許されていたが、《教養ある庶 民》の女性との結婚は許されず、貴族から《市民》に降格されたとのことである。そうすると、登 場するヴェネツィア商人パンタローネは、娘に莫大な持参金を付け て、伯爵家に嫁がせているから、もしその本当の舞台がヴェネツィア であったなら、彼は《市民》の肩書きを持っていたはずである。だ が、ゴルドーニは、貴族の無能力と庶民の健全さを対比させることを 眼目に置いているので、この商人の身分と肩書きについては、曖昧 に口を濁したままである。

恨みを買う可能性があった。だから、ゴルドーニは、最も遠国のシチリアに舞台を移さざるをえなかったのである。

次に、『宿屋の女主人』の舞台はフィレンツェであるが、この話も、下層民に属する宿屋の若い女将が、金満家の成金伯爵や傲慢な貧乏侯爵を手玉に、《仔犬のように仕えたい》と思わせただけでなく、女嫌いの騎士を一日で恋の奴隷に変えた末に、その目の前で、卑しい下男と結婚して、騎士を辱めるという、いわば庶民の貴族に対する意地悪な復讐劇を取られかねない内容であった。ヴェネツィア貴族で宿屋の女将に惚れ込んで、恥を掻かされたりした者が、実際にいたかどうかは知らないが、人間として大いにありうる話だろう。だから、舞台はフィレンツェに変えられたのである。

『別荘狂い』は、前述のようにリヴォルノが舞台である。主人公のジャチンタのように、貴族と張り合って、流行の服や別荘生活に憧れたり、婚約者と《お伴の騎士》を別荘に同行しようとして、世間の批判を浴びるような《由緒ある市民》の娘は、実際にいたであろうし、その一人娘の言いなりになって、笑い者になる父親（フィリッポ）もいたであろう。さらには、派手で見栄っ張りな別荘生活のお陰で、破産してヴェネツィアにいられなくなった若い市民（レオナルド）もいたはずである。

最後に、同じ《市民》階層を取り上げた『恋人たち』の舞台は、ヴェネツィアから最も近国のミラノに移されている。というのも、ヴェネツィアを舞台にするには、少々差し障りあることは、

るが、危害を加えられる恐れは最も少ないということである。ここでは、絵画道楽と接待好き（つまりは人の良さ）のお陰で、姪たちの持参金まで使い果たしてしまった、無能な《市民》（ファブリツィオ）と、持参金がないために、自分の恋人の兄嫁に異常な嫉妬心を燃やす、哀れな姪（エウジェニア）の異常行動を風刺しているが、このような惨めな境遇に陥ったヴェネツィア《市民》たちも、きっと実際にいたはずである。実を言うと、これらの登場人物は、ゴルドーニが親しく付き合って、その気心をよく知っている同じ階層の人々であった。だから、彼は、観客の犯人探しを煽ったりして、噂の《市民》から恨まれることを恐れたのではない。むしろ彼らの不幸に対する同情心から、舞台を他国に移すことによって、彼らが嘲笑の的になるのを、防いでやろうとしたのであろう。しかし、だからと言って、自分の身内である《市民》階層を、遠慮することなく批判の対象にしているところに、ゴルドーニの劇作家としての真骨頂がある。

ヴェネツィア貴族が登場しない理由

彼の喜劇には、ヴェネツィア貴族が全く登場しない。それは実に徹底していて、たとえばヴェネツィア領内のキオッジャでは、裁判所の長官（cancelliere）は、常にヴェネツィア貴族が就任していたが、この長官でさえ、『キオッジャの喧嘩』の舞台にはヴェネツィア貴族は登場せず、その補佐役が代理として活躍する。ヴェネツィア貴族が登場しないのは、もちろん用心のためである。もしヴェネツィア貴族を登場させて、作者にその意図がないのに、いささかでも観客は、ヴェネツィアの支配階級を登場させることは、

解説　ゴルドーニと18世紀のヴェネツィア社会

から批判や笑いの声が上がったとすれば、必ずや作者は政府に睨まれて、ひどい目に遭うはずだからである。したがって、彼は貴族を登場させる場合には、常にヴェネツィア以外の国の貴族を登場させる。では、彼の喜劇に登場する貴族の中に、本当にヴェネツィア貴族は隠れていないのか？　作者自身は当然否定しているが、観客は、それを作者の言い訳に過ぎないと見なして、舞台となる都市の場合と同様に、登場する貴族の中にヴェネツィア貴族を見つけようとする。しかも、作者自身が、そのような観客に対して、暗黙の同意を与えているように見える場合も少なからずある。つまり、作者はそのような嫌疑を正面切って否定しながらも、同時に観客に微妙な目配せをしているような箇所が、いくつか見られるのだ。作者と観客の暗黙の共犯関係を示すこの種の意味深長な微笑みを見忘れたり、取り違えたりすると、ゴルドーニの作品の隠された真の面白さを見失ってしまうことになるので、注意しなければならない。

その具体例を二つほど挙げよう。彼の前期の代表作に、『コーヒー店』がある。ヴェネツィアを舞台にした、しかもナポリ貴族ということになっている。彼は貧乏人なのに、マルツィオという貴族が登場する。そこにはドン・ヴェネツィア住民、とりわけ庶民の噂話を聞き出しては、コーヒー店で暇つぶしをして、威張り散らすという困った男で、しかも朝からコーヒー店にたむろして、他のヴェネツィア住民、とりわけ庶民の噂話を聞き出しては、それを脚色して周囲に広めるのに熱中し、しかも自分の領地で採れた栗をポケットに持ち歩いている（ということは、彼の領地が

遠いナポリでなく、ヴェネト地方の山間部にあることを示唆している）。これは少々不自然な人物設定ではないか？　実はこのナポリ貴族は、間違いなくヴェネツィア貴族で、しかもバルナボーティ階層であり、ゴルドーニは、この《奇妙きてれつな怪物》《有害というよりは、はた迷惑な存在》（ランベルティ）を、観客にそれと分かる形で提示して、笑わせようとしているのだ。おそらく当時の観客なら、それ以上のことが分かったのではあるまいか。たとえばその公演前に、あるコーヒー店の主人が、お客のバルナボーティの傲慢な態度を嘆き、それをたまたまドン・マルツィオ役の役者が聞いていたとする。するとその役者は、その貴族の仕草や声色まですっかり真似て、舞台で演じ、それを観た観客は、そのモデルが誰であるかまで分かって、劇の楽しみは倍加するはずである。しかし、このような役者の演技は、その初演時の様子を窺うことはできないが、脚本には何の痕跡も残さない。したがって、われわれは、その初演時の様子を窺うことはできないが、容易に想像がつくのである。

登場人物がヴェネツィア貴族であることが分かる例を、もうひとつ挙げよう。それは、フィレンツェが舞台の『宿屋の女主人』に登場する、貧乏で傲慢不遜なフォリポーポリ侯爵であるが、若い女将ミランドリーナをめぐる彼の恋のライバルは、金の力で爵位を買った金満家のアルバフィオリータ伯爵である。

この二人は、愛する女将の様子を聞くために、給仕のファブリツィオを呼び出す。少し長いが、その問題の場面を引用する（第一幕二場）。

ファブリツィオ ［侯爵に］《お客さん》(signore)、何かご用で？

侯爵 《お客さん》だと？　お前、いったい誰から礼儀を習ったんだ？

ファブリツィオ それはご無礼しました。

伯爵 ［ファブリツィオに］ところで君、女主人はどうしておられるかな？

ファブリツィオ お陰さまで元気にしております、《旦那》(illustrissimo)。

侯爵 もうベッドからは起きたのか？

ファブリツィオ 左様で、《旦那》(illustrissimo signore)。

侯爵 阿呆め。

ファブリツィオ なぜそのように罵られるので、《旦那》(illustrissimo)？

侯爵 その《旦那》とは何だ？

ファブリツィオ このもう一人のお偉い方にも使わせて頂いた敬称ですが。

侯爵 伯爵と我輩とでは、少しばかり違いがあるんだよ。

ファブリツィオ ［伯爵に小声で］（あの方の仰る通りで。確かに違いがございますよ。それは勘定を支払って頂く時によく分かります。）

侯爵 女主人に我輩の部屋まで来てくれるように伝えろ。話したいことがあるのでな。

ファブリツィオ 承知しました、《閣下》(eccellenza)。……あれ？　また間違えちゃいましたかね？

侯爵 それでいいんだよ。お前は三ヶ月前からちゃんと知っておるくせに。本当に無礼な奴だ。

ファブリツィオ 仰る通りで、《閣下》。

ここで貧乏侯爵を愚弄する道具として用いられている敬称であるが、第2節で触れたように、《お客さん》(signore)は、現代でも常時使われる、最も一般的な客への敬称。次いで、《旦那》(illustrissimo)は、当時イタリアの多くの地方では、貴族の敬称として使われていたが、ヴェネツィアにおいてだけは、《由緒ある市民》用の敬称であった。ヴェネツィアでの貴族の敬称は、《閣下》(eccellenza)である。以上のことを念頭に置いて、この会話を読み返してみると、金満家の伯爵は、もともと庶民階層の出であるから、《旦那》という敬称で呼ばれても、大して苦にならないようであるが、誇り高い貧乏侯爵にとっては、敬称の間違いは、自分の存在そのものを否定されたように感じられるので、給仕が正しい敬称を使うまで、その無礼を罵り続けるのである。

当時のヴェネツィアの観客が、このように貧乏と高慢のない

その間接的な証拠なら、山ほどある。彼の数多くの作品からはっきりと分かるのは、彼の喜劇世界は、徹頭徹尾、現世的で、世俗的で、都会的で、社会に開かれたものだ、ということである。つまり、現世軽蔑的で、超越的で、閉鎖的で、非社交的な世界（宗教界もその中に入る）に対する強い反発があるのだ。この彼の世俗主義のマニフェストとなるのは、『イギリスの哲学者』（一七五四年、日本では未紹介）であろう。これはゴルドーニが、自分の《世俗的で、節度があって、社会に開かれた哲学》(una filosofia civile, discreta e sociabile) を披露した作品で、その後、ヴェネツィアの知識人の間で、激しい賛否の論戦を巻き起こしたものである。[8] その中で彼は、次のように述べる。《哲学から私が学んだこと、それはこの世とその財産が空しいものでないなら、それはわれわれ人間のためにあるということだ。富の享受はわれわれ人間の権利であり、食物の享受は人間の権利だ。人間の欲望が節度あるものである限り、すべての人にそれを享受する権利がある。……私は物質的な快適さを嫌わず、世俗的な快楽を嫌悪しない。私は生身の人間であることの重さを感じるし、真面目な幸せを好んでいる。だが、逆境には屈することなく、心穏やかに耐え忍ぶのだ》（第一幕二場）。

実はここで彼は、ストア派の哲学との比較で、市民社会における新しい哲学のあり方を語っているのだが、筆者は、このストア派というのが、実はローマカトリック教会の隠れ蓑ではないかという疑念を強く抱いている。というのは、古代ストア哲学も、一八世紀のカトリック教会も、いずれも社会内にありながら、この世とその富を軽蔑することを最高の美徳と見なす反社会的な哲学だからである。この反世俗的で、超越的で、瞑想的な哲学に彼が対置するのは、徹底して世俗的で、内在的で、行動的な哲学である。この世界と現世の富は空しいものでも、軽蔑すべきものでもないし、人間が物質的な快適さを求め、世俗的な楽しみを求め、真面目な幸せを求めるのは正当な権利である。それゆえ、《人間の欲望が節度あるものである限り》、つまり、強者も弱者も、天の定めた自分の身分をわきまえて、同じ社会内で仲良く共存しようとする限り、すべての人に富を享受する権利がある。また、哲学者像も、それまでの孤高の有徳者のイメージとは大きく異なっている。それは、他の市民たちと同様に、社会の中に生き、社会の中でのみ正当に評価される世俗の賢者であり、他人と同様に共同社会の問題について心を熱くする情熱を持ち、――ゴルドーニ自身の見事な表現を借りるなら――《生身の人間であることの重さを感じる》哲学者なのである。このような世俗主義の哲学を信奉する者にとって、教会や聖職者が、社会にとって有益で不可欠な存在に見えたとは思われない。そもそも劇場の役割は、さまざまな社会階層の偽善や欺瞞の化けの皮を剝がして笑うことにあるし、教会は、この権威を相対化する劇場を、下品で不真面目なものとして常に敵視して来たのである。それゆえ、ゴルドーニがそのような聖職者を密かに敬遠して、彼らを自分の劇場にとって不要な存在と見なしていたとしても、別に驚くべきことではないよう

幸嗣の《秘密結婚》、あるいは《秘密結婚》の作者が一八世紀のコモーディア・デッラルテの喜劇の用例を試みたかもしれないと推察される。しかし、『秘密結婚』の題名のもと、一七九二年にウィーンで初演された喜劇オペラはチマローザ作曲、ベルターティ台本の《Il matrimonio segreto》であり、これは一七六六年のジョージ・コルマンとデイヴィッド・ガリックの共作戯曲《The Clandestine Marriage》を下敷きにしているとされる。

さらに遡れば、ホガースの銅版画連作《当世風結婚》(一七四三年―四五年)との関連も指摘されている。

喜劇の中心となる主題は〈秘密の結婚〉であり、この結婚をめぐる騒動とその発覚が劇の軸となる。

一方、イタリアのコメディア・デッラルテの伝統における〈秘密結婚〉の主題の扱い、あるいは民事婚 (matrimonio civile) の問題など、一八世紀後半のイタリア文化における結婚観と演劇の関係についても検討の余地があるだろう。

（trovè qualchedun che la meta in dover）という台詞に見られるように、『秘密結婚』の翻案における言語的特徴や、方言の使用、歌詞の訳出など、翻訳の問題も興味深い。

アルドゥーニと18世紀初頭のヴェネツィア社会　171

教会や聖職者が登場しない理由　ヴェネツィア人が日常的に交際しているのに、ゴルドーニの舞台には全く登場しない社会階層が、他にもうひとつある。それは、当時も大勢いた聖職者である。だが、これはゴルドーニだけに限られる問題ではない。トレント宗教会議以降、カトリック教会は、世俗世界の象徴である劇場を、たえず不信と疑惑の目で眺めていた。そして、神聖なる宗教や聖職者の問題を、世俗的な舞台で論じたり演じたりすることを、不真面目で不謹慎な行為だとして、徹底的な介入と検閲を行なった。《神聖な劇場》である教会と違って、《世俗の劇場》では、①聖なる宗教用語を科白に使うことが一切禁止され、さらに、②キリスト教の聖職者が舞台に登場することも禁じられた。この二つのタブーは、あらゆる劇作家において厳密に守られており、ゴルドーニだけの例外ではない。

したがって、ゴルドーニの作品の中でも、《神》(Dio) や、《修道院》(convento) や、《教会》(chiesa) や、《聖職者》(frate, prete) などの、キリスト教に関する用語は一切出て来ない。彼が《神》の代わりに使うのは《天》(Cielo) であり（オペラでは雅語の《Nume》がよく用いられる）、《修道院》は、曖昧な用語でそれとなく暗示されているだけである。最も日常的な語彙である《教会》に至っては——驚くべきことだが——彼の喜劇作品のどこにも出て来ない。本書に収録した作品の中で、《修道院》に言及しているのは、『田舎者たち』の二ヶ所と、『恋人たち』の三ヶ所だけである。《田舎者たち》は、妻たちが密かに婚約者どうしを面会させてしまったことを知り、かんかんに怒って、娘と妻たちのお仕置きの相談をする（第三幕一場）。まず娘の父親ルナルドが——直訳すると——《わしは娘を、世間から離れた、とある場所に連れて行って、四方を壁に囲まれた中に閉じ込めるつもりだ (La manderò a serar in t'un liogo, lontana dal mondo, tra quatro muri)》と宣言すると、野蛮人仲間のシモンも相槌を打って、《妻たちも四方を壁で囲まれた隠遁所 (un retiro tra quatro muri) にぶち込んで、厄介払いをしたらいい》と、勇ましいことを述べ立てる。この《四方を壁に囲まれた》《隠遁所》というのは、明らかに世間から隔離された修道院を指している。『恋人たち』の中でも、失恋したエウジェニアが、世をはかなんで、《隠遁所》に入ると宣言し、姉のフラミニアから一笑に付される場面があるが、もちろんこれも修道院を暗示しているのである（第三幕三、四、八場）。

次に、聖職者であるが、彼らは俗人ではないが、やはり世俗社会を構成する一員であり、その中には立派な聖職者も、素行の良くない聖職者もいることは、昔も今も変わりない。だが、この当時は、聖職者を少しでも批判したら、直ちに裁判所に訴えられるか、異端審問所に引っ張られる危険性があった。だから、ゴルドーニは、他の劇作家たちと同様に、別の異なった職業の人間のようにカモフラージュして、聖職者を登場させている。たとえば『一家の父親』（一七四九年、日本では未紹介）では、若い家庭教師（オッターヴィオ）が登場して、家の娘たちを口説いたり、讒言したりして、家庭の秩序を乱そうとする。

交ぜになった滑稽なキャラクターを見たら、間違いなく《貴族の賤民》バルナボーティだと直感したに違いない。そして、この舞台は絶対にフィレンツェでなく、ヴェネツィアだと確信したはずである。それに対して劇作家は、《自分にはそのような意図は全くないのに、そのように勝手に取られてしまうのであれば、自分としてはどうしようもない》と言って、肩をすくめるだけである。しかしながら、ゴルドーニは、社会的弱者が強者に向かって、弱者なりに愚弄することを許しているのだ。庶民は、貴族に理不尽に罵られても、正面切って正当に反撃することはできないので、逆に愚かさを装って、しっぺい返しをするのである。この給仕が成金伯爵と示し合わせて、貧しい侯爵を愚弄する場面は、当時の社会階層間の入り組んだ人間関係——弱者の憎悪と迎合、強者の軽蔑と庇護が、ない交ぜになった人間関係——を、実に見事に表現している。そして、作者も、社会の強者に迎合して、責任逃れの言い訳をしながら、実際には大多数の弱者と密かに結託して、強者を皮肉っている。劇場の世界は、このように隠微な面従腹背の世界なのである。

しかし、ヴェネツィア政府は、ある程度までの無害な貴族批判は許容するが、それ以上のことは決して許さない。たとえば、バルナボーティ階層は、現実の社会では、上層の貴族からも、下層の庶民たちからも嫌われ、いわば社会の憎しみを一身に集めて、社会のスケープ・ゴートの役割を果たす《怪物》であった。だから、ゴルドーニが、ある程度それと分かる形で舞台に登場させて愚弄しても、お目こぼしにあずかれた。だが、これでさえも、バレッティやゴッツィなどの貴族の文人たちからは、激しい非難を浴びたのである（これについては、『コーヒー店』の作品解説を見よ）。バルナボーティは賤民であっても、支配階級の構成員であることに変わりはなかったからである。

だが、その上のセナトーリやクワランティアの貴族たちになると、彼らは絶対に舞台には登場しない。この階層の人々は、ゴルドーニが自分の喜劇集を出版する時に、その本の《テクスト》内部でなく、その外部の《メタ・テクスト》の部分に登場するのである。つまり、ゴルドーニが自分の作品を捧げて庇護してもらうための、《献辞》の相手として出て来るのである。この上位貴族たちは、物腰が柔らかくて、愛想がよくて、常に優しい庇護者として振る舞ったが、本当はいつでも強権を行使できる、恐ろしい支配者でもあった。だから、彼らの《ポピュリズム》（民衆取り込み策）の笑顔に騙されてはならない。彼らは庶民的であっても庶民ではなく、庶民の訴えに同情しても、その訴えを聞き届けるようなことは、まずないのである。その証拠には、ゴルドーニの喜劇世界は、民衆中心の《デモクラティック》な笑いの世界であるのに、最高権力者が、不当に迫害された登場人物を救ってやったり、正義の鉄槌を下してくれるような場面は、全く出て来ない。これが、モリエールの《モナルキック》な正義の勝利する喜劇世界と全く違うところである。その理由も明らかである。ヴェネツィアは、一見自由なデモクラシー社会であったが、それは偽りのデモクラシー、つまり、ポピュリズムの社会であったからである。

に、筆者には思われる。

5　ゴルドーニの作品の魅力

一八世紀のイタリア社会には、もはや一六世紀の偉大なルネサンス社会の面影はなかった。ヨーロッパにおける文化的主導権は、完全にフランスやイギリスに奪われ、イタリアは文化後進国となっていた（唯一の例外は音楽で、この分野だけは、一八世紀もヨーロッパの中心的地位を保ち続ける）。政治や経済の分野でも停滞は甚だしく、イタリアは、あらゆる点でヨーロッパの南の辺境へと押しやられていた。この恵みの少ない世紀において、唯一恵まれたのは、皮肉にも、社会の縮小均衡による比較的安定した平和の日々であった。このようなヴェネツィアに、ゴルドーニは生まれた。

人は生まれる時に、時代と場所を選ぶことはできない。人はよい時代に巡り合うこともあれば、悪しき時代に巡り合せることもある。だが、たとえ悪しき時代に生まれ合わせても、人生を捨てることはできないし、それを最後まで背負って行くしかない。そして、どの時代の人も、自分の人生を何とか有意義なものとして感じたいと密かに願っているものである。自分の人生を有意義に感じること、それは自分の行為や表現が、自分の周囲の人々だけでなく、他の国の人々にも受け入れられ、共感と、評価されることである。だが、文化的な周辺地域にいる文学者や読者や観客に受け入れられ、共感され、評価されるような普遍性を持つものを生み出すのは、きわめて困難なことである。

多くの場合、文化的頂点の地から勢いよく流れ下って来る文化が、普遍的な規範として、その周辺地域で流布する。ヴェネツィアでも、多くの文学者たちは――たとえば彼のライバルのピエトロ・キアーリなどは――ヨーロッパの有名な著作家たち（劇作家や小説家）の作品を規範として受け入れ、それを模倣した作品を書いた。それは当時のヴェネツィア人たちの目には、ヨーロッパ的普遍性を持つピカピカの輸入品のように映ったが、実はエピゴーネン（都会人の真似をする田舎者）の作品に過ぎず、一時的に持て囃されても、流行が過ぎると、色褪せてしまうものである。

したがって、時代と社会の辺境にあって、文化的中心地が持つような普遍的な価値と影響力を獲得するにはどうしたらよいのか、これがゴルドーニの直面した大きな問題であったはずである。彼の選んだ方法は、通常のエピゴーネンたちがしたのと全く逆の方法であった。彼は、辺境の特殊性――彼の生まれ育ったヴェネツィアの生活感情（venezianità）――を、典型的な形で表現することによって、特殊な社会伝統の中にも立ち現

(8) 拙論「ゴルドーニの『イギリスの哲学者』をめぐる論争について（その一）――ヤコッベ・モンドウィルは高貴な哲学者か、それとも卑しい家庭教師なのか」『京都大學文學部紀要』第四五号、二〇〇六

来日、香盤表の処分が決まってない事を確認した後、進藤に香盤表の処分の件を話した。進藤からは、ニーナさんが香盤表の処分を担当することになったと聞いた。その際、進藤からニーナさんの連絡先を聞き、後日連絡を取る事となった。

《それで、美空さんに連絡したんですね》

「ええ、そうなんです」

《誰が、美空さんに》

……

《連絡したんですかって聞いてるんです》

（長谷部警部補）の聞き取りによる。

以上が、三島正治からの聞き取りによる《香盤表》の話である。そして、本件の主任であった平野部長からも《香盤表》の話を聞いた。平野部長の話は、三島正治の話と概ね一致していた。ただ、香盤表の処分については、平野部長は「香盤表の処分は、ニーナさんが担当することになった」と話していた。《香盤表》の話は、三島正治と平野部長の話が一致していたが、香盤表の処分については、ニーナさんが担当することになったという点で、両者の話は一致していた。

その後、ニーナさんに連絡を取り、香盤表の処分について聞いた。ニーナさんは、香盤表の処分について、詳しく知らないと話していた。ニーナさんは、香盤表の処分について、平野部長から指示を受けたが、その後の経過については、詳しく知らないと話していた。ニーナさんは、香盤表の処分について、平野部長に確認する事を勧めた。

あとがき

ゴルドーニは、生前に自分の作品を五つの版元から出版している。①ベッティネッリ版（八巻、一七五〇―五五年、ヴェネツィア）、②パペリーニ版（一〇巻、一七五三―五七年、フィレンツェ）、③ピッテリ版（一〇巻、一七五七―六三年、ヴェネツィア）、④パスクワーリ版（一七巻、一七六一―七八年、ヴェネツィア）、⑤ザッタ版（四四巻、一七八八―九五年、ヴェネツィア）である。しかも、収録作品は、後の方の版になるに従って、その内容に訂正が加えられ、より多くの人に理解されるトスカーナ語的表現とか、より洗練された文学的表現とか、より道徳的に慎みのある表現に改変されて行った。かってはこの推敲を経て一応の完成を見た作品を代表作として収録する選集が多かったが、最近ではその逆に、できるだけ推敲を受けていない初期段階の作品、つまり初演時の台本により近いものを採用することが多い。翻訳に際しては、Marzia Pieri (a cura di), *Carlo Goldoni Teatro*, Einaudi 1991, voll. 3 を一応の底本として用いた（一応と言ったのは、この Pieri の選集から漏れている『新しい家』も、本書に収録したからである）が、この選集も、この新しい方針に基づいている。本書では、その後に大きな改変のあった個所については、個々の作品の注で示した。Pieri 版の選に漏れた作品と、作者ゴルドーニの推敲による改変個所については、Giuseppe Ortolani (a

著者紹介

安田 悟 ヤスダ サトル

本書の著者、ジュゼッペ・ボエリオについてはほとんど知られていない。本書・第二版の序文によれば、彼はヴェネツィア生まれで、法律家として活動したという。本書以外に、著作は知られていない。

本書は、ヴェネツィア方言の辞書として、今日においても重要な位置を占めている。本書の初版は1829年に出版され、その後、1856年に第二版が出版された。本書は、ヴェネツィア方言の語彙を豊富に収録しており、ゴルドーニの戯曲に用いられた語彙についても、多くの例を引用して説明している。本書には、『ゴルドーニの戯曲』(1761年)、『新戯曲』、『喜劇作品集』などの版から引用された例が多く含まれている。

Dizionario del dialetto veneziano, Venezia 1856 など、Gianfranco Folena, Vocabolario del veneziano di Carlo Goldoni, Roma 1993 も同様の辞書の一つとして参照されたい。また、Carlo Goldoni, Il teatro illustrato nelle edizioni del Settecento, Marsilio 1993 も参照。

二〇〇七年十二月二一日

アルドーニ論劇集

2007年9月15日 初版第1刷発行

定価はカバーに
表示しています

著者　齋藤泰弘

発行者　西井　進

発行所　財団法人　名古屋大学出版会
〒464-0814 名古屋市千種区不老町1 名古屋大学構内
電話 (052) 781-5027／FAX (052) 781-0697

© Yasuhiro Saitoh, 2007
Printed in Japan
印刷・製本　㈱アイワード
乱丁・落丁はお取替えいたします。

ISBN978-4-8158-0566-1

[R]〈日本複写権センター委託出版物〉
本書の全部または一部を無断で複写複製（コピー）することは、著作権法
上での例外を除き、禁じられています。本書からの複写を希望される場合
は、日本複写権センター (03-3401-2382) にご連絡ください。

齋藤泰弘

1946年生まれ。
1978年、京都大学大学院文学研究科博士課程修了
現 在　京都大学大学院文学研究科教授

主編訳書
『レオナルド・ダ・ヴィンチの手記』（岩波、岩波書店、1987年）
『レオナルド・ダ・ヴィンチの手記』（岩波、岩波書店、1988-95年）
『プロメテ　イタリア人の歴史』（岩波、未来社、1984年）ほか

池田嘉郎
ロシア革命 ペトログラード1917年
——市場と自由——
著・818頁
本体12,000円

池田嘉郎訳
ペトログラード 1917年
A5・344頁
本体4,800円

鵜飼哲訳
プリモ・レーヴィ 苦悩の人間ラーゲリ
著・1050頁
本体1,2000円

鵜飼哲/佐々木元ほか訳
レオパルディ カンティ
A5・628頁
本体8,000円

牛島信明訳註
スペイン黄金世紀演劇傑作集
A5・522頁
本体6,000円

牛島信明著
スペイン名作文学史
A5・430頁
本体4,500円